KNAUR

Kajsa Arnold

Colours of the Night

Roman

KNAUR

Dieses Buch umfasst die Bände I bis III der Rhys-by-night-Serie.
Diese erschienen 2014 unter den Titeln »5 Farben Blau«, »4 Farben Platin«
und »3 Farben Purpur« im Oldigor Verlag, Rhede.

Besuchen Sie uns im Internet:
www.knaur.de

Wenn Ihnen dieser Roman gefallen hat und Sie auf der Suche sind
nach ähnlichen Büchern, schreiben Sie uns unter Angabe des Titels
»Colours of the night« an: frauen@droemer-knaur.de

FSC
www.fsc.org
MIX
Papier aus verantwortungsvollen Quellen
FSC® C083411

Vollständig überarbeitete Taschenbuchausgabe Mai 2015
Knaur Taschenbuch

Redaktion: Mercedes Rehm
Umschlaggestaltung: ZERO Werbeagentur, München
Umschlagabbildung: © FinePic®, München
Satz: Adobe InDesign im Verlag
Druck und Bindung: CPI books GmbH, Leck
ISBN 978-3-426-51714-7

2 4 5 3 1

Band I:

5 Farben Blau

Für Dich
Der Du mit einem Kuss
ganze Welten öffnest!

Der Verstand kann uns sagen, was wir unterlassen sollen.
Aber das Herz kann uns sagen, was wir tun müssen.

(JOSEPH JOUBERT)

1

Die Türglocke läutet ununterbrochen und wird von den lauten Klopfgeräuschen, die gegen den Türrahmen donnern, untermalt. Schlaftrunken quäle ich mich aus dem Bett, schlüpfe in mein viel zu großes Shirt und wanke auf nackten Füßen die neun Treppenstufen zur Haustür hinunter, um sie zu öffnen. Mein komaähnlicher Zustand hat einen Namen: Jetlag.

Kaum, dass ich die Tür entriegelt habe, stürmt Alex, mein älterer Bruder, ins Haus.

»Danke, ich habe meinen Schlüssel vergessen.«

Er fällt fast über meine Koffer, die ich mitten im Flur stehen gelassen habe.

»Verdammt, Jaz, wann räumst du endlich dein Zeug weg? Kaum bist du zu Hause, schon bricht das Chaos aus.« Hektisch rennt er von einem Raum zum anderen.

Ich kann noch gar nicht richtig nachvollziehen, was er hier will. Mein Kopf dröhnt, und mir ist schwindelig. »Alex, ich dachte, du wärst arbeiten.« Ich gähne nicht ganz ladylike, setze mich auf den untersten Absatz der Treppe, die in das Obergeschoss führt, und stütze den Kopf auf meine Hände. Müde bin ich, müde und ausgelaugt. Wann ich das letzte Mal richtig geschlafen habe, ohne mich in den Schlaf zu weinen, ist mir entfallen. Gestern habe ich meinen heißgeliebten Job verloren. Einfach so, von heute auf morgen. In dem einen Moment noch brennt mir die heiße Sonne Hawaiis auf den Körper, im nächsten bin ich meine Dozentenstelle an der University of Honolulu los. Obwohl – *ein-*

fach so ist etwas untertrieben. Man hat mir nahegelegt, selbst zu kündigen – als hätte *ich* ein Verbrechen begangen. Dabei war es Hunter, der mich verführte, nicht umgekehrt.

Tja, Schicksal, dass diese Affäre nach nur drei kurzen Wochen ans Licht kam und der Direktor der Universität diese Verbindung unter Kollegen für nicht akzeptabel erachtete. Als hätte ich es mit einem Minderjährigen getrieben. Hunter war ein stattlicher Mann von Anfang fünfzig. Ein Surfertyp, groß, blond, breitschultrig und mit einem Lächeln, das so ziemlich jedes weibliche Wesen an der Uni verzauberte. Er hat zum Schluss seine Professur behalten, weil er mir in den Rücken gefallen ist. Hat behauptet, ich hätte ihm keine andere Wahl gelassen, als mit mir zu schlafen. Als wenn ich ihn in Ketten hätte legen müssen, damit er die Nacht mit mir verbrachte. Ich hätte mehr Rückgrat von ihm erwartet. Mir die gesamte Schuld in die Schuhe zu schieben, nur, um seinen Job zu retten, war die Tat eines Opportunisten. Mich als Männer verschlingendes Monster darzustellen, war absurd. War ich so wenig wert, dass man mich wie einen Bauern beim Schach opfern konnte? Ich wollte es nicht glauben. Mir schießen schon wieder die Tränen in die Augen. Verflucht, das hatte ich nicht verdient. Für mich war es mehr als eine flüchtige Affäre gewesen. Dass Hunter mich seiner Karriere opferte und den Wölfen zum Fraß vorwarf, hat mich schwer getroffen. Ich wische die Tränen mit meinen Fingern weg.

Plötzlich geht mein Blick geradewegs zur offenen Tür. Dort steht ein Mann und starrt mich ungeniert an. Ich spüre seinen Blick förmlich auf meiner Haut, die sofort zu prickeln beginnt. Schnell schaue ich weg, doch zwei Sekunden später muss ich wieder hinsehen. Hat er nicht gelernt, dass es unhöflich ist, andere Menschen so schamlos mit den Augen abzutasten? Als hätte er mich hypnotisiert, bleibe ich auf der Treppe sitzen und gestatte ihm, mich in aller Ruhe mit seinen Blicken auszuziehen. Ob er das wirklich tut, kann ich nicht genau sagen, aber es fühlt sich so an. Verlegen greife ich an meinen Halsausschnitt, ziehe das T-Shirt dort etwas zusammen und bin mir dabei geradezu extrem bewusst, dass meine Brüste sich nun noch deutlicher unter dem dünnen Stoff abzeichnen.

Eine leichte Sommerbrise weht durch die offene Tür, ich fröstele und spüre, wie sich eine Gänsehaut über meine Arme zieht und sich meine Brustwarzen aufrichten. Auch das noch! Verlegen schiebe ich einen Arm vor meinen Oberkörper. Was soll der Typ nur von mir denken, wie ich auf dieser Treppe hocke und mich winde, als würde er mit seinen Händen langsam versuchen, mir das Shirt über die Schultern zu streifen. Zu allem Überfluss trägt der warme Wind auch noch seinen Duft zu mir herüber. Er riecht angenehm männlich, irgendwie nach Pampelmuse und Zedernholz. Es ist nur ein Hauch, und unwillkürlich hebe ich ein wenig den Kopf und schnuppere. *Bleu de Chanel* kommt mir in den Sinn.

Der Unbekannte rührt sich nicht, aber er beobachtet mich genau. Er sieht düster aus, auf eine geheimnisvolle Art und Weise. Seine Haare sind kurz geschnitten, die Locken aus der Stirn gekämmt. Im Gegenlicht ist zu erkennen, dass sie schwarz sind, so wie sein Bartschatten. Seine Haut ist gebräunt, als wenn er sich oft an der frischen Luft bewegt, das hellblaue Hemd und der dunkelblaue Anzug betonen seine blauen Augen. Er trägt eine hellblaue Krawatte, die gut mit den anderen Blautönen harmoniert.

5 Farben Blau, wenn man das Parfum mitrechnet, geht es mir durch den Kopf. Ich schätze ihn auf Mitte dreißig. Er ist groß, größer als Alex. Wer ist das? Der jüngere Bruder von Pierce Brosnan? Er wirkt wie jemand von der Security, vielleicht ist er der Bodyguard von Mr. Cunningham, für den Alex arbeitet?

»Jaz, hast du meinen Ordner gesehen? Schmal, schwarz?«, schreit Alex aus dem Obergeschoss zu mir herunter.

Ich löse langsam meinen Blick von dem Fremden, er hat die Augenbrauen zusammengezogen. Mit schnellen Schritten erklimme ich die Stufen in das Obergeschoss. Ich weiß, dass der Bodyguard mir hinterherschaut und bin mir sehr bewusst, dass er von dort unten an der Haustür gerade überproportional viel nacktes Bein und knappen Slip zu sehen bekommt. Das ist mir unangenehm, obwohl es an meinem 29-jährigen Körper nichts gibt, für das ich mich schämen müsste.

»Ich habe ihn.« Triumphierend kommt Alex aus seinem Arbeitszimmer und hält den Ordner in die Höhe.

»Was ist denn los?«

»Wir haben ein Meeting, und ich habe wichtige Unterlagen vergessen. Denk an deinen Termin bei mir um vierzehn Uhr. Dann sprechen wir über den Job für dich, okay?« Er küsst mich auf die Stirn, und schon ist er aus der Tür.

Mein stiller Beobachter wirft mir noch einen letzten Blick zu, wendet sich grußlos ab und folgt Alex. Die Tür fällt hinter ihm ins Schloss. Na dann, guten Morgen!

Ich lasse mich auf den oberen Treppenabsatz und meinen Kopf gegen die Wand fallen. Mann, der Jetlag bringt mich um.

~

Alex hat die glorreiche Idee, dass ich als seine Assistentin fungieren könnte, bis ich eine andere Arbeit gefunden habe. Die Chance, mitten in Frankfurt am Main einen Job als Meeresbiologin zu finden, geht wohl eher gegen null. Sein Angebot ist aber besser als nichts, auch wenn es nur ein öder Bürojob ist bei irgend so einer Holding, die Museen und Galerien verwaltet. Bis ich weiß, wohin es mich demnächst beruflich verschlägt, kann ich bei meinem Bruder wohnen. Da wir keine weiteren Angehörigen haben, hat er dieses schicke Einfamilienhaus im Frankfurter Westend gekauft, damit es einen Fixpunkt in unserem Leben gibt. Mir hätte auch eine kleine Wohnung gereicht. Seit Mutter bei einem Verkehrsunfall vor drei Jahren ums Leben kam, hat es sich Alex zur Hauptaufgabe gemacht, mir ein bodenständiges Zuhause zu bieten. Damals studierte ich noch und besuchte ihn in den Semesterferien immer für einige Wochen.

Ich glaube, dass unsere Mutter starb, hat ihn wesentlich schwerer getroffen als mich. Dabei ist er das Kind, das adoptiert wurde, und ich bin die leibliche Tochter unserer Eltern. Alex war schon immer der ruhige und zuverlässige Junge, den Mutter sich so sehr gewünscht hatte, während ich die unstete, wilde Tochter gab, die nicht früh genug das Nest verlassen konnte, zum Leidwesen meiner Mutter. Vater, ein amerikanischer Soldat, fiel in Afghanistan. Nach seinem Tod hat sie uns zwei ganz allein großgezogen. Dad habe ich meinen für deutsche Verhältnisse exotischen Vornamen zu verdanken.

Wäre Mum noch am Leben, wäre sie sicherlich sehr stolz auf Alex, so, wie ich es auch bin. Vermutlich habe ich Alexander meine Existenz zu verdanken, denn unsere Mutter konnte keine Kinder bekommen, so hatte es ihr zumindest der Arzt vorausgesagt. Daraufhin adoptierten meine Eltern einen Jungen – Alex. Er war damals zwei Jahre alt, ein hübscher Bengel mit blonden Haaren, wie auf alten Babyfotos zu sehen ist. Sechs Jahre später wurde meine Mutter aus heiterem Himmel mit mir schwanger.

Alex war für mich schon immer mehr Freund als Bruder, was vermutlich an dem Altersunterschied liegt. Mit ihm kann ich alles besprechen. Dass unsere Mutter uns so früh verließ, hat uns noch enger zusammengeschweißt, auch wenn ich in der letzten Zeit versuche, mich abzunabeln, denn Alex' Beschützerinstinkt geht mir manchmal mächtig auf die Nerven.

~

Ungeduldig drücke ich zum dritten Mal auf den Knopf, um den Fahrstuhl zu rufen. Ich weiß, dass es nichts nützt, doch irgendwie muss ich meiner Nervosität Luft machen. Ich warte bereits seit einer Ewigkeit, einen der anderen vierundzwanzig Aufzüge habe ich nur um eine Nasenlänge verpasst.

Der Messeturm in Frankfurt. 257 Meter hoch, macht der Art-déco-Turm aus rotpoliertem Granit wirklich etwas her, vor allem als Firmensitz. Ich kann es nicht glauben, dass Alex hier arbeitet. Aber wäre dies auch ein Arbeitsplatz für mich? Meine Stimmung ist heute nicht die beste, dabei bin ich kein launischer Mensch. Es ist nur so, dass meine berufliche Niederlage an meinen Nerven zerrt. Ich habe mir nicht die Nächte mit Meeresbiologie und Wirtschaftswissenschaften um die Ohren geschlagen, damit ich als graue Büromaus ende.

Hinter mir bildet sich eine Traube von Menschen, die auch in die oberen Stockwerke wollen. Endlich ertönt der Gong, und die Türen des Aufzugs gleiten auseinander. Der Fahrstuhl kommt aus der Tiefgarage, ein einziger Fahrgast steht an der hinteren verspiegelten Wand. Ich schlüpfe schnell hinein, ohne genau hinzuschauen, und werde von der Menschenmasse nach hinten gedrückt. Sofort macht sich meine Klaustrophobie bemerkbar. Hoffentlich hat jemand den obersten Knopf betätigt, damit ich in der richtigen Etage lande.

Nervös zupfe ich an meiner Jacke. Dunkelblau, passend zu meiner hellblauen Bluse und der weißen Hose. Ich schaue an mir herunter und denke plötzlich, dass mein Outfit aussieht, als wäre ich auf dem Weg zu einem Segeltörn. Na toll, jetzt ist es zu spät, um mich für das Vorstellungsgespräch noch einmal umzuziehen.

Die Anzeige zieht meinen Blick magisch an. Etage neunundvierzig, fünfzig. In fast jedem Stockwerk halten wir, und Menschen steigen aus, um nach der Mittagspause an ihren Arbeitsplatz zurückzuhasten. Ich schaue eher zufällig an die Spiegelwand und denke, mich trifft der Schlag. Ich sehe direkt in die Augen des Typen, der heute Morgen an unserer Tür auf Alex gewartet hat. Wieder beobachtet er mich ungeniert, vermutlich seit fünfzig Stockwerken. Wieder starre ich zurück. Nicht durch den Spiegel, sondern direkt. Unsere Blicke treffen sich, und mir wird plötzlich ganz flau im Magen, da ist es gut, dass ich bereits an der Wand lehne. Was ist es nur mit seinen Augen, dass ich schon wieder eine Gänsehaut am ganzen Rücken bekomme? Wenigstens bin ich sicher, dass ich nun angemessen gekleidet bin, dennoch erwische ich mich dabei, wie die Finger meiner linken Hand erneut zu meiner Jacke gleiten wollen, um sie ein wenig zurechtzuzupfen. Beinahe muss ich mich zwingen, es nicht zu tun.

Die Muskeln im Gesicht meines Gegenübers spannen sich an, fast unmerklich, nur für einen winzigen Augenblick. Wollte er etwas sagen? Sollte das ein Lächeln werden? Oder fühlt er sich von meiner Anwesenheit in diesem Aufzug belästigt? Es muss an seiner Körpergröße liegen, denn ich werde das Gefühl einfach nicht los, als würde er abschätzig auf mich herunterblicken.

Die oberste Etage. Endlich. Mein Ziel. Wir sind mittlerweile die einzigen Fahrgäste, stehen in gegenüberliegenden Ecken, wie zwei Boxer vor einem Kampf. Man könnte meinen, dieser Typ leide am Schlechte-Laune-Syndrom, ein Lächeln suche ich bei ihm vergeblich. Vielleicht kann er mich auch einfach nicht leiden.

Die Tür geht auf, und ich will davonhasten, nur weg aus dieser viel zu engen Kabine mit ihren Spiegelwänden. Im selben Moment setzt sich der Unbekannte ebenfalls in Bewegung, und wir stoßen zusammen. Ich reiche ihm gerade mal bis zur Schulter, pralle förmlich an diesem Berg von Mann ab.

»Nach Ihnen.« Keine Entschuldigung, er lässt mir nur den Vortritt. Seine Stimme ist leise und tief. In ihrer stoischen Ruhe liegt ein energischer Unterton, der mich aufhorchen lässt.

Im Vorbeigehen nehme ich seinen Duft wieder auf. Er riecht so männlich, immer noch, wie heute Morgen. Dabei sind es draußen mindestens 28 Grad, und er ist schon seit Stunden unterwegs. Obwohl ich gerade erst zu Hause geduscht habe, schwitze ich wie verrückt.

Ich senke den Blick und gebe Gas, damit ich nicht zu spät zu dem Vorstellungsgespräch bei meinem Bruder komme. Er würde mir zwar nicht den Kopf abreißen, aber ein guter Eindruck sieht anders aus.

~

Die CuDa Holding ist eine Firma mit amerikanischem Stammsitz und die Muttergesellschaft vieler Tochterfirmen, darunter einige Kunstgalerien, Museen und Auktionshäuser sowie eine Stiftung. Ich will eigentlich gar nicht hier arbeiten, aber Alex meint, nach meinem Desaster auf Hawaii wäre es das Beste, einen Neustart in Deutschland zu versuchen. Vor nicht einmal zwei Tagen bin ich erst aus Honolulu hierhergeflogen, um mich an der Schulter meines Bruders auszuweinen. Eben noch eine gutbezahlte Assistentin an der Hawaii Pacific University von Honolulu, heute Bittstellerin. Tja, dumm gelaufen. Ein Diplom in Meeresbiologie und Wirtschaft, aber keinen Job. *Gescheitert!*, schießt es mir immer wieder durch den Kopf. Nein, Scheitern ist für mich keine Option. Bis ich mich umgesehen habe, was der deutsche Arbeitsmarkt für Meeresbiologen so hergibt, werde ich für Alex arbeiten. Irgendetwas muss ich ja tun.

Ich eile zum Empfang, wo ich auf eine Blondine treffe, die hübsch ist, aber mir für die Arbeit am Empfang sehr jung erscheint. Ich nenne ihr meinen Namen in der Hoffnung, dass ihr der Name Darling bekannt vorkommt. Doch Blondie hebt den Finger, als ihr Blick auf die Person fällt, die hinter mir durch die Tür tritt.

»Hallo, Mr. Cunningham«, begrüßt sie ihn irritiert.

Er steht so nah hinter mir, dass sein Atem mir über den Nacken streicht, wo sich automatisch alle meine Härchen aufstellen, als wollten sie gestreichelt werden. Instinktiv schießt meine Hand hoch, um sie glattzustreichen, da bewegt er sich noch ein wenig dichter an mich heran. Pampelmuse und Zedernholz! Sein Duft, unverkennbar. Ich könnte mich nicht einmal umdrehen, ohne ihn zu berühren, so nah ist er an mich herangerückt. Es ist unmöglich, dass er nicht spürt, wie nah sich unsere Körper gekommen sind, aber er unternimmt nichts, um den Abstand zu mir zu vergrößern. Im Gegenteil, für einen Moment habe ich das Gefühl, er würde dieses kleine Spielchen genießen und auf die Spitze treiben.

»Claudia, mein Wagen springt nicht an, bitte rufen Sie jemanden, damit er sich darum kümmert, und dann schicken Sie Susan zu mir.«

Sein Tonfall ist dunkel und rauchig. Er scheint kein Mann zu sein, der Widerspruch duldet. In seiner Stimme schwingt ein amerikanischer Akzent mit, der mir unter die Haut geht. Unwillkürlich schließe ich die Augen und stelle mir vor, wie dieser Fremde mir etwas ins Ohr flüstert, und erschaudere. Dann erschrecke ich. Was mache ich gerade? Bin ich verrückt?

»Äh, Miss Alesandro wartet bereits in Ihrem Büro.«

Blondies Stimme holt mich zurück in die Gegenwart dieses eleganten Büros. Während sie zum Telefon greift, wundert es mich, dass sie sich nicht auf die Knie wirft, bei dem unterwürfigen Ton, den sie anschlägt.

Ich drehe mich nun doch um und erstarre. Cunningham schaut auf mich herunter, sagt aber kein Wort. Für einen Augenblick bilde ich mir ein, das Blau in seinen Augen habe etwas wie Neugier ausgestrahlt, aber das muss ich mir eingebildet haben. Als mir der nächste Blick in seine Augen gelingt, entdecke ich darin nur noch stahlblaue Härte. Dann dreht er sich um und steuert auf eine Tür zu, vermutlich sein Büro. Mir fällt der Song ein, den ich auf meinem iPod im Flugzeug gehört habe: *Deine Augen machen bling, bling, und alles ist vergessen!*

Claudia spricht noch einmal kurz in ihren Hörer, dann schaut sie mich erwartungsvoll an.

»Jaz Darling, ich haben einen Termin mit meinem Bruder, Alex Darling«, stelle ich mich noch einmal vor.

Langsam scheint Blondie ihre Fassung wiederzufinden, schaut in ihrem Computer nach und nickt. »Natürlich, Miss Darling. Wenn Sie in unserem Wartebereich kurz Platz nehmen wollen.« Sie führt mich zu einer Couchgruppe und bietet mir eine Erfrischung an, die ich freundlich, aber bestimmt ablehne.

Ich muss mich erst einmal von dem Schock erholen. Das war also Rhys Cunningham. Alex hat mir zwar von ihm erzählt, aber ein Foto habe ich bisher nicht gesehen. Ein bisschen wundere ich mich über diese Mister- und Miss-Anrede, aber immerhin ist dies eine amerikanische Firma.

Kurze Zeit später wird die Bürotür aufgerissen, eine andere Blondine rauscht an mir vorbei, und ich traue meinen Augen nicht. Wenn das mal nicht Melissa Alesandro ist, ihres Zeichens Topmodel und Millionenerbin. Ich bin förmlich geblendet von ihrer Erscheinung. Sie ist ganz in Weiß gekleidet, und ihr blondes Haar umrahmt ihr Gesicht. Mein Gott, diese Frau ist wunderschön.

Ich sehe Cunningham in der Tür stehen.

»Du bist absolut beziehungsunfähig!«, schreit sie, und Tränen treten ihr in die schönen braunen Augen.

»Ich habe nie etwas anderes behauptet«, entgegnet er leise. Sie sprechen Englisch, ich verstehe jedes Wort und bin mir sicher, dass es den Angestellten ebenso geht.

Eine ältere Frau mit strenger Brille und noch strengerem Blick erscheint wie aufs Stichwort auf der Bildfläche.

»Susan? Melissa möchte gehen, begleitest du sie bitte hinaus?« Seine Stimme ist tonlos, aber das, was er so höflich formuliert, ist ein knallharter Rausschmiss.

Melissa Alesandro wischt mit einem Taschentuch, das Susan ihr reicht, ihre Tränen fort und drückt ihren Rücken durch. »Danke, ich finde allein hinaus.« Sie rauscht erhobenen Hauptes davon, und der Aufzug ist sofort zur Stelle. Natürlich ganz anders als bei mir, ich würde sicherlich Minuten auf dieses Ding warten müssen, während ich die Blicke aller Anwesenden in meinem Rücken spüre. Ich wünschte, ich hätte diese Würde bei meinem Rausschmiss in Honolulu an den Tag legen können.

Still und bewegungslos sitze ich da und traue mich nicht, auch nur einen Mucks von mir zu geben. Beflissen übersehe ich Cunninghams Blick, der mich streift und dann an mir hängenbleibt, wie ich aus dem Augenwinkel erkennen kann. Ich blicke ihn dann doch an, und er starrt schon wieder, nicht hinter Melissa her, sondern auf mich. Vor Verlegenheit werde ich rot, das spüre ich an meinen erhitzten Wangen. Nach einigen Sekunden löst er den Blickkontakt – ich bin dazu nicht in der Lage –, und ich atme erleichtert aus. Mir war nicht bewusst, dass ich den Atem angehalten habe.

»Susan!« Ein Wort, ein Befehl. Die grauhaarige Frau rückt ihre Brille zurecht, aber ihre Miene bleibt unbewegt, als sie sich geschäftsmäßig auf den Weg in Cunninghams Büro macht. Niemanden scheint der Auftritt von Melissa Alesandro sonderlich zu wundern, alle gehen zur Tagesordnung über, als hätten sie ihn schon des Öfteren miterlebt.

Das ist definitiv nicht der Ort, an dem ich arbeiten möchte. Ich schnappe meine Unterlagen und erhebe mich. Vielleicht sollte ich Alex eine Nachricht hinterlassen und dann einfach über das Treppenhaus in die nächste Etage verschwinden.

Claudia sieht, dass ich mich erhoben habe. Sie will etwas sagen, doch in diesem Moment öffnet sich die Tür zu Cunninghams Büro.

»Miss Darling, wenn ich Sie bitten dürfte.«

~

Rhys Cunningham steht mit tief in seinen Hosentaschen vergrabenen Händen am Fenster und starrt hinaus. Die Sonne strahlt, doch ihm ist nicht nach hellem Licht zumute. Er wünschte, es würde regnen. Aus dem Augenwinkel nimmt er eine Bewegung wahr und dreht sich um.

»Sorge bitte dafür, dass Melissa der Zugang zu meinem Appartement in New York entzogen wird.«

Susan Whitehead nickt und blickt ihn streng durch die Brille an. »Solche Auftritte sind nicht gut für dein Image. Sie sorgen für Tratsch und Unruhe.«

Rhys nickt ergeben. »Ich weiß, ich habe bereits gestern Schluss gemacht. Sie konnte es wohl nicht glauben, dass ich es ernst meine. Sehe ich so aus, als würde ich nicht meinen, was ich sage? Verflucht!« Er fährt sich mit den Händen über sein Gesicht. »Sage für heute alle weiteren Termine ab. Wer ist übrigens diese junge Frau, die dort draußen im Wartebereich sitzt?«

»Das ist Alex' Schwester. Hast du noch nie ihr Bild auf seinem Schreibtisch gesehen? Ich denke, sie wartet auf ihn. Er hat mir erzählt, dass er sie vorübergehend als Assistentin einstellen will.«

»Was will er mit einer Assistentin?«

Obwohl Susan als die bestinformierte Person in diesem Unternehmen gilt, hebt sie die Schultern. »Ich habe keine Ahnung.«

»Hast du es dir mit deiner Kündigung noch einmal überlegt, Susan?« Cunningham wendet sich endgültig vom Fenster ab und setzt sich geschäftsmäßig hinter seinen Schreibtisch.

Susan rückt ihre Brille zurecht. »Ja, Rhys, und ich bleibe dabei, in drei Monaten werde ich mich zur Ruhe setzen und nur noch in New York leben. Ich bin über sechzig und habe schon für deinen Großvater gearbeitet, lass mir meinen wohlverdienten Ruhestand.«

Er macht eine entschuldigende Handbewegung. »Hast du eine neue Assistentin für mich gefunden, die du noch einarbeiten kannst?«

Nachdenklich schüttelt Susan den Kopf. »Niemanden, mit dem du zufrieden wärst.«

Rhys nickt. »Wie wäre es mit Alex' Schwester?«

~

Scheiße, ich kann nicht mehr weg! Susan steht ungeduldig an der Tür und wartet auf mich. Da ich nun schon stehe, bleibt mir nichts anderes übrig, als ihr in das Büro zu folgen, in der Erwartung, dort auf Alex zu treffen.

Der Raum ist groß, nein, er ist gewaltig. Vor der gläsernen Fensterfront steht ein riesiger Schreibtisch mit einem hochmodernen Bildschirm im Apfeldesign. Zur linken Seite steht ein Konferenztisch, an dem locker zwölf Personen Platz finden, zur Rechten eine dunkelblaue Ledercouch. Man bietet mir einen Stuhl am Konferenztisch an, und während ich mich setze, fällt mein Blick an das Kopfende des Tisches. Dort sitzt Rhys Cunningham und nickt mir zu. *Bling, bling!* Von Alex keine Spur.

»Miss Darling, mein Name ist Susan Whitehead, und ich bin die Assistentin von Mr. Cunningham. Wir freuen uns, Sie bei CuDa LLC begrüßen zu dürfen.«

Ich lächele ihr freundlich zu und blicke dann unsicher in Cunninghams Richtung. Soll ich ihn auch begrüßen, oder einfach ignorieren? Ich fühle mich äußerst unsicher. Mrs. Whitehead scheint meinen zaghaften Blick richtig zu deuten. »Mr. Cunningham ist nur als stiller Beobachter hier, wir beide führen das Bewerbungsgespräch.«

O ja, das habe ich schon mitbekommen, dass Mr. Cunningham ein *stiller Beobachter* ist, geht es mir durch den Kopf, und ich nicke brav. Aber wo bleibt nur Alex? Eigentlich habe ich doch mit ihm den Termin.

»Wir suchen eine neue Assistentin für Mr. Cunningham, die meinen Posten übernehmen wird, da ich in drei Monaten aus dem Unternehmen ausscheide«, erklärt Mrs. Whitehead.

»Darf ich fragen, warum Sie ausscheiden?«, hake ich direkt nach.

»Nun, ich habe mir meinen Ruhestand verdient und werde diesen in den Staaten genießen.« Ein flüchtiges Lächeln erscheint auf ihrem Gesicht.

»Alex hat Sie empfohlen«, wirft Cunningham kurz ein, und Mrs. Whitehead und ich blicken gleichzeitig in seine Richtung, überrascht, dass er das Wort an mich direkt richtet.

»Seltsam, ich hatte angenommen, dass Alex kurzzeitig eine Assistentin sucht«, bemerke ich.

Mrs. Whitehead nickt. »Sind das Ihre Unterlagen?« Sie blickt auf meine Mappe, die vor mir auf dem Tisch liegt, und ich schiebe sie ihr zu, als Mr. Cunningham sich einmischt. »Darf ich?«

Mrs. Whitehead nimmt die Mappe und reicht sie an ihn weiter.

»Wissen Sie, in welchen Bereichen unser Unternehmen tätig ist?« Sie mustert mich wieder mit ihrem strengen Blick.

»Ja, mein Bruder hat mich informiert. Sie sind im Großen und Ganzen in der Kunstszene tätig.«

Sie schaut wie eine strenge Lehrerin, deren Schülerin eine richtige Antwort gegeben hat. »Ja, das ist unser Hauptbetätigungsfeld. Vor allem aber verwalten wir eine Stiftung, der Mr. Cunningham vorsitzt. Wir leiten unter anderem auch ein Museum, um die Galerien kümmert sich Ihr Bruder.«

Es hat den Anschein, als wäre Mr. Cunningham in meine Mappe vertieft, doch ich vermute, dass er mit gespitzten Ohren zuhört.

»Sie haben Meeresbiologie studiert?« Seine Stimme ist tief, und ich bin überrascht, dass sie nach dem Auftritt von Melissa so gelassen und ruhig klingt.

»Ja, ich war wissenschaftliche Assistentin an der Uni in Honolulu, bis ... Nun bin ich wieder hier. Meine Mutter starb vor einigen Jahren, daher lebe ich bei meinem Bruder.«

Er nickt. »Das tut mir leid ... ich meine, dass Sie und Alex Ihre Mutter verloren haben.« Die Klangfarbe seiner Stimme hat sich verändert, ich meine zu spüren, wie seine coole Fassade für einen Augenblick aufbricht, aber ich kann mich auch irren. Wie auch immer, wieder jagt mir eine Gänsehaut über den Rücken. Ohne dass ich es verhindern kann, fühlt es sich an, als würde er mich mit seinen Worten zärtlich berühren wollen. Ich weiß, dass dies absoluter Quatsch ist, aber meine Kehle ist plötzlich wie zugeschnürt. Hätte ich doch das Glas Wasser, welches mir Blondie angeboten hat, angenommen. So nicke ich nur. Verdammt, wo bleibt Alex?

»Gut. Danke, das wäre es dann.« Cunningham erhebt sich.

Ich erhebe mich ebenfalls, als er meint: »Wir sehen uns später im Flieger, Susan. Sag, wie besprochen, weitere Termine ab.

Ich werde das Gespräch mit Miss Darling alleine zu Ende führen.«

Nicht nur ich schaue überrascht auf. Mrs. Whitehead starrt ihn eine Sekunde länger als notwendig an, doch dann räumt sie, ohne etwas zu erwidern, das Feld. Er ist der Boss, er hat das Sagen, und vor allem hat er die Kontrolle.

Susan nickt mir unverbindlich zu. »Ich wünsche Ihnen noch einen schönen Tag, Miss Darling.« Dann ist sie zur Tür hinaus, und ich bin allein mit Cunningham.

2

Er hat den Platz gewechselt und sitzt mir nun gegenüber. Seine gepflegten Hände liegen auf meiner Mappe, und ich werde das Gefühl nicht los, als würden sie auf meiner Haut liegen. Er hat kräftige Hände, die richtig zupacken können. Keine zarten filigranen, sondern starke breite Finger mit kurzen sauberen Nägeln. Ich schaue auf und blicke in seine blauen Augen. So aus der Nähe kann ich erkennen, dass sie nicht einfarbig sind, sondern verschiedene Blauschattierungen haben. 5 unterschiedlich blaue Farben bilden die Iris. Ich sehe, dass sein Mund sich bewegt, doch ich verpasse die Frage, zu versunken bin ich in meiner Beobachtung. Spüre schon wieder, wie seine Hände meinen Körper streifen, wenn auch nur in Gedanken. Verlegen blinzele ich. »Entschuldigung, wie war Ihre Frage?« Mir schießt erneut die Röte ins Gesicht, das ist zu peinlich.

»Bringen Sie irgendwelche Erfahrungen mit?« Er betont *Erfahrungen* auf eine eigenartige Weise, und sein Blick gleitet dabei über meinen Körper, als wäre dies ein Ding der Unmöglichkeit. Seine Frage beschämt mich und macht mich gleichzeitig wütend.

»Ja«, antworte ich gelassen, obwohl ich innerlich koche, »ich habe nicht nur Meeresbiologie, sondern auch Wirtschaft studiert. Alex und ich wurden schon als Kinder mit Kunst vertraut gemacht, ich denke also, dass ich der Aufgabe einer Assistentin gewachsen bin.«

Sein Blick verändert sich. »Ich habe auch nichts anderes unterstellt, Miss Darling.« Seine Stimme nimmt einen kühlen Ausdruck an, und ohne näher darauf einzugehen, sagt er: »Alex hat mir nie erzählt, dass er eine Schwester hat.«

»Ich habe einige Jahre auf Hawaii gelebt, bis ... nun, bis Umstände mich dazu zwangen, nach Hause zurückzukehren«, füge ich leise hinzu.

Eigentlich will ich nicht zu viele private Einblicke preisgeben, doch er hat so eine Art an sich, mehr aus mir herauszuholen, als ich möchte.

»Dann leben Sie also bei Alex?« Er lächelt leicht, zum ersten Mal. Das genügt. Meine Fantasie reagiert vor meinem Verstand und geht mit mir durch. *Ja, ich lebe bei Alex. Ja, du kannst mich dort heute Abend abholen, gerne lasse ich mich von dir einladen. Wir werden durch die Nacht streifen, der Mond wird Zeuge sein, wenn du mich in die Arme nimmst und küsst und wenn wir ...* Die ganze Zeit habe ich wie hypnotisiert in seine Augen geschaut. Ich bin sicher, er hat erkannt, was ich denke, und das leise Lachen, das zwischen den Blautönen funkelt, wirkt wie ein zustimmendes Nicken. Ich spüre, dass ich plötzlich erregt bin wie lange nicht mehr, mein Unterleib zieht sich zusammen. Ein Orgasmus bei einem Vorstellungsgespräch? Bin ich noch zu retten?

Er wartet auf meine Antwort, aber ich habe die Frage schon wieder verpasst. O mein Gott, ich benehme mich wie eine komplette Vollidiotin.

»Wohnen – bei Alex?«, hilft er mir auf die Sprünge, und jetzt muss ich lächeln.

»Alex hat das Haus für uns gekauft, es hat viele Zimmer.« Genug an Informationen.

Sein Blick verschließt sich abrupt. Da ich nicht ahne, was er von mir erwartet hat, frage ich mich, warum er weiter seine Zeit verschwendet und diese Farce nicht endlich beendet und mich nach Hause schickt.

»Miss Darling, wir organisieren eine Menge Veranstaltungen, Empfänge und Kunstausstellungen. Ich suche eine Assistentin, die mir rund um die Uhr zur Verfügung steht. Daher brauche ich jemanden, der ungebunden ist.«

Ich nicke. Will er herausfinden, ob ich einen Freund habe? »Es gibt niemanden in meinem Leben – außer Alex. Ich kann mich voll und ganz auf meine Arbeit konzentrieren.«

»Sie meinen damit, dass Sie sich voll und ganz auf mich konzentrieren würden?«

Meine Hände fangen an zu schwitzen. Vielleicht sollte ich einfach aufstehen und gehen. Aber ich will bleiben, will weiter in diese wunderbaren Augen schauen, die sich mir öffnen und sich dann plötzlich wieder vor mir verschließen.

»Ich pendele ständig zwischen Frankfurt und New York. Als meine Assistentin würden Sie diesen Lebenswandel teilen. In New York steht Ihnen eine Wohnung zur Verfügung, wie allen meinen Angestellten, die rund um die Uhr für mich arbeiten, und ein angemessenes Gehalt.«

Im Geiste sehe ich mich schon seinen Aktenkoffer hinter ihm herschleppen, oder mich abhetzen, um seine Kleidung aus der Reinigung zu holen.

»Dazu gehört nicht, meine Kleidung aus der Reinigung zu holen, dafür habe ich bereits jemanden. Ihre Dienste benötige ich anderweitig.«

Dieser Mann kann Gedanken lesen. Er wird mir langsam unheimlich. Der Zauber von eben ist verflogen, meine Vernunft gewinnt wieder die Oberhand. Will ich wirklich für ihn arbeiten? In einer Firma, die schon äußerlich nicht zu mir passt, und ich nicht zu ihr?

Unvermittelt fragt er: »Möchten Sie mit mir zusammenarbeiten?«

Ich weiß nicht, was ich sagen soll, fühle mich irgendwie überrumpelt.

»Ich dachte, ich würde für Alex arbeiten.«

»Und ich möchte, dass Sie für *mich* arbeiten!«

Cunningham sagt es mit solch einem Nachdruck, dass ich nicht wage, zu widersprechen, schließlich ist er der Chef. Er erhebt sich, und ich tue es ihm gleich, denke, das Gespräch ist beendet, doch er legt leicht die Hand auf meinen Rücken und bittet mich, auf der Sitzgruppe Platz zu nehmen.

»Ich möchte Sie gerne überzeugen«, sagt er mit schmeichelnder Stimme, zieht im Gehen seine Anzugjacke aus und krempelt die Ärmel seines blauen Hemdes auf. Gebräunte Haut mit dunklen Haaren kommt zum Vorschein.

Ich muss schlucken.

Er setzt sich nur eine Handbreit von mir entfernt schräg neben mich, um mir direkt in die Augen zu sehen.

»Glauben Sie, Alex hätte etwas dagegen, wenn Sie für mich arbeiten?« Er legt seinen Arm lässig auf die Lehne der Couch, hinter meinen Nacken. Obwohl er mich nicht berührt, spüre ich die Hitze, die von ihm ausgeht.

Das macht mich ganz nervös. Mein Mund ist trocken, und ich fahre mir mit der Zunge über die Lippen, um sie zu benetzen. Cunninghams Blick bleibt an meinem Mund hängen, ich glaube zu hören, dass er leise »Shit« murmelt.

Seine Gesichtsfarbe wechselt, und er ändert seine Sitzposition, schlägt die Beine übereinander. Etwas scheint ihm ganz und gar nicht zu gefallen, und ich weiß nicht, womit ich ihn verärgert haben könnte.

Etwas verlegen räuspert er sich schließlich. Irritiert schaue ich ihn an, ich hätte nicht geglaubt, dass diesen Mann irgendetwas in Verlegenheit bringen könnte. »Jaz, ich möchte, dass Sie begreifen, worauf Sie sich einlassen. Sie wissen genauso gut wie ich, wie das hier endet, wenn Sie für Alex arbeiten.«

Ich weiß nicht, wovon er spricht, und bin vollkommen durcheinander. »Nein, nicht direkt.«

Er lacht heiser. Sofort antwortet mein Körper wieder mit einer Gänsehaut, die ich auf die Schnelle kaum verbergen kann.

Er beugt sich noch näher zu mir und flüstert beinahe: »Schauen Sie, was ich mit nur einem Lächeln bei Ihnen anrichte.« Er blickt leise lächelnd auf meine Arme, wo sich die Härchen wie feindliche Krieger aufgestellt haben. Diese gemeinen Verräter!

»Ich verspreche Ihnen, Jaz, ich habe ein eisernes Prinzip. Meine persönlichen Assistentinnen sind tabu. Die von Alex nicht. Sie werden nicht einmal eine Woche für Ihren Bruder arbeiten, dann werden wir uns bereits gegenseitig den Verstand aus dem Schädel vögeln, das garantiere ich Ihnen.«

Obwohl ich schlucken muss, bleibt mir die Spucke weg, und ich fahre wieder mit meiner Zunge über meine Lippen. Was läuft denn hier für ein Film ab?

Völlig überrumpelt von seiner derben Ausdrucksweise, stehe ich auf, um etwas Abstand zwischen uns zu bringen.

»Mr. Cunningham, ich befürchte, unser Gespräch ist zu Ende.«

»Nichts ist zu Ende, es fängt gerade erst an. Setzen Sie sich. Ich werde schon nicht über Sie herfallen. Es ist nur wichtig, dass Sie wissen, welche Wirkung Sie auf mich haben.«

O mein Gott, ich muss hier weg. Schnell drehe ich mich um und greife nach meinen Unterlagen, doch Cunningham ist schneller. Er nagelt meine Hand auf dem Tisch fest und flüstert mir ins Ohr: »Jaz, wir wissen beide, dass ich recht habe. Sagen Sie nicht, Sie hätten es heute Morgen in Ihrem Haus nicht auch gespürt, oder vorhin im Aufzug. Am liebsten hätte ich Sie direkt dort genommen, und glauben Sie mir, Sie hätten nach mehr geschrien.«

Ich richte mich auf, hole, ohne zu überlegen, aus und versetze ihm eine schallende Ohrfeige. »Wie können Sie es wagen, so mit mir zu sprechen?«, zische ich wütend. Von sexueller Belästigung am Arbeitsplatz habe ich schon gehört, es wird Zeit, dass dieser blauäugige Adonis begreift, was ich davon halte.

Verblüfft greift Cunningham nach meiner Hand, hält sie fest und lächelt: »Das ändert nichts daran, was sich hier zwischen uns anbahnt, auch wenn Sie mich noch so oft schlagen, Jaz. Sie sind doch genauso scharf auf mich wie ich auf Sie. Geben Sie es zu!«

Steif stehe ich vor ihm und bin fassungslos. Kein Job der Welt ist es wert, sich derart bedrängen zu lassen. Für einen kleinen Moment jedoch bedauere ich, dass wir uns nicht unter anderen Umständen begegnet sind.

Natürlich hat er recht, es gibt eine starke Anziehung zwischen uns, aber mit seiner Direktheit hat er mich vollkommen ernüchtert. Denke ich. Kopfschüttelnd will ich meine Hand aus seiner befreien und endlich dieses Büro verlassen, aber mein Körper scheint eine Art Eigenleben zu führen und presst sich gegen meinen Willen an ihn, als er mich plötzlich in die Arme nimmt und seine Hüften gegen meine drückt.

Mit der einen Hand hält er mich, mit der anderen streicht er sich über die Wange, die sich von meinem Schlag rosa färbt. Er grinst breit.

Es gibt nur einen Weg raus aus dieser Klemme, entscheide ich und entspanne mich ein wenig. Dann schaue ich ihm geradewegs in die Augen, mutig, ohne mit der Wimper zu zucken. Wenn er meint, er kann mich schockieren, dann ist er bei mir an der falschen Adresse. So schnell lasse ich mich nicht einschüchtern. Ich winde mich langsam ein wenig, und er lässt mich abrupt los.

»Mr. Cunningham, ich respektiere Ihre Offenheit, auch wenn ich sie völlig unangemessen finde als Teil eines Bewerbungsgespräches.«

»Das ist Ansichtssache, meine Liebe, ich bin eben für klare Verhältnisse.«

Ich nicke und bewahre Haltung. »Gut zu hören, dann dürfte es Sie nicht überraschen, was ich Ihnen dazu sagen möchte. Erstens: Ich habe ebenfalls ein Prinzip, nämlich niemals«, das Wörtchen *wieder* kann ich gerade noch rechtzeitig verschlucken, »ein Verhältnis mit meinem Boss anzufangen. Und zweitens: Ich habe *keine Angst* vor Ihnen, Mr. Cunningham.«

~

Als Rhys Cunningham wieder allein in seinem Büro sitzt, starrt er die Tür an, dann stützt er die Ellbogen auf seinem Schreibtisch auf und lässt den Kopf in seine Hände sinken. Was ist bloß in ihn gefahren?

Alex' Schwester hat etwas an sich, das ihn verrückt macht. Bis heute Morgen hat er geglaubt, Frauen wie sie wären nicht sein Typ. Kurze schwarze Haare, die wirr vom Kopf abstehen, à la Halle Berry, sind so gar nicht sein Ding. Sie hat zwar eine gute Figur, aber ihre Größe von höchstens einem Meter siebzig lässt sie alles andere als wie ein Model erscheinen. Andererseits, mit *der* Sorte Frau hat er ja auch nicht die besten Erfahrungen gemacht, das letzte Desaster hat sich erst heute Morgen aus seinem Leben verabschiedet.

Als er Jazman Darling vor ein paar Stunden auf dem Treppenabsatz sitzen sah und sie dabei beobachtete, wie sie eine Träne von ihrer Wange wischte, ist etwas mit ihm geschehen, und er kann nicht sagen, was das ist. Später im Aufzug, als sie nervös an ihrer Jacke herumzupfte, hätte er am liebsten ihre Hände festgehalten, damit sie stillhielt, doch er war dazu verdammt gewesen, nichts zu tun, außer sie anzustarren, wie ein geiler Teenager. Und nun wird sie für ihn arbeiten, rund um die Uhr. Was hat er sich nur dabei gedacht? Ist sein Leben nicht schon kompliziert genug?

Er sollte sich lieber um die letzte Katastrophe namens Melissa Alesandro kümmern, doch dazu hat er im Moment keine

Lust. Ihre Beziehung war wie ein leckgeschlagenes Schiff, er wundert sich, dass es erst nach zwei Monaten gekentert ist. Dabei hatte er ihr von Anfang an klargemacht, dass es zwischen ihnen nichts anderes geben konnte als Sex. Keine Beziehung, keine Gefühle, erst recht keine Liebe. So etwas gibt es in seinem Leben nicht, das hat es nie gegeben und wird es auch nicht. Warum sich mehr aufbürden als nötig? Es läuft doch eh immer auf das Gleiche hinaus: Trennung! Sein Herz steht nicht zur Verfügung. Liebe gibt es nicht, sie ist nichts als eine Erfindung, um den Valentinstag und das Hochzeitsgeschäft anzukurbeln. Sie ist die verlogene Umschreibung für Begehren, etwas, das für kurze Zeit aufflammt und schnell wieder erlischt. Sobald die Lust gestillt ist, verflüchtigt sie sich wie ein Lächeln im Wind.

Die Verbindung mit Melissa hatte bereits von Anfang an einen Schönheitsfehler: Sie hat sein Begehren weder geschürt noch gestillt. Die ganze tolle Optik? Was für eine Blendung! Die Verbindung schnellstmöglich zu beenden war die beste Entscheidung, die er an diesem Tag getroffen hat. Jaz Darling einzustellen dagegen wohl eher nicht.

Niemand würde ihm je vorwerfen können, dass er nicht offen gewesen wäre. Dabei musste er sich gar nicht verstellen, als er sie mit seiner Geilheit konfrontierte. Die war echt, o ja. So echt, dass er sich nicht kontrollieren konnte, als sie sich umwandte und das Büro verließ. Er sah aus dem Fenster des 50. Stocks und stellte sie sich bereits als seine Assistentin vor. Er sah förmlich vor sich, wie sie sich langsam auf ihren Bürostuhl setzte und einen letzten Blick zu seinem Büro warf. Er malte sich aus, wie sie sich in ihrer unglaublich aufreizenden Art auf den Sitz gleiten ließ und ihre Hose mit einer ruhigen Handbewegung richtete. Dabei, so fantasierte er, berührte sie ihren Schoß. In dem Augenblick war es geschehen. Seine plötzliche und harte Erektion hatte ihn vollkommen überwältigt und ihm den Atem geraubt. Wie ein Tornado war die Lust in seine Lenden geschossen und dort explodiert. Wie ein Vierzehnjähriger hatte er sich nicht wehren können gegen den Orgasmus, der ihn machtlos und laut aufstöhnen ließ, zu verblüfft, um überhaupt etwas anderes denken zu können als *Darling*. Selbst als er sich unter einem fadenscheinigen Vorwand entschuldigte und schnell nach Hause fuhr, um zu duschen und sich umzuziehen, war er noch zu benommen gewesen, um zu verstehen, was geschehen war.

Ausgerechnet *sie* auf seine Gehaltsliste gesetzt zu haben war mit Sicherheit die größte Dummheit, die er je begangen hatte.

~

Mein neues Büro ist wundervoll. Es hat ein Fenster mit Blick auf das Messegelände und ist genauso luxuriös ausgestattet wie das von Cunningham. Zwar ist es wesentlich kleiner, aber es gehört ganz allein mir. Mein Gott, ich habe einen Job, mit einem Monatsgehalt, das weit über dem liegt, was ich bisher verdient habe. Allerdings habe ich nach meinem Studium auch nur zwei Monate gearbeitet, bevor diese unselige Affäre aufflog.

Ich sitze an meinem Schreibtisch und schaue aus dem Fenster. Obwohl ich mich freue, habe ich ein eigenartiges Gefühl im Bauch. Die blauen Augen von Rhys Cunningham verfolgen mich. Ich erinnere mich an seinen Duft, seine Hände, die meine Mappe vor wenigen Minuten noch gehalten haben. Meine Finger gleiten über sie, und ich habe das Gefühl, ich würde seine Hände berühren. Was sich da eben zwischen uns abgespielt hat, kann ich im Moment gar nicht sortieren, dazu brauche ich Abstand. Das kann ich nicht mit dem Wissen, dass Cunningham direkt hinter der nächsten Wand sitzt. Mir ist klar, dass er anders ist, nur wie sehr, kann ich noch nicht einschätzen.

In meine Gedanken platzt Alex hinein. Endlich. Er betritt, ohne anzuklopfen, den Raum. »Was machst du hier? Ich warte schon die ganze Zeit auf dich!«, sagt er und lässt sich in einen der Besucherstühle fallen, die vor meinem neuen Schreibtisch stehen.

»Ich arbeite nun für deinen Boss.«

»Was? Aber du solltest doch für mich arbeiten! Außerdem ist Rhys nicht mein Boss.«

»Nicht?« Ich bin verwirrt.

»Nein, was glaubst du hat das *Da* in *CuDa* zu bedeuten? Rhys hat mich vor vier Jahren zu seinem Partner gemacht. Liest du gelegentlich auch mal die E-Mails, die ich dir schreibe?«, fragt er beleidigt.

»Mr. Cunningham hat mich als seine Assistentin angestellt. Ich dachte, das wäre der Job, von dem du mir erzählt hast.«

»Nein, verdammt. Das war nicht der Job, von dem ich dir erzählt habe. *Ich* suche eine Assistentin. Jaz, ich glaube nicht, dass dieser Job das ist, was du dir vorstellst.«

»Alex, deine Fürsorglichkeit mir gegenüber in Ehren, aber ich bin erwachsen und weiß genau, worauf ich mich einlasse.«

»Bist du sicher, Jaz? Denk an Hawaii!« Alex streicht sein blondes Haar aus dem Gesicht. »Ich möchte nicht, dass er dir weh tut, denn das wird er. Rhys ist ein Herzensbrecher der schlimmsten Sorte. Er hinterlässt haufenweise gebrochene Herzen, über die er mit großen Schritten hinweggeht. Er ist unberechenbar und gefährlich.«

Genervt schaue ich Alex an. »Kannst du dir nicht vorstellen, dass ich aus meinen Fehlern lerne? Mache ich wirklich den Eindruck, als würde ich mich jedem x-Beliebigen an den Hals werfen? «

»Rhys ist alles andere als x-beliebig. Er ist ... sehr speziell.«

»Speziell?« Ich schaue meinen Bruder fragend an. »Was meinst du damit?«

»Halte dich einfach von ihm fern, okay!«

»Alex, wir reden hier über einen Job, nicht über eine Verlobung! Außerdem wird es schwer, mich von ihm fernzuhalten, wenn ich als seine persönliche Assistentin eingestellt bin.«

Wir werden durch das Klopfen an der Tür unterbrochen. In unsere Unterhaltung platzt Susan Whitehead, sie hat einige Unterlagen in der Hand, die wohl für mich bestimmt sind. Alex bleibt missmutig in dem Besuchersessel sitzen..

»Hallo, Alex«, begrüßt sie meinen Bruder und mustert mich streng durch die Brille. Ich fühle mich unwohl unter ihren Blicken, besonders jetzt, wo auch Alex mich wie unter einem Mikroskop beobachtet.

»Mr. Cunningham hat Sie also eingestellt!« Es ist keine Frage, sondern die Feststellung einer Tatsache, die ihr wohl nicht zu gefallen scheint.

»Ja, ist das so verwunderlich?« Die Frage rutscht mir einfach so heraus.

Susan Whitehead, eine Frau mit einer altmodischen Brille an einer noch altmodischeren Kette, hebt kurz die Schultern. »Gewöhnlich sind Mr. Cunninghams Assistentinnen immer langbeinig und blond oder rothaarig. Und machen Sie sich keine Hoffnungen, er hat nie Affären mit seinen Angestellten.«

»Nun, da es bei mir nur kurze Beine und schwarze Haare gibt, verstehe ich Ihre Verwunderung. Da ich meine Arbeit aber genauso gut erledige wie blonde, rote oder brünette Frauen, mache ich mir in dieser Hinsicht keine Sorgen. Insbesondere nicht, da Affären nicht in meinen Aufgabenbereich fallen.«

Im ersten Moment befürchte ich, zu weit gegangen zu sein, denn Mrs. Whitehead setzt einen noch strengeren Blick auf, doch plötzlich schmunzelt sie, und ich denke, das kommt bei ihr schon einem Lächeln nahe.

»Willkommen, Jaz, nennen Sie mich Susan.«

Ich ergreife ihre ausgestreckte Hand und schüttele sie. Mir wird klar, dass ich den Schießhund an der Vorzimmertür zu Rhys Cunningham gezähmt habe.

»Das kann schneller zu deinem Aufgabenbereich werden, als du ahnst«, murmelt Alex mit einem bösen Blick.

Spinnt der jetzt total? Ich strecke ihm heimlich die Zunge raus. Ich ahne, wieso Susan und Alex Vorahnungen haben, aber sie waren nicht dabei, als Mr. Cunningham und ich über meine *Arbeitsbedingungen* sprachen. Ich muss mir ein Lächeln verkneifen. Gut, dass beide nicht ahnen, wie *gründlich* Cunningham und ich eben dieses Thema besprochen haben.

»Ich habe hier einige Unterlagen für Sie. Zuerst die Verschwiegenheitserklärung, ich denke, das kennen Sie. Dann ein Organigramm, damit Sie eine Übersicht über unsere Firmenstruktur bekommen. Machen Sie sich damit vertraut, Mr. Cunningham schätzt es, wenn seine Assistentinnen umfassend informiert sind. Dies ist Ihr Arbeitsvertrag, den Sie mir bitte unterschreiben wollen, und ich benötige einige Infos von Ihnen, ebenso wie Ihre Bankdaten. Hier die Firmenkreditkarte, mit der Sie alle betrieblichen Ausgaben bezahlen können. Dann werden Sie Mr. Cunningham heute Abend zu einer längeren Geschäftsreise nach New York begleiten. Da seine Begleitung für die Eröffnung morgen Abend abgesagt hat, werden Sie als Ersatz einspringen.«

Ich erinnere mich an Melissa Alesandros Abgang und nicke wissend.

»Das kommt gar nicht in Frage!«, platzt Alex heraus und stürmt wütend aus dem Zimmer.

Verwirrt blicken Susan und ich ihm nach.

»Es wird Abendgarderobe verlangt. Mr. Cunningham wird wie immer Blau tragen. Matt wird Sie morgen in New York abholen und zu *Maxime* fahren, damit Sie sich etwas Passendes aussuchen können. Wenn ich Ihnen einen Tipp geben darf, sollten Sie sich für Hellblau entscheiden.«

Mir schwirrt der Kopf. Die einzige Frage, die ich stellen kann, ist: »Warum Blau?«

»Es passt zu seinen Augen!«

3

Alex stürmt in Rhys' Büro und schließt die Tür mit einem demonstrativen Knall. Dass Rhys gerade telefoniert, nimmt er nicht zur Kenntnis, wenn es ihn überhaupt interessiert.

»I'll call you back.« Rhys legt den Hörer auf und schaut seinen Partner prüfend an, wartet, dass dieser sein Verhalten erklärt.

»Du wirst sie nicht mit nach New York nehmen!«, ruft Alex aufgebracht und läuft vor dem großen Schreibtisch hin und her, dann bleibt er stehen, stemmt die Hände darauf und blickt Rhys wütend in die Augen. »Das lasse ich nicht zu!«

Lässig schiebt Rhys seinen Schreibtischstuhl ein wenig nach hinten und schlägt die Beine übereinander. Er legt die Fingerspitzen aneinander und fragt: »Ich denke, du sprichst von Jazman?«

»Natürlich spreche ich von Jaz, wen sollte ich sonst meinen?«

»Ich habe deine Schwester zu meiner Assistentin gemacht.«

Wütend schnauft Alex: »Das habe ich gehört, und du wirst das rückgängig machen.«

»Hat sie das verlangt?«

»Nein, ich verlange es.«

»Warum?«

»Du fragst mich allen Ernstes *warum*?« Alex ist fassungslos.

»Alexander, ich weiß nicht, was dieser Aufstand hier soll. Deine Schwester suchte einen Job, und ich habe ihr einen gegeben. Was ist daran verkehrt?«

»Was daran verkehrt ist?«

»Könntest du bitte aufhören, ständig meine Fragen zu wiederholen wie ein durchgeknallter Papagei?«

»Ich kann dir sehr wohl sagen, was daran verkehrt ist – du bist ein Frauen verschlingender Playboy, und ich möchte nicht, dass meine Schwester dein nächstes Opfer wird. Das ist daran verkehrt.«

Rhys wirft ihm nur einen kurzen Blick zu. »Du weißt, dass ich keine Affären mit meinen Assistentinnen habe, daher dürfte deine Schwester in Sicherheit sein.« Er rollt mit seinem Stuhl wieder an den Schreibtisch und greift zu seinem Telefon. »Außerdem ist sie nicht mein Typ.« Damit ist für ihn das Gespräch beendet.

»Du kennst meine Schwester nicht. Sie wird eher zu deinem Typ, als dir lieb ist.« Alex steht wie bestellt und nicht abgeholt im Raum, unschlüssig, ob er sich noch auf weitere Diskussionen einlassen sollte, doch dann besinnt er sich und verlässt grußlos den Raum.

~

Meine Koffer brauche ich gar nicht erst auszupacken. Allerdings weiß ich nicht, wie lange ich in New York bleiben werde. Vielleicht sollte ich Alex anrufen, doch genau in diesem Moment höre ich Geräusche an der Tür. Er steht im Flur und schaut missbilligend auf mein Gepäck.

»Hast du eine Ahnung, wie lange Mr. Cunningham plant, in New York zu bleiben?«

Seinem Gesicht ist anzusehen, dass es ihm missfällt, was ich vorhabe. »Du solltest dir selbst einen Gefallen tun und hierbleiben.« Er lockert seine Krawatte, als wäre ihm viel zu heiß.

Ohne auf seine Worte zu achten, packe ich neu. Bücher und Surfanzüge mit Hawaii-Sand raus, Shirts, Hosen, Blusen und Röcke rein. Dazu Unterwäsche, Schuhe und Toilettenartikel. Ich höre meinen Bruder im Hintergrund schwer atmen.

»Alex, ich weiß nicht, was du hast. Es ist ein Job, mehr nicht. Mr. Cunningham ist dein Partner, ich verstehe nicht, was dich daran stört, dass ich nach New York fliege.«

Er kommt zu mir, nimmt meine Hände und schaut mir tief in die Augen. »Jazman, ich will nur dein Bestes, und Rhys ist es nicht. Er wird dir weh tun, so viel steht fest. Hast du nicht schon genug mitgemacht? Wenn du unbedingt nach New York willst, nehme ich mir Urlaub und fliege mit dir hin.«

Auch wenn ich Alex' Besorgnis verstehen kann, billigen werde ich seine Bevormundung auf keinen Fall. »Sorry, Alex! Du bist nicht unsere Mutter. Auch wenn ich bisher bei der Auswahl meiner Männer kein glückliches Händchen bewiesen habe, kann ich für mich selbst entscheiden. Es geht doch hier nicht um einen neuen Freund, sondern um einen Job, den ich übrigens dir verdanke, wenn ich dich einmal daran erinnern darf.«

Bevor er etwas erwidern kann, hören wir ein Auto vorfahren. Alex geht hinunter und öffnet die Tür, vor der bereits Rhys Cunningham steht.

»Rhys, du hättest dich nicht persönlich bemühen müssen, ich wollte Jaz gerne selbst zum Flughafen fahren.« Alex' Worte klingen lässig, doch ich höre seine Verletztheit aus ihnen heraus.

»Tut mir leid, Alexander, diese Fahrt kannst du dir sparen.«

Immer noch hänge ich mit dem Kopf über den Koffern, doch die Stimme von Cunningham bringt mich aus der Fassung. Was ich jetzt nicht dabeihabe, werde ich in den Staaten besorgen, denke ich, als ich die Schlösser der Gepäckstücke einrasten lasse. Alex steht bereits wieder neben mir, um sie hinunterzuschleppen. Ich folge ihm angespannt.

»Miss Darling, sind Sie so weit?«

Rhys' amerikanischer Akzent schickt Schauerwellen über meine Haut und treibt die Röte in mein Gesicht. Ich komme mir vor wie ein Teenager, das muss unbedingt aufhören. Unsicher schaue ich Alex an, um seinen Gemütszustand einzuschätzen. Er lächelt mich an, wenn auch gequält. »Ich stelle den Rest deiner Reisetaschen in dein Zimmer. Du bist ja sicher nicht lange weg. Hab eine schöne Zeit.« Er zieht mich in seine Arme, küsst mich auf die Stirn und flüstert mir ins Ohr: »Pass auf dich auf!«

Meine Güte, mein Bruder tut ja gerade so, als würde ich zur Schlachtbank geführt. Er hat eindeutig ein paar Schritte in meiner Entwicklung nicht mitbekommen. Ich drücke ihn fest und drehe mich um. Mein Blick streift Cunningham, der bereits wartend am Wagen steht. Alex trägt meine schweren Koffer zum Auto, wo der Fahrer sie in Empfang nimmt und in den Kofferraum wuchtet. Zum Abschied küsse ich Alex noch einmal auf die Wange und lasse mich dann in den tiefen Sitz der Limousine gleiten. Draußen spricht mein Bruder noch kurz mit Cunningham, und ich hoffe, dass er seinem Partner keine Anweisungen gibt, die Finger von mir zu lassen, das wäre mir peinlich. Die Männer reichen sich die Hände, und Alex winkt mir noch einmal kurz zu. Als Cunningham schließlich neben mir Platz nimmt, setzt sich das Auto augenblicklich in Bewegung. Endlich! Der vorwurfsvolle Blick meines Bruders war keine Sekunde länger zu ertragen.

~

Wir reisen in einem Privatjet. Zu meiner Verwunderung fliegt Susan ebenfalls mit uns, und wir führen ein angenehmes Gespräch über Kunst und Literatur. Cunningham ist die ganze Zeit über sehr schweigsam. Er sitzt mir gegenüber, und sein Blick hält mich gefangen. Ich frage mich, woran er denkt? Vergeblich versuche ich, mich auf etwas anderes als seine Gegenwart zu konzentrieren, doch immer wieder schaue ich ihn an. Er folgt zwar der Unterhaltung zwischen Susan und mir, sagt aber kaum etwas. Dafür beobachtet er jede Regung, jede meiner Gesten. Ich fühle mich ein wenig unbehaglich, versuche, mir dies aber nicht anmerken zu lassen. Das ist jedoch nicht so einfach, wenn man Rhys Cunningham gegenübersitzt. Für einen Mann ist er auf den ersten Blick einfach zu schön. Sein Gesicht ist symmetrisch geformt. Die Augenbrauen dicht und ansprechend geschwungen. Seine Mundpartie ist fast ständig von einem Bartschatten umgeben, was ihm ein verwegenes Aussehen gibt. Perfekte weiße Zähne blitzen auf, wenn er spricht. Wie werden sie wohl strahlen, wenn er denn einmal lächelt? Er hat hohe Wangenknochen mit Grübchen, und das Haar trägt er aus der Stirn gekämmt mit einem Seitenscheitel. Manchmal fällt ihm eine schwarze Strähne in die Stirn, die ich dann direkt zurückkämmen möchte, vorzugsweise mit meinen Fingern. Am beeindruckendsten sind jedoch seine klaren Augen mit ihren fünf verschiedenen Blautönen. Er sieht definitiv zu gut aus für einen Mann, daher verstehe ich seinen ewig grimmigen Ausdruck nicht, so, als wäre er sauer auf die ganze Welt, oder … als hätte er etwas zu verbergen.

~

Nach der Landung ist der Zoll schnell erledigt, und am Ausgang erwartet uns ein weiterer Fahrer.

»Hi, ich bin Matt Baker«, stellt er sich vor und reicht mir lächelnd die Hand.

Wir setzen Susan an ihrer Wohnung in Greenwich ab. Ich bin gespannt, wo man mich hinbringen wird. Zwar habe ich einige Jahre in den Staaten gelebt, aber bis New York bin ich nie gekommen. Ich bin fasziniert von diesen mächtigen Bauten und dem Pulsieren der Stadt. Obwohl es bereits fast zwölf Uhr nachts ist, herrscht noch reger Verkehr auf den Straßen. Unzählige gelbe Taxis kreisen durch die Stadt, Menschen warten an Ampeln, und die blinkenden Leuchtreklamen lassen die Nacht zum Tag werden. Wir biegen auf die 5th Avenue ab, und kurz darauf fahren wir in eine Tiefgarage mit Zugangscode.

»Wir sind da.« Cunningham öffnet die Tür, reicht mir die Hand, um mir aus dem Wagen zu helfen, und als ich sie ergreife, durchfährt mich eine Hitze, als würde uns ein Blitz treffen. Ich bedanke mich für seine Hilfe und ziehe meine Hand schnell weg, als könnte ich mich wirklich verbrennen.

»Wir nehmen unser Gepäck direkt mit, ich brauche dich dann nicht mehr«, sagt Cunningham an Matt gewandt und nimmt ihm meine Koffer aus der Hand.

»Oh, ich kann sie auch alleine tragen.« Es ist mir peinlich, dass er mein schweres Gepäck schleppen will, ich versuche es Cunningham aus der Hand zu nehmen, doch ein Blick von ihm lässt mich verstummen.

»Nehmen Sie bitte meinen Kleidersack«, sagt er, und ich folge seinen Anweisungen. Matt hat direkt vor den Fahrstühlen gehalten, und Cunningham steckt eine Schlüsselkarte in den vorgesehenen Schlitz. Wir fahren direkt in die oberste Etage. Ich trage seinen Kleidersack über dem Arm, er ist nicht schwer, aber er duftet nach Rhys Cunningham. Der Geruch steigt mir direkt in die Nase und umnebelt mich. Es ist ein Gemisch aus Aftershave und Mann, und ich muss mich zwingen, meine Nase nicht in den Kleidersack zu tauchen, so wunderbar duftet es. Verstohlen betrachte ich ihn und sehe, dass er mich in der Spiegelwand des Aufzugs beobachtet. Warum müssen diese Dinger eigentlich immer mit Spiegeln ausgekleidet sein? Dunkle Ziegelsteine würden es doch auch tun! Er spielt wieder den *stillen Beobachter*, und mir flattert der Gedanke durch den Kopf, dass ich ihn gerne bei einer Nassrasur betrachten würde. Seine Augen mit diesen 5 Farben Blau lassen mich einfach nicht los.

Der leise Gong und das Aufgleiten der Aufzugtüren bringen mich in die Realität zurück. Das muss der Schlafmangel sein, anders kann ich mir diese Gedanken nicht erklären.

~

Cunningham deutet auf eine weiße Tür zur Linken. »Hier geht es zu Matts Apartment«, dann zeigt er auf die rechte Seite, »hier ist Ihre Wohnung.« Aber er öffnet die Tür in der Mitte. »Wenn Sie mir folgen wollen?«

Wir betreten einen blau-weißen Traum! Rhys Cunningham wohnt in einem riesigen Loft, dessen Hauptteil aus einem großen Wohnzimmer besteht. Zwei Seiten werden von einer Fensterfront begrenzt, die einen atemberaubenden Blick über den Central Park freigibt. Mitten im Raum steht eine große Sitzlandschaft in Dunkelblau, die Wände sind aus rohem Backstein, weiß getüncht und mit vielen Kunstwerken versehen. Überall stehen Skulpturen aus Stein. An der rechten Seite führt eine Treppe in die obere Etage.

»Dort geht es zu den Schlafzimmern und den Bädern«, erklärt Cunningham mit einem Ton in der Stimme, als wenn der Zugang dorthin tabu wäre. Ein Teil der Deckenkonstruktion ist aus Glas und mit Wasser gefüllt, das von unten angestrahlt wird und bläulich schimmert. Mit offenem Mund stehe ich darunter und bin sprachlos.

»Das ist der Pool. Er ist über die obere Etage zu erreichen. Also wenn Sie einen Badeanzug eingesteckt haben?«, fragt Cunningham mit einem kaum verhohlenen Grinsen. Als ich nichts erwidere, zieht er eine Augenbraue hoch und wendet sich um.

»Hier ist die Küche«, er zeigt auf den offenen Küchenbereich, der an das Wohnzimmer grenzt, »die Tür daneben führt zum Fitnessraum. Dieser Raum ist auch von Ihrer Wohnung aus zugänglich. So müssen Sie nicht durch den Flur oder durch meine Wohnung.«

»Was befindet sich hinter der linken Wand?«, frage ich, da ich dort auch eine Tür entdecke.

»Das ist eines der Arbeitszimmer und eine Verbindung zu Matts Wohnung.«

Es würde Stunden dauern, sich alles genau anzusehen, doch er öffnet die Tür zum Fitnessraum und durchquert ihn schnell. Die Ausmaße dieses riesigen Raumes könnten einem Fitnesscenter Konkurrenz machen. Ich trete durch die nächste Tür, dann stehe ich in meinem neuen Apartment.

~

Es ist vorwiegend in Weiß gehalten. Eine offene Küche mit einem Tresen, das Wohnzimmer mit weißer Ledercouch und mit Blick über New York.

»Ich lasse Sie jetzt allein, Miss Darling. Matt holt Sie um zehn Uhr ab. Wenn Sie Fragen haben, er ist auf dem Handy zu erreichen, Kurzwahltaste 3. Sie ahnen sicher, wer unter der 1 gespeichert ist.«

Ich lache flüchtig. »Ich kann es mir denken.«

Er lächelt mich an, und ein warmes Gefühl macht sich in mir breit. Er sollte wesentlich mehr lächeln, dann würde er nicht mehr so abweisend wirken. »Ihren Bruder erreichen Sie unter der 2. Das Handy und die Schlüsselkarte liegen auf dem Tisch, Ihre Koffer habe ich im Flur abgestellt.« Er nimmt mir seinen Kleidersack ab, dann ist er auch schon verschwunden, und ich bin allein in meiner neuen Welt.

Das Bad. Ein Traum aus schwarzem Marmor. Sehr edel, sehr teuer. Ich habe Angst, jeden Moment aus diesem wunderschönen Traum aufzuwachen. Die Duschkabine ist aus klarem Glas und wird matt, sobald man die Tür schließt. O Mann, ich fange gleich an zu hyperventilieren. Dies hier ist absolut nicht meine Welt. Das Bett im Schlafzimmer ist aufgeschlagen, und ein eingepackter Trüffel liegt auf meinem Kopfkissen, wie in einem verdammten Hotel. Ich öffne die Schränke und Schubladen. Alles wirkt so neu und unbenutzt. Nun, viel habe ich nach New York nicht mitbringen können, außer ein wenig Kleidung und meinen Laptop.

Ich schaue auf die Uhr und stelle fest, dass es schon nach Mitternacht ist. In Deutschland sind sie sechs Stunden weiter. *Ob Alex noch schläft?*, geht es mir durch den Kopf, und auch auf die Gefahr hin, ihn zu wecken, wähle ich die 2.

»Hi, Alex!«

»Wo bist du, Jaz?«, kommt anstelle einer Begrüßung. Er klingt hellwach.

»In dem Apartment der Assistentin.«

»Du redest doch wohl nicht von dem Apartment, das zu Rhys' Wohnung gehört?« Seine Stimme klingt eiskalt.

»Doch, ich glaube schon.«

»Du glaubst? Das verstehst du unter: Halte dich von Rhys fern? Ich muss unbedingt mit ihm reden.«

»Alexander, das wirst du schön lassen, verstanden? Misch dich hier nicht ein, okay? Ich bin erwachsen und weiß genau, worauf ich mich eingelassen habe. Ich will jetzt nicht mehr darüber reden, ist das klar?« Meine Stimme nimmt einen schneidenden Ton an, und er weiß, wenn ich seinen vollen Namen gebrauche, ist die Lage wirklich ernst, dann lasse ich mich auf keine weiteren Diskussionen ein.

»Okay, Jaz. Wie war dein Flug?«

»Danke, gut. Ich werde Cunningham morgen Abend zu einer Eröffnung begleiten.«

»Geht er denn nicht mit Melissa?«

Mein Bruder scheint nicht besonders gut informiert zu sein. »Die liebe Melissa ist seit heute Mittag Geschichte. Es wundert mich, dass das noch nicht zu dir durchgedrungen ist. Ich muss jetzt leider auflegen, Alex.«

»Pass auf dich auf, Jaz«, sagt er noch schnell, und es hört sich wie eine Drohung an.

Ich dusche und gehe zu Bett, doch ich kann nicht sofort einschlafen. Ich stehe wieder auf und trete an das Fenster, ziehe die Vorhänge zur Seite und blickte auf die glänzende Stadt hinunter. Ich kann es noch kaum glauben. Ich bin in New York!

~

Matt wartet am nächsten Morgen vor dem Gebäude in einer dunkelblauen Limousine auf mich. Als ich aus der Drehtür trete, steigt er aus und hält mir die hintere Tür auf. Ich komme mir so wichtig vor.

»Guten Morgen, Miss Darling«, begrüßt er mich freundlich und schenkt mir ein warmes Lächeln.

Ich bedanke mich höflich, steige in den Wagen und versinke fast in dem weichen Ledersitz der Rückbank. Der Wagen ist ein Audi A8. Ich kenne mich mit Autos aus und weiß, dass dieser zur Königsklasse gehört. Geschickt lenkt Matt die deutsche Edellimousine durch den Straßenverkehr von New York. Ich sehe aus dem Augenwinkel, wie er mich neugierig im Rückspiegel mustert. Er ist wohl in Alex' Alter, Mitte dreißig. Seine Haare sind braun und etwas länger, aber ordentlich geschnitten. Er hat zwar nicht die Größe von Cunningham, aber klein ist er auch nicht, und sein Anzug sieht genauso teuer aus wie der seines Chefs. Seine wachen braunen Augen wandern stetig zwischen dem Verkehr und dem Rückspiegel hin und her. Erst als er sich zu mir umdreht, bemerke ich, dass wir angekommen sind.

Er steigt aus und hilft mir aus dem Wagen. »Möchten Sie, dass ich Sie begleite, Miss Darling?« Er öffnet mir galant die Eingangstür. Zuerst will ich ablehnen, doch ich empfinde seine Gesellschaft als angenehm. Ja, warum eigentlich nicht?

»Gern, Matt, und nennen Sie mich bitte Jaz, wir sind doch so was wie Kollegen.«

Matt schenkt mir ein weiteres Lächeln, und meine Welt wird auf Anhieb ein wenig heller.

Sogleich werden wir von einer Verkäuferin in Empfang genommen, die Matt zu kennen scheint. »Hallo, Matt, Mrs. Whitehead hat Sie bereits telefonisch angekündigt, und ich habe gleich etwas Passendes für Miss Darling herausgesucht. Mein Name ist Anna, wenn Sie mir folgen wollen.«

Die Boutique ist sehr edel, und ich komme mir in meinem schlichten Kostüm ziemlich deplaziert vor.

»Ja, die gute Susan. Wie immer allen einen Schritt voraus«, murmelt Matt und schenkt der jungen Verkäuferin ein hinreißendes Lächeln, woraufhin sich deren Wangen rot färben.

Sie führt uns in den 1. Stock zu den Ankleidekabinen, dort gibt es eine Lounge, in der Matt wartend zurückbleibt. Die Kabinen sind so groß wie Alex' Wohnzimmer. An einer Kleiderstange hängen circa ein Dutzend Abendkleider in verschiedenen Blautönen.

Anna reicht mir eines in Dunkelblau, doch der Farbton passt gar nicht zu mir.

»Für welchen Anlass benötigen Sie das Kleid?«

Gute Frage. »Eine Galerieeröffnung«, antworte ich vage.

»Was halten Sie von diesem?« Anna reicht mir ein eisblaues Kleid, das mit unzähligen kleinen glitzernden Perlen bestickt ist und an den kurzen Ärmeln sowie am Saum aus durchsichtiger Gaze besteht. Es hat einen tiefen Ausschnitt, der zwar einen BH unmöglich macht, aber trotzdem noch schicklich ist.

»Dieses Kleid wird ohne BH getragen«, meint Anna überflüssigerweise, aber ich werde diese Ausstellung auf keinen Fall ohne einen betreten. Meine Brüste sind zwar nicht übermäßig groß, aber zu üppig für solche Experimente.

Anna bemerkt mein Zögern und verlässt kurz die Kabine. Das Kleid ist einfach ein Traum. Ich kann gar nicht erwarten, es anzuziehen.

»Hier, tragen Sie diese dazu, ein Geheimtipp der Stars. Durchsichtige Haftschalen, die auf jeden Fall an ihrem Platz bleiben und alles an der richtigen Stelle halten.« Sie zwinkert mir zu, während ich mich entkleide. Ich schlüpfe vorsichtig in das Kleid, es ist einfach ideal, auch wenn ich schmunzeln muss, während ich alles dorthin stopfe, wo es hingehört.

Als ich aus der Kabine trete, räuspert sich Matt. »Wow, Jaz! Sie sehen wundervoll aus!«, nickt er anerkennend, und ich kann nicht anders, als mich vor dem Spiegel in alle Richtungen zu drehen. Ja, das ist definitiv mein Kleid.

»Soll ich es Ihnen zu den anderen Sachen einpacken?«, fragt Anna, und ich verstehe nicht ganz, was sie damit meint, denn normalerweise gehöre ich nicht zu dem erlauchten Kreis, der in solch teuren Boutiquen einkauft.

»Mrs. Whitehead hat Anweisung gegeben, dass wir passende Dessous, Strümpfe, Schuhe und eine Clutch einpacken.«

Sie schaut in Matts Richtung, der dort bereits bepackt mit zwei vollen Taschen steht.

~

Als er alles samt Abendkleid im Kofferraum verstaut hat, sieht Matt mich fragend an. »Was nun? Friseur und Make-up oder Essen?«

Ich bekomme große Augen. »Wie kommen Sie darauf, dass ich zum Friseur gehe?«

»Nun, Mr. Cunninghams Begleitungen sind immer …«

»O nein«, ich winke unsicher ab, »Matt, ich gehöre nicht zu Mr. Cunninghams Bekannten oder Freundinnen, ich bin seine neue Assistentin.« Er schaut mich an, als wäre das das Gleiche.

»Also Essen. Was halten Sie von einem Sandwich?«, fragt er und trifft genau meinen Geschmack. Es ist mittlerweile Mittag, und ich habe wirklich Hunger.

»Perfekt!«, seufze ich erleichtert.

Er hält mir wieder die Tür auf, und ich zögere. »Matt, ich muss wirklich nicht hinten sitzen, und Sie müssen mir auch nicht immer die Tür aufhalten.«

»Jaz, das ist mein Job, und Sie wollen doch sicherlich auch, dass ich ihn gut mache, oder?« Er zwinkert mir zu, und ich kann diesem charmanten Lächeln einfach nicht widerstehen.

Er fährt uns zu einem kleinen Bistro, wo wir im Stehen ein Sandwich verdrücken und ich eine Diätcola trinke.

»Wie lange arbeiten Sie schon für Mr. Cunningham?«

»Seit neun Jahren. Aber wir kennen uns bereits wesentlich länger.«

»Neun Jahre? Haben Sie direkt nach dem College bei ihm angefangen?«, frage ich neugierig.

Matt lacht. »Nein, so jung bin ich dann doch nicht mehr. Ich bin jetzt sechsunddreißig, Mr. Cunningham und ich waren früher ... so was wie Nachbarn, und es gibt nicht viele Leute, deren er sein Leben anvertraut. Ich bin nicht nur sein Fahrer, sondern auch für die Security zuständig.« Er macht eine Bewegung, und ich sehe ein Waffenholster unter seiner Jacke. Keine Sekunde zweifele ich daran, dass er diese Waffe im Ernstfall auch benutzen wird.

»Ist es nicht mühsam, immer auf Abruf parat zu stehen?«, will ich von ihm wissen.

»Es ist angenehm, direkt neben ihm zu wohnen«, erklärt er schulterzuckend, als wäre er nichts anderes gewohnt.

~

Der Friseur, gegen den ich mich am Ende doch nicht überzeugend genug wehren kann, stellt sich als äußerst geschickt heraus. Obwohl meine Haare schon mächtig kurz sind, bringt er es fertig, diese so zu schneiden, dass sie danach länger wirken. Auch das Make-up benötigt einige Zeit, doch als ich endlich fertig bin, strahlt mich eine fremde, faszinierend schöne Frau im Spiegel an.

Matt zieht wieder seine Chauffeurshow ab. Mittlerweile ist es bereits fast achtzehn Uhr, und ich habe keine Ahnung, wann diese Ausstellung eigentlich beginnen soll. Matt lenkt den Wagen in die Tiefgarage und öffnet mir die Tür, nimmt die vollen Taschen, und wir betreten den Fahrstuhl. Vor der Tür zu meinem Apartment sagt er: »Ich werde Sie um neunzehn Uhr abholen.« Dann ist er auch schon in seiner eigenen Suite verschwunden.

Ich schließe die Augen und lasse den Tag Revue passieren. New York ist definitiv meine Stadt. Sie wirkt auf mich elektrisierend, und ich habe mich sofort in sie verliebt. Verliebt in eine Stadt, die niemals schläft.

In knapp zwanzig Minuten bin ich fertig angezogen und gestylt. Als ich gerade meine Schuhe anziehe, klopft es an der Tür. Das wird Matt sein, um mich abzuholen, geht es mir durch den Kopf. Ich öffne schnell und merke, dass ich meine Clutch im Schlafzimmer vergessen habe. Die Tür schließt sich, und als ich zurück ins Wohnzimmer komme, stehe ich Rhys Cunningham gegenüber. Er starrt mich für eine Sekunde überrascht an, dann hat er seine Gesichtszüge wieder unter Kontrolle. Vermutlich betrachte ich ihn genauso verblüfft wie er mich, denn er sieht einfach umwerfend aus in seinem dunkelblauen Anzug, dem ebenfalls dunkelbauen Hemd und der eisblauen Krawatte, die dem Farbton meines Kleides entspricht. Da hatte wohl Susan ihre Hände im Spiel. Ich sehe uns in der Spiegeltür des Badezimmers und finde, wir geben ein schönes Paar ab, auch wenn man uns als solches nicht bezeichnen kann.

»Miss Darling.« Er nickt mir zu und muss offensichtlich schlucken. Obwohl er mich keinen Moment aus den Augen lässt, ist sein Blick ohne jegliche Regung und fast abweisend.

Mir wird plötzlich ganz heiß, obwohl ich keine Jacke trage und die Unterwäsche kaum diese Bezeichnung verdient. Einerseits fühle ich mich nicht besonders wohl in meiner Haut, andererseits genieße ich das Gefühl, ihn aus dem Konzept gebracht zu haben. Ich wollte schon immer mit einem Raubtier spielen, das mir nicht gefährlich werden kann.

»Mr. Cunningham«, erwidere ich so leise, dass es einem Flüstern nahekommt, und bin mir sehr wohl meiner Ausstrahlung bewusst.

Wir starren einander an und keiner ist willens, als Erster den Blick vom anderen zu lösen. Die Atmosphäre ist spannungsgeladen, die Luft zwischen uns scheint zu vibrieren. Dann räuspert er sich und sagt: »Kommen Sie, Matt wartet in der Tiefgarage auf uns.«

Ich nehme meine Abendtasche, und er führt mich zum Aufzug, der direkt in die Tiefgarage fährt. Wir berühren uns zwar nicht in der engen Kabine, aber seine Nähe raubt mir dennoch den Atem. Er riecht unsagbar gut nach Meer und Freiheit, und obwohl er sich rasiert hat, kann man schon wieder einige Bartstoppeln erahnen. Im Spiegelglas kann ich ihn ungeniert von allen Seiten betrachten, ich sehe, dass er dasselbe tut. Als die Türen sich öffnen, legt er seine Hand auf meinen nackten Rücken, um mir den Vortritt zu lassen. Es ist nur eine kleine Geste, doch sie überrascht mich, und ich muss aufpassen, dass ich nicht ins Stolpern gerate. Ich bin so hohe Absätze nicht gewohnt. Aber ich gebe zu, diese High Heels lassen mich nicht mehr ganz so klein erscheinen, was mir gut gefällt.

Matt hält uns die Tür auf, und wir steigen in einen Bentley, dabei wirft er mir ein bezauberndes Lächeln zu, das auch Rhys nicht entgeht.

Mit wenigen Worten informiert mich Rhys, dass wir auf dem Weg zur Eröffnung einer Ausstellung für junge Glaskünstler sind. Sie findet in der Cunningham-Galerie statt. Als wir dort eintreffen, sind die Ausstellungsräume schon gut besucht.

Rhys wird von allen möglichen Leuten begrüßt, die mich mit neugierigen Augen mustern, er stellt mich als seine neue Assistentin vor. Es gibt sogar einige wenige, die nach Melissa fragen, doch er umgeht die Antwort mit einem charmanten Lächeln.

Es gibt wunderbares Fingerfood, von dem ich kaum wage zu kosten, ich habe Angst, dass mein Magen rebelliert, denn nach wie vor bin ich höchst angespannt. Ich spüre bei jeder Bewegung, wie mir Rhys' Blicke folgen, und gebe mir größte Mühe so zu tun, als würde ich es nicht bemerken. Dennoch bewege ich mich bewusst etwas lasziver als sonst. Ich weiß, welche Wirkung meine Frisur hat, sie betont meine, wie ich hoffe, erhabene Kopfhaltung und meinen schmalen langen Hals und lenkt den Blick gezielt in den tiefen Ausschnitt meines Kleides. Jedes Mal, wenn ich mich in dem prunkvollen Raum umschaue, erhasche ich in einem der zahllosen Spiegel einen flüchtigen Blick auf mich und auf meinen Chef, der für nichts anderes Augen zu haben scheint als für mich.

Nach dem kleinen Stehimbiss folgen einige Reden, von denen eine Rhys hält. Das verschafft mir Zeit, einmal durchzuatmen und mir das Publikum genauer anzusehen. Es wimmelt nur so von Reichtum und Macht. Der Bürgermeister ist anwesend, einige Senatoren, so berichtet mir Trish, eine nach eigenen Angaben siebzigjährige Milliardärin und scheinbar gute Freundin von Rhys, die er mir im Vorbeigehen vorgestellt hat.

Ich muss mir Mühe geben, mir alle wichtigen Namen zu merken, und fühle mich ein wenig unerfahren, schreibe mir daher gedanklich eine nicht ganz ernst gemeinte Notiz, sämtliche Persönlichkeiten New Yorks zu googeln. Trish ist auf ihre reizende Art sehr neugierig, und ich muss Rede und Antwort zu meiner

Herkunft stehen. Sie ist dabei so charmant, dass ich sie einfach nur nett finden kann. Sie kennt Alex und kann es nicht fassen, dass er mein Bruder ist. Da geht es ihr nicht besser als mir, denke ich schmunzelnd.

»Woher haben Sie dieses wunderbare Kleid, Jazman?«, fragt Trish mit einem Zwinkern.

»Von mir.« Cunninghams dunkler Bariton erklingt hinter meinem Rücken. Er hat mittlerweile seine Rede beendet und steht nun hinter uns, ich spüre seine Nähe, ohne ihn zu sehen.

»Rhys, deine neue Assistentin ist wirklich eine ganz bezaubernde Person. Du musst später unbedingt mit ihr tanzen.«

Eine Band hat mittlerweile angefangen zu spielen.

»Aber Trish, du weißt doch, dass Rhys nicht tanzt«, erklärt eine weitere Bekannte, die er mir vorgestellt hat. Trish lächelt nur und tätschelt Rhys liebevoll die Hand. Dieser beugt sich hinunter und küsst Trish auf die Wange. Mir geht das Herz auf, und ich muss lächeln. Verstohlen beobachte ich, wie Rhys Trish etwas ins Ohr flüstert und leicht über ihre Wange streicht.

Die Gäste begutachten inzwischen die Ausstellungsstücke, wunderbare Gebilde aus Glas. Dann drängen sie sich an die Bar und auf der Tanzfläche. Ich bemerke, dass Rhys keinen Alkohol trinkt, und auch ich halte mich an einem Glas Champagner fest, denn ich möchte meine Sinne beisammenhalten.

Zielstrebig bahne ich mir nach einiger Zeit einen Weg zu den Toiletten. Dort tummeln sich die Schönen, um Lidstrich und Lippenstift nachzuziehen. Als ich fertig bin, muss ich vor dem Waschbecken warten, als zwei dieser Schönheiten mir neidische Blicke zuwerfen. Für einen Augenblick fühle ich mich absolut deplaziert.

»Hast du Rhys Cunningham gesehen? Er sieht heute mal wieder umwerfend aus. Ich habe gehört, dass es mit Melissa aus ist. Vielleicht werde ich ihn zum Tanzen auffordern, auch wenn

Emily meint, dass er niemals tanzt«, zwitschert das brünette Vögelchen und klimpert mit ihren unechten Wimpern.

»Vielleicht kann er gar nicht tanzen?«, säuselt das blonde Vögelchen, und beide flattern aufgeregt davon, nachdem sie mich mit einem vernichtenden Blick gestraft haben. Ich verdrehe genervt die Augen und wasche meine Hände.

Als ich den Raum verlasse, lehnt Rhys an der gegenüberliegenden Wand und telefoniert. »In einer Stunde«, spricht er in sein Handy und legt auf.

»Das hier ist die Damentoilette.«

Er grinst, und mir wird wieder warm ums Herz. Die Vögelchen hatten recht, er sieht wirklich umwerfend aus, wenn auch auf eine geheimnisvolle dunkle Weise.

»Kommen Sie.«

Er nimmt meinen Arm. Vermutlich ist die Party jetzt vorbei. Doch anstatt den Ausgang anzusteuern, führt er mich auf die Tanzfläche. Meine Überraschung könnte nicht größer sein. Die Musik spielt ein sehr langsames Stück, und ich lasse mich von Rhys in die Arme nehmen. Ich habe das Gefühl, als würde ich nach Hause kommen, so vertraut sind seine Berührungen, so widersprüchlich dieser Gedanke auch sein mag. Seine Hand auf meinem Rücken setzt meine Haut in Flammen. Sein sauberer Geruch und der weiche Stoff seines Anzugs, den ich an meiner Wange spüre, entlocken mir ein leises Seufzen. Im Stillen bedanke ich mich bei meiner Mutter, dass sie auf Tanzstunden bestanden hat. Schnell spüre ich, wie souverän er führt. Seine Hand auf meinem Rücken bewegt sich leicht streichelnd, wir bewegen uns in einem so langsamen Rhythmus, dass man glauben könnte, wir stünden still. Ich spüre seinen Oberschenkel an meinem Bein, und ein wohliges Gefühl breitet sich in mir aus. Die beiden Vögelchen am Rande der Tanzfläche starren ungeniert zu uns herüber, deshalb lege ich langsam einen Arm um

Rhys' Nacken. Eine verwegene Geste, ich spüre, wie seine Körperspannung für den Hauch eines Augenblicks zunimmt, dann scheint er sich wieder zu entspannen. Ich sehe die versteinerten Mienen der beiden Beobachterinnen und wie sie tuschelnd die Köpfe zusammenstecken.

Rhys schaut auf mich hinunter, und ich scheine in dem Blau seiner Augen zu ertrinken. Dieser Mann ist wirklich mehr, als ich ertragen kann. Er übt eine Faszination auf mich aus, der ich mich nicht erwehren kann.

»Sie machen eine Menge Frauen eifersüchtig«, flüstert Rhys ganz nah an meinem Ohr, und seine erotische Stimme beschert mir ein Kribbeln am ganzen Körper. Obwohl mein Kopf plötzlich schwipsig leer scheint und ich das Gefühl habe, als könne ich nicht mehr richtig atmen, nutze ich die Chance und presse mich ein wenig enger an ihn heran. Er nimmt dies offensichtlich wahr und erhöht seinerseits den Druck seines Griffs kaum merklich, während wir uns sanft zur langsamen Musik wiegen.

Ich weiß genau, dass er nur ein wenig mit mir spielt, und da ich dieses Spiel wider Erwarten sehr genieße, lasse ich mich gerne darauf ein. Wenn dieser Abend vorbei ist, dann wird der Zauber wie bei Cinderella verfliegen, und wir sind beide wieder geschützt durch die Sicherheit unserer unumstößlichen Prinzipien.

»Ich möchte niemanden eifersüchtig machen, aber wie steht es mit Ihnen?«, frage ich daher leise, und er schaut mich überrascht an. Ich erwidere seinen Blick lächelnd, während ich fasziniert in die 5 Farben Blau seiner Augen sehe.

»Warum glauben Sie, dass ich jemanden eifersüchtig machen will?«

»Weil mir zu Ohren gekommen ist, dass Sie niemals tanzen.«

»Und wo ist Ihnen das zu Ohren gekommen?«

»In der Damentoilette.«

Er grinst. »Habe ich Ihnen schon gesagt, wie wundervoll Sie heute Abend aussehen?«

»Nein, aber danke. Ich denke allerdings, meinem Bruder würde das nicht gefallen.«

»Dann sorgen wir dafür, dass er es nicht erfährt.«

Ich könnte die ganze Nacht mit ihm tanzen, auch wenn meine neuen Schuhe mich umbringen. Er hält meine Hand fest in seiner und streichelt mit dem Daumen leicht über meinen Handballen. Es ist eine sehr intime Geste, die mich elektrisiert. Alex hatte recht, er ist gefährlich. Weiß ich eigentlich, was ich hier tue? Habe ich mein kleines Spiel wirklich noch unter Kontrolle? Plötzlich wird mir ein wenig mulmig, und ich will hier raus, doch Rhys hält mich fest in seinen Armen. Als ich versuche, den Abstand zu vergrößern, verstärkt er den Druck und zieht mich noch fester an sich.

»Warum wollen Sie flüchten, Miss Darling?«

Ich schlucke und weiß keine Antwort. Was sollte ich ihm auch erwidern? *Es ist zu schön, ich ertrage diese Nähe nicht? Mein Bruder hat mich vor Ihnen gewarnt?*

»Ich möchte nicht, dass man über Sie spricht«, ist meine lahme Antwort.

Er bleibt plötzlich stehen. Hätte er mich nicht gehalten, wäre ich gefallen. »Worüber sollen die Leute denn reden, Jaz? Doch nur, worüber sie sich ohnehin schon den ganzen Abend das Maul zerreißen. Ich denke, wir sollten ihnen wirklich etwas zum Tratschen geben«, sagt er und senkt seine Lippen auf meine.

Ich bin im ersten Moment so überrascht, dass ich einfach nur da stehe und es über mich ergehen lasse. Sein Mund ist kühl, und ich spüre seine Zunge, die gegen meine Lippen drängt. Ich öffne sie, um ihn einzulassen. Er schmeckt nach Pfefferminz, und ich kann nicht anders, als ihn ebenfalls zu küssen. Heiße Wellen fluten meinen Körper. Der Druck seiner Lippen ist so präsent, dass mir ganz schwindelig wird. Ich höre mein Blut rauschen, als würde ich mir eine Muschel ans Ohr halten, und mein Herz rast wild, als hätte ich den New-York-Marathon gewonnen. Ich bin ihm völlig ausgeliefert. Aber so schnell, wie dieser Kuss begonnen hat, ist er auch schon wieder vorbei, denn plötzlich steht Melissa neben uns und zieht Rhys förmlich von mir weg.

»Hast du den Verstand verloren?«, brüllt sie so laut, dass die umherstehenden Menschen ihre Köpfe in unsere Richtung drehen.

Rhys ballt die Faust, und sein Blick nimmt etwas Bedrohliches an.

»Melissa! Mach jetzt keine Szene«, sagt er im ruhigen Ton und schiebt mich ein wenig hinter seinen Rücken.

»Rhys, nimm dich in Acht! Du weißt, ich bin rasend eifersüchtig!«, droht Melissa schon wesentlich leiser.

Rhys nimmt meine Hand. »Komm, wir gehen!« Er führt mich von der Tanzfläche, verabschiedet sich schnell von Trish und steuert mit mir dem Ausgang entgegen. Als ich mich umschaue, sehe ich Melissa mit zorngerötetem Gesicht allein auf der Tanzfläche stehen.

4

Für meine Verhältnisse sitzen wir viel zu eng beieinander, doch ich wage es nicht, von ihm abzurücken. Er hält die ganze Zeit meine Hand, und ich bin nicht mutig genug, um sie ihm zu entziehen oder Rhys anzusehen.

»Ist alles in Ordnung?«, fragt er und beugt sich ganz nah zu mir herüber. Mir bleibt nichts weiter übrig, als ihm doch in die Augen zu blicken, ich weiß nicht, was ich sagen soll. *Nein, mir ist ganz schwindelig von deiner Nähe? Nein, ich spüre immer noch deine Lippen auf meinen und möchte mehr davon? Nein, ich bin so wütend auf Melissa, dass ich ihr den Kopf abreißen könnte für ihr ungebührliches Verhalten, und dass sie diesen schönen Abend kaputtgemacht hat?*

»Ja, danke. Es geht schon«, versuche ich zu lächeln, was mir wohl ziemlich misslingt, denn er legt den Arm um mich und zieht mich an sich. Ich zittere, versuche jedoch, Haltung zu bewahren, ihm nicht zu zeigen, wie durcheinander er meine Gefühle bringt. Ich sollte das nicht zulassen, doch ich kann mich auch nicht dagegen wehren. Was macht er nur mit mir? Ich bin nicht mal drei Stunden mit diesem Mann zusammen, und schon zerfließe ich wie Butter in der Sonne und bin machtlos gegen seine Berührungen, die so zärtlich sind. Mein genialer Plan, mich auf sein Spiel einzulassen und dabei cool die Fassung zu bewahren, ist kläglich gescheitert. Wie soll ich nur nach diesem Kuss noch unbefangen mit ihm arbeiten? Fast bin ich ein wenig zornig. Auf mich selbst, aber auch auf ihn. Kann er sich denn überhaupt nicht beherrschen? Ist es das, wovor mein Bruder mich warnen wollte?

»Gut so?« Er fährt wieder mit seinem Daumen über meinen Handrücken, das macht mich total kribbelig. O Gott, wann ist diese Fahrt endlich zu Ende? Ich muss aus diesem Wagen heraus, weg von Rhys Cunningham und seinen Liebkosungen.

Die Fahrt dauert zum Glück nicht lange. Matt hält vor dem Aufzug, so dass wir von dem Bentley direkt in den privaten Fahrstuhl steigen können. Ich schenke Matt ein leises »Danke«, als er mir die Tür aufhält. Fast hätte ich ein Stirnrunzeln erwartet, oder ein schadenfrohes Grinsen, doch nichts davon kann ich in seinem Gesicht ausmachen.

Einerseits bin ich froh, das Matt erst noch den Wagen parken muss und ich somit allein mit Rhys im Fahrstuhl stehe, andererseits ist mir seine Nähe auf diesen fünf Quadratmetern viel zu viel. Um mich abzulenken, krame ich in meiner Abendtasche nach der Schlüsselkarte für mein Apartment, kann sie jedoch nicht finden. »Mist«, ich habe sie auf dem Tisch liegen lassen.

»Was ist?«, fragt Rhys und stößt sich von der Spiegelwand ab, an der er gelehnt hatte, um mich zu beobachten.

»Ich habe meinen Schlüssel vergessen. Diese Karte …«

»Sie können durch meine Wohnung in Ihre Räume gelangen«, erklärt er knapp. »Ich muss Ihnen ohnehin noch ein paar Unterlagen geben. Morgen früh findet eine Vorstandssitzung statt, und ich möchte, dass Sie daran teilnehmen.«

Ich weiß nicht, was mich mehr irritiert, seine plötzliche Förmlichkeit oder der harte Ton in seiner Stimme. Schnell schließe ich die Wohnungstür hinter uns, denn ich sehe den Fahrstuhl wieder heraufkommen, und ich möchte vermeiden, dass Matt sieht, wie ich in Rhys' Wohnung verschwinde. Warum mir das so wichtig ist, weiß ich nicht genau, aber ich möchte nicht, dass Matt sich ein falsches Bild von mir macht. Mir ist es von großer Wichtigkeit, dass er in mir lediglich die Angestellte von Rhys Cunningham sieht, und nicht eine seiner potenziellen Geliebten.

»Ich hole schnell die Unterlagen«, sagt Rhys und verschwindet hinter der Tür, die zu seinem Arbeitszimmer führt.

Ich gehe weiter ins Wohnzimmer, das ich mir nun in aller Ruhe ansehen kann. Das Licht ist gedimmt, und man hat einen wundervollen Blick auf den Central Park, der mir zu Füßen liegt. Noch viel mehr als die wunderschöne Aussicht interessieren mich die Skulpturen, die überall verteilt im Raum stehen. Eine Figur aus blauem Marmor fällt mir besonders ins Auge. Sie stellt in groben Zügen einen Frauentorso dar. Üppige Hüften und Oberschenkel, die Arme in die Luft gestreckt. Es ist eindeutig ein Frauenkörper.

»Sie ist aus Carrara-Marmor.«

Ich habe nicht gehört, dass Rhys hinter mich getreten ist, so vertieft bin ich in die Betrachtung der Figur.

»Sie ist wunderschön. Ich dachte bisher immer, Carrara-Marmor wäre weiß.«

»Nein, es gibt ihn in vielen Farben. Der Graphitanteil färbt den Stein blau.«

»Sind diese Skulpturen alle von einem Künstler?«, frage ich und sehe mich in der Wohnung um. Ich entdecke fast zwanzig dieser Gebilde.

»Ja.«

»Sie mögen seine Arbeiten. Hat er einen bekannten Namen?«

»Nein, es ist eher der symbolische Wert, der mir an den Arbeiten gefällt.«

Hm, welche Symbolik sich wohl dahinter verbergen mag?

Rhys hält eine Kladde in den Händen, die wie ein Schutzschild zwischen uns steht.

»Sind das die Unterlagen?«, frage ich und atme tief aus. Ich muss mich dringend auf etwas anderes konzentrieren, als auf die körperliche Präsenz dieses Mannes.

»Ja, es geht um die Stiftung für bildende Künste, deren Ausstellung wir heute Abend besucht haben. Morgen findet die jährliche Vorstandssitzung statt. Hat Susan Ihnen das Organigramm gegeben?«

Ich nicke. »Ja, Sie hat mir die Unterlagen bereits ausgehändigt.«

»Auch die Kreditkarte?«

»Ja, auch die, aber ich glaube nicht, dass ich sie oft benutzen werde.«

Er schaut mich verständnislos an. »Warum nicht?«, fragt er und geht hinüber, um den CD-Player zu starten. Leise Musik erklingt.

»Nun, ich wüsste nicht, welche Betriebsausgaben ich tätigen müsste, und ich bin es gewohnt, für meine Kleidung selbst zu bezahlen. Es gibt mir kein gutes Gefühl, wenn das ein anderer tut.«

»Sie meinen, wenn ich Ihre Kleidung bezahle?« Er nimmt mir die Mappe aus der Hand und legt sie zur Seite. Dann berührt er mein Gesicht mit beiden Händen. »Sie arbeiten ab jetzt für mich, da ist es nur logisch, dass ich auch Ihre Arbeitskleidung bezahle, genau wie Matts Anzüge oder seine Krawatten.« Seine Daumen streicheln meine Schläfen, und er beugt sich über mich. Im ersten Moment denke ich, dass er mich wieder küssen wird, doch er kommt mir nur unheimlich nah. Er sieht mir tief in die Augen und sagt leise: »Sie wollen Alex schützen, nicht wahr? Sie haben Angst, wenn Sie sich auf mich einlassen, dass er vollkommen ausflippen wird.«

Ich nicke, weil ein großer Kloß in meinem Hals sitzt und mein Herz so laut pocht, dass ich Angst habe, er könnte es hören. Aber ich kann nicht so einfach gehen, automatisch hebe ich die Hand und streiche über seine Wange, die übersät ist mit Bartstoppeln, was sich höllisch sexy anfühlt.

»Haben Sie auch nur die geringste Ahnung, was Sie für eine Wirkung auf mich haben, Jazman Darling?« Als er meinen Namen ausspricht, fühlt es sich wie eine Liebkosung an, und warme Schauer laufen über meinen Rücken. Er bemerkt es und zieht mich in seine Arme. Langsam beginnt er, sich zum Takt der Musik mit mir im Kreis zu drehen. »Wir waren mit unserem Tanz noch nicht fertig.«

Das langsame Jazzstück wirkt beruhigend und erregend zugleich. Meine Arme wandern von allein zu seinen Schultern und legen sich um seinen Nacken, als hätte ich nie mit einem anderen Mann getanzt. Ich fühle die Stärke, die in diesem Körper steckt. Ich spüre seine Finger auf meinem Rücken, seinen Atem an meinem Hals. Ich kann in seinen Armen kaum atmen, und doch genieße ich seine Berührung mit jeder Faser meines Körpers. Das weiß er sicherlich. Bestimmt reagiere ich wie jede andere Frau in seiner Nähe, und doch möchte ich plötzlich etwas ganz Besonderes für ihn sein.

»Ich glaube, es wäre besser, wenn ich mir einen anderen Job suche«, flüstere ich heiser. Es ist mein letzter Versuch, unbeschadet aus dieser Sache herauszukommen. Ich spüre nämlich, wie *meine* Prinzipientreue dahinschwindet. Und da ich mich nur dann mit jemandem einlasse, wenn ich etwas für ihn empfinde – so war es jedenfalls bei Hunter –, stecke ich bereits ziemlich tief in Schwierigkeiten.

Ohne unseren Tanz zu unterbrechen, schaut Rhys mir mit einem leisen Lächeln in die Augen. Seine Stimme ist noch rauchiger als sonst. »Sie meinen, Sie sollten nicht für *mich* arbeiten?«

Ich lehne meinen Kopf an seine Schulter und sage aufrichtig: »Ja. Es ging mir in den letzten Wochen sehr schlecht, deshalb bin ich auch zurück nach Frankfurt gekommen. Alex will nicht, dass mir das noch einmal passiert ...«

»Was noch einmal passiert?«

Mist, ich wollte doch auf keinen Fall darüber sprechen! Daher schüttele ich einfach nur den Kopf und bewege mich langsam weiter zur Musik.

Rhys' Hände gleiten sanft über meinen nackten Rücken, und ich wünsche mir, dass dieser Moment niemals enden möge. Doch ich bin keine siebzehn mehr, auch wenn Alex mich noch oft so behandelt. Ich weiß, dass dieser zärtliche, intime Moment ein Ende finden muss. Wenn ich weiter mit dem Feuer spiele, dann werde ich mit Haut und Haaren verbrennen.

»Weißt du, Jaz, dass du mich von der ersten Sekunde an berührt hast?«

»Im Fahrstuhl?«, frage ich verblüfft und übergehe einfach, dass er zum Du übergegangen ist.

»Nein, als ich dich auf den Treppenstufen in Alex' Haus habe sitzen sehen. Da war mir sofort klar, dass ich dich will.«

»Als deine Assistentin?« Ich halte den Atem an.

Mittlerweile ist Rhys stehen geblieben. »Du weißt, was ich meine.«

Natürlich weiß ich, was er meint. Ich mache mich verhalten von ihm los. »Ich glaube, das ist keine gute Idee. Bitte, mach diesen Abend nicht kaputt. Er ist seit langem das Schönste, was mir widerfahren ist.«

Rhys schaut auf mich hinunter, sein Blick ist unglaublich intensiv. »Ich will dich, nicht nur als meine Assistentin. Ich will dich unter mir, ich will ganz tief in dir sein, ich will deinen Körper spüren und mit dir eins werden. Ich will dich schreien hören vor Lust und um mehr betteln. Ich weiß, dass du das auch willst, Jaz.«

Ich schnappe mir die Mappe, will ihn stehen lassen und in mein Apartment fliehen, doch Rhys zieht mich an der Hand zurück. »Ich bekomme immer genau das, was ich will. Merke dir das. Matt wird dich morgen früh ins Büro bringen.« Er küsst meine Hand und lässt mich gehen.

~

Die Hände fest zu Fäusten geballt, steht Rhys im Wohnzimmer und hört, wie die Tür des Fitnessraums ins Schloss fällt. Es ist gut, dass sie gegangen ist. Was ist nur in ihn gefahren, sie einfach auf der Tanzfläche zu küssen? Herrgott noch mal, sie ist die

Schwester seines Geschäftspartners, ein Mann, dem er mehr vertraut als den meisten. *Wo ist nur mein gesunder Menschenverstand geblieben?*, schießt es ihm durch den Kopf. Er sollte versuchen, sie wieder loszuwerden.

Rhys berührt die blaue Marmorstatue, die ihr so gut gefällt. Aber ist es nicht dafür schon längst zu spät? Er kann sie nicht mehr gehen lassen. Verdammt! Er will sie, vorzugsweise nackt auf den Knien vor sich. Wenn er an ihre Augen denkt, die ihn so unschuldig anblicken, dann könnte er sich vergessen. Diese blauen Augen, die eigentlich hellgrün sind. Das erkennt man jedoch nur, wenn man ihr nah genug ist, um sie zu küssen. Verflucht! Er wird sich eine Menge Ärger mit Alex einhandeln, aber das ist ihm Jazman Darling inzwischen allemal wert!

~

Schwer atmend lehne ich an der Tür meiner Wohnung.

O Gott, was für ein Mann! Ich habe das Gefühl, lichterloh in Flammen zu stehen, und doch bereue ich es nicht, dass er mich hat gehen lassen. Ich wäre unweigerlich in seinem Bett gelandet. Und das wäre etwas, was mir weder Alex noch ich mir selbst verzeihen könnte. Auch wenn sich mein ganzer Körper nach Rhys sehnt, nach diesen flammenden Berührungen giert und ich mir nichts Schöneres vorstellen kann, als in seinen Armen zu liegen, seinen Mund auf jeder Stelle meines Körpers zu spüren. Diese Vorstellung lässt mich fast kommen, zumindest fühle ich die Nässe zwischen meinen Beinen. Auch wenn mein Kopf weiß, dass es besser war, zu gehen, so bin ich enttäuscht und ratlos. Ich ziehe mich aus, und bereite mich auf eine Nacht vor, die ich wohl schlaflos verbringen werde.

~

Nach der Dusche am nächsten Morgen fühle ich mich keinesfalls besser. Der gestrige Abend sitzt mir in den Knochen, als hätte ich die ganze Nacht durchgefeiert, dabei bin ich vor zwölf ins Bett gegangen. Ich entscheide mich für ein dunkles Kostüm mit weißer Bluse. Zwar ist es nicht richtig blau, sondern eher dunkelgrau, kommt aber einem Blauton schon sehr nahe. Ich ziehe meine Schuhe an, die neben den High Heels von gestern Abend stehen, und sofort sind die Bilder wieder in meinem Kopf. Bilder von dunkelblauen Augen und sinnlichen Lippen auf meinem Körper, die mich die ganze Nacht verfolgt haben. Wie ich den Tag überstehen soll, ist mir unerklärlich. Obwohl ich noch über eine halbe Stunde Zeit habe, beeile ich mich, in die Küche zu kommen, um noch etwas zu frühstücken, auch wenn ich keinen Brocken herunterbekomme. Der Kühlschrank ist gut gefüllt, doch ich mache mir nur schnell einen Kaffee und trinke ihn im Stehen, bis mein Blick im Wohnzimmer hängenbleibt.

Auf dem weißen Couchtisch steht die blaue Marmorfigur, über die ich gestern mit Rhys gesprochen habe. Im ersten Moment weiß ich nicht, worüber ich mich mehr ärgern soll: dass er sich meinetwegen von diesem Teil trennt, oder dass er so einfach meine Wohnung betreten hat!

~

Matt klopft pünktlich um fünf vor neun an meine Tür.

»Sind Sie fertig?«

Sein fröhliches Gesicht tut mir gut. Ich hole meine Tasche und achte darauf, dass ich an die Schlüsselkarte denke.

»Wir haben es nicht weit«, sagt Matt, als er den Fahrstuhl ruft.

Zu meiner Überraschung fahren wir nur eine Etage tiefer.

»Dieses Gebäude gehört der CuDa Holding, und hier befinden sich auch die Räume der Geschäftsleitung«, klärt Matt mich auf. »Sie brauchen sich also nicht jeden Morgen durch die Rushhour zu kämpfen.«

Ich bin überrascht, und mir wird klar, dass ich so gut wie gar nichts über Alex' Arbeit und schon gar nichts über sein Vermögen weiß.

Als ich die Chefetage betrete, herrscht eisiges Schweigen. Matt überlässt mich Abigail, die ein Abbild von Claudia in Frankfurt ist. Sie zeigt mir erst mein Büro, dann führt sie mich zu Rhys, dessen Büro direkt neben meinem liegt. Ich erwarte, auf Susan mit ihrem strengen Blick zu treffen, doch Rhys ist allein.

»Bitte, schließ die Tür«, weist er mich an.

Oje, sein Gesicht ist verschlossen, und es strahlt wieder diese elegante Düsterkeit aus, die mich frösteln lässt. Er trägt einen sehr eleganten dunkelblauen Anzug mit einem weißen Hemd, silbernen Manschettenknöpfen und gleichfarbiger Krawatte, und er sieht sehr mächtig aus. Er zeigt auf einen der Besucherstühle vor seinem Schreibtisch. Eine Vorahnung beschleicht mich. *Er ist endlich zur Vernunft gekommen und wird mich feuern*, läuft in einer Endlosschleife vor meinem inneren Auge ab.

»Ich habe heute Morgen mit Alex gesprochen.«

Ich warte ab. Kein *Guten Morgen, wie war deine erste Nacht?* Das wird auf jeden Fall ein Rausschmiss.

»Ich kann mir denken, was Alex von dir wollte.«

»Weißt du auch, was ich von Alex wollte? Denn ich habe *ihn* angerufen. Auch wenn er dein Bruder ist, denke ich, dass er dir die Wahl überlassen sollte, ob du weiter für mich arbeiten willst. Dir ist die sexuelle Spannung zwischen uns bekannt. Der gestrige Abend hat gezeigt«, er weicht meinem Blick für einen Sekundenbruchteil aus, dann sieht er mich wieder starr an, »dass ich gelegentlich ein wenig inkonsequent bin.« Wieder flackert sein Blick, allerdings nur so kurz, dass ich fast nicht sicher bin, ob ich es richtig beobachtet habe. Er fährt ungerührt fort: »Ich will dich. Die Entscheidung liegt bei dir.«

Die Nüchternheit in seiner Stimme lässt mich aufhorchen. Es ist beleidigend, wie ein Handelsgut betrachtet zu werden, über das rational entschieden werden muss.

»Nun, ich habe gerade erst eine Affäre hinter mir, die nicht gut geendet ist. Mir ist ganz bestimmt nicht danach, mein Leben erneut zu verkomplizieren. Ich weiß nicht, ob meine Selbstdisziplin ausreicht, um mich gegen deine Avancen auf Dauer zu wehren, aber ich schwöre, dass ich mich professionell verhalten werde, wenn du es auch tust. Ich will diesen Job. Und ich habe noch nie auf das gehört, was mein Bruder mir vorschreiben wollte.«

Rhys sieht mich lange an, als versuche er, in meinem Gesicht zu lesen. Doch ich schaue geschäftsmäßig zurück. Mit keinem Wort erwähne ich seine Zärtlichkeiten von gestern Nacht. Entgegen seiner Versicherung, nie etwas mit seiner Assistentin anzufangen, hat Rhys Cunningham mich gestern vor großem Publikum liebevoll umgarnt und dann mit kaum verhohlener Leidenschaft auch noch geküsst. Und ich habe diesen Kuss nicht nur erwidert, sondern auch genossen. Wir beide wissen, dass die letzte Nacht auch ganz anders hätte enden können. Es ist beinahe so, als hätten sich zwei Spieler am Pokertisch getroffen, nur um festzustellen, dass sie auf ähnlich hohem Niveau miteinander spielen werden. Ja, das ist ein Bild, das mir gefällt. Dabei komme ich gut weg. Besser, als ich es verdient habe, denn ich fühle mich Rhys Cunningham überhaupt nicht gewachsen, wenn ich ehrlich bin. Allmählich befürchte ich, dass ich nur verlieren kann. Meinen Stolz, meine Integrität, mein Herz.

»Gut«, nickt Rhys, lächelt aber nicht.

Ich recke mein Kinn vor und schaue ihm geradewegs in die Augen. Es gibt nichts, wofür ich mich schämen müsste, ich bin eine erwachsene Frau aus Fleisch und Blut und keine seiner unvollendeten Marmorfiguren.

»Dann lass uns gehen.«

»Das heißt, ich bin nicht gefeuert?«

»Warum sollte ich dich feuern?«

Um deinen Partner nicht zu verärgern, denke ich, spreche es aber nicht aus.

»Die Sitzung findet drüben im Briefingroom statt. Bist du bereit?«

Zögerlich erhebe ich mich. »Ich weiß nicht, wie ich reagieren soll, wenn mich jemand auf gestern Abend anspricht. Immerhin gab es jede Menge Zeugen. Was soll ich sagen, wenn ich danach gefragt werde?«

Rhys hat sich ebenfalls erhoben und kommt um den Schreibtisch auf mich zu. Er nimmt meine Hand und zieht mich näher zu sich heran. »Was wäre denn deine Antwort, wenn du gefragt würdest?«

Wie immer, wenn ich in Rhys' Nähe bin, kommt mein Blut in Bewegung. Es brodelt erst ganz leicht, bis es dann langsam anfängt zu sieden. »Dass es ein Kuss unter Freunden war?« So ein Unfug, wer würde das denn glauben?

»War es das?«

Ich schüttele langsam den Kopf und kann mich nicht von seinem eindringlichen Blick lösen. »Nein, wir haben nur der Meute etwas zum Fressen vorgeworfen.«

»Genau so war es, und das werden wir so sagen, wenn uns jemand darauf anspricht. Aber glaube mir, es wird niemand wagen, das Thema anzuschneiden.«

Ich lächele und überlege. Aha. Wir haben die Leute verarscht, mehr nicht. Damit könnte ich leben, wären wenigstens welche in seinem Appartement dabei gewesen. Ich bin leicht enttäuscht, unter vier Augen hätte er ruhig mal ein wenig mehr preisgeben dürfen.

Den Gedanken habe ich noch nicht ganz zu Ende gedacht, da schließt er mich plötzlich in seine Arme. »*Dieser* Kuss, Jaz, ist jedoch nur für uns bestimmt.« Er küsst mich nicht so wie gestern, leicht und zärtlich, sondern rauh und hart. Dabei drückt er mich immer weiter nach hinten, bis ich an der Fensterfront ankomme. Seine Bartstoppeln kratzen über meine Haut, und ich habe das Gefühl, als würde mein Gesicht jeden Augenblick in Flammen aufgehen. Das Feuer erfasst innerhalb von Sekunden meinen ganzen Körper, eine ungeheure Hitze breitet sich auch in meinem Unterleib aus. Rhys umfasst meine Taille und presst mich an sich. Eine Hand gleitet weiter, bis sie auf meinem Po zu liegen kommt. Ich kann es nicht verhindern, mein Körper gibt seinem Druck bereitwillig nach und will mehr. Ich hebe mein rechtes Bein leicht an, er reagiert sofort und zieht es zu sich hoch, schiebt seine Hand unter den Stoff meines Rockes, der längst nach oben gerutscht ist, findet den Weg unter meinen dünnen Slip und streichelt mit seinen Fingern über meine nackte Haut. Sein Kuss will nicht enden, er raubt mir die Sinne, mein Atem kommt plötzlich nur noch stoßweise. Meine Finger habe ich inzwischen längst in seinem Haar vergraben.

Seine Erektion spüre ich durch unsere Kleidung und stöhne auf bei dem Gedanken, wie sehr ich ihn will, hier und auf der Stelle. Ich weiß nicht mehr, wer jetzt wem ausgeliefert ist, es tut unglaublich gut, zu fühlen, wie er sich mitreißen lässt von meiner Lust. Seine Gier nach mir ist so erregend, dass mir ein weiteres Stöhnen über die Lippen kommt. Ich spüre, wie Rhys zittert.

»O Mann, du machst mich fertig!«, flüstert er und vergräbt sein Gesicht in meinem Haar.

Das Schrillen der Telefonanlage lässt uns auseinanderfahren wie Jugendliche, die heimlich hinter der Hecke geknutscht haben.

»Scheiße«, murmelt er und lässt mich abrupt los.

Ich habe Angst, dass jemand das Büro betreten könnte, wenn er nicht schnell genug ans Telefon kommt, doch er hebt bereits ab und meldet sich barsch. Dann hört er einige Sekunden zu. »Ja, Susan, wir sind auf dem Weg.«

Er legt auf und schaut mich an.

»Die Sitzung?«, frage ich, und er nickt ergeben.

Ich richte meine Kleidung wieder her und fahre mir durch mein Haar, das ohnehin in gewohnter Unordnung tut, was es will.

»Alles okay bei dir?«, fragt er und bleibt hinter seinem Schreibtisch auf Abstand.

Ich versuche einen gelassenen Gesichtsausdruck aufzusetzen, weiß aber, dass mein Gesicht gerötet ist, nicht nur von seinen Barthaaren.

»Ja, alles okay, ich hole schnell noch meine Tasche.« Zumindest habe ich meine Stimme wieder im Griff.

»Gut. Und, Jaz, wir sind hiermit noch lange nicht fertig.«

Das sehe ich genauso, aber das muss er nicht gleich merken. Also antworte ich mit einem leichten Lächeln: »Doch Rhys, das sind wir, du hast nämlich Prinzipien und ich auch, vergiss das nicht. Übrigens, vielen Dank für die Statue, aber ich würde es vorziehen, wenn du nicht ohne mein Wissen meine Wohnung betrittst.«

5

Wir sitzen in einem großen Konferenzraum mit mehr als zwanzig Personen. Einige von ihnen habe ich bereits gestern auf der Ausstellung kennengelernt. Sie starren mich an, ohne Ausnahme, scheinen wohl alle die gleiche Vermutung zu hegen. Ich weiß nicht, woher ich den Mut nehme, aber ich schaue ihnen offen ins Gesicht und verstecke mich nicht. Um etwas Raum zwischen Rhys und mich zu bringen, setze ich mich an das andere Ende des Tisches, zu Trish, die ich unter all den Gesichtern entdecke.

»Jazman, meine Liebe.« Sie umarmt mich wie eine alte Bekannte und küsst mich auf beide Wangen. Keine leichten gehauchten Küsse, sondern dicke Schmatzer. »Oh, Ihr Gesicht ist ja ganz gerötet.«

»Ja, es gab deswegen heute Morgen bereits einige Irritationen.«

Sie tätschelt meine Hand, erwähnt den Zwischenfall von gestern aber mit keinem Wort. Ich kann nicht anders, als sie in mein Herz zu schließen.

Es wird der Jahresbericht besprochen, der Vorstand entlastet, neue Förderprojekte werden vorgestellt und genehmigt. Rhys ist sehr professionell, und nur gelegentlich schaut er in meine Richtung. Ich konzentriere mich so gut es geht und ignoriere ihn, was ihn offensichtlich irritiert.

»Wenn nun alle Tagesordnungspunkte geklärt sind, werde ich die Sitzung hiermit schließen.«

»Nein, ich habe noch eine Frage.« Ich höre meine Stimme, kann nicht glauben, dass ich das wirklich gesagt habe.

»Miss Darling?« Seine Stimme ist schneidend.

»Warum fördern Sie nur Projekte für erwachsene Künstler? Was ist mit den Kindern? Mit denen, die es nicht so leicht im Leben haben. Zum Beispiel begabte Kinder aus sozial schwächeren Umfeldern.«

Allgemeines Gemurmel entsteht, aber niemand antwortet mir wirklich.

»Miss Darling, es geht hier nicht darum, die Welt zu retten.« Rhys' Stimme tropft vor Ironie, und mir bricht der Schweiß aus, aber gleichzeitig erwacht in mir auch mein Kämpfergeist, mein feiner Sinn für Ungerechtigkeiten.

Ich weise auf das Schaubild, das ein Beamer an die Wand wirft. »Es ist wirklich lobenswert, wie viele Projekte die Cunningham-Stiftung auf den Weg bringt und unterstützt, nur fördern diese Projekte diejenigen, die die Möglichkeit einer Ausbildung bereits haben. Wie aber sieht es mit benachteiligten Kindern und Jugendlichen aus? Die Mittel für Kinderheime etwa werden immer weiter gekürzt. Ist Ihnen noch nie die Idee gekommen, wenigstens eines mit ins Programm aufzunehmen?«

Ich schaue in die Runde und stoße auf skeptische Blicke. Rhys hat sich zurückgelehnt, seine Fingerspitzen aneinandergelegt und scheint meinen Vorschlag zu überdenken, doch seine Haltung ist alles andere als positiv.

Das Schweigen breitet sich wie dichter Nebel über den Raum aus, und mein Selbstbewusstsein beginnt darin zu versickern. Ich bin inzwischen aufgestanden und blicke fragend in die Runde. Rhys übergehe ich dabei wissentlich. Ich sollte mich wohl lieber setzen und den Mund halten. Doch jetzt kann ich auch nicht mehr zurück. Was bin ich für eine Idiotin!

»Also, ich finde diesen Vorschlag bemerkenswert. Warum ist eigentlich bisher niemand von uns auf diese Idee gekommen?« Trishs Stimme durchschneidet die wabernde Stille wie ein Sonnenstrahl.

Einer der Schlipsträger räuspert sich. Er heißt Rob Carter, so steht es auf seinem Namensschild, und er ist aus der Buchhaltung. »Die Gelder für das kommende Geschäftsjahr sind bereits alle verplant. Vielleicht können wir es im nächsten Jahr mit auf die Tagesordnung setzen.«

»Wir haben Juli, wieso kann es nicht mehr berücksichtigt werden?« Ich verstehe seinen Einwand nicht, und das macht mich wütend.

»Der Stiftung liegt ein abweichendes Wirtschaftsjahr zugrunde, also von Juli bis Juni des nächsten Jahres«, klärt Rhys mich auf.

Verdammt, ich beiße mir auf die Lippe, das muss ich in der Zusammenfassung überlesen haben. »Vielleicht wäre eine Aufstockung des Fonds möglich?«, frage ich kleinlaut.

Wieder Stille.

Nach einem kurzen Moment des Überlegens räuspert sich Rhys und sagt: »Wir werden einen Sonderfonds einrichten, für den ich zusätzliche Mittel zur Verfügung stelle. Miss Darling wird sich um ein geeignetes Projekt hier in New York kümmern.« Rhys' Stimme erfüllt den Raum und lässt keine Frage zu.

Rob macht sich ein paar Notizen. »Mr. Cunningham, wie hoch wird dieser Sonderfonds sein?«

Rhys sieht mich an, doch er scheint durch mich hindurchzublicken. »Fünfhunderttausend Dollar.«

~

Ein eigenartiges Gefühl ist es, in dem Haus zu wohnen, in dem man arbeitet. Es ist fast halb sieben, als wir den Konferenzraum verlassen. Alle Mitarbeiter haben bereits Feierabend, die Räume sind leer.

»Jazman, bitte warten Sie.« Trish läuft mit kurzen Schritten hinter mir her. »Sie müssen mich unbedingt besuchen, oder wir telefonieren miteinander. Bitte rufen Sie mich morgen an, wenn

Sie Zeit haben.« Sie drückt mir ihre Visitenkarte in die Hand, zwinkert mir zu und ist kurz darauf im Aufzug verschwunden.

Ich stehe allein im Flur und beschließe, ebenfalls Feierabend zu machen. Rhys' Bürotür ist geschlossen, und ich hole schnell meine Handtasche. Es ist wohl das Beste, heute alles so zu belassen, wie es ist, also fahre ich mit dem Privataufzug nach oben.

Nach dem Duschen ziehe ich eine bequeme kurze Jogginghose und ein weißes Tanktop an. Ich gehe hinüber zu Matt und klopfe an seine Wohnungstür.

»Es ist offen!«, höre ich ihn rufen. Vorsichtig trete ich ein und sehe ihn in der Küche stehen. Seine Wohnung ist eine Kopie meiner, nur spiegelverkehrt.

»Hi, haben Sie Lust, mit mir zu kochen?«, fragt er, und seine Augen strahlen so sehr, dass ich nicht ablehnen kann.

»Sollen wir uns nicht duzen?«, frage ich, und Matt nickt eifrig.

»Gerne, wie war dein Tag?« Er drückt mir eine Selleriestange und ein Messer in die Hand, damit ich sie in Stücke schneide. Ich verdrehe nur die Augen.

»So schlimm?«

Mir brennen tausend Fragen auf der Seele, doch ich weiß nicht, ob ich Matt so einfach ausfragen kann, ich möchte unser gutes Verhältnis nicht belasten.

»Hat dir die Statue gefallen, die ich dir heute Morgen auf Anweisung von Rhys auf den Tisch gestellt habe?«

Ich halte in meiner Tätigkeit inne. Verdammt, Matt war das?

»Ja, vielen Dank, ich finde sie außergewöhnlich. Aber Rhys hätte sich nicht extra für mich davon trennen müssen.«

Matt hält überrascht inne. »Rhys? Ihr duzt euch?«

»Ich werde ganz sicher nicht jemanden siezen, der seine Zunge in meinen Hals gesteckt hat.«

Matt blickt mich überrascht an. »Muss ich jetzt beleidigt sein? Du hast mir das *Du* angeboten, ohne dass ich dich geküsst habe.

Was soll mir das jetzt sagen?«, fragt er, zieht mich an sich und drückt mir einen freundschaftlichen Kuss auf die Wange. Wir lachen laut über seinen Scherz.

Mit einem Knall fliegt die Verbindungstür zu Rhys' Arbeitszimmer auf, und er steht im Türrahmen.

»Hier bist du, ich suche nach dir, wir haben noch etwas zu besprechen.« Eine peinliche Stille entsteht. Bevor er auf dem Absatz kehrtmacht, schenkt er Matt noch einen finsteren Blick. Oje, ich glaube, er hat unser Gespräch belauscht. Ich bekomme langsam eine Vorstellung davon, was es heißt, Rhys Cunningham Tag und Nacht zur Verfügung zu stehen.

~

Rhys trägt immer noch seinen Anzug, aber er hat die Jacke ausgezogen und seine Krawatte abgelegt. Er bittet mich, auf der Couch in seinem Wohnzimmer Platz zu nehmen. Ich fühle mich überhaupt nicht passend gekleidet und mache mir in Gedanken eine Notiz, mich demnächst erst umzuziehen, wenn ich zu Bett gehe.

Mit langen Schritten läuft er vor dem Fenster auf und ab, bis er plötzlich stehen bleibt. »Möchtest du etwas trinken? Ich habe allerdings nur Fruchtsäfte da.« Seine Stimme hat einen sanften Ton angenommen.

Ich nicke. »Ja, ein Saft wäre toll.« Mein Hals fühlt sich ausgedörrt an, und ich habe das Gefühl, dass dieses Gespräch kein einfaches werden wird.

Kurze Zeit später kommt er aus der Küche, mit zwei Gläsern Orangensaft, eines davon reicht er mir und lässt sich neben mir auf der Couch nieder.

»Du hast dich heute bei der Sitzung gut geschlagen«, beginnt er das Gespräch, und ich weiß nicht so recht, was ich darauf antworten soll.

»Danke, aber immerhin hat es dich fünfhunderttausend Dollar gekostet. Ich kann mir kaum vorstellen, dass dich das freut.«

Er hebt desinteressiert die Schultern. »Das ist weniger als ein Tagesumsatz.«

»Umsatz, das sagt nichts über den Gewinn aus.«

Überrascht schaut Rhys auf.

»Ich habe einen Wirtschaftsabschluss, schon vergessen?« Rhys scheint verblüfft, dass ich mit diesem Thema vertraut bin.

»Dann sollte ich dich womöglich zu Rob in die Buchhaltung versetzen.« Er grinst, und das lässt ihn sehr jugendlich wirken. Er sollte öfter lächeln, geht es mir wieder durch den Kopf. Gleichzeitig frage ich mich, was ihm passiert ist, dass er meistens so kalt und introvertiert rüberkommt.

»Bitte entschuldige, dass ich dich beschuldigt habe, meine Wohnung ohne mein Wissen betreten zu haben.« Ich schaue ihn kurz an und nehme schnell einen Schluck aus dem Glas, damit ich nicht weiterreden muss.

Er beugt sich zu mir herüber. »Du sollst wissen, dass ich niemals dein Apartment ohne Einladung betreten werde, du bist dort vollkommen sicher.«

Ich starre auf seine feuchten Lippen, die mir ganz nah sind. Sie sind wunderschön geschwungen, und ich würde ihrem Schwung gerne mit dem Finger nachfahren. Ich setze mich auf eines meiner Beine, damit ich ihn besser ansehen kann.

»Ich möchte dir diese Statue schenken.«

Erschrocken schüttele ich den Kopf. »Nein, das kann ich nicht annehmen. Sie ist bestimmt zu wertvoll.«

»Nicht wertvoller, als du es bist.«

Mit sackt das Herz in die Hose. Einmal ist er so unausstehlich, und dann sagt er solche Sachen, die mein Herz schmelzen lassen.

»Rhys, du solltest so etwas nicht sagen. Damit weckst du Sehnsüchte in mir, die uns beiden gefährlich werden könnten.«

Er streckt seine Hand aus und fährt mit den Fingern über mein Haar. »Jaz, du weißt, dass es zwischen uns passieren wird, wenn nicht heute, dann morgen.« Er spricht ganz leise und ruhig, und ich wünsche mir etwas von seiner Gelassenheit, doch seine Berührung bringt mich vollkommen aus dem Gleichgewicht.

Wem mache ich eigentlich etwas vor, wenn ich mich gegen das Gefühl in mir wehre? Die Vorstellung, ihn zappeln zu lassen, damit er merkt, dass ich ihm gewachsen bin, ist sicher verlockend, aber nicht so verlockend wie die Aussicht darauf, in seinen Armen zu liegen, ihn in mir zu spüren, mit ihm zusammen zu explodieren. Wenn nicht heute, dann morgen. »Ja«, hauche ich, »du hast sicherlich recht.«

»Darf ich dich küssen?«

Mich würde interessieren, wie er reagiert, wenn ich *Nein* sage, doch das will ich gar nicht, also nicke ich nur.

Dann zieht er mich an sich, und unsere Lippen verschmelzen. Ich lege meine Hände um seine Schultern und ziehe ihn zu mir herab. Ich will mehr, viel mehr von diesem atemberaubenden Mann, der nicht nur gut aussieht und wunderbar duftet, sondern der auch genau zu wissen scheint, welche Knöpfe er bei mir drücken muss, damit ich mich, ohne zu fragen, in seine Arme werfe.

Dicht schmiege ich mich an ihn, möchte jede Faser seines Körpers an meinem spüren.

»Du hast nicht die geringste Vorstellung von dem, was ich mit dir anstellen möchte«, flüstert er, und meine Synapsen fahren Karussell. Sein Gewicht drängt gegen mich, ich muss mich ergeben und rutsche rückwärts auf die Couch in eine liegende Position. Ohne mich auch nur eine Sekunde loszulassen, folgt Rhys mir.

»Was möchtest du denn tun?«, flüstere ich atemlos.

»Das hier zum Beispiel«, antwortet er und beißt mir spielerisch in meine Halsbeuge. »Oder das hier.« Er hebt mein knappes Tanktop und fährt mit seiner Zunge über meinen weißen BH. Sofort erheben sich meine Brustwarzen und gieren nach mehr. Ich kann als Antwort nur stöhnen und wünsche mir, dass er mir die delikaten Spitzen vom Körper reißt. Ja, das sind genau die Dinge, von denen ich mir wünsche, dass er sie mit mir tut.

Das Läuten an der Tür nehme ich nur verschwommen wahr. Erst als sich Rhys' Kopf hebt und er lauscht, weiß ich, dass etwas nicht stimmt. Dann ertönt das Signal ein weiteres Mal, ungeduldig.

Ich setze mich auf und versuche, mein Haar in Ordnung zu bringen, als Rhys sich erhebt, um die Tür zu öffnen. Ich höre, wie er mit Matt spricht. O Gott, das ist sicher Alex. Wenn er mich hier in Rhys' Wohnung erwischt, gibt es nur Theater!

Rhys fährt sich mit der Hand durch sein Haar und schaut verlegen zu mir herüber. »Es ist Melissa, sie will mich sprechen.«

6

Pure Eifersucht nagt an mir, ich muss es mir selbst eingestehen. Wenn ich mir vorstelle, dass Rhys im Augenblick das Gleiche mit Melissa macht, was er eben mit mir angestellt hat, wird mir übel. Ich habe seinem Gesicht angesehen, dass es ihm lieber wäre, wenn sie mich nicht in seiner Wohnung vorfinden würde, und verschwand daraufhin kommentarlos in mein Apartment.

Ich überlege, ob ich vielleicht doch zu Matt hinübergehen soll, um mit ihm zu essen, aber das sähe so aus, als würde ich ihn als Lückenbüßer missbrauchen.

Kaum habe ich den Gedanken zu Ende gedacht, klopft es an der Wohnungstür.

Matt!

»Ich bin fertig mit dem Kochen, hast du Lust, mit mir zu essen?«

Er sieht mich so erwartungsvoll an, dass ich nicht *Nein* sagen kann.

~

Ein undefinierbares Geräusch weckt mich mitten in der Nacht. Ich bin verwundert, dass ich überhaupt eingeschlafen bin, denn gerechnet hatte ich damit nicht wirklich. Viel zu aufgeregt war ich über die Gewissheit, die mich plagte, dass Melissa bei Rhys war, obwohl es mich gar nichts angeht. Irgendwann wurde ich doch vom Schlaf übermannt. Jetzt sitze ich hellwach und kerzengerade in meinem Bett. Ist jemand in meiner Wohnung? Ich horche in die Stille. Nichts. Schnell ziehe ich meinen dünnen Morgenmantel über und schaue im Wohnzimmer und der angrenzenden Küche nach. Nichts. Ich öffne die Tür zum Fitnessraum, und da höre ich es. Ein leises Klopfen, so, als würde jemand einen Nagel in die Wand schlagen. Vielleicht hängt Matt ein Bild auf. Ich schaue auf die Wanduhr im Wohnzimmer. Halb drei Uhr nachts. Na toll, nicht gerade die beste Zeit, um Nägel in die Wand zu schlagen, selbst wenn man in einem Bürogebäude wohnt. Ich binde meinen Morgenmantel fest zu und folge dem Geräusch. Es kommt aus Rhys' Wohnung. Ich kann sie ja wohl kaum einfach so betreten, wo es mir doch auch nicht behagt, wenn er meine ohne Erlaubnis betritt.

Aber meine Neugier siegt. Ich stecke vorsichtig den Kopf durch den Türrahmen, aber es ist niemand zu sehen, nur das Licht ist wie immer gedimmt, leise Musik von Nina Simone ist zu hören. Je weiter ich vordringe, desto lauter werden die Klopfgeräusche. Vielleicht steckt jemand in Schwierigkeiten. Ich hoffe nur, dass es nicht Melissa Alesandro ist, eingeklemmt unter Rhys Cunningham. Schnell verscheuche ich diesen Gedanken, selbst wenn es so wäre, könnte jemand Hilfe gebrauchen. Die Geräusche kommen definitiv aus dem oberen Stockwerk. Na toll, dort bin ich noch nie gewesen. Was, wenn ich die beiden beim Sex störe? Etwas Peinlicheres könnte wohl kaum passieren.

Ich fasse mir ein Herz und steige die graue Steintreppe hinauf. Oben gelange ich in einen runden Flur, von dem mehrere Zimmer abgehen. Eine Tür steht weit offen, ich steuere direkt darauf zu. Das Licht brennt hell, und ich erkenne, dass es das Schlafzimmer ist. Es ist groß – und es ist leer. Das Bett nimmt einen beachtlichen Teil des Raumes ein, wenn man bedenkt, dass das Zimmer ansonsten vollkommen leer ist. Der Boden ist mit einem weißen Teppich ausgelegt, der so dick ist, dass meine Füße darin versinken würden. Das Bett und die Bettwäsche sind in einem gedeckten Blau gehalten, wen wundert's. Mich interessiert brennend, woher Rhys' Affinität zu der Farbe Blau herrührt. Die Tür zum angrenzenden Bad steht offen, aber dort brennt kein Licht. Es gibt im Flur noch weitere drei Türen, von denen eine angelehnt ist. Aus dem Raum dahinter kommen die klopfenden Geräusche. Ich weiß nicht, was sich hinter dieser Tür verbirgt, doch meine Neugier kann ich kaum noch im Zaum halten. Mit den Fingerspitzen schiebe ich geräuschlos die Tür ein Stück auf und traue meinen Augen kaum.

~

Rhys erwartet Melissa direkt an der Tür. Als sie aus dem Aufzug steigt, drängt sich eine heftige Erinnerung in seinen Kopf – Melissa erhitzt unter ihm. Das Einzige, was er spürt, ist Verlangen. Aber nicht nach ihr, sondern nach Jazman Darling!

»Rhys«, Melissas Stimme klingt aufgesetzt, »wie schön, dass ich dich antreffe.« Sie will ihn küssen, und als er sich wegdreht, schlüpft sie an ihm vorbei in die Wohnung.

Neugierig blickt sie sich um.

»Wie ich sehe, bist du allein.«

»Wen hast du hier erwartet?«

»Sie.«

»Sie?«

»Ja, diese Frau, mit der du gestern auf der Ausstellung warst. Mit der du die halbe Nacht getanzt hast, obwohl du sonst nie tanzt. Die du in aller Öffentlichkeit geküsst hast.« Verachtung schwingt in ihren Worten mit.

»Aus dir spricht Neid, und das steht dir nicht zu Gesicht.« Als sie nicht antwortet, folgt Rhys ihr ins Wohnzimmer. »Weißt du, Melissa, ich habe dir von Anfang an die Spielregeln erklärt, und du warst damit einverstanden. Ich weiß nicht, warum du dich jetzt so aufführst. Du wusstest, dass es ein Spiel auf Zeit ist, keine Liebe, keine Gefühle, nur guter Sex.«

»Ist sie auch auf deine sogenannten *Spielregeln* eingegangen?

Denn in Wirklichkeit versteckst du doch etwas ganz anderes hinter deinen Regeln. Es ist deine Angst, dich zu binden. Du bist nicht Manns genug, dein Herz einem Risiko auszusetzen. Deine Regeln sind nicht mehr als ein Schutzschild. Weißt du, Rhys, was ich mich die ganze Zeit frage? Stand diese Frau schon in den Startlöchern und hat nur darauf gewartet, dass du mich abschießt? Oder hast du sie schon die ganze Zeit neben mir gefickt? Wann, Rhys? Davor oder nachdem du bei mir warst?«

Er blickt sie wütend an, seine Stimme ist eiskalt, als er sagt: »Melissa, du gehst jetzt besser.«

»Ich wollte nur meine Sachen holen.«

Er öffnet die Wohnungstür. »Es gibt hier nichts, das dir je gehört hätte.«

~

Der Raum ist kleiner, als ich erwartet habe. Das Licht scheint nur auf einen Punkt, dafür hell, wie Tageslicht. Ich sehe ein rundes Podest, davor einen Drehhocker mit drei Beinen. Auf dem Sockel steht ein Stein, und auf dem Drehstuhl sitzt Rhys, der den Stein mit Hammer und Meißel bearbeitet. Er ist so in seine Arbeit vertieft, dass er mich nicht wahrnimmt. So glaube ich. In diesem Moment wird mir klar, dass die Skulpturen im Wohnzimmer von ihm sind. Mit eigenen Händen hat er sie erschaffen. Er steht mehr, als er sitzt, und ich bewundere seine Armmuskulatur, die sich unter den zarten Schlägen bewegt. Das kurzärmlige Hemd, das er trägt, ist zu meiner Verwunderung grün. Seine Füße sind nackt.

»Habe ich dich geweckt?« Seine Stimme lässt mich zusammenfahren. Er spricht zu mir, ohne seine Arbeit zu unterbrechen, ohne mich anzusehen. Ich trete weiter in den Raum hinein und sehe mich um. Auf einem Wandboard stehen einige unfertige Exponate, auf der Kommode darunter liegen grobe

Steinblöcke in unterschiedlichen Größen, alle aus blauem Marmor.

»Warum hast du mir nicht gesagt, dass du der Künstler bist?«

»Hätte das einen Unterschied gemacht?« Rhys legt sein Werkzeug zur Seite und wischt sich den Staub von den Händen. Ich trete zu ihm, und wir haben nun fast dieselbe Größe, da er immer noch an dem Drehstuhl lehnt. Ich starre auf seine nackte Brust. Schwarze kleine Locken kräuseln sich auf ihr, und ich unterdrücke mein Verlangen, ihn zu berühren. Dafür ertaste ich den Stoff seines Hemdes. »Grün«, ich kann mir ein Grinsen nicht verkneifen, »steht dir.«

Er blickt mich an. »Wie deine Augen.«

»Wie lange brauchst du für eine Skulptur?« Ich versuche, das Gespräch neutral zu halten, da ich nicht weiß, ob Melissa sich noch in der Wohnung aufhält.

»Kommt ganz darauf an. Manche Ideen entstehen in meinem Kopf, andere haben eine Vorlage.«

»Hat Melissa jemals Modell gesessen?« Mir rutscht die Frage einfach so über die Lippen. Wenn ich könnte, würde ich sie zurückziehen, denn ich will die Antwort gar nicht wissen, und wenn ich mir die üppigen Figuren so ansehe, denke ich eher nicht, dass eine davon Melissa darstellen könnte. Mit meinen Fingern fahre ich die halbfertige Statue entlang. Der Körper einer Frau, die ihre Arme um sich geschlungen hat, es fehlt nur noch das Gesicht.

»Möchtest du es versuchen?«, fragt Rhys und erhebt sich von dem Hocker. »Komm, setz dich, ich zeige es dir.«

Unsicher schaue ich zur Tür, als erwarte ich dort jeden Moment, Melissa zu erblicken. Ich setze mich, kann jedoch nicht auf die Frage verzichten: »Ist Melissa schon gegangen?«

Rhys steht hinter mir, und ich kann sein Gesicht nicht sehen, als er antwortet: »Melissa ist nach wenigen Minuten wieder verschwunden und wird auch nicht mehr wiederkommen.«

Er legt die Arme von hinten um mich und greift nach dem Werkzeug. Ich spüre seine warme Brust an meinem Rücken, als er mir Hammer und Meißel in die Hände legt und dann seine Hände darüber. Gemeinsam führen wir zwei präzise Schläge aus, und kleine Einkerbungen entstehen in dem Stein. Seine Finger sind warm, ich schließe für eine Sekunde die Augen. Das Material ist nicht so hart, wie ich dachte, und man muss nicht viel Kraft aufwenden. Es ist eher eine Kunst, sie richtig zu dosieren. Beim dritten Schlag rutsche ich mit dem Meißel ab, und Rhys' Knöchel schaben an dem rauhen Stein entlang.

»Verflucht, o Gott, habe ich dir weh getan?« Ich lasse sofort das Werkzeug fallen und sehe mir seine Hand an.

»Nein, es ist nichts passiert. Alles okay. Es blutet nicht einmal.« Seine Stimme ist rauh und ganz nah an meinem Ohr. Ich puste den Staub von seiner Hand, bis auf eine kleine Abschürfung ist nichts zu sehen. Zärtlich drücke ich meine Lippen auf die Stelle. Die Erleichterung, dass meine Fantasie von Rhys und Melissa sich als Hirngespinst herausgestellt haben, flutet plötzlich mein Herz.

»Es ist wirklich in Ordnung, Jaz.« Er dreht mich auf dem Hocker zu sich herum, und ich muss die Beine etwas spreizen, damit Rhys sich dazwischen stellen kann. Dabei öffnet sich mein dünner Morgenmantel, meine gebräunten Beine und mein Slip kommen zum Vorschein.

Sein Blick wandert dorthin, und Rhys seufzt: »Was machen Sie nur mit mir, Miss Darling?« Er berührt meine Oberschenkel und fährt leicht mit den Fingern an ihnen entlang.

»Ich weiß, dass ich nicht deinem Typ Frau entspreche.«

Überrascht hält er in seiner Bewegung inne.

»Und wie sieht mein Typ Frau aus?«

»Langbeinig und blond bis rothaarig.«

»Und woher haben Sie Ihr detailliertes Wissen, Miss Darling?«

»Mrs. Whitehead war so freundlich, mich darüber in Kenntnis zu setzen, dass kurzbeinig und schwarzhaarig nicht in Ihr übliches Beuteschema passen.«

»Susan hatte schon immer eine besondere Art, meine Wünsche zu interpretieren, doch ich glaube, dieses Mal hat sie sich geirrt.«

Seine Lippen bewegen sich ganz nah an meinen, und die Luft scheint wie bei großer Hitze zu flimmern. Unsichtbare Funken sprühen, als er seine Arme endlich um mich legt und mich an sich zieht. »Ich würde sagen, mein Typ Frau sitzt hier vor mir.«

Er küsst mich, wie mich noch nie jemand zuvor geküsst hat. Dieser Kuss macht alle anderen zunichte. Rhys nimmt mein Gesicht in die Hände, er ist unglaublich zärtlich, aber seine Lippen versprechen mehr, ohne allzu fordernd zu sein. Seine Daumen streicheln meine Wange und reizen meine Gesichtsnerven bis zum Äußersten. Er schmeckt nach Multivitaminsaft, süß und fruchtig, ich muss grinsen. Sein Lächeln spüre ich an meinen Lippen, als seine Hände von meinem Gesicht auf meine Schultern hinunterwandern und meinen Morgenmantel abstreifen. Der seidige Stoff meines Pyjamaoberteils lässt ihn aufblicken.

»Du trägst einen Männerpyjama?«

Ich nicke. »Ja, sie sind so bequem«, bringe ich atemlos hervor.

Seine Augen sind vor Verlangen dunkelblau, doch ich spüre sein Zögern.

»Was ist?«

Er lässt mich los. »Ich will ehrlich zu dir sein. Im Augenblick gibt es nichts, was ich mehr begehre als dich. Aber ich habe Prinzipien.«

»Was du nicht sagst.« Nur mit Mühe kann ich ein Lächeln zurückhalten. Er klingt beinahe ein wenig verzweifelt, wie er versucht, sich in emotionale Sicherheit zu bringen. Soll ich ihm sagen, dass ich dabei bin, meine endgültig über Bord zu werfen? Ob es ihm dann leichter fällt, sich zu entspannen und einfach nur dem Genuss hinzugeben? Bin ich vielleicht doch ein Männer verschlingendes Biest?

Rhys rückt etwas von mir ab.

»Ich werde keine Beziehung mit dir eingehen, ich werde dir nicht sagen, dass ich dich liebe, niemals. Ich werde morgens nicht neben dir aufwachen, wir werden unser Verhältnis geheim halten, ich werde dich ficken wo, wann und wie ich es will.«

Die Luft in meinen Lungen entweicht, als hätte sich jemand auf meinen Oberkörper gesetzt. Was er da vorschlägt, ist unfassbar und inakzeptabel, es würde mich zu einem Flittchen degradieren. Unter keinen Umständen will ich mich darauf einlassen. Ich kämpfe um meine Beherrschung, will mir keine Blöße geben. »Was hätte ich von dieser ... Vereinbarung zwischen uns?« Meine Stimme klingt heiser.

»Ich werde dir treu sein, ich werde dich nicht belügen, dir ein Leben in Luxus bieten, und du wirst in den Genuss von wunderbarem Sex kommen.«

Aber mir wird nie dein Herz gehören, richtig?, geht es mir durch den Kopf. »Warum?«, frage ich und schaue in seine unergründlichen Augen.

»Warum was?«

»Warum lässt du niemanden an dich heran?«

»Man muss niemanden an sich heranlassen, um guten Sex zu haben, und über mehr reden wir hier nicht.«

»Du willst also, dass ich mich unter Wert an dich verkaufe?«

Er berührt wieder mein Gesicht. »Kommt es dir so vor, als würdest du dich verkaufen, Jazman?«

Ich muss in Ruhe über diese Frage nachdenken, doch Rhys' Nähe macht das unmöglich. In seiner Gegenwart kann ich nicht klar denken. Ich schaue ihn an und versuche in seinem Gesicht zu lesen.

»Du wirst die Antwort auf deine Frage nicht bei mir finden. Ich bin nun mal das, was ich bin. Ein Mann, der seine Freiheit liebt, der aber völlig verrückt nach dir ist.«

»Aber nicht verrückt genug, um seine sogenannten Prinzipien über Bord zu werfen.« 5 Farben Blau in seinen Augen, fünf feste Regeln als Panzer um seine Seele.

Ich streiche über seine nackte Brust, denn es wird wohl die letzte Gelegenheit sein, dass ich ihn dort berühren kann. Er hält die Luft an, und ich ziehe meine Hand zurück.

»Ich weiß, dass du mich auch willst. Ich spüre es durch jede Berührung deiner Hände, ich rieche es an dem Duft deiner Haut. Streichele mich!«

Natürlich will ich ihn, mit Haut und Haaren. Was soll ich nur tun? Beinahe gegen meinen Willen befolge ich seinen Befehl. Meine Fingerkuppen fahren abermals über seine harten Bauchmuskeln, sein Sixpack zeichnet sich deutlich ab. Er hat einen absoluten Luxuskörper. Ich habe keine Vorstellung davon, wie viele Stunden er dafür trainiert hat.

Rhys schließt die Augen. »Oh, Darling, du hast keine Ahnung, wie oft ich mir in den letzten Tagen vorgestellt habe, dass du mich so berührst.« Er lehnt seinen Kopf an meine Schulter, schlingt seine Arme um mich, und meine Finger fahren weiter über seine Haut.

»Hast du während der Sitzung daran gedacht?«, flüstere ich. Die Vorstellung, wie sehr ich ihn errege, lässt plötzlich heißes Verlangen zwischen meine Beine strömen. Unbewusst spreize ich sie ein wenig mehr.

»Jede Sekunde.« Seine Stimme ist tief vor Verlangen, und ich spüre seine Erregung schwer gegen meinen Slip. Ich möchte Rhys ausziehen, ihn überall berühren, seine pochende Männlichkeit in meiner Hand halten, doch ich weiß, wenn ich es tue, gibt es kein Zurück mehr. Dennoch streichele ich über die straffe Wölbung seiner Jeans.

»Hast du auch daran gedacht?«, hauche ich und spüre, wie seine Erektion noch einmal wächst, während er leise aufstöhnt. Doch anstatt weiterzumachen, flute ich sein Gesicht stattdessen mit Hunderten von Küssen.

Er fährt mit seinen Händen meine Schenkel herauf und an den Innenseiten wieder hinunter. Ich bin kaum noch in der Lage, klar zu denken. Mein Körper will nur noch fühlen, will in seiner Lust ertrinken.

»Ich konnte die ganze Zeit an nichts anderes denken, als in dir zu kommen. Es hat mich fast umgebracht. Ich will dich, Jaz, wie noch nie jemanden in meinem Leben. Aber ich werde nicht auf meine Prinzipien verzichten. Für niemanden, nicht einmal für dich.«

Er küsst mich auf den Mund, und ich schließe die Augen. Dieser Mann ist so viel mehr, als ich ertragen kann. Doch dann taucht mit einem Mal Alex' Stimme in meinem Kopf auf. *Er ist gefährlich!*

Es fällt mir schwer zu atmen, und noch schwerer, mein Verlangen nach diesem Mann beiseitezuschieben.

Ich beende meine Küsse, lege meine Hände auf seine Brust und schiebe ihn sanft von mir. Ich hole tief Luft und sage leise, aber sehr ernst, zu ihm: »Es tut mir leid, Rhys. Aber ein Arrangement dieser Art kommt für mich nicht in Frage. Du meinst, deine Prinzipien würden dich schützen? Meinetwegen, glaube, was du willst. Ich habe auch welche und wäre vielleicht in der Lage, sie aufzugeben, weil sie nichts sind im Vergleich zu der Lust, die ich auf dich habe. Aber dann müsstest du auch bereit sein, deine aufzugeben. Es gibt Prinzipien, die man aufstellt, um sie einzuhalten, und es gibt welche, die man errichtet, damit man sie bricht. Deine würden für mich zu der letzteren Sorte gehören. Denk darüber nach.«

7

Das Telefon läutet gerade zum zweiten Mal, als sich jemand meldet. »Bei McKenzie.«

»Hier spricht Jazman Darling. Ich hätte gerne Mrs. Trish McKenzie gesprochen.«

»Einen Augenblick bitte, ich verbinde Sie.«

Ich trommele nervös mit meinen Fingerspitzen auf meinen Schreibtisch. Eine Sekunde später habe ich Trish in der Leitung.

»Jazman, meine Liebe, wie schön, von Ihnen zu hören.«

»Trish, ich habe Ihnen doch versprochen, dass ich mich melden werde.«

Sie seufzt leicht, so, als hätte sie sich in einen Sessel fallen lassen. »Wie geht es Ihnen?«

»Danke, ich habe mich gut eingelebt.«

»Und wie geht es Rhys?«

Er schmollt, aber das kann ich Trish wohl kaum erzählen, es würde nur unwillkürlich neue Fragen nach dem *Warum* aufwerfen, daher sage ich: »Ich glaube ganz gut. Wir haben uns in den letzten zwei Tagen kaum gesehen.« *Weil er mir aus dem Weg geht,* füge ich in Gedanken hinzu.

Seit zwei Tagen bekomme ich ihn nicht zu Gesicht. Ich bin froh, dass heute Freitag ist, und sehe einem faden Wochenende entgegen.

»Was macht Ihr Projekt? Sie haben mich bei der Sitzung wirklich überrascht, und ich frage mich, ob Sie schon Zeit hatten, sich über geeignete Förderprojekte zu informieren?«

»Ich will mir am Montag einige Kinderheime in der Stadt ansehen.«

»Oh, Jazman, ich möchte Ihnen das Kinderheim St. Francis empfehlen. Wenn es Ihnen nichts ausmacht, würde ich Sie gerne dorthin begleiten.«

Ich suche in der Liste, die Abigail für mich zusammengestellt hat, nach Angaben zu diesem Heim, finde aber keine. »Der Name sagt mir jetzt im Moment nichts, aber wir können es uns gerne gemeinsam ansehen.«

»Das ist schön. Ich habe bereits einen Termin vereinbart. Können Sie am Montag um vierzehn Uhr?«

»Montag um vierzehn Uhr wäre perfekt«, sage ich und trage den Termin in meinen Kalender ein.

»Sehr schön, meine Liebe, ich werde Sie dann abholen.«

Wir verabschieden uns. Ich schnappe mir die Liste und gehe zu Abigail an den Empfang. »Abigail, Sie haben doch für mich die Aufstellung der Kinderheime in New York zusammengestellt. Warum ist St. Francis dort nicht aufgeführt? Haben Sie es übersehen?«

Abigails Gesicht läuft rot an. »Nein, natürlich nicht. Ich erledige meine Aufgaben immer sorgfältig. Ich wurde gebeten, diese Adresse von der Liste zu streichen.«

Ich bin überrascht. »Wer hat Sie darum gebeten?«

Ihr Blick wandert ängstlich zu Rhys' Bürotür.

»Gibt es hier ein Problem?« Rhys steht plötzlich im Türrahmen, und an der Art, wie Abigail ihn anblickt, ist mir klar, wer diese Anweisung gegeben hat.

»Kann ich dich sprechen?« Ich dränge ihn regelrecht zurück in sein Büro und schließe die Tür. Um etwas Abstand zwischen uns zu bringen, verschanzt sich Rhys hinter seinem riesigen Schreibtisch, als ob er Angst hätte, ich würde mich gleich auf ihn stürzen.

»Wieso überträgst du mir Aufgaben und mischst dich dann ein, wenn ich sie erledigen will?« Ich bin wütend, ziemlich sogar, und ich glaube, man sieht es mir auch an.

»Ich weiß nicht, was du meinst, Jazman.«

»Ich glaube sehr wohl, dass du weißt, wovon ich spreche.« Ich stemme meine Hände auf seinen Schreibtisch und beuge mich vor. »Warum hast du das St. Francis von der Liste der möglichen Projekte streichen lassen?«

Ich sehe, dass er mir auf den Busen starrt, und wie ihm förmlich der Speichel im Mund zusammenläuft.

Er schluckt und blickt mich herausfordernd an. »Es gibt geeignetere Heime.«

»Ich dachte, das dürfte ich entscheiden.«

»Nein, Jaz! Ich bin es, der hier die Entscheidungen trifft.« Jetzt ist auch Rhys wütend und springt auf.

»Ja, natürlich. Wie immer spielen wir nach deinen Regeln, wie konnte ich das auch nur für eine Sekunde vergessen. Dabei nehme ich meinen Job sehr ernst.«

»Es geht hier um Business, das ist kein Spiel. Wenn ich spielen will, tue ich das in meinem Schlafzimmer.« Langsam kommt er um den Schreibtisch herum.

»Aber doch nur, solange du jemanden findest, der bereit ist, deine Prinzipien einzuhalten. Eine beliebige Person, deren Körper du benutzen kannst, aber deren Seele dir ziemlich egal ist.«

»Treibe es ja nicht zu weit.«

»Oh, ich treibe es noch viel weiter«, zische ich. »Ich kann es nicht glauben, dass es noch niemanden gab, der dir die Stirn bot. Tanzt hier wirklich jeder nur nach deiner Pfeife?«

Eiskalt strahlen seine Augen mich an. »Wenn du es so nennen willst. Und wenn du auf mein Privatleben anspielst, ja, dort erst recht. Ich bin niemandem Rechenschaft schuldig, und das wird auch so bleiben!« Er schreit die Worte förmlich und fährt sich mit den Händen über das Gesicht.

Mein Gott, da hat doch Mr. Ich-lasse-alles-an-mir-abprallen für eine Sekunde sein wahres Gesicht gezeigt. Doch sofort hat er sich wieder im Griff.

Er packt mein Handgelenk und zieht mich an sich. »Du hast nicht die geringste Ahnung, wovon du sprichst.«

»Ich denke schon«, flüstere ich leise, presse mich an ihn und schaue ihm tief in die Augen. Dieser Mann hat etwas an sich, das mich mit dem Feuer spielen lassen will, und ich bin bereit, mich verbrennen zu lassen.

Er verschränkt seine Finger mit meinen und zieht mich aus dem Raum. »Abigail, sagen Sie alle meine Termine für den Rest des Tages ab.« Rhys zerrt mich an der Hand hinter sich her zu dem privaten Aufzug, der neben den großen Gebäudefahrstühlen liegt.

»Aber Sie haben gleich eine Besprechung mit Mrs. Whitehead.«

»Ich sagte: *Alle Termine absagen!* Und machen Sie Feierabend, ich brauche Sie heute nicht mehr.«

Im Fahrstuhl hält er meine Hand. Rhys atmet schwer, seine Brust hebt und senkt sich im schnellen Rhythmus, als würde er an Atemnot leiden.

»Weißt du, dass ich deinetwegen nicht mehr schlafen kann?« Er spricht leise, ohne mich anzusehen. Seine Stimme ist angespannt, so, als müsse er sich zwingen, ruhig zu bleiben. »Dass ich seit zwei Tagen meine Arbeit vernachlässige, weil ich nur noch von heißem Sex mit dir träume, von bedingungsloser Hingabe?«

Wir steigen aus dem Aufzug, und er zieht mich in seine Wohnung, wirft die Tür laut ins Schloss. »Das ist länger, als jede andere Frau mir widerstehen konnte.« Dann drückt er mich gegen die Tür und schaut auf mich herunter. »Okay, du hast gewonnen. Sag mir, was du willst. Sag mir, was ich tun muss, um dich zu bekommen.« Er atmet schwer, als wäre die Luft auf einmal sehr dünn, doch sein dunkler Raubtierblick liegt immer noch auf mir. Völlig triebgesteuert steht er bebend vor mir.

Gefährlich! Ich muss unbedingt mit Alex sprechen, warum er mich gewarnt hat.

»Jazman Darling, sag es mir. Was muss ich tun, um dich zu vögeln?«

Ich schließe die Augen. »Nichts! Du kannst nichts tun, denn was ich haben will, bist du nicht bereit, in die Waagschale zu werfen.«

»Was ist, wenn ich nun doch dazu bereit wäre?«, fragt er milde und stützt einen Unterarm gegen die Tür. Er sieht teuflisch gut aus, sein männlicher Duft fährt mir bis in meine Lenden und sendet dort die richtigen Signale, um meinen Widerstand langsam zu infiltrieren.

»Darf ich dich wenigstens küssen, oder riskiere ich dann eine Anzeige wegen sexueller Belästigung?« Sein Lächeln liegt schräg auf seinen Lippen, die so verführerisch sind. Die Unterlippe ist voll ausgeprägt, zum Anknabbern. Die Oberlippe etwas schmaler, dafür wunderschön geschwungen. Ich liebe seinen Mund, das wird mir jetzt klar, und ich fahre mit meinen Fingerspitzen seine Länge nach.

»Ist es nicht etwas spät für diese Art von Frage?«

»Du weißt, dass ich immer das bekomme, was ich haben will, und ich kann es nur wiederholen, ich will dich, im Moment mehr, als alles andere auf der Welt.«

»Rhys, wie soll das funktionieren? Es fliegen doch jetzt schon die Fetzen zwischen uns. Außerdem hast du kein Verhältnis mit deinen Angestellten, vergiss das nicht.« Ich gebe halbherzig die Vernünftige, doch so langsam bricht mein Schutzschild in sich zusammen.

»Dann ändert sich das genau in diesem Moment. Wenn du willst, lassen wir das in deinen Arbeitsvertrag schreiben.«

»Was? Geliebte von Rhys Cunningham? Ich soll alles geben, aber nichts dafür bekommen?«

»Du bekommst dafür ein Gehalt.«

»Ich bin kein Callgirl, das sich für seine Dienste bezahlen lässt. Da musst du dir schon etwas Besseres einfallen lassen.«

Rhys streichelt mein Gesicht, spielt ganz den Verführer. »Darling, ein äußerst schönes Kosewort, finde ich.«

»Es ist mein Name«, bringe ich mit kraftloser Stimme hervor.

»Es ist mehr als ein Name. Es klingt für mich nach Küssen, nach geschwollenen Lippen, schweißnasser Haut, Begehren und Sex. Er klingt für mich nach – Jaz.«

Mit einem Mal wird mir klar, was Alex gemeint hat. Ja, Rhys Cunningham ist gefährlich, er ist ein gefährlicher Verführer, er bekommt immer, was er will. Er kriegt mich dazu, ihm nachzugeben, obwohl ich weiß, dass das nicht gut für mich ist.

»Wenn ich dich demnächst mit Darling anspreche, werden alle glauben, ich nenne deinen Namen, aber in Wirklichkeit wirst du wissen, dass ich dich bis zur Besinnungslosigkeit vögeln, dich ausfüllen und in dir kommen will, dass ich das hier meine.«

Seine Hände gleiten meinen Körper entlang, bleiben an meinem Busen hängen. Sofort werden meine Brustwarzen steif. Seine Zunge stößt in meinen Mund und duelliert sich gierig mit meiner. Er zerrt meine Bluse aus dem Rockbund, reißt sie auseinander, dass die Knöpfe nur so durch die Gegend fliegen. Es ist, als könne er nicht erwarten, meine nackte Haut zu spüren.

Ich stöhne auf und gebe nach, zerre die Jacke von seinen Schultern, löse seine Krawatte, alles, ohne von seinem Mund abzulassen. Mit einer Handbewegung hat er meinen BH geöffnet und streift ihn ab, dann schließen sich seine Lippen um meine aufgerichteten Brustwarzen. Eine unbändige Lust durchströmt mich.

Rhys löst sich mit einem Knurren von mir, legt einen Arm unter meine Knie und hebt mich hoch, schleppt mich ohne große Anstrengung in die oberste Etage, in sein Schlafzimmer.

Ich liege auf seinem Bett und schaue ihm vor Verlangen schwer atmend dabei zu, wie er sich langsam auszieht. Er knöpft in aller Seelenruhe sein Hemd auf, streift es von seinen Schultern und lässt es auf den Boden gleiten. Dabei schaut er auf mich herab. Sein Blick ist düster und seine Augen sind nicht mehr blau, sie sind so dunkel, dass man meinen könnte, sie wären schwarz. Mit beinahe unnatürlicher Ruhe leert er seine Hosentaschen, legt Brieftasche und Schlüssel auf das kleine Nachtschränkchen. Dem Hemd folgen Hose, Strümpfe und seine Calvin-Klein-Unterhose. Rhys scheint es zu genießen, wie meine Augen ihn dabei beobachten. Sein Körper ist einfach wundervoll, und allein sein Anblick schickt mir prickelnde Schauer über meine Haut. Sein Geschlecht ragt mir lang und prall entgegen, und ich muss bei seinem Anblick schlucken. Ich müsste eigentlich jetzt aufstehen und gehen, aber dafür ist es einfach zu spät. Ich will bleiben. O mein Gott, Alex wird mich umbringen, das darf er niemals erfahren.

Die Erinnerung an meinen Bruder wirkt allerdings wieder wie eine eiskalte Dusche. Bevor Rhys sich über mich beugen kann, springe ich auf und raffe meine Sachen zusammen.

Verwirrung liegt in seinem Blick, als ich zur Tür gehe.

»Es tut mir leid, Rhys. Aber ich bin nicht die Richtige für so was, ich kann das nicht.« Damit haste ich hinaus, als würde es um mein Leben gehen. Ein irrwitziger Gedanke, aber irgendwie geht es genau darum.

8

Ich stehe weinend unter der Dusche, und nicht einmal das kalte Wasser vermag es, meinen Körper und meinen Verstand aus seiner Taubheit herauszureißen. Mein Geist ist so leer, dass ich mich nicht einmal mehr an meinen Namen erinnern kann. Ich blicke an mir herunter und bemerke erst jetzt, dass ich immer noch meinen Rock trage und meine Bluse in den Armen halte, die ich schnell zusammengerafft habe, um aus Rhys' Wohnung zu fliehen.

Ich lehne mich mit dem Rücken an die kalte Glaswand und lass mich daran hinunter auf die Fliesen gleiten. Ich weine, heiße Tränen rinnen mir über die Wangen und werden von dem Wasser weggespült. Ich zittere unkontrolliert, bis mein Verstand sich wieder einschaltet. Meine Güte, wie ich diesen Mann begehre! Aber ich will mich nicht zu seiner Geliebten degradieren lassen, egal wie sehr ich mich nach seinem Körper sehne. Ich ziehe mich unbeholfen aus, lasse meine Kleidungsstücke einfach neben mich fallen und wasche mich mit kaltem Wasser, um Rhys' Geruch von meinem Körper zu spülen. Von meinem Herzen lässt er sich leider nicht so schnell fortspülen und durch den Abfluss jagen. Ich benutze meinen eigenen Duschschaum, der so wundervoll nach Pfirsich duftet, und als ich meine Augen schließe, erinnere ich mich an Honolulu. Sollte es mir wirklich gleich zweimal in so kurzer Zeit passieren, dass ich mich dermaßen in die Nesseln setze?

Es klopft an der Tür, und im ersten Moment denke ich, dass es Alex ist, so verwirrt bin ich, doch Rhys steckt den Kopf herein. Er trägt wieder einen Anzug, mit ordentlich gebundener Krawatte und silbernen Manschettenknöpfen, als sei nichts vorgefallen. Ein Irrsinn, dass mir in diesem Moment solche Details ins Auge fallen. Ich sitze nackt und immer noch zitternd auf dem Boden der Dusche, und das kalte Wasser prasselt wie ein Regenguss auf mich nieder.

»Mein Gott, Jaz, was ist mit dir?« Er tritt näher und schaut mich einige Sekunden stumm an. Als ich nicht reagiere, kommt er einfach zu mir unter die Dusche, setzt sich zu mir auf den Boden. Im Anzug. Das Wasser prasselt jetzt auch auf ihn nieder.

Stumm starre ich ihn an.

»Sag mir, wie es dir geht.«

»Gut«, antworte ich einsilbig und bedecke mit meiner nassen Kleidung meinen Körper. Ich schaue ihn nicht an, höre aber, dass er sich erhebt und das Wasser abdreht. Dann zieht er mich in seine Arme.

»Das ist gelogen«, flüstert er mir ins Ohr und küsst meine Ohrmuschel.

Ich schließe die Augen und genieße diese Zärtlichkeit, sie ist wie Balsam auf meiner Seele.

»Es tut mir leid.«

Ich versteife mich bei seinen Worten. »Was tut dir leid?«

Seine Hände reiben vorsichtig meine Oberarme, und mein Körper erwacht langsam wieder zum Leben. »Wie ich dich behandelt habe. Ich bin nicht so gut darin.«

»Worin?« Meine Stimme krächzt.

»Nett zu sein. Darin, deine Wünsche zu akzeptieren, dein *Nein* hinzunehmen.«

»Es gab wohl noch nicht viele Frauen, die *Nein* zu dir gesagt haben?«

»Nicht wirklich.«

Ich spüre, wie er schluckt.

»Ich wollte dich so sehr, dass ich an nichts anderes denken konnte. Keine Frau hat mich bisher so aus der Fassung gebracht wie du. Komm, du musst dich aufwärmen.«

Er beginnt sich auszuziehen, dann nimmt er mir meine nassen Kleider ab. Warmes, angenehmes Wasser liebkost nun unsere Leiber, und seine Streicheleinheiten sind ein wahrer Genuss. Sie sind zärtlich, ohne sexuellen Hintergrund, einfach nur tröstend. Nachdem mein Körper nicht mehr ganz so blau schimmert, wickelt Rhys mich in ein Duschtuch und trägt mich zu meinem Bett. Er geht wieder ins Bad, trocknet sich ab und kommt zu mir.

»Rutsch rüber.«

Verblüfft mache ich Platz, und Rhys schließt mich in die Arme. Mein Blick fällt zum Fenster, an dem die Vorhänge noch nicht zugezogen sind.

»Warum hast du mich gesucht?«, frage ich.

»Ich muss übers Wochenende zu einer Konferenz nach Washington und wollte dir Bescheid geben, dass ich erst am Montagnachmittag wiederkomme.«

»Dann musst du gleich los?«

Er schüttelt den Kopf, greift zu seinem Handy, das auf meinem Nachttisch liegt und wählt.

»Cunningham. Wir fliegen erst morgen früh. Sechs Uhr.« Dann legt er auf.

Ich schaue ihn an und kann nicht glauben, dass hier derselbe Mann neben mir liegt, vor dem ich noch vor wenigen Minuten aus seinem Schlafzimmer geflüchtet bin.

»Du bist unglaublich.« Ich will sein Gesicht streicheln, doch er nimmt meine Hand in seine und dreht mich, damit ich mit dem Rücken an seiner Brust liege.

»Schlaf jetzt«, brummt er leise.

Völlig fertig lasse ich mich in seine Arme sinken. Ich bin müde, und obwohl dieser unglaubliche Mann neben mir liegt, lächele ich, und das Letzte, was ich spüre, sind seine warmen Beine, die meine umschlingen.

~

Grelles Licht flutet das Zimmer, als ich erwache. Die Sonne geht gerade auf. Ich schätze, dass es circa fünf Uhr ist. Auf irgendeine Art scheint es mir besserzugehen. Das Zittern ist verschwunden, mir ist angenehm warm. Fast schon zu warm. Ich will die Decke von meinem Körper streifen, doch das funktioniert nicht. Als ich mich umdrehen will, spüre ich Arme, die mich umfangen und für die Wärme in meinem Bett verantwortlich sind. Rhys.

Ich muss dringend ins Bad und will mich heimlich aus dem Bett stehlen, doch er hält mich fest, will mich nicht loslassen. »Geh nicht weg«, murmelt er aus einem Berg von Kissen.

»Ich muss mal.«

»Komm schnell wieder.«

Ich beeile mich mit meiner Morgentoilette, putze mir die Zähne und ziehe einen Pyjama an. Als ich wieder ins Schlafzimmer komme, liegt Rhys im Bett. »Komm her«, murmelt er.

Träge kuschele ich mich in seine Arme.

»Du siehst heute Morgen besser aus, geht es dir gut?« Er zieht mich fest an sich.

»Ja«, nicke ich. »Sagtest du nicht, dass du niemals neben mir aufwachen wirst?«

»Keine Regel ohne Ausnahme.«

»Das war heute Nacht also eine Ausnahme?«

»Es war ... ich weiß nicht genau, was es war ...«

Ich unterbreche ihn, indem ich meinen Zeigefinger auf seine Lippen lege. »Scht, ich will es gar nicht so genau wissen.«

Obwohl es irgendwie unmöglich ist nach unserer gemeinsamen Dusche, bilde ich mir ein, dass er wieder so wunderbar nach *Bleu de Chanel* riecht, ich könnte in diesem Duft ertrinken. Ohne Vorwarnung beugt er sich über mich und küsst mich. Er schmeckt nach Minze.

»Du riechst wie der Frühlingswind.« Rhys schnuppert an mir und beißt mir vorsichtig ins Ohrläppchen. Es kitzelt, und ich muss lachen. Er schafft es immer wieder, mich zu überraschen. In der einen Sekunde noch mürrisch und ungehobelt, dann leidenschaftlich und aggressiv, verwandelt er sich in der Nächsten zu einem zärtlichen Liebhaber. Wer soll da noch mitkommen.

»Wolltest du nicht schon längst in deinem Flieger nach Washington sitzen?«, frage ich atemlos.

»Sie werden nicht ohne mich fliegen«, knurrt Rhys, und es fühlt sich so furchtbar vertraut an, dass ich mich am liebsten einfach fallen lassen möchte, doch mein Verstand läuft auf vollen Touren.

»Sag mir, hast du es dir überlegt? Was muss ich tun, damit du auf mein Angebot eingehst?«, reißt er mich aus meinen Gedanken.

Ich drehe mich, um ihm in die Augen blicken zu können. In diesem Moment wünsche ich mir, wir wären ein ganz normales Paar. Wie gern würde ich ihn jetzt verführen, ihm zeigen, was ich alles mit seinem Körper anstellen kann. Ich will ihn in mir spüren, heißes Verlangen wallt in mir auf. Vorsichtig hebe ich meine leicht zitternde Hand zu seinem Gesicht und fahre die Linien seiner geschwungenen Lippen nach. Sie sind so weich und glatt, ihre Farbe hat einen dunklen Erdbeerton. Mein Gott, wie kann ein Mann so sexy Lippen haben? Ich müsste mich nur ein wenig in die Höhe recken, dann würde ich sie küssen können, doch etwas hält mich zurück. Es ist der Glanz in seinen Augen. Er zeigt mir seine Gier und dass er alles versprechen würde, um sein Ziel zu erreichen. Aber diesen kleinen Happen will ich mir nicht entgehen lassen und küsse ihn zärtlich. Als er seine Zunge in meinen Mund schieben will, löse ich mich von ihm und sage: »Rhys, es hat sich seit gestern nichts geändert. Ich werde keine Affäre mit dir beginnen.«

Ich stehe neben mir und applaudiere mir selbst zu diesem Akt von Selbstbeherrschung, doch am liebsten würde ich weinen.

~

Die Privatmaschine, eine Legacy 650, gleitet ruhig durch ein Wolkenbett, dem blauen Himmel entgegen, doch Rhys hat in diesem Moment keinen Blick für dieses Szenario, vielmehr tanzen ganz andere Bilder vor seinem inneren Auge. Bilder einer Jaz, die am frühen Morgen in seinen Armen erwacht. Der Gedanke daran bringt seine Hormone in Wallung, und sein Blut staut sich wieder zu einer harten Erektion. Er ist froh, im Moment allein zu sein. Es ist ihm unbegreiflich, was diese Frau an sich hat, dass es ihn fast wahnsinnig werden lässt. Weder ist sie so schön wie Melissa, noch hat sie deren Stil, doch auf ihre ganz eigene Art ist Jaz die Frau, die sein Interesse mehr weckt, als jede andere vor ihr. Er kann nicht definieren, woran es liegt. Mürrisch schüttelt er den Kopf, zückt sein Handy und wählt eine Kurzwahltaste.

»Walter, hier Cunningham. Ich möchte, dass Sie ein Dossier über eine neue Mitarbeiterin anlegen. Ihr Name ist Jazman Darling, sie ist die Schwester meines Partners Alexander Darling. Sie ist Deutsche, hat aber in den letzten Jahren auf Hawaii studiert. Graben Sie alles aus, was Sie finden können. Vor allem, was sie in Honolulu so getrieben hat. Die Akte bitte nicht an meine E-Mail-Adresse senden, sondern mir persönlich übergeben. Wir treffen uns an dem üblichen Ort. Danke.«

Mit geschlossenen Augen lässt er den Kopf auf die Stütze des weißen Sessels sinken. Er weiß, ihre Zurückhaltung hat etwas damit zu tun, was auf Honolulu vorgefallen ist. Er muss schnellstmöglich herausbekommen, was das war.

9

Trishs Wagen ist eine große schwarze amerikanische Limousine, die der Fahrer sicher durch den New Yorker Mittagsverkehr steuert.

Rhys ist von der Konferenz noch nicht zurückgekehrt, zu der er am Samstagmorgen aufgebrochen ist. Zwar habe ich eine SMS oder ein Telefonat erwartet, doch er blieb stumm, und ich will ihn nicht nerven. Auch von Alex ist nichts zu hören, was ich sehr begrüße. Alex hat eine feine Antenne, was mich betrifft, und ich will ihn nicht unnötig beunruhigen.

Wir sitzen im Fond des Wagens, und Trish reicht mir ein Glas Champagner. Ich weiß nicht, ob es schicklich ist, schon am frühen Nachmittag Alkohol zu trinken, aber Trish bittet mich so nett, sie nicht allein trinken zu lassen, dass ich es ihr nicht abschlagen kann.

»Und, haben Sie schon mit Rhys geschlafen?«

Ihre Frage trifft mich so unerwartet, dass ich mich am Champagner verschlucke. Das ist für sie Antwort genug. »Dachte ich es mir doch. Ihm kann man einfach nicht widerstehen, nicht wahr? Er war schon als kleiner Junge so, da konnte er bereits jede Frau um den Finger wickeln.«

Verblüfft schaue ich sie an. »Als Junge?«

Sie lacht ganz unbefangen. »Ja, hat Rhys Ihnen nicht erzählt, dass ich seine Großmutter bin?«

Würde ich nicht sitzen, hätte ich ein Problem. Diese Nachricht haut mich regelrecht um.

Trish liest in meinem Gesicht, in dem sicher für einen kurzen Moment Enttäuschung aufflammt, doch sie ist zu sehr Dame, sich etwas anmerken zu lassen.

»Nein, Trish, er hat mir nichts gesagt. Und um Sie zu beruhigen: Ich habe nicht mit ihm geschlafen.«

»Schade.«

Ich nippe an meinem Glas und versuche, einen unbeteiligten Eindruck zu machen. »Finden Sie?«

Trish nickt, dann zuckt sie die Schultern. »Ich kann mir schon denken, was ihn zurückhält. Diese eigenartigen Prinzipien, an die er sich klammert, als ginge es um sein Leben.« Verständnislos schüttelt sie den Kopf.

Aha, dann sind wir ja schon zu zweit, denke ich. Laut sage ich jedoch: »Er ist nicht der Einzige, der etwas zu verlieren hätte.«

Sie winkt mit ihrer zarten Hand. »Manchmal muss man über seinen Schatten springen, um etwas zu gewinnen. Bei Ihnen könnte er ruhig mal eine Ausnahme machen.«

~

Schwester Gabrielle führt uns im ganzen Haus herum, stellt uns den anderen Nonnen des Ordens vor. Sie leitet das Heim schon mehr als dreißig Jahre. Das Gebäude des St.-Francis-Kinderheims ist alt und müsste dringend renoviert werden. Zweihundertzwölf Kinder aller Altersklassen sind hier untergebracht. Schwester Gabrielle erzählt uns, dass sie bis zu ihrem achtzehnten Lebensjahr in dem Heim bleiben können. Kinder, die nicht vorher vermittelt werden, ziehen in Wohngruppen, sobald sie aufs College gehen. Ich erfahre, dass es gerade den Jüngeren an vielem fehlt, dass das Heim dringend auf Spenden angewiesen ist.

»Mrs. McKenzie, darf ich mich nach dem Befinden von Rhys erkundigen? Wir haben lange nichts mehr von ihm persönlich gehört. Es muss fast an die dreißig Jahre her sein, dass er uns verlassen hat.« Meine Überraschung über diese Neuigkeit kann ich nur mühsam verbergen. Rhys ist ein Heimkind? Plötzlich habe ich eine Unmenge Fragen, doch ich will mir keine Blöße geben und schaue Trish nur aus dem Augenwinkel an.

Sie nickt. »Ja, er ist jetzt sechsunddreißig. Es geht ihm gut. Vielleicht kann unsere liebe Jazman ihn dazu bewegen, Sie einmal zu besuchen.«

Schwester Gabrielle mustert mich neugierig. »Sie sind Rhys' Freundin?«

Abwehrend hebe ich die Hände und will verneinen, ihr erklären, dass ich nur eine Angestellte bin, doch Trish kommt mir zuvor. »Ja, sie sind so ein wundervolles Paar.« Sie tätschelt mir die Hand, und ich bin sprachlos.

»Was genau ist der Anlass Ihres Besuches?«

Endlich kann auch ich etwas zu dem Gespräch beitragen. »Wir sind auf der Suche nach einem Spendenobjekt für die Cunningham-Stiftung, und ich denke, dieses Heim ist genau das Richtige, um in das Förderprogramm für bildende Künste aufgenommen zu werden.«

Etwas irritiert blickt Schwester Gabrielle von einem zum anderen. »Aber Rhys unterstützt uns bereits. Er hat die Patenschaft für eines der Kinder übernommen. Somit sind seine täglichen Mahlzeiten, Kleidung und das Schulgeld gesichert.«

Trish schaut mich erstaunt an. Ich hebe unmerklich die Schultern, aber jetzt wird mir klar, warum Rhys verhindern wollte, dass ich das Kinderheim besuche.

»Dürfen wir erfahren, welches Kind Mr. Cunningham bereits unterstützt?«

»Es ist ein achtjähriger Junge namens Elijah. Er ist ein Waisenkind, seine Familie ist bei einem Hausbrand ums Leben gekommen. Die Kinder machen gerade ihre Hausaufgaben, wenn Sie wollen, können wir einen Blick auf sie werfen.«

Der Hausaufgabenraum ist freundlich und hell, er ähnelt einer Bibliothek, allerdings stehen nur wenige Bücher in den Regalen.

Ich bewege mich zwischen den Kindern und schaue dabei zu, wie sie ruhig ihre Aufgaben erledigen. Die meisten von ihnen sind schon älter, aber ich entdecke einen blonden kleinen Jungen, der verträumt aus dem Fenster starrt. Der Platz neben ihm ist leer, und ich setze mich zu ihm. Als er mich bemerkt, wird er ganz rot.

»Du hast mich ertappt«, flüstert er leise.

»Wobei?«, frage ich. Er legt einen Finger auf die Lippen und flüstert: »Psst, wir müssen leise sein, um die anderen nicht zu stören.«

Ich nicke ihm lächelnd zu.

»Kommst du mich besuchen?« Seine Augen sind leuchtend blau und erinnern mich an Rhys.

»Möchtest du denn, dass ich dich besuche?«

Er denkt einen Augenblick über die Frage nach. »Nur, wenn du wiederkommst. Die anderen Kinder bekommen oft Besuch und werden dann auch mitgenommen.«

»Kommt dich denn niemand besuchen?«

Er blickt mich an und schüttelt dann traurig den Kopf.

Er rührt mich. »Wie ist dein Name?«

»Elijah Lincoln. Und deiner?«

»Ich heiße Jazman, aber du kann mich Jaz nennen. Was hältst du davon, wenn ich dich einmal besuchen komme? Vielleicht am Samstag, dann können wir ein Eis essen gehen.«

Das Wort Eis bricht den Bann, und ein Leuchten gleitet über Elijahs Gesicht. »Wirklich? Du holst mich wirklich Samstag ab, und wir gehen ein Eis essen?« In seinen Augen blinkt Freude auf und auch die Bitte, ihn nicht zu enttäuschen. Wie kann ich da *Nein* sagen. Ich halte ihm meine Hand hin. »Schlag ein, Kumpel! Wenn du jetzt fleißig deine Aufgaben machst, werde ich mit Schwester Gabrielle sprechen und dich am Samstagmittag abholen.«

~

Der Flieger aus Washington landet pünktlich um 14:30 Uhr auf dem J.F.K.-Flughafen, und Matt wartet wie üblich im VIP-Bereich. Eine Stunde später parkt der Wagen endlich in der Tiefgarage. Ungeduldig besteigt Rhys den Fahrstuhl und kann es kaum erwarten, in die Chefetage zu gelangen. Denn dort ist *sie!* Einen ganzen Tag hatte er in einer stinklangweiligen Sitzung verbracht und fast ununterbrochen an Jaz gedacht. Als er später allein in seiner Hotelsuite saß, nahm er gefühlte tausendmal sein Handy zur Hand, um ihr eine SMS zu senden, wie sehr er sie vermisste. Keine davon sandte er ab. Dafür schickte er Abigail eine E-Mail mit einem Auftrag.

Endlich öffnet sich die Fahrstuhltür, und Rhys betritt mit langen Schritten Jaz' Büro. Es ist leer. Er hält in seiner Bewegung inne. Verflucht, wo ist sie? Ihr Schreibtisch ist verwaist und ordentlich aufgeräumt. Hat sie gekündigt? Hat sie ihn verlassen? Niemand verlässt ihn, wenn er das nicht will! Abrupt dreht er sich um und hält auf Abigail zu.

»Wo ist Miss Darling?«, donnert seine Stimme durch den Raum.

Abigails Gesicht läuft rot an, als wäre sie persönlich dafür verantwortlich, dass Jaz nicht an ihrem Schreibtisch sitzt. »Sie besucht ein Kinderheim, Mr. Cunningham.«

»Welches Kinderheim?« Seine Stimme könnte Papier schneiden.

»Ich glaube, St. Francis.«

»Sie glauben?« Rhys kann sich nur schwer beherrschen.

»Ja, ich habe Miss Darling darüber mit Mrs. McKenzie sprechen hören.«

Rhys schlägt wütend mit der Faust auf die Theke.

»Mensch, Abigail, jetzt lassen Sie sich doch nicht jede Einzelheit aus der Nase ziehen.«

Pure Angst starrt ihm entgegen, und Abigail ist vor lauter Furcht verstummt. Rhys fährt sich mit den Händen über sein

Gesicht und atmet langsam aus. Er versucht, seine Nerven zu beruhigen. Zumindest hat sie nicht gekündigt.

»Also, Abigail, mal ganz in Ruhe. Jazman ist zu dem Kinderheim St. Francis unterwegs?«

Sie nickt und räuspert sich verlegen. »Ja, sie wurde von Mrs. McKenzie abgeholt, vor etwa einer Stunde.«

»Sehen Sie, Abigail, das ist doch eine Information, mit der man etwas anfangen kann.«

Sie nickt, und trotz seines gemäßigten Tonfalls treten ihr Tränen in die Augen. Innerlich flucht Rhys. Das Nervenkostüm seiner Empfangsdame ist einfach zu dünn, hier ist dringend Abhilfe vonnöten. »Okay, Abigail. Schicken Sie mir Susan in mein Büro, und dann holen Sie sich mal einen starken Kaffee.«

~

Der Kaffee ist heiß und riecht verführerisch. Abigail lehnt mit geschlossenen Augen an der Wand.

»Das duftet hier aber gut!«

Erschrocken reißt sie die Augen auf und verschüttet den dampfenden Inhalt ihrer Tasse über ihre rechte Hand.

»Aua, Mist!«

»O Gott, das wollte ich nicht. Es tut mir leid, zeigen Sie mal her.« Matt steuert direkt auf sie zu und begutachtet ihre Hand, die sich dunkelrot verfärbt. »Sie haben sich verbrüht, schnell, wir sollten es kühlen.« Er führt sie zum Becken und lässt kaltes Wasser darüberlaufen.

»O nein, Mr. Baker, es ist schon in Ordnung, lassen Sie ruhig.«

Abigail will ihm ihre Hand entziehen, doch er lässt nicht locker und hält sie fest.

»Nennen Sie mich doch Matt.« Er lächelt auf sie herunter, und Abigails Knie werden weich. Seine dunkelbraunen Augen schleichen sich in ihr Herz, veranlassen sie zu einem Lächeln. »Es ist nichts, Matt.« Ihre Stimme klingt in ihren Ohren leicht rauchig, sie fühlt sich irgendwie umnebelt. Mein Gott, dieser Matt konnte einer Frau wirklich den Kopf verdrehen. Er war so offen und freundlich, ganz anders als der düstere Rhys Cunningham.

»Ihre Haut ist ganz rot, ich habe oben eine Brandsalbe, damit sollten wir sie versorgen. Kommen Sie.« Er wickelt ein sauberes Küchenhandtuch um die verbrühte Hand und führt sie, ungeachtet ihrer Proteste, zum Aufzug.

Matts Wohnung ist ein Traum. Abigail schaut sich neugierig um. Sandfarbene Handtücher liegen im Bad bereit, die so dick und flauschig aussehen, als wären sie neu. Matt holt Salbe und Mullbinden aus dem Apothekerschrank, dann versorgt er ihre Hand damit. Sie stehen sich im Badezimmer nah gegenüber. Krampfhaft sucht sie nach einem unverfänglichen Thema, als Matt fragt: »Was hat Sie so aus der Fassung gebracht?«

Sie traut sich kaum, ihm in die Augen zu blicken. »Ich weiß nicht, was Sie meinen.«

»War es Rhys?«

»Mr. Cunningham wollte ...« Dann verstummt sie, weil sie den Faden verloren hat.

Matt lächelt. »Abigail, Mr. Cunningham ist nur ein Mann, Sie sollten keine Angst vor ihm haben.«

»Nun, es gibt solche und solche Männer.«

»Und zu welcher Sorte Mann gehöre ich für Sie?«

Sie muss schlucken. Matt hat mittlerweile den Verband befestigt.

»Sie?«, stammelt Abigail unsicher.

Matt schaut sie an. »Gehöre ich für Sie zu den Männern, mit denen Sie zu Abend essen würden?«

~

Trish McKenzie bewohnt ein Penthouse auf der 5th Avenue, nicht weit vom Cunningham-Gebäude entfernt. Sie hat mich eingeladen, und ich kann nicht ablehnen, denn meine Neugier auf Informationen über Rhys ist einfach grenzenlos. Ich sitze ihr gegenüber, und wir trinken eine Tasse Tee, zum Glück keinen weiteren Alkohol, denn ich will, dass mein Kopf klar bleibt. Ich vertrage nicht sehr viel, daher war das Glas vorhin im Auto schon zu viel.

Ich beobachte sie. Trish sieht wesentlich jünger aus, als sie in Wirklichkeit ist. Sie ist teuer und modisch gekleidet, ihre Wohnung modern eingerichtet. Keine gehäkelten Decken oder sonstiger Schnickschnack. Moderne Kunst wechselt sich ab mit alten Klassikern. Es ist bei ihr gemütlich. Sie blickt mich an und lächelt, ich kann nicht anders, als dieses Lächeln zu erwidern.

»Wissen Sie, Jaz, Sie gefallen mir. Ich hoffe, Rhys schafft es nicht, Sie in kürzester Zeit wieder zu vergraulen.«

Ich glaube, ich muss da etwas klarstellen. »Trish, ich bin seine Angestellte, er ist mein Boss. Ich glaube nicht, dass ich seine Freundin werden sollte.«

Sie winkt ab. »Ach, papperlapapp. Das Schlimme an Rhys ist, dass dieser Junge nicht erkennt, was gut für ihn ist. Schauen Sie sich doch die schrecklichen Dinger an, mit denen der befreundet war. Wie lange hat das denn gehalten? Gerade mal zwei Monate beim letzten Mal. Jaz, ich kann es förmlich fühlen, dass Sie die Richtige für ihn sind. Wir müssen ihn nur dazu bewegen, dass er das auch erkennt.«

Ich werde puterrot und komme mir vor, als würde ich demnächst auf einer Auktion versteigert.

»Jaz, Sie müssen einiges über Rhys erfahren«, meint Trish und setzt sich zu mir auf das Sofa. Vorsichtig legt sie ihre Hand in die meine. »Rhys ist das uneheliche Kind meines Sohnes Jack. Seine Mutter war Jacks Hausangestellte. Er hatte ein Verhältnis mit Theresa, und als Rhys geboren wurde, zwang Jack sie, ihn fortzugeben. Die Ähnlichkeit war einfach zu frappierend.«

Ihr Blick gleitet traurig hinüber zum Fenster. »Rhys ist bei den Schwestern im St. Francis aufgewachsen, müssen Sie wissen. Nachdem er fort war, starb Theresa, und kurz darauf kam mein Sohn bei einem Bootsunglück ums Leben.« Sie blickt mich an. »Ich habe erst viel zu spät von dem Jungen erfahren. Es tut mir unendlich leid, aber ich konnte Rhys erst zu mir holen, als er bereits ein Schulkind war. Ich glaube, das hat er nie überwunden. Da ist etwas in seinem Blick …« Verlegen räuspert sich Trish und blickt mich aufmunternd an. »Trinken Sie Ihren Tee, mein Kind, sonst wird er kalt.«

10

Es ist fast achtzehn Uhr, als ich mein Apartment betrete. Ich höre Klopfgeräusche und weiß, Rhys ist zurück. Am liebsten würde ich mich direkt in seine Arme werfen, doch die Geschichte, die mir Trish erzählt hat, geht mir nicht mehr aus dem Kopf, sosehr berührt sie mich. Ich sehe diesen kleinen verletzten Jungen vor mir, und das Gesicht von Elijah spukt in meinem Kopf herum. Sie zerschmelzen zu einer Person, und mit einem Mal verflüchtigt sich dieses Dunkle und Geheimnisvolle, das Rhys umgibt, und zurück bleibt nur eine einsame Seele, die niemand haben will. Außer mir. So kommt es mir jedenfalls vor. Auch wenn Rhys mittlerweile erwachsen ist, liegt ein ständiger Schmerz in seinem Gesicht, und ich möchte plötzlich alles tun, damit er daraus verschwindet.

Die Statue, die er mir geschenkt hat, steht immer noch auf dem Wohnzimmertisch, und ich nehme sie in die Hand. Es ist eine hervorragende Arbeit. Meine Finger fahren über den glatten Stein. Sie ist so filigran gearbeitet, leider hat sie kein Gesicht. Als ich weiter die Konturen entlanggleite, spüre ich auf dem Rücken einige Vertiefungen, ganz leicht, aber sie sind da. Ich schaue mir die Figur genauer an und entdecke kleine eingearbeitete Ritzen, nicht sehr tief, aber doch mit dem bloßen Auge zu erkennen. Gedankenverloren stelle ich die Statue an ihren Platz zurück.

Ich weiß nicht, ob ich so einfach wieder seine Wohnung betreten darf, aber ich steige die Treppen hinauf, um in seine Werkstatt zu gelangen. Diesmal ist die Tür geschlossen, und ich klopfe vorsichtshalber an. Vielleicht bin ich nicht willkommen. Als niemand antwortet, will ich wieder gehen, doch meine

Sehnsucht setzt sich durch. Ich will Rhys sehen. Ich habe ihn vermisst.

Ohne Vorwarnung betrete ich den Raum. Da er nicht aufschaut, erkenne ich, dass er böse auf mich ist. Na klasse, ich sollte doch lieber gehen und drehe mich um.

»Wo willst du hin?«

Ich halte in meiner Bewegung inne und habe Angst, dass wir wieder streiten werden. Doch gehen kann ich nun auch nicht mehr. Verdammt, ich hätte erst gar nicht hierherkommen sollen.

»Ich möchte dich nicht stören.«

»Komm her zu mir.«

Sein Ton ist befehlend, aber ich tue ihm den Gefallen und gehorche. Er dreht sich auf dem Stuhl zu mir um und schaut mich an. Sein Blick ist düster, unergründlich. Ohne etwas zu sagen, legt er seine Arme um meine Taille und zieht mich an sich. Ich fahre über seine Haare, streiche sie ihm aus der Stirn.

»Du bist böse auf mich«, stelle ich sanft fest.

»Ich habe dich vermisst«, murmelt er an meinem Bauch. Er schaut mich an und presst die Lippen fest aufeinander, so, als müsste er die Worte daran hindern, aus seinem Mund zu sprudeln. »Du warst nicht da, als ich zurückkam.« Das ist die Antwort eines kleinen verlassenen Jungen – mir schießen die Tränen in die Augen. Wie anders würde das alles in meinen Ohren klingen, wüsste ich nicht das, was ich weiß.

»Trish hat mich eingeladen, das St. Francis zu besuchen.«

Er lässt von mir ab und steht auf. »Es ist eigentlich nicht ihre Art, sich einzumischen«, murmelt Rhys vor sich hin und begutachtet ein Stück Marmor, das auf der Kommode liegt.

»Warum hast du es mir nicht gesagt?«, frage ich und starre seinen Rücken an.

»Was?«, fragt er und dreht sich zu mir um, »dass Trish meine Großmutter ist? Sie hat es dir also erzählt.«

Ich nicke. Ich will ihm nicht verraten, dass ich soviel mehr weiß, aber ich glaube, dass er es in meinen Augen lesen kann.

»Tja, ich denke, dann wird sie dir auch den Rest erzählt haben. Jetzt weißt du also alles über den Bastard.«

Ich bin bestürzt über seine harten Worte. Verdammt, ich weiß einfach nicht, was ich darauf antworten soll. Wie tröstet man jemanden, der so tief verletzt wurde?

»Für mich bist du kein Bastard. Dass du zornig bist, kann ich aber verstehen. Ein Kind für die eigenen Fehler büßen zu lassen ist unverzeihlich. Aber ich kann und will nicht über andere urteilen. Das Leben ist manchmal nicht fair.«

»Das Leben ist nie fair, besonders dann nicht, wenn man eine Hausangestellte und die Geliebte des Chefs ist.«

O ja, da kann ich ihm nur zustimmen. Denn etwas anderes würde ich auch nie sein als die Geliebte des Chefs, über die man hinter vorgehaltener Hand spricht, dieser Gedanke schießt mir durch den Kopf. Denn dass ich seine Geliebte werde, daran besteht für mich nun kein Zweifel mehr. Er rührt etwas tief in mir an, das ich noch nicht beschreiben kann. Wenn ich um einige Jahre jünger wäre, würde ich es für Liebe halten. Doch ich weiß, wie absurd dieser Gedanke ist.

»War sie das, deine Mutter? Seine Geliebte?«

Er schaut mich an und nickt. »Ja, bis zu dem Zeitpunkt, an dem er sie halb totgeprügelt hat.«

Mir stockt der Atem. »Was ... was meinst du?«

Sein Blick ist kalt. Jetzt verstehe ich dieses abstruse Bedürfnis nach Distanz zu seinen Angestellten, das er immer wieder betont und kaum durchhält. Mein Hals ist wie zugeschnürt, ich will so viele Dinge sagen, so viel fragen, doch ich bringe kein Wort heraus.

»Du solltest dich wirklich lieber nicht mit mir einlassen. Vermutlich hast du das die ganze Zeit gespürt.« Die Mauer, die er in diesem Augenblick um sich aufbaut, ist so hoch, dass ich sie nicht überwinden kann.

»Du willst mich also nicht mehr?« Meine Stimme erkenne ich im Augenblick selber nicht wieder. Sie zittert wie ein Vögelchen, das im Sturm aus dem Nest gefallen ist.

»Du kennst meine Bedingungen, und ich verstehe, dass du sie so nicht akzeptieren kannst.«

Wie schön, dass immer andere verstehen, was ich fühle, wissen, was ich kann und was ich nicht kann. Nur ich scheine es nie genau zu wissen.

»Was ist in der Zwischenzeit passiert? Wenn ich mich recht erinnere, wolltest du mich noch, bevor du am Samstag abgeflogen bist, du wärst auf jeden Handel mit mir eingegangen.«

»Ich habe meine Meinung geändert.«

»Schwachsinn.«

»Ich habe eine andere gefunden.«

»Noch größerer Schwachsinn.«

Er blickt mich an, und die Kälte in seinen Augen lässt mich frieren, bei 33 Grad Außentemperatur. »Ein Fick ist so gut wie jeder andere.«

Ich lache hart auf. »Tja, den Vergleich mit mir wirst du dann wohl leider nun doch nie ziehen können.« Noch stehe ich unschlüssig im Raum, zwei Sekunden später drehe ich mich um und gehe.

~

Ich sitze in meinem neuen Apartment und starre diese blaue Marmorfigur an. Nun verstehe ich auch die Striemen auf dem Rücken. Diese Statuen stellen alle Rhys' Mutter dar, immer wieder das gleiche Motiv. Eine Frau ohne Gesicht, die hilfesuchend die Hände in die Höhe streckt, mit Wunden auf dem Rücken. Immer wieder sehe ich einen Mann vor mir, der auf eine Frau einschlägt, und der Rhys' Gesicht trägt. Doch mein Verstand will dieses Bild nicht in Einklang bringen mit dem Mann, dessen Anblick allein mein Herz höherschlagen lässt. Nein, ich bin mir sicher, so etwas würde Rhys nie tun. Er ist nicht wie sein Vater. Na gut, er ist schwierig, aber ich bin überzeugt davon, dass er mich nie schlagen würde.

Etwas in mir ist stark und sagt mir, dass ich ihn will, egal zu welchen Bedingungen. Er hat eine Nacht mit mir verbracht, obwohl er das nach eigenen Angaben niemals tun wollte. Ich weiß, dass hinter unserer Beziehung mehr steckt, als Rhys zugeben will, und das darf ich nicht einfach so aufgeben.

~

Ich sitze an meinem Schreibtisch, checke meine Mails und meinen elektronischen Kalender. Als ich meinen Termin mit Elijah eintragen will, sehe ich, dass ich von Samstag bis Dienstag auf einer Geschäftsreise bin. Schön, dass ich nun darüber Bescheid weiß.

Abigail sitzt am Empfang und legt gerade den Hörer auf. »Abigail, wissen Sie, wer die Termine in meinen Kalender eingetragen hat?«

Sie streicht ihr Haar aus dem Gesicht, und mein Blick fällt auf ihre Hand. »Was ist passiert? Haben Sie sich verletzt?«

»Nein, Miss Darling, ich war ungeschickt und habe mir gestern heißen Kaffee über die Hand geschüttet. Matt, ich meine Mr. Baker, war so freundlich, mir einen Verband anzulegen.«

Ihre Augen blitzen auf, als sie Matts Namen erwähnt.

»Was halten Sie davon, wenn ich uns zwei Kaffee hole, und wir trinken sie in meinem Büro?«

Wenig später sitzen wir uns gegenüber, und ich beobachte diese kleine zierliche Gestalt genau. »Abigail, was können Sie mir zu den Terminen sagen?«

Sie nimmt einen kleinen Schluck aus ihrer Tasse und nickt. »Mr. Cunningham hat mir eine E-Mail geschrieben, als er in Washington war, dass ich alle seine Geschäftsreisen auf Ihren Kalender übertrage, damit Sie ihn begleiten können, also habe ich Ihre beiden Terminkalender synchronisiert.« Sie schaut mir unsicher in die Augen.

»War das alles?«

Sie zögert kurz, dann schüttelt sie den Kopf. »Nein, ich musste bei allen Reisen auf eine Suite umbuchen.«

Ich räuspere mich. »Das war sehr nett von Ihnen, Abigail. Was halten Sie übrigens davon, wenn wir uns duzen? Ich kenne New York noch nicht, wir könnten ja mal etwas zusammen trinken gehen nach der Arbeit.«

Sie lächelt mich freundlich an. »Das wäre sehr nett, Jazman, gerne. Ich weiß ja, dass du noch nicht so lange in der Stadt bist. Susan hat es mir erzählt.«

Hm, die gute Susan, mich würde interessieren, was sie noch so alles erzählt hat, aber ich möchte nicht neugierig erscheinen. »Wie wäre es mit heute Abend?«

»Oh, heute geht es leider nicht. Matt, ich meine Mr. Baker, hat mich zum Abendessen eingeladen.«

»Matt ist ein toller Koch, dann ein anderes Mal«, ich lächele sie an.

Abigail nickt und erhebt sich. »Ich glaube, ich muss wieder an meinen Platz, bevor Mr. Cunningham wiederkommt.«

»Wo ist er überhaupt?«

»Er sagte, er frühstückt mit seiner Großmutter.«

~

Ich schaue Abigail hinterher. Sie ist eine gute Mitarbeiterin, auch wenn sie sehr schüchtern ist. Ich könnte eine Freundin hier gut gebrauchen. Die Tür zum Flur lasse ich mit Absicht offen stehen, damit ich höre, wenn Rhys das Büro betritt. Die Geschäftsreise am Samstag passt mir gar nicht. Ich will Elijah nicht enttäuschen. Dieser kleine Junge liegt mir am Herzen, und ich sehe sein enttäuschtes Gesicht schon vor mir, wenn er erfährt, dass ich meinen Besuch abgesagt habe.

Also muss ich mit Rhys darüber sprechen, ebenso über mein Projekt, das St. Francis. Kaum habe ich diesen Gedanken zu Ende gesponnen, höre ich die Aufzugtüren, und die zittrige Stimme von Abigail, die Rhys einen guten Morgen wünscht.

Er geht wortlos an meinem Büro vorbei. Nun, dann muss ich wohl die Initiative ergreifen. Ich folge ihm in sein Büro und schließe die Tür.

Neugierig über meine Unverfrorenheit, schaut Rhys mich an, zieht seine Anzugjacke aus und hängt sie über seinen Stuhl.

»Guten Morgen, Rhys, hast du einen Augenblick für mich?«

»Nein, ich habe einen Termin, tut mir leid, Jaz, du musst dich wohl ein wenig gedulden.« Er krempelt die Ärmel seines Hemdes auf, er sieht schwer beschäftigt aus.

»Und wenn du mich hier und jetzt haben könntest, hättest du dann Zeit für mich?«

Nun habe ich seine volle Aufmerksamkeit. Sein Gesicht jedoch bleibt verschlossen. »Was soll das werden, ein Mitleidsfick?«

»Wenn du auf Mitleid aus bist?« Ich verschränke die Arme vor der Brust, um so eine sichere Mauer zwischen uns aufzubauen, denn ich merke, dies hier wird eine schwierige Nummer.

Er lehnt sich lässig in seinem hochmodernen Schreibtischstuhl zurück und sieht so sexy aus mit seinem dunkelblauen

Hemd ohne Krawatte. Der Kragen steht offen und schenkt mir einen Blick auf sein dunkles Brusthaar.

»Woher kommt dieser plötzliche Sinneswandel, Jaz? Hat es damit zu tun, dass du meinst, meine Geschichte zu kennen? Dann lass dir gesagt sein, du kennst sie nicht.«

Mehrere Sekunden schaue ich ihn an, ohne etwas zu sagen. Dann löse ich mich von meinem Posten an der Tür und nähere mich ihm.

»Dass du so abweisend bist, hat es damit zu tun, dass du heute mit Trish gesprochen hast?«

Er faltet die Hände auf dem Tisch, ich nehme jede Bewegung von ihm wahr und registriere alles fein säuberlich.

»Jaz, was willst du?«

»Ich kann am Wochenende nicht mit dir verreisen.«

»Warum nicht?«, fragt er schroff.

»Weil ich eine Verabredung habe.«

»Dann sag sie ab.«

»Das kann ich nicht.«

»Wieso nicht?«

»Ich möchte ihn nicht enttäuschen.«

»Ihn?« Plötzlich steht er auf und kommt auf mich zu. »Ich kann den Termin nicht absagen. Es ist die Eröffnung einer neuen Galerie in Boston. Ich bin der Ehrengast und du meine Begleitung. Sag dein Date ab.«

»Gut, Boston, Samstagabend. Wenn diese Veranstaltung erst am Abend stattfindet, werde ich nachkommen, meine Verabredung ist zum Lunch.«

»Du wirst nicht nachkommen. Wir werden gemeinsam fliegen. Dann werde ich eben auf dich warten, bis du *deinen Lunch* beendet hast.« Er betont das Wort, als würde es sich um etwas Unanständiges handeln. Wütende Blicke treffen mich wie vergiftete Pfeile.

Wenn ich es nicht besser wüsste, würde ich denken, er wäre eifersüchtig.

»Du könntest mich ja begleiten.« Langsam schlendere ich um den Schreibtisch herum auf ihn zu. Seine abweisende Art macht mich unheimlich an, am liebsten würde ich ihn hier in seinem Büro vernaschen. Dass er so provokant ist, fördert mein Verlangen und reduziert meinen Verstand auf ein Minimum.

»Warum sollte ich?«, fragt er, während er jeden meiner Schritte verfolgt.

Als ich ihn erreiche, schaue ich kurz zur Tür und hoffe, dass niemand den Kopf hereinsteckt oder dass uns ein Telefonat unterbricht. Dann raffe ich meinen Rock bis zu den Hüften hoch und setze mich rittlings auf seine Schenkel. Woher ich diesen Mut nehme, weiß ich nicht, doch Rhys' Unnahbarkeit lässt mich alle Skrupel über Bord werfen. Ich will ihn provozieren, schauen, wie weit ich gehen kann.

»Kannst du mir sagen, was das hier werden soll?« Seine Frage klingt schroff, doch er lächelt zum ersten Mal.

»Halt die Klappe!«, flüstere ich und küsse ihn.

O Gott, in dem Moment, wo sich unsere Lippen berühren, setze ich offensichtlich meinen Verstand endgültig außer Betrieb. Zuerst merke ich seinen kurzen Widerstand, doch ich will ihn, egal wie, und ich will ihm zeigen, dass auch ich mir nehmen kann, was ich will. Doch er gibt nicht nach. Seine Lippen sind weich, aber er erwidert meinen Kuss nicht. Der Gedanke, dass ich mich hier an meinen Chef heranschmeiße, den das völlig kaltlässt, schleudert mich mit Macht in die Realität zurück. Verdammt, was mache ich nur?!

Erschrocken springe ich von seinem Schoß, und Schamesröte steigt mir in die Wangen. Ich muss mich an dem Schreibtisch festhalten, damit ich nicht gleich in Ohnmacht falle. Schnell ziehe ich meinen Rock wieder herunter. Rhys' einzige Reaktion ist ein etwas zu schneller Atem für sein angebliches Desinteresse, ansonsten starrt er mich nur überrascht an. Ich schlage mir erschrocken die Hand vor den Mund und weiß, ich muss hier weg, sofort!

»Bitte, entschuldige«, stammele ich und eile aus seinem Büro. An der Tür stoße ich fast mit Susan zusammen. Ich höre noch, wie sie Rhys fragt, ob etwas passiert sei, dann schließt sich die Tür. Wenn er jetzt erzählt, was ich getan habe, bin ich geliefert.

Tränen treten mir in die Augen, doch ich will vor Abigail nicht weinen. »Mir geht es nicht gut, ich mache für heute Feierabend«, rufe ich ihr zu und laufe schnell zu dem Privataufzug, der mich in mein Apartment bringt.

11

Unglaublich, wie naiv ich doch sein kann. Ich hätte mich wirklich auf Cunningham eingelassen, egal zu welchen Bedingungen. Wie kann man nur so blöd sein? Habe ich denn seit dem letzten Mal gar nichts dazugelernt? Wahrscheinlich nicht. Ich muss wieder an meinen Bruder und seine Ratschläge denken. Verdammt, es wäre das Beste, den Job hinzuschmeißen. Einfach nach Frankfurt zurückzukehren. Soll Rhys Cunningham eine andere finden, die er um den Verstand bringt.

Ich hole meinen Koffer aus dem Schrank und fange an, meine ganze Kleidung hineinzuwerfen. Je schneller ich verschwinde, umso besser. Ich weiß zwar nicht, wie ich das Ticket bezahlen soll, aber Alex wird mir diesen Gefallen bestimmt erweisen, wenn er hört, dass ich zurück nach Frankfurt komme. Natürlich will er dann auch wissen, was geschehen ist. Ich muss mir eine gute Geschichte einfallen lassen, damit er nicht misstrauisch wird und die Spur zu Rhys zurückverfolgt. Dass Alex sich meinetwegen Ärger einhandelt, will ich auf jeden Fall verhindern, denn ich weiß, wie mein Bruder reagiert, wenn es um mich geht.

»Wir fliegen doch erst am Samstag nach Boston, und du brauchst auch keinen Koffer mitzunehmen.« Rhys' Stimme kommt von der Tür. Ich weiß nicht, wie lange er dort schon am Türrahmen lehnt, die Hände lässig in den Hosentaschen vergraben, und mich beobachtet. Zu vertieft war ich in meine Überlegungen, wie ich die Situation wieder in den Griff bekommen könnte.

Ich schließe den ersten Koffer und stelle ihn auf den Boden. »Ich kann mich nur entschuldigen ...« Meine Stimme krächzt und versagt dann vollkommen. Hitze steigt mir in die Wangen.

Ich schließe die Augen, verdammt, das ist so was von unprofessionell. Hörbar atme ich aus und versuche es erneut: »Rhys, es tut mir leid, was ich da vorhin abgezogen habe. Ich denke, du bist hier, um mich vor die Tür zu setzen. Glaube mir, das ist nicht nötig, ich gehe von allein.« Ich traue mich gar nicht, ihn anzublicken, sondern schaue auf den Boden, bis ein paar schwarze Schuhe in mein Blickfeld treten.

»Ich habe nicht die geringste Ahnung, wovon du sprichst, Jaz.« Er hebt mein Kinn mit seinem Zeigefinger an und schaut mich an. Seine Augen sind dunkel, und ich sehe Begehren darin, oder bilde ich es mir nur ein? »Bitte mich das nächste Mal, vorher die Tür zu verriegeln, wenn du mich vernaschen willst, ansonsten könnte es wirklich peinlich für uns werden, denn Susan war gerade auf dem Weg zu mir.« Dann beugt er sich vor und flüstert in mein Ohr: »Wir beide sind nicht besonders gut darin, uns an unsere Vorsätze zu halten, kann das sein? Du bist so ganz anders als jede Frau, die ich bisher gewollt habe, ich habe so viele Dinge mit dir vor, ich will mich nicht mehr zurückhalten. Ich komme, wenn ich dich nur ansehe.« Er zieht mich an sich und küsst mich.

Ich kann es kaum glauben, und wie aus einem Reflex heraus erwidere ich seinen Kuss. Seine Hände sind flink und öffnen den Reißverschluss meines Rocks, der daraufhin zu Boden rutscht. Ich knöpfe schnell meine Bluse auf, damit er sie nicht wieder zerreißt, denn so viele habe ich nicht eingepackt, dass ich eine weitere entsorgen kann. Schon stehe ich nur noch in Dessous vor ihm.

»Leg dich hin«, befiehlt er mir, als er mich in dem schwarzen Hauch von Nichts betrachtet, und ich gehorche ihm. Er kniet sich über mich, zieht sich ebenfalls aus, und ich darf ihm nicht dabei helfen. »Leg deine Hände über den Kopf.« Es ist keine Bitte, es ist ein Befehl. Und ich befolge seine Anweisungen nur zu gern. Seine dominante Art erregt mich, und mein Gehirn kann nicht mehr denken, ich will nur noch seine Hände auf meinem Körper spüren. Ich weiß, dass dies hier nicht das ist, was ich wirklich von Rhys will, doch mir ist klar, mehr werde ich im Moment nicht bekommen. Also nehme ich das Wenige, was er mir anbietet.

Seine blauen Augen fixieren mich, während die Hände meinen Slip erst über meinen Hintern und dann meine Beine entlang nach unten streifen. Schnell hat er mich von diesem Kleidungsstück befreit, und ich liege entblößt vor ihm. Zart fährt er die Linie meiner Hüften nach. Sie sind mit Sicherheit üppiger als das, was er sonst gewohnt ist.

»Du bist einfach zauberhaft, aber weißt du, was mich am meisten erregt? Dass du rasiert bist. So weich und glatt, ich kann es einfach nicht fassen«, stöhnt er und zieht mit seinen Lippen eine Kusslinie an meiner Schamgrenze entlang. O Gott, das Gefühl bringt mich um den Verstand, denn seine Bartstoppeln, mögen sie auch noch so kurz sein, kitzeln meine empfindliche Haut. Es ist mehr, als ich ertragen kann, und dies ist erst der Anfang.

»Verhütest du?« Die Frage lässt mich einige Sekunden nachdenken, so durcheinander bin ich. Ich nicke: »Ja.«

Mit halbgeschlossenen Augen blickt er gebieterisch auf mich herab: »Jaz, ich will dich pur spüren. Ist das möglich?«

Verwirrt nicke ich wieder. »Ja, ich spende regelmäßig Blut und lasse mich halbjährlich untersuchen. Ich habe noch niemals mit einem Mann ohne Schutz geschlafen.«

Er ist mir so nah, und der Augenblick ist so intim.

»Ich habe auch noch nie mit einer Frau ohne Schutz geschlafen und bin sauber. Aber ich werde verrückt, wenn ich dich nicht vollkommen spüren kann. Ich bin gesund, vertraust du mir?«

»Ja«, hauche ich. Rhys' Stimme klingt plötzlich sehr heiser. »Ich hätte gute Lust, dich ins Universum zu vögeln, doch ich kann mich kaum noch beherrschen, sosehr will ich dich endlich spüren. Deshalb werde ich dich jetzt ganz vorsichtig nehmen.« Mit diesen Worten stößt er in meine Mitte vor.

Für einen Augenblick habe ich das Gefühl, es würde mich zerreißen, doch schon im nächsten breitet sich ein köstliches Empfinden der Wärme in mir aus. Ich bin so nass, dass er problemlos tief in mich hineingleitet. Ich will ihn berühren, doch er verbietet es mir. »Nein, bleib so liegen, deine Hände über dem Kopf. So will ich dich.« Mein Oberkörper bäumt sich auf, mein Busen reckt sich ihm entgegen. Rhys nimmt abwechselnd meine Knospen in den Mund, die unter seiner Zunge hart und dunkel werden. Das Gefühl ist einfach köstlich, und ich stöhne laut auf.

»Genau so will ich dich, Jaz, nackt und stöhnend unter mir.« Er begräbt mich unter seinem heißen, muskulösen Körper, und ich kann mich nicht mehr bewegen. Seine Stöße werden immer heftiger und schneller.

»Ich will dich berühren«, stöhne ich unter ihm, und er blickt mich an. Das Blau seiner Augen ist dunkel, und doch erkenne ich die Schattierungen, wie wundervoll er aussieht. Er gibt mir zwar nicht die Erlaubnis, doch als ich meine Hände auf seine Schultern lege, nickt er mir lächelnd zu. Seine Haut zu berühren, jede Sehne unter meinen Fingern zu spüren, macht mich verrückt. Diese herrlich zarte Haut, die so männlich duftet, zu ertasten, ist die Wonne, die ich bereits die ganze Zeit herbeisehne. Seine stockende Atmung zeigt mir, dass auch Rhys es gefällt, wie ich seinen Körper liebkose und genieße. Ein Brummen kommt tief aus seiner Brust, ich liebe es, diesen Mann an den Rand des Zumutbaren zu bringen. Dass mir das gelingt, zeigt mir, wie sehr er mich will, und das macht mich seliger, als ich es jemals mit einem Mann zusammen erlebt habe. Ich bäume mich ihm noch mehr entgegen und will ihm alles von mir geben, alles, was ich habe, gehört ihm.

Ich spüre den Orgasmus wie eine Brandung auf mich zurasen, versuche die Welle zu stoppen, doch im gleichen Moment zuckt er unkontrolliert und stöhnt laut auf. Ich glaube, dass er meinen Namen raunt, doch ich traue meinen Ohren in diesem Moment nicht. Auch ich kann mich nicht mehr zurückhalten, und stoße einen erlösenden Schrei aus.

Langsam lässt Rhys sich auf mich niedersinken, stützt sich aber mit einer Hand ab, damit ich nicht sein ganzes Gewicht tragen muss, dabei würde ich ihn im Augenblick nicht einmal spüren, sosehr hat mich der Orgasmus noch im Griff und schickt immer wieder kleine Wellen durch meinen Körper.

Rhys atmet schwer an meinem Ohr. »Miss Darling, ich muss sagen, Sie waren jede Sekunde Warten wert.« Er lächelt, doch das Lächeln erreicht seine Augen nicht. Er küsst meine Lippen, und ich erwidere seinen Kuss, aber er ist nicht mehr wirklich bei mir, das spüre ich. Als er sich erhebt, wirft er mir mit einer lässigen Bewegung meinen BH zu: »Du kannst dich jetzt anziehen. Ich springe schnell unter die Dusche und bin dann im Fitnessraum, falls etwas Wichtiges ist.«

~

Verzweifelt sitze ich auf dem geschlossenen Toilettendeckel und weine. Bringt mich eigentlich alles an diesem Kerl zum Heulen?

Ich weiß nicht, welche Gefühle ich zuerst zulassen soll. Das Nachschwingen der ungeheuren Befriedigung, die ich eben erfahren habe? Mein Zorn, durch sein abruptes Verschwinden wie eine Nutte zurückgelassen worden zu sein? Meine Trauer darüber, dass er mich wirklich so abfällig behandelt hat, wie ich es die ganze Zeit befürchtet habe? Oder mein Mitleid, weil ich hinter seinem Verhalten und diesen obercoolen Sprüchen seine verletzte Seele zu erblicken meine?

Zum Schluss siegt mein Stolz. Wer ist dieser Mann, der meint, mit mir spielen und mich dann wegwerfen zu dürfen wie ein gebrauchtes Taschentuch?

Ich dusche schnell, um keine Zeit zu haben, das Erlebte wirklich an mich heranzulassen. Das Wasser strömt über meinen Kopf, und ich bin für eine Weile taub für diese Welt, ich genieße die Stille in meinem Kopf.

In den ersten Minuten danach denke ich wirklich darüber nach, einfach abzureisen. Doch dann siegt meine Selbstachtung über meine Resignation. So leicht werde ich es ihm nicht machen. Nur ein Feigling bricht alles hinter sich ab und flieht. Den Fehler habe ich in Honolulu gemacht, ich werde ihn hier nicht wiederholen.

Ich spüre noch die Hitze zwischen meinen Beinen, selbst nach der Dusche haftet noch Rhys' Geruch an mir. Ich fühle mich wund an, aber genau dieser Schmerz lässt mich die Situation klar sehen: Rhys ist wirklich nicht bereit, Gefühle zu investieren, weil er mehr Angst vor ihnen hat als vor irgendetwas anderem. Nie hat er sich etwas sehnlicher gewünscht als Nähe, nie wird er etwas hartnäckiger und grober abwehren als genau sie. Nun, da hat er die Rechnung ohne den Wirt gemacht. Er wird sich seinem Schmerz stellen müssen, ob er will oder nicht. Es wird Zeit, dass Rhys Cunningham erwachsen wird. Ich habe nämlich nicht vor, ihn aufzugeben. Jetzt erst recht nicht mehr.

Mit einem Duschhandtuch mache ich es mir auf meinem Bett bequem. Ich brauche Informationen, nur so komme ich weiter. Es dauert fast eine halbe Ewigkeit, bis sich endlich die Verbindung nach Europa aufgebaut hat. Dann das erlösende Freizeichen und zum Schluss die verschlafene Stimme meines Bruders: »Jaz, hast du mal auf die Uhr geschaut? Es ist spät, ich habe schon geschlafen. Ist etwas passiert?«, stöhnt er in das Handy.

»Was kannst du mir über Rhys erzählen?«, frage ich ohne eine Begrüßung oder Entschuldigung, ihn mitten in der Nacht gestört zu haben.

Ich höre etwas rascheln und stelle mir vor, wie Alex sich in seinem Bett aufgesetzt hat.

»Sag mir alles, was du über ihn weißt.«

»Ich verstehe deine Frage nicht. Hat das nicht Zeit, bis du wieder in Frankfurt bist?«

»Nein, Alex, hat es nicht. Bitte, es ist sehr wichtig für mich. Was weißt du über ihn?«

Es entsteht eine kurze Pause, und ich glaube schon, dass mein Bruder einfach aufgelegt hat, als er sagt: »Im Grunde nicht viel. Er hat einige Frauengeschichten gehabt, die aber alle nicht lange gehalten haben. Er hat ein Vermögen geerbt, und damit die CuDa Holding aufgebaut, und sich damit ein noch größeres Vermögen erarbeitet.« Dann bleibt die Verbindung wieder stumm.

»Das ist alles, was du über deinen Partner weißt?«, frage ich verblüfft.

»Ja, er ist mein Geschäftspartner, ich bin nicht mit ihm verheiratet. Ich kenne noch seine Lieblingsfarbe und sein Geburtsdatum, das war es aber auch schon.«

»Wann hat er Geburtstag?«

»15. November.«

Skorpion, kommt mir in den Kopf. Passt.

»Jaz, jetzt sag mir endlich, was passiert ist, dass du mich das alles fragst.«

Mir fällt keine Antwort ein, die ich Alex geben könnte.

»Sorry, Alex, dass ich dich gestört habe. Ich wollte es nur wissen.« Bevor mein Bruder weiter bohrende Fragen stellen kann, beende ich das Gespräch.

~

Skorpion – wenn ich je von einem Mann die Finger lassen wollte, dann von einem Skorpion-Mann. Sätze wie: *Er wird von seinen Genitalien beherrscht, ist emotionell, leidenschaftlich und unberechenbar, sein Leben wird von der ruhelosen Suche nach sexuellen Abenteuern bestimmt,* sagen doch alles. Ein Skorpion-Mann stellt sich jedem Hindernis. Er ist weder zurückhaltend, noch gibt er sich Mühe, sich zu beherrschen. Frauen reagieren auf seine hypnotische Sinnlichkeit. Au Backe! Er vergisst nie eine Freundlichkeit, verzeiht aber auch nie eine Beleidigung. Wenn er verletzt wird, sinnt er auf Rache, kann auch gewalttätig werden. Weder ist Barmherzigkeit sein Ding noch der Weg des Kompromisses. Er ist mysteriös, und seine Persönlichkeit hat eine geheime und verborgene Seite. In Herzensangelegenheiten lässt er ein *Nein* einfach nicht gelten. Skorpion-Männer können selbstsüchtig sein, wenn es um Liebesdinge geht, hinterlistig und gewissenlos. Er genießt die Jagd, interessiert sich aber nur für Frauen, die auch von anderen begehrt werden. Man kann einen Skorpion wild vor Eifersucht machen, aber nur auf eigene Gefahr. Er ist herrschsüchtig und sich seiner Macht über Frauen bewusst. Na, wer verliebt sich da nicht gerne in einen Mann dieses Sternzeichens? Nur blöd, dass das Herz nicht vorher in einem Handbuch für Hobbyastrologen blättert. Notiz an mich selbst: Werde niemals im Februar schwanger!

Für mich ist die geschundene Seele von Rhys Cunningham so etwas wie eine kleine Babyrobbe, die ich vor dem Tod bewahren will, oder wie ein Delfin, der sich in einem Fangnetz verheddert hat und den ich unbedingt befreien muss. Ich will ihn retten, es ist mir egal, ob er das auch möchte oder nicht und ob ich dabei untergehe.

Mir ist klar, dass ein Mann wie Rhys niemals sein Herz verlieren wird. Zumindest nicht an eine Frau wie mich. Ich bin nicht die geheimnisvolle Schöne, die von anderen Männern begehrt wird.

Nicht exotisch oder undurchschaubar. Ich bin einfach gestrickt. Das, was ich sage, meine ich auch. Ich trage mein Herz auf der Zunge. Zu allem Überfluss bin ich eine Schütze-Frau, die niemals zu einem Skorpion-Mann passen wird. Dabei glaube ich noch nicht einmal an Horoskope. Dass Rhys und ich nicht zusammenpassen, dafür braucht man diesen ganzen Kram eigentlich gar nicht, aber so ganz komme ich von meinen Skorpion-Schütze-Überlegungen einfach nicht los. Sie liefern mir Antworten, wo ich sonst nur in Fragen unterzugehen drohe. Fragwürdige Antworten, aber besser als nichts. Ich bin eine Abenteurerin, habe Fantasie und bin ausgesprochen kreativ. Diese Kreativität wird mir nun dabei helfen, Rhys zu retten. Ob er will oder nicht. Und mich gleich mit.

~

Die Woche zieht sich wie Kaugummi. Rhys geht mir mal wieder aus dem Weg, und ich bekomme ihn so gut wie gar nicht zu Gesicht. Wenn es etwas für mich zu erledigen gibt, bekomme ich meine Aufträge von Susan. Die gute alte Susan scheint sein Fels in der Brandung zu sein. Sie bringt mir heute, am Freitag, eine Zusammenstellung der Exponate, die bei der Galerieeröffnung am Samstag in Boston zu sehen sein werden.

Sie legt die Mappe wortlos auf meinen Tisch und bleibt reglos stehen. Erst als ich fragend aufblicke, sagt sie: »Was haben Sie mit ihm gemacht?«

Verständnislos schaue ich zu ihr auf, weiß nicht, was sie genau mit dieser Frage meint.

»Was haben Sie mit Rhys gemacht? So kenne ich ihn gar nicht«, wiederholt sie. Sie verschränkt die Arme vor der Brust. »Sie haben mit ihm geschlafen, stimmt's?«

Nicht schon wieder, denke ich etwas genervt und muss mich zwingen, keine patzige Antwort zu geben. Haben die denn hier alle keine anderen Sorgen?

»Leugnen Sie es nicht, Jaz. Ich habe beobachtet, wie er sie ansieht. Er geht Ihnen aus dem Weg, nicht wahr? Das ist ein sicheres Zeichen dafür, dass er etwas für Sie empfindet. Ich weiß nicht, was anders an Ihnen ist, aber er hat Gefühle für Sie, die er hinter seiner Maske versteckt.«

Susan geht zur Tür. Bevor sie hinausgeht, dreht sie sich noch einmal um und sagt: »Reißen Sie ihm diese Maske runter, Jaz. Sie sind die Einzige, die es kann.« Dann ist sie verschwunden.

Trage ich einen für mich unsichtbaren Stempel, der in regelmäßigen Abständen Blinksignale mit der Aufschrift *Geliebte von Rhys Cunningham* von sich gibt?

Dieser Gedanke beschäftigt mich, als ich mit dem Fahrstuhl meinem Feierabend entgegenfahre. Das Erste, was ich sehe, als ich meine Wohnung betrete, ist der große Karton auf dem Küchentresen. Eine Karte steckt in der himmelblauen Schleife: *Trage es morgen Abend, R.*

Ich ahne, was in der Schachtel ist, nehme sie mit ins Schlafzimmer und öffne den Deckel. Dort liegt ein wunderschönes Cocktailkleid aus nachtblauer Seide. Wen wundert die Farbe? Und hört dieser Mann denn gar nicht zu? Ich schnappe mir das Kleid und stiefele in seine Wohnung hinüber.

12

Eigentlich will ich nur das Kleid auf seinen Tresen knallen, doch er steht in der offenen Küche und trinkt aus einer Flasche Multivitaminsaft. Ich halte in der Bewegung inne, als er mich ertappt.

»Dafür, dass ich deine Wohnung nicht ohne deine Erlaubnis betreten darf, betrittst du meine ziemlich oft ohne Erlaubnis.« Bedächtig nimmt er einen weiteren Schluck und dreht dann die Flasche zu.

»Das hier ist Einladung genug.« Ich halte ihm das Kleid entgegen. »Ich weiß nicht, was du nicht verstanden hast, als ich sagte, dass ich meine Kleidung selbst bezahle.«

Einen Moment blickt er auf das Kleid in meiner Hand, dann schaut er mich mit hochgezogenen Augenbrauen an. »Ich dachte, das hätten wir geklärt.«

»Scheinbar nicht.« Sein arroganter Ton macht mich wütend.

Er stellt die Flasche wieder in den Kühlschrank. »Zieh es an.«

»Was?«

»Ich möchte, dass du das Kleid anziehst, das ich für dich gekauft habe.«

Irritiert blicke ich ihn an. »Du hast das Kleid gekauft?«

So ganz kann ich seinen Worten keinen Glauben schenken.

»Ja, ich habe es heute persönlich für dich gekauft. Zieh es an.«

»Warum?«

»Weil ich wissen will, wie du darin aussiehst.«

»Reicht es nicht, wenn du es morgen Abend siehst?«

»Zieh es jetzt an.«

Ich schaue zur Badezimmertür.

»Hier.«

Seine Augen blicken drohend, und der arrogante Ton tut sein Übriges dazu. Ohne meinen Blick von ihm zu nehmen, ziehe ich mein Shirt über den Kopf, schlüpfe aus den Schuhen und öffne meine Jeans. Langsam schäle ich mich aus der Hose. Dass ich jetzt schon wieder nur in Dessous vor ihm stehe, blende ich einfach aus. Es gibt nichts, was er nicht schon gesehen hat. Schnell ziehe ich das Kleid über.

»Es steht dir.« Langsam schlendert er auf mich zu. »Zieh dich aus.« Er trägt noch seine Anzughose und ein weißes Hemd. Die Krawatte, die er normalerweise trägt, hat er bereits abgelegt.

Ich ignoriere seinen Kommandoton, lege das Kleid ab und will in meine Jeans steigen, als er die Hand hebt. »Ich sagte: Zieh dich aus.«

Sein Blick ist weiter durchdringend auf mich gerichtet. Er ist frisch rasiert, und ich rieche sein Duschgel. Seine Augen fixieren mich. *Na gut, mein Lieber, wenn du es brauchst*, denke ich und gehorche ihm. Langsam öffne ich den Verschluss meines BHs und streife aufreizend langsam mein Höschen ab. »Normalerweise zieht ein Mann die Frau aus, die er begehrt«, wispere ich leise.

»Ich schaue dir lieber dabei zu«, murmelt er und geht in die Hocke, um mein Höschen aufzuheben. Er lässt seine Finger darübergleiten und steckt es dann in seine Hosentasche, wo es wohl auf Nimmerwiedersehen verschwindet. Ich muss mir etwas Reserve besorgen, wenn das hier so weitergeht.

Aus der anderen Hosentasche zieht er eine schwarze Schlafmaske. Was sich wohl noch alles in seinen Taschen befinden mag?

»Ich will, dass du sie trägst.« Seine Stimme ist ganz dunkel vor Verlangen.

Mit hochgezogenen Augenbrauen schaue ich ihn an. »Warum?«

Ein verflucht verführerisches Lächeln huscht über sein Gesicht. »Es wird intensiver, wenn man nur hören und fühlen kann. Schließ deine Augen.«

Ich gehorche ihm, und er zieht die Maske über meinen Kopf. Plötzlich ist alles Schwarz, und ich muss mich auf meine anderen Sinne verlassen.

Rhys fährt mit seiner Zunge über meinen Hals, hinterlässt dort etwas Feuchtigkeit, über die er sachte pustet, was mir eine Gänsehaut beschert. Die Spur seiner Zunge wandert immer tiefer, seine Hände gleiten hinab, von meinen Hüften hinunter zu meinen Oberschenkeln, die er geschickt spreizt. Da ich nichts sehe, überkommt mich ein wenig Angst. Ich muss mich auf etwas einlassen, dass ich nicht sehen kann. Kann ich Rhys so weit vertrauen? Ich bin mir nicht ganz sicher. Noch nie habe ich mich auf solch eine Situation eingelassen. Es ist neu für mich, aber auch aufregend. Es steigert meine eigene Lust, so abhängig zu sein. Ich höre seinen Atem, der aufgeregt klingt, kurzatmig, als hätte er einen Tausendmeterlauf hinter sich.

»Du bist so schön, ich kann es nicht fassen. Und du gehörst allein mir, hörst du, ganz allein mir.« Rhys murmelt diese Worte an meiner Haut. »Sag es mir, sag, dass du nur mir gehörst. Ich will es aus deinem Mund hören, Jaz.«

Ich weiß, dass er mich ansieht, auch wenn hinter meinen Lidern alles schwarz ist, ich weiß es ganz bestimmt. Sein Blick ist wie eine Berührung, so kommt es mir zumindest vor. Ich bilde mir ein, dass allein seine Blicke mich streicheln können, was völlig irrational ist, aber sich unglaublich erotisch anfühlt. »Ich gehöre nur dir, Rhys!« Meine Stimme ist leise, aber fest, und in diesem Moment stimmt es. Ich will ganz allein ihm gehören.

Dann fällt mir ein, was ich über die Skorpion-Männer gelesen habe: Er interessiert sich nur für Frauen, die auch von anderen begehrt werden.

Ich sollte die Maske von meinem Gesicht reißen, ihm sagen, dass ich nicht die Frau bin, die er zu suchen scheint. Aber ich kann es nicht. Dieser Reiz des Unbekannten macht mich an, und ich will sehen, wohin es mich führt, wohin es uns beide führt. Mein Herz schlägt schnell, und ich hole tief Luft. Er nimmt mir regelrecht den Atem. Dieses Spiel gefällt mir, es macht mich nass, und ich kann es kaum noch ertragen, dass er mich nicht berührt.

Er steht immer noch hinter mir, ich spüre seinen Atem, der über meinen Hals kitzelt. Ich stehe ganz still. Etwas Weiches legt sich plötzlich um meinen Hals, hauchfein, es duftet sehr angenehm. Ich rieche Rhys, ich rieche *Bleu de Chanel*. Meine Hand will an meinen Hals fassen, doch seine nur mühsam beherrschte Stimme lässt mich innehalten. »Halt still, beweg dich nicht.« Dann etwas zärtlicher: »Bleib genauso stehen, ich will dieses Bild in mein Gedächtnis brennen.«

Vermutlich ist es ein Chiffonschal, der sich so federleicht an meinen Hals schmiegt, und ich würde ein Monatsgehalt darauf verwetten, dass er Blau ist. Endlich spüre ich seine Hände, sie fahren aufreizend langsam meinen Rücken hinunter, dann legen sie sich unter meine Knie. Er nimmt mich auf die Arme und trägt mich die Treppe hinauf in das Obergeschoss. Dabei kommt er noch nicht einmal ins Schnaufen, ich höre ihn nur leise atmen. Auf etwas Seidig-Weichem setzt er mich ab, ich denke, es ist ein Bett. Es ist wunderbar kühl auf meiner heißen Haut.

»Weißt du, wo wir uns befinden?«

Seine Stimme kommt von der Tür, die er schließt, ich höre das Klicken des Schlosses.

»Dein Schlafzimmer?«

»Woran machst du das fest? Konzentriere dich.« Seine Stimme kommt näher.

»Es liegt ein herber Duft in der Luft, es riecht nach dir.«

»Du hast eine feine Nase«, lobt er mich.

»Nur, wenn es um deinen Duft geht«, erwidere ich und lächele.

»Zieh mich aus.« Seine Stimme ist nun ganz nah, er steht direkt vor mir.

Zögerlich strecke ich die Hände aus, nachdem ich mich erhoben habe, und meine Finger treffen augenblicklich auf Stoff. Vorsichtig taste ich mich vor und finde die Knopfleiste an seinem Hemd. Obwohl ich durch den Schal nichts sehen kann, schließe ich meine Augen, und meine Finger öffnen geschickt einen Knopf nach dem anderen. Ich ziehe das Hemd aus seiner Hose, und als alle Knöpfe offen sind, lasse ich es von seinen Schultern gleiten. Danach greife ich zu seinem Gürtel. Die Schließe liegt schwer in meiner Hand. Knopf und Reißverschluss folgen. Durch den schweren Gürtel fällt die Hose wie von selbst zu Boden. Ich höre, wie er geräuschvoll einatmet. Er ist erregt, ich weiß es, ohne es zu sehen oder zu fühlen, und seine Reaktion auf mich bereitet mir große Freude. Obwohl ich glaubte, ich könnte nicht noch erregter sein, macht es mich unheimlich an, Rhys auf so eine neue Art zu berühren. Meine Welt, meine Vernunft, meine Sinne geraten ins Wanken. Und ich spüre mit großer Befriedigung, dass Rhys bei weitem nicht so distanziert ist, wie er mich glauben lassen will.

Als er aus seiner Hose steigt, kommt er mir noch näher, obwohl das kaum noch möglich ist. Seine Beine berühren mich. Dass ich vollkommen nackt vor ihm stehe und er mich sehen kann, ich ihn aber nicht, erregt mich noch mehr. Aber ich habe keine Zeit, darüber nachzudenken, denn Rhys packt meine Hände und führt sie zu seinen Hüften.

»Nur noch die Shorts, die Strümpfe habe ich bereits ausgezogen.« Seine Stimme zittert schwach, was es mir leichtmacht, denn das gibt ihm etwas Menschliches und lässt ihn nicht ganz so unnahbar erscheinen.

Ganz langsam schiebe ich seine Shorts über sein Becken nach unten und gehe dabei in die Hocke, fahre mit meinen Händen seine Waden hinunter, und als er die Hose abgestreift hat, wieder hinauf. Seine Hand versperrt mir den Weg. Leicht fahre ich sie entlang und ertaste, was mir dort aufrecht entgegenragt. Ich lasse mich auf meine Knie herab und streichle über die weiche glatte Haut. Sein Geschlecht fühlt sich samtig in meiner Hand an, ich muss ihn einfach berühren. Rhys stöhnt leise, was ich zum Anlass nehme, um mutiger zu werden. Meine Lippen schließen sich um die samtartige Haut und saugen erst zaghaft, und als er erneut tief einatmet, genussvoller an seiner Männlichkeit, leicht reize ich ihn mit meinen Zähnen.

»Du musst das nicht tun«, stöhnt Rhys, doch in seiner Stimme schwingt ein Unterton mit, der genau das Gegenteil vermittelt.

»Ich will es aber. Ich will dich schmecken, dich genießen und dir Freude bereiten.« Meine Stimme ist vor Verlangen ganz rauh, sie klingt fast fremd in meinen Ohren.

Er greift nach meinem Hinterkopf und lässt seine Finger durch mein Haar fahren. »O Gott, Jaz«, stöhnt er laut auf, »du bringst mich um den Verstand.«

Ich muss lächeln. »Das ist genau mein Vorhaben«, flüstere ich leise und sauge weiter, berühre ihn zart mit meinen Zähnen, was ihn noch tiefer stöhnen lässt.

Ich liebe die Laute, die Rhys von sich gibt, und sie spornen mich an, ihn immer kühner zu verwöhnen. Ich nehme ihn ganz in meinem Mund auf, was äußerst schwierig ist, da seine Erregung zu riesigen Ausmaßen angewachsen ist. Er schmeckt salzig, aber unverwechselbar nach Rhys.

Abrupt hält er plötzlich meinen Kopf fest. »Nicht, sonst komme ich gleich schon, und das will ich in dir.« Vorsichtig zieht er mich an den Armen zu sich herauf und küsst meinen Mund. Seine Zunge ist besitzergreifend, und er schmeckt sich selbst auf meinen Lippen. An meinen Schultern dreht er mich um und sagt heiser vor Verlangen: »Knie dich aufs Bett.«

Ich gehorche wie ein williges Lamm, lasse mich auf die Knie nieder, der weiche Untergrund gibt ein bisschen nach. »Beug dich vor.«

Nachdem ich mich auf meinen Unterarmen abstütze, streichelt er mit den Fingerspitzen über meinen Hintern und fährt über meine Schamlippen, die feucht und geschwollen sind. Er reizt mich dermaßen, dass ich nur noch laut stöhnen kann. Ich kann es nicht mehr abwarten, dass er endlich in mich eindringt.

»Bitte, Rhys, nimm mich jetzt! Ich halte es nicht mehr lange aus!«, flehe ich mit hoher Stimme.

Er lacht und streichelt mich zärtlich weiter. »Noch nicht, ich bin noch nicht fertig mit dir.« Dann schiebt er seinen Finger in mich hinein, und als ich einen wimmernden Ton von mir gebe, folgt ein zweiter. Er stimuliert mich, bis ich schreie. Meine Lust schießt ins Unerträgliche, und ich beiße mir auf die Lippe, bis ich Blut schmecke, sonst wäre das alles für mich zu viel. Laut atme ich, als er endlich seine Finger durch seinen heiß glühenden Schaft ersetzt. Als er endlich mit einem festen Stoß in mich eindringt, ist es fast wie eine Erlösung. Hart ist sein Rhythmus, dem ich mich nur zu gerne anpasse. Er hält mich an den Hüften, damit ich nicht wegrutsche, und um die Kraft seiner Stöße abzufangen. Sein Keuchen wird lauter, und ich merke, wie die Welle mich erfasst und gleichzeitig über ihn hinwegschwappt. Ich schreie, als ich komme, werde aber von Rhys übertönt.

Als der Orgasmus abschwillt, lässt er sich auf das Bett fallen und zieht mich in seine Arme. Ich zerfließe, bin völlig kraftlos. Mit einer Bewegung löst er die Maske von meinem Gesicht. Der Raum liegt im Dunkeln, doch die Lichter der Stadt scheinen durch das Fenster. Ich blinzle kurz, um meine Augen an das spärliche Licht zu gewöhnen, denn hinter der Maske herrschte tiefste Finsternis. Rhys deckt uns mit einem leichten Laken zu. Diese Geste hat so etwas Intimes und Liebevolles, sie berührt mich weit mehr als das, was wir gerade getrieben haben.

»Erstklassige Vorstellung, Darling!«, atmet er schwer und küsst mich hingebungsvoll auf den Mund.

~

Ich bin nicht in der Lage, etwas zu sagen. Alles, was ich sagen könnte, wird dem nicht gerecht, wie ich mich fühle. Rhys hat mir eine Welt gezeigt, die so neu und anders ist, dass mir die Worte fehlen. Und doch ... – wow, mein Körper fühlt sich an, als würde ich schweben. Mein Kopf ist leer, und es gibt dort nur ein einziges Wort, das ich immer und immer wieder höre ...: Rhys!

13

Mitten in der Nacht erwache ich, weil ich Durst habe. Zuerst weiß ich nicht genau, wo ich mich befinde, doch als ich den schlafenden Rhys neben mir liegen sehe, kehren meine Erinnerungen an diesen alles mitreißenden Orgasmus zurück.

Allein der Gedanke an Rhys lässt mein Herz vor Liebe überlaufen. Ein erschreckender Gedanke macht sich in mir breit. Nein, mit Liebe hat das nichts zu tun. Verlangen, ja. Begierde, natürlich. Aber Liebe?

Ich schließe für einen Moment die Augen und überlege, wie viele Frauen wohl schon hier mitten in der Nacht aufgewacht sind und ihn beim Schlafen beobachtet haben. Ich blicke zum Fenster, wo immer noch die Lichter der Großstadt zu sehen sind, diese Stadt schläft wirklich nie.

»Keine Einzige«, murmelt Rhys. Im ersten Moment denke ich, dass er im Schlaf spricht, doch dann sehe ich, dass er wach ist. »Du hast dich doch sicher gefragt, mit wie vielen Frauen ich hier schon geschlafen habe – meine Antwort darauf: Du bist die erste.«

Ohne etwas zu erwidern, fahre ich die Linie seines Kinns nach und kann nicht anders, als ihn anzulächeln. Insgeheim wünsche ich mir, dass dies so bleiben wird, doch ich weiß, wie utopisch dieser Wunsch ist. »Nicht einmal Melissa?«, frage ich, um überhaupt etwas zu sagen.

»Weder Melissa noch sonst eine andere Frau.«

Ich kann nicht anders und küsse ihn. Dann will ich aufstehen, doch er hält mich fest. »Wo willst du hin?«

»Ich hole uns etwas zu trinken.«

»Warte, bleib liegen, ich erledige das.« Geschmeidig steigt er aus dem Bett und läuft ins Erdgeschoss. Kurz darauf kehrt er mit zwei Gläsern Wasser zurück. Ich leere meines in einem Zug. Dass ich so durstig bin, war mir vorher gar nicht bewusst. Rhys legt sich wieder zu mir ins Bett, und ich weiß nicht so richtig, wohin mit mir. Ich denke an seine erbärmlich hilflosen Regeln. Er würde niemals neben mir aufwachen, hatte er gesagt. Vielleicht sollte ich jetzt also besser gehen. Etwas verlegen schaue ich mich nach meiner Kleidung um, und Rhys beobachtet mich mit wachem Blick.

»Was ist los?«, fragt er und beugt sich vor, um meinen Busen zu küssen.

»Ich denke, ich sollte lieber gehen.«

»Warum?«, fragt er und ist abgelenkt, als er eine Brustspitze in den Mund nimmt und daran knabbert.

Das Gefühl wirft mich total aus der Bahn, und ich lasse mich zurück in die Kissen fallen. »Deine Regel«, stöhne ich. Seine Zunge raubt mir die Konzentrationsfähigkeit, ich habe Probleme damit, mich zu erinnern, was ich sagen will. »Du wirst niemals neben mir aufwachen.«

Rhys hebt den Kopf und überlegt einen Augenblick. »Hast du nicht versprochen, dass du meine Regeln brechen wirst?« Als ich nichts dazu sage, meint er: »Bleib heute Nacht bei mir, damit ich gut schlafen kann.«

Seine Bitte zaubert wieder das Bild eines kleinen Jungen vor meine Augen. Wie könnte ich ihm diesen Wunsch abschlagen? Ich ziehe seinen Kopf zu mir herunter und küsse ihn. Ich liebe es, ihn zu küssen, seine weichen Lippen auf meinen zu spüren.

Er zieht leicht an dem Chiffonschal, den ich immer noch um meinen Hals trage. Im fahlen Licht der Nacht erkenne ich, dass er hellblau ist, wer hätte das vermutet. Langsam löst er ihn von meinem Hals und legt ihn mir um meine Handgelenke.

»Streck deine Arme über den Kopf«, flüstert er. Nicht befehlend, sondern eher bittend, so dass ich ihm gerne Folge leiste. Rhys fesselt meine Hände an das Kopfteil des Bettes. Nicht zu fest, aber stramm genug, dass sie nur noch einen geringen Spielraum haben. Ich hoffe, dass er mir nicht wieder die Augen verbindet, denn ich möchte ihn beobachten können. Sein starker männlicher Körper ist für mich ein Aphrodisiakum, er macht mich ungemein an. Rhys wirft die Bettdecken zu Boden, so liege ich nackt und gefesselt vor ihm. Er ist bereits wieder so erregt, dass seine Männlichkeit mir steif entgegenragt. Ich würde ihn gerne berühren, doch das ist in meiner momentanen Position nicht möglich. Nichts ist mir im Moment möglich, als nur ausgeliefert auf dem Bett zu liegen und ihn anzusehen.

Rhys kniet zwischen meinen Beinen und blickt auf mich herunter. War mir dieser Blick vor wenigen Stunden noch unangenehm, so genieße ich ihn jetzt.

»Wie ich dich begehre!«, sagt er und fährt mit den Fingerspitzen die Innenseiten meiner Schenkel entlang. »Ich kann Alex gut verstehen, dass er ein Auge auf dich hat.«

Die Erwähnung meines Bruders lockt nur noch ein träges Lächeln auf meine Lippen.

»Weißt du, dass ich nicht genug von dir bekommen kann, Jaz? Sobald mein Schwanz dich verlässt, fühle ich eine innere Leere in mir, die ich sofort wieder stillen will. Was machst du mit mir, Darling?«, fragt er, schiebt sich über meinen Körper und küsst meinen Mund hart und fordernd. Da ich meine Hände nicht benutzen kann, schlinge ich meine Beine um ihn, um Rhys nah zu sein. Ganz nah.

Während er mich wild küsst, dringt er hart in mich ein, und ich stoße erschrocken einen Schrei aus. Er stößt weiter kraftvoll zu und fragt keuchend: »Was ist los?«

»Du bist so riesig, ich habe das Gefühl, als würdest du mich zerreißen.«

»Glaube mir, ich fühle den Schmerz genauso wie du, mein Schatz. Er zeigt uns, wie lebendig wir sind«, keucht er und umschließt mit seinen Lippen meine harte Brustwarze. Ich spüre seine Zähne, die leicht daran ziehen, und stöhne laut auf. Ich könnte sterben vor Lust und würde dennoch nach mehr schreien, diese Empfindung geht weit über alles hinaus, was ich je mit einem Mann erlebt habe. Die Situation, dass ich ihn nicht berühren kann, ich nicht flüchten kann, wenn es mir zu viel wird, erregt mich in einer Weise, die ich nie für möglich gehalten habe. In mir zieht sich alles zusammen und das wiederum erregt Rhys, ich spüre es tief in meinem Körper. Nie habe ich so empfunden, nie habe ich so einer Berührung entgegengefiebert. Rhys nimmt mich grob und hart, doch es sind keine wirklichen Schmerzen, die ich empfinde. Tief in meinem Herzen weiß ich, dass Rhys mich nie verletzen würde. Er ist wild, und diese Art von Sex ist zwar neu für mich, doch sie gefällt mir, so wie mir alles gefällt, was er mit mir anstellt. Auch wenn er sich grob verhält, weiß ich, dass er in diesem Moment diese Härte braucht. Dass es ihm Lust bereitet, Macht über mich und meinen Körper auszuüben. Und ich will ihm diese Lust verschaffen. Denn seine Lust ist auch die meine. Unsere Herzen schlagen im Einklang, und nichts auf der Welt wird mich daran hindern, dass ich … – ich wage es kaum zu denken.

Es trifft mich wie ein 100 000-Volt-Schlag. Ja, es ist unverkennbar Liebe, die ich für Rhys empfinde. Kein kleines Verliebtsein, keine sexuelle Abhängigkeit. Tiefe, hingebungsvolle, echte Liebe. Und eine zweite Erkenntnis trifft mich – ich habe Angst. Rhys ist ein einnehmender Mann, und ich muss aufpassen, dass er mich nicht mit Haut und Haaren verschlingt, bis nichts mehr von mir übrig bleibt.

~

Am frühen Morgen erwache ich in Rhys' Armen. Ich fühle mich vollkommen erschlagen, mein Körper ist ausgelaugt, doch ganz langsam baut sich schon wieder die Gier nach diesem Mann auf. Das ist für mich kaum zu fassen. So bin ich sonst nicht, doch seit ich Rhys kenne, habe ich mich selbst verloren – und mich ganz neu und so lebendig wie nie wiedergefunden.

Er beobachtet mich beim Schlafen. Seine Augen sind unergründlich auf mich gerichtet, und ich weiß nicht, wie ich diesen Blick deuten soll. Der Chiffonschal hängt noch am Bettgestell und erinnert mich an die letzte Nacht.

»Guten Morgen«, sagt er und küsst mich auf die Schläfe. Eine einfache, doch zärtliche Geste. »Ich liebe es, dich beim Aufwachen zu beobachten. Mrs. Connor wird deine Sachen in mein Schlafzimmer räumen.«

Überrascht über diese Äußerung frage ich: »Wer ist Mrs. Connor?«

»Sie ist die Putzfrau und kommt dreimal die Woche, um sich um alles zu kümmern.«

Ich bin noch zu benommen, um über die Tragweite seines Satzes nachzudenken.

»Lass uns zusammen frühstücken, ich habe in einer Stunde ein Meeting.«

»Rhys, ich möchte ...« Ich zögere, weil ich nicht weiß, wie ich mein Anliegen in Worte fassen soll. »Ich meine, bist du dir sicher, dass ich hier einziehen soll? Vielleicht sollte ich nur ein paar Sachen selbst hierherbringen.«

Er schaut mich mürrisch an. »Dafür gibt es Personal«, dann verschwindet er ins Bad.

Doch damit kann ich mich nicht einfach zufriedengeben. Meine Welt scheint vollkommen auf den Kopf gestellt. Rhys' Wunsch steht im Gegensatz zu dem, was er damals alles an Regeln vorgegeben hat. Ich muss das klären, und zwar sofort.

Ich ziehe sein Hemd über, da meine Kleidung unten in der Küche verteilt liegt, und gehe ins Bad. Rhys steht vor dem Waschbecken und rasiert sich. Der weiße Schaum in seinem Gesicht ist durchzogen von seinen Bartstoppeln. Er sieht mich fragend an, hält aber in seiner Bewegung nicht inne.

»Warum, Rhys? Warum möchtest du, dass ich meine Sachen in deine Wohnung bringe?« Ich versuche, neutral zu klingen.

Er schaut mich nur kurz an. »Damit du etwas zum Anziehen hast, wenn du neben mir aufwachst.« Sein Blick richtet sich wieder auf den Spiegel, und ich schaue fasziniert auf das Muskelspiel seines Arms, wenn er ihn anspannt, um den Rasierer zu führen.

»Hältst du das für eine gute Idee?«

»Für eine verdammt gute, Darling. Wenn du neben mir liegst, schlafe ich ausgezeichnet, so gut, wie seit Jahren nicht mehr.« Er lächelt mich im Spiegel an.

»Aber du hast gesagt, dass du …«

»Das war vor deiner Zeit, jetzt ist alles anders. Ich möchte, dass jeder weiß, dass wir zusammengehören.«

So, tun wir das? Nun, ich kenne zumindest eine Person, die auf diese Nachricht nicht mit Applaus reagieren wird.

Rhys ist fertig mit seiner Rasur und wischt sich den Rest des Rasierschaums mit einem Handtuch ab. »Was hältst du von dieser Idee? Sorry, ich bin manchmal etwas impulsiv und voreilig, vielleicht sollte ich dich erst einmal fragen, ob du hier einziehen möchtest.«

Er steht vor mir und streichelt meine Hand. »Ich kann dir im Moment nicht erklären, was das hier zwischen uns ist, ich weiß nur, dass ich dich bei mir haben will. Nicht nur in meinem Bett.«

»Aber ich wohne ja praktisch mit dir zusammen, so Tür an Tür.«

»Ich will dich jeden Tag so nah bei mir wie möglich, Jaz.«

Ich weiß nicht, wie ich Luft hole, doch es passiert einfach.

»Und es hat nichts damit zu tun, dass ich mich für heute verabredet habe?«

Sofort tritt ein Schatten auf Rhys' Gesicht. »Nein, es hat ganz sicher nichts damit zu tun.«

»Das Angebot steht noch, du könntest mich begleiten.«

»Tut mir leid, ich habe selbst ein Meeting.«

Ich sehe ihm an, dass ihm das überhaupt nicht passt.

~

Das Restaurant liegt in einem Viertel von Brooklyn, das Rhys unter normalen Umständen meidet, doch wenn es sich um ein Treffen mit Walter handelt, ist Vorsicht geboten, und er trifft sich lieber an Orten, wo man nicht so genau in die Gesichter der Menschen sieht.

Walter sitzt bereits an einem Tisch und wartet auf seinen Auftraggeber, mit der für ihn typischen stoischen Ruhe.

»Walter«, grüßt Rhys knapp und setzt sich zu ihm an den Tisch. Bei der Bedienung bestellt er per Fingerzeig zwei Tassen Kaffee.

»Mr. Cunningham, schön, Sie zu sehen.«

Rhys weiß nicht einmal, ob Walter der Vor- oder Nachname ist, aber er weiß, dass auf ihn hundertprozentig Verlass ist. Er hat bereits einige Aufträge zu seiner vollsten Zufriedenheit erledigt, und Rhys geht davon aus, dass es auch diesmal so sein wird.

»Haben Sie das Dossier?«

Walter schiebt Rhys einen braunen Umschlag über den Tisch zu. »Alles aufgelistet. Sie hatte eine Affäre mit einem ihrer Professoren an der Uni. Als diese aufflog, wurde ihr nahegelegt zu kündigen.«

Irritiert hebt Rhys eine Augenbraue. »Als Studentin?«

»Nein, die Affäre begann erst, als sie ihr Studium beendet hatte und als wissenschaftliche Assistentin ihres Professors dort eine Anstellung bekam. Sie ist dann Hals über Kopf nach Deutschland abgehauen.«

»Dieser Professor, wie alt ist er?«

Walter hebt unsicher die Schultern. »Ich schätze Ende vierzig.«

»Haben Sie ein Bild von ihm beigefügt?«

Walter schüttelt den Kopf. »Nein, der Auftrag bezog sich nur auf Miss Darling.«

Rhys nickt. »Gut, dann fertigen Sie ein weiteres Dossier über diesen Professor an. Graben Sie alles aus, was Sie finden können, und, Walter, graben Sie tief. Miss Darling wird übrigens in einer Stunde mit meinem Chauffeur das CuDa-Gebäude verlassen, und ich möchte, dass Sie sie observieren und mir sofort berichten, wohin sie fährt und vor allem, mit wem sie sich trifft.«

~

Wir sitzen im Central Park und lassen uns die Sonne ins Gesicht scheinen. Da ich noch nicht viel von New York kenne, habe ich Matt beauftragt, uns dorthin zu fahren, nachdem ich Elijah im Kinderheim abgeholt habe. Der Junge sitzt auf einer Bank neben mir und schleckt genussvoll sein Eis. Ab und an schaut er mich an und grinst. Er trägt eine saubere Jeans und ein neues Shirt, das er extra für diesen Tag bekommen hat, erzählt er mir. Äußerst beflissen versucht er, keine Flecken darauf zu hinterlassen.

»Es ist schön hier«, sagt er, und seine Augen strahlen, als wir die Enten auf dem See beobachten. »Ich war noch nie hier.«

»Ich auch nicht, weißt du, ich bin erst seit kurzem in der Stadt.«

»Wirklich? Wo hast du denn vorher gewohnt, Jaz?«, fragt er neugierig.

»Ich komme aus Deutschland, aber ich habe zuletzt einige Jahre auf Hawaii gelebt.«

»Wow, Hawaii, da möchte ich auch mal hin! Und warum bist du jetzt in New York?«

Hm, gute Frage. »Ich arbeite für einen Mann, der hier in New York sein Büro hat.«

Elijah nickt. »Ja, ich weiß, das ist der Mann, der mein Essen bezahlt. Schwester Gabrielle hat es mir erzählt. Ist er ein guter Boss?«

»Mr. Cunningham? Hm, ich arbeite noch nicht so lange für ihn, aber ich glaube schon, dass er ein guter Mensch ist.«

»Und du magst ihn.«

»Woher willst du das wissen?«

»Deine Augen funkeln, wenn du über ihn sprichst.«

Ich muss lächeln. Dieser kleine Bursche ist ebenfalls ein stiller Beobachter. Noch einer, der mir das Leben schwermacht. Bin ich wirklich so leicht zu durchschauen? Das wird mir langsam unheimlich. Ich sollte dringend daran arbeiten, meine Gefühle besser zu verbergen.

»Ja, ich mag ihn. Würdest du ihn gerne einmal kennenlernen?«

Elijahs Augen werden groß. »Du meinst, dass dein Boss mich auch einmal besuchen kommt?« Die Hoffnung, die in seiner Stimme mitschwingt, bricht mir fast das Herz. Ich möchte ihn nicht enttäuschen, weiß aber nicht, ob mein Einfluss auf Rhys ausreicht.

»Komm, wir müssen zurück.« Wir verlassen die Bank und spazieren langsam dem Ausgang entgegen. »Ich habe in der nächsten Woche einige Termine, aber wenn ich es einrichten kann, werde ich dich wieder besuchen und versuchen, dass Mr. Cunningham mich begleitet.«

Mittlerweile hat Elijah sein Eis aufgegessen und schiebt seine klebrige Hand in meine.

»Versprochen?«, fragt er nach einigen Sekunden.

»Versprochen!«, nicke ich, und mein Gesicht wirkt zuversichtlicher, als ich es bin. Zumindest, was die Sache mit Rhys betrifft. Eine Stunde später bringe ich Elijah ins Kinderheim zurück, und er ist total begeistert, in einem *so coolen Auto* zu fahren, wie er es nennt. Ich bringe es kaum über mich, ihn dort zurückzulassen. Doch Elijah ist ganz aufgeregt und erzählt Schwester Gabrielle alles über unseren kleinen Ausflug. Als ich mich verabschiede, sehe ich in ihre sanften Augen und erkenne die Dankbarkeit darin, die ich gar nicht verdient habe. Ich verspreche Elijah, ihn anzurufen, sobald ich weiß, wann ich ihn wieder besuche, dann mache ich mich schnell aus dem Staub.

~

Als ich mein Apartment betrete, suche ich vergeblich meine Kleidung, und auch sonst sieht es verlassen aus. Meine Sachen finde ich schließlich in Rhys' begehbarem Kleiderschrank wieder. Mir gefällt es nicht, dass jemand einfach meine persönlichen Gegenstände angefasst hat, aber nun ist es zu spät, sich darüber zu beschweren. Mrs. Connor hat nur ausgeführt, worum Rhys sie gebeten hat. Wie ich ihn kenne, hat er es wohl eher befohlen.

Ich packe nur eine kleine Reisetasche für den Trip nach Boston, das Abendkleid bekommt einen Kleidersack. Etwas mehr Wechselwäsche, falls Rhys wieder auf die Idee kommt, mir meine vom Leib zu reißen.

Ich höre unten die Tür ins Schloss fallen, als ich mein leichtes Gepäck aus dem Schlafzimmer trage.

»Lass die Tasche stehen, Matt wird sie gleich abholen«, ruft er mir entgegen, kommt die Treppe hochgelaufen und küsst mich zügellos. »Ich habe dich vermisst«, flüstert er zwischen zwei Küssen.

»Ich dich auch«, kann ich nur atemlos erwidern.

Unter uns öffnet sich die Tür, und ich sehe Matt aus dem Augenwinkel die Treppe heraufkommen. Schnell mache ich mich los, mir ist es peinlich, dass er uns küssend auf der Treppe erwischt hat. Doch eine Reaktion seinerseits bleibt aus. Er ist ganz der diskrete Angestellte, den Rhys erwartet. Das ändert aber nichts daran, dass ich mich unwohl fühle.

»Können wir?«, fragt Rhys und beäugt mich misstrauisch.

»Klar.« Ich lächele tapfer und hole schnell meine Handtasche. Der Wagen bringt uns zum Flugplatz, und wir steigen in den Privatjet. Ein Steward geleitet uns zu den Plätzen, und während wir auf die Startfreigabe warten, schenkt er uns zwei Gläser Champagner ein. Ich sitze diesmal neben Rhys, der meine Hand hält, was mir ein ständiges Kribbeln auf meiner Haut beschert.

»Wie war dein Meeting?«, frage ich, um die Stille zu durchbrechen, die uns umgibt.

»Kurz und unbefriedigend. Wie war deine Verabredung?«

Ich versteife mich merklich. Rhys lässt meine Hand los und trinkt einen Schluck Champagner, dabei schaut er mich intensiv an, als warte er auf eine ausführliche Erklärung. Ziemlich verunsichert meide ich seinen Blick und schaue aus dem Fenster. Hat Matt ihm womöglich erzählt, was ich am Vormittag getrieben habe? Mein Gott, es hört sich an, als hätte ich ihn mit einem anderen Mann betrogen. Genau genommen habe ich das auch, aber mein Date war erst zehn. Ich nehme all meinen Mut zusammen und atme hörbar aus.

»Es war sehr amüsant. Du hättest mich begleiten sollen«, sage ich heiter und lache in an.

»Du meinst zu einer Verabredung mit einem Zehnjährigen?«

Er weiß Bescheid. Matt, du fiese kleine Ratte, das wirst du mir büßen. Ich habe gute Lust, zum Telefon zu greifen und ihn hier und jetzt zur Schnecke zu machen, doch ich halte meinen Zorn im Zaum. Stattdessen nicke ich. »Ja, Elijah ist sehr amüsant, ein toller Kerl.«

Rhys hebt eine Augenbraue und hat den gleichen Ausdruck im Gesicht wie Elijah. Plötzlich kommt mir ein verwegener Gedanke.

»Er ist nicht zufällig dein Sohn?«

14

Der Schock der plötzlichen Erkenntnis sitzt tief. Warum ist mir das nicht eher aufgefallen? Zwar hat Elijah strohblondes Haar, doch die gebräunte Haut, die blauen Augen und dieses Lächeln sind ein eindeutiges Indiz für Rhys' Gene.

Als ich ihn fragend anblicke, löst er seinen Sicherheitsgurt, den wir bereits anlegen mussten, weil der Start kurz bevorsteht.

»Mr. Cunningham, ich muss Sie bitten, Platz zu behalten, wir haben gerade die Startfreigabe bekommen. Es ist nur zu Ihrer Sicherheit.« Der Steward eilt auf Rhys zu und versperrt ihm den Weg.

Ich sehe, wie Rhys' Gesichtsmuskeln arbeiten und habe Angst, er würde dem Steward einen Kinnhaken verpassen. Sein Blick ist der eines gehetzten Tieres, das in die Enge getrieben wird. Doch dann siegt die Vernunft, er fährt sich mit der rechten Hand durch das Haar und nimmt mir gegenüber Platz, schließt den Sicherheitsgurt.

Ich lasse ihn keinen Moment aus den Augen, verfolge jede seiner Bewegungen. Während des Starts werde ich in den Sitz gedrückt, und mein Herz rutscht mir in den Magen. Erst als wir unsere Flughöhe erreicht haben und die Anschnallhinweise erloschen sind, kann ich mich etwas entspannen. Jetzt finde ich auch meine Sprache wieder.

»Liege ich mit meiner Vermutung falsch?«, frage ich Rhys, der mich ebenfalls die ganze Zeit über fixiert hat.

»Ich kann es dir nicht sagen«, presst er durch schmale Lippen hervor.

»Warum nicht?«

Er macht eine entschuldigende Handbewegung. »Weil ich es nicht weiß.«

»Warum nicht?«, frage ich zum zweiten Mal.

»Das ist eine lange Geschichte.«

Ich schaue auf meine Armbanduhr. »Ich habe in den nächsten Stunden nichts vor.«

Rhys blickt aus dem Fenster auf die weißen Wolken unter uns, er ist plötzlich mit seinen Gedanken wohl ganz woanders, seinem Gesichtsausdruck nach zu deuten.

»Ich habe Cindy vor elf Jahren kennengelernt. Wir hatten eine kurze Affäre, so wie bei all meinen Beziehungen. Irgendwann schrieb sie mir in einem Brief, dass sie schwanger von mir wäre, dies aber geheim halten würde, weil sie gerade dabei wäre zu heiraten. Danach habe ich erst wieder von ihr gehört, als ich erfuhr, dass ihre ganze Familie bei einem Hausbrand ums Leben gekommen ist, bis auf Elijah. Es gab keine weiteren Angehörigen, daher kam er in ein Heim. Ich habe dafür gesorgt, dass er im St. Francis aufgenommen wurde, weil ich wusste, dass er dort gut versorgt sein würde, und seitdem bezahle ich für ihn.«

Erst jetzt scheint er den Mut aufzubringen, mir in die Augen zu schauen.

»Du weißt es, weil du dort selbst einige Jahre aufgewachsen bist?«

Er nickt stumm.

»Und du hast nie daran gedacht, einen Vaterschaftstest durchführen zu lassen?«

»Was sollte das bringen?«

»Gewissheit! Obwohl, man braucht Elijah nur anzusehen und erkennt sofort, dass er dein Sohn ist. Hast du ihn mal kennengelernt?«

Rhys schüttelt den Kopf. »Nein, warum auch? Ich führe bestimmt nicht das richtige Leben, in dem ein zehnjähriger Junge aufwachsen sollte.«

Ich schnaufe ungehalten. »Sein Leben kann man ändern, man muss es nur tun, Rhys. Du kannst unmöglich wollen, dass Elijah das Gleiche durchmacht, das du erlebt hast.«

Der Ausdruck in seinem Gesicht wird hart. »So, was habe ich denn *durchgemacht*?«

»Ich kann es dir nicht sagen, aber es scheint nichts Gutes gewesen zu sein.«

»Wie kommst du darauf?«

»Weil du vor jeder Schwierigkeit fliehen willst, wenn es persönlich wird. Du magst ein hervorragender Geschäftsmann sein, aber wenn Gefühle ins Spiel kommen, verkriechst du dich in deinem Schneckenhaus.«

Aufgebracht schnauft Rhys. »Ich habe nicht gewusst, dass du auch Psychologin bist, ist mir da etwas entgangen?«

»Du brauchst dich nicht hinter deinem Sarkasmus zu verstecken, ich weiß, wovon ich rede. Im Weglaufen vor Problemen bin ich Weltmeisterin, man könnte meinen, ich hätte es erfunden.«

Sprachlos sitzt Rhys mir gegenüber und schaut mich aus düsteren Augen an.

Ich trinke einen Schluck Champagner, mein Mund ist staubtrocken.

Rhys hat seine Ellbogen abgestützt und die Fingerspitzen aneinandergelegt.

»Wie ist er so?«, fragt er plötzlich in die Stille hinein, wenn man in einem Flugzeug überhaupt von Stille sprechen kann.

»Wie du, aber auch gleichzeitig anders. Er hat deine Augen, deine Ausstrahlung, deinen Blick, er ist intelligent, für einen Zehnjährigen sehr erwachsen, offen, freundlich. Es fällt einem schwer, ihn nicht sofort zu mögen.« Und als Rhys nichts sagt, wage ich einen Vorstoß: »Du solltest ihn treffen.«

Sofort schüttelt er den Kopf. »Nein, das kommt gar nicht in Frage.«

Ich hebe die Schultern, tue so, als wäre es mir egal. »Nun, ich werde ihn am nächsten Wochenende wieder besuchen und etwas mit ihm unternehmen. Weißt du, dass ihn bisher nie jemand besucht hat?«

Ich glaube, dies ist zu viel an Information für Rhys, denn er steht auf und verschwindet durch eine Tür im hinteren Teil der Kabine. Weg kann er ja nicht, also lehne ich mich zurück und atme tief durch. Ich bin auf dem richtigen Weg mit diesem Mann, das spüre ich genau.

~

Das Hotel liegt direkt gegenüber der Galerie, die neu eröffnet wird, so dass wir nur die Straßenseite wechseln müssen, um zum Ort des Geschehens zu gelangen. Rhys hält meine Hand, als wir die Galerieräume betreten, wird aber sofort von einer Menge Leute begrüßt. Er stellt mich jedem als seine neue Assistentin vor, was mir einen leichten Stich versetzt, doch das Interesse der Gäste gilt ausschließlich Rhys. Um mir die Zeit zu vertreiben, löse ich mich von ihm und sehe mir die ausgestellten Exponate genauer an. Ich schlendere langsam an den Kunstwerken entlang, als sich eine Hand auf meine Schulter legt. Im ersten Moment denke ich, dass es Rhys ist, doch als ich mich umdrehe, bleibt mein Mund vor Staunen offen stehen.

»Alex, was machst du denn hier?«

»Hi, Jaz, ich freue mich auch, dich zu sehen.«

»Warum hast du mir nicht gesagt, dass du kommst?« Ich bin wirklich mehr als überrascht, ihn zu treffen, und schaue mich hektisch nach Rhys um. Wenn wir nicht aufpassen, kann dies in einer Katastrophe enden.

»Die Frage ist ja wohl eher: Was machst *du* hier?« Die Stimme meines Bruders ist alles andere als freundlich, aber das kenne ich ja bereits.

»Rhys hat mich gebeten, ihn zu begleiten.«

»Rhys? Ihr duzt euch? Wo hast du dieses Kleid her?«

Er kennt bereits die Antworten auf seine Fragen, daher halte ich lieber den Mund, um ihn nicht noch wütender zu machen. Ein warmer Arm legt sich um meine Hüfte, und ich erstarre.

»Ich habe ihr dieses Kleid gekauft. Hallo, Alex, schön, dass du es geschafft hast.« Rhys steht neben mir und nimmt mich in Beschlag, als wäre ich sein Besitz.

Er wusste also, dass mein Bruder kommen würde – innerlich koche ich vor Wut. Warum hat er mich nicht vorgewarnt?

Alex' Gesicht erstarrt zu einer Maske, als er Rhys' Hand an meiner Taille sieht. »Ich habe dir doch gesagt, dass wir uns hier in Boston treffen. Ich werde anschließend noch mit nach New York kommen. Ich muss mir nur noch ein Hotelzimmer suchen ...«

»Brauchst du nicht, du kannst in dem Apartment wohnen«, unterbricht Rhys ihn.

»Aber dort wohnt doch Jaz.«

Bevor ich etwas sagen kann, schüttelt Rhys den Kopf. »Nein, sie ist zu mir gezogen.«

Es entsteht eine kurze Pause, in der die Zeit stillzustehen scheint, und plötzlich schießt wie aus dem Nichts Alex' Faust hervor und trifft Rhys am Kinn. Er taumelt rückwärts, kann sich aber fangen, doch Alex hechtet hinter ihm her und wirft ihn mit seinem Gewicht zu Boden. Dabei geht ein Aufsteller zu Bruch, was die Security auf uns aufmerksam werden lässt. Ich will Rhys zu Hilfe eilen, doch er hat die Situation schnell im Griff, versetzt Alex ebenfalls einen Schlag. Er trifft ihn aufs Auge, und mein Bruder ist für einen Moment so benommen, dass Rhys sich freimachen kann und wieder auf die Füße kommt. Er zieht Alex am Kragen auf die Beine und übergibt ihn den Security-Leuten. »Mein Partner scheint etwas zu viel getrunken zu haben, bitte sorgen Sie dafür, dass er unbeschadet ein Taxi findet.«

Ein Blitzlichtgewitter hagelt auf uns herab, denn der anwesenden Presse ist dieser Vorfall nicht entgangen.

»Verflucht!«, murmelt Rhys und schiebt mich durch die Menge nach draußen, weg von den Fotografen und der neugierigen Meute.

»Verdammt noch mal, was ist eigentlich mit Alex los?«, schimpft er zwischen zusammengepressten Zähnen und zerrt mich über die Straße, hinüber zu unserem Hotel.

Ich lasse mich mitschleifen wie eine willenlose Puppe. Mir ist die Reaktion von Alex furchtbar peinlich, aber gleichzeitig mache ich mir auch Sorgen um ihn.

»Lass uns abreisen.« Rhys' Stimme ist aufgebracht, doch ich merke, dass nicht ich der Grund für seinen Zorn bin. Ich beginne unsere Sachen zu packen, viel haben wir ja nicht mitgenommen. Als Rhys aus dem Badezimmer kommt, sehe ich eine Schwellung an seinem Kiefer, und seine Handknöchel sind abgeschürft.

»Lass mal sehen.« Ich greife nach seiner Hand, er will mir ausweichen, aber das lasse ich nicht zu und schaue mir seine Wunde genauer an. »Du solltest sie kühlen, genauso wie dein Kinn.« Ich hauche einen Kuss auf seine Hand.

»Es geht schon«, wiegelt er ab.

Ich hole ein sauberes Handtuch aus dem Bad und wickele einige Eiswürfel aus dem Champagnerkühler darin ein, dann halte ich das selbst gebastelte Eispack an seine Wange. »Besser?«, frage ich.

Er nickt ergeben und streichelt sanft mein Gesicht. »Ich weiß wirklich nicht, was plötzlich in deinen Bruder gefahren ist.«

»Er will mich beschützen, aber ich finde, er übertreibt es langsam. Es ist mein Leben, und ich kann damit machen, was ich will.«

»Sein Beschützerinstinkt in allen Ehren, aber das ist nicht normal. Ich werde ein ernstes Wort mit ihm reden müssen.«

»Hast du das nicht gerade?«, frage ich mit einem Augenaufschlag, und Rhys lächelt. Ich liebe es, wenn er so lächelt.

»Dabei ist er noch nicht einmal mein Bruder …« Ich sehe Rhys' fragenden Blick und beschwichtige ihn schnell. »Natürlich ist er mein Bruder, nur nicht mein leiblicher, er wurde adoptiert. Wir sind nicht blutsverwandt. Aber er hat sich schon immer wie mein Beschützer aufgeführt. Ich weiß nicht, warum er plötzlich so austickt.«

»Er ist gar nicht dein richtiger Bruder?« Rhys kann diese Nachricht nur langsam verarbeiten. Ich nicke und kann nur hoffen, dass die beiden das wieder auf die Reihe bekommen.

~

Zwei Stunden später befinden wir uns in der Luft. Rhys löst den Sicherheitsgurt, nachdem wir unsere Flughöhe erreicht haben, und verschwindet im Cockpit. Als er kurz darauf wieder erscheint, klappt er gerade sein Handy zu.

»Ist etwas passiert?«, frage ich unruhig. Vielleicht hat sich Alex ja bei ihm gemeldet.

»Nichts, ich habe nur etwas organisiert.« Mit einem hinreißenden Lächeln lässt er sich neben mir nieder und küsst meinen Handrücken.

»Organisiert? Das hört sich geheimnisvoll an.«

»Kann es sein, dass du neugierig bist?«

»Könnte im Bereich des Möglichen liegen, nur bestätigen möchte ich das nicht.«

»Dann lass dich überraschen.«

15

Die Legacy 650 landet nicht auf dem J.F.K., sondern auf einem kleinen Flughafen auf Long Island. Matt wartet mit dem Audi auf uns und fährt Richtung Osten. Um nicht zu neugierig zu wirken, stelle ich keine Fragen.

Rhys rutscht neben mir tief in den Sitz, legt den Arm um mich und zieht mich mit, lockert seine Krawatte und schließt für ein paar Sekunden die Augen. Er sieht müde aus. Ich streichele sein Gesicht, und wenn ich nicht wüsste, dass Matt am Steuer sitzt, würde ich ihn küssen. Doch vor Matt ist mir das peinlich.

»Ich möchte dich für diesen hässlichen Abend entschädigen und dachte mir, ein verlängertes Wochenende in den Hamptons würde dir gefallen.«

Meine Augen werden groß. »Du hast ein Haus in den Hamptons?«, frage ich überrascht. Auch wenn ich bisher noch nie in New York und Umgebung war, sind mir die Hamptons ein Begriff. Ich weiß, dass es das traditionelle Sommerrefugium der New Yorker Society ist, die Grundstücke dort sind unerschwinglich.

»Trish gehörte das Haus, sie wollte es verkaufen, da habe ich es ihr abgekauft. Es liegt sehr schön abgeschieden, wir haben den Strand fast für uns allein. Die Nachbarn nutzen lieber den nahe gelegenen Golfclub als den Strand.«

»Ich habe aber nichts Passendes eingepackt.«

»Matt hat alles besorgt, du brauchst dir keine Sorgen zu machen.«

Ich mache mir aber welche bei dem Gedanken, dass Matt in meiner Wäsche gewühlt hat.

»Mrs. Connor hat eine Tasche für dich und mich gepackt, und Matt hat sie mitgebracht.«

Na immerhin, aber es ist mir unheimlich, dass Rhys meine Gedanken zu lesen scheint.

»Ich kann es gar nicht abwarten, bis wir endlich allein sind«, flüstert er an meinen Lippen und küsst mich.

~

Ich frage mich, ob Matt das Wochenende über bei uns bleiben wird, doch als wir aussteigen und Matt unser Gepäck ins Haus gebracht hat, schickt Rhys ihn mit den Worten nach New York zurück, dass er uns am Montagabend gegen achtzehn Uhr abholen soll.

Es ist schon weit nach Mitternacht, als wir endlich allein sind. Das Anwesen ist riesig, mit Tennisplatz, Pool und einem kleinen Gartenhaus. Ich frage mich immer, wofür die Leute einen Pool brauchen, wenn sie das Meer vor der Tür haben. Es ist dunkel, aber der Ozean glitzert von weitem, und die Aussicht aus dem Schlafzimmer ist fantastisch. Ich kann nicht glauben, dass ich wirklich hier bin. Zusammen mit Rhys.

»Können wir zum Meer?«, frage ich, doch Rhys schüttelt den Kopf. »Nein, lass uns hier bleiben.« Er zieht mich in seine Arme und küsst mich gierig. Ich versuche behutsam zu sein, da sein Kinn immer noch leicht geschwollen ist und sich ein grünblauer Streifen gebildet hat, doch er selbst denkt überhaupt nicht daran. Er zerrt den Reißverschluss meines Kleides auf, und ich bin froh, es endlich los zu sein. Gleich kann ich in Jeans und Shirt schlüpfen, darin fühle ich mich einfach wohler.

»Habe ich dir schon gesagt, wie wundervoll dir dieses Kleid steht, das ich für dich ausgesucht habe?«, flüstert er an meinen Lippen.

Ich schließe die Augen und bin einfach nur überwältigt von diesem Mann, der schon wieder gegen seine eigenen Prinzipien verstoßen hat. So viel also dazu, dass er unser Verhältnis geheim halten wird.

»Jaz, was ist los mit dir? Du bist mit deinen Gedanken nicht bei mir.« Er hält mich an den Oberarmen fest und geht ein wenig auf Abstand.

»Es tut mir leid.« Ich habe ein schlechtes Gewissen. Rhys hat das hier geplant, um mich zu überraschen, und ich kann einfach nicht abschalten. Alex geht mir nicht aus dem Kopf. Ich muss unbedingt mit ihm sprechen, so kann es einfach nicht weitergehen.

»Was ist los, Jaz?«

Ich hebe die Schultern und streife mir das Kleid ab. Mir ist zum Weinen zumute.

»Ich mache mir um Alex Sorgen. Ich verstehe einfach nicht, was in ihn gefahren ist. Sein Verhalten ist nicht normal.«

»Okay, Baby, was hältst du davon, wenn ich ihn morgen anrufe und das mit ihm kläre?« Er fährt mit seinem Daumen meine Oberlippe entlang, und ich entspanne mich etwas.

»Wie willst du das zwischen uns erklären?« Ich habe keine Ahnung, was Rhys ihm sagen will, denn ich verstehe es ja selbst nicht.

»Dass wir eine Beziehung haben, auch wenn du meine Angestellte bist. Keine Regel ohne Ausnahme. Dass er recht mit seiner Behauptung hatte, dass du doch *mein Typ Frau* bist. Auch wenn es mir bisher noch nicht klar war.«

Seine Worte sind wie Balsam für meine Seele, und ich erwidere seinen Kuss, den er mir heiß auf die Lippen drückt. Oh, mein Gott, wenn er meinen Mund berührt, kann ich nicht anders, als mich geschlagen geben. Ich streife ihm seine Anzugjacke ab und knöpfe das Hemd auf. Seiner Krawatte hat er sich bereits im

Auto entledigt, und als sein Hemd zu Boden gleitet, steht er mit nacktem Oberkörper vor mir. Die Hose sitzt tief auf seiner schmalen Taille, sein Hintern ist einfach grandios, und ich wandere um ihn herum und setze zarte Küsse auf seine Haut. Als ich wieder vor ihm zum Stehen komme, öffne ich den Gürtel und lasse die Anzughose zu Boden gleiten. Rhys steht ganz still, rührt keinen Muskel, nur seine Augen verfolgen jede meiner Bewegungen. Ich lasse mich auf die Knie herab und ziehe dabei seine Calvin Klein herunter, doch als er aus den Pants steigt, zieht er mich wieder zu sich nach oben. Eigentlich hatte ich vor, ihn mit meinem Mund zu verwöhnen, doch er errät, was ich vorhabe und schüttelt den Kopf. »Heute nicht. Heute will ich dich umsorgen.«

Er zieht mich in Richtung Bett, das bereits aufgeschlagen ist, und löst meinen BH, bevor er mich anweist, mich quer auf die samtig blaue Bettwäsche zu legen. Kaum liege ich, zieht er an meinen Hotpants aus schwarzer Spitze und wirft sie achtlos zu Boden.

»Ich habe nie etwas Schöneres gesehen als dich.« Zärtlich fährt er mit seinem Zeigefinger mein Bein entlang, so langsam, dass ich es jetzt schon kaum noch aushalte vor Lust. Endlich trifft er auf meine Mitte, und ich bin schon ganz feucht und geil auf ihn. Rhys kniet auf dem Bett, und sein Geschlecht ragt hoch über mir auf. »Ich weiß nicht, ob ich dich jemals wieder gehen lassen kann.« Ein Lächeln umspielt seine Lippen.

»Willst du mich etwa wegschicken?«, frage ich heiser und mit einem Anflug von Panik, die ich versuche zu unterdrücken. Er flüstert beinahe:

»Gott bewahre, selbst wenn ich es wollte, könnte ich es nicht. Ich denke jede Minute an dich, wenn du nicht bei mir bist. Ich weiß nicht, wie ich so alt werden konnte, ohne dich, Jaz.« Auch seine Stimme spiegelt seine Erregung wider, und jedes seiner Worte liebkost meine ungeschützt vor ihm liegende Seele. Seine

Augen verdunkeln sich vor Verlangen und Zärtlichkeit. Sein Gesicht nimmt wieder diesen Ausdruck an, der mich ihn in den Arm nehmen lassen will, um ihm zu sagen, dass ich ihn nie freiwillig verlassen werde. Doch das wäre leichtsinnig. Wir wissen beide, dass dies hier irgendwann ein Ende finden wird. Rhys Cunningham pflegt keine Beziehungen von langer Dauer, auch wenn er mir und sich selbst in diesem Augenblick etwas anderes vormachen will. Damit werde ich leben müssen. Auch auf die Gefahr hin, dass ich mit einem gebrochenen Herzen zurückbleibe. Mal wieder.

Auf meinen Körper lässt er sich hinabgleiten, seine Haut schürft über meine, was mich zum Zittern bringt. Rhys' Zunge zieht eine feuchte Spur von meinem Bauchnabel bis zu meinem Venushügel, und er hinterlässt dort unzählige kleine Küsse. Eine Wonne. Einen Augenblick später spüre ich seine Zunge an meiner Spalte, wie er leicht vordringt, wie seine Zähne leicht an ihr knabbern.

»O Himmel!«, stöhne ich laut auf und schnappe nach Luft. Das versteht er also unter Verwöhnen! Ich nenne es den Sternen entgegentragen. Denn in meinem Kopf dreht sich alles bei diesen Empfindungen. Laut ringe ich nach Luft, bis mein Atem in ein Keuchen übergeht. Ich fühle, wie er an mir saugt, das Pochen sich weiter in mir ausbreitet. Ich streichle meine Brüste, was mir noch mehr Seligkeit bereitet.

»Ja, berühre dich!«, knurrt Rhys und widmet sich wieder meiner Klitoris, leckt darüber, bis ich leise Schreie ausstoße. Sie pocht heiß, ich halte das nicht mehr aus. Meine Fingerspitzen krallen sich in sein Haar, ziehen ihn daran zu mir, doch er schüttelt den Kopf. »Nein, ich will erst, dass du kommst!«, raunt er in meine Richtung, und seine Zunge leckt zügellos über meine Perle, bis ich mit einem Schrei komme. Die Welle der Erregung schwappt über mich, als würde ein tosender Ozean über mir hinwegdonnern.

Erst als ich mich ein wenig beruhigt habe, richtet Rhys sich auf und kommt zu mir herauf. Er lässt sich zu mir herab und stützt seine Hände rechts und links neben meinem Kopf ab. »Sag mir, was du möchtest.«

Dass du mich liebst, denke ich, doch das kann ich ihm natürlich nicht sagen.

»So möchte ich dich ... stark ... auf mir ..., ich möchte deine Haut spüren«, wispere ich, weil mir einfach die richtigen Worte fehlen. Die Empfindungen des Liebesspiel, das er gerade mit mir veranstaltet hat, wirken noch in mir nach, ich habe meinen Atem immer noch nicht unter Kontrolle. Mein Körper ist sensibel für alle Berührungen, und doch will ich ihn in mir spüren. Sein Penis drängt vor meinem Eingang, doch Rhys verharrt.

Er nickt und küsst mich. Diesmal ist er weniger vorsichtig, ich merke, er kann sich kaum noch zurückhalten. Ich schlage meine Beine um seine Hüften und spüre, wie er augenblicklich in mich eindringt. Fest stößt er zu, und ich drücke meinen Rücken durch, um ihn noch intensiver zu spüren. Der lustvolle Schmerz in meinem Schoß lässt mich die Luft anhalten. Sein Rhythmus wird schneller, ebenso wie seine Atmung, die sanft mein Ohr streift. Ich spüre seine unbändige Kraft, und mir wird klar, dass ich sein Ventil bin. Der Zwischenfall in der Galerie war schrecklich, und ich will Rhys alles geben, damit er ihn so schnell wie möglich vergisst. Mir geht es wie ihm, auch wenn ich es beenden wollte, ich könnte es nicht.

~

Nach dem Frühstück, das ich uns gezaubert habe, gehen wir an den Strand. Ich war überrascht, dass der Kühlschrank alles hergibt, was das Herz begehrt. Irgendjemand muss gestern Abend noch dafür gesorgt haben, dass er aufgefüllt wurde.

Der Strand ist fast menschenleer. Ich trage meinen Bikini, den ich in der Reisetasche gefunden habe, die Matt uns gebracht hat. Das Wasser ist kalt, doch ich stürze mich mutig in die Fluten. Ich gebe es zu, ich bin eine Wasserratte und kann mich überhaupt nicht losreißen. Auf Hawaii gab es keine Wassersportart, die ich nicht betrieben habe. Ob es Wellenreiten, Tauchen oder Surfen ist, vor nichts mache ich halt – es wäre für eine Meeresbiologin auch seltsam, wasserscheu zu sein.

Rhys sitzt im Sand und schaut mir zu. Er sieht total heiß aus, denn er trägt nur eine verblichene Jeans und ein weißes Shirt. Dieser Mann kann einfach alles tragen und sieht zum Anbeißen aus.

Ich schwimme ein paar schnelle Züge, und als ich wieder an Land komme, sehe ich, dass Rhys sich mit einer schlanken Blondine unterhält. Sie ist groß, sehr sexy, zumindest, was ich aus der Entfernung erkennen kann, hat ihre langen blonden Haare mit einer Sonnenbrille nach hinten geschoben und trägt ein langes wehendes Sommerkleid. Ihre Hand mit den rotlackierten Fingernägeln liegt auf seinem Arm, registriere ich, als ich näher komme. Im ersten Moment nimmt mich Rhys gar nicht wahr, so vertieft ist er in das Gespräch.

Erst als die Augen der Blondine an mir hängenbleiben, sieht er mich irritiert an.

»Oh, das ist wohl die Frau, wegen der sich Rhys Cunningham in aller Öffentlichkeit prügelt?« Sie hält mir die Hand hin. »Hi, ich bin Christina Blanks«, stellt sie sich selbst vor.

Bevor ich etwas sagen kann, ergänzt sie. »Rhys war mit mir ein ganzes Jahr zusammen, länger als mit jeder anderen Frau.« Sie grinst und erinnert mich damit an einen Wolf.

»Hi, ich bin Jazman Darling. Dann habe ich ja einen Rekord zu brechen«, erwidere ich ruhig, schnappe mir ein Handtuch aus meiner Tasche und beginne mich abzutrocknen. »Allerdings hat Rhys es nicht nötig, sich um mich zu prügeln, ich bleibe freiwillig bei ihm. Er hatte nur eine kleine Meinungsverschiedenheit mit meinem Bruder«, betone ich lässig.

»Oh.« Sie schürzt die Lippen, die feuerrot geschminkt sind. Das sieht etwas billig aus, aber das behalte ich lieber für mich.

Rhys, der die ganze Zeit zwischen uns hin und her geschaut hat, nimmt meinen Arm, als er sagt: »Ja, war schön, dich mal wiederzusehen, Chris. Ich denke nicht, dass wir deine Einladung annehmen können, wir sind nur zwei Tage hier. Aber trotzdem vielen Dank.«

Sie berührt Rhys' Arm und meint mit einem Augenaufschlag: »Wenn du mal wieder Lust hast, du weißt, wo du mich findest.«

Er nickt ihr zu, nimmt dann meine Hand und zieht mich Richtung Haus.

Ich kann es nicht fassen, dass er mit dieser Kuh ein ganzes Jahr zusammen war. Ich muss lachen und schaue ihn an.

»Zehn Monate ...«, sagt er zerknirscht, »wir waren nur zehn Monate zusammen, und davon war ich die meiste Zeit in Frankfurt.«

Jetzt lache ich noch lauter, weil ich es witzig finde, dass Rhys Cunningham etwas peinlich ist.

Das macht ihn noch wütender, und er zerrt mich ins Haus. »Geh unter die Dusche, du riechst nach Fisch!«

16

Unter der Dusche frage ich mich, was Chris mit dieser Bemerkung gemeint hat, wenn er *mal wieder Lust* hat? Worauf? Es lag so etwas Vertrautes in ihrer Stimme, etwas, das mich vollkommen außen vor ließ, und das ärgert mich gewaltig. Natürlich weiß ich, dass Rhys ein Mann voller Geheimnisse ist, aber wenn er wirklich mit mir zusammen sein will, muss ich einfach mehr über ihn erfahren.

Als ich fertig angezogen bin, höre ich, wie mein Handy summt und den Eingang einer SMS anzeigt. Ich schnappe es mir und sehe, dass Alex sich gemeldet hat.

Wo bist du? Geht es dir gut? A.

Diese Frage müsste ich ja wohl eher ihm stellen.

In den Hamptons, wie geht es dir?, schreibe ich zurück.

Wir müssen sprechen, ich warte in New York auf dich, erhalte ich kurz darauf als Antwort.

Komme morgen Abend zurück, dann reden wir! J.

Ich packe das Handy weg. Alex wird sich gedulden müssen, so einfach werde ich ihm seinen Auftritt nicht verzeihen. Er hat damit nicht nur Rhys und der Firma geschadet, sondern auch sich selbst zum Gespött gemacht.

~

Im Wohnzimmer sitzt Rhys auf dem Sofa und blättert durch ein Magazin. Er hat ebenfalls geduscht, sich aber zum Essen nicht umgezogen.

»Was hältst du davon, wenn wir heute hier essen und es uns gemütlich machen?«, fragt er mit Blick auf das Meer. »Es zieht ein Gewitter auf.«

»Gerne, ich kann uns etwas kochen.« Ich starte direkt in die Küche durch. Im Tiefkühlfach finde ich Fisch und Scampi, im Kühlschrank Gemüse. Jetzt brauche ich nur Reis, den ich nach kurzem Suchen in der Haushalskammer direkt neben der Küche finde.

»Was hältst du von einer Fischpfanne?«

Rhys nickt mir begeistert zu. »Ich erledige schnell ein paar Telefonate und helfe dir dann.«

Schon ist er in einem Zimmer verschwunden, das ich für das Arbeitszimmer halte.

Ich ziehe mir bequeme Sachen an, einen Neckholder und einen kurzen Jeansrock, dann mache ich mich an die Arbeit.

~

Erst als das Essen schon auf dem Tisch im Esszimmer steht, lässt Rhys sich wieder blicken. Er scheint nachdenklich, und seine Miene ist alles andere als glücklich.

»Ist etwas passiert?«, frage ich, doch er scheint mich gar nicht zu hören. Er fährt sich mit der Hand durch die Haare, seine übliche Geste, wenn er versucht, eine Situation in den Griff zu bekommen.

Endlich schaut er mich an. Ich hebe nur fragend eine Augenbraue.

»Wir müssen schon heute zurück. Matt holt uns in zwei Stunden ab.«

»Was ist denn passiert?«, frage ich und gebe ihm etwas von der Fischpfanne auf den Teller.

»Ein Kamerateam hat gestern den Streit zwischen Alex und mir gefilmt, nun läuft es auf allen Kanälen.«

»Shit!«, rutscht es mir heraus.

»Das kannst du laut sagen«, nickt Rhys und nimmt endlich Platz.

Wir essen in angespannter Stille. Nachdem wir fertig sind und ich den Tisch abräume, greift er nach meiner Hand und zieht mich auf seinen Schoß. »Es hat wunderbar geschmeckt. Danke, dass du das für mich getan hast«, sagt er leise und vergräbt sein Gesicht in meinem Haar. »Es tut mir leid, dass unser Trip heute schon zu Ende geht, aber es gibt einige Dinge, um die ich mich kümmern muss.«

Ich nicke. »Kein Thema.«

Forschend schaut er mir in die Augen, als würde er mir nicht glauben. »Was bewegt dich?«, fragt er nach einiger Zeit.

So ganz will ich mit der Sprache nicht raus, doch ich weiß, dass er keine Ruhe geben wird. »Was hat Chris gemeint, als sie sagte, wenn du *mal wieder Lust* hast? Worauf?«

Wir verlieren den Blickkontakt, und ich spüre, dass Rhys sich wieder in sein Schneckenhaus zurückzieht. »Das hat keine Bedeutung.«

»Ich würde es aber gerne wissen.«

»Jaz«, sagt er warnend.

»Du hast gefragt. Ich habe dir eine ehrliche Antwort gegeben.«

»Es hat keine Bedeutung, nichts, worüber du dir Gedanken machen musst.«

»Ich mache mir aber welche.«

»Jetzt ist kein guter Zeitpunkt für Eifersucht, Jaz.« Sein Ton ist mittlerweile wütend.

»Ich bin nicht eifersüchtig. Ich will doch nur wissen, was sie gemeint hat.«

Rhys hebt mich von seinem Schoß und steht auf. »Lass uns packen.«

~

Am Montagmorgen treffe ich Alex in meinem Büro an. Er steht mit dem Rücken zu mir am Fenster und schaut auf den Central Park hinaus. Scheinbar hat er nicht bemerkt, dass ich den Raum betreten habe.

»Alex?«, spreche ich ihn laut an.

Er dreht sich zu mir um, und ein schiefes Lächeln zeigt sich auf seinen Lippen. »Hi, Jazman.«

Er trägt eine dunkle Sonnenbrille, und als er auf mich zukommt, nimmt er sie ab. Ein schillerndes Veilchen ziert sein linkes Auge.

»Oh!«, entfährt es mir.

»Ja, Rhys hat einen ganz schön harten Schlag.«

Ich sage nichts dazu, sondern ziehe ihn in meine Arme und küsse ihn auf die Wange.

»Wo ist er?«, fragt Alex.

Diese angespannte Atmosphäre zwischen uns ist neu und fühlt sich seltsam an. Obwohl wir oft monatelang getrennt waren, hatten wir immer ein sehr gutes Verhältnis, das jetzt verschwunden scheint.

»Schadensbegrenzung würde ich es nennen. Er gibt ein Interview, um den Gerüchten, dass er sich mit dir um mich geprügelt hat, entgegenzusteuern.«

»Bist du nun mit ihm zusammen?«

Sein anklagender Ton bewegt mich dazu, mich von ihm zu lösen und etwas Abstand zwischen uns zu bringen. Er macht mich zornig. Er hat kein Recht dazu, sich in mein Leben zu mischen, denn ich bin erwachsen und kann selbst für mich entscheiden. Doch diese Diskussion hatten wir schon zu oft, und ich werde mich nicht mehr dazu äußern. Mein Blick ist unerschütterlich, als ich sage: »Ja, ich bin mit Rhys zusammen. Ich liebe ihn.« Es kommt mir leicht über die Lippen, als hätte ich es schon tausendmal gesagt.

»Und er? Liebt er dich auch?«

»Hast du plötzlich den Vornamen deines Partners vergessen?«, frage ich giftig.

Alex greift nach meinen Schultern und schüttelt mich leicht. »Du weißt es nicht. Ich denke, er hat es dir genauso wenig gesagt wie all den anderen Frauen, die er verschlissen hat.« Er versucht mich fester in seine Arme zu ziehen, aber ich will diese Nähe nicht und wehre mich dagegen. Meine Hände landen auf seiner Brust, um ihn auf Abstand zu halten, was mir nur mäßig gelingt, Alex ist viel stärker als ich.

»Wenn du willst, dass dich jemand liebt, brauchst du gar nicht so weit zu suchen. Ich liebe dich, Jaz.«

Sein Ton ist leise und unangenehm.

»Alex, du bist mein Bruder, ich weiß, dass du mich liebst.«

»Was wäre, wenn meine Liebe über das normale Schwester-Bruder-Verhältnis hinausginge? Du warst schon immer mehr für mich als nur meine Schwester, Jaz. Ja, ich liebe dich. Ich liebe dich wahrhaftig.«

»Nimm deine Finger von mir«, presse ich hervor, und bevor er mich küssen kann, stoße ich ihn so heftig von mir, dass er krachend an der rückwärtigen Wand landet.

»Lass deine Hände von ihr, oder ich verpasse dir ein zweites Veilchen.«

Alex schüttelt benommen den Kopf und sieht dann wütend zu Rhys, der lautlos den Raum betreten hat und Zeuge unseres Gesprächs wurde.

»Halt dich da raus, Rhys«, ruft Alex außer sich.

»Das werde ich nicht, Alexander«, erwidert Rhys in stoischer Ruhe. »Sie gehört zu mir. «

»*Ich* liebe sie, nicht du! Ich liebe sie schon mein ganzes Leben. Du wirst sie mir nicht wegnehmen!«

Entgeistert starrt Rhys meinen Bruder an, als könne er nicht glauben, was Alex da von sich gibt. Genauso wenig wie ich.

»Du kannst jede Frau auf der Welt ficken, such dir eine andere, aber lass Jaz in Ruhe, zieh sie nicht in deinen Sumpf, sie ist zu gut für dich.«

Rhys fährt sich mit der Hand über sein Haar, während ich bewegungslos und schockiert zwischen den beiden stehe. »Ich liebe Jaz, und auch wenn es dir nicht passt, ich werde sie heiraten.«

»Das werde ich niemals zulassen!«, schreit Alex wie von Sinnen. »Sie gehört mir, und du Bastard wirst deine dreckigen Finger von ihr lassen! Schnapp dir diese Schlampe Chris oder von mir aus Melissa und mach sie unglücklich, doch Jaz wirst du niemals bekommen, dafür werde ich sorgen!«

Alex macht einen Schritt auf mich zu, doch ich wende mich Rhys zu und schmiege mich in seine Arme, womit feststeht, auf welcher Seite ich stehe.

Alex steuert an mir vorbei, auf die Tür zu.

»Sieh unsere geschäftliche Beziehung als beendet an«, zischt mein Bruder und verlässt mit einem lauten Türknallen mein Büro.

Ich zittere am ganzen Körper. So außer sich habe ich meinen Bruder noch nie erlebt.

»Puh«, stöhnt Rhys erschöpft und schlingt die Arme um meinen Körper. »Es ist vorbei.«

»Es tut mir leid«, flüstere ich an seinem Hals und könnte heulen, wenn ich nicht so geschockt wäre. Das Verhalten meines Bruders ist nicht rational zu erklären. Seine wirren Äußerungen kann ich einfach nicht einordnen.

»Ich weiß nicht, was in ihn gefahren ist. Noch nie hat er sich so verhalten, sein Benehmen mir gegenüber war immer einwandfrei.« Ich bin verzweifelt. Wenn ich der Grund eines Zwistes zwischen Rhys und meinem Bruder bin, muss ich meine Beziehung zu Rhys überdenken. Ich will nicht der Grund für die Beendigung ihrer Geschäftsbeziehung sein.

»Alles wird gut, mein Schatz.« Rhys versucht mich zu beruhigen, denn ich hänge immer noch zitternd und verwirrt in seinen Armen.

»Was hat er damit gemeint, dass Chris eine Schlampe ist? Woher kennt er sie?«

Rhys schüttelt den Kopf. »Nicht jetzt, Jaz. Ich erkläre es dir später.«

»Wann später?«, will ich wissen. Ich mag es nicht, einfach so abgespeist zu werden. Ich brauche Antworten, und die will ich hier und jetzt.

»Nein, Rhys. So läuft das nicht. Ich bin kein billiges Flittchen, mit dem du ins Bett gehst, die du ansonsten aber aus deinem Leben ausschließen kannst, wann immer es dir passt. Du erzählst Alex, dass du mich heiraten willst, ohne mich vorher zu fragen. Warum machst du so etwas? Weil es dir gerade in den Kram passt? Ein weiterer Pfeil, den du auf Alex abschießen kannst? Ich weiß einfach nicht, was in deinem Kopf vorgeht.« Vorsichtig drehe ich mich aus seiner Umarmung und bringe Abstand zwischen uns. Distanz, die mir Sicherheit bringen soll, damit meine Seele nicht vollkommen von Rhys Cunningham verschlungen wird, denn mittlerweile weiß ich nicht, was ich überhaupt noch denken soll.

»Es tut mir leid, Jaz. So war das nicht geplant, dass du es auf diesem Weg erfährst. Mein Wunsch geistert schon seit einigen Tagen in meinem Kopf herum, und ich werde ihn nicht mehr los. Ich will, dass du meine Frau wirst. Ich liebe dich und bin besessen von dir, Jaz. Seit dem Tag, an dem ich dich zum ersten Mal sah, hast du mich gefangen genommen. Das musst du mir glauben. Ich komme nicht mehr von dir los, ich will es auch gar nicht. Ich will nur dich!«

Gebannt starre ich Rhys an, der sich mittlerweile genauso irre anhört wie mein Bruder. Spielt denn die ganze Welt verrückt? Er macht mir ein Liebesgeständnis und sieht dabei aus, als würde er mir die Kündigung ins Gesicht schleudern.

»Rhys, ich habe so viele Fragen und brauche dringend Antworten darauf, keine Ausflüchte.«

»Du bekommst deine Antworten, heute Abend. Doch jetzt muss ich mich um die geschäftlichen Belange kümmern.« Er küsst meine Stirn und lässt mich allein im Zimmer zurück.

~

»Ich möchte, dass wir den Vertrag auflösen und Alex Darling auszahlen. Sofort. Gehen Sie auf all seine Bedingungen ein. Von mir aus kann er das Büro in Frankfurt behalten. Sorgen Sie nur dafür, dass wir aus den Verträgen herauskommen und er ab sofort keinen Zugang mehr zu diesem Gebäude hat.« Rhys hört seinem Gesprächspartner einen Augenblick zu, unterbricht ihn dann aber: »Ich bezahle einen Haufen Anwälte, damit sie sich um solche Probleme kümmern.« Damit beendet er das Gespräch, ohne sich zu verabschieden. Als der nächste Anruf auf seiner Privatleitung hereinkommt, tippt er auf den Bluetooth Stick an seinem Ohr, um das Gespräch anzunehmen.

»Hier ist Walter.«

Rhys atmet erleichtert aus. »Walter, wie gut, dass Sie sich melden. Ich brauche Sie dringend. Wann können wir uns treffen?«

»Das Dossier über unseren Freund aus Hawaii ist fertig. In einer Stunde, gleicher Ort?«

»Sehr gut. Ich werde da sein.«

~

Wie immer wartet Walter in dem Restaurant in Brooklyn und trinkt eine Tasse Kaffee. Vor ihm auf dem Tisch liegt ein brauner Umschlag, den er Rhys zuschiebt, als dieser sich zu ihm an den Tisch setzt.

»Walter, Sie wissen gar nicht, wie froh ich bin, Sie zu sehen.«

Rhys reicht ihm die Hand und bestellt mit einem Fingerzeig eine Tasse Kaffee. »Was haben Sie herausbekommen?«

Rhys nimmt den Umschlag in Empfang, will aber aus Walters Mund hören, was dieser zutage befördert hat.

»Dieser Hunter Burke ist ein Frauenheld. Er hat zahllose Affären, aber nichts hält länger als ein paar Wochen. Meistens serviert er die Lady ab. Um Miss Darling loszuwerden, hat er dem Direktor die Affäre selbst gesteckt. Ein guter Lehrer, aber menschlich jemand von der ganz miesen Sorte.«

Rhys nickt und öffnet den braunen Umschlag. Dort findet er ein Foto von Hunter Burke. Darauf trägt er Freizeitkleidung, sieht aus, als käme er gerade vom Surfen. Ein T-Shirt spannt sich über die muskulöse Brust, er trägt kurze Shorts, ist braun gebrannt, sein Haar ausgeblichen von der Sonne, seine Locken hängen ihm in die Stirn und sein Lächeln offenbart ein paar strahlend weiße Zähne. Dass dieser Typ problemlos Hunderte von Studentinnen flachlegen könnte, kann Rhys sich gut vorstellen. Dass er jemand ist, auf den Jaz fliegt, lässt seine Eifersucht hochkochen. Ob sie wohl immer noch etwas für ihn empfindet? Ob sie Rhys nur benutzt, um von dem Kerl loszukommen?

»Ich möchte, dass Sie diesen Burke unter irgendeinem Vorwand nach New York holen. Fädeln Sie was ein, treffen Sie sich mit ihm in einem Restaurant und geben Sie mir Zeitpunkt und Ort durch.« Rhys' Augen sind immer noch auf das Foto geheftet.

»Okay, ich erledige das.«

»Sie bekommen das hin, Walter. Dann habe ich noch eine andere Aufgabe für Sie. Ich möchte, dass Sie Jaz Darling rund um die Uhr beschatten. Es hat heute einen unangenehmen Zwischenfall mit ihrem Bruder Alexander Darling gegeben, und ich möchte nicht, dass Jaz noch einmal ihrem Bruder begegnet. Organisieren Sie einen Bodyguard, der Miss Darling rund um die Uhr beschützt, wenn ich nicht an ihrer Seite bin.«

17

Die Wohnung ist merkwürdig leer ohne Rhys. Er ist seit Stunden unterwegs und ich weiß weder wohin, noch wann er wiederkommt. Mrs. Connor hat uns etwas zu Essen gekocht und ist dann nach Hause gegangen. Nun sitze ich hier und habe keine Ahnung, was ich machen soll. Gerade als ich mein Handy zur Hand nehme, um Rhys eine Nachricht zu schreiben, höre ich, wie sich die Tür öffnet.

Als er hereinkommt, sehe ich sein Gesicht, und zum ersten Mal sieht er müde und abgekämpft aus.

»Hi, magst du was trinken?«, frage ich ihn.

»Ja, später, jetzt brauche ich erst einmal nur dich.« Er nimmt mich in die Arme und küsst mich wild.

»Mrs. Connor hat uns etwas zu essen gemacht«, sage ich zwischen zwei Küssen.

»Später.«

Er hebt mich hoch und trägt mich die Treppen zum Schlafzimmer hinauf. Die Tür schließt er mit einem Fußtritt. Er wirft mich auf das Bett und beginnt in Windeseile, sich von seinen Sachen zu befreien. Als ich mich ebenfalls ausziehen will, hält er mich mit einem Blick zurück. »Warte, lass mich das machen. Darauf freue ich mich schon den ganzen Tag.«

Er umfasst meine Taille, schiebt langsam mein Shirt in die Höhe und streift es mir ab. Sein Blick bleibt an meinem BH hängen.

»Dunkelblau?«, fragt er, und seine Augen leuchten.

»Ich dachte, diese Farbe würde dir gefallen.«

Er nickt stumm und küsst meinen Hals.

»Erzählst du mir, warum es immer Blau sein muss?«

Einen kurzen Moment hält er inne, setzt dann die Spur der Küsse fort. Als ich schon denke, er wird meine Frage nicht beantworten, knurrt er: »Es ist die Farbe, die meine Mutter immer trug. Die blaue Uniform einer Hausangestellten. Sie hat sich mir als Kind ins Gedächtnis gebrannt. Auch wenn ich mich persönlich nicht wirklich daran erinnern kann, aber Trish hat mir Fotos von ihr gezeigt. Blau ist die Erinnerung an meine Mutter.«

Dann dreht er mich mit dem Rücken an seine Brust, liebkost meinen Nacken, und seine Finger öffnen meine Jeans, ziehen sie an meinen Beinen hinunter. Ich steige hinaus, und er öffnet den Verschluss meines BHs, streift die Träger über meine Schultern. Dann fährt er mit den Händen meine Arme hinunter, bleibt an meinem String hängen und fährt dessen Konturen nach.

»Ich würde ihn dir gerne vom Körper reißen, aber wenn du mich lieb bittest, verschone ich ihn.«

Träge lächele ich. »Gut, dass ich zwei gekauft habe.« Das leise Reißen des Stoffes lässt mich dann aber doch ein wenig aufseufzen beim Gedanken, was so ein Hauch von Nichts immer kostet.

Als ich endlich nackt bin, legt er sich zu mir aufs Bett und küsst mich hungrig. Wie kann ich diesem Mann widerstehen? Ich kann einfach nicht von ihm lassen. Wie soll ich nur je wieder in mein altes Leben zurückfinden, wenn das hier schiefgeht? Seine Haut auf meiner fühlt sich elektrisierend an, was mich schon allein an den Rand eines Orgasmus bringt. Ich muss mich zurückhalten, um ja nicht zu früh zu kommen und den ganzen Spaß zu verderben. Doch etwas an Rhys ist anders, er ist anders. Rauher, derber. Er wirft mich auf den Rücken und legt sich mit seinem ganzen Körper über mich. Ohne weiter auf mich zu achten, stößt er in mich hinein. Es verursacht mir zwar keinen Schmerz, aber die Stöße sind hart und schnell. »Oh, mein Gott!«, keuche ich auf und versuche, den Druck seines Körpers abzumildern.

»Genau so will ich dich, Jaz! Roh und hart, erst wenn es weh tut, weißt du, dass du lebst«, stöhnt er mir ins Ohr und zieht meinen Kopf an den Haaren zu sich. »Gefällt es dir?«

Ich weiß nicht, was ich darauf sagen soll. Etwas mehr Zärtlichkeit hätte mir gefallen, aber seine Gier hat mich längst mitgerissen.

»Du darfst mich nie verlassen, hörst du, niemals. Ich werde dich überall finden und zurückholen. Du gehörst allein mir.« Seine keuchenden Worte werden durch die Stöße seiner Lenden unterstrichen, jedes einzelne.

»Ich werde dich nie verlassen, ich könnte es gar nicht. Ich komme nie wieder von dir los, Rhys«, stöhne ich und fühle eine Welle der Befriedigung auf mich zurasen. Kurz bevor Rhys sich in mir ergießt, reißt mich sein mächtiger Orgasmus mit. Ich schreie seinen Namen, als ich komme, und fühle, wie er im gleichen Moment über mir zusammenbricht.

~

Wir sitzen im Wohnzimmer auf der Couch und essen das, was Mrs. Connor für uns gekocht hat. Hühnchen Marsala mit Reis. Es schmeckt wundervoll, sie ist eine ausgezeichnete Köchin. Nah sitzen wir auf der Couch beieinander, unsere Beine berühren sich, und wir füttern uns gegenseitig. *So könnte ein Leben mit Rhys aussehen*, geht es mir durch den Kopf, und ich muss grinsen. Rhys Cunningham als gemütliche Couch-Potato hat was.

»Chris ist ein Callgirl.«

Seine Worte lassen mich abrupt innehalten, als ich gerade die Gabel zu seinem Mund führen will.

»Du meinst, sie ist eine Nutte?«

»Wenn du es so ausdrücken willst, dann ja, sie ist käuflich. Ich bevorzuge allerdings den Begriff Escortdame.«

»Nenn es, wie du willst, für mich bleibt sie eine Nutte, die ihre Dienste für Geld anbietet.« Meine Stimme ist abfällig. Auch wenn ich es nicht zeigen möchte, weckt allein die Erwähnung ihres Namens bei mir einen Brechreiz. Gleichzeitig wallt Mitleid in mir auf. Wie traurig, sich über Monate eine Frau kaufen zu müssen.

Liebevoll streicht Rhys mir über den Rücken. »Es geht keine Gefahr von ihr aus. Sie war eine gewisse Zeit für mich nützlich, und ich habe sie für ihre Dienste gut bezahlt. Außerdem ist das schon lange her. Jetzt benötige ich solche Frauen nicht mehr.«

Ich lächele gutmütig. »Nein, dafür hast du jetzt mich.«

»Nein, Jaz. Das, was wir haben, konnte Chris mir nie geben. Sie war ein Zeitvertreib, mehr nicht. Du bist mein Leben.«

Wir haben uns nach dem Duschen bequeme Sportkleidung angezogen. Eigentlich wollten wir noch ein paar Runden im Park laufen, doch nach dem Essen bin ich viel zu träge dazu.

Rhys ist so lieb, räumt das Geschirr weg und kehrt mit zwei Gläsern Champagner aus der Küche zurück.

»Ich denke nicht, dass du noch Lust auf eine Runde hast, daher habe ich eine andere Idee.« Er stellt die Gläser vor uns auf den niedrigen Glastisch und lässt sich auf einem Knie vor mir nieder.

»Eine andere Idee?«, frage ich gedehnt und denke an Sex. »Bitte nicht, dafür bin ich heute zu müde.«

»Ich hoffe, dass du nicht zu müde bist, mir eine Antwort auf das hier zu geben.« Er zieht eine kleine Schachtel aus seiner Jogginghose und reicht sie mir. »Weil ich dich nämlich frage: Willst du mich heiraten?« Dabei öffnet er die kleine Schatulle, und ich blicke auf zwei Ringe, identisch bis auf die Größen.

Ich bin sprachlos, weiß nicht, wohin ich blicken soll. Rhys – Ringe, Ringe – Rhys.

»Fliege mit mir am Wochenende nach Vegas und werde meine Frau.«

Ich starre noch immer auf die Ringe, und als ich endlich in seine Augen blicke, fällt mir nichts weiter ein, als ein simples: »Ja, ich will!«

~

O Gott, sie hat Ja gesagt!

Rhys kann es nicht fassen. Die Spannung, die ihm den ganzen Tag schon im Nacken saß, wurde mit diesen drei kleinen Worten weggeblasen wie loser Pulverschnee von einer Eisfläche. All seine Ängste und Bedenken lösen sich in Luft auf, und er kann wieder frei atmen. Jazman würde in wenigen Tagen seine Frau werden, und dann würde sie ganz allein ihm gehören. Nichts würde sie mehr trennen können. Er sieht sie auf Augenhöhe an, da er immer noch vor ihr kniet, und streift ihr den Ring über den Finger. Sieht ihre Verwirrung und erkennt, dass ihm diese Überraschung wirklich geglückt ist.

»Wo hast du nur die Ringe her?«, fragt sie atemlos, und eine einzelne Träne rinnt ihr die Wange herab, ehe er sie mit seinem Daumen auffängt.

»Bitte, weine nicht, Jaz. Ich bin den ganzen Nachmittag durch die Stadt gerast, um die perfekten Ringe zu finden. Dies ist ein Moment der Freude, nicht der Tränen.«

Sie lacht befreit. »Ja, Rhys, natürlich. Nur, ich bin so wahnsinnig überwältigt.« Jaz betrachtet den Reif aus Platin, in dem vier Diamanten eingesetzt sind. »Warum vier?«, fragt sie flüsternd.

»Für jede Himmelsrichtung einen. Denn egal wo du bist, ich werde immer bei dir sein. Meine Liebe wird dich immer erreichen.«

18

Am Dienstag rufe ich Elijah an und verabrede mich für nächsten Sonntag mit ihm. Noch sage ich ihm nicht, ob Rhys uns begleitet, denn das ist eine Hürde, die ich noch nehmen muss, zu der ich bisher aber keinen Mut gefunden habe.

Den Moment, als Rhys mir den Ring an den Finger gesteckt hat, werde ich wohl nie vergessen. Das Gefühl, das sich in meinem Herzen ausbreitete, war so unbeschreiblich, dass mein Puls wie ein Wildpferd durch meine Adern galoppierte.

Als ich Rhys seinen Ring über den Finger der linken Hand schob, schaute er mich mit großen Augen an, die mich sofort an Elijah erinnerten.

Wir wollen unsere Verlobung nicht an die große Glocke hängen, doch Susan hat mit ihren Adleraugen erkannt, dass Rhys und ich den gleichen Ring tragen, und mir blieb nichts anderes übrig, als zuzugeben, dass Rhys mir einen Antrag gemacht hat. Ich weiß unser Geheimnis jedoch bei ihr in guten Händen. Ich bin ein wenig traurig, dass ich Alex nichts von diesem Ereignis erzählen kann, und hoffe nur, dass er sich bald wieder einkriegt, denn auf meine Anrufe reagiert er nicht.

~

Als ich mit Elijah telefoniere, schlendert Rhys in mein Büro und wartet, bis ich mein Telefonat beendet habe. Bei der Erwähnung von Elijahs Namen schaut er neugierig, aber mit versteinerter Miene auf.

»Du triffst dich wieder mit dem Jungen?«, fragt er schroff, doch so leicht lasse ich mich von dem düsteren Rhys Cunningham nicht mehr beeindrucken.

»Ja, ich habe am Sonntag eine Verabredung mit ihm und möchte, da du zu diesem Zeitpunkt bereits mein Mann sein wirst, dass du mich begleitest.« Ich halte den Atem an.

Er rauft sich die Haare, ich kenne diese Geste.

»Jaz, ich glaube nicht …«

»Sieh es als Hochzeitsgeschenk für mich. Schenke mir eine Stunde mit dir und Elijah.«

Ich starre ihm in die Augen, er soll wissen, dass dieser Wunsch nicht verhandelbar ist. Ja oder nein. Andere Alternativen gibt es nicht.

»Ich werde es mir überlegen.«

Ruckartig springe ich von meinem Schreibtischstuhl auf und falle ihm um den Hals, küsse ihn gierig.

»Jaz, ich habe auch eine Bitte. Geh heute Abend mit mir essen. Ich habe einen Tisch bestellt und möchte, dass wir dort Trish treffen. Ich will ihr von unserer Verlobung erzählen. Sei bitte um neunzehn Uhr fertig.«

~

Pünktlich zur vereinbarten Zeit warte ich im Penthouse auf Rhys, damit er mich zum Essen abholt. Ein Treffen mit Trish kann ich natürlich nicht ablehnen. Ich trage ein hellblaues Wickelkleid, das wie von Zauberhand auf meinem Bett lag, und als Rhys durch die Tür tritt, weiß ich auch warum. Seine Krawatte und das Einstecktuch haben die gleiche Farbe wie mein Kleid.

Die Fahrt zum Restaurant dauert keine fünf Minuten, und wir werden sofort zu einem Tisch geführt, obwohl es eine lange Schlange von Menschen gibt, die auf einen freien Tisch warten.

Während wir durch das Restaurant geführt werden, höre ich, wie plötzlich jemand meinen Namen ruft.

»Jazman?«

Abrupt bleibe ich stehen und drehe mich um. »Hunter?« Ich verfalle in Schnappatmung, als ich ihn erkenne. »Hunter, mein Gott. Du bist es wirklich.«

»Jazman, wow, ich habe dich kaum wiedererkannt.«

Hunter Burke zieht mich in seine Arme, beugt sich herunter und küsst mich auf beide Wangen. Etwas verlegen schaue ich auf Rhys, der hinter mir stehen geblieben ist und Hunter argwöhnisch beäugt.

»Was machst du in New York? Ich dachte, du wärst in Honolulu?«, frage ich überrascht.

Hunter strahlt auf mich herunter, und mein Herzschlag setzt einen Moment aus. »Darf ich dir übrigens meinen Verlobten vorstellen, Rhys Cunningham«, sage ich schnell, als ich seine Hand auf meinem Rücken spüre, wohl, um sich in Erinnerung zu bringen.

»Verlobten?«, fragt Hunter irritiert, anstatt Rhys zu begrüßen. »Aber du bist doch erst vor drei Wochen nach Frankfurt geflogen?«

Ich lächele verlegen.

»Es gibt Dinge, die bedürfen keiner langen Wartezeit«, kommentiert Rhys seine Frage und hält Hunter die Hand hin.

»Hunter Burke«, stellt er sich selbst vor und ergreift die ihm angebotene Hand. »Ich war Jazmans Professor an der Uni in Honolulu.«

»Nett, Sie kennenzulernen, Mr. Burke. Was verschlägt sie nach New York?«, fragt Rhys interessiert.

»Oh, ich habe hier ein Vorstellungsgespräch für eine private Uni. Das Wetter ist zwar nicht so gut wie auf Hawaii, aber das Gehalt ist wesentlich attraktiver.« Er lächelt und dreht sich zu einem Mann um, der geduldig hinter ihm steht.

»Darf ich euch Mr. Walter vorstellen? Er ist der Direktor der Universität.«

Der Mann reicht Rhys und mir die Hand.

»Mr. Walter, schön Sie kennenzulernen.« Rhys schüttelt dem Mann freundlich die Hand. Für eine Sekunde glaube ich ein Waffenholster, wie es auch Matt trägt, unter dem Jackett von Mr. Walter zu erkennen, doch ich muss mich irren. Was soll ein Universitätsdirektor mit einer Waffe anfangen?

»Schatz, ich glaube, wir sollten zu unserem Tisch gehen«, flüstert Rhys mir mit einem Seitenblick auf die wartende Kellnerin so laut zu, dass auch Hunter diesen Wink versteht.

»Es war schön, dich wiederzusehen, Jaz. Vielleicht telefonieren wir mal.«

Ich nicke vage. »Ja, das sollten wir tun.«

~

Als wir an unserem Tisch sitzen, der für drei Personen gedeckt ist, erhält Rhys eine SMS, dass Trish an Migräne leidet und heute leider nicht kommen kann. Ich bin ein wenig enttäuscht, hätte ich doch gerne ihre Zustimmung gehabt, bevor Rhys und ich am Donnerstag nach Vegas fliegen.

Die Kellnerin hat mich so plaziert, dass ich Hunters Tisch im Blick habe, und ich komme nicht drumherum, ihn ab und zu anzustarren.

»Kennst du diesen Burke näher?«, fragt Rhys, als er meinem Blick folgt.

Ich befinde mich in der Zwickmühle. Natürlich will ich ihn nicht anlügen, doch wenn ich ihm erzähle, dass wir ein Verhältnis hatten und Hunter der Grund ist, dass ich meinen Job verloren habe, laufe ich Gefahr, dass er ihm eins auf die Nase haut. In diesem besonderen Fall muss ich Rhys vor sich selbst schützen.

»Er war mein Professor«, sage ich ausweichend.

»Mehr nicht?«

»Nein, mehr nicht.« O Gott, eine glatte Lüge. Ich merke, dass sich meine Wangen rot färben. So viel zu meinen Qualitäten als Lügnerin.

»Er sieht sehr gut aus, ich könnte mir denken, dass sich viele Studentinnen für ihn interessieren.«

Ich lächele gequält. »Ja, Hunter hat eine Menge weiblicher Fans.«

»Sollte man bei einem Mann Anfang fünfzig gar nicht vermuten.«

Ich greife gerade nach meinem Glas Mineralwasser und halte mitten in der Bewegung inne.

»Moment, woher weißt du, wie alt Hunter ist?«

Ich sehe, wie Rhys für eine Sekunde die Augen zusammenkneift, als müsse er sich konzentrieren.

»Gut geraten?«, kommt es als Antwort, mehr Frage, denn Erklärung.

Nervös schaue ich Rhys an und kann in diesem Moment nicht glauben, was sich da in meinem Kopf für ein Gewitter zusammenbraut. Rhys, der nervös an seinem Ring dreht, winkt der Kellnerin. »Können wir bitte bestellen?«

Ungläubig schüttele ich den Kopf. Ich lehne mich auf dem Stuhl zurück, vermutlich um etwas Zeit zu gewinnen und das Gehörte zu begreifen. Doch ich komme immer wieder zu dem gleichen Ergebnis, und Rhys' Blick spricht Bände. »Das kann ich nicht glauben«, zische ich wütend und laufe ohne Rücksicht auf Verluste, so schnell ich kann, aus dem Restaurant.

~

Glück muss man haben. Vor dem Restaurant erwische ich ein Yellow Cab und lasse mich die wenigen Blocks zum CuDa-Gebäude fahren. *Ich muss Klarheit haben*, ist mein einziger Gedanke. Was auch immer Rhys angestellt hat, um an diese Information zu kommen, ich will es jetzt sofort wissen. In Windeseile betrete ich das Penthouse und steuere direkt auf das Arbeitszimmer zu, das ich bisher noch nie betreten habe. Ich bin mir sicher, wenn es Antworten auf meine Fragen gibt, dann hier.

Eilig ziehe ich die Schubladen des Schreibtisches auf und werde direkt in der ersten fündig. Ein brauner Umschlag fällt mir in die Hände. Er ist nicht verschlossen, daher schaue ich hinein, und ein Bild von Hunter am Strand, nach dem Surfen, kommt zum Vorschein. Weiterhin enthält der Umschlag ein Dossier mit allen möglichen Informationen über ihn, angefangen vom Geburtsdatum über Kontostände bis hin zu seinen sexuellen Vorlieben. Ich kann es nicht fassen!

Einer inneren Eingebung folgend, wühle ich weiter in der Schublade, bis ich auf den nächsten Umschlag stoße. Ich schaue mir nur das erste Blatt an. Das Foto trägt mein Gesicht.

Wie in Trance nehme ich eine Bewegung an der Tür wahr. Dort steht Rhys mit angstgeweiteten Augen, raschem Atem, die Haare wild in der Stirn hängend, als wäre er die wenigen Blocks zu Fuß gerannt.

»Ich hoffe, du weißt, dass du hier gerade einen Einbruch begehst«, sagt er in einem Tonfall, der mir das Blut in den Adern gefrieren lässt.

Meine Augen verengen sich, als ich langsam auf Rhys zugehe. »Ich fasse es nicht, dass du zu so etwas fähig bist. Du hattest niemals vor, dich heute mit Trish zu treffen, oder? Du schickst Leute los, die in meinem Leben und dem Leben anderer Menschen herumschnüffeln?«, schreie ich ihn an.

»Ich gehöre zu den zwanzig reichsten Männern der Welt. Da ist Gutgläubigkeit ein Luxus, den ich mir nicht leisten kann.«

»Sagt dir das Wort *Vertrauen* etwas?« Nun ist mein Tonfall genauso kühl wie der von Rhys. »Mit deinem Verhalten degradierst du dein *Ich liebe dich* zur absoluten Belanglosigkeit. Weißt du, Rhys, hinter all deinem Kontrollverhalten steckt nur eines – eine unbändige Angst, nicht geliebt zu werden. Du fürchtest das, worauf ich mich am meisten gefreut habe: unsere Liebe! Doch mit deiner Angst machst du alles kaputt. Scher dich zum Teufel, du Scheißkerl!«, zische ich zum Schluss kaum hörbar und verlasse die Wohnung.

Noch nie bin ich mir so verraten vorgekommen wie in diesem Moment. Er hat noch nicht einmal versucht, mich zurückzuhalten, das zeigt mir deutlich, was ich ihm wirklich bedeute. Selbst Hunters Intrige kommt mir dagegen wie ein Dummer-Jungen-Streich vor. Ich bin so wütend, dass ich nicht einmal weinen kann. Ich möchte einfach nur noch nach Hause, zurück nach Frankfurt. Ohne Gepäck, ohne eine Nachricht zu hinterlassen.

Auf der 5th Avenue halte ich ein Taxi an und bitte den Fahrer, mich zum Flughafen zu fahren. Als die blinkenden Leuchtreklamen an mir vorbeifliegen, stehlen sich zwei dunkelblaue Augen in mein Gedächtnis, die mich traurig anblicken, weil sie am kommenden Sonntag vergeblich auf mich warten werden. Die Augen eines kleinen einsamen Jungen.

Band II

4 Farben Platin

Du und ich:
Wir sind eins.
Ich kann dir nicht wehtun, ohne mich zu verletzen.

(Mahatma Gandhi)

1

Mit müden Augen starre ich seit geraumer Zeit auf den Bildschirm meines Laptops und blicke auf einen Zeitungsartikel, der über das Kinderheim St. Francis veröffentlicht wurde. Ich habe einen Bericht zum 50-jährigen Bestehen gefunden, auf dem alle Kinder abgebildet sind. Das Foto ist ein typisches Zeitungsbild, schwarzweiß, von schlechter Qualität, doch ich glaube, Elijah zu erkennen, zwar etwas jünger, aber ich sehe unverkennbar sein Gesicht.

Es ist drei Uhr nachts, und ich sitze in dem Apartment von Rhys Cunninghams persönlicher Assistentin. Ja, ich habe es einfach nicht übers Herz gebracht, New York zu verlassen und Elijah am kommenden Sonntag zu versetzen. Doch insgeheim bin ich mir nicht sicher, ob das der einzige Grund ist, denn genauso wenig bringe ich es übers Herz, den Verlobungsring, den Rhys mir an den Finger gesteckt hat, abzunehmen. Obwohl es mehr als einen triftigen Grund dafür gibt.

Wenn ich diesen Ring abstreife, dann habe ich das Gefühl, als gäbe ich Rhys auf, genauso, wie ich beinahe Elijah aufgegeben hätte, dabei will ich weder den einen noch den anderen verlieren. Genauso wenig wie Alex, meinen Bruder. Er und Rhys sind Geschäftspartner, und es sieht so aus, als könne ich den einen nicht behalten, ohne den anderen aus meinem Leben zu streichen. Dabei wäre es fatal, wenn sie meinetwegen alles aufs Spiel setzen würden, was sie viele Jahre aufgebaut haben. Nur, weil sie in einen Streit über mich geraten sind. Ich habe ein schlechtes Gewissen, dass gerade ich der Grund für ihre Trennung sein soll. Warum wird mir der Schwarze Peter zugeschoben, obwohl ich gar nicht spielen wollte?

Nervös drehe ich an meinem Ring. Er ist aus Platin und besitzt vier Diamanten, für jede Himmelsrichtung einen. Wunderbar schlicht, sehr wertvoll. Ich will gar nicht wissen, was Rhys für diesen Ring ausgegeben hat, wichtig ist nur, dass er den gleichen trägt, wenn er ihn nicht schon längst abgenommen und in die Kanalisation hinuntergespült hat.

Es wäre denkbar, denn bei Rhys hält keine Beziehung länger als ein paar Wochen. Außer mit Chris, dem Callgirl. Nun, ob man da von einer wirklichen Beziehung sprechen kann, ist fraglich. Jedoch löst schon ihr Name in mir Reaktionen aus, die dem Wort Eifersucht eine ganz neue Dimension geben. Ich mag sie nicht und bezweifle, dass ich sie je mögen werde. Sie und Rhys verbindet etwas, was uns bisher verschlossen blieb, und das nagt an mir, frisst sich wie ein Geschwür durch meinen Kopf. So, wie die Dinge zwischen mir und Rhys stehen, brauche ich mir aber nun keine großen Gedanken mehr zu machen, dieser Person noch einmal über den Weg zu laufen.

Nachdem ich erkannt habe, welches falsche Spiel Rhys mit mir spielt, sehe ich keine Zukunft mehr für eine Partnerschaft mit ihm. Wer die Frau, die er angeblich liebt, durch einen Privatdetektiv bespitzeln lässt, dazu noch alle Menschen in deren Umfeld, muss damit rechnen, dass dieser Schuss nach hinten losgeht.

Entschlossen klappe ich den Deckel des Laptops zu. Mein Entschluss steht fest: Ich werde meine Stelle nicht kündigen und New York auf keinen Fall verlassen. Was Rhys Cunningham betrifft, bin ich mir nicht sicher, ob ich ihm jemals verzeihen kann, doch eines steht fest – heiraten werde ich ihn nicht.

Der Schlaf übermannt mich kurz vor fünf, und als der Wecker um sechs schrillt, fühle ich mich, als müsste ich die Last der

Welt tragen. Müde quäle ich mich unter die Dusche, ziehe mich an. Mrs. Connor hat wirklich nicht viel in meinem Schrank gelassen, als sie vor ein paar Tagen meine Garderobe auf Rhys' Wunsch in sein Appartement brachte. Nun, ich werde mir die Sachen natürlich zurückholen. Es ist nicht mehr damit zu rechnen, dass ich bei Rhys übernachte und neben ihm aufwache.

Ich wähle einen schwarzen Hosenanzug mit dunkelgrünem Top. Nur kein Blau, wie Rhys es so bevorzugt. Ich zwinge mich zu einem Toast, auch wenn ich kaum Hunger verspüre. Doch ich brauche Energie, um den Tag zu überstehen, Kraft, um Rhys Cunningham die Stirn zu bieten. Er war klug genug, mich vollkommen in Ruhe zu lassen, nachdem ich so voller Zorn das Lokal verließ, in dem er das absurde Treffen mit Hunter inszenierte. Doch gleich werde ich ihm begegnen, das wird sich nicht vermeiden lassen.

Ich weiß nicht, wo Rhys die Nacht verbracht hat. Vielleicht bei Chris, seiner Callgirl-Freundin? Vielleicht im Büro? Es ist mir egal. Möglicherweise ist er sogar in sein Appartement zurückgekehrt. Es liegt genau neben meinem, mit wenigen Schritten hätte er zu mir kommen können, aber zum ersten Mal, seit ich hier wohne, habe ich die Tür zwischen unseren exklusiven Wohnungen verschlossen. Dasselbe werde ich nun auch mit meinem Herzen tun. Rhys werde ich dazu keinen Zugang mehr erlauben. Ich vertraue ihm nicht mehr.

Um Viertel nach sieben betrete ich die Chefetage der CuDa LLC, in der ich nun schon seit einigen Wochen arbeite. Und genauso lange fahren meine Gefühle mit mir Achterbahn, denn Rhys hat von der ersten Sekunde an klargemacht, dass er mich will. Als seine Bettgespielin.

Eigenartig, aber an den Moment, von dem aus es mehr wurde, erinnere ich mich kaum noch. Vielleicht, weil große Intensität nicht gleichbedeutend ist mit ehrlichen und großen Gefühlen? Ich brauche Vertrauen, Offenheit und Liebe, und das ist etwas, was Rhys nicht bereit ist, in die Waagschale zu werfen. Er hat viele Geheimnisse und traut niemandem, nicht einmal mir, der Frau, die er vorhatte zu heiraten. Natürlich braucht jede Beziehung Zeit, damit sie sich entwickeln kann, doch ich bin mir sicher, ich könnte Rhys alle Zeit der Welt geben – die Art von Vertrauen, die mir vorschwebt, wird er mir niemals schenken können. Denn er traut sich selbst nicht, und somit ist der Nährboden für Misstrauen und Zweifel bereitet. Etwas, das sich vermehrt wie wucherndes Unkraut.

Die anderen Büros sind noch nicht besetzt, auch der Empfang, an dem Abigail arbeitet, ist noch verwaist. Ich mache mich an die Arbeit, einen Kostenplan aufzustellen, um das St. Francis mit in das Sonderprogramm für bildende Künste der Cunningham-Stiftung aufzunehmen, für die Rhys fünfhunderttausend Dollar zusätzlich zur Verfügung gestellt hat. Wenn ich es klug anstelle und wir Kosten einsparen, könnte ein zweites Heim mit in die Förderung aufgenommen werden. Dazu brauche ich Informationen, was im St. Francis benötigt wird. Obwohl es noch früh ist, rufe ich Schwester Gabrielle, die Leiterin des Heims, an und vereinbare mit ihr ein Treffen am nächsten Morgen.

Danach geht es mir besser. Der Alltag hat mich wieder, ich sehne mich nach Normalität, aber auch nach Ablenkung. Die rückt ein Stück näher, als wenige Minuten später Abigail mein Büro betritt und mich fragt, ob ich am Abend mit ihr durch die Clubs ziehen will. Ein reiner Mädelsabend mit zwei ihrer Freundinnen.

Ja, warum eigentlich nicht? Ich muss mir keine Gedanken mehr machen, ob es Rhys recht wäre, oder ihn gar darüber informieren. Tatsächlich wäre heute der Tag gewesen, an dem wir nach Las Vegas fliegen wollten, damit ich seine Frau werde. Nun werde ich stattdessen sehen, was New York zu bieten hat.

Abigail verlässt lachend mein Zimmer, als Rhys an meiner Tür vorbeigeht. Er hält kurz inne, beschließt dann aber wortlos, in sein Büro zu verschwinden. Soll mir nur recht sein, doch kurz darauf klingelt mein Telefon, und Abigail bittet mich, zu Rhys zu kommen.

Als ich mich aufmache, hinüberzugehen, hebt sie, am Empfang sitzend, die Schultern. Ihr ist auch nicht klar, warum Rhys mich nicht selbst angerufen hat.

~

Er sitzt hinter seinem Schreibtisch und ist in ein Dokument vertieft, als ich das Büro betrete. Sein Blick ist sehr konzentriert, die schwarzen Haare sind wie immer aus dem Gesicht gekämmt, wobei eine vorwitzige Locke in seine Stirn fällt. Der Raum riecht nach seinem Rasierwasser. Als ich ihn so vor mir sehe, könnte ich mich sofort in seine Arme werfen und ihn bis zur Besinnungslosigkeit küssen. Ich kann förmlich seine Hände auf meinem Körper spüren, und meine Haut fängt augenblicklich an zu glühen. Doch ich bleibe, auf Abstand bedacht, an der Tür stehen und warte geduldig.

»Du wolltest mich sprechen?«, frage ich, als er endlich aufblickt und mich ansieht.

Er nickt. »Setz dich, bitte.«

Ich trete näher an seinen gewaltigen Schreibtisch. »Wenn es nicht lange dauert, bleibe ich lieber stehen.«

»Unser Gespräch wird etwas Zeit in Anspruch nehmen«, sagt er, tippt auf seinen Bluetooth-Stick am Ohr und bittet Abigail, uns in der nächsten Stunde nicht zu stören, dann erhebt er sich und kommt um den Schreibtisch herum. »Bitte, nimm auf dem Sofa Platz.«

Ich setze mich auf die Couch, in die äußerste Ecke, und habe schon Angst, dass er neben mir Platz nimmt, doch er entscheidet sich für das Sofa an der gegenüberliegenden Wand, so dass ein niedriger Tisch uns trennt. Das verschafft mir etwas Luft zum Atmen, denn Rhys gelingt es mit nur einem Wimpernschlag, meinen Puls rasen zu lassen.

Doch er ist ganz im Boss-Modus, distanziert freundlich.

»Ich habe nicht erwartet, dich heute Morgen hier anzutreffen«, gibt er zu und legt nachdenklich die Fingerspitzen aneinander. Er ist nervös. Zwar ist er äußerlich der coole Geschäftsmann, doch sein unruhiger Blick und seine Gestik sind mir bekannt, ich kenne seine Körpersprache, und die signalisiert mir, dass er vorsichtig ist. Wie ein Tiger, der skeptisch seine Beute umrundet.

»Das ist mein Job.«

»Du hast dich aber mit dem Gedanken getragen, nach Frankfurt zu fliegen.« Es ist eine Feststellung, keine Frage, daher denke ich, dass er weiß, was ich gestern getrieben habe, nachdem ich fluchtartig das Apartment verlassen habe. Er hatte mich ja darüber informiert, dass er mich überwachen lässt.

»Du hast mich beobachten lassen?«

»Ich habe dir einen Bodyguard zur Seite gestellt, damit Alex dich nicht belästigt.«

»Matt?«

»Nein, es ist nicht Matt.«

»Du hast also jemanden engagiert, der mich von meinem Bruder fernhält?« Ich versuche meine Stimme im Zaum zu halten, doch das gelingt mir nur mäßig. Ich bin wütend, wieder einmal. Zu was ist Rhys noch alles fähig?

»Es geht mir einzig und allein um deine Sicherheit. Du wirst eine reiche Frau, nachdem wir verheiratet sind, da müssen wir gewisse Vorkehrungen treffen.«

Wenn ich nicht schon sitzen würde, müsste ich Platz nehmen, um das Gehörte zu verarbeiten. »Du gehst also immer noch davon aus, dass ich dich heirate? Nach allem, was geschehen ist?« Ich bin außer mir und bringe diese Frage nur mit Mühe über meine Lippen.

»Du trägst immer noch unseren Verlobungsring. Daher denke ich, dass du mich noch nicht ganz abgeschrieben hast.«

Ich blinzele. Geschieht das hier gerade wirklich? Ohne einen Hauch von Reue schaut Rhys zu mir herüber und wartet wohl auf eine Antwort.

Seine Arroganz setzt wirklich allem die Krone auf. »Und was ist mit dir? Du trägst den Ring ebenfalls noch.«

Grübelnd schaut Rhys auf seine Hand. »Man müsste mir schon den Finger abhacken, damit ich ihn abnehme«, murmelt er mehr zu sich selbst, als dass er meine Frage beantwortet.

»Ich werde dich nicht heiraten, Rhys.«

Er blickt mich an, als würde ich eine Fremdsprache sprechen.

»Das kannst du nicht wirklich erwartet haben? Ich kann niemanden heiraten, zu dem ich kein Vertrauen habe – der vor allem mir kein Vertrauen entgegenbringt. Denn das ist die Grundlage für eine funktionierende Beziehung.«

»Und woher beziehst du dein fundiertes Wissen? Ich nehme mal an, aus einer langjährigen Verbindung?«, fragt er süffisant, verzieht dabei aber keine Miene.

»Was meine früheren Beziehungen anbelangt, bist du doch bestens informiert. Lies den Bericht deines Privatdetektivs. Da steht alles drin.« Ich versuche ruhig zu bleiben, täusche Lässigkeit vor und schlage die Beine elegant übereinander. Ich habe Rhys meine Affäre mit Hunter verschwiegen. Ich weiß das, und er weiß es auch. Das ist nichts, worauf ich stolz bin, aber meine Absichten waren aufrichtig, ich wollte ihn nicht beunruhigen. Sein Vertrauensbruch mir gegenüber ist aber so viel verletzender, sieht er das denn nicht? Wie kann man der Frau, die man angeblich liebt, eine solche erniedrigende Falle stellen, wie er es gestern mit mir tat?

»Was verlangst du von mir, Jaz?«

»Wofür?«

»Dass du mich nicht verlässt.« Nun erhebt sich Rhys und wechselt doch auf meine Seite der Couch. Er sitzt nur eine Handbreit entfernt. Das hatten wir doch schon mal, damals sagte er mir, dass ich ihn genauso wollte wie er mich, und er hatte recht damit. Es kommt mir vor, als wäre es Jahre her, dabei sind es gerade einmal ein paar Wochen.

»Sag mir, was ich tun muss.«

»Ich möchte den wahren Rhys kennenlernen. Nicht den glatten Unternehmer, den knallharten Geschäftsmann, den reichen Sohn, sondern den Menschen hinter all diesen Fassaden.«

Eigentlich will ich böse auf ihn sein, ihn mit Nichtachtung strafen für das, was er getan hat. Doch ich versage auf ganzer Linie. Schon allein, dass ich mich auf dieses Gespräch eingelassen habe, ist vollkommen falsch.

Sein Blick wird weich, und ich schmelze dahin, nur zeigen will ich es ihm nicht. Ich versuche weiterhin die Unnahbare zu spielen, auch wenn mir das sehr schwerfällt, so dicht neben ihm.

»Das ist der wahre Rhys, den du hier siehst. Ich bin dieser Unternehmer und Geschäftsmann. Ich werde nie etwas anderes sein können als hart und unnachgiebig.«

»Nein«, entfährt es mir zu schnell, »nein, Rhys, das bist nicht wirklich du. Ich möchte Rhys, den Künstler, kennenlernen, der nachts an seinen Skulpturen arbeitet, der einen armen Jungen unterstützt, damit dieser eine gute Ausbildung erhält, den Rhys, der seine Großmutter liebt. Das ist der Rhys, der mich fasziniert.«

Er hat seinen Arm ausgestreckt und streichelt meine Schulter. »Komm zurück zu mir!«, sagt er, und nach einem kurzen Moment setzt er ein geflüstertes: »Bitte!« hinzu.

»Nein«, lautet meine Antwort, doch ich bin nicht in der Lage, ihm in die Augen zu schauen. Als ich doch aufblicke, kniet er plötzlich vor mir.

»Wie beabsichtigst du den *wirklichen* Rhys kennenzulernen, wenn du nicht mit mir leben willst?« Er legt seine Hand auf mein Knie, streichelt es jedoch nicht, sondern hält seine Hände ganz ruhig.

Ich sehe wieder den einjährigen Jungen vor mir, der allein im St. Francis von seiner Mutter zurückgelassen wurde, und mein Herz scheint in tausend Stücke zu zerspringen.

In dem Moment, wo er spürt, dass er mich so weit hat, dass ich nachgebe, richtet er sich auf und küsst mich. Geschickt gleitet er über mich und drückt mich durch sein Gewicht auf das Sofa nieder. Seine Lippen sind ganz warm, er schmeckt so vertraut, und ich habe Sehnsucht nach ihm. Große Sehnsucht. Seine Hände streicheln mein Gesicht und fahren meinen Hals entlang.

»Ich habe dich heute Nacht so vermisst«, murmelt Rhys an meinen Lippen. »Lass mich nie wieder allein.«

Seine Erregung presst sich fest an meinen Unterleib, und ich reibe mich leicht daran. Rhys' leises Stöhnen entgeht mir nicht, doch ich kann nicht abschalten und mich den Gefühlen ausliefern. Zu viel geht mir im Kopf herum.

»Du willst mich?«, frage ich und umfasse sein Gesicht mit beiden Händen, damit er gezwungen ist, mir in die Augen zu sehen.

»Wie nichts anderes auf der Welt.«

Seine Hände wandern zu tieferen Regionen meines Körpers, doch ungeachtet dieser Berührungen sage ich: »Wenn ich zu dir zurückkommen soll, musst du dich mit Alex versöhnen und ihn wieder zu deinem Partner machen.«

»Was?« Vor Überraschung verfällt Rhys ins Deutsche. Er richtet sich auf. Ich ziehe meine Hände zurück und muss ein wenig grinsen.

»Das ist nicht dein Ernst?«, fragt er und erhebt sich von mir. Er ordnet seine Kleidung und fährt sich mit der Hand durch die Haare, die ihm nun wild ins Gesicht hängen.

»Dein Bruder«, er spuckt das Wort förmlich aus, »ist verrückt geworden! Er begehrt dich!«

»Mein *Adoptiv*bruder«, korrigiere ich ihn. »Vergiss das nicht. Seine Gefühle sind etwas, um das ich mich kümmern werde, nicht du. Für dich ist er der Partner, dem du vertraust und mit dem du alles aufgebaut hast. Ihr werdet euch wieder versöhnen, ich bestehe darauf!« Leise füge ich hinzu: »Ich will nicht der Auslöser für eure Streitigkeiten sein. Wenn du das in Ordnung bringst, bin ich bereit, einen Schritt auf dich zuzumachen und wieder zu dir zu ziehen. Das heißt noch nicht, dass ich dich auch heiraten werde. Aber ich werde dann mit dir leben.«

»Du bist dir schon im Klaren darüber, dass dies eine lupenreine Erpressung ist?«

»Nenn es wie du willst, Rhys, du hast die Wahl.«

»Du verlangst eine Menge von mir.« Sein Blick scheint mich durchbohren zu wollen, ich habe ihn sichtlich verärgert.

»... sagt der Mann, der mir vor einiger Zeit nicht sagen wollte, dass er mich liebt, der nicht neben mir aufwachen, keine Beziehung mit mir eingehen und vor allem unser Verhältnis geheim halten wollte. Du sendest ständig zweideutige Signale aus, und ich weiß nicht, wie ich sie deuten soll. Rhys, bring das mit Alex in Ordnung. Ich bin es nicht wert, dass du meinetwegen die Zukunft der Firma aufs Spiel setzt.«

Energisch schüttelt er den Kopf. »Du bist das Wertvollste, was es in meinem Leben gibt. Ich würde alles für dich opfern.«

Langsam schöpfe ich Hoffnung, dass unsere Beziehung wieder ins Reine kommt. »Dann wirst du mit Alex sprechen?«

»Ja. Wo wirst du so lange wohnen? Ich werde erst am kommenden Montag in Frankfurt Gelegenheit dazu haben. So etwas erledige ich nicht per Telefon.«

»In dem kleinen Apartment, so wie heute Nacht auch.«

Rhys starrt mich durchdringend an. »Das kann ich nicht akzeptieren.«

»Das wirst du müssen.« Ich habe Angst, dass er sich auf mich stürzen wird, sosehr verändert sich seine Haltung.

»Dann geh heute Abend mit mir essen.«

»Ich kann nicht.«

Er schüttelt resigniert den Kopf. »Warum denn nicht?«

»Ich bin mit Abigail verabredet, Mädelsabend.« Ich höre förmlich seine Gedanken. So was wie: *Das kommt gar nicht in Frage!*

Doch er reißt sich zu meiner Verwunderung zusammen und nickt. »Möchtet ihr, dass Matt euch fährt?«

»Danke, aber wir kommen klar, und dem Bodyguard kannst du freigeben, den brauche ich nicht, ich habe drei Frauen, die auf mich aufpassen.«

»Wie du wünschst.« Rhys nimmt wieder hinter seinem Schreibtisch Platz und hängt den Bluetooth-Stick an sein Ohr. Das Zeichen für mich, dass ich entlassen bin.

~

Nachdem Jaz die Tür geschlossen hat, lehnt Rhys sich in seinem Schreibtischstuhl zurück und schließt die Augen. Er weiß nicht, was ihn mehr in Aufruhr versetzt. Dass er das mit Alex ins Reine bringen muss, um Jaz zurückzubekommen, oder dass sie am Abend ohne ihn unterwegs sein wird. Diese Frau bringt ihn wirklich um den Verstand. Das Klügste wäre, sie einfach gehen zu lassen, sie aus seinem Leben zu streichen, doch er hat längst begriffen, dass dies ein Ding der Unmöglichkeit ist. Nie wird er sie aufgeben können. Jaz ist wie eine Droge für ihn, die er jeden Tag haben muss. Er ist ihr verfallen, mit Haut und Haaren. Sie weiß gar nicht, welche Macht sie über ihn hat, und er wird alles dafür tun, dass sie es auch nicht so schnell erfährt. Und er wird sie heiraten, schon bald, denn er hat bisher immer bekommen, was er wollte.

Er drückt eine Kurzwahltaste und erhebt sich. Mit langsamen Schritten wandert er zu den Fenstern seines Eckbüros und stützt einen Arm an der Scheibe ab. Nach wenigen Sekunden ist die Verbindung hergestellt.

»Ich habe einen Auftrag für dich …«

2

Abigail und ich stehen im Bad des kleinen Apartments und tuschen unsere Wimpern. Sie erzählt mir, wie Matt ihre Hand versorgt hat, und ich muss lachen.

»Warum lachst du darüber?«, fragt sie und grinst breit. Dabei verschmiert sie die Tusche unter ihrem Auge und sieht aus, als wäre sie eine Gothic-Braut, was mich noch mehr zum Lachen bringt.

»O Gott, wie bekomme ich das jetzt wieder hin?«, stöhnt sie verzweifelt, und ich reiche ihr ein feuchtes Tuch und ein Wattestäbchen.

»Hey, das ist schnell behoben. Erzähl mir lieber, was Matt dazu bewogen hat, dir so hilfreich zur Seite zu stehen.« Ich habe ja meine eigenen Vorstellungen, warum Matt sich ins Zeug gelegt hat, doch die will ich Abby erst einmal nicht verraten, denn ich könnte ja auch falschliegen.

Sie hebt hilflos die Schultern. »Ich habe keine Ahnung, er wollte bestimmt nur nett sein.«

»Männer sind nie einfach nur *nett*! Sie haben immer einen Hintergedanken, und ich glaube, Matts Hintergedanke ist, dass er dich sehr viel besser kennenlernen will.« Jetzt ist es doch raus, irgendwie kann ich meine Gedanken nicht für mich behalten. Vielleicht, weil ich Matt mag und Abby auch. Die beiden geben in meinen Augen ein schönes Paar ab. Falls sich daraus etwas Ernstes ergeben würde, fände ich es wunderbar.

Abigail strahlt mich an. »Du meinst, er hat vielleicht ein Auge auf mich geworfen? Glaubst du wirklich?«

»Auf jeden Fall. Würde es dir gefallen, wenn zwischen euch etwas laufen würde?«, frage ich neugierig.

Sofort färben sich ihre Wangen rot, und sie schlägt die Augen nieder. »Ich weiß nicht genau. Wir arbeiten zusammen, zwar sehen wir uns nicht oft bei der Arbeit, aber immerhin. Ich glaube nicht, dass das eine gute Idee wäre. Außerdem denke ich nicht, dass ein Mann wie Matt wirklich Interesse an einer Frau wie mir hat. Zumindest nicht, wenn es um eine feste Beziehung geht.«

»Hey, Abigail, warum so schüchtern? Das hast du gar nicht nötig. Du bist eine tolle Frau. Ich glaube, er ist nicht der Typ, der seine Zeit mit Belanglosigkeiten vergeudet. Also, benutze meinen Lippenstift, der ist kussecht, falls Matt dir heute noch über den Weg laufen sollte.« Ich grinse. Mir kommt Matt sehr einsam vor, und die Vorstellung, dass er Abby mag, setzt sich einfach in meinem Kopf fest, ohne dass ich viel dafür tun muss.

Abby nimmt mir den Lippenstift ab und lächelt mich an. »Wie steht es mit dir? Hast du heute Abend vor, jemanden zu küssen?«, fragt sie augenzwinkernd.

Wenn sie wüsste. Sobald ich jemanden küsse, wird in Rhys' Kommandozentrale Alarm ausgelöst, und ich werde nach Hause gebeamt.

»Man kann nie wissen!«, sage ich dennoch und grinse frech. Dann lenke ich sie ab. »Erzähl mir etwas über deine Freundinnen, die wir heute Abend treffen werden.«

»Lou arbeitet in einer unserer Galerien auf der Park Avenue. Sie war bis vor kurzem mit William zusammen, der im Chester als Türsteher arbeitet. Doch sie haben sich getrennt. Yvonne ist Cellistin und spielt im Orchesterensemble der Met. Die beiden teilen sich eine Wohnung. Du wirst sie mögen.«

Ich packe mein Zeug ein und nicke. »Ich bin supergespannt darauf, deine Freundinnen kennenzulernen.«

Auch Abigail hat es mittlerweile geschafft, ihr Gesicht wieder in Ordnung zu bringen. »Wir treffen uns mit ihnen direkt im Chester. Es ist zwar eine Bar, aber dort kann man auch tanzen, vor allem mixen sie tolle Cocktails, und man findet immer jemanden, mit dem man sich nett unterhalten kann.«

Na, ich bin gespannt!

~

Die Außenfassade des Chester ist ziemlich unspektakulär. Roter Backstein mit einer grünen Markise. In einem schmalen Eingang steht der Türsteher und begrüßt Abigail mit ihrem Namen, winkt uns zu sich, obwohl eine Menge Leute vor dem Eingang warten. Wir wühlen uns durch die Menge.

»Hi, William. Heute ist aber viel los. Sind Lou und Yvonne schon da?«

William nickt und küsst Abigail auf beide Wangen. »Ja, sie warten schon auf euch.«

»Das ist Jaz, wir arbeiten zusammen. Sie ist neu in New York.«

»Dann seid ihr hier ja genau richtig. Willkommen im Chester.« Er reicht mir die Hand und grinst breit. Er ist ein bulliger Typ, ziemlich muskelbepackt, aber sein Griff ist weich und seine Stimme angenehm. Ich nicke ihm zu und lächele, dann folge ich Abigail in das Innere der Bar.

Das Licht ist gedimmt, das Stimmengewirr übertönt manchmal sogar die laute Soulmusik. Vor der Theke drängen sich die Besucher, um ihre Getränke zu ordern.

Abby reicht ihre große Tasche einem der Barkeeper, und wir wandern weiter. Es gibt einige Tische, die voll besetzt sind. Im hinteren Teil des Lokals steht ein riesiger schwarzer Flügel, dort stoßen wir auf zwei junge Frauen, die laut jubelnd Abigail um den Hals fallen.

»Hey, Mädels! Das hier ist Jaz. Sie kommt aus Deutschland, und wir arbeiten zusammen. Ich habe euch doch schon von ihr erzählt.« Sie legt den Arm um meine Hüfte und stellt mich den anderen vor.

»Jaz, das hier ist Yvonne, und die Frau mit den roten Locken ist Louisa, aber alle nennen sie nur Lou.«

Als ich ihr meine Hand reiche, zieht sie mich in ihre Arme und küsst mich auf beide Wangen. »Du arbeitest also auch für Mr. Reich und Sexy?«

Mir schießt sofort die Röte ins Gesicht.

»Vorsicht, Lou, ich glaube, Jaz sitzt näher an der Quelle, als du dir vorstellen kannst«, sagt Abigail und schmunzelt.

Lou schaut mich prüfend an. »Du hast doch nicht etwa …?«, fragt sie, und ihr Mund bleibt offen stehen.

»Eine kluge Frau genießt und schweigt«, grinse ich und bestelle einen Mojito bei dem Kellner, der an mir vorbeigeht.

»Phil, wir nehmen alle einen«, ruft Lou ihm hinterher. »Darauf müssen wir anstoßen.«

»Worauf?«

»Darauf, dass es endlich jemand geschafft hat, Mr. Reich und Sexy an die Leine zu nehmen.«

Phil, der Kellner, kommt mit vier großen Gläsern Mojito zurück, während andere Gäste noch auf ihre Getränke warten.

»Danke, Phil!« Yvonne drückt ihm einen Kuss auf die Wange.

»Die scheinen euch hier aber gut zu kennen«, sage ich und nippe an meinem Getränk, das für meine Verhältnisse einen sehr großen Anteil an Rum enthält.

»Bevor Lou in der Galerie anfing, hat sie hier neben dem Studium als Aushilfe gejobbt. So hat sie auch William kennengelernt.«

»Dann seid ihr also öfter hier?«

»Ja, jeden Donnerstag.«

Lou legt den Arm um meine Schultern. »Jetzt erzähl mir, wie du es geschafft hast, den begehrtesten Junggesellen New Yorks in dein Bett zu locken.« Sie spricht in mein Ohr, damit die Umstehenden ihre Worte nicht mitbekommen.

»Wie bist du an den Job in der Galerie gekommen?«, frage ich stattdessen und vermeide es, eine Antwort geben zu müssen.

»Abby hat mir den Tipp gegeben«, lässt sich Lou ablenken, »dass dort ein Posten frei ist. Sie wusste, dass ich Kunstgeschichte studiere. Ich kannte Rhys, weil er früher oft hier als Gast anzutreffen war, mit so einer aufgetakelten Blondine. Ist aber schon zwei Jahre her. Seither kam er nur noch solo. Ich glaube nicht, dass er glücklich mit Blondchen war, er sah immer so ernst aus.«

Magensäure steigt meinen Hals hoch, und ich muss schlucken. Ich könnte mich jedes Mal übergeben, wenn ich daran denke, dass Rhys mit dieser Christina zusammen war. Einem Callgirl!

»Ist dir nicht gut? Du bist so blass.« Lou schaut mich besorgt an.

»Doch, doch. Alles gut. Ich bin nur keinen Alkohol gewohnt. Vielleicht sollte ich mir ein Wasser bestellen.«

»Aber doch nicht heute Abend«, lacht Lou und lässt ihren Blick suchend durch den Raum gleiten. »Oh, mein Gott«, stöhnt sie plötzlich auf. »Schau mal, wer da ist!«

Hektisch folge ich ihrem Blick, doch ich kann niemanden erblicken, den ich kenne.

Yvonne kommt aufgeregt auf uns zu. »Er ist da, habt ihr ihn gesehen?«, fragt sie, und es macht den Anschein, als würde sie gleich in Ohnmacht fallen.

Ich schaue mich um und erblicke einen Typen mit langen blonden Locken. Er trägt sie zu einem Pferdeschwanz gebunden. Sein Dreitagebart ist dunkel, ebenso wie seine Augenbrauen. Er steuert auf uns zu, wird aber unterwegs immer wieder von Gästen angehalten, die ihm die Hand reichen oder ihm begeistert auf den Rücken klopfen. Ich sehe einen Mann im dunklen Anzug, der trotz der schummerigen Beleuchtung eine Sonnenbrille trägt. Eindeutig ein Bodyguard.

»Wer ist das?«, frage ich Abigail.

»*Was?* Du kennst Paul Vig nicht?«

Der Name sagt mir nichts, und ich schüttele den Kopf. »Nein, sollte ich?«

»Paul Vig ist der Rockstar der Klassik. Ein Geigenvirtuose, der auch moderne Popsongs auf seiner Stradivari interpretiert«, erklärt sie mit eindrucksvollen Gesten. Doch auch das hilft mir nicht weiter.

»Er gibt ein Konzert in der Met, und Yvonne spielt das zweite Cello im Orchester. Sie ist übrigens heimlich in ihn verliebt.«

Abby nickt mit dem Kopf in seine Richtung, und ich sehe, dass er gerade Yvonne in die Arme nimmt und sie auf beide Wangen küsst. Er ist groß und schlank, trägt schwarze Jeans zu einem weißen Hemd und einem kurzen Smokingjackett. Es liegt etwas in seinem Blick, das mich magisch anzieht. Seine Augen sind dunkel, vermutlich braun, mit einem schwarzen Kajal umrandet, sein Lächeln ist charmant, die Zähne sind ebenmäßig und weiß. Wow, was für ein heißer Typ! Ich kann mir gut vorstellen, dass Paul Vig mehr als ein Frauenherz gebrochen hat.

»Willst du mir deine Freundinnen nicht vorstellen, Yvonne?«, fragt er mit sanfter, angenehmer Stimme, als er uns erreicht.

»Oh, natürlich. Das hier ist Lou, sie arbeitet als Galeristin und wohnt mit mir zusammen. Dies ist Abby, wir sind bereits seit der Schulzeit befreundet.« Er reicht beiden die Hände und küsst sie auf die Wangen.

Versteckt halte ich mich im Hintergrund, möchte auf keinen Fall auch von ihm geküsst werden, denn ich bin sicher, dass Rhys davon erfahren würde. Auch wenn ich bisher niemanden entdeckt habe, der den Eindruck macht, als würde er mich unauffällig beobachten, bin ich mir sicher, dass er mich überwachen lässt.

»Und wer ist diese Schönheit?«, fragt Paul Vig und steuert geradewegs auf mich zu.

»Von Jaz solltest du lieber die Finger lassen, sie ist bereits verlobt.« Der dunkle Bariton überschallt sogar die laute Musik des Clubs. Ich schließe die Augen und frage mich, wie er mich finden konnte.

»Hallo, Liebling!« Rhys zieht mich in seine Arme und küsst mich.

Als ich wieder den Kopf hebe, sehe ich Matts Gesicht hinter Rhys' Schulter auftauchen. Na, da wird Abby ja ganz von den Socken sein. Ich muss lächeln. Lou steht eindeutig unter Schock und scheint den Mund nicht mehr zuzubekommen.

»Rhys Cunningham! Was für eine Überraschung. Wir haben uns ja schon ewig nicht mehr gesehen!«

Paul und Rhys fallen sich wie alte Freunde in die Arme. Na toll, hier scheint wohl jeder jeden zu kennen, außer mir.

»Paul, was machst du hier?« Rhys ist ehrlich erfreut, und sein Gesicht strahlt.

»Ihr kennt euch?«, frage ich verblüfft.

»Ja, mein Schatz. Darf ich dir Paul Vig den Teufelsgeiger vorstellen? Er ist übrigens ein Landsmann von dir.«

Rhys präsentiert mich seinem Freund wie eine Trophäe. »Paul, das ist die Frau, die ich bald heiraten werde, Jazman Darling.«

Paul zieht mich in seine Arme und küsst mich auf beide Wangen, genau das, was ich eigentlich vermeiden wollte. »So, Sie sind also die mysteriöse Unbekannte, über die die New Yorker Damenwelt sich den Kopf zerbricht? Die es geschafft hat, Rhys zu bändigen und aus ihm einen zukünftigen Ehemann zu machen?« Er lacht laut auf und zieht mich wieder in seine Arme. »Da kann man glatt neidisch werden, Alter.« Dann lässt er mich los und klopft Rhys auf die Schulter.

Rhys nimmt meine Hand in seine und zieht mich zu sich herüber. Ich komme mir wie eine Marionette vor, werde von einer Seite zur anderen gezerrt.

»Was machst du hier?«, frage ich an Rhys gewandt, der mich unauffällig zur Seite drängt.

»Ich bin mit Matt verabredet, wir wollten etwas trinken«, erklärt er lächelnd, doch ich glaube ihm kein Wort.

»Ausgerechnet in dem Club, den ich mit Abby besuche?«

»Ja, was für ein Zufall, nicht wahr? Ich war früher schon öfters hier. Das Publikum ist ganz angenehm, die Preise sind angemessen.«

Als wenn Rhys Cunningham sich Gedanken um die Preise machen müsste!

»Wen willst du hier verarschen, Rhys?« Ich bin stinksauer. Er glaubt doch nicht, dass ich ihm diese Charade abnehme?

»Hey, Baby. Es ist wirklich ein Zufall, Matt hat das Chester vorgeschlagen. Du kannst ihn gerne fragen.«

»Ja, genau. Den Mann, der als Erster auf deiner Gehaltsliste steht.«

Fragend zieht Rhys eine Augenbraue in die Höhe. »Seit wann bist du misstrauisch?«

»Seit ich dich kenne?«

Ohne Vorwarnung zieht Rhys mich an sich und küsst mich stürmisch.

Im ersten Moment ist es mir peinlich, mit den vielen Menschen um uns herum. Doch Rhys' Wärme und seine Arme, die mich umschlingen, lassen mich alle düsteren Gedanken vergessen. Dieser Kuss bringt mich außer Atem, und mir wird schwindelig.

»Ich bin froh, dass Matt diesen Laden ausgesucht hat«, flüstert er an meinen Lippen, und ich kann nur stumm nicken.

»Rhys, du kannst dir gar nicht vorstellen, wie ich mich freue, dich hier zu treffen.« Paul hat eine Flasche Champagner geordert und reicht Gläser an uns weiter.

»Was machst du in New York?«, fragt Rhys und trinkt einen Schluck.

»Ich habe mir vor kurzem eine Wohnung hier gekauft und gebe ein Konzert an der Met. Du musst unbedingt in die Vorstellung kommen. Ich werde dir Karten schicken.«

»Oh, das wäre wunderbar. Dann können wir Yvonne auch sehen. Sie spielt das zweite Cello im Orchester.« Ich bin plötzlich total aus dem Häuschen. Ein Konzertbesuch in der Met wäre ein Highlight, verglichen mit dem Theater der letzten Tage.

»Also möchtest du gerne hingehen?«, fragt Rhys an mich gewandt.

»O ja, das wäre wirklich wundervoll.«

»Du hörst es, Paul, Jaz hast du bereits für dich eingenommen, so wie alle anderen weiblichen Besucher des Clubs. Wir fliegen allerdings am Sonntag nach Frankfurt.«

»Das Konzert ist morgen. Frankfurt? Das ist meine nächste Station. Ich bin nächste Woche ebenfalls dort, für drei Konzerte. Ist es nicht schlimm, dass meine Zeitrechnung nur noch aus Konzerten besteht?« Paul lacht laut auf.

»Jaz ist in Frankfurt aufgewachsen«, erklärt Rhys.

»Interessant, ich wurde nicht weit von Frankfurt entfernt geboren.«

Ich nicke interessiert. »Mein Vater war Amerikaner, ich habe also auch hier Wurzeln. Außerdem habe ich einige Zeit auf Hawaii gelebt und dort studiert.«

»Was haben Sie studiert?«

Ich muss lächeln. »Meeresbiologie. Ich weiß, nicht gerade das, was man in New York erwartet.«

»Hawaii, wunderschön dort. Großartige Angelmöglichkeiten. Wie hat es Rhys geschafft, Sie an Land zu ziehen?« Paul lacht über seinen Witz, und seine braunen Augen blicken schelmisch auf mich herab.

»Das ist eine lange Geschichte«, winke ich ab.

»Wichtig ist nur, dass unsere Wege sich gekreuzt haben«, stimmt Rhys mir zu.

»Darauf trinken wir«, ruft Paul und stößt mit uns an. »Auf Wege, die sich kreuzen.«

Abby und Matt gesellen sich mit Yvonne und Lou zu uns und erheben ebenfalls ihre Gläser. »Ja, auf Wege, die sich kreuzen«, murmelt Matt und schaut Abby tief in die Augen. Kurz darauf sehe ich, dass er sie zur Tanzfläche zieht und ein kleines Lächeln über ihre Lippen huscht. Als Matt sie in seine Arme nimmt, strahlt sie geradezu.

Meinem Blick folgend, fragt mich Paul: »Möchten Sie auch tanzen, Jaz?«

Ich versteife mich merklich. Eigentlich würde ich gerne tanzen, am liebsten sogar mit Rhys, wenn ich ehrlich sein soll, aber diesen Wunsch werde ich schön für mich behalten.

Rhys hat seinen Arm um mich gelegt, er ahnt nicht, was er damit in mir anrichtet. Mein Körper scheint eigene Prioritäten zu haben. Ihn interessiert es nicht, dass Rhys und ich uns gestritten haben, dass ich sogar überlegt habe, mich ganz von ihm zurückzuziehen. Nein, mein Körper spürt seine warme Hand auf meiner Hüfte, und er möchte gerne, dass diese Hand sich ein wenig bewegt – so, wie sie es schon oft getan hat –, nämlich unter mein Kleid und meinen Schenkel hinauf, bis sie ...

Mir wird mit einem Mal entsetzlich warm. Geht es nur mir so? Ist die Klimaanlage kaputt?

»Jaz?« Paul hat die Augenbrauen gehoben und wartet auf eine Antwort. Wie war noch mal seine Frage?

»Geh ruhig tanzen, Liebes«, schiebt mich Rhys geradezu in Pauls Arme.

Ich erröte bis in die Haarwurzeln und werfe Rhys einen letzten Blick zu. Dann lächele ich ihn an. »Bin gleich wieder da.«

Liebevoll küsst er meinen Scheitel.

3

Der Song ist eine langsame Soulnummer, und Paul nimmt mich in die Arme, soweit das möglich ist, denn er ist sehr groß, und ich reiche ihm gerade mal bis zum Brustkorb.

Ich sehe zu Abby hinüber, die mit Matt eng umschlungen tanzt. Die beiden scheinen ganz in ihrer eigenen Welt versunken.

»Sie wissen, dass Sie schön sind?«, sagt Paul übergangslos, und er klingt so überrascht, dass ich lachen muss.

»Also, so hat mich das noch kein Mann gefragt.«

»Aber es ist die Wahrheit. Sie haben etwas ganz Spezielles an sich, das einen Mann sofort auf Sie aufmerksam macht, etwas, dessen wir Männer uns nicht leicht entziehen können.« Er schaut mir in die Augen und zwinkert mir zu. Er ist ein Charmeur und gut aussehend dazu, das ist eine gefährliche Mischung, zumindest für viele Frauen. Ich halte mich ja eigentlich von Männern wie ihm fern. Nicht, dass ich bisher besonders vielen davon begegnet wäre, Rhys allein reicht mir da schon völlig aus, aber solche Männer sind unberechenbar und setzen bekanntlich ihren Kopf durch.

Ich schätze Paul auf Anfang dreißig, aber er könnte auch älter sein. Sein langes lockiges Haar lässt ihn verwegen aussehen, wie einen Piratenkapitän.

»Sie sind sehr charmant, Paul. Aber solche Sprüche bewirken bei mir gar nichts.«

»Ich habe das nicht gesagt, um etwas bei Ihnen zu bewirken, denn das habe ich schon längst.«

Verwirrt starre ich ihn an, bewege mich aber weiter im Takt der Musik. »Wie kommen Sie darauf?«

»Rhys scheint wohl sehr verliebt in Sie zu sein, was bei ihm, ich gebe es zu, bisher noch nie vorgekommen ist. Aber bei Ihnen spüre ich nicht das gleiche Feuer, und deshalb glaube ich, dass noch nicht alles verloren ist.«

»Was soll verloren sein?« Er spricht in Rätseln, aus denen ich nicht schlau werde.

»Sie! Ich habe Sie noch nicht ganz an Rhys verloren, und deshalb werde ich um Sie kämpfen.«

»Aber Sie kennen mich doch gar nicht. Wie kommen Sie auf die Idee, dass ich etwas für Sie übrighabe? Ich bin mit Rhys verlobt, und auch wenn es im Moment etwas schwierig ist, interessieren mich andere Männer nicht. Außerdem glaube ich nicht, dass Sie Rhys gut genug kennen, um zu beurteilen, wie verliebt er in mich ist.«

»Oh, ich kenne ihn besser, als Sie denken.«

»So? Erwähnt hat er Sie bisher zumindest nicht.«

»Darf ich?« Rhys' Stimme unterbricht uns, und noch bevor Paul etwas sagen kann, hat Rhys mich schon in seine Arme gezogen.

Paul beugt sich zu mir herunter und sagt: »Danke für diesen Tanz, Jaz. Und glauben Sie mir, das gerade war kein Spaß, sondern mein voller Ernst.«

~

Es hatte nur zwei gezielter Fragen bedurft, um an die Information zu kommen, die er für Rhys besorgen sollte. Abby antwortete völlig arglos, als er sie fragte, was sie am Abend vorhabe.

Sein schlechtes Gewissen steht ihm vermutlich regelrecht ins Gesicht geschrieben, als er mit Rhys das Chester betritt und im hinteren Bereich Abby mit ihren Freundinnen entdeckt.

Alle haben sich um einen Typen geschart, den Matt erst auf den zweiten Blick als Paul Vig erkennt. Jaz spricht gerade mit Paul, als Rhys sie in seine Arme zieht und küsst.

Etwas verlegen bleibt Matt im Hintergrund, sondiert die Lage, schaut nach dem Fluchtweg und den Notausgängen. Er ist immer ganz im Bodyguard-Modus, wenn er mit Rhys unterwegs ist.

»Ich muss nicht fragen, woher ihr wusstet, wo wir zu finden sind?«, fragt Abby und zwinkert ihm verschwörerisch zu.

»Purer Zufall, Rhys hat den Laden vorgeschlagen. Ich bin völlig unschuldig.« Er hebt die Hände, als würde Abby mit einer Pistole auf ihn zielen. Er ist sich seiner Lüge bewusst, als er ihr eine blonde Haarsträhne hinter ihr Ohr streicht. »Ich freue mich jedenfalls, dass wir auf euch getroffen sind. Wie ich sehe, ist Paul Vig auch hier.«

»Ja, spielt er nicht wunderbar?«, fragt sie mit glänzenden Augen.

»Kann ich nicht beurteilen, aber vielleicht hast du ja Lust, mir später eine seiner CDs vorzuspielen.«

Sie ist ihm so nah, dass ihr Haar seine Wange berührt. Es kitzelt, und er atmet Abbys Duft ein. Für eine Sekunde schließt er die Augen und lässt es auf sich wirken. Das Resultat ist eindeutig – er will mehr davon. Abigail ist eine liebreizende Person, auch wenn sie oft ängstlich wirkt, besonders wenn Rhys in der Nähe ist.

Es werden Gläser mit Champagner herumgereicht, und Matt schnappt sich zwei, reicht eines an Abby weiter. Nachdem sie mit den anderen angestoßen haben, fragt er: »Hast du Lust, mit mir zu tanzen?«

Ihr Blick geht hinüber zu der kleinen Tanzfläche, wo sich einige Paare langsam zur Musik bewegen. »Wenn du mir nicht auf die Füße trittst, dann gerne«, sagt sie kokett.

»Das dürfte ich hinbekommen«, meint er, nimmt ihr das Glas ab und führt sie zur Tanzfläche.

Die Musik ist langsam. Er schlingt seine Arme um Abby, und sie bettet wie selbstverständlich ihren Kopf an seine Schulter.

»Ich bin mehr als glücklich, dass wir hier gelandet sind, Abby.«

»Warum?«, fragt sie und hebt den Kopf.

Ihr Gesicht ist seinem so nah, dass er sich kaum bewegen müsste, um sie zu küssen.

»Weil ich sonst nicht die Gelegenheit bekommen hätte, dich in meinen Armen zu halten. Weißt du, das rettet meinen Tag.«

»War der so schrecklich?«

Er schüttelt den Kopf. »Nein, nicht wirklich. Ich musste nur immerzu an dich denken, und das hat mich fast um den Verstand gebracht.«

Er genießt Abbys Nähe und spürt ihre Arme, die sich um seinen Hals gelegt haben. Er presst sie noch enger an sich, und so tanzen sie, als könnte nichts auf der Welt sie wieder trennen. »So etwas Schönes hat noch kein Mann zu mir gesagt«, wispert sie ihm ins Ohr, und er spürt, wie ein Lächeln über seine Lippen gleitet. Sein Mund fährt an ihrer Stirn entlang, und als Abby den Kopf hebt, treffen sich ihre Lippen zu einem langen zärtlichen Kuss.

~

Die Tanzfläche ist nicht besonders voll, und ich sehe, wie Matt Abby hingebungsvoll küsst. Rhys bekommt davon nichts mit, er hält mich zärtlich, und sein Blick ist permanent auf mich gerichtet, eine unausgesprochene Frage steht in seinen Augen.

»Was wollte Paul von dir?« Endlich ist sie ausgesprochen.

»Nichts Besonderes. Er hat versucht zu flirten, aber ich bin nicht darauf eingegangen. Warum auch?«, antworte ich wahrheitsgemäß.

»Warum nicht?«, hakt er nach.

Ja, warum eigentlich nicht?, geht es mir durch den Kopf, aber dann sehe ich in Rhys' wunderschöne Augen, und mein Kopf ist leer. Allerdings weiß ich, was er von mir hören will, doch ich kann es ihm nicht sagen, ich bin noch nicht so weit. Ich kann ihm nicht sagen, dass ich ihn liebe, obwohl es die Wahrheit ist.

»Weil es schon einen Mann in meinem Leben gibt, und das ist mehr als genug.«

Rhys scheint zufrieden zu sein mit meiner dürftigen Antwort.

»Woher kennst du Paul? Ist er ein guter Freund von dir? Du hast ihn noch nie erwähnt.«

»Paul und ich sind alte Freunde. Wir haben das gleiche College besucht, damals lebte seine Familie noch in New York. Mittlerweile sind sie wieder nach Deutschland gezogen. Paul ist jetzt auf der ganzen Welt zu Hause. Er hat auf der Eröffnungsfeier meiner ersten Galerie gespielt. Damals war er noch ein unbekannter Musiker.«

»Na, das scheint sich ja geändert zu haben. Nun liegen ihm alle Frauen zu Füßen.«

»Ja, alle außer dir.« Rhys lächelt.

Ich nicke bestätigend. »Ja, alle außer mir.«

Er zieht mich wieder fester an sich, und ich spüre seinen Atem an meinem Ohr. »Komm heute Nacht zu mir, bitte. Es tut mir leid, wie alles gelaufen ist, das musst du mir glauben. Ich hätte offener zu dir sein müssen, das ist etwas, was ich noch lernen muss. Jemand anderem zu vertrauen als mir selbst. Bitte, gib mir eine Chance.«

Ich bilde es mir nicht ein, seine Stimme klingt belegt und aufrichtig, und ich glaube ihm, dass er in diesem Moment das, was er sagt, auch wirklich genauso meint.

Mein Kopf ruht an seiner Schulter, so muss ich ihm nicht in die Augen sehen. Und bin froh darüber. Nichts in mir wäre stark genug, seinen wunderbaren Augen zu widerstehen, erst recht nicht, wenn ich darin seine Verletzlichkeit erkennen könnte. So verrät mir nur sein Herzschlag, wie nervös Rhys ist, während er auf meine Antwort wartet.

»Ich habe dein Wort, wegen Alex?«, hake ich noch einmal nach.

»Du weißt, wie überflüssig deine Frage ist.« Es scheint, als hätte sich Rhys mit dem Unvermeidlichen abgefunden.

Mein Blick geht hinüber zu dem Flügel, an dem Lou und Yvonne mit Paul stehen. Der Geiger blickt mich ungeniert über die Köpfe der Menge an und grinst.

»Ja, ich komme.«

»Ich gleich auch«, flüstert Rhys.

4

Unvermittelt zieht Rhys mich plötzlich von der Tanzfläche in Richtung Theke. Zuerst denke ich, er will uns Getränke besorgen, doch dann zieht er mich daran vorbei, und wir landen vor der Herrentoilette.

»Warte hier«, befiehlt er und verschwindet durch die Tür.

Einen Augenblick später werde ich an der Hand in den Raum gezogen. »Was ist passiert?«, rufe ich erschrocken und schaue mich um.

»Pssst.« Rhys hält einen Finger an seine Lippen. »Komm mit.«

Die Herrentoilette ist leer, und er zieht mich in eine Kabine am Ende des Gangs. Dann verriegelt er die Tür und drückt mich mit seinem Gewicht dagegen. »Ich kann nicht warten. Ich muss dich jetzt spüren, sonst drehe ich noch durch.«

Hitze schießt in meinen Unterleib, als ich begreife, was er meint. Da geht sie hin, meine Selbstkontrolle, und sie nimmt meine Zurückhaltung gleich mit. So ist es immer, wenn Rhys' Lust mich mitreißt, es ist, als würde ich ihr einfach nichts entgegenzusetzen haben.

Meine Arme schlingen sich wie von selbst um seinen Hals. »Na, das können wir auf keinen Fall verantworten, dass du hier durchdrehst. Das müssen wir unbedingt verhindern«, flüstere ich erregt.

Diesmal küsse ich ihn. Gierig, lustvoll. Mir ist heiß, und als Rhys' Zunge meinen Mund erforscht, wandern meine Hände bereits zu seinem Hosenbund, und ich öffne den Gürtel und die Knöpfe seiner Jeans.

»O Gott, Jaz!«, stöhnt er an meinem Mund. Rhys zieht eine feuchte Spur von Küssen mein Kinn entlang und saugt sich an meiner Haut fest. Mir schwant, dass ich morgen mit einem Schal unter die Leute muss, um die Spuren seiner Gier zu verdecken.

Ich stöhne laut auf, denn der Schmerz, den er mir mit seinen Lippen zufügt, ist so erregend, dass er mich die Kontrolle verlieren lässt.

»Spürst du, wie lebendig du bist, Jaz?«, flüstert er mir ins Ohr.

Zum Glück trage ich ein Wickelkleid, das ihm ungehinderten Zugang zu meiner Unterwäsche gewährt. Es bedarf nur Sekunden, bis Rhys mein Höschen nach unten schiebt und es mir auszieht. Danach sehe ich es in seiner Hosentasche auf Nimmerwiedersehen verschwinden.

Mein Herzschlag rast, ebenso wie meine Atmung. Ich spüre Rhys' Hände unter meinem Po, er hebt mich hoch, so dass ich meine Beine um ihn schlingen kann. In der engen Kabine ist es heiß, die Zeit scheint stillzustehen. In dem Moment, als Rhys sich in Stellung bringt und in mich eindringt, entgleitet ihm ein lautes Stöhnen. Ich höre, wie sich plötzlich die Tür öffnet und jemand pfeifend den Raum betritt. O nein, wir sind nicht mehr allein!

Abrupt hält Rhys in der Bewegung inne und legt mit einem leisen Stöhnen seine Stirn an meine. Ich muss grinsen, doch Rhys schaut mich warnend an. Bloß nicht lachen, sonst fliegen wir noch auf. Um mich besser halten zu können, schiebt er mich höher, so dass ich laut gegen die Tür krache.

»Hey, Kumpel! Alles klar da drinnen?« Eine Faust donnert gegen die Tür.

Für einen Augenblick schließt Rhys die Augen, dann sagt er mit belegter Stimme. »Klar, waren nur ein paar Bier zu viel.«

»Okay, mein Freund, schönen Abend noch.«

Nachdem wir Wasser rauschen hören, öffnet sich die Tür erneut und fällt danach ins Schloss. Sekunden lauschen wir der

Stille. Dann nickt Rhys und grinst breit. Langsam bewegt er seine Hüften, bringt mich mit seinen festen Stößen schnell in Fahrt.

Ich kralle mich an seinen Schultern fest, verliere durch die Heftigkeit seiner Bewegungen den stützenden Kontakt zur Kabinentür. Eine Woge von Lust treibt auf mich zu und reißt mich mit, ich keuche laut, als der Orgasmus mich erfasst. Nur am Rande nehme ich wahr, dass Rhys erzittert und mit zusammengepressten Lippen ein letztes Mal lustvoll aufstöhnt.

Wir klammern uns aneinander wie zwei Ertrinkende, halten uns am anderen fest wie an lebensrettendem Stückgut, das auf dem sturmgepeitschten Ozean treibt. Dann setzt Rhys mich vorsichtig auf dem Boden ab, reicht mir etwas Papier, damit ich mich säubern kann und schließt seine Hose.

Bevor ich die Tür öffnen kann, dreht er mich zu sich herum und küsst mich leidenschaftlich. »Du bist so wundervoll, und zu wissen, dass du keinen Slip mehr trägst, lässt mich gleich wieder hart werden«, flüstert er. Dann drängt er sich an mir vorbei, um zu schauen, ob die Luft rein ist.

Wir schaffen es, ungesehen die Männertoilette zu verlassen, was ich kaum glauben kann, denn ich habe jede Sekunde damit gerechnet, aufzufliegen.

Als wir zu den anderen zurückkehren, zeugen lediglich meine erhitzten Wangen davon, dass ich nicht nur den Lidstrich nachgezogen habe.

~

Als wir wieder auf die anderen treffen, reicht Paul mir mein Champagnerglas und stößt mit mir an. »Auf Geheimnisse, die tief in uns stecken«, flüstert er mir ins Ohr und lächelt.

Vor Schreck verschlucke ich mich an meinem Champagner und huste, bis mir die Tränen kommen. Er reicht mir mit einem Augenzwinkern ein Taschentuch.

»Danke«, nicke ich ihm zu und wische über mein Kinn, von dem der Champagner tropft.

»Sie dürfen es behalten.« Er zeigt auf das edle Tuch, das sein Monogramm trägt.

»Bist du so weit?« Rhys legt seinen Arm um meine Schultern. »Paul, wir sehen uns bei deinem Konzert?«

»Ja, ich schicke euch Karten.«

Ich werfe noch einen Blick auf Abby, doch sie tanzt immer noch versunken mit Matt.

~

Die Arme fest um Abigail geschlungen, bewegt sich Matt mit Abby zu einem langsamen Blues, er hat das Gefühl, als würden sie in einer Blase schweben, die nur für sie beide existiert. Abby hat ihre Hände in seinem Nacken verschränkt und spielt mit seinen Haaren.

»Wir sollten wohl mal nach Jaz sehen«, murmelt Abby, obwohl ihr anzumerken ist, dass sie sich nur ungern von ihm trennen möchte.

»Jaz ist schon vor einer Stunde mit Rhys nach Hause gefahren. Sie haben ein Taxi genommen. Ich brauche erst morgen früh zum Dienst zu erscheinen, wir können den Wagen nehmen. Was hältst du davon, wenn ich dich nach Hause fahre und wir uns deine CD von *diesem Geiger* anhören?«

Abby lacht. »*Dieser Geiger* heißt Paul Vig«, erklärt sie.

»Wie auch immer, ich mag ihn nicht, auch wenn Rhys und ich ihn schon lange kennen.«

»Und dann möchtest du seine Musik hören?«

»Nur mit dir zusammen«, sagt er. Doch er spürt ihr Zaudern. »Was ist los? Hast du keine Lust?«

»Doch, natürlich, das weißt du.«

»Aber?«

»Aber ... ich stehe nicht so darauf, am nächsten Morgen alleine aufzuwachen ... Sorry, das ist mir schon passiert, und ich möchte es nicht noch einmal erleben.«

»Hey.« Matt kann nicht ganz folgen. Er nimmt ihr Gesicht in die Hände, damit sie ihm in die Augen schaut und nicht ausweichen kann. »Mache ich etwa den Eindruck auf dich, dass ich mir ein Frühstück mit dir entgehen lassen würde? Abby, ich glaube, wir sollten uns mal in Ruhe unterhalten.«

»Wann?«, lächelt Abby.

»Lass uns gehen.«

»Ich muss noch meine Tasche hinter der Bar holen«, ruft sie und ist schon auf dem Weg.

Matt wartet an der Tür, bis sie zurückkommt, dann geleitet er Abby nach draußen.

»Was hast du bloß in dieser Tasche?«, fragt er verblüfft, denn sie hat die Größe eines Koffers.

»Ich hatte vor, bei Lou und Yvonne zu übernachten, doch daraus wird wohl nichts«, lächelt sie keck.

»Du hast also Wechselkleidung dabei?«

»Ja.«

»Gut!«, nickt er und zieht sie Richtung Auto.

Ohne zu fragen, wo Abby wohnt, fährt er los, und nach kurzer Zeit parkt er in der Tiefgarage des CuDa Gebäudes.

»Kommst du?«, fragt er und steigt aus. Als Abby nicht reagiert, öffnet er ihr die Beifahrertür. »Du wirst bei mir schlafen.«

Zögerlich steigt sie aus dem Auto. »Bei dir?«, fragt sie überrascht. »Ich habe noch nie bei ... na ja, eben woanders übernachtet.«

»Ich bin sicher, es wird dir gefallen.«

~

Matts Wohnung ist klein, aber sehr schön. Modern eingerichtet, mit einer männlichen Note. Jedoch sieht Abby nicht ganz so viel davon, da Matt sie sofort ins Schlafzimmer schleppt.

»Hier will ich dich haben!«, flüstert er ihr ins Ohr und nickt zu seinem Bett.

Abby ist sich nicht ganz sicher, ob das hier wirklich eine gute Idee von ihr war, zu ihm mitzukommen, doch nun kann sie auch nicht mehr zurück. Dafür will sie Matt viel zu sehr.

»Ich hoffe, du bereust es nicht, mir gefolgt zu sein«, murmelt Matt, als könne er ihre Gedanken lesen.

Stumm schüttelt Abby den Kopf. Nein, bereuen tut sie es nicht, das wäre töricht. Aber ein wenig ängstlich ist sie doch, da sie nicht weiß, was sie erwartet.

»Nein, ich habe keine Angst, Matt. Ich bin nur neugierig.«

Ein leises Brummen kommt aus seiner Brust. »Dann wollen wir deine Neugier doch mal stillen«, meint er und küsst zart über ihren Hals. Seine Hände streicheln ihre Hüften, wandern schnell tiefer.

Abby drückt sich an seinen Körper, spürt seine Wärme, die ihr Vertrauen und Mut schenken.

»Gott, Abby. Du fühlst dich so wundervoll an, ich möchte deine Haut spüren.«

Lächelnd und willig hebt Abby ihre Arme, damit Matt sie ausziehen kann. Ihre und auch seine Kleidung fallen in Windeseile einfach zu Boden.

Die körperliche Wärme, die Matt auf sie abstrahlt, gibt Abby ein Gefühl von Geborgenheit, so dass sie alle Scheu verliert und seinen Körper mit ihren Händen erkundet. Sie fährt genießerisch über seine breite Brust, die kräftigen Oberarme entlang, hinunter zu seinem flachen Bauch und lässt ihre Hände schließlich auf seinen Hüften liegen.

»Warum machst du nicht weiter?«, fragt Matt ruhig und schaut ihr verlangend in die Augen.

»Möchtest du denn, dass ich dich berühre?«, fragt sie unsicher.

»Baby, ich möchte deine Hände auf jedem Zentimeter meines Körpers spüren. Und wenn du fertig damit bist, werde ich dir zeigen, wie sehr ich mich nach deinem Körper sehne.«

Er umfasst ihr Gesicht mit den Händen und küsst sie erst zärtlich, dann fordernder.

Als Abby seine Männlichkeit berührt und den Schaft leicht reibt, zieht Matt laut die Luft ein. Er hält sie einen Moment an und atmet sie dann langsam aus. »Du machst mich so an, Abby, ich kann nicht länger warten!«

Aus seinem Nachttisch fischt er ein Kondom und stülpt es über.

Mit großen Augen starrt sie seinen athletischen Körper an, wie geschmeidig er sich bewegt, sie auf das Bett legt und sich über sie beugt.

»Du bist so schön!« Er streichelt ihr Gesicht, und gleichzeitig spreizt er mit dem Knie ihre Beine. »Ich kann es kaum abwarten, dich zu spüren, bitte verzeih mir, dass ich nicht länger warten kann, doch du raubst mir die Sinne.« Seine gemurmelten Worte machen Abby glücklich, und als er in sie eindringt, ist dies ein Gefühl, das sie schon so lange vermisst hat. Sie kann sich nicht lange zurückhalten, sondern drängt mit ihrem Körper seinem entgegen, nimmt ihn tiefer in sich auf.

Matt bewegt sich mit einer Eleganz, unterbricht dabei nicht den Augenkontakt, sondern spornt Abby dazu an, ihm entgegenzukommen.

Als würde sie auf einen Abgrund zudriften, kommt der Orgasmus näher, und als Abby plötzlich am Rand steht, spürt sie Matts Hand, die vertrauensvoll nach ihrer greift, und sie stürzen gemeinsam über den Rand, ihrer Lust entgegen.

~

Am frühen Morgen öffnet Abby die Augen, und im ersten Moment schaut sie sich erschrocken um. Das ist definitiv nicht ihre Wohnung!

Abrupt setzt sie sich auf. Sie spürt eine warme Hand, die ihren Rücken streichelt, und als eine leise Stimme »Guten Morgen«, murmelt, kehren ihre Erinnerungen an gestern Abend zurück.

»Matt«, murmelt sie leise und lässt sich wieder in die Kissen fallen.

»Lass dir Zeit, es ist noch früh!«, meint er verschlafen und zieht sie in seine Arme.

Ein ungekanntes Glücksgefühl durchfährt sie und lässt sie die Augen schließen. Solch einen Morgen hat sie noch nie erlebt. Niemand hatte sie bisher nach einer Liebesnacht am anderen Morgen in seine Arme gezogen. Ein feines Lächeln gleitet über ihr Gesicht. Ja, mit Matt hat für Abby zweifelsohne ein neues Leben begonnen.

5

Als ich am Morgen aufwache, ist das Bett neben mir leer. Die ganze Nacht habe ich in Rhys' Armen geschlafen, dicht gekuschelt an seinen Körper. Wir haben nicht noch einmal miteinander geschlafen, denn ich will, dass er sich erst mit Alex versöhnt. Jedoch habe ich so gut und fest geschlafen, dass ich nicht einmal bemerkte, wie er aufgestanden ist. Am liebsten würde ich den ganzen Tag im Bett verbringen, das noch von Rhys' Körperwärme warm ist. Sein Duft, *Bleu de Chanel*, diese männliche Mischung aus Zedernholz und Pampelmuse, weht mir um die Nase, und ich drücke mein Gesicht tiefer in sein Kissen. Doch irgendwann muss ich aufstehen und dem Ruf der Arbeit folgen. Heute findet das Gespräch mit Schwester Gabrielle statt, und ich will nicht unvorbereitet dorthin.

Rhys ist nicht in seinem Büro anzutreffen. Abby erwähnt nur kurz mit roten Wangen, dass sie die Nacht mit Matt verbracht hat.

Um vierzehn Uhr lasse ich den Wagen vorfahren.

»Hi, Matt«, rufe ich fröhlich, als ich aus dem Aufzug steige und er mir die Tür im Fond aufhält.

»Kann ich nicht lieber bei dir vorne sitzen?«, frage ich mit einem Lächeln auf den Lippen, weil ich weiß, dass ihm das gar nicht recht wäre.

Er hebt eine Augenbraue und schüttelt leicht den Kopf. Nun gut, dann steige ich eben hinten ein.

Als ich in der großen Limousine Platz nehme, setze ich mich fast auf Rhys' Schoß.

»Hallo, Darling!«, grinst er.

»Rhys! Brauchst du den Wagen? Ich kann auch ein Taxi nehmen«, stammele ich irritiert.

»Nein, wir haben den gleichen Weg.«

»Aha?«

»Ja, ich habe beschlossen, Schwester Gabrielle einen Besuch abzustatten. Ich hoffe, es passt dir, dass ich mitkomme.«

Überrascht nicke ich. »Natürlich, warum sollte es mir nicht passen? Du hast bedacht, dass wir auch auf Elijah treffen werden?«

Matt steuert den Wagen durch den hektischen Straßenverkehr von New York, und ich werde in einer Kurve leicht gegen Rhys' Arm gedrückt. Ich versuche, mich wieder aufrecht hinzusetzen, doch er legt einfach seinen Arm um mich.

»Vielleicht fahre ich ja gerade deshalb mit, um den Jungen einmal kennenzulernen«, sagte er leise und schaut mich herausfordernd an. Sein Blick bleibt an meinem Mund hängen, und ich denke, er wird mich jetzt küssen. Seine Lippen schimmern in einem dunklen Erdbeerrot, und ich muss mich zusammenreißen, um nicht mit meinen Fingern ihrem Schwung nachzufahren. Er duftet sauber und frisch, nach diesem männlichen Rasierwasser, das mir nicht nur in die Nase fährt, sondern wie immer auch tiefere Regionen meines Körpers in Aufruhr versetzt.

Mit einem Seitenblick auf Matt winde ich mich aus der Umarmung und rücke etwas von Rhys ab, was er mit einem weiteren Lächeln quittiert.

~

Als wir das Kinderheim betreten, werden wir von einer Nonne begrüßt und in den Hof begleitet, wo die Kinder ausgelassen spielen. Es gibt einige Klettergerüste, die schon bessere Tage gesehen haben, einen Sandkasten für die Kleinen und ein Basketballfeld mit einem Korb ohne Netz.

Rhys wirkt in seinem dunkelblauen Anzug und gestärkten Hemd irgendwie fehl am Platz. In seiner typischen Haltung, die

Hände tief in den Hosentaschen vergraben, schaut er sich neugierig um.

»Es hat sich seit damals nicht viel verändert«, murmelt er, und ich bin nicht sicher, ob er mit mir spricht oder doch eher mit sich selbst.

Auf einer kleinen Grünfläche stehen mehrere Bänke, auf einer von ihnen sitzt Schwester Gabrielle und winkt uns zu.

Rhys legt mir die Hand an den Rücken und lässt mich vorgehen. Die vertraute Wärme gibt mir Sicherheit.

»Schwester Gabrielle, schön, Sie wiederzusehen.«

»Ms. Darling, die Freude ist ganz auf meiner Seite, und wie ich sehe, haben Sie uns sogar einen Gast mitgebracht. Rhys, ich kann es nicht glauben, was für ein stattlicher Mann aus dir geworden ist!«

Sie zieht Rhys an sich, obwohl er mehr als einen Kopf größer ist als sie.

»Schwester Gabrielle, es ist lange her.« Er legt vorsichtig seine Arme um die zierliche Frau, als hätte er Angst, ihr weh zu tun. Doch sie ist hart im Nehmen und umschließt sein Gesicht mit beiden Händen, um ihn genau anzusehen.

»Was bist du nur für ein hinreißender Bursche, ich kann mir gut vorstellen, wie du Ms. Darling den Kopf verdreht hast.«

Er lacht laut auf. »Ja, jetzt muss ich sie nur noch überzeugen, dass sie mich auch heiratet.«

Ich schlucke und versuche ein Lächeln. Dieser Mistkerl!

»Jaz, Jaz ... hallo! Hier bin ich!«, höre ich die Stimme eines Jungen rufen. Auf einem der Klettergerüste sehe ich Elijah auf einer schmalen Eisenstange balancieren und winken.

»O Gott, er wird hinunterfallen, wenn er sich nicht festhält!«, sage ich zu Schwester Gabrielle. Elijah ist zwar schon zehn, aber er wirkt so zerbrechlich!

»Elijah, halte dich fest!«, ruft sie, doch er ist viel zu aufgeregt, um ihren Worten Beachtung zu schenken, und verliert für einen Moment das Gleichgewicht. Er rudert mit seinen Armen in der Luft, und die Augen weiten sich vor Schreck. Doch Rhys spurtet bereits hinüber und holt Elijah herunter, bevor er fallen kann. Als Rhys ihn auf dem Boden absetzt, rennt Elijah in Windeseile auf mich zu.

»Jaz, du hast mir gar nicht gesagt, dass du mich heute besuchen kommst.« Er schließt seine Arme um mich, als er bei mir ankommt.

»Elijah, das war sehr unüberlegt von dir, dich nicht festzuhalten, du hättest dir etwas brechen können bei einem Sturz aus der Höhe!«, ermahnt Schwester Gabrielle ihn.

»Entschuldigung«, murmelt er und schaut betreten zu Boden. Diese Geste ist mir nur zu bekannt.

Ich streiche ihm über seinen blonden Schopf. »Elijah, ich bin heute vorbeigekommen, um etwas mit Schwester Gabrielle zu besprechen. Wir haben unsere Verabredung am Sonntag, okay?«

Er hebt den Kopf und schaut abwechselnd zwischen Rhys und mir hin und her. »Wirst du auch wirklich kommen?«

»Ja«, nicke ich, »ich komme, versprochen.«

Sein Gesicht hellt sich auf, und er rennt davon, zurück zu seinen Freunden.

Verstohlen blickt Rhys mich an, doch ich reagiere gar nicht darauf, sondern wende mich Schwester Gabrielle zu, um mit ihr die Details zu besprechen, wie das Kinderheim im Bereich Kunst zu fördern ist. Es ist bereits seit Jahren geplant, ein Musikzimmer und einen Kunstraum einzurichten, jedoch fehlt dazu der geeignete Platz.

»Wie wäre es mit einem Anbau, in dem die Räume für Kunst und Musik untergebracht werden?«, fragt Rhys, als wir im Büro von Schwester Gabrielle sitzen und einen Kaffee trinken.

»Die Kosten für einen Anbau können wir uns nicht leisten. Es gibt im Moment wichtige Reparaturen, die wir vornehmen müssen«, erklärt sie.

»Welche?«, fragt Rhys und stellt seine Tasse ab.

»Das Dach ist an mehreren Stellen undicht, und die Heizung funktioniert manchmal nicht.«

Rhys steht auf und nimmt den Heizkörper genauer in Augenschein.

»Die Heizung scheint ja schon uralt zu sein.«

»Sie wurde in dem Jahr eingebaut, als du uns verlassen hast, erinnerst du dich?«

Sein Blick geht zu Schwester Gabrielle, und er lächelt. »Ja, sicher. Das ist aber wirklich eine halbe Ewigkeit her.« Er zieht sein Handy aus der Tasche, scrollt schnell durch die Kontakte und stellt eine Verbindung her.

»Abigail, bitte schicken Sie einen Dachdecker und einen Heizungsbauer zum St. Francis. Sie sollen Angebote für die Reparaturen des Daches und der Heizung machen. Sagen Sie Susan Bescheid, dass die Kosten von meinem Privatkonto beglichen werden. Der Dachdecker soll Anfang der Woche mit seinen Arbeiten beginnen.« Er legt auf und setzt sich wieder zu uns an den Tisch, als wäre nichts geschehen.

Ich sehe, wie Schwester Gabrielle die Tränen in die Augen steigen. »Rhys, du bist ein Geschenk Gottes.«

Doch er schüttelt den Kopf. »Gott hat damit nichts zu tun.«

Nachdem wir in groben Zügen den Anbau besprochen haben, verabschieden wir uns. In der nächsten Woche werde ich mit einem Architekten wiederkommen, um das Grundstück zu besichtigen, auf dem das Gebäude errichtet werden soll.

~

Wieder zurück im CuDa-Gebäude, fährt Rhys mit mir direkt in die oberste Etage in sein Appartement. Ich folge ihm, weil meine komplette Kleidung noch immer in seinem Schlafzimmer ist. Bis Rhys mit Alex gesprochen hat, werde ich wieder wie geplant in das kleine Apartment ziehen, auch wenn es ihm nicht recht ist. Die letzte Nacht war … nicht eingeplant.

In dem begehbaren Kleiderschrank steht noch mein Koffer, und ich hole ihn hervor, um meine Sachen zu packen. Rhys ist im Bad verschwunden, wohl um zu duschen. Mrs. Connor hat wirklich ganze Arbeit geleistet, ich brauche einige Zeit, bis ich alles zusammengesucht habe.

»Was hältst du von der Idee, wenn wir zusammen essen gehen, ganz unverbindlich?«, fragt Rhys, als er aus dem Bad kommt, ein Handtuch um die Hüften geschlungen und mit einem anderen sein nasses Haar trocknend. Als er sieht, dass ich packe, hält er in der Bewegung inne. Er schaut mir fragend ins Gesicht, sagt aber nichts. Was soll er auch sagen, die Situation ist eindeutig.

»Wenn du möchtest, kannst du schnell hier duschen, ich habe noch etwas im Arbeitszimmer zu erledigen.«

Ich nicke stumm. Sein verletzter Blick sagt mehr als tausend Worte und lässt mich in meinem Vorhaben schwanken. Ohne weiter auf Rhys zu achten, gehe ich ins Bad.

~

Immer wieder schleicht sich das Bild von Jaz, die ihre Koffer packt, in seinen Kopf. Alles in ihm scheint *Nein!* zu schreien. Nein, er will sie nicht gehen lassen, sie gehört zu ihm. Sie soll nicht gehen, nicht einmal die wenigen Meter in das kleine Apartment nebenan.

Es hat keinen Zweck, er kann sich nicht auf seine Arbeit konzentrieren. Genervt wirft er seinen Federhalter, mit dem er ein Dokument unterschreiben wollte, auf den Tisch und stemmt sich auf. Er weiß, dass er Jaz nicht zwingen kann und sehr einfühlsam mit ihr umgehen muss, doch das ist etwas, was ihm überhaupt nicht liegt. Um Jaz zu halten, würde er aber sogar *das* lernen wollen.

Rhys verlässt sein Arbeitszimmer in dem Moment, als Jaz die Treppe aus dem Obergeschoss herunterkommt. Das Wasser des Swimmingpools über ihren Köpfen lässt das Licht im Raum glitzern und zaubert einen hinreißenden Effekt auf ihre Haut.

»Du siehst fantastisch aus, Jaz.« Er bleibt am Rande der Treppe mit offenem Mund stehen. Sie trägt ein graues Cocktailkleid mit passenden High Heels, einen hellgrauen Schal, und als sie mit ihrer Hand durch das rabenschwarze Haar fährt, bemerkt Rhys, dass alles farblich auf den Ring abgestimmt ist.

»4 Farben Platin«, flüstert er und kann seinen Blick nicht abwenden. So bezaubert ist er von ihrem Anblick, dass sein Körper direkt darauf reagiert. Der Duft ihrer Haut strömt zu ihm herüber, und wenn er sich nicht noch vor einer Sekunde darauf besonnen hätte, behutsam mit ihr umzugehen, würde er sie jetzt über seine Schulter werfen und bis zum nächsten Morgen in seinem Bett lieben.

Jaz lächelt. »Können wir los? Ich habe wirklich Hunger.«

~

Das Restaurant ist gut gefüllt, es gibt eine Menge Leute, die warten, doch Rhys wird sofort an einen gedeckten Tisch geleitet.

»Darf ich für uns bestellen?«, fragt er, und Jaz nickt dankbar.

Als der Kellner die Bestellung aufgenommen hat und wieder verschwunden ist, greift Rhys über den Tisch nach Jaz' Hand. »Ich will ehrlich zu dir sein. Der Gedanke, dass du in das kleine Apartment ziehst, macht mich wahnsinnig. Ich kann es nicht ertragen, von dir getrennt zu sein. Bitte bleib bei mir.« In seinen Ohren hört er sich jämmerlich an, wie ein verliebter Zwanzigjähriger, doch zum ersten Mal in seinem Leben ist es ihm egal. Es schert ihn nicht, dass er wie ein Hund bettelt, zur Not würde er auf die Knie fallen, um sie zum Bleiben zu bewegen.

Dass sie ihre Hand nicht wegzieht, signalisiert ihm, dass noch nicht alles verloren ist.

Statt ihm eine Antwort zu geben, fragt Jaz: »Wenn wir am Montag nach Frankfurt fliegen, wirst du mit Alex sprechen?«

Rhys nickt stumm.

Einen Moment scheint sie zu überlegen, dann sagt sie selbstbewusst: »Okay, ich bleibe bei dir. Aber ich möchte, dass du sofort damit aufhörst, mich beobachten zu lassen, egal ob Privatdetektiv, Bodyguard oder von Matt.«

Der Kellner unterbricht ihre Unterhaltung kurz, indem er Getränke und kurz darauf die Vorspeise serviert.

»Was geschieht, wenn Alex sich nicht auf eine Versöhnung einlässt?«, fragt Rhys. Das Thema beschäftigt ihn. Auch wenn sie es gerade nicht noch einmal angeschnitten hat, er weiß, dass es ihr vor allem darum geht.

Jaz greift zu ihrem Weinglas und trinkt einen Schluck, dann meint sie lächelnd: »Dann bring ihn dazu. Du bist doch ein Meister darin, Menschen zu manipulieren.«

Resigniert legt er sein Besteck beiseite. »Scheinbar habe ich meine Meisterin gefunden«, seufzt er.

6

Wir schlendern gemächlich zum Eingang des CuDa-Gebäudes. Rhys berührt mich nicht, läuft nachdenklich neben mir her. Es ist merklich kühler geworden, dunkle Wolken treiben am Himmel, verdecken hin und wieder die Mondsichel. Wir laufen den Bürgersteig entlang, lassen uns Zeit, als wollten wir den Moment hinauszögern, allein im Appartement zu sein. Eine eigenartige Stimmung: In der einen Sekunde waren wir uns noch nah, in der nächsten sind wir wieder so vorsichtig im Umgang miteinander wie Fremde.

»Er ist wirklich ein erstaunlicher kleiner Kerl«, sagt Rhys plötzlich, und ich bleibe abrupt stehen.

»Sprichst du von Elijah?«

Er nickt nachdenklich. »Ja, Elijah.«

»Wie war es für dich, das Kinderheim zu besuchen? Ich meine, es ist schon eine Ewigkeit her, seit du es verlassen hast.«

Zögerlich ergreift er meine Hand, und wir schlendern weiter, als er zu erzählen beginnt: »Richtig wohl habe ich mich dort nie gefühlt. Es gab nur zwei Menschen, denen ich wirklich vertraut habe. Meine Mutter musste mich ins Heim geben, sie hatte keine Wahl. Mein Vater hatte darauf bestanden, er wollte den Bastard nicht im Haus haben. Heute verstehe ich ihre Entscheidung, auch wenn es für mich als Kind schrecklich war. Über neun Jahre habe ich im St. Francis gelebt. Schwester Gabrielle habe ich immer geliebt, sie war der Mensch mit der größten Herzenswärme, den ich je kennenlernen durfte. Als ich das Heim verließ und zu meiner Großmutter Trish zog, tat es mir weh, sie zurückzulassen. Aber dort ist nun mal ihr Zuhause.«

»Wer war der andere Mensch, dem du vertraut hast?«

Einen kurzen Moment blickt Rhys zu mir herüber, als müsste er überlegen, ob er dieses Geheimnis lüften darf, dann sagt er: »Matt.«

Nach einem Augenblick fügt er noch hinzu: »Und natürlich meiner Großmutter. Ich liebe sie über alles, sie hat mir so viel gegeben. – Und jetzt bist du in mein Leben gekommen, und ich lasse dich nie wieder los.« Er sagt es mit einem Lächeln, aber ich spüre, dass er es vollkommen ernst meint. Ich drücke seine Hand, und wir gehen in einvernehmlichem Schweigen ins Gebäude.

~

Ich liege in seinem Arm, seine Brust drückt sich an meinen Rücken, und ich genieße diese Nähe. Er ist mir so nah, nicht nur körperlich. Rhys hat sich mir geöffnet, und das erfüllt mich mit einem unsagbaren Glücksgefühl, das mich fast sofort einschlafen lässt.

~

Der Saal füllt sich langsam, und ich stehe an der Brüstung unserer Loge, direkt an der Bühne. Paul Vig hat wirklich für gute Plätze gesorgt. Natürlich die besten, ich habe beinahe das Gefühl, auf seinem Schoß zu sitzen.

Nervös schaue ich mich um, denn alle dreitausendneunhundert Plätze sind belegt. Abby sitzt mit Matt hinter uns, denn Paul hat vier Karten geschickt, mit einer Einladung zu dem anschließenden Empfang im Hilton. Abby war total aufgeregt und hat endlos darüber diskutiert, was sie wohl anziehen sollte.

Ich habe mich für ein schulterfreies enganliegendes Abendkleid im Mermaid-Cut-Style entschieden, mit einem schleppenartigen Rock. Das Material ist nachtblauer glänzender Satin.

Ein Traum von einem Kleid. Es gehört zu einer ganzen Wagenladung von Kleidern, die heute Morgen eingetroffen ist. Auf meine fassungslose Frage, was ich damit soll, hat Rhys lapidar geantwortet: »Als meine Verlobte brauchst du entsprechende Arbeitskleidung.«

Um Rhys eine Freude zu machen, habe ich mich für dieses blaue Kleid entschieden, das wunderbar zu seinem dunkelblauen Anzug passt. Er sieht einfach zum Anbeißen aus. In mir zieht sich vor Sehnsucht nach ihm alles zusammen, als er sich zu mir an die Brüstung stellt.

»Es ist sehr beeindruckend«, raune ich ihm zu.

Er blickt mir tief in die Augen. »Du, Jaz, du bist das Einzige, was hier beeindruckend ist, alles andere verblasst dagegen«, sagt er und streicht mir eine Haarsträhne hinter mein Ohr. Dann haucht er leise: »Ich kann es kaum erwarten, bis wir endlich wieder zu Hause sind.«

Unauffällig schaue ich mich um, ob auch niemand unser Gespräch verfolgt, doch Abby und Matt sind miteinander beschäftigt.

Die Musiker betreten die Bühne, sie sitzen auf einem Podest. Yvonne sieht bezaubernd aus. Sie trägt ein schlichtes, aber sehr elegantes Abendkleid in Schwarz unter all diesen ebenfalls in Schwarz gekleideten Musikern, die ihre Instrumente stimmen. Sie blickt nach oben, und ich winke ihr unauffällig zu. Ich beneide sie ein wenig, mir war es leider nicht vergönnt, ein Instrument zu erlernen. Dafür beherrsche ich die Klaviatur der Ironie perfekt.

Die Lichter erlöschen.

Mit einem großen Paukenschlag erhellt ein Spot das Podium, auf dem nun Paul Vig steht, der wie ein Berserker mit dem Bogen auf seine Geige eindrischt und ihr damit die Töne zu *Highway to Hell* entlockt. Er zieht mich sofort in seinen Bann.

Vig trägt ein schwarzes Bandana, das seine wilden Locken bändigt und ihn gleichzeitig verwegen aussehen lässt. Mit geschlossenen Augen streicht er wild über seine Geige und geht total in seinem Spiel auf. Seine Kleidung ist wieder komplett Schwarz, und der Dreitagebart ist das Tüpfelchen auf dem i.

Paul ist ein Bild von einem Mann, und ich könnte mich in ihn verlieben, wenn ich nicht schon einen Mann hätte, in den ich bis über beide Ohren verliebt bin.

Kurz blicke ich zu Rhys hinüber, der wie alle anderen gebannt auf die Bühne starrt. Ab und an fällt Licht auf sein Gesicht und gibt den Blick auf seine perfekten Züge, die wundervollen Lippen und seine strahlend blauen Augen frei. Er sitzt regungslos neben mir und beobachtet Paul, seinen Freund, der so ganz anders ist als er selbst.

Nachdem das erste Stück verklungen ist, brandet ohrenbetäubender Applaus auf. Sofort stimmt Paul das nächste Stück an, und alles verstummt.

Er hat sein Publikum vollkommen in der Hand, wie ein echter Popstar.

~

»War das nicht ein wundervolles Konzert?« Abby nippt an ihrem Champagner und ist ganz aus dem Häuschen.

Ich blicke hinüber zu Paul, der mit einigen Pressevertretern spricht. Auch Rhys wurde um ein Interview gebeten, und wir Mädels stehen etwas abseits mit Matt und warten. Hin und wieder bemerke ich Pauls Blicke. Ich versuche, sie nicht zu erwidern, und konzentriere mich ganz auf Abby.

»Ich hoffe, das Konzert war nach deinem Geschmack«, flüstert mir eine Stimme ins Ohr, und ich drehe mich lächelnd zu Rhys um.

»Paul!«, rufe ich erschrocken. Wie konnte mir das nur passieren?

Ihm scheint die Überraschung in meiner Stimme nicht entgangen zu sein, und er grinst hinterhältig. »Sie werden mich doch jetzt nicht für Ihren Verlobten gehalten haben?«

Mir steigt die Röte in die Wangen, ich fühle die Hitze. Verflucht! Wieso kann er mich nicht endlich in Ruhe lassen?

»Wie könnte ich Rhys verwechseln? Er und ich sind uns zu nah, als dass mir dies passieren würde«, entgegne ich kalt.

»Ich hoffe, Ihnen hat mein kleines Konzert gefallen?« Paul starrt mir regelrecht in die Augen.

»Es war wirklich wunderbar«, nicke ich.

»War Ihr Lieblingsstück dabei?«

»Da muss ich Sie leider enttäuschen, Paul. Mein Lieblingslied ist *Smells Like Teen Spirit* von *Nirvana.* Es scheint nicht zu Ihrem Repertoire zu gehören.«

»Was nicht ist, kann ja noch werden«, grinst er vielsagend. »Besuchen Sie eines meiner Konzerte in Frankfurt? Wenn wir beide dort in der nächsten Woche Station machen?«

»Entschuldige bitte, dass ich dich so lange alleingelassen habe.« Rhys tritt zu uns und küsst mich auf die Schläfe. »Ich hoffe, Paul hat dich in der Zwischenzeit gut unterhalten.«

Zärtlich schmiege ich mich an Rhys und grinse ihn an, als wäre ich eines von diesen hohlen Starletts. »Natürlich, mein Liebling. Paul fragte gerade, ob wir auch eines der Konzerte in Frankfurt besuchen.«

»Ich werde versuchen es einzurichten«, nickt Rhys und legt einen Arm um meine Hüfte.

»Ihr entschuldigt mich ...«, nickt uns Paul mit einem Lächeln zu und strebt dem nächsten Reporter entgegen.

»Ich würde gerne gehen, ich habe morgen das Treffen mit Elijah und möchte ausgeschlafen sein.«

Ich höre mich zickig an, was mir selbst nicht gefällt, doch ich fühle mich hier plötzlich einfach nicht mehr wohl. Abby und Matt sind auch aus meinem Blickfeld verschwunden.

»Wir können noch nicht gehen, das würde Paul vor den Kopf stoßen.«

Wie auf Kommando tritt Paul auf eine kleine Empore, seine kostbare Geige in der Hand, und bittet um Ruhe.

»Liebe Gäste, ich möchte mich hiermit für Ihr Kommen bedanken, das macht die Premiere meiner neuen CD hier in New York zu einem wirklichen Erlebnis.«

Allgemeiner Applaus erklingt, dann setzt Paul den Geigenbogen an, und die ersten Töne von *Smells Like Teen Spirit* erklingen ... Mit diesem Lied trifft mich Paul mitten ins Herz.

Verdammt, er hat es wirklich drauf.

Während der ganzen Zeit blickt Paul mich an, und ich habe das Gefühl, als spiele er dieses Stück nur für mich.

~

Noch in der Nacht packe ich meinen Koffer neu, denn am späten Sonntagabend fliegen wir nach Frankfurt. Da ich mich am Mittag mit Elijah treffen will, bleibt mir nichts anderes übrig. Aber ich freue mich darauf, ihn zu sehen.

Dem Treffen mit meinem Bruder Alex in Frankfurt sehe ich dagegen mit sehr gemischten Gefühlen entgegen und kann nur hoffen, dass Rhys und er eine Versöhnung hinbekommen.

Meine Gedanken schweifen zum Konzert und dem Empfang zurück. Gott sei Dank konnten wir uns dann doch recht früh verabschieden, die bevorstehende Reise war eine überzeugende Entschuldigung. Ich war sehr erleichtert, als wir endlich auf dem Rückweg waren.

Ich weiß nicht warum, aber ich fühle mich von Paul in die Enge getrieben, wie auch immer er das macht. Natürlich kann ich nicht mit Rhys darüber sprechen, er wacht schon so genug über mich, da muss ich ihm nicht noch einen Floh ins Ohr setzen.

Nach zwei Stunden ist Rhys' Geduld am Ende.

»Komm jetzt endlich ins Bett, ich will dich!«, ruft er, als ich noch im Bad bin.

»Mein Gott, kannst du ungeduldig sein«, murmele ich leise und packe mein Duschzeug ein.

»Wenn es um dich geht – immer«, kommt es von der Tür. Dort steht Rhys, nur mit Pants bekleidet, die Arme vor der muskulösen Brust verschränkt. »Bitte, Jaz … lass mich nicht länger warten.«

»Du kennst meine Meinung dazu … bring das mit Alex in Ordnung, und ich gehöre dir! Das mit gestern war … eine Ausnahme. Ich schlafe erst wieder mit dir, wenn ich sicher sein kann, dass deine geschäftliche Beziehung mit Alexander nicht wegen mir zerstört wird.« So ist zumindest mein Vorhaben. Dass Rhys mich mit nur einem Wimpernschlag herumkriegen kann, muss ich ihm ja nicht direkt auf die Nase binden.

»Du bist knallhart, was?«, fragt er beleidigt und stampft wütend davon.

Ein Knall lässt mich zusammenfahren. Das war eindeutig eine Tür. Na toll, jetzt schmollt er. Manchmal sehe ich kaum den Unterschied zwischen Rhys und Elijah. Er ist seinem Sohn ähnlicher, als er wahrhaben will. Nein, das stimmt nicht ganz. Elijah habe ich noch nie trotzig erlebt. Der kleine Kerl gibt sich im Gegenteil unentwegt Mühe, mir keinen Grund zu geben, ihn nicht zu lieben. Es wird Zeit, dass die beiden sich richtig kennenlernen. Rhys kann von seinem Sohn noch viel lernen.

~

Mit einem lauten Knall ist die Tür hinter ihm ins Schloss gekracht. Wut kocht in ihm hoch, und er muss sich irgendwie Luft verschaffen. Er könnte trainieren, doch er hat sich für sein Atelier entschieden. Mitten im Raum schaut er sich um und weiß nicht so recht, was er hier soll. Dann bleibt sein Blick an einem großen rechteckigen Stein hängen, und er nimmt ihn vom Regal, legt ihn auf die Arbeitsfläche und beginnt, mit dem groben Meißel die ersten Konturen herauszuarbeiten. Es bedarf nur weniger Schläge, schon nimmt der Stein erste Formen an. Diesmal soll es kein Frauentorso werden, sondern eine Büste. Es wird noch eine Weile dauern, bis man erkennt, wen sie darstellen soll, doch in Rhys' Kopf hat der Stein bereits ein Gesicht.

Er weiß nicht, was Jaz angestellt hat, dass er ihr so verfallen ist. Sie ist wahrlich keine Frau, die als einfach zu bezeichnen wäre. Kein Modepüppchen, keine kleine graue Maus. Nichts von alldem passt zu ihr. Sie ist einzigartig. Das hatte er bereits auf den ersten Blick erkannt, und er wird sie nicht mehr gehen lassen. Niemals.

»Wie lange stehst du schon in der Tür?«, fragt er in den Raum hinein, ohne aufzublicken. Er hat ihre Anwesenheit gespürt, so wie er immer spürt, wenn sie sich in seiner Nähe aufhält. Sie hat nicht nur sein Leben verändert und vollkommen auf den Kopf gestellt, sie hat seine Sinne geschärft.

»Ich stehe hier schon eine Weile«, antwortet Jaz lächelnd und kommt langsam auf ihn zu. »Ich liebe es, dich bei deiner Arbeit zu beobachten. Du bist immer so konzentriert, als gäbe es nur diesen Stein und dich. Du wirkst dann so, als hättest du die ganze Welt um dich herum ausgeblendet.«

Rhys schüttelt den Kopf. »Nein, nicht die ganze Welt, Jaz. Du, du bist das Einzige, was nie verschwindet. Du bist immer da. Es gibt keine Sekunde, in der du nicht in meiner Welt präsent bist.« Er legt sein Werkzeug zur Seite und dreht sich auf dem Hocker zu ihr um. Langsam schlendert sie auf ihn zu, sie trägt nur ein kurzes Shirt. Himmel, weiß die Frau eigentlich, wie wunderschön sie ist?

»Jetzt möchte *ich*, dass du ins Bett kommst«, sagt sie leise und klettert auf seinen Schoß. »Es ist spät, komm, lass uns schlafen gehen.«

»Niemand wird je behaupten können, wir würden an unseren Prinzipien kleben.« Er muss lächeln. Sie hat ihm schon so oft gezeigt, wie nutzlos seine sind, ihre eigenen wirft sie gerade auch wieder über Bord. Ist es vielleicht das? Sind sie sich ähnlicher, als sie wissen?

»Wir fliegen übrigens morgen Abend um zwanzig Uhr«, sagt er leise und streicht ihr über die Wange.

»Ich werde pünktlich zurück sein.«

»Was hast du mit dem Jungen vor?«

»Ich weiß es noch nicht genau ... vielleicht eine Fahrt mit einem Boot?« Sie hebt unentschlossen die Schultern. »Kommst du jetzt ins Bett?«

Rhys vergräbt sein Gesicht in ihrem Haar. »Ich liebe deinen Duft, er macht mich total wahnsinnig, weißt du das?« Vermutlich ahnt sie nicht einmal, wie ernst er das meint.

Ich mache Rhys wahnsinnig? Es ist doch wohl umgekehrt, denke ich und flüstere: »Ich glaube nicht, dass das so eine gute Idee wäre.« Rhys' Nähe lässt nämlich mein Gehirn gerade offline gehen, ich kann nicht mehr richtig denken. Falsch. Ich kann *überhaupt nicht mehr* denken, und ich will es auch nicht. Ich will nur noch seine Berührungen auf meinem Körper genießen. Seine Hände scheinen überall gleichzeitig zu sein, seine Finger auf der Innenseite meiner Beine sind ein wenig rauh und mit Steinstaub übersät, doch ich spüre nur noch das Feuer seiner Berührungen. Ich fühle mich, als würden meine Schenkel in Flammen stehen. Als ich hochblicke, sehe ich seine Lippen ganz dicht vor meinen, aber auch seine Augen, und darin erkenne ich wieder diesen seltsamen Schmerz, der das wunderbare Blau zu trüben scheint.

»Warum nur kannst du niemandem vertrauen?«, frage ich vorsichtig, während sein überraschter Blick über mein Gesicht wandert, bis er an meinem Mund hängenbleibt.

»Als Kind verstoßen worden zu sein ist so schmerzhaft, dass du etwas Ähnliches niemals mehr spüren willst. Du schottest dich ab, damit nichts mehr an dich herankommt, das dir solche Schmerzen noch einmal zufügen könnte. Ich war sehr gut darin, alles abzublocken, was mit Gefühlen zu tun hat ... bis du kamst. Du hast in nur einem Augenblick alle Barrieren eingerissen, ohne dass ich das verhindern konnte.«

Ich begreife, was Rhys mir damit sagen will. Ich kenne sein Schicksal, an dem er so schwer zu tragen hat. Ohne die Liebe einer Mutter aufwachsen zu müssen, den Vater nicht zu kennen, das ist schon schlimm genug. Aber dann – viele Jahre später – zu erfahren, wie ungewollt man tatsächlich war? Etwas Grausameres kann ich mir kaum vorstellen. Der Hass auf seinen Vater muss ungeheuer tief in ihm sitzen, ebenso wie die Verzweiflung seiner Mutter, die ihn ja nicht freiwillig verstieß. In seinen wunderbaren Skulpturen versucht er, ihrem Leiden Ausdruck zu geben, aber ich würde mir so wünschen, er könnte seinen Schmerz irgendwann loslassen.

Was man seiner jungen Seele antat, ist unentschuldbar, aber ganz ohne Liebe musste er nicht aufwachsen, sieht er das nicht?

»Deine Großmutter war für dich da, es gab Menschen, die dich wollten«, versuche ich, ihn behutsam zu trösten.

Nachdenklich streicht er mir über den Rücken. Wir haben keine Eile. Obwohl es schon so spät ist, weit nach Mitternacht, will ich dieses Gespräch mit Rhys führen, auch wenn mein Körper danach schreit, mich ihm einfach nur hinzugeben. Doch es gab bisher nur wenige Augenblicke, in denen er sich mir geöffnet hat, und ich möchte diesen Moment nutzen, möchte mehr über ihn erfahren.

»Ja, Trish war da. Aber meine Mutter ... Wenn ich jemanden liebe, dann kann mich keine Macht der Welt zwingen, ihn aufzugeben. Keine!«

Er sagt dies mit so viel Nachdruck, dass es mir fast Angst macht. Ich bin es, die er liebt. Keine Macht der Welt kann ihn zwingen, mich aufzugeben? Selbst ich nicht, wenn ich irgendwann seine Liebe nicht mehr erwidern kann?

»Du bist stark, deine Mutter war es wohl nicht. Was aber nicht heißt, dass sie dich nicht geliebt hat.«

»Vielleicht, aber scheinbar war ihre Liebe nicht groß genug.«

Vorsichtig fahre ich mit meiner freien Hand durch sein Haar. Es ist so seidig! Ich werde mir aber plötzlich wieder seiner Finger bewusst, die die ganze Zeit über meine Schenkel gestreichelt haben. Ich trage nur einen knappen String, und als Rhys seine Finger unter den Bund fahren lässt, reißt er ihn mit einer Bewegung durch.

»Ich will dich so sehr!«, sagt er, und seine Stimme klingt dunkel und fremd.

Seine Lippen senken sich auf meinen Mund, und ich recke mich ihm gierig entgegen. Automatisch schließen sich meine Augen, damit ich diesen Kuss genießen, ganz darin aufgehen kann. Rhys' Atem beschleunigt sich, seine Hände werden drängender. Ich rutsche von seinem Schoß, schlinge die Arme um seinen Hals, alles ohne den Kontakt zu seinen Lippen zu verlieren.

»Du hast keine Ahnung, welche Dinge ich mit dir anstellen will«, raunt Rhys an meinen Lippen.

»Dinge?«

»Ja, und zwar welche, von denen ich nicht sicher bin, ob du für sie bereit bist.«

Er löst seine Lippen und schaut mich unsicher an. »Bist du es?«

Meine Unterlippe zittert. »Ich glaube nicht.«

~

Ich kann nicht einschlafen, während Rhys neben mir ruhig und regelmäßig atmet. Er schläft. Mir gehen hingegen seine Worte nicht aus dem Kopf. Was meinte er damit? Ich bin verunsichert. Dieser Mann ist wirklich nicht einfach zu verstehen.

7

Wie ein braver Schüler sitzt Elijah im Zimmer von Schwester Gabrielle und wartet auf mich. Er trägt eine Jeans, Turnschuhe und ein Hemd. Er sieht so erwachsen aus, während er versucht, geduldig zu warten, doch seine Hände sind ständig in Bewegung, verraten seine Unruhe.

»Um siebzehn Uhr bringe ich ihn wieder zurück, ich muss um zwanzig Uhr einen Flug bekommen.«

Schwester Gabrielle nickt lächelnd. »Wir essen um achtzehn Uhr.«

»Gut, dann wollen wir mal.« Als ich Elijah zu mir winke, springt er vom Stuhl und schmiegt sich an mich. Hand in Hand verlassen wir das Kinderheim und steigen in den Audi, in dem Matt mich hierhergefahren hat. Ich beobachte ihn genau, doch Matt zeigt keine Regung, so, als wäre er nie in diesem Kinderheim gewesen. Dabei hat Rhys mir persönlich erzählt, dass seine Freundschaft zu ihm hier begonnen hat.

Nachdem wir losgefahren sind, fragt Matt gar nicht, wo es hingeht, sondern fädelt sich in den Verkehr ein.

»Matt, woher weißt du, wo wir hinwollen?«, frage ich verblüfft.

»Ich habe meine Anweisungen«, ist seine lakonische Antwort.

»Welche Anweisungen? Von wem?«, frage ich und kenne die Antwort bereits.

Matt erspart sie sich und fährt einfach die Trennscheibe hoch, so sind Elijah und ich im Fond gefangen.

»Matt!«, rufe ich laut und lache, damit ich Elijah nicht in Panik versetze.

»Es soll eine Überraschung sein, Jaz. Frag nicht weiter, denn ich werde dir keine Antworten geben. Lehn dich zurück und entspann dich.« Matts Stimme kommt über die Sprechanlage, die daraufhin wieder abgeschaltet wird.

»Na, dann wollen wir uns mal überraschen lassen«, sage ich mit einem zuversichtlichen Ton in der Stimme und drücke Elijahs Hand.

Es ist noch früh am Morgen, gerade mal halb neun, und es hat mich große Überwindung gekostet, mich aus Rhys' Armen und aus seinem Bett zu bewegen. Ich habe es nicht über mich gebracht, ihn zu fragen, ob er mich vielleicht begleiten würde. Wie eine schwere Last lag mir diese Frage die ganze Zeit, während ich mich fertig machte, auf der Seele, doch mein Gewissen siegte. Wenn, dann sollte er aus freien Stücken mit seinem Sohn zusammentreffen wollen. Nicht als ein Gefallen für mich.

Die Landschaft zieht rasch an uns vorbei, Matt fährt schnell, aber sicher.

»Werden wir entführt?«, flüstert Elijah, und sein Gesichtsausdruck ist ängstlich.

»Nein, natürlich nicht. Matt ist für unsere Sicherheit zuständig. Er wird uns zu unserem Ziel fahren.«

Erleichtert lehnt er sich an mich, und wir sehen den wenigen Wolken dabei zu, wie sie mit uns um die Wette zu rasen scheinen.

Dennoch dauert die Fahrt zwei Stunden, und Matt spürt trotz der hochgefahrenen Trennwand genau, dass dies eine Grenze überschreitet, die mich wirklich wütend macht.

Aber Elijah ist ausgesprochen geduldig, und so beruhige auch ich mich wieder ein bisschen. Endlich wird der Wagen langsamer, und der Junge setzt sich neugierig auf.

»Schau mal, Jaz, dort ist Wasser!«, ruft er aufgeregt.

»Ja, mein Kleiner, das ist der Ozean.«

~

Ich traue meinen Augen nicht, als ich aussteige, doch warum bin ich verwundert? Rhys ist immer für eine Überraschung gut. Er hält mir die Tür auf und grinst mich an.

»Ich dachte mir, ein Tag am Meer würde euch beiden gefallen.«

Seine Augen verraten nicht, was er denkt, und ich recke mich hoch, um ihn zu küssen. »Danke. Auch für die ... abwechslungsreiche Fahrt.«

Rhys lächelt.

»Also, was meinst du, Elijah, ein Tag am Meer, würde dir das gefallen?«, frage ich, als er aussteigt.

»Du meinst, ich darf im Ozean schwimmen?« Seine Stimme ist schrill, und er hat die Augen weit aufgerissen.

Fragend schaue ich zu Rhys auf.

»Ich habe alles Nötige besorgen lassen«, nickt er und deutet auf sein Haus. Uns zu sich in die Hamptons zu locken war wirklich eine goldrichtige Idee.

Dass Rhys einen Tag mit seinem Sohn verbringen will, rührt mein Herz. Natürlich hält er sich sehr zurück und überlässt mir den Umgang mit Elijah, doch er sitzt mit uns am Strand, während wir uns ein wenig in die etwas wilde Brandung hinauswagen, Muscheln sammeln und raffinierte Sandburgen bauen. Rhys hat zwar zwei Schnorchelausrüstungen besorgt, aber mir ist das Meer heute etwas zu rauh, also tollen wir einfach nur so ein wenig herum. Auch wenn Elijah noch so grimmig schaut, seine Lippen sind schon blau, und ich darf nicht riskieren, dass er unterkühlt.

»Wie ich von Schwester Gabrielle höre, sollst du ein sehr guter Schwimmer sein!«, lobt Rhys ihn trotzdem, und Elijahs Wangen glühen bei diesem Lob.

»Ja, das stimmt, Sir!«, flüstert er und nickt seinem Vater stolz zu. Es will mir schier das Herz brechen, dass Elijah nicht ahnt, wer Rhys ist, aber es ist nicht an mir, ihm diese Neuigkeit zu offenbaren.

»Was haltet ihr davon, wenn wir uns umziehen und zum Hafen zum Essen fahren?«, schlägt Rhys vor und bringt mich wieder auf andere Gedanken.

Elijahs Augen leuchten auf, und ich bin von Rhys vollkommen überrascht. Macht er das, um seinen Sohn besser kennenzulernen oder um mir zu imponieren? Aber ich glaube nicht, dass er das will. Das hat er gar nicht nötig. Er weiß, dass er mich bereits eingewickelt hat, das zeigt mir das Lächeln, das er mir zuwirft.

Das Lokal, in das er uns führt, ist einer urigen alten Hafenkneipe nachempfunden, und man kann in kleinen Nischen sitzen. Elijah freut sich darüber, dass er sich einen Hamburger bestellen darf. Rhys ordert für uns Muscheln und Brot. Ich muss über Elijahs Gesicht lachen, als das Essen serviert wird, denn er verzieht es zu einer witzigen Grimasse.

»Wenn du älter bist, wirst du die Früchte des Meeres noch zu schätzen lernen, mein Junge«, sagt Rhys und streicht ihm über den Kopf.

Diese Reaktion lässt mich erstarren. Eine simple Geste, die so viel ausdrückt. Ich bin richtig froh, wie sich dieser Tag entwickelt hat. Auch wenn es sich hier nur um einen Sonntagnachmittag handelt, scheint es für Elijah so viel mehr zu sein. Wenn ich ihn so sehe, frage ich mich, wie Rhys wohl als kleiner Junge war. Ob er von seinem Vater wohl auch zum Hamburgeressen eingeladen wurde? Wohl kaum.

8

Das Unheil nähert sich in einem dunkelroten Kleid. Als sie das Hafenlokal betritt, steuert Christina geradewegs auf die Nische zu, in der er mit Jaz und dem Jungen sitzt. Er sieht sie aus dem Augenwinkel, doch bevor er sich erheben kann, steht sie bereits an seinem Tisch.

»Rhys, du hast mir ja gar nicht Bescheid gegeben, dass du in den Hamptons bist. Ich hätte dir gerne Gesellschaft geleistet …« Besitzergreifend legt sie ihre Hand mit den rotlackierten Nägeln auf seinen Arm. Erst jetzt schaut sie in die Runde und nickt Jaz zu, Elijah ergattert immerhin ein freundlich-falsches Lächeln.

»Oh, wie ich sehe, hat deine kleine Freundin ihren Sohn dabei.«

Bevor Jaz etwas erwidern kann, ist Rhys bereits aufgesprungen und drängt Christina zur Seite, damit sie außer Hörweite von Elijahs Ohren sind.

»Das ist nicht der Sohn meiner Verlobten, Chris. Es ist meiner.«

Christina weiß nicht, auf welche Information sie zuerst reagieren soll, daher bleibt ihr erst einmal der Mund offen stehen. Irritiert wandert ihr Blick von ihm zum Tisch, wo Jaz und Elijah sitzen, und wieder zurück.

»Deine Verlobte – dein Sohn?«, stottert sie fassungslos.

»Chris, es war schön, dich zu treffen, aber wir haben nur begrenzt Zeit, weil wir heute noch nach Frankfurt fliegen. Ich wünsche dir einen schönen Abend.« Ohne weiteren Gruß lässt er sie stehen und setzt sich wieder an den Tisch, nimmt Jaz' Hand in seine und küsst sie.

»Sie geht schon?«, fragt Jaz überrascht, als sie Christina nachblickt, die abrupt das Lokal verlässt.

Ohne hinzuschauen, hebt Rhys die Schultern. »Lassen wir unser Essen nicht kalt werden.«

~

Der Appetit ist mir gründlich vergangen, aber ich will mir nichts anmerken lassen und esse tapfer meine Muscheln. Zum Glück redet Elijah, daher bleibt mir der Part der Zuhörerin. Rhys hat wiederum den des Beobachters übernommen. Er nickt zwar einige Male, aber ansonsten schaut er abwechselnd Elijah und mich an und wirkt dabei auffallend ernst.

Als wir fertig sind, wartet Matt bereits mit dem Wagen vor dem Lokal und sammelt uns ein.

Mit einem Blick auf seine Uhr meint Rhys: »Wir müssen los. Was haltet ihr davon, wenn wir nicht den Wagen nehmen, sondern zurück nach New York fliegen?«

Ein Aufschrei von Elijah lässt uns alle lachen. »Du meinst mit einem richtigen Flugzeug?«, fragt er begeistert.

»Ja«, nickt Rhys, »ein Learjet. Nicht ganz so groß wie die riesigen Passagierflugzeuge, aber immerhin größer als ein Hubschrauber«, erklärt er und legt den Arm um Elijah, um ihn zum Auto zu begleiten. Der Blick, den Matt mir zuwirft, lässt erkennen, dass er meine Gedanken erraten hat – da haben sich zwei gefunden!

Rhys hat wirklich an alles gedacht, und das Gepäck, das ich gestern Abend gepackt habe, direkt in die Maschine verfrachten lassen. Elijah lässt sich das Flugzeug genau erklären, und als er während des Fluges einen Blick ins Cockpit werfen darf, flippt er fast aus.

»Das will ich einmal werden, Pilot – ist die coolste Sache der Welt, Jaz. Findest du nicht auch?«, fragt er mich aufgeregt und setzt sich wieder auf seinen Platz mir gegenüber.

»Ja, wenn du das sagst«, lache ich und freue mich über seine strahlenden Augen. Es ist schön, so deutlich zu erkennen, dass man jemandem eine Freude machen konnte. Mein Blick gleitet zu Rhys, der neben mir Platz genommen hat, und ich forme ein lautloses *Danke*.

Als wir in New York einen Zwischenstopp einlegen, ist der Abschied für Elijah etwas traurig, zumal Rhys aus Zeitgründen beschließt, dass ihn ein Begleitservice aus dem VIP-Bereich ins Heim zurückbringen muss. Während ich Schwester Gabrielle anrufe, höre ich, wie sich der Pilot von ihm verabschiedet.

»Tschüs, Kumpel! Wenn du das nächste Mal mit uns fliegst, bist du mein Copilot!«

Elijah ist wieder selig. Er sieht dennoch müde aus, es war ein langer Tag für ihn.

~

»Jaz, ich bin gleich wieder bei dir ... wir warten auch noch auf einen weiteren Fluggast.« Schon sind Rhys und Matt aus der Tür, um Elijah zum Terminal zu bringen.

Ein weiterer Fluggast? Vermutlich fliegt Susan mit, wer sollte es sonst sein?

Das Erste, was ich sehe, ist ein Manschettenknopf aus Sterlingsilber in Form eines Totenkopfs. Dann den Ärmel des weißen Oberhemdes und kurz darauf den Mann, der dazugehört. Er trägt eine große bourbonische Lilie an einer Kette um den Hals, in dessen Blüte ebenfalls ein Totenkopf sitzt.

»Jaz, welch schöne Überraschung, Sie hier zu treffen.«

»Paul? Die Überraschung ist ganz auf meiner Seite«, erwidere ich lächelnd, obwohl ich lieber aufstehen und den Learjet verlassen würde.

Er nimmt meine Hand und küsst den Rücken meiner Finger, nachdem er seine kostbare Geige sicher verstaut hat.

»Rhys war so freundlich, mich einzuladen, Sie auf Ihrem Flug nach Frankfurt zu begleiten, wo wir doch das gleiche Ziel haben.« Er betont diesen Satz so merkwürdig, dass ich mich frage, was er meint. Haben Rhys und er das gleiche Ziel? Oder interpretiere ich zu viel in seine Worte? Doch als er sich vorbeugt und mir einen Kuss auf meine Lippen drückt, ist klar, was er meint.

»Bitte, Paul! Unterlassen Sie das, mir ist nicht nach Scherzen zumute.«

»Mir auch nicht, Jaz, ganz bestimmt nicht.« Er raunt es mir zu, geht aber ein wenig auf Abstand. Zum Glück! Der Duft seines Aftershaves vernebelt mir die Sinne, und ich muss die Augen schließen, um mich einen Moment zu sammeln. Er ist die personifizierte Verführung, die mich binnen Sekunden durcheinanderbringt. Wo zum Teufel bleibt nur Rhys?

»Finden Sie nicht, dass es an der Zeit wäre, uns zu duzen?«, fragt er und schaut mich herausfordernd an.

»Von mir aus.« Ich zucke möglichst desinteressiert die Schultern.

»Dann werde ich uns zwei Gläser organisieren.«

»Ich werde dich aber nicht küssen!«, rufe ich ihm hinterher.

»Aber das ist doch das ganze Vergnügen daran!«, ruft er aus der Bordküche und kommt mit zwei Gläsern und einer Flasche Champagner zurück, die ihm der Steward übergeben hat.

Er öffnet die Flasche genauso geschickt, wie er Geige spielt, und füllt unsere Gläser.

»Also, Jaz – auf das, was wir lieben!«

Ich grinse etwas gequält, dann stoßen wir an und trinken.

Nachdem ich das Glas wieder abgesetzt habe, zieht er mich plötzlich doch an sich und küsst mich. Dies ist allerdings kein

Bruderschaftskuss! Im Gegenteil! Das ist ein Kuss der anderen Sorte, einer derjenigen, von denen man nachts träumt und hofft, dass man so schnell nicht wieder aufwacht. Ich denke noch: *Wenn er jetzt seine Zunge ins Spiel bringt ...* da spüre ich sie schon, wie sie Zugang zu meinem Mund fordert. Ich gebe meinen Lippen den Befehl, geschlossen zu bleiben, doch sie gehorchen mir nicht. Sie erweisen sich mal wieder als elende Verräter, entwickeln ein Eigenleben, öffnen sich und gewähren ihm Einlass. Pauls Zunge ist kühl und schmeckt frisch wie der Champagner. Für eine Sekunde gebe ich nach, aber wirklich nur für eine Sekunde, denn selbst die wird mich in die Hölle bringen. Eine Sekunde, oder vielleicht doch drei oder vier, gebe ich mich diesem Kuss hin, liefere mich Paul Vig aus.

Endlich rücke ich ab, und Paul lässt mich los.

»Puh, das war es wert, meine Seele dem Teufel verkauft zu haben«, flüstert er und berührt genussvoll seine Lippen mit den Fingern.

Ich kann nur hoffen, dass Rhys nicht in den nächsten Sekunden zurückkommt, ich muss mich erst sammeln. Dieser Mann macht mich verrückt, und zwar im negativen Sinne.

~

»Ich habe Paul gebeten, uns zu begleiten, ich hoffe, die Überraschung ist mir gelungen?«, fragt Rhys, als der Steward ihm ebenfalls ein Glas Champagner serviert.

»Auf die Freundschaft!«, erhebt er sein Glas, und wieder stoße ich mit an.

Ich vermeide es, Paul dabei in die Augen zu sehen, sondern strahle Rhys an. »Ja, die Überraschung ist dir wirklich gelungen, Schatz.«

»Elijah ist bereits auf dem Weg ins Heim, so kann Matt mit uns fliegen, ich hoffe, es ist dir recht?«, fragt Rhys, und ich nicke. Da wird Abby aber traurig sein, wenn Matt einige Tage mit uns in Deutschland verbringt.

»Übrigens hat Susan sich immer noch nicht von ihrer schweren Grippe erholt. Wir sollten sie vielleicht besuchen, wenn wir wieder zurück in New York sind.«

»Ja, darüber wird sie sich sicherlich freuen«, nicke ich und versuche, mich auf das Gespräch zu konzentrieren. Doch das fällt mir schwerer als gedacht, denn immer noch kreist Pauls Kuss in meinem Kopf herum.

»Wo ist Matt denn?«, frage ich, als mir auffällt, dass er doch an Bord sein sollte.

»Er sitzt mit im Cockpit.«

Ich nicke müde und schließe kurz die Augen.

»Jaz, es war ein langer Tag für dich. Wenn du möchtest, kannst du dich in die hintere Kabine zurückziehen, dort gibt es ein Bett.«

Bei diesen Worten schaue ich kurz zu Paul, der grinst. So ein Mistkerl, ich weiß genau, was er jetzt denkt.

»Aber nur, wenn du später zu mir kommst!« Mit Absicht lasse ich diesen provokanten Satz im Raum stehen und erhebe mich.

»Schöne Träume, Jaz!«, sagt Paul, und Rhys küsst mich zum Abschied auf die Wange.

Schöne Träume! Ist das nicht etwas, was mein Verlobter mir hätte wünschen sollen? Bin ich hier in ein perverses Spiel zwischen Rhys und Paul geraten? Oder bin ich wirklich schon paranoid? Hat Rhys' Kontrollsucht mich schon so weit gebracht, dass ich mir die unglaublichsten Dinge ausmale?

Verwirrt schüttele ich den Kopf über mich selbst. So ein Schwachsinn, ich drehe wirklich bald durch. Das muss anders werden. Ich versuche, mich auf den Schlaf zu konzentrieren, doch es gelingt mir nicht.

Was ist denn nur los mit den Männern um mich herum, dass sie mich alle bedrängen? Der Einzige, der das Recht dazu hat, ist Rhys. Immerhin trage ich noch seinen Ring und das nicht ohne Grund. Das wiederum scheint seinen Freund Paul nur anzuspornen. Und dann Alex! Wenigstens hat der noch nicht versucht, mich zu küssen!

Ich muss mich schütteln bei dem Gedanken und grabe mich so tief es geht in die leichte Decke, die ich über mich gelegt habe.

Wie ich je in den Schlaf finden soll, ist mir ein Rätsel.

9

Das eintönige Surren der Triebwerke hat mich dann doch einschlafen lassen, und erst kurz vor der Landung in Frankfurt weckt Rhys mich mit einem zärtlichen Kuss.

»Aufwachen, Schlafmütze! Wir sind bald da«, flüstert er mir ins Ohr, und ich schlage verschlafen die Augen auf. Frankfurt – endlich!

»Hast du gar nicht geschlafen?«, frage ich ihn und gähne.

»Doch, die Sitze vorne sind sehr bequem.«

Wir kommen um zehn Uhr morgens im Hotel an. Rhys hat eine feste Suite im Marriott gleich gegenüber dem Messeturm. Wir checken ein, und man bringt unser Gepäck direkt hinauf.

»Du möchtest dich sicher frisch machen.« Es ist keine Frage, sondern eine reine Feststellung. Er führt mich zu den Aufzügen, und wir nehmen den ersten, dessen Türen sich öffnen. Wir sind allein in der Kabine, die uns ins oberste Stockwerk bringt.

»Ich habe so darauf gewartet, mit dir allein zu sein«, nuschelt Rhys in mein Haar, als er mich an sich zieht.

Dieser Mann erwischt mich immer gerade dann, wenn mir andere Gedanken im Kopf herumspuken. Seine Hände gleiten bereits über meinen Körper, es fällt mir schwer, mich zu konzentrieren.

»Wo sind eigentlich Paul und Matt abgeblieben?«, frage ich atemlos, da ich sie nach der Passkontrolle aus den Augen verloren habe. Ehe ich noch mehr ausblende als nur das Verschwinden der beiden, bin ich froh, dass ich diese Frage noch stellen kann, denn Rhys' Hände finden gerade ihren Weg zu meinem Po.

»Paul wurde von seinem Manager erwartet, um die Oper zu begehen, es gibt wohl noch Fragen zu klären. Und Matt macht eine Besorgung für mich.« Rhys klingt heiser. Er bedeckt meinen Hals mit Küssen, seine Hände versprechen mir, dass er dort nicht haltmachen wird. Wann sind wir endlich in unserer Etage? Es ist ja nicht so, dass mein Körper nicht Lust hätte zu vergessen, dass sich die Tür jeden Moment öffnen und jemand hereinkommen könnte, aber ich bin mir im gleichen Atemzug sehr bewusst, dass ich mich an der Wand abstütze und leise zu stöhnen beginne.

»Bitte, Rhys, nicht jetzt«, wispere ich und versuche vergeblich, mich an dem Geländer hinter mir, das um die kleine Kabine läuft und vielleicht Gehbehinderten Halt geben soll, festzuhalten. Doch Rhys denkt gar nicht daran, mich jetzt freizugeben, seine Hand fährt voller Begehren zwischen meine Schenkel und spreizt sie. *Bin ich eigentlich je in einem so langsamen Aufzug gefahren?*, denke ich irritiert, aber dann hält er endlich, und ich begreife, wie schnell wir in Wirklichkeit hochgeschossen sind zu unserem Stockwerk.

Rhys löst sich widerwillig von mir, und ich seufze auf – ich kann nicht leugnen, dass sich neben der Erleichterung auch Bedauern in meine Stimmung mischt. Hektisch ordne ich meine Garderobe so gut es geht, während Rhys bereits mit der Schlüsselkarte die Tür der Ecksuite öffnet.

»Ich habe dir noch gar nicht sagen können, wie dankbar ich dir bin, dass du den Tag gestern für Elijah organisiert hast«, murmele ich, als ich ihm folge.

Es scheint Rhys unangenehm zu sein, dass ich darauf zu sprechen komme, denn er tut dies mit einer Handbewegung ab. »Ich habe das für dich getan«, ist seine Antwort, doch wir beide wissen, dass dem nicht so ist.

Er betritt das Apartment, ich bin nur wenige Schritte hinter ihm.

Die Aussicht auf die Frankfurter Skyline ist wie immer atemberaubend und nicht gerade förderlich für die Kurzatmigkeit, mit der ich noch immer ein wenig zu kämpfen habe, so schnell wollen sich die Stellen meines Körpers, die Rhys eben noch mit seinen Händen liebkost hat, nicht beruhigen. Ich atme tief durch und sehe mich um.

Man sieht direkt auf den Messeturm, und besser als jeder kalte Waschlappen bringt mich das wieder auf Kurs. Alex! Mein Kopf ruft die Aussprache zwischen Alexander und Rhys auf, die in Kürze bevorsteht, und das killt jegliche erotischen Gefühle in mir.

»Ich dusche schnell, dann können wir direkt ins Büro.« Rasch beginne ich, mich auszuziehen.

»Duschen? Sehr gute Idee. Ich komme mit«, sagt Rhys, und seine Stimme nimmt wieder denselben Tonfall an wie eben im Aufzug. Das fehlt mir noch!

»O nein, daraus wird nichts. Sonst kommen wir gar nicht ins Büro.« Ich beeile mich und schließe die Badezimmertür hinter mir ab. Jetzt brauche ich wirklich ein paar Minuten für mich allein.

Bevor Rhys nicht meine Forderung erfüllt hat, werde ich nicht nachgeben. Ich kenne ihn gut, er würde in Zukunft immer versuchen, mich um den Finger zu wickeln. Nein, es wird noch genug Gelegenheiten geben, mit mir zusammen unter die Dusche zu springen.

~

Als wir hinüber zum Messeturm gehen, ist Matt wieder an unserer Seite und begleitet uns. Hat Rhys etwa Angst, dass Alex erneut ausflippen wird? Aber ich stelle keine Fragen.

Der Weg ist wirklich nur ein Katzensprung über die Straße. Unten am Empfang werden wir freundlich begrüßt, und einer der Aufzüge bringt uns hinauf. Ich muss an meine erste Fahrt in diesem Aufzug denken, als ich auf Rhys getroffen bin, und ich glaube, er denkt auch daran, denn sein Blick sucht meinen. Ich muss lächeln, doch da Matt mit uns im Aufzug steht, bleiben wir nicht nur stumm, sondern rühren uns auch nicht von der Stelle. *Leider*, denke ich und spüre, wie ich erröte. Das leichte Lächeln, das über Rhys' Gesicht gleitet, zeigt mir, dass seine Gedanken in eine ähnliche Richtung gehen.

Am Empfang treffen wir auf Claudia, die etwas überrascht schaut, als ich mit Rhys Hand in Hand den Raum betrete.

»Mr. Cunningham, wie schön Sie zu sehen. Ms. Darling, Matt.« Sie nickt uns zu, und als sie Matt anschaut, wird sie vor Verlegenheit rot. Es fällt mir unangenehm auf. Schließlich kennen die beiden sich doch schon länger. Hat er etwa auch etwas mit Claudia angefangen? Das wäre kein schöner Zug von Matt.

»Claudia, ist Alex in seinem Büro?«

»Ja, soll ich Sie anmelden?«

»Nein, nicht nötig, wir kennen den Weg.«

Matt nimmt auf dem Besuchersofa Platz. Ja, da habe ich auch einmal gesessen, es kommt mir vor, als wäre es Ewigkeiten her.

~

Ein kurzes Klopfen, dann tritt Rhys ins Zimmer, und sofort erfasst Alex, was auf ihn zukommt, man sieht es seinen Augen an, die direkt eine Spur schmaler werden.

»Jazman«, ruft er, als er mich sieht, und ich gehe mit großen Schritten auf ihn zu. Er erhebt sich und schließt mich in seine Arme, dabei lächelt er mich an wie früher, nichts in seinem Blick erinnert an seine unglückseligen Gefühle zu mir.

»Mein Gott, habe ich dich vermisst!«, sage ich leise und schaue zu ihm auf. Da ist er wieder, mein Bruder, der immer für mich da war. Ich habe ihn doch nicht verloren.

»Ich habe dich auch vermisst, sehr sogar«, flüstert er leise an meinem Ohr, und schon bin ich ernüchtert. So zärtlich murmelt ein Bruder nicht in das Ohr seiner Schwester, verdammt noch mal!

»Ich habe eine Bitte an dich«, sage ich geradeheraus und mache mich sachte von ihm los.

»Welche? Ich werde dir jeden Wunsch erfüllen«, erwidert er und übergeht dabei Rhys' Anwesenheit vollkommen.

Ich atme tief ein, ich muss mir nun genau überlegen, was ich sage. »Ich möchte, dass du dich mit Rhys aussprichst und dich darauf einlässt, eure Partnerschaft fortzuführen.«

Alex schaut stirnrunzelnd von mir zu Rhys und meint dann: »Diesen Wunsch kann ich dir nicht erfüllen.«

Rhys will etwas sagen, doch ich hebe die Hand. Das hier habe ich ganz allein im Griff. »Alex, wenn du willst, dass das zwischen uns wieder ins Reine kommt, musst du dich mit Rhys arrangieren. Ansonsten ...«

»Ansonsten?«, fragt er lauernd.

»Ansonsten wirst du mich für immer verlieren. Das ist meine Bedingung. Ich kann und werde mich nicht zwischen euch entscheiden.«

Mein Standpunkt ist klar. Jetzt müssen sie sehen, was sie daraus machen.

»Sie hat dir also auch die Pistole auf die Brust gesetzt?« Diesmal stellt Alex die Frage direkt an Rhys, und dieser nickt.

Alex beißt sich auf die Unterlippe, scheint das Für und Wider abzuwägen.

»Wir haben also keine andere Wahl?«

Ich schüttele den Kopf. »Nein, diesmal nicht. Ich will nicht das Scheitern eurer Geschäftsbeziehung auf dem Gewissen haben. Ich liebe euch beide, wenn auch auf unterschiedliche Weise, aber ich will niemandem weh tun oder gar einen von euch verlieren. Ich kann nicht zulassen, dass ihr diese Firma, die ihr in langjähriger Zusammenarbeit aufgebaut habt, meinetwegen ruiniert. Ich kann mir nicht vorstellen, dass ihr mir das aufbürdet, wo ihr mich doch angeblich beide liebt.«

Ich wende mich zur Tür und will gehen. Dann halte ich in meiner Bewegung inne. »Und wagt es nicht, euch an die Gurgel zu gehen.« Mit diesen Worten verschwinde ich in Richtung meines eigenen Büros.

~

»Sie hat uns also in der Hand!« Jaz' Bruder schaut ihn an, als könne er nicht fassen, was seine Schwester von ihm verlangt.

Rhys muss sich ein Lächeln verkneifen. Jaz steckt offensichtlich nicht nur für ihn, sondern auch für ihren großen Bruder immer noch voller Überraschungen.

»Ich kann nichts machen«, sagt er und zuckt resigniert die Schultern, »deine Schwester sitzt am längeren Hebel.«

»Das ist alles deine Schuld!« Alex bebt förmlich vor Wut.

Rhys runzelt die Stirn. Geht das jetzt von vorne los? Dass sich der kleine Alex schon vor vielen Jahren in die kleine Jaz verliebt hat, ist natürlich tragisch. Aber als erwachsener Mann nicht akzeptieren zu können, dass diese Liebe nicht erwidert wird, das muss auszuhalten sein, oder?

In dem Moment, wo er sich diese Frage stellt, merkt Rhys, dass er es auch nicht aushalten könnte, wenn er Jaz verlieren würde. Er muss versuchen, sich hier und heute mit Alex zu versöhnen, wenn es das ist, was Jaz von ihm verlangt.

»Du solltest deine Finger von ihr lassen. Warum musste es ausgerechnet meine Schwester sein? Du kannst jede Frau haben, warum Jaz?«

Mit den Händen tief in den Taschen seiner Hose, läuft Rhys im Zimmer umher. »Ganz ehrlich, Alex? Ich weiß es nicht genau. Vielleicht, weil es genau so ist. Jede könnte ich haben, aber ich will nicht jede. Jaz war vom ersten Moment an jemand, den ich nicht sofort haben konnte, den mein Charme fast kalt ließ. Um niemanden habe ich je so gekämpft wie um sie.«

»Dann war es also nicht mehr als ein Sport für dich, sie zu erobern?« Alex' Stimme ist schneidend.

»Nein, Alexander, nein, so war es nicht. Ich liebe sie, das musst du mir glauben.« Rhys ist selbst überrascht, wie sehr das, was er gerade von sich gibt, stimmt. Leise fährt er fort: »Nur war es mir nicht von Anfang an klar. Dies hat mit Sport oder Wettbewerb nicht das Geringste zu tun, es ist viel mehr. Sie berührt etwas in mir, das ich bisher nicht kannte. Ich fühle mich plötzlich wie befreit, mit ihr macht das Leben auf einmal viel mehr Spaß. Sie hat mich sogar dazu gebracht, dass ich meinem Sohn begegne. Deine Schwester macht einen besseren Menschen aus mir.«

»Du hast einen Sohn?«, fragt Alex überrascht und setzt sich auf die Kante seines Schreibtisches.

»Ja.«

»Wer ist die Mutter?«

»Eine Schulfreundin, die vor einigen Jahren gestorben ist.«

»Wo lebt der Junge jetzt?«

»In einem Kinderheim. Ich habe immer daran gezweifelt, ob er wirklich mein Sohn ist. Doch Jaz hat mir die Augen geöffnet. – Alexander, es tut mir leid, dass ich dich geschlagen habe. Aber wenn es um Jaz geht, brennen manchmal meine Sicherungen durch. Ich habe sie gefragt, ob sie meine Frau werden will.«

Alex schüttelt den Kopf. Die Neuigkeiten scheinen ihn zu verwirren. »Und was hat sie geantwortet?«

»Dass ich mich mit dir versöhnen muss, ansonsten wird es keine Hochzeit geben.« Er kann ihm wohl kaum sagen, dass der wahre

Grund vermutlich ein ganz anderer ist, wenn Jaz ihn wirklich verlassen sollte. Dass sie seine Kontrollsucht einfach nicht mehr erträgt.

»Du meinst also, euer Glück hängt davon ab, dass ich einlenke und die Streitigkeiten mit dir beilege?«

Seinem Partner auf Gedeih und Verderb ausgeliefert zu sein, ist ein Zustand, der Rhys überhaupt nicht gefällt.

»Wenn wir mal meine Beziehung zu Jaz außer Acht lassen und die Zukunft unseres Unternehmens ins Auge fassen, wäre es äußerst unklug, die Firma zu zerschlagen«, versucht er seine Position zu stärken.

»Möchtest du die Firma denn zerschlagen?«

»Nein, Alexander, das möchte ich nicht. Wir waren in der Vergangenheit ein unschlagbares Team, das sollten wir nicht aufgeben.«

Zustimmend nickt Alex. »Du wirst Jaz niemals freiwillig aufgeben, habe ich recht?«

»Nein, niemals. Was ist mit deiner Behauptung, dass du sie lieben würdest?«

Jetzt ist es Alex, der aufsteht und den Raum abschreitet. »Nenn es einen verzweifelten Versuch, sie vor dir zu schützen.«

»Dann hast du also nichts als brüderliche Gefühle für Jaz?«, hakt Rhys misstrauisch nach.

»So ist es. Sie ist meine Schwester, ich liebe sie und will nur ihr Bestes. Aber als die Frau an meiner Seite? Das habe ich mir zwar lange gewünscht, viel länger, als sie ahnt, aber in dieser Hinsicht war Jaz sehr deutlich. Nein, ich denke, das kommt für sie nicht in Frage.«

Alex Stimme hat einen traurigen Ton angenommen. Rhys ist sofort bewusst, dass Alex aus diesem Konflikt als moralischer Sieger hervorgehen wird. Immer ist doch derjenige, der mit einem gebrochenen Herzen zurückbleibt, der Held. Es ist nun an ihm, Rhys, sich erkenntlich zu zeigen.

Ruhig nickt er. »Dann haben wir also deinen Segen? Und wir werden weiterhin zusammenarbeiten?«

Alex reicht ihm die Hand. »Es bleibt alles, wie es ist, Rhys. Aber eines sage ich dir – machst du sie unglücklich, wirst du dich nirgendwo auf der Welt vor mir verstecken können.«

~

»Claudia, können Sie mir bitte eine Liste der Kinderheime im Raum Frankfurt zusammenstellen?«

Ich höre durch den Telefonhörer, wie sie zögerlich antwortet: »Vielleicht sollte ich das erst mit Ihrem Bruder besprechen ...«

Ich glaube, ich höre nicht richtig! Was soll das denn? Hält sie mich etwa für eine von Rhys' kleinen Abenteuern?

»Claudia, ich bin die persönliche Assistentin von Mr. Cunningham, und ich glaube nicht, dass Alexander meine Anweisungen bestätigen muss.« Noch bevor sie antworten kann, habe ich den Hörer aufgeknallt und stehe am Empfang.

»Gibt es hier ein Problem?« Rhys' sonore Stimme taucht hinter mir auf, und Claudia schaut beschämt auf ihre Hände.

»Nein, Rhys, danke, wir haben alles im Griff. Ist doch so, nicht wahr, Claudia?«

Sie nickt stumm.

»Schatz, ich habe noch einen Termin mit Paul und nehme Matt mit, ich hole dich später ab.« Rhys küsst mich und macht sich auf zum Fahrstuhl.

»Auf Wiedersehen, Matt«, wispert Claudia, und ich sehe im Vorbeigehen, dass er ihr einen Kuss zuwirft. Ich weiß diese Vertrautheit nicht ganz einzuordnen, und eigentlich geht es mich ja auch nichts an. Aber Abby ist meine Freundin und weiß von dieser Sache nichts, und ich rätsele nun darüber, ob sie es je erfahren sollte. Ich entscheide mich dagegen. Die beiden werden schon ihr Glück finden. Aber vielleicht sollte ich trotzdem mal mit Matt ein Wörtchen reden.

Ich ziehe mich in mein Büro zurück und schaue aus dem Fenster, hinüber zum Messegelände. Die Messe, die dort gerade stattfindet, lockt unzählige Besucher an, es wimmelt dort unten vor Menschen.

Als es klopft, drehe ich mich um und sehe Claudia mit einer dampfenden Tasse Kaffee in der Tür stehen.

»Ms. Darling, ich möchte mich bei Ihnen entschuldigen. Das vorhin war nicht so gemeint, ich war nur etwas unsicher, da Ihr Bruder uns bereits erklärt hat, dass Sie und Mr. Cunningham nicht mehr hier arbeiten werden.«

Ob das wirklich etwas voreilig von Alex war, kann ich nicht sagen, da Rhys es nicht für nötig hält, mich darüber zu informieren, wie sein Gespräch mit Alex ausgegangen ist.

»Ist mein Bruder in seinem Büro?«

Claudia reicht mir die Tasse Kaffee. »Nein, er hat kurz nach Mr. Cunningham das Büro verlassen, er hat einen auswärtigen Termin.«

»Gut«, nicke ich, »lieben Dank für den Kaffee.« Ich drehe mich zum Fenster und stoße mit dem Ellbogen gegen das Fenstersims. Dabei schwappt der Kaffee über den Rand der Tasse, und ein Schwall ergießt sich auf meine weiße Bluse.

»O nein! So ein Mist!«, fluche ich und sehe, wie sich der dunkelbraune Fleck auf meiner Brust ausbreitet.

Claudia reicht mir schnell eine Serviette, die sie zur Hand hat, doch es hat keinen Sinn. Die Bluse ist ruiniert.

»Verdammt, jetzt muss ich rüber ins Marriott und mich umziehen.«

~

Es dauert nur ein paar Minuten, dann stehe ich bereits im Fahrstuhl und fahre in die oberste Etage. Zum Glück habe ich die Schlüsselkarte eingesteckt, die Rhys mir heute Morgen gegeben hat. Da ich mehrere weiße Blusen eingepackt habe, wird es nur einige Minuten dauern, bis ich wieder im Messeturm bin. Als ich aus dem Fahrstuhl trete, sehe ich Matt vor der Tür warten.

»Matt, was machst du hier? Ich dachte, du würdest Rhys begleiten.« Ich bin äußerst überrascht, ihn hier anzutreffen.

»Ähm, ja, das tue ich auch. Du solltest jetzt lieber nicht dort hineingehen.« Er ist ebenso überrascht wie ich, dass wir uns hier treffen.

»Warum nicht?«

»Rhys ist dort drin.«

»Ja und?« Ich weiß nicht, was er mir damit sagen will.

»Er … er wollte schnell duschen.«

Ein kleines Lächeln huscht über mein Gesicht. »Du kannst mir glauben, Matt, ich habe Rhys schon öfter unter der Dusche gesehen.«

Ich will an ihm vorbei, doch er versperrt mir mit einem Arm den Weg. »Jaz, bitte vertraue mir. Geh jetzt nicht da hinein.« Sein Blick ist eindringlich, und das macht mich hellhörig.

»Ich muss mich umziehen, Matt, meine Bluse hat einen großen Fleck, ich muss da jetzt rein.«

»Warte bitte einen Augenblick, ich gebe Rhys Bescheid. Ich habe Stimmen gehört, vielleicht will er jetzt nicht gestört werden?« Er zückt sein Handy.

Was soll der Blödsinn? Rhys wird telefonieren – oder der Fernseher läuft. Ich aktiviere mit der Karte die Tür und geduckt husche ich unter seinem Arm hindurch. Mit Matt habe ich ohnehin noch ein Hühnchen zu rupfen.

Eigentlich wollte ich sofort die Tür wieder schließen, doch stattdessen erstarre ich zur Salzsäule.

10

Der Anblick, der sich mir bietet, ist so bizarr, dass ich für einige Sekunden vergesse zu atmen. Erst als schwarze Punkte vor meinen Augen zu tanzen beginnen, ziehe ich so laut die Luft ein, dass es einen leichten Pfeifton hervorruft.

»Jazman! Was tust du hier?«, ruft Rhys überrascht, doch ich nehme seine Gestalt kaum wahr.

Ich presse meine Hand vor den Mund und spüre Hände, die meine Schultern packen. Matt!

»Lass mich sofort los!«, zische ich atemlos. Doch es hilft nichts, ein lauter Schluchzer dringt aus meinem Mund und meine Augen füllen sich mit Tränen.

Schnell wirbele ich herum und stoße Matt dabei zur Seite, aus dem Augenwinkel sehe ich, wie er dabei zu Boden geht. Vielleicht habe ich ihn gestoßen, ich weiß es nicht. Mit schnellen Schritten laufe ich, blind vor Tränen, den Aufzügen entgegen. Zum Glück öffnet sich die Tür, und ich stürze laut weinend hinein. Dabei habe ich so viel Schwung, dass ich eine Person, die gerade aussteigen will, wieder zurück in die Kabine stoße. Hastig drücke ich irgendeinen Knopf, ich kann kaum erkennen welchen, da die Tränen sich mit meiner Wimperntusche mischen und höllisch in den Augen brennen.

Als die Tür bereits geschlossen ist, höre ich Rhys meinen Namen schreien, doch der Aufzug ist schon auf dem Weg nach unten.

Plötzlich finde ich mich in den Armen der Person wieder, die ich zurück in den Aufzug gedrängt habe. Aber Weinkrämpfe schütteln meinen Körper, und ich bekomme kaum Luft. Mein Brustkorb hat sich zusammengezogen, und ich schnappe vergeblich nach Sauerstoff. Eine astreine Panikattacke hat mich im Griff!

»Hey, ganz ruhig! Ganz langsam durch die Nase ein- und durch den Mund wieder ausatmen.«

Ich versuche, mich auf diese Worte zu konzentrieren, wische mir die Tränen aus den Augen. Dann sehe ich sie, die Manschettenknöpfe aus Sterlingsilber in Form von Totenköpfen.

»Paul?« Meine Stimme ist nur ein leises Wispern, kaum zu verstehen.

»Ja, ich bin hier. Um Gottes willen, was ist denn passiert?« Er ist die Ruhe selbst, hält mich im Arm und versucht sich vermutlich einen Reim darauf zu machen, was mich so aufgewühlt hat.

»Bring mich hier weg, schnell! Bitte hilf mir.«

»Natürlich«, er drückt eilig den Knopf einer Etage, und kurz darauf hält die Kabine an. Wir sind im siebten Stockwerk, und er führt mich heraus. Als andere Gäste uns begegnen, verberge ich schnell mein Gesicht an seiner Brust. Unser Weg ist nicht weit, er öffnet eine Tür, und als diese wieder hinter uns ins Schloss fällt, lehne ich mich erschöpft dagegen und rutsche auf den Boden hinunter.

»Hey, mein Engel, komm, ich bringe dich in Sicherheit.« Er hebt mich auf seine Arme und trägt mich in das Schlafzimmer seiner Suite.

Als er mich auf dem Bett ablegt, krümme ich mich wie ein Embryo zusammen und fange erneut an zu weinen. Doch diesmal fließen die Tränen leise, lassen meine Schultern erbeben. Ohne ein weiteres Wort nimmt mich Paul wieder in seine Arme und wiegt mich wie ein Kind. Ich lasse es geschehen.

Ich spüre seine Lippen an meiner Schläfe, die er zart küsst, und es ist eine tröstende Geste, keine drängende. Eine ganze Weile wiegt er mich hin und her, bis meine Tränen langsam versiegen.

Er reicht mir ein Taschentuch, und mir fällt sofort sein Monogramm auf. Trotzdem benutze ich das edle Tuch, um meine Augen von den Tränen zu befreien und mir die Nase zu putzen. Meine Tränen hinterlassen schwarze Spuren auf dem weißen Stoff, doch ihm ist es egal, er wirft es einfach in eine Ecke.

»Jaz, bitte, erzähl mir, was passiert ist.« Seine Stimme ist sanft, und er fährt mit einer Hand über meinen Rücken, als würde er mit dem Bogen seine Geige streicheln. Damit bringt er etwas in mir zum Klingen, ich finde meine Sprache wieder.

»Rhys ... ich kam in unsere Suite ... da stand er dort, dabei wollte er sich doch mit dir treffen ... sein Hemd war aufgeknöpft ...«, ich muss schlucken, weiß nicht, wie ich es erklären soll.

»Und weiter?«, fragt Paul, weil ich immer nur den Kopf schüttele.

»Vor ihm kniete ...«, wieder eine Pause, hervorgerufen durch meine vollkommene Sprachlosigkeit.

»Wer kniete vor ihm?«

»Eine ... eine Frau.« Ich hole tief Luft, dann schießt es quasi aus mir heraus: »Das Oberteil ihres Kleides hing ihr bis zur Taille, sie trug nichts darunter und Rhys stand mit offenem Hemd und offener Hose vor ihr.«

Pauls entsetzter Gesichtsausdruck spricht Bände. »Bist du dir da ganz sicher?«

»Ja«, nicke ich, »ich kenne sie. Ihr Name ist Christina Blanks, und sie ist ein Callgirl!«

~

Paul bringt mir ein Glas mit einer goldbraunen Flüssigkeit. »Ein Scotch, ich glaube, den kannst du jetzt gebrauchen.«

Zwar trinke ich so gut wie keinen Alkohol, doch in Anbetracht der Lage kann er mir wohl kaum schaden. Vielleicht sollte ich gleich die ganze Flasche trinken.

Paul sitzt mir auf dem Bett im Schneidersitz gegenüber und sieht mir dabei zu, wie ich Zug um Zug den Inhalt des Glases in mich hineinkippe.

»Ehrlich, Jaz! Ich kenne Rhys mein halbes Leben, so etwas traue ich ihm einfach nicht zu. Bist du dir ganz sicher, dass du die Situation richtig gedeutet hast?«

»Ich weiß, was ich gesehen habe. Was ist an einer Situation falsch zu verstehen, wenn eine Prostituierte halb nackt dabei ist, den Hosenschlitz deines Verlobten zu öffnen?«

Meine Stimme ist plötzlich eiskalt, ich wundere mich selbst darüber, wie leicht es mir auf einmal fällt, die Dinge beim Namen zu nennen. Dabei möchte ich eigentlich schreien und etwas Wertvolles zerbrechen. Vielleicht dieses Whiskyglas? Oder Pauls Geige? Oder vielleicht doch lieber gleich Rhys' Schädel?

Paul hat sich mittlerweile auch ein Glas geholt, und die Scotchflasche ist unser neuer bester Freund.

»Ich weiß nicht, es passt einfach nicht zu Rhys. Er ist vieles, aber kein Lügner und Betrüger.«

Na, da habe ich ganz andere Erfahrungen gemacht.

»Hattest du heute eine Verabredung mit ihm?«, frage ich frei heraus.

Einen kurzen Moment denkt Paul nach, dann schüttelt er den Kopf. »Ich war in der Oper, dann hat mein Manager mich hierhergefahren. Ich habe eingecheckt und wollte zu eurer Suite, um nachzusehen, ob ihr schon wieder zurück seid, damit wir vielleicht zusammen etwas essen gehen können.«

»Da siehst du, er hat mich belogen, als er sagte, er hätte einen Termin mit dir. Ich könnte noch einen Drink vertragen.« Ich halte ihm mein Glas hin, und er schenkt mir nach.

»Alkohol ist wirklich keine Lösung«, grinst er, und ich erwidere sein Lächeln trotzig.

»Ich weiß, aber er macht ein gutes Gefühl.« Ich kippe den Inhalt des Glases in einem Zug hinunter. Der Scotch brennt im Hals, aber er vertreibt meine Tränen, meinen Kummer. Ich kann immer noch nicht glauben, was ich da für einen kurzen Moment vor Augen hatte. Aber ich habe mich nicht getäuscht. Dafür sprechen nicht nur Matts Bemühungen, mich daran zu hindern, die Suite zu betreten, sondern auch Rhys' entsetztes Gesicht.

Allerdings weiß ich einfach nicht, was ich davon halten soll. Ein großes *Warum* flackert unentwegt vor meinen Augen auf, wie eine Warnung, die mein Unterbewusstsein brüllt. Warum hat er das getan? Warum trifft er sich noch mit dieser Frau? Warum will er mich, wenn ich ihm nicht reiche? Warum hat er mich nicht gehen lassen, als er die Möglichkeit dazu hatte? Warum verlässt er mich nicht, wenn er ja wohl offensichtlich eine andere will?

Diese Fragen drehen sich wie ein Karussell in meinem Kopf, und mir ist schon ganz schwindelig.

Die ganze Zeit beobachtet mich Paul und sieht mir wohl an, dass mich ungeklärte Fragen quälen.

»Hast du eigentlich nichts anderes vor?«, frage ich ihn.

»Eigentlich habe ich Probe, doch die lasse ich ausfallen.«

»Meinetwegen?«

»Was willst du jetzt tun?«, fragt er statt einer Antwort und stellt die Flasche und die Gläser zur Seite.

»Ich weiß noch nicht genau. Aber du musst mir zwei Dinge versprechen, und das meine ich wirklich ernst: Rhys darf nicht erfahren, wo ich bin, bitte versprich es mir, Paul. Sag ihm nicht, wo ich bin, ich weiß, dass er mich suchen wird. Das Gleiche gilt für Matt. Habe ich dein Wort?«

Verschwörerisch hebt er zwei Finger. »Bei meiner Seele als Ehrenmann, ich schwöre, dass ich weder Matt noch Rhys etwas verraten werde. Und das zweite Versprechen?«

»Mein Bruder, Alex, ich weiß nicht, ob du ihn kennst?«

Er schüttelt den Kopf.

»Gut, Alex darf ebenfalls nichts davon erfahren. Er würde Rhys umbringen.«

»Aber ist es nicht das, was eine Frau will, wenn sie erfährt, dass ihr Mann sie betrügt?«

Ein schwaches Lächeln gleitet über meine Lippen. »Ja, vielleicht. Aber so etwas erledige ich lieber selbst. Ich will das Messer in meiner Hand spüren, wenn ich die Klinge in sein Herz ramme.«

»Ups, erinnere mich an diesen Satz, falls ich mich verlieben sollte.«

Mir schießen erneut die Tränen in die Augen.

»Komm her, Kleines, lass dich trösten.«

Er zieht mich in seine Arme, und ich will im ersten Moment protestieren, doch sein Griff ist fest wie der eines guten Freundes. Daher lasse ich es geschehen und liege in den Armen von Paul Vig auf dessen Bett, bis mich der Schlaf vor Erschöpfung irgendwann überkommt.

11

Wärme umfängt mich, und ich krieche immer tiefer in sie hinein. Es ist, als würde ich in der Sonne liegen und als würden mich ihre Strahlen liebkosen.

Ich drehe meinen Kopf der Sonne entgegen, und etwas piekst mich. Die Haut meines Gesichts scheint von Hunderten von kleinen Nadeln malträtiert zu werden.

Ich suche eine neue Position und lande auf etwas Weichem, Angenehmem, das auch noch gut riecht.

Der Duft eines Mannes.

Sofort bin ich hellwach.

O Gott, ich liege in den Armen von Paul Vig. Sein Dreitagebart hat mein Gesicht wundgescheuert, doch jetzt liege ich in seiner Halsbeuge, dort, wo die Haut zart und weich ist.

Er hat die Augen geschlossen, schläft noch. Ich wage nicht, mich zu rühren, will vermeiden, dass ich ihn wecke. Erst muss ich mir über einiges klarwerden. Warum liege ich noch mal hier?

Sofort schlägt die Keule zu, ohne dass ich vorher gewarnt werde. Der Schlag trifft mich bis ins Mark.

Rhys und diese Schlampe!

Unkontrolliert hole ich Luft und schluchze auf. Ich bin so verletzt und will nicht wahrhaben, dass Rhys mir so etwas antut. Das Herz bei vollem Bewusstsein herausreißt. In diesem Moment hasse ich ihn.

Verdammt, Paul bewegt sich und wird wach.

»Hallo, Kleines, na? Gut geschlafen?«, fragt er, und sein Lächeln bringt Eisberge zum Schmelzen. Wo Rhys düster und geheimnisvoll wirkt, ist Paul verwegen und sinnlich. Wie die Sonne, die ich vor wenigen Minuten noch gespürt habe. Es war Pauls Körperwärme, die mir das Gefühl von Geborgenheit vorgetäuscht hat.

»Hey, nicht wieder weinen«, meint er und wischt mir eine Träne fort, die sich gelöst hat und nun meine Wange herunterrinnen will und dabei andere lockt, sie zu begleiten. Ehe ich richtig losheule, atme ich tief durch und reiße mich zusammen.

»Nein, schon gut.« Ich schüttele den Kopf und versuche, ein Lächeln hinzubekommen.

»Geht doch!« Dann wird sein Blick ernst. »Wie fühlst du dich?«

Er hält mich fest umschlossen, und es kommt mir alles so falsch vor, hier in den Armen eines anderen Mannes zu liegen, des falschen Mannes. Dies ist so weit jenseits der Grenzen, innerhalb derer mein normales Leben gewöhnlich abläuft, dass ich nicht mehr klar denken kann, sondern mich nur noch treiben lasse.

»Mir geht es nicht besonders gut. Ich bin vollkommen durcheinander, dabei muss ich überlegen, wie es jetzt weitergehen soll.«

Paul wirft einen Blick auf seine Armbanduhr. Ein edles Modell von Thomas Sabo. »Wir haben gerade mal sieben Uhr, ich muss um neun bei der Probe sein. Wenn ich nicht auftauche, ist die Hölle los, nachdem ich gestern schon geschwänzt habe.«

»Ich will dich nicht aufhalten, Paul. Ich werde zusehen, dass ich hier wegkomme.« Abrupt richte ich mich auf und werde genauso schnell wieder in seine Arme gezogen.

»Hey, dies ist vermutlich das letzte Mal, dass ich die Gelegenheit habe, dich zu halten.«

»Sagt der große Klassikstar zu der unbekannten Meeresbiologin.« Ich muss lachen.

»Du hast deinen Humor nicht verloren, das ist gut.«

»Den kann mir noch nicht einmal ein Rhys Cunningham nehmen.«

Paul streichelt zärtlich über mein Haar.

»Weißt du, ich hatte die ganze Zeit keine Chance gegen Rhys, deshalb hat es mir auch solchen Spaß gemacht, dich hochzunehmen, du warst so süß in deiner Art, mir zu widerstehen. Jetzt liegst du hier, und es ist weder der richtige Ort noch der richtige Zeitpunkt, dich zu lieben. Aber ich sage dir eins, noch einmal werde ich solch eine Chance nicht ungenutzt verstreichen lassen, Rhys hin oder her. Du hast etwas, das mich anzieht, zwischen uns ist eine Art Magie, ich weiß, du spürst es auch.«

Er beugt sich vor und küsst mich. Ein zärtlicher Kuss, nur unsere Lippen berühren sich, als würden sie sich ein Versprechen geben.

»So, wenn ich jetzt nicht aufstehe, kann ich für nichts garantieren.« Er springt aus dem Bett auf, und ich sehe, dass er genau wie ich noch seine Kleidung trägt.

»Also, sag mir, wie kann ich dir helfen?«, fragt er und schaut auf sein Handy.

»Ich weiß einfach nicht, wo ich hin soll. Zu meinem Bruder kann ich nicht, das heißt: Natürlich könnte ich dorthin, immerhin wohne ich da, wenn ich nicht gerade in New York lebe. Aber Alex würde ausflippen, wenn er erfährt, was geschehen ist. Er würde eine Dummheit begehen, seine Zukunft aufs Spiel setzen – das muss ich um jeden Preis verhindern. Und das bedeutet, dass ich irrwitzigerweise in meiner Heimatstadt mittellos und ohne Dach über dem Kopf dastehe. Wenn ich die Kreditkarte benutze, kann Rhys mich finden. Ich habe keine Ahnung, wie es weitergehen soll. Bei dir kann ich auch nicht bleiben, ich will deine Freundschaft zu Rhys nicht in Gefahr bringen.«

»Rhys hat achtmal versucht, mich auf dem Handy zu erreichen. Es wäre möglich, dass er hier auftaucht. Wenn er erfährt, dass ich die Probe verpasst habe, wird er sich seinen Teil denken.«

Ich setze mich im Bett auf und ziehe meine Beine an den Körper. Verdammt, ich kann nirgendwohin.

Paul zieht seine Brieftasche aus seiner Jacke.

»Falls du mir Geld geben willst, ich will es nicht.«

»Ich habe etwas viel Besseres für dich.«

Er reicht mir eine schwarze Kreditkarte. »Das ist meine Zweitkarte, ich brauche sie nur für den Fall, dass ich meine einmal verliere. Damit kann dich niemand finden. Benutze sie, damit du hier wegkommst.«

Aufgeregt schüttele ich den Kopf. »Nein, Paul, das kann ich nicht annehmen.«

»Es ist deine einzige Chance. Wenn du natürlich lieber Rhys auf deine Spur bringen willst, dann lass es.«

Einige Sekunden starre ich auf die kleine Plastikkarte. Mein Ticket in die Freiheit, wohin auch immer.

»Bitte, ich möchte dir helfen, Jaz. Sag mir gelegentlich Bescheid, wo ich dich finden kann. Ich habe eine Wohnung in New York und ein Haus am Comer See. Beide stehen dir offen.«

Meine Hand schließt sich um die Karte, und ich stehe auf. »Du bist ein guter Freund, das werde ich dir nicht vergessen. Ich weiß wirklich nicht, wie ich dir danken soll, Paul.«

Ohne lange zu überlegen, zieht er mich an sich und küsst mich. »Komm mit mir duschen.«

Wir müssen lachen, denn wir wissen beide, dass er es – diesmal – nicht ernst meint. Langsam löse ich mich aus seiner wohltuenden Umarmung.

Und während Paul duscht, nehme ich seine Kreditkarte und verlasse die Suite.

~

Als er gegen die Hoteltür wummert, hallt es laut durch den langen Flur. Wenn nicht gleich jemand öffnet, dann geht er entweder mit der Tür ins Zimmer, oder die Security schlägt ihn vorher k.o.

»Wo ist sie?«, fragt Rhys aufgebracht, als Paul ihm, nur mit einem Handtuch um die Hüften, endlich öffnet. Er drängt sich an ihm vorbei in die Suite.

»Komm doch rein, Rhys. Hallo, Matt.«

»Ist sie hier? Hat sie sich bei dir vor mir versteckt?« Rhys schaut sich suchend um.

»Ich gehe mal davon aus, dass es um Jaz geht?« Paul wirkt unnatürlich ruhig, während er nur dort steht und ihn ansieht.

»Natürlich geht es um Jaz!«, schreit Rhys aufgebracht.

»Gut. Dann gehe ich mir nun etwas anziehen, ja? Ich tropfe hier nämlich, wie du siehst, den Boden voll.« Paul geht hinüber in sein Schlafzimmer.

Rhys folgt ihm auf dem Fuße. Wenn Jaz da war, dann hat sie vielleicht etwas liegen lassen. Sein Blick fliegt durch den Raum, während sich Paul in aller Ruhe eine Jeans und ein T-Shirt überwirft und sich zu ihm herumdreht.

»Also, es geht um Jaz, was ist mit ihr?«

»Sie ist seit gestern verschwunden, und ich kann sie nirgends finden.«

»Wie, verschwunden? Man verschwindet doch nicht einfach so?«

»Es hat ein Missverständnis gegeben, danach ist sie abgehauen und ich kann sie nicht erreichen. Ich weiß, dass du gestern nicht zur Probe erschienen bist.«

Paul hebt eine Augenbraue. »Ein Missverständnis?«

»Das tut nichts zur Sache. Ich weiß, dass du hinter Jaz her bist, glaube nicht, dass ich so dumm bin, nicht mitzubekommen, wie du sie mit den Augen ausziehst. Du willst sie, aber Jaz gehört mir!«

»Puh, wow, Rhys, ganz ruhig, du hast dein Revier markiert, das habe ich respektiert.«

Drohend baut er sich vor Paul auf. Er weiß genau, dass der Geiger etwas vor ihm verbirgt, er kann es förmlich riechen!

»Würdest du bitte?« Paul macht eine Handbewegung in Matts Richtung, als wäre dieser sein persönlicher Bodyguard.

»Hey, Rhys, komm mal runter. Paul kann doch nichts dafür.« Matt berührt ihn an der Schulter, doch Rhys wehrt ihn ab, ist ganz auf Paul fixiert.

»Wieso hast du gestern die Probe versäumt?«

»Woher weißt du davon?«, will Paul wissen.

»Heute schon Zeitung gelesen?«, fragt Rhys.

»Ich hatte etwas Besseres zu tun.« Paul wirft einen Blick auf das zerwühlte Bett, wo deutlich zu erkennen ist, dass dort zwei Personen geschlafen haben.

Rhys' Blick folgt dem von Paul und bleibt plötzlich an etwas hängen, das nur ein Stückchen weit unter der Tagesdecke hervorlugt.

Er macht einen Schritt darauf zu. »Das ist doch ...« Rhys zieht die Bluse mit dem verräterischen Kaffeefleck unter der Decke hervor. Er wusste es! Die ganze Zeit über wusste er es genau!

»Wo. Ist. Sie?« Seine Stimme ist so leise, dass er nicht sicher ist, ob Paul ihn überhaupt versteht, aber er weiß genau: Wenn er jetzt seine Beherrschung verliert, dann muss Matt mit viel Blut umgehen.

Paul zögert eine Sekunde zu lange, da trifft Rhys' Faust bereits auf sein Kinn, und bevor er auf dem Boden landet, ist Rhys über ihm und schlägt weiter auf ihn ein.

»Rhys! Schluss damit! Bist du verrückt? Hör auf!« Matt stürzt sich auf ihn und zieht ihn von Paul herunter.

»Was soll das?«, brüllt Matt ihn an. »Komm wieder runter! Denk eine Sekunde mal darüber nach, warum Jaz abgehauen ist. Willst du ihr das wirklich verübeln?«

Langsam rappelt sich Paul auf und wischt sich seine blutende Lippe an dem Handtuch ab.

»Wenn dir unsere Freundschaft etwas wert ist, dann schaff ihn hier raus«, sagt Paul an Matt gewandt und zeigt mit dem Kinn auf Rhys.

Matt nickt stumm und will ihn aus dem Zimmer ziehen, doch er hebt die Hand. »Halt, warte!«

Rhys schaut Paul intensiv in die Augen, bevor er fragt: »Hast du mit ihr geschlafen?«

»Nein«, beantwortet Paul seine Frage, ohne zu zögern.

»Wo ist sie?«

»Bei unserer Freundschaft, ich weiß es nicht.«

»Freundschaft?«

»Du solltest nur einen Freund nahe an dich heranlassen, um dich selbst zu erkennen. Rhys, Mann, sie hat sich hier umgezogen und hat hier übernachtet. Dann ist sie gegangen, und ich denke nicht, dass ich sie je wiedersehen werde. Aber, hey, Mann, sie ist es allemal wert, sich um sie zu prügeln!«

12

Die Anzeigetafel in der Abflughalle flackert ständig neu auf, es fällt mir schwer, mich auf ein Ziel festzulegen. Sidney, Rom, Tokio?

Alles Orte, die mir nichts sagen, bei denen mein Herz nicht reagiert. New York kommt natürlich gar nicht in Frage. Um genau zu sein, ist dies neben Frankfurt der letzte Ort, an dem ich jetzt sein möchte.

»Paris, Helsinki, Honolulu, Berlin …«, murmele ich vor mich hin. »Honolulu?«

In Sekundenschnelle schaltet mein Gehirn. Endlich! Es arbeitet wieder! Ich spurte in Windeseile zum Schalter der Lufthansa.

»Haben Sie noch einen Platz in der Maschine nach Honolulu?«

Die Bodenstewardess schaut in ihrem Computer nach.

Bitte, bitte, lass etwas frei sein!, flehe ich in Gedanken.

Sie schüttelt den Kopf. »Nein es tut mir leid. Die Maschine ist ausgebucht.«

Ich kralle mich förmlich am Schalter fest. *Nein, bitte nicht!*

»Außer in der First Class, da haben wir noch einen Platz. Die Maschine macht einen Zwischenstopp in San Francisco.«

»Den Platz nehme ich!«, rufe ich aufgeregt.

Die Stewardess schaut mich skeptisch an. »Ihnen ist bewusst, dass ein Platz in der First Class dreizehntausend …«

Ich schiebe wortlos die schwarze Kreditkarte über den Tresen. O Gott, möge Paul mir verzeihen.

~

»Du musst einige Dinge für mich erledigen, Matt.« Rhys sitzt an seinem Schreibtisch im Messeturm und legt überlegend die Fingerspitzen aneinander.

»Sie hat keine Sachen mitgenommen, nur ihre Handtasche. Ich werde ihre Kreditkarte überwachen lassen, und sobald Jaz sie benutzt, wissen wir, wo sie sich aufhält. Ich möchte, dass du herausbekommst, ob Alex weiß, wo sie ist. Wir werden Jaz' Verschwinden nicht lange vor ihm geheim halten können, aber wir brauchen Zeit. Und zusätzlich musst du alles über Christina herausbekommen. Woher wusste sie, wo wir zu finden sind? Wie ist sie so schnell nach Frankfurt gekommen? Wie hat sie Zugang zu meiner Suite erhalten? Wer will uns schaden und Jaz und mich auseinanderbringen? Ich brauche Fakten, Matt, keine Vermutungen!«

Matt nickt und macht sich auf den Weg.

Hektisch greift Rhys zu seinem Handy. Seine Finger fliegen über das Display.

»Walter, ich brauche Ihre Hilfe, sofort! Es geht um Jazman Darling …«

~

Laut stöhnt Christina auf. Die Reibung, die erzeugt wird, während sie den Männerkörper reitet, fährt ihr wie ein Stromschlag durch den Körper. Sie beugt sich vor und leckt mit ihrer Zunge über die harte Männerbrust.

»Ich liebe es, dich zu ficken! Du bist tausendmal mehr Mann, als Rhys es jemals war.«

»Du solltest nicht Cunninghams Namen in den Mund nehmen, wenn mein Schwanz in dir steckt«, knurrt ihr Partner und wirft sie auf den Rücken.

Er stößt mit solcher Wucht zu, dass sie mit dem Kopf gegen das Bettgestell kracht. Doch statt sich zu beschweren, lacht sie nur laut auf. »Du bist ja heute ganz wild auf mich.«

»Nein, Baby! Ich feiere die Entlobung von Rhys und der lieben Jaz.«

Christina will sich schmollend wegdrehen, doch er reißt sie an der Schulter zurück. »Hiergeblieben, meine kleine Hure. Du gehst erst, wenn ich mit dir fertig bin. Erzähl mir noch mal genau, wie es abgelaufen ist.«

Der nächste Stoß bringt Christina dazu, wie eine Wildkatze zu fauchen.

»Du elender Mistkerl!«, keucht sie. »Ist das das Einzige, was dich interessiert?«

Er richtet sich auf und legt ihre Beine über seine Schultern. Sein Körper schwitzt, und er dringt noch tiefer in sie ein, aber sie weiß, dass er noch nicht kommen wird, dafür genießt er das, was sie ihm mitzuteilen hat, viel zu sehr.

»Los, erzähl es mir!« Er stößt zu.

»Ich ... ich habe dem Zimmerservice hundert Euro zugesteckt und ... und gesagt, ich hätte meine Handtasche im Zimmer vergessen.« Sie kann kaum sprechen, so hart stößt er zu. »So bin ich in die Suite gekommen.«

»Sprich weiter!«

»Eigentlich wollte ich warten, bis ... bis ... beide wiederkommen und eine Szene machen. Doch Rhys kam allein ... oh, mein Gott, ich liebe es, wenn du mich so fickst ...«

»Weiter!« Er stöhnt tief auf.

Christina aus diesem Blickwinkel zu sehen, ist einfach zu geil. Ihr Körper glänzt vor Schweiß, sie klammert sich ans Bett, versucht seine Stöße abzufangen, wirft den Kopf hin und her, kann kaum richtig sprechen.

Wäre sie nicht ein Callgirl, würde er sich sogar mal in der Öffentlichkeit mit ihr zeigen, doch diese Art negativer Publicity kann er sich einfach nicht leisten.

Sie hat die Augen geschlossen, aber er ist nicht hier, damit sie genießt.

»Was dann?«

Sie bäumt sich ihm entgegen, als er erneut zustößt, reißt die Augen auf, leckt sich über die Lippen.

»Ich habe gewartet, bis Rhys sich ... bis er sich ....«

»Ja?«

»Bis er sich auszog.« Sie ringt nach Luft, er hat das Tempo erhöht, das ist nicht schwer, sie macht ihn so an, wie sie da vor ihm liegt, die Beine auseinandergerissen, das Gesicht voller hektischer Flecken. Sie hat ihren Job gut gemacht, er wird es ihr geben, das hat sie verdient. Aber er will es hören, alles!

»Red weiter!«

»Er wollte duschen, er hatte das Hemd geöffnet, da kam ich aus dem Bad.«

»Gut. Sehr gut. Was dann?«

»Mein Kleid ...«

Ihre Hände gleiten zu ihren Brüsten, dann zwischen ihre Beine, wo er ist. Ihre Finger wühlen sich in seine Schamhaare, greifen seinen Schaft, sie erbebt heftig, als er zustößt, immer und immer wieder.

»Das Kleid hing nur noch auf meinen Hüften. Er packte mich ...«

»Wie hat er dich gepackt?«, keucht er, obwohl er die Antwort kennt. Er greift unter ihren Po, hebt ihn an, stößt erneut zu. »Hat er dich so gepackt?«

Sie stöhnt laut auf, hat die Augen wieder geschlossen. Nein, sie soll reden, sie soll weiterreden!

»Jaz war plötzlich an der Tür, mit Matt. Ich ... ich ... habe mich auf die Knie sinken lassen und seine Hose geöffnet.«

»Weiter!«

»Er hat gar nicht darauf geachtet, was ich mit ihm anstelle!« Sie lacht hart auf.

Er wirft den Kopf zurück, schließt die Augen, stößt zu.

»Die dumme kleine Schlampe hat nur gesehen, was sie sehen wollte und ist schreiend abgerauscht.«

Ja! Sie hat das getan, wofür er sie bezahlt hat. Sie hat es gut gemacht.

Er krallt sich ein letztes Mal in ihren Hintern und stöhnt laut auf, dann ergießt er sich. Die Vorstellung, dass Jaz Rhys verlassen hat, beschert ihm einen Orgasmus allererster Güte.

~

Es ist schon später Abend, als ich endlich in Honolulu lande und mir ein Taxi nach Kaneohe nehme. Ich weiß genau, wo ich hinwill, nenne dem Fahrer die Adresse und lehne mich müde in den Sitz zurück. Eine halbe Stunde später stehen wir vor einem Haus, ich bezahle die Fahrt, steige aus und wende mich der Haustür zu. Zum Glück brennt Licht, das heißt, es ist jemand zu Hause.

Auf mein Klopfen hin reagiert niemand, daher versuche ich es noch einmal. Endlich höre ich Schritte.

»Ich hoffe, es ist wichtig!«, sagt eine Stimme, als sich die Tür mit Schwung öffnet.

»Jazman?!« Selten habe ich in ein überraschteres Gesicht blicken dürfen.

»Hallo, Hunter! Ich hoffe, du bist nicht böse, wenn ich so unangemeldet hier hereinschneie? Ich habe auch nur eine Frage: Hast du noch den Ersatzschlüssel für mein Haus?«

Hunter Burke bekommt vor Staunen den Mund nicht zu. »Jaz, ich dachte, du bist in New York.«

Ich schüttele den Kopf. »Nein, eigentlich komme ich direkt aus Frankfurt. Also, hast du den Schlüssel noch?«

»Ja … ja klar, sicher. Komm doch erst mal rein, ich schaue gleich nach, wo ich ihn hingelegt habe.«

Er hält mir die Tür auf, und ich trete in sein kleines Haus ein. Auf den ersten Blick hat sich nicht viel verändert. Noch immer stehen einige Surfboards an den Wänden, Taucheranzüge und Sauerstoffflaschen liegen herum.

»Sorry, wenn ich gewusst hätte, dass ich Besuch bekomme, hätte ich ein wenig aufgeräumt.«

»Mach dir keine Umstände, ich bin nicht gekommen, um dich zu besuchen. Ich will nur meinen Schlüssel holen.«

Verwirrt schaut Hunter sich im Wohnzimmer um. »Stimmt, der Schlüssel.« Hektisch kramt er in diversen Schubladen.

»Nehmen wir doch den hier«, schlage ich vor und fische nach einem Band, das an einem Wandhaken hängt. Immer noch dort, wo ich ihn vor einigen Monaten hingehängt habe.

»Was machst du hier?«, fragt er und nimmt ein Glas, schenkt aus einer bereits geöffneten Flasche Wein ein und reicht es mir.

Dankend nehme ich es an und trinke einen Schluck. Der Wein tut mir gut. Als er meine Kehle hinunterrinnt, breitet sich sofort ein bisschen Wärme in mir aus, etwas, was ich in den letzten Stunden vermisst habe. Fast sechsundzwanzig Stunden war ich unterwegs und bin wirklich fertig.

»Setzen wir uns doch. Wie ich sehe, reist du mit leichtem Gepäck?«

Wir nehmen auf der einzigen Couch im Raum Platz, so, dass wir uns ansehen können.

»Ja«, nicke ich grinsend, »ich mache Urlaub. Die Miete für das Haus habe ich damals ein Jahr im Voraus bezahlt. Ich dachte ja, ich würde länger hier leben …«

Hunter blickt mich entschuldigend an. »Jaz, es tut mir wirklich leid, wie das mit uns gelaufen ist. So sollte es nicht enden.«

Ich hebe die Hand und trinke einen weiteren Schluck. »Bitte nicht, Hunter. Das liegt hinter uns, es ist vorbei. Lass uns nicht mehr davon anfangen.« Nicht noch eine Baustelle abarbeiten.

Erleichtert nickt er. Hunter ist immer noch der blonde Sonnyboy, auch wenn er bereits über fünfzig ist. Wenn man ihn so ansieht, könnte man denken, dass er Ende dreißig ist, nur die feinen Fältchen an seinen Augen zeugen von seinem wirklichen Alter.

»Wo hast du deinen Verlobten gelassen? Diesen Milliardär?«

»Du hast dir Informationen über Rhys verschafft?«

Hunter grinst dieses gewisse Lächeln, das junge Studentinnen in Scharen anlockt wie Blutgeruch gierige Haie. »Ich habe ihn damals gegoogelt, als ich erfahren habe, dass ihr verlobt seid.« Er trinkt einen Schluck Wein und zieht seine Augenbrauen hoch. »Ich war einfach ziemlich überrascht, dass du dich nun in solchen Kreisen bewegst.«

»Mein Bruder ist sein Geschäftspartner.« Vielleicht weiß Hunter das inzwischen auch, vielleicht nicht. Mehr braucht er jedoch nicht zu wissen.

»Und? Wann ist die Hochzeit?« Er blickt auf meinen Ring.

Erst jetzt wird mir bewusst, dass ich ihn immer noch trage. Mit dem Daumen drehe ich ihn an meinem Finger hin und her. »Nicht so bald«, antworte ich ausweichend.

Ich leere mein Glas und stelle es auf dem Tisch ab. »So, ich muss jetzt aber los. Bin seit Stunden unterwegs und werde die nächsten Wochen wohl endlos schlafen. Ich bin froh, hier mal ausspannen zu können.« Unsicher lächele ich ihn an.

Ich erhebe mich und Hunter begleitet mich zur Tür. »Es ist schön, dass du wieder da bist.«

»Sag nicht, dass hier Mangel an weiblichem Besuch geherrscht hat, seitdem ich weg bin, das kannst du jedem erzählen, mir aber nicht, Hunter Burke.« Ich lache müde.

»Du wirst es nicht glauben, aber es ist so.« Er zwinkert mir zu.

»Du hast recht. Ich glaube dir kein Wort.«

Als ich schon auf dem Weg zu meinem Haus direkt neben seinem bin, ruft Hunter mir hinterher: »He, Jazman! ... Willkommen zurück.«

Ich winke ihm zu, ohne mich umzudrehen.

13

Ich habe mein Gleichgewicht wieder. Hier auf Hawaii kann ich atmen, ohne dass mir die Tränen kommen. Rhys und seine verschrobene Liebe zu mir sind so weit weg wie der Mond von der Erde. Auch wenn ich im Moment keinen Plan habe, wie mein Leben weitergehen soll, erfüllt mich positive Zuversicht.

Ich habe keine Erklärung dafür, warum mich Rhys betrogen hat, es passt einfach nicht zu seinen Worten, seinen Versprechungen. Aber ich weiß, was ich gesehen habe. Vermutlich werde ich diese Frage mit ins Grab nehmen, denn ich werde es niemals verstehen können, was Rhys an dieser Christina findet. Warum er mich für eine Frau aufgibt, die jeder Mann haben kann.

Mein Haus liegt an der Lillipuna Road, direkt in der Nähe des Meeresbiologischen Instituts, mit Sicht auf den Ozean. Ich glaube, das ist es, was mir die ganze Zeit gefehlt hat. Diese Freiheit, die Weite, das Grün dieser Insel. Niemals zuvor habe ich Natur in solch verschwenderischer Pracht gesehen wie hier.

Plötzlich weiß ich gar nicht mehr, warum ich Hawaii so überstürzt verlassen habe. Vergessen sind die Demütigung und der Schmerz, den Hunter mir zugefügt hat, denn die Wunden, die Rhys meinem Herzen beigebracht hat, gehen viel tiefer. Es fühlt sich an, als hätte er nicht ein scharfes Schwert benutzt, sondern einen stumpfen Meißel, den aber gründlich. Ich fürchte, der Schaden ist irreparabel, ich kann froh sein, wenn ich das irgendwie überstehe und nicht für den Rest meines Lebens allen Männern nur noch mit abgrundtiefem Misstrauen begegne.

Obwohl ich das Haus putzen und auf Vordermann bringen sollte, gehe ich hinunter zum Meer. Das Wasser ist warm, sanft umspült es meine Knöchel, als ich in der Brandung stehe, die heute ausgesprochen ruhig ist. Weiter draußen, wo die Wellen trotz der Windstille höher sind, entdecke ich einige Studenten auf ihren Surfbrettern. Früher war ich eine von ihnen, habe sie zum Tauchen mit rausgenommen, habe ihnen die wunderbare Unterwasserwelt nähergebracht. Heute kann ich nur zusehen, komme mir ausgestoßen vor. Resigniert wende ich mich ab und steige wieder zu meinem Haus hinauf. Der Hausputz lässt sich nicht weiter aufschieben.

Am Nachmittag fährt Hunter mit seinem Jeep vor. Da er mein direkter Nachbar ist, werden wir uns unweigerlich öfter über den Weg laufen.

»Hi, Hunter, bist du für heute am Institut fertig?«

Er steigt mit einem Stapel Papiere unter dem Arm aus. »Ja, ich muss nach Manoa, Papierkram erledigen.«

Er fährt zum Hauptsitz der Uni nahe Honolulu. Das trifft sich gut.

»Würdest du mich zum Ala Moana Center mitnehmen? Es gibt einige Dinge, die ich besorgen muss, Lebensmittel vor allem.«

»Klar, was hältst du davon, wenn ich diese Formulare kurz abgebe und wir gehen zusammen einkaufen?«

~

Mit Hunter durch das Einkaufscenter zu streifen, macht Spaß. Er hat eine Menge Humor und ist dabei sehr charmant, so ungezwungen wie vor unserer unrühmlichen Trennung. Ich lasse es sogar zu, dass er seinen Arm um meine Schultern legt.

Nachdem wir gemütlich bei einem Italiener gegessen haben, schleppen wir die schweren Taschen zum Auto. Ich habe mich neu eingekleidet, dabei die Farbe Blau mit Absicht ignoriert. Die Einkaufstüten mit Lebensmitteln quellen über, ich kann nur hoffen, dass das braune Papier nicht reißt, wenn ich sie später ins Haus schleppe.

»Es sieht ja ganz so aus, als würdest du dich auf einen längeren Aufenthalt vorbereiten«, sagt Hunter, als er sich hinter das Steuer schwingt und das Parkhaus Richtung Kaneohe verlässt.

Gemeinsam laden wir meine Einkäufe aus, und Hunter hilft mir sogar, meine Lebensmittel in der Küche zu verstauen. Zum Dank biete ich ihm ein kaltes Bier an, das er dankend annimmt.

Wir setzen uns gemeinsam auf die Stufen der Terrasse und schauen der Sonne zu, wie sie langsam am Horizont versinkt.

»Jetzt mal ehrlich, Jaz. Was ist mit dir los? Auch wenn es mit uns nicht geklappt hat, sind wir doch Freunde. Du weißt, dass du mir vertrauen kannst. Was machst du hier auf Hawaii, allein?«

Verbissen starre ich auf meine Flasche und knibbele an dem Etikett. Ja, ich vertraue ihm, aber irgendwie wollen die Worte nicht so richtig über meine Lippen.

»Er hat mich betrogen«, entgegne ich nach einer Weile leise. »Deshalb bin ich abgehauen. Ich wusste nicht wohin, bis mir dieser Ort wieder einfiel. Der einzige, an dem ich mich je zu Hause gefühlt habe.«

»Du meinst, dein Milliardär hat sich von dir getrennt?«, hakt er vorsichtig nach.

Aufgebracht schüttele ich den Kopf. »Nein«, ich nehme einen Schluck aus der Bierflasche, »er hat sich von einem Callgirl oral befriedigen lassen, während wir noch zusammen waren, so ist die korrekte Bezeichnung dafür, denke ich. In seiner Hotelsuite, als er mich bei der Arbeit vermutete. Nur blöd, dass ich gerade in diesem Moment die Suite betreten habe.« Jetzt muss ich lachen, weil das Ganze laut ausgesprochen so absurd klingt.

»Mann, Jaz! Du bist wirklich eine Dramaqueen«, lacht Hunter und legt einen Arm um mich, zieht mich an sich. »Sorry, ich will gar nicht lachen, die Situation ist ernst, aber so wie du es erzählst, hört es sich an, als hätte dein Milliardär nicht alle Tassen im Schrank. Wie kann er dich gehen lassen?«

Ich schlucke nervös. »Du hast es auch getan, wo ist der Unterschied?«

Zärtlich streicheln seine Finger meinen nackten Oberarm. »Ich bin ein Idiot, das ist der Unterschied. Wenn ich könnte, würde ich es rückgängig machen. Doch ich denke, ich habe meine Chance verspielt, oder?«

Stumm nicke ich, denn im Moment versagt mir die Stimme. Vor einigen Monaten hätte ich mir nichts lieber gewünscht, als dass Hunter mir diese Dinge sagt. Doch jetzt sitze ich hier und bin verwirrt und niedergeschlagen zugleich.

»Das dachte ich mir schon. Als ich dich in New York getroffen habe, wusste ich gleich, dass dieser Mann nicht gut für dich ist.«

»Was ist aus dem Jobangebot geworden?«, frage ich vorsichtig nach.

»Ich habe eine Absage erhalten.«

Wen wundert das jetzt? Er sagt es frei heraus, als würde es ihn gar nicht stören. Verblüfft schaue ich ihn an.

»Wer will das hier schon aufgeben?«, fragt mich Hunter und zeigt auf die Bucht.

Ja, er hat recht. Wer will das hier schon aufgeben? Für einen Job in New York, bei dem man vierundzwanzig Stunden parat stehen muss, für eine kleine Penthousewohnung – für die glücklichen Augen eines kleinen Jungen …

»Was hast du jetzt vor?«, fragt er leise. So haben wir oft unsere Abende verbracht, aneinandergelehnt auf der Treppe sitzend. Und wenn ich ehrlich bin, genieße ich Hunters Nähe, seine Wärme, obwohl mir nicht kalt ist. Dieses innige Gefühl der Vertrautheit, die es zwischen uns immer gegeben hat. Ich streichele zärtlich über seinen Arm, auf dem die dunklen Härchen glänzend schimmern. Vielleicht sollte ich es nicht tun, doch ich giere so nach Zuneigung, dass mir alles andere egal ist.

»Was ich vorhabe? Ich weiß es nicht genau. Vielleicht sollte ich zurück nach Frankfurt und bei meinem Bruder leben oder mir hier eine Stelle suchen, auch wenn ich nicht mehr am Institut arbeiten kann. Irgendetwas werde ich schon finden. Nur will ich im Moment Rhys nicht begegnen, daher habe ich mich hier versteckt. Er weiß nicht, dass ich hier ein Haus gemietet habe, hoffe ich zumindest.«

»Etwas ist komisch an diesem Typen, ich kann dir nicht sagen, was es ist, aber ich kann dich nur warnen.«

»Ich glaube nicht, dass ein Mann einen anderen gut beurteilen kann«, sage ich grinsend und trinke einen Schluck.

»Du verteidigst ihn also noch?«

»Nein, aber jeder Mann, den ich kenne, warnt mich vor ihm, und ich habe es mir angewöhnt, nicht darauf zu hören.« Ich muss an Trish denken, Rhys' Großmutter. Die nette alte Dame ist die Einzige, die mir in diesem Moment einfällt, die Rhys für einen wunderbaren Menschen hält. So, wie ich bis vor zwei Tagen.

»Wer hat dich denn noch gewarnt?« Hunter ist neugierig geworden.

»Mein Bruder, dann Paul, ach, es gibt eine Menge Leute, die meinen, ich wäre nicht gut bei Rhys aufgehoben.«

»Wer ist Paul?«

»Paul Vig, ein bekannter Musiker.«

»Du redest jetzt nicht von diesem Geigenfuzzi, oder?« Seine Stimme klingt genervt.

»Was hast du gegen Paul?«, frage ich überrascht. Mir war nicht bekannt, dass sich Hunter für klassische Musik interessiert.

»Die Hälfte aller weiblichen Studentinnen klebt sich Bilder von ihm auf ihre Mappen, dabei ist seine Masche uralt.«

»Ich dachte, so etwas machen nur Mädchen in der Highschool!« Ich muss lachen.

»Er sieht aus wie eine billige Kopie von Captain Jack Sparrow alias Johnny Depp.«

»Auf keinen Fall, er sieht wesentlich besser aus als Johnny Depp.«

»Woher kennst du diesen Vig?« Hunter scheint extrem genervt.

»Ich habe ihn in New York kennengelernt. Er ist ein Freund von Rhys.«

»Ein Grund mehr, ihn nicht zu mögen«, brummt Hunter und leert den Rest seiner Flasche in einem Zug.

»Du täuschst dich. Ohne Paul hätte ich es überhaupt nicht hierhergeschafft. Ich habe ihm viel zu verdanken. Ich glaube nicht, dass er so wie Rhys ist. Nur weil sie befreundet sind, heißt es noch lange nicht, dass er seine Vorgehensweise billigt. Ganz im Gegenteil.«

»Vermutlich lässt er dich das glauben, weil er selbst spitz auf dich ist.«

»Hunter!« Erbost richte ich mich auf. »Jetzt fang du nicht auch noch damit an! Bis vor ein paar Wochen hat mich kaum jemand angesehen. Seitdem scheint die gesamte Männerwelt mit einem Mal verrückt zu spielen. Habt ihr alle den Verstand verloren?«

»Da fragst du den Richtigen!«, murmelt Hunter, dann beugt er sich zu mir und küsst mich.

Er überrascht mich so sehr mit diesem Kuss, dass ich völlig perplex bin und ihn willenlos gewähren lasse. Liebend gern würde ich mich dieser Zärtlichkeit hingeben, doch ich spüre einfach, Hunter ist der falsche Mann. Ob Rhys noch der richtige ist, weiß ich im Moment nicht, doch ich muss diesen Kuss beenden.

»Bitte, Hunter, mach es nicht kaputt!«, stöhne ich und schiebe ihn weg, bringe Abstand zwischen uns.

Erschrocken springt er auf und fährt sich fahrig durch sein kinnlanges Haar. »Jaz, es … bitte, es tut mir leid, ich wollte das gar nicht. Aber deine Nähe bringt mich dazu, Dinge zu tun, die nicht gut für mich sind.« Er lächelt etwas schief.

Da ist er wieder, der unbeschwerte Hunter, der Freund, den ich so schätze.

»Gute Nacht, Hunter. Wir sehen uns.« Ich lächele matt.

»Aber du musst zugeben, du warst kurz davor, dich mir hinzugeben.« Er lacht leise und geht hinüber zu seinem Haus.

14

Alex, hast du einen Augenblick für mich?« Die Tür zu Alex' Büro war nur angelehnt, und Rhys hat sie geöffnet, ohne anzuklopfen.

»Klar, komm rein. Wir müssen noch über die Taitinger-Galerien sprechen, die wir übernehmen wollen. Der Preis hat sich erhöht, seitdem die Erben wissen, dass wir daran interessiert sind.«

Rhys schließt die Tür und setzt sich in den Sessel vor dem Schreibtisch. Müde beugt er sich vor, stützt seine Unterarme auf den Knien ab.

»Ich habe ein Problem, Alexander, und ich brauche deine Hilfe.«

Alex, der in einem Stapel von Unterlagen gewühlt hat, hält inne und schaut ihn skeptisch an. »Was ist los, Rhys? Ist etwas mit Jaz?«

Es war ja klar, dass Alex ihm sofort auf die Spur kommt, um was sollte es denn sonst schon gehen?

»Ja.«

»Was ist passiert?« Er hat sofort Alex' volle Aufmerksamkeit.

»Sie ist weg.« Mehr bringt Rhys nicht heraus.

Er weiß nicht, was er erwartet hat, aber dass Alex ganz ruhig bleibt, überrascht ihn doch.

»Du schaffst es, dir ein Imperium aufzubauen, schaffst es aber nicht, Jazman zu bändigen? Was hast du getan?«

Eigentlich hatte Rhys erwartet, dass Alex ausflippen würde, schreien, auf ihn einschlagen, doch diese Reaktion hat er nicht kommen sehen.

»Es hat ein Missverständnis gegeben.« So richtig will Rhys nicht mit der Geschichte rausrücken.

»Welches Missverständnis?«

Jetzt nimmt Alex' Stimme schon einen wesentlich drohenderen Ton an.

»Ich kann dir das jetzt nicht erklären ...«

»Was hast du ihr angetan? Hast du sie geschlagen?«

»Mein Gott, Alexander! Ich liebe Jazman, ich würde ihr nie etwas antun.«

»Dann sag mir, welches Missverständnis!« Jetzt brüllt Alex doch.

»In meiner Suite hat Chris auf mich gewartet, sie hat sich ihr Kleid vom Körper gerissen und sich an meiner Hose zu schaffen gemacht, genau in dem Augenblick, als Jaz zur Tür hereinkam. Ich habe weder eine Ahnung, wie Chris nach Frankfurt gekommen ist, noch was sie von mir wollte, aber Jaz ist weggelaufen, und seitdem habe ich sie nicht mehr gesehen. Hat sie sich vielleicht bei dir gemeldet?«

»Nein, hast du es auf ihrem Handy versucht?«

»Das hat sie zurückgelassen, es liegt noch drüben in ihrem Büro.«

»Was wollte Christina von dir? Sie weiß doch, dass du mit Jaz zusammen bist.«

»Das ist ja das Seltsame, sie weiß sogar, dass wir heiraten wollen. Ich habe ihr vor einem Jahr bereits klargemacht, dass unsere Beziehung keine Zukunft hat. Du kennst sie doch auch, Alex, oder? Mensch, die Frau ist ein Profi! Sie weiß, wann es vorbei ist. Ich verstehe einfach nicht, was das Ganze sollte! Es ergibt keinen Sinn!«

»Nun, dass du nicht weißt, was da los ist, wundert mich ehrlich gesagt nicht. Was Frauen angeht, traue ich dir nicht besonders viel Verstand zu. Jedenfalls nicht hier oben, wenn du verstehst, was ich meine.« Alex tippt sich an die Stirn und wirft ihm einen unfreundlichen Blick zu. »Du glaubst also, Christina wollte sich rächen?«

Plötzlich steht Alex aus seinem Bürostuhl auf und beginnt wie aufgezogen, durch das Zimmer zu wandern. »Und nun ist Jaz abgehauen? O Gott, hoffentlich begeht sie keine Dummheit!«

Er bleibt am Fenster stehen und scheint plötzlich mit seinen Gedanken ganz woanders, dann dreht er sich mit einem Ruck um und funkelt ihn an.

»Wir müssen sie finden, ist sie vielleicht zurück nach New York?«, fragt Alex und starrt ihn dabei an.

»Ich lasse ihre Kreditkarte überwachen, bisher ist sie nicht belastet worden, also gehe ich davon aus, dass sie noch in Frankfurt ist, nur wo? Gibt es eine Freundin oder so was in der Art, wo sie übernachten könnte?«

»Ich weiß es nicht genau. Sie hat viele Jahre auf Hawaii verbracht, daher glaube ich nicht, dass sie hier noch eine wirkliche Freundin hat.«

»Glaubst du, sie ist nach Hawaii geflüchtet?«

»Wie denn ohne Geld? Ich verstehe einfach nicht, dass du sie hast gehen lassen.«

»Ich habe sie nicht freiwillig gehen lassen, Alex! Bis ich überhaupt kapiert hatte, was da läuft, war Jaz schon über alle Berge und hat sich in die Arme von Paul Vig geflüchtet.«

»Paul Vig? Der Violinist?« Alex lässt sich schwer auf den Sessel neben Rhys fallen. »Woher *kennt* Jaz diesen Typen überhaupt? Jetzt sag mir nicht, dass du die beiden zusammengebracht hast!« Alex' Augen sind weit aufgerissen.

»Paul ist ein Freund von mir, und Jaz mochte ihn …« Mit einem Mal kommt ihm ein Gedanke, der Rhys innehalten lässt. Er springt abrupt auf. »Ich muss los … noch einmal mit Paul sprechen.«

»Rhys, was ist? Wo willst du hin?«

»Ich melde mich, sobald ich etwas von Jaz höre.«

Auf dem Weg zu den Fahrstühlen gabelt Rhys Matt auf. »Veranlasse, dass der Jet aufgetankt wird und am Flughafen startklar auf uns wartet. Dann pack unsere Sachen, wir fliegen in der nächsten Stunde«, kommandiert er.

»Wohin fliegen wir?«

»Das werde ich jetzt versuchen, herauszubekommen!«

~

Entnervt knalle ich den Telefonhörer auf die Gabel zurück. Dies war nun schon der dritte Anruf für eine Aushilfsstelle, bei der ich eine Absage bekommen habe. Nicht einmal vorstellen durfte ich mich. Zu jung, zu alt, zu überqualifiziert. Na toll. Was nutzt mir meine solide Ausbildung als Meeresbiologin, wenn ich damit weder eine Stelle als Putzfrau noch als Fastfood-Verkäuferin finden kann? Vermutlich haben die alle nur Angst, dass ich zu gut über meine Rechte informiert sein könnte und sie sich für den Hungerlohn, den sie zahlen wollen, eine Querulantin in den Betrieb holen. Das nächste Mal verschweige ich meine Qualifikation und gebe vor, eine mittellose Mutter mit vier kleinen Kindern zu sein. Das klappt bestimmt sofort, das klingt nach leicht auszunutzen.

Verdammt! Paul weiter auf der Tasche zu liegen, das ist etwas, was ich auf keinen Fall möchte. Meine eigene Kreditkarte zu benutzen ist ebenfalls keine Option.

Besorgt setze ich mich auf die Stufen der Veranda und trinke einen Kaffee. Vielleicht sollte ich diesem Alptraum einfach ein Ende setzen. Sobald ich meine Karte benutze, weiß Rhys, wo ich zu finden bin. Vermutlich würde er hier auftauchen, aber wenn ich Glück habe, auch nicht. Eventuell ist er ja bereits wieder mit dieser Christina zusammen, und ich bin längst abgeschrieben. Gut möglich, dass ich ihn gar nicht mehr interessiere. Wenn er Sex mit einer Professionellen mir vorzieht, muss ich seinen Bedürfnissen wohl nicht genügt haben. Vermutlich hat er sich mit mir einfach nur gelangweilt.

Immer wieder versuche ich eine Erklärung zu finden für etwas, das ich nicht erklären kann.

Ich blicke hinüber zu Hunters Haus. Er ist im Institut und arbeitet. Ich sitze hier und langweile mich. Dabei habe ich ja eigentlich auch einen Job, der mir sogar sehr gut gefällt. Vielleicht sollte ich wirklich die Assistentin meines Bruders werden, so wie wir es von Anfang an geplant hatten. Ich würde Rhys nur noch gelegentlich sehen, wenn er in Frankfurt aufschlägt, das ist etwas, womit ich möglicherweise leben kann.

~

»Ich muss Paul sprechen!«

Rhys' Stimme hallt durch den Gang, sie könnte Papier schneiden, so scharf klingt sie, das weiß er.

»Tut mir leid, Paul muss sich auf seinen Auftritt vorbereiten. Er darf unter keinen Umständen gestört werden.« Die Stimme von Paul Vigs Manager ist zwar laut, aber das kann Rhys weder einschüchtern, noch nötigt es ihm irgendeinen Respekt ab.

»Ich bin ein Freund, er wird mich sicher empfangen, wenn Sie ihn fragen.«

»Auf keinen Fall, er darf jetzt nicht gestört werden, er muss sich warmspielen.«

Die Tür zu Paul Vigs Garderobe wird aufgerissen, und Paul selbst erscheint im Türrahmen. »Was ist hier los?«, will er wissen, und sein Blick spricht Bände.

»Tut mir leid, Paul. Aber dieser Irre hier will dich unbedingt sprechen, jetzt, noch vor deinem Konzert.«

»Es ist in Ordnung, lass ihn durch.« Paul winkt ungeduldig mit seinem Geigenbogen.

Nachdem die Tür wieder geschlossen ist, dreht er sich zu Rhys um. »Was kann ich für dich tun?«, fragt er und beginnt, seine Geige zu stimmen.

»Hast du etwas von Jaz gehört?«, fragt Rhys ungeduldig und lehnt sich mit verschränkten Armen an einen Tisch.

»Deiner Frage entnehme ich, dass sie nicht zu dir zurückgekommen ist.«

»Also hast du nichts von ihr gehört! Hast du ihr Geld gegeben?«

»Nein.« Paul bindet sein Haar mit einem Gummi zusammen und beginnt einige Töne zu spielen.

»Du weißt also weder, wo sie ist, noch hast du ihr geholfen, das Land zu verlassen?«

Abrupt hält Paul mit seinem Spiel inne und schaut Rhys eindringlich an, er scheint einen Augenblick zu überlegen, bis er plötzlich losdonnert: »Kennst du Jaz denn gar nicht? Weißt du eigentlich, was für eine faszinierende Frau sie ist? Was weißt du überhaupt von ihr? Kennst du ihr Lieblingslied? Los, sag mir, welches Lied sie liebt!«

Rhys stemmt die Hände in die Hüften. Was fällt Paul ein, so mit ihm zu sprechen? Er weiß alles über Jaz, was er über sie wissen muss. Er weiß, wie sie sich in seinen Armen anfühlt, wie sie ihn anschauen kann und wie dabei die Farbe ihrer Augen von blau zu grün wechselt. Er weiß, wie sie mit Kindern umgeht, wie sie das Herz von Elijah gewonnen hat, seinem Sohn. Er weiß, wie warm ihm ums Herz wird, wenn Jaz in seiner Nähe ist, wie eine kleine unbedarfte Bewegung dieser Frau, die so gar nicht seinem Geschmack entsprach, als er sie kennenlernte, seinen Atem vor Verlangen stocken lässt.

Was für Fragen stellt Paul überhaupt? Ihr Lieblingslied? Nein, er kennt ihr Lieblingslied nicht. Wieso auch? Die ganze Frau ist für ihn Musik, und er hatte gedacht, dasselbe wäre er auch für sie. Er kann Pauls banale Frage nicht beantworten. Alles, was er über Jaz weiß, hat immer nur etwas mit ihm selbst zu tun.

Paul hat recht. Verdammt, der Kerl hat recht! Er kennt Jaz kaum. Vor Paul zu stehen und das zugeben zu müssen, macht ihn wütend.

Paul stimmt die ersten Takte von *Smells Like Teen Spirit* auf seiner Geige an. »Das, Rhys, ist ihr Lieblingslied.«

Entgeistert starrt Rhys Paul an. »Das ist das Lied, das du auf dem Empfang gespielt hast. Hast du es für sie gespielt?« Er spürt, wie ihm die Stimme wegbleibt, seine Frage ist kaum mehr als ein Flüstern, so wütend ist er.

»Ja … ja, ich habe es für Jaz gespielt. Aber bevor du jetzt falsche Schlüsse ziehst – sie ist an niemand anderem interessiert als an dir, und du schmeißt das alles weg.«

»Ich werfe gar nichts weg, ich bin auf der Suche nach ihr. Ich will sie zurück, und ich schwöre bei Gott, dass ich sie nie wieder gehen lasse.«

»Das Wort *Gott* aus deinem Mund zu hören, klingt wie Hohn, Rhys. Wir wissen beide, dass du Gott vor langer Zeit abgeschworen hast.«

»Sag mir, wo Jaz ist!« Rhys brüllt es so laut, dass Paul mit den Wimpern zuckt.

»Ich habe keine Ahnung, wo sie ist. Und das ist die Wahrheit.«

»Du hast ihr aber geholfen, also sag mir wie!«

Als Paul nicht antwortet, tritt Rhys auf ihn zu. »Sag es mir!«, zischt er unnachgiebig.

»Ich habe ihr meine Kreditkarte gegeben. Sie wollte ihre nicht benutzen, damit du sie nicht findest.«

»Verdammt, Paul!«

»Was sollte ich denn machen? Sie war zutiefst gekränkt nach der Nummer, die du da abgezogen hast.«

»Ich wurde reingelegt, ich habe gar nichts getan. Als Jaz ins Zimmer kam, war ich gerade dabei, Christina hinauszuwerfen.

Sie hatte mir aufgelauert und sich einfach ihr Kleid vom Leib gerissen. Verdammt, irgendjemand wollte, dass es für Jaz so aussieht, als würde ich sie betrügen. Aber ich liebe diese Frau wie nichts auf der Welt. Niemals, hörst du, niemals würde ich sie betrügen. Und jetzt tust du mir als Freund einen Gefallen und erledigst einen Anruf, um herauszufinden, wann und wo deine Kreditkarte belastet wurde.«

Ein Klopfen an der Tür unterbricht Rhys. Pauls Manager steckt den Kopf zur Tür herein. »Paul, du hast noch zwei Minuten, die Leute werden langsam ungeduldig.«

Paul nickt, und die Tür schließt sich wieder von außen.

»Du scheinst einfach keine Ahnung zu haben, was für eine wundervolle Frau Jaz ist. Ich habe es erkannt, aber ich halte mich zurück, unserer Freundschaft zuliebe. Doch, Rhys, baust du noch einmal so einen Scheiß, dann werde ich mir Jaz holen.«

Rhys hält Paul das Handy, das auf dem Garderobentisch liegt, hin. »Ein Anruf.«

Paul sieht ihm in die Augen, dann legt er wortlos seine Geige aus der Hand und nimmt ihm das Telefon ab.

~

»Wohin fliegen wir?« Matt hält sein Handy bereit, um dem Piloten Bescheid zu geben, als Rhys und er mit einem Taxi Richtung Flughafen jagen.

»Sie hat Pauls Kreditkarte. Es wurde ein Flug nach Hawaii belastet, dann haben noch einige Geschäfte einer Shoppingmall in Waikiki abgebucht. Wir fliegen nach Oahu. Ruf Alexander an und lass dir die Adresse geben, unter der Jaz dort gewohnt hat.«

~

Als es an meiner Tür klopft, habe ich einen Augenblick Mühe, mich zu orientieren. Müde schlage ich die Augen auf. Hell scheint die Sonne in mein Zimmer. Das Zwitschern der Vögel dringt durch das geöffnete Fenster, es klingt, als würden sie *Kaneohe* singen.

Es klopft erneut, diesmal drängender.

»Ist ja schon gut, ich komme ja«, murmele ich und stolpere fast aus dem Bett.

»Hi, Darling, ich habe uns Frühstück mitgebracht«, tönt es mir entgegen, als ich die Tür öffne.

»Hunter, was machst du so früh hier? Hast du keine Vorlesung?«, frage ich überrascht und lasse ihn herein.

»Admission Day, wir haben einen Feiertag«, ruft Hunter und schwenkt eine Tüte mit frischen Brötchen, während er in die Küche marschiert.

»Was, schon Freitag?«, frage ich irritiert. Der Admission Day findet immer am dritten Freitag im August statt. Ich kann es gar nicht glauben, dass ich schon vier Tage hier bin.

»Setz dich, ich mache uns Kaffee«, ruft Hunter über seine Schulter und hantiert in meiner Küche.

Müde, wie ich bin, lasse ich mich auf einen der Stühle fallen und stütze den Kopf auf meiner Hand ab.

»Was soll das hier werden, Hunter? Willst du mir zeigen, was für ein toller Hausmann du in der Zwischenzeit geworden bist?«

»Warum hast du denn so schlechte Laune?«, fragt er, während er den Tisch deckt.

»Entschuldige, ich weiß auch nicht. Vermutlich bekommt mir das Rumsitzen nicht. Ich kann einfach keinen Job finden, und ewig von Pauls Kreditkarte kann ich ja auch nicht leben.«

Hunter setzt sich zu mir an den Tisch und schmiert mir sogar ein Brötchen.

»Hier, iss erst einmal etwas. Was hältst du davon, dass wir später surfen gehen? Das Wetter ist ausgezeichnet.«

Ich schaue zum Fenster hinaus. Er hat recht, es weht ein leichter Wind, die Sonne strahlt, keine Wolke am Himmel. Ideale Voraussetzungen.

»Hmm, aber meine Surfanzüge habe ich alle in Deutschland«, fällt mir ein.

»Einen hast du bei mir vergessen.«

»Wirklich? Was für ein Glück, dass du ihn nicht weggeworfen hast.«

»Das würde ich niemals tun.« Hunter schüttelt den Kopf. »Wir können ja später etwas essen gehen.«

Ich nicke, obwohl mir gar nicht wohl dabei ist. Ich kann an mein altes Leben hier nicht einfach anknüpfen, als gäbe es die letzten Wochen nicht. Hunter hatte sich von mir getrennt, als unsere Affäre aufflog, scheinbar hat er das wohl vergessen.

»Hunter, ich finde es wirklich toll, was du für mich machst, aber findest du nicht …«

»Hey, wir sind Freunde, okay? Mehr will ich doch gar nicht von dir.«

~

Für meinen Geschmack war der Strand zu voll, aber an einem Feiertag kann man nichts anderes erwarten. Früher haben wir es vermieden, uns an einem Feiertag ins Getümmel zu stürzen.

Wir sind inzwischen wieder auf dem Heimweg, unsere Bretter sind auf dem Dach von Hunters Jeep festgezurrt. Ab und an schaue ich zu ihm rüber, wie ihm der Fahrtwind das Haar ins Gesicht weht. Ich grübele darüber nach, was ich von Hunter halten soll. So ganz werde ich nicht schlau aus ihm. Sind seine Gefühle für mich echt? Oder bin ich jetzt die Frau, die er gerne hätte, aber nicht haben kann, und deshalb für ihn mit einem Mal so interessant? Wie auch immer, für mich steht fest, dass Hunter für mich nie mehr sein wird als ein guter Freund.

Er bemerkt, dass ich ihn beobachte, und grinst mich an. Er sieht sehr gut aus mit seiner immer gebräunten Haut, den von der Sonne gebleichten Haaren und der athletischen Figur. Er ist nicht so groß wie Rhys, aber von ihm geht eine Heiterkeit aus, die ich mir manchmal bei Rhys gewünscht hätte. Verträumt drehe ich an meinem Verlobungsring.

»Wirst du ihn ablegen?«, unterbricht Hunter meine Gedanken.

»Ja, vermutlich. Nur habe ich noch nicht die Kraft dazu. Ich sollte ihn verkaufen und das Geld spenden. Er ist bestimmt eine Menge wert.«

»Die Walrettung kann immer Bares gebrauchen.«

»Kann man den Wert einer Liebe mit Geld aufwiegen?«, frage ich beklommen.

Oh nein, jetzt nicht sentimental werden.

Ich rufe mir ins Gedächtnis, was dieses Symbol zu bedeuten hat, und wie kläglich Rhys es verraten hat. Die Tränen, die in meinen Augen brennen, versuche ich krampfhaft zurückzudrängen. Die haben hier nichts mehr zu suchen.

Als Hunter seinen Jeep vor der Garage abstellt, parkt ein fremder Wagen vor meinem Haus. Hunter nimmt mein Surfbrett, und gemeinsam gehen wir auf das Haus zu.

~

Erst im letzten Augenblick entdecke ich Rhys auf den Stufen der Veranda. Als ich ihn sehe, bleibt mein Herz fast stehen. Vor Schreck, ihn plötzlich hier zu sehen, aber auch vor Liebe und Verlangen, das mich immer noch zu diesem Mann hinzieht. Es sieht aus, als hätte er schon länger auf mich gewartet.

»Das war es wohl dann mit dem gemeinsamen Abendessen«, murmelt Hunter und drückt mir das Brett in die Hand. Er lässt es sich aber nicht nehmen, mir einen Abschiedskuss auf die Wange zu geben, dann ist er auch schon verschwunden.

15

Langsam gehe ich auf ihn zu, erwarte fast, dass Rhys wütend auf mich zustürmt, weil Hunter mich geküsst hat, doch nichts davon geschieht. Er bleibt auf der obersten Treppenstufe sitzen und schaut mich nur schweigend an.

Ich lehne das Surfbrett an die Veranda und bleibe ein wenig unschlüssig stehen, weil ich nicht genau weiß, was er von mir will. Seinen Ring zurück? Mir kurz erklären, was ich ohnehin schon weiß, dass alles aus und vorbei ist?

Rhys schaut mich so intensiv an, dass es mir Angst bereitet. Die körperliche Anziehungskraft zwischen uns ist fast greifbar, ich glaube, wenn ich ihn berühre, würden Funken sprühen. Nichts auf dieser Welt kann dieses Band zerschneiden, das zwischen uns besteht, das wird mir plötzlich klar. Am liebsten würde ich schreiend wegrennen, doch etwas tief in mir sagt mir, dass irgendetwas nicht stimmt. Mein Herz rast jedenfalls, seit ich ihn erblickt habe. Ich habe ihn fürchterlich vermisst, und das zeigt mir, wie sehr ich ihn noch immer liebe.

Sein Blick wandert über mein Gesicht, und als er nichts sagt, setze ich mich einfach zu ihm auf die Treppe. Er schaut auf meine Hand, und sein Blick bleibt an meinem Verlobungsring hängen.

»Du trägst ihn also immer noch.«

Es ist eine Feststellung, keine Frage, und das Timbre seiner Stimme jagt wieder einmal Schauer über meine Haut. Die feinen Härchen stellen sich auf, wie zur Abwehr, dabei ist es ein wohliger Genuss, der über meinen Körper streicht.

»Man müsste mir schon den Finger abhacken«, erwidere ich und lächele ironisch.

Ihm so nah zu sein, stürzt meine Gefühle in ein Chaos. Plötzlich weiß ich nicht mehr, was ich denken soll, mein Kopf ist vollkommen leergefegt. Alle Vorwürfe, die ich mir schön zurechtgelegt hatte, zerplatzen wie Seifenblasen.

Durchdringend schaut Rhys mich an, und das Blau seiner Augen leuchtet so intensiv, dass es mir fast Angst macht. Angst, mich in seinen Augen zu verlieren. Dabei muss ich bei klarem Verstand bleiben, anders werde ich das hier nicht überleben können, ohne mein Herz vollends zu verlieren, ohne mich vollkommen selbst aufzugeben.

»Du weißt, dass ich dich niemals, und das meine ich wortwörtlich – niemals betrügen würde.« Wieder nur eine Feststellung von Tatsachen, keine Frage.

»So, weiß ich das?« Meine Stimme ist leise.

Sein Blick geht hinaus auf das Meer, das grünlich blau schimmert und so wunderschön aussieht. »Ich bin mir sicher, dass du das weißt. Ansonsten hättest du längst diesen Ring in den Weiten des Ozeans versenkt.«

»Ich wollte ihn zugunsten der Walrettung verkaufen.«

»Wirklich?«

Er kann also doch Fragen stellen.

»Vielleicht hätte ich auch einen Teil des Erlöses den Delfinen zukommen lassen.«

»Dann werde ich beiden einen Scheck ausstellen.« Das ist seine Art von Humor.

»Man kann aber nicht alles im Leben mit einem Scheck wieder hinbiegen.«

Rhys nickt ernst. »Nein, das kann man nicht. Deshalb bin ich ja auch hier.«

»Um was zu tun?« Gespannt halte ich den Atem an.

»Um dir zu sagen, dass wir reingelegt wurden.«

Das Wort *wir* zeigt mir an, dass er mich zumindest nicht ganz aus seinem Leben gestrichen hat. Ich würde mir gerne seine Sicht der Dinge anhören, doch hier draußen ist nicht der richtige Ort dafür. Ich trage noch meinen Surfanzug und fühle mich unwohl darin.

»Lass uns reingehen, ich würde mich gerne umziehen.« Diesmal bin ich es, die keine Frage stellt, sondern erwartet, dass Rhys mir folgt, als ich mich erhebe und auf die Tür zugehe. Dort spüre ich seine Nähe, er steht viel zu dicht hinter mir. Ich habe keine Wahl, als seinen Duft einzuatmen, der meine Hände erzittern lässt, während ich aufschließe.

»Ich ziehe mich nur schnell um«, sage ich und verschwinde in mein Schlafzimmer. Erschöpft lehne ich mich von innen gegen die Tür. Es ist für mich kaum auszuhalten, diesem Mann, den ich aus tiefstem Herzen liebe, gegenüberzustehen, ohne ihn berühren zu können. Vermutlich bin ich in meinem Innersten eine unverbesserliche Masochistin, denn die seelischen Wunden, die er mir zugefügt hat, scheine ich einfach zu verdrängen. Doch ich werde einen Teufel tun und Rhys zeigen, wie viel er mir noch bedeutet, wie sehr ich ihn noch immer liebe und begehre.

Ich ziehe einen kurzen Jeansrock und ein weißes Top über, kämme meine Haare, die vom Surfen ganz zerzaust sind. Das muss reichen. Mit nackten Füßen gehe ich hinüber ins Wohnzimmer, wo Rhys vor einer Wand steht und die dort hängenden Bilder betrachtet.

»Also gut, Rhys. Kann ich dir etwas anbieten, bevor ich dir zuhöre?«

»Ein Wasser wäre toll, ich warte schon eine geraume Zeit da draußen.«

Schnell verschwinde ich in die Küche und kehre mit zwei geöffneten Flaschen Bier zurück. »Ich denke, wir brauchen etwas Stärkeres.«

Dankend nimmt er mir eine Flasche ab und trinkt einen großen Schluck. Ich setze mich auf die große breite Couch und schaue ihn erwartungsvoll an.

Rhys ist mir nur mit seinem Blick gefolgt, er lehnt jetzt an der Wand. »Ich sage nicht, dass es nicht so war, wie es aussah. Ich will dir nur erklären, dass du das, was du gesehen hast, genau *so* sehen solltest.«

Im ersten Moment kann ich ihm nicht ganz folgen und trinke einen kleinen Schluck, um Zeit zu gewinnen.

»Ich will es dir erklären: Chris ist wie auch immer in die Suite gelangt und hat dort auf mich gewartet, vermutlich im Bad, ich habe sie nämlich nirgends gesehen. Dabei hat sie sich ihr Kleid offenbar schon halb vom Leib gerissen. In dem Augenblick, als sie deine Stimme hörte, stürzte sie in das Wohnzimmer, ließ sich auf die Knie fallen und fing an, an meiner Hose herumzufummeln. Ich wollte mich ja gerade umziehen und war bereits halb ausgezogen. Sie hat es bewusst so aussehen lassen, als wollte ich Sex mit ihr haben.«

Allein ihren Namen aus Rhys' Mund zu hören, bereitet mir Übelkeit und bringt mich an meine Grenzen.

»Was sollte das bezwecken? Dass du wieder zu ihr zurückkehrst?« Meine Stimme klingt belegt, ich nehme einen weiteren Schluck aus der Flasche, an der ich mich krampfhaft festhalte.

»Ich habe keine Ahnung. Ich weiß noch nicht einmal, wie sie in unsere Suite gelangt ist.«

»Es ist deine Suite, und vermutlich hat sie noch eine Schlüsselkarte. Oder sie hat jemanden bestochen, was weiß ich!«

Meine Stimme zittert. Ich will mich nicht damit beschäftigen, wie Chris in seine Suite gekommen ist! Verdammt, ich will mich eigentlich mit der ganzen Sache nicht beschäftigen, aber nun ist Rhys hier, und er sieht mich so verzweifelt an – ich muss ihm einfach zuhören. Also reiße ich mich zusammen.

»Du gehst wirklich davon aus, dass ich dir diese Geschichte glaube?«, frage ich dennoch fassungslos.

»Jaz, bitte, ich habe dich niemals angelogen …«

»O Rhys, ich bitte dich. Du sahst nicht so aus, als würdest du dich wehren. Ich bin nicht dumm und denke, ohne mich wirst du glücklicher sein. Du kannst dein Leben, so wie du es willst, weiterleben. Ich bin doch nur ein Hindernis für dich. Wir sollten alles so belassen, wie es jetzt ist.«

Rhys schaut mich mit einem finsteren Blick an. Das Gespräch scheint nicht so zu laufen, wie er es sich erhofft hat. »Du vergisst etwas.«

»Und das wäre?«

»Dass ich dich liebe und dich niemals aufgeben werde.«

Ich stoße ein Lachen aus, das keineswegs belustigt klingt. Diese Art von leeren Beteuerungen bin ich wirklich leid. »Ja sicher, aber nur so lange, wie nicht dein Schwanz im Mund einer Prostituierten steckt.«

»Du solltest so etwas nicht sagen«, gibt er scharf zurück.

»Jetzt verteidigst du sie auch noch? Rhys, es ist besser, du steigst wieder in deinen Leihwagen und fliegst zurück, denn hier trennen sich unsere Wege.«

Ich habe keine Ahnung, woher ich den Mumm nehme, so mit ihm zu sprechen, doch die Art und Weise, wie er mich mit dieser an den Haaren herbeigezogenen lapidaren Erklärung abspeisen will, macht mich wütend.

Mit drei großen Schritten steht Rhys plötzlich vor mir, stellt sein Bier auf dem Tisch ab und zieht mich an den Händen zu sich herauf. »Du hast wirklich nicht verstanden, was ich gesagt habe. Jemand will einen Keil zwischen uns treiben, und du gehst ihm auch noch auf den Leim. Verstehst du nicht? Wenn wir uns trennen, dann ist das genau das, was Chris oder wer auch immer will! Wir dürfen uns nicht trennen, wir können uns nicht trennen!«

»Nein? Wer sagt das?«

Unsere Gesichter sind nur Zentimeter voneinander entfernt. Seine körperliche Präsenz ist so gewaltig, sie löscht alle meine Gedanken – wie ein Magnet eine Festplatte löschen würde. Sein Blick bohrt sich mit einer Intensität in meinen, die mich vergessen lässt, warum wir überhaupt hier sind, auf Hawaii, und nicht in New York oder Frankfurt.

Er steht vor mir und atmet schwer, ich spüre seinen schnellen Herzschlag an meiner Brust. Er hält mich mit seinen kräftigen Händen fest, und meine Abwehr fällt in sich zusammen wie ein Kartenhaus im Wind, während sein glühender Blick eine Hitze in Regionen meines Körpers fahren lässt, an welche ich jetzt gar nicht erinnert werden will.

»Ich sage das. Weil ich dich liebe. Und daran wird nichts und niemand etwas ändern können. Ich will ein Leben mit dir, will jeden Morgen neben dir aufwachen. Ich will dir jederzeit sagen können, wie sehr ich dich liebe. Ich will, dass jeder von unserer Liebe erfährt. Ich will, dass du meine Frau wirst.«

Er presst die Worte nicht hervor, es ist eher so, als würden sie aus ihm herausdrängen, als würde es ihm körperliche Schmerzen bereiten, sie nicht zu sagen.

Ich muss die ganze Zeit in seine Augen schauen, die mich gefangen nehmen. Bilde ich es mir nur ein, oder wird das Blau mit jedem Geständnis tiefer? Fünf leidenschaftliche Versprechen, die aus Rhys herausbrechen, 5 Farben Blau.

»Hast du dich eigentlich schon einmal gefragt, was ich will? Hast du überhaupt eine Ahnung, wer ich bin?«, frage ich leise und habe gleichzeitig Angst vor seiner Antwort.

Er nickt.

»O ja, Darling! Ich weiß es sogar sehr genau. Ich weiß, dass du die Natur liebst, deinen Beruf als Meeresbiologin, du trägst lieber Jeans als ein Kostüm, du bist eine Rebellin, die sich ungern an Regeln hält, die das Außergewöhnliche sucht. Du liebst den Ozean, italienisches Essen, dein Lieblingssong ist *Spells Like Teen Spirit* ... – und ich glaube, du hast eine große Schwäche für Elijah. Aber da ist noch mehr, ich kenne dich auf eine Art, wie nur ich dich kennen kann. Ich weiß, wie sehr du es liebst, wenn ich meine Hände über deine Brüste gleiten lasse, ganz leicht, das ringt dir ein kaum hörbares Seufzen ab, du zergehst, wenn ich die Innenseite deiner Oberschenkel küsse und mich zu deiner Mitte bewege. Du liebst den festen Druck meiner Lippen auf deiner Haut, besonders auf deinem rasierten Venushügel. Das bringt dich sofort einem Orgasmus nahe, und ich weiß, wie bezaubernd du aussiehst, wenn du dich öffnest, wenn du dich in meinen Armen gehenlässt. Ich weiß, zu wie viel Liebe du fähig bist, Darling, denn du hast mich deine Liebe spüren lassen, mehr als einmal, und du hast mich dabei in deine Seele blicken lassen und ich dich in meine. Du hast mich ganz nah an dich herangelassen, Darling, du hast dich mir geschenkt. Deshalb kenne ich dich, wie nur ich dich kennen kann und niemand sonst.«

Die letzten Worte flüstert er mit rauher Stimme, und mir rinnt ein Schauer über den Körper, einer von vielen, die mich in den letzten Minuten haben erzittern lassen. Er berührt mit diesen Worten mein Herz, zeigt mir den wirklichen Rhys, den, in den ich mich verliebt habe. Er heilt mit ihnen alle Wunden, die er je in mein Herz geschlagen hat.

Rhys berührt mich noch immer an den Händen, er streichelt mit den Daumen über meine Handballen.

»Wenn du jetzt immer noch der Meinung bist, dass ich dies alles aufs Spiel setze, damit Christina mir auf die Schnelle einen bläst, dann denke ich auch, dass es besser wäre, wenn wir uns trennen.«

Abrupt lässt er mich los, nimmt seine Flasche Bier vom Tisch und trinkt einen großen Schluck. Dann stellt er sie zurück und sieht mich an.

»Was ist mit Hunter? Hat er wieder einen Platz in deinem Leben? Ist er der Grund, warum du willst, dass wir uns trennen?« Rhys' Stimme ist mit einem Mal wieder völlig emotionslos, doch ich weiß, dass er sich in diesem Moment vor meiner Antwort schützen muss. Er hat so viel von sich preisgegeben, meine Antwort könnte ihn zerbrechen.

Ich sehe ihn an und sage mit klarer Stimme: »Nein.«

»Ist Paul der Grund?«

Verwundert runzele ich die Stirn. »Wie kommst du auf Paul?«

»Ich weiß, dass er dich begehrt und dass er dir geholfen hat, das Land zu verlassen.«

Gibt es eigentlich irgendetwas, was dieser Mann nicht herausbekommt?

»Nein, auch Paul ist nicht der Grund. Wenn er mich begehrt, wie du es nennst, so ist das sein Problem. Was die Wahl meines Partners betrifft, habe ich ein Wörtchen mitzureden. Ich bin kein Pferd, das derjenige bekommt, der das meiste bietet.«

Entnervt lasse ich mich auf die Couch fallen und ziehe die Beine an. Obwohl es warm und fast schwül ist, friere ich plötzlich.

Rhys leert seine Flasche mit einem Zug und stellt sie auf dem Tisch ab, dann setzt er sich zu mir. Nah, zu nah, aber ich sitze bereits in einer Ecke, kann nicht weiter ausweichen.

»Weißt du, Jazman, du trägst immer noch meinen Ring, und das zeigt mir, dass du nicht in der Lage bist, ihn abzunehmen, selbst, nachdem dich diese Szene in der Suite so gekränkt hat. Es zeigt, dass du an uns glaubst, dass du uns nicht aufgibst. Ich gehe sogar so weit zu behaupten, dass du mich noch immer liebst, dass du genauso tief für mich empfindest, wie ich für dich. Und ich bin mir sicher, dass niemand es schafft, uns auseinanderzubringen.«

Er streichelt zärtlich über meine Wange. Die Berührung ist so angenehm, dass ich mein Gesicht fester an seine Hand schmiege.

Er scheint nur auf ein Zeichen von mir gewartet zu haben und zieht mich in seine Arme.

»O Gott, Jaz! Ich habe dich so vermisst – ich bin fast wahnsinnig geworden vor Sorge. Ich habe dich doch gebeten, nie wieder vor mir wegzulaufen. Wir hätten das sofort klären können. Wie kannst du nur eine Sekunde denken, dass ich dich anlügen würde? Dass ich dich hintergehe?«

Ich muss mich zwingen, ihn anzusehen. Jetzt, wo er mir all diese Fragen stellt, sehe ich selbst, dass ich vielleicht doch überreagiert habe.

»Was bezweckt sie nur damit?«, frage ich nachdenklich und genieße Rhys' Hände auf meinen Beinen, die er nun streichelt, als wolle er, dass mir wärmer wird. Er hat gespürt, wie ich fröstele.

»Ich kann es dir nicht sagen. Ich bin dir hinterhergerannt, und als ich zurück in die Suite kam, war sie verschwunden, was zeigt, dass sie nur diesen Zwischenfall provozieren wollte. Ich frage mich, woher wusste sie, dass du kommen würdest? Was suchtest du eigentlich in der Suite?«

»Ich musste mich umziehen, weil auf meiner Bluse ein großer Fleck war. Ich hatte meinen Kaffee verschüttet.«

»Woher hattest du den Kaffee?«

»Claudia hat ihn mir gebracht. Ich habe mich ungeschickt angestellt, glaube ich.« Genau konnte ich mich gar nicht mehr an den Vorfall erinnern.

»Wäre es auch möglich, dass sie für den Fleck verantwortlich war?«

Ich schaue ihn an und überlege. »Das kann ich wirklich nicht genau sagen, ich bin mit dem Arm an die Wand geraten, aber vielleicht hat sie mich auch berührt, ich weiß es einfach nicht. Doch welchen Grund sollte Claudia haben, mit Chris gegen uns zu intrigieren?«

Langsam schüttelt Rhys den Kopf. »Ich weiß es nicht. Noch nicht … doch ich bin mir sicher, dass Christina das nicht allein ausgeheckt hat. Es muss etwas anderes dahinterstecken.«

»Hast du Feinde? Gibt es jemanden, der dir oder deiner Firma schaden will?«

»Noch tappe ich vollkommen im Dunkeln, aber ich habe jemanden darauf angesetzt. Es wird nie wieder vorkommen, dass uns jemand auseinanderbringt, Jaz. Das verspreche ich dir. Komm mit mir zurück, bitte.«

16

Bist du allein hergekommen?«

»Nein, Matt ist auch da, er wohnt in einem Hotel in Waikiki. Ich wollte dich unter vier Augen sprechen.«

»Bist du sauer auf Paul, dass er mir geholfen hat?«

»Nun, zumindest werde ich ein Auge auf ihn haben.«

»Warum?«

»Er hat mir über einige Dinge die Augen geöffnet, was aber nicht heißt, dass ich ihm vertraue. Es gibt nur wenige Menschen, denen ich in der Vergangenheit vertraut habe, und wie sich nun herausstellt, war das auch genau richtig.«

»Vertraust du mir?«, frage ich, und Rhys weiß, dass ich damit auf meine Beziehung zu Hunter anspiele.

»Sollte ich dir misstrauen?«

»Das ist eine Gegenfrage, damit beantwortet man keine Frage, das ist unhöflich.«

Er zieht meinen Kopf zu sich heran und küsst mich. Ganz unvorbereitet. Als seine warmen Lippen meine treffen, vergräbt sich automatisch meine Hand in seinem Haar, und ich fahre durch die seidig dichten Wellen. Wie habe ich seinen Duft, seine Nähe vermisst! Ich bin diesem Mann verfallen, und was auch immer er anstellt, ich werde ihm immer wieder verzeihen.

So überraschend, wie er mich geküsst hat, lässt er wieder von mir ab.

»Ja ... ja, dieser Kuss zeigt mir, dass ich dir vertrauen kann. Auch wenn dieser Surfertyp noch so hohe Wellen schlägt.«

Ich lache leise. »Er schlägt sie nicht, er bezwingt sie mit seinem Brett. Außerdem ist er ein Professor«, necke ich ihn.

»Dir geht es nicht darum, ob jemand einen Titel trägt.«

»Woher willst du das so genau wissen?«

Er hebt mich hoch und spreizt meine Beine, so dass ich rittlings auf ihm zu sitzen komme. »Wenn es dir um Geld oder Ansehen ginge, hättest du mich schon längst vor den Traualtar gezerrt. Du liebst mit deinem Herzen, nicht mit dem Verstand – und das macht dich aus, deshalb bist du so anziehend, nicht nur für mich.«

»So, für wen denn noch?« Ich streiche seine Haare nach hinten, wieder ist ihm eine Locke in die Stirn gefallen.

»Paul, Alexander, der Surfertyp. Wenn du nicht mit mir zusammen wärst, könnte ich schwören, dass selbst Matt seine Finger nach dir ausstrecken würde.«

Laut lache ich auf. »O Mann, das hört sich an, als wäre ich eine Femme fatale. Du verkennst mich. Ich gehöre nicht zu den Frauen, die Männer sammeln.«

»Irrtum, du hast keine Vorstellung davon, wie wundervoll du bist.«

Ich muss schlucken. Er hat es wirklich drauf, mich um den Finger zu wickeln. Welche Frau wollte solche Komplimente nicht gerne hören? Und leider trifft er bei mir genau den richtigen Nerv. Vergessen ist diese schreckliche Christina, na ja, fast vergessen, vergessen sind die fürchterlichen Stunden, die ich in Frankfurt erlebt habe. Ich umschließe Rhys' Gesicht mit meinen Händen und küsse ihn. Obwohl er einen Vorstoß mit seiner Zunge wagt, presse ich die Lippen zusammen und grinse dabei.

»Du wirst noch mein Tod sein«, stöhnt er und gleitet auf der Couch ein wenig tiefer, damit ich direkt auf seinen Schoß rutsche. Er nimmt meine Hand in seine und dreht wieder nachdenklich an meinem Ring.

»Heirate mich«, flüstert er und küsst meinen Ringfinger.

»Nein, Rhys, noch nicht«, ist meine Antwort. Kurz und knapp. Er versucht auch nicht, mich umzustimmen, sondern nickt nur.

»Warum *sie?*«

»Wer? Christina?«

»Was hat sie dir gegeben, das ich dir nicht geben kann?«

Zärtlich streicht er mir über die Schultern. »Darling, wir wissen doch gar nicht, ob du es mir nicht auch geben kannst.«

»Dann sollten wir es ausprobieren ... ich bin so weit.«

Prüfend schaut er mich an, scheint etwas in meinem Blick zu suchen. Sucht er nach der Wahrheit, nach meiner Wahrheit?

~

Rhys sitzt auf meinem Bett, und ich stehe eine Armlänge entfernt vor ihm.

»Zieh dich aus ... langsam!«, ist sein Befehl.

Seine Stimme ist dunkel, sie ist anders als sonst, kommt mir sogar ein wenig suspekt, geradezu fremd vor, doch ich gehorche ihr. Ziehe in Zeitlupe mein Top über den Kopf, streife den Rock über meine Hüften, langsam, damit er auch etwas davon hat. Dabei beuge ich mich tief nach vorn, um ihm einen Ausblick auf meine Brüste zu geben, die noch von dem BH umschlossen sind. Ich richte mich wieder auf und schaue auf ihn hinunter.

»Zieh alles aus.«

Ich folge seinen Anweisungen, befreie meinen Körper von der Spitzenunterwäsche, als hätte ich keine Wahl, als würde ich es nicht wagen, mich seinem Willen zu widersetzen.

Rhys erhebt sich und wandert langsam um mich herum, berührt mich ab und an mit den Fingerspitzen. Ich schließe genussvoll die Augen, konzentriere mich nur auf seine Berührungen.

»Jetzt zieh mich aus«, befiehlt er, als er wieder vor mir steht.

Mit zittrigen Fingern öffne ich die Knöpfe seines Hemdes, denn ich bin so aufgeregt, weiß nicht, was mich erwartet. Das ist ungewohnt für mich. Normalerweise berühren wir uns gegenseitig, liebkosen uns, aber nun verhält er sich passiv. Ich bin unsicher, ob ich alles so mache, wie er es sich vorstellt. Auch wenn ich es ungern zugebe, meine Nerven sind bis zum Zerreißen gespannt.

Als ich das Hemd von seinen Schultern streife, weht sein Geruch zu mir herüber. »Ich liebe deinen Duft!«

»Schhhh«, er legt einen Finger auf meine Lippen. »Nicht sprechen, ich möchte, dass du keinen Laut von dir gibst. Mach weiter.«

Als Nächstes öffne ich die Schnalle seines Gürtels, dann den Hosenknopf, schließlich ziehe ich vorsichtig den Reißverschluss nach unten. Die Hose macht sich selbständig, rutscht an seinen Beinen nach unten, und Rhys kickt sie zur Seite. Es folgen seine Pants, die wie all seine Sachen die Farbe Blau haben.

Seine Erregung springt mir förmlich entgegen und ist bereits zu enormer Größe herangewachsen. Ich streichele zart über die Eichel, verteile den Lusttropfen über die Länge.

»Ich habe nicht gesagt, dass du das tun sollst«, sagt er strafend, doch dann lächelt er. »Aber du kannst gerne weitermachen. Es erregt mich noch mehr, als ich es ohnehin schon bin.«

Also nehme ich seine Männlichkeit in die Hand, reibe über die samtige Haut und höre, wie Rhys erwartungsvoll nach Luft schnappt.

»Das bringt mich um. Wenn du weitermachst, komme ich in deiner Hand«, stöhnt er auf. Dann scheint er sich zusammenzureißen.

»Aber das will ich noch nicht, ich will in dir kommen.« Er hat sich wieder im Griff. »Knie dich auf das Bett!«

Folgsam führe ich seine Anweisungen aus, er berührt mich an der Schulter, drückt mich herunter, damit ich mich auf den Händen abstütze. Der freizügige Anblick, den ich ihm biete, da er hinter mir steht, erregt ihn, das spüre ich genau. Er genießt es, dass ich mich ihm ausliefere.

»Du bist schön wie eine Göttin, der Anblick bringt mich bald um den Verstand!«, knurrt er und rückt ganz dicht an mich heran.

Ich spüre seine Männlichkeit, die gegen meinen Po drückt, und bewege mich leicht. Reibe mich an ihm.

»Hmmm, du bist nass, das gefällt mir.« Ich spüre seine Finger, sie liebkosen mich, dringen ein wenig in mich ein, ziehen sich zurück.

Mehr!, denke ich. *Gib mir mehr!*

Als hätte er mein Flehen gehört, tauchen sie wieder in mich ein, ziehen sich erneut zurück, zögern, kommen und gehen, gleiten immer tiefer, ehe sie erneut verschwinden. Ich spüre, wie die Welle des Orgasmus auf mich zurollt, aber Rhys ist noch nicht mit mir fertig.

»Du bist meins, Jazman Darling«, flüstert er heiser und presst sich wieder gegen mich. Seine Hände greifen an meine Pobacken, drücken sie zusammen, ziehen sie auseinander. Er weidet sich an dem Anblick. »Du ahnst nicht, wie geil du mich machst!«, stöhnt er, dann dringt er ohne Vorwarnung mit einem festen Stoß in mich ein, füllt mich mit seiner ganzen Kraft aus, entlockt mir einen Schrei.

Er zieht meinen Kopf an den Haaren zu sich und flüstert mir mit rauher Stimme ins Ohr: »Keinen Ton!«, dabei stößt er immer und immer wieder zu.

Ich presse die Lippen fest zusammen, schließe die Augen. Meinen Kopf hat er nach wie vor an den Haaren zu sich gezogen, aber ich gebe keinen Laut von mir. Ich versuche seinen

Anweisungen Folge zu leisten, er soll das bekommen, was er von mir verlangt.

Plötzlich verlangsamt er sein Tempo, lässt mein Haar los, greift mit einer Hand unter meinen Bauch, hebt ihn an und presst mich gegen sich. Mit der anderen Hand fährt er meine Wirbelsäule nach. Ich bin es, die uns hält, meine Finger verkrallen sich in der Bettdecke, während ich mich abstütze, die Haut auf meinem Rücken kribbelt von seiner Berührung, als würden Tausende von Ameisen darüberlaufen. Noch immer bewegt er sich, fickt mich regelrecht und hat mich zum Schweigen verdammt. Dabei ist der Reiz seiner Berührungen und Stöße so überwältigend, ich möchte den Kopf zurücklegen und meine Lust hinausschreien, aber das darf ich nicht. Keinen Laut darf ich abgeben, es gibt keine Möglichkeit, meiner Anspannung Luft zu machen.

Rhys' Hände legen sich nun wieder um meine Hüften, kaum berührt er mich dort, wird sein Tempo wieder schneller. Ich will stöhnen, ich will schreien, ich will brüllen, aber stattdessen beiße ich mir nur noch fester auf die Lippen und halte meine Lust in mir zurück.

»Ich will, dass du jetzt für mich kommst, mein Liebling!«, stöhnt er plötzlich laut und greift nach meinen Brüsten. Er reibt sie fest, weil er weiß, was dies mit mir macht, dass ich dann sofort kurz davor stehe, über die Klippe zu springen.

»Ich will dich hören!«

»Jaaa«, stöhne ich laut auf. »O Gott, bitte, fester!«, fordere ich ihn auf, und Rhys kann nicht mehr an sich halten. Mit einem letzten Stoß kommt er, im selben Augenblick wie ich. Meine ganze aufgestaute Lust entlädt sich schließlich in einem Schrei, wie er mir noch nie entrungen ist.

~

Wir liegen erschöpft und verschwitzt eng umschlungen auf dem Bett und versuchen, unsere Atmung wieder unter Kontrolle zu bekommen. Rhys streicht mir über das Haar.

»Das war einfach – wow!«, murmele ich.

Ein leichtes Grinsen huscht über sein Gesicht. »Besser könnte ich es nicht beschreiben, mein Schatz.«

»Du bist ganz schön herrisch.« Ich drehe mich um und stütze mich auf die Unterarme.

»Ja, so könnte man es auch nennen. Ich liebe es, die Führung zu übernehmen. Erschreckt dich das?«

Einen Augenblick lasse ich das Erlebte Revue passieren, dann schüttele ich den Kopf. »Nein, es erschreckt mich nicht. Es war … außergewöhnlich. Nahe an der Grenze, aber wie du bereits erwähnt hast, liebe ich es, Grenzen zu überschreiten, besonders mit dir.«

»Heirate mich!« Seine Aufforderung kommt wie aus dem Nichts auf mich zugeschossen, so dass ich im ersten Moment ziemlich perplex bin.

Ich muss schlucken. »Nein, ich bin noch nicht so weit.«

»Eines Tages wirst du so weit sein.«

Erschöpft, aber selig, schlafen wir in den Armen des anderen ein.

~

Ich sitze auf der Treppe der Veranda, es ist so früh, dass es noch ganz dunkel ist, denn die Sonne geht gerade erst auf. Neben mir nehme ich eine Bewegung wahr, Hunter taucht mit einer Tasse Kaffee aus dem Nichts auf.

»Hi!«

»Selber hi. Na, wie ist die Lage? Wo ist dein Milliardär abgeblieben?«

»Er schläft.«

»Denke ich mir, nach diesem Marathon.« Hunter grinst frech und setzt seine Tasse an die Lippen. »Sorry, aber ihr wart zum Schluss ganz schön laut, und wir sind Nachbarn.«

Vor Verlegenheit werde ich rot, meine Wangen glühen.

»Ich wünschte mir, ich hätte dich jemals so weit gebracht, als wir noch ...« Er räuspert sich und weicht meinem Blick aus.

»Danke, Hunter ... für die letzten Tage. Du bist vieles für mich, aber an erster Stelle mein Freund.«

Hunter nickt mir zu. »Ich wünsche dir viel Glück mit ihm«, dann dreht er sich um und verschwindet in der Dunkelheit.

17

Es ist Montagmorgen, ich bin in New York, sitze an meinem Schreibtisch und schaue mir das Angebot des Architekten an, der den Anbau im St. Francis übernehmen soll. Auf den ersten Blick scheint mir sein Vorschlag gut durchdacht zu sein. Ich werde später Rhys' Meinung dazu einholen.

Er ist zu einem Frühstück mit Trish eingeladen. Es tut ihm gut, einmal Abstand zu nehmen von dem Geschäft. Ich weiß, sie wird ihn mit ihrer herrlichen Art gänzlich einnehmen, seine Gedanken werden sich nur um sie drehen.

Mein Telefon läutet, und ich habe Abby in der Leitung.

»Hi, Jaz, dein Bruder möchte dich sprechen.«

»Er hat doch meine Durchwahl, warum ruft er über die Zentrale an?«, frage ich verblüfft.

»Nein, ich meine, dass er hier ist. Und da Rhys die Anweisung gegeben hatte ...«

Ich laufe bereits mit großen Schritten zum Empfang.

»Abby, Rhys' Anweisung kannst du bitte als erledigt betrachten, es bleibt alles beim Alten.«

Ich wende mich meinem Bruder zu und falle ihm um den Hals.

»Alex, bin ich froh, dich zu sehen.« Ich küsse ihn auf beide Wangen.

»Jazman, geht es dir gut?« Besorgt schaut er auf mich herunter, und ich ziehe ihn an der Hand in mein Büro.

»Sei Abby bitte nicht böse, sie ist manchmal etwas übereifrig.«

Alex lacht und zieht mich in seine Arme. »Wie könnte ich ihr böse sein? Komm her und erzähl mir, was eigentlich in der letzten Woche los war.«

Wir setzen uns auf die Couch, und ich schüttele verlegen den Kopf. »Weißt du, mit einem Mann wie Rhys ist es manchmal nicht einfach, aber genauso wenig hat er es einfach mit mir.«

»Willst du ihn jetzt noch in Schutz nehmen?«

»Alexander, du weißt, wie ich bin. Ich habe etwas falsch verstanden, und nun haben wir das geklärt. Alles okay.«

Alex schaut mich neugierig an, als wolle er in meinem Gesicht den Beweis finden, dass ich lüge, dass ich mich verstelle und meinen Kummer nur überspiele. Er ist misstrauisch.

»Dann wirst du ihn heiraten?«

»Nein. Das ist im Moment keine Option.« Ich sehe Erleichterung in seinem Gesicht.

»Freu dich nicht zu früh«, warne ich ihn, »ich trage nach wie vor seinen Ring. Aufgeschoben ist nicht notgedrungen aufgehoben.«

Er fasst sich sofort wieder. »Was immer du entscheidest, ich stehe hinter dir.« Er grinst schief.

»Du weißt von der Sache mit dieser Christina?«

Er nickt stumm.

»Rhys ist der Meinung, dass er reingelegt wurde.«

»Glaubst du ihm?«

»Ja, ich habe nicht den Eindruck, dass er mich belügt.«

»Er kann manchmal sehr überzeugend lügen.«

Wissend nicke ich. »Ja, aber diesmal nicht, ich bin mir sicher. Gibt es vielleicht in der Firma jemanden, der ihm schaden will? Ein entlassener Angestellter oder ein unzufriedener Kunde? Ihr kauft ständig Galerien auf – vielleicht fühlt sich jemand ungerecht abgefunden?«

Alex zieht mich in seine Arme. »So auf Anhieb habe ich keinen Verdacht, aber ich finde, Rhys sollte dir Personenschutz zur Seite stellen, zumindest so lange, bis diese Sache mit Christina geklärt ist. Falls sie eifersüchtig ist, weiß man nie, was sie sich noch so alles einfallen lässt.« Er küsst mich auf die Stirn.

Ohne anzuklopfen, öffnet Rhys die Tür und kommt in den Raum. Als er mich in den Armen meines Bruders sieht, entgleisen ihm für einen Augenblick die Gesichtszüge, doch er fängt sich sofort wieder.

»Alexander, ich habe dich erst morgen erwartet.« Mit großen Schritten kommt er auf uns zu und küsst mich. »Hallo, Darling!«

Ich löse mich aus Alex' Armen und hake mich bei Rhys unter.

»Ich bin einen Tag eher geflogen«, sagt Alex, »wir müssen die Übernahme der Taitinger-Galerien besprechen, es gibt dort Probleme.« Er erhebt sich, streicht mir über die Wange. »Wir sehen uns.«

Ich nicke ihm zu, und er lässt uns allein.

»Wie geht es Trish?«, frage ich Rhys.

»Sehr gut, ich soll dich grüßen. Sie will am Mittwoch mit uns zu Abend essen.«

»Gerne.«

Ich sehe seinen skeptischen Blick. »Ich habe kein gutes Gefühl, wenn Alex dir so nahe ist.«

»Rhys, lass es los!« Wütend schleudere ich ihm die Worte entgegen.

»Trotzdem, ich bleibe bei ihm auf der Hut!« Sein Ton ist scharf.

»Mein Gott, er ist mir nie zu nahe gekommen, du machst aus einer Mücke einen Elefanten.«

»Sehr weit war er gerade nicht von dir entfernt.«

»Du weißt genau, was ich meine«, zische ich, »warum kannst du das Thema nicht endlich fallenlassen?«

Ich bin so zornig, dass ich mir meine Tasche schnappe und das Büro verlasse.

»Ach, Jaz, Schwester Gabrielle hat ange…«

»Jetzt nicht!«

~

Im Aufzug klingelt mein Handy, und ich kann nur hoffen, dass es nicht Rhys ist.

»Darling«, melde ich mich unfreundlich, weil die Nummer des Anrufers auf dem Display unterdrückt wird.

»Ich brauche wohl nicht zu fragen, wie es dir geht«, erklingt Pauls Stimme, und ich schließe kurz die Augen. Verdammt, warum kann er mich nicht in Ruhe lassen? Das Geld – schießt es mir durch den Kopf.

»Nein, doch, sorry, ich war im Moment etwas abgelenkt.«

»Hast du Zeit, kannst du zu mir kommen?«

»Nach Frankfurt?«, frage ich überrascht, als ich sein leises rauhes Lachen höre.

»Nein, Jaz, ich bin in New York. In meiner Wohnung. Ich dachte mir, du kommst vorbei …«

»Hältst du das wirklich für eine gute Idee?«, unterbreche ich ihn.

»Ja, ich wohne 1 Central Park South, gar nicht weit von dir«, sagt er und legt einfach auf.

Ich falle fast aus allen Wolken. Das ist die Adresse des legendären Plaza, dem ehemaligen Grand Hotel von New York, in dem jetzt zum größten Teil Luxuswohnungen untergebracht sind. Rhys' Appartement ist zwar teuer und exklusiv, doch diese Adresse spielt in einer anderen Liga. Sie war in den letzten Jahren oft in den Schlagzeilen, und ich bin auf Pauls Immobilie gespannt.

Es ist wirklich nicht weit. Am Empfang werde ich erwartet und in den zweiten Stock gebracht. In der Tür steht Paul und lächelt.

Er trägt eine enge schwarze Jeans, aber kein Oberteil, sein durchtrainierter Oberkörper lässt mich unbewusst scharf die Luft einziehen. Mehrere Lederbänder mit silbernen Anhängern hängen um seinen Hals, und sein Haar fällt ihm offen über die Schulter. Mit einer Hand stützt er sich am Türrahmen ab.

»Ich wusste, dass du kommen würdest.«

Hatte ich eine Wahl? Ich schulde ihm ja nicht gerade wenig und bin froh, wenn ich das jetzt erledigen kann. Ich muss allerdings zugeben, dass mich sein Anblick ein wenig aus der Fassung bringt. Mir buchstäblich den Atem raubt. Was genau ist es an ihm, das mich so anzieht?

»Hallo, Paul.« Ich habe fast Angst, dass er hört, wie stark mein Herz klopft. Als wäre ich ein Teenager auf dem ersten Date.

Er öffnet weit die Tür und lässt mich eintreten.

Weiße Marmorsäulen fallen als Erstes ins Auge, sie dominieren den Raum und passen gut zum dunklen Eichenparkett. Ein eleganter, aber harmonischer Kontrapunkt. Die Höhe der Räume ist gewaltig.

»Wow«, entfährt es mir, »was für eine Wohnung. Man kommt sich vor wie in einem Museum.«

Ich kann mich gar nicht sattsehen. Paul nimmt mir die Tasche und meine Jacke ab, führt mich durch die Räume.

»Diese Wohnung muss Millionen gekostet haben.«

Er grinst wissend. »Es geht mir nicht um den Preis, sondern um das Flair. Hier haben Liz Taylor, Marlene Dietrich und Cary Grant residiert. Truman Capote, Jackie Onassis und die Beatles sind hier ein und aus gegangen.«

Neben den normalen Zimmern gibt es eine siebzehn Meter lange Kunstgalerie, in der bereits einige tolle Bilder hängen.

»Du hast einen wundervollen Kunstgeschmack«, bewundere ich seine Sammlung.

»Vielen Dank! Es gibt hier ein besonderes Luftbefeuchtungssystem, das die Bilder schont. Bei den vier Meter hohen Decken ist das auch nötig.«

Ich wandele kopfschüttelnd durch die Räume. Viele Zimmer sind noch leer.

»Ich habe die Wohnung gerade erst gekauft, aber der Blick auf den Central Park und die Grand Army Plaza haben es mir angetan, ich konnte einfach nicht nein sagen.«

»Verdient man als Musiker denn so viel?« Die Frage rutscht mir raus, ohne dass ich sie zurückhalten kann.

Doch wenn man denkt, dass Paul sauer darauf reagiert, kennt man ihn schlecht. Er grinst frech. »Ich konnte einige gute Werbeverträge ergattern. Ein Schmucklable ...« Er zeigt auf den Schmuck, den er an Hals und Armen trägt.

Völlig erschlagen lasse ich mich auf das Sofa fallen.

»Der Blick aus den Wohnzimmerfenstern ist wirklich einmalig.«

Paul setzt sich neben mich und reicht mir eine Tasse Kaffee. Wie er die so schnell herbeigezaubert hat, ist mir unerklärlich.

»Das hier ist mein Arbeitszimmer.«

»Oh, das ist schwer zu erkennen.«

Paul nickt. »Es fehlen noch viele Möbel, aber der Innenarchitekt kommt nächste Woche. Hättest du Lust, mir behilflich zu sein und die Farben auszusuchen?«

Lust hätte ich auf jeden Fall, doch es gibt Gründe, warum das nicht geht.

»Wie viele Schlafzimmer hat diese Wohnung?«

»Fünf Schlafzimmer, sieben Bäder, eine Bibliothek, einen Salon, Ankleidezimmer und zwei Küchen.«

»Wozu brauchst du zwei Küchen?«, rutscht es mir erstaunt heraus.

»Die waren schon drin«, grinst Paul. »Ich koche übrigens sehr gerne und auch ganz gut, denke ich. Aber wenn ich hier in New York bin, habe ich eine Haushälterin, die mich umsorgt.« Er hält die Tasse Kaffee in die Höhe. »Also was sagst du? Hilfst du mir?«

»Paul, ich weiß es nicht genau ...«

»Du denkst an Rhys.«

»Ich will dich nicht belügen, ja. Ich liebe Rhys und will ihn nicht hintergehen. Wenn ich ihm offen sage, dass ich Zeit mit dir verbringen will, wird es ihm nicht gefallen, und das weißt du. Es ist nicht fair, dass du mich in diese Zwickmühle bringst.«

Aufmerksam beobachtet er mich, während ich spreche.

»Eine Zwickmühle ist es nur, wenn du die Zeit eigentlich mit mir verbringen willst.«

Ich stelle demonstrativ die Tasse auf dem niedrigen Tisch ab und schaue mich nach meinen Sachen um.

»Bitte, Jaz, geh noch nicht. Wie ist es auf Hawaii gelaufen?«

»Paul, ich bin dir wirklich dankbar für deine Hilfe. Ich werde sofort veranlassen, dass man dir das Geld überweist, aber ich bin wieder mit Rhys zusammen. Er will mich heiraten.«

»Du ihn auch?«

»Vermutlich, aber nicht sofort. Das heißt aber nicht, dass mir unsere Beziehung egal wäre und ich sie damit aufs Spiel setze, dass ich seine Eifersucht unnötig schüre. Ich kann mich nicht mit dir treffen und meine Zeit mit dir verbringen, als wäre ich deine Freundin.«

Er nimmt meine Hand und verschränkt unsere Finger. »Du bist meine Freundin, mehr nicht, denn an mehr würden wir uns ja wohl beide erinnern, meinst du nicht? Und vergiss das Geld. Im Moment biete ich dir meine Freundschaft, mach damit, was du willst. Ich nehme das, was ich kriegen kann. Aber bitte vergiss nie, dass du auf mich zählen kannst, ich werde immer für dich da sein.«

Er zieht mich an sich und küsst mich. Schon wieder! Und ich genieße diesen Kuss – auch schon wieder! Stimmt irgendetwas nicht mit mir? Bin ich verrückt? Verdammt, ich komme mir vor, als würde ich Rhys betrügen, und habe jetzt schon Angst, ihm später unter die Augen zu treten.

~

Ich komme total erschöpft nach Hause. Die Suite ist leer, zum Glück. Rhys jetzt sofort unter die Augen zu treten, dazu wäre ich nicht in der Lage.

Ich atme erleichtert aus und blicke auf die Uhr.

Wir haben schon nach sechs, eigentlich müsste Rhys bereits da sein, und jetzt mache ich mir plötzlich doch Sorgen. Mein Blick geht nach oben, und der blauschimmernde Pool über meinem Kopf glitzert verführerisch. An Ort und Stelle lasse ich alles fallen, ziehe mich im Gehen aus.

Als das warme Wasser des Swimmingpools mich umgibt, schließe ich meine Augen und lasse mich treiben. Alles fällt von mir ab, jeder Gedanke an Paul und seinen Kuss, seine Forderungen und Angebote.

Mit kräftigen Schwimmzügen lege ich Bahn um Bahn zurück, powere mich total aus. Irgendwann bin ich mit meinen Kräften am Ende und will mich am Beckenrand hochziehen, als schwarze Schuhe in mein Blickfeld treten.

18

Hi, Meerjungfrau, ich habe dich vermisst, wo warst du den ganzen Tag?«, fragt Rhys und lockert seine blaue Krawatte.

»Ich musste mich ein wenig abreagieren. Ich habe mich mit Paul getroffen. Wusstest du, dass seine Wohnung im Central Park South liegt?«

Rhys schüttelt den Kopf.

Er hockt sich zu mir herunter. »Du triffst dich mit Paul, um dich abzureagieren?«

Ich muss lachen, sehr laut sogar. »O Mann, Rhys! Aus deinem Mund hört es sich an, als würde es sich dabei um etwas Unanständiges handeln. Er ist dein Freund, und er ist mein Freund, mehr nicht, aber auch nicht weniger. Wenn du mich fragst, ob ich mehr für ihn empfinde, muss ich dir sagen – nein. Du bist der Mann, den ich liebe, auch wenn du mich manchmal zur Weißglut treibst.«

Ohne mich aus den Augen zu lassen, erhebt sich Rhys, beginnt, seine Sachen auszuziehen, sehr langsam. Er schaut mir dabei zu, wie ich ihn beobachte, und springt zu mir in den Pool. Mit ein paar Schwimmzügen ist er bei mir und klemmt mich zwischen sich und dem Beckenrand ein.

»Es ist ja wohl eher genau andersherum. Du bist diejenige, die *mich* in den Wahnsinn treibt. Ich weiß nicht, wie du es immer wieder schaffst, dass ich die Kontrolle über mich verliere. Aber es ist so, und weißt du, was mir daran am besten gefällt?«

Ich schüttele den Kopf und beobachte, wie die Wassertropfen von seinen muskulösen Schultern perlen.

»Dass wir uns danach immer wieder versöhnen und diese Versöhnung mit jedem Mal besser und intensiver wird.« Mit einem

Ruck löst er mich vom Rand, zieht mich an sich, und ich schlinge meine Beine um seine Hüften, damit ich nicht untergehe.

»Du willst dich also mit mir versöhnen?«, frage ich hinterlistig und schaue lächelnd aus halbgeschlossenen Lidern auf ihn hinunter.

»Wann immer du willst«, murmelt er und küsst die Wassertropfen auf meiner Oberlippe weg.

Ich ziehe ihn dichter zu mir und küsse ihn gierig, weil ich weiß, was er vorhat. Mit einem seiner starken Arme sichert er uns am Poolrand und mit dem anderen positioniert er mich so, dass ich an seinem Körper hinunterrutsche, bis seine Männlichkeit auf meine Mitte trifft und er langsam in mich eindringen kann. Ganz langsam. Diese Empfindung hier im warmen Wasser ist so erregend, dass ich wohlig den Kopf in den Nacken werfe und laut stöhne. Meine Brustwarzen ragen nur so eben aus dem Wasser, sie werden von den kleinen Wellen, die unsere Bewegungen verursachen, gestreichelt.

»Du weißt, dass niemand anders dich je so lieben wird, wie ich es tue?«, fragt Rhys atemlos, jedes Wort mit einem Stoß unterstreichend.

Hart trifft er auf meine Mitte, und ich stöhne laut auf. Kralle mich an seinen Schultern fest, damit ich nicht untergehe. Sein Gesicht ist angespannt auf mich gerichtet.

»Du gehörst mir allein!«, knurrt er leise und hebt mich von sich herunter.

Fast schon will ich *Nein* schreien, doch dann drückt er mich an den Beckenrand, dreht mich um, so dass ich ihm den Rücken zukehre. »Halt dich fest!«, befiehlt er.

Kaum klammere ich mich an den Rand, spüre ich seinen Körper an meinem Rücken, seinen Schaft an meinem Po.

»Spreiz deine Beine!«, flüstert er an meinem Ohr, und ich nicke wie eine Puppe, deren Fäden er in den Händen hält.

Seine Härte dringt in mich ein, und genau das habe ich die letzten Minuten vermisst. Sobald er mich wieder tief ausfüllt, fühle ich mich vollkommen. So, als wären wir eins. Seine festen Stöße fange ich mit meinem Körper ab, und jeder Stoß bringt ein lautes Wimmern über meine Lippen. Ich kann mich nur noch mit Mühe festklammern, doch Rhys stützt sich mit einer Hand ab, umschließt mich mit der anderen, hält mich so sicher.

»Du bist alles für mich! Das weißt du, oder?«, keucht er an meinem Hals, als er mich dort küsst.

»Jaaa, o Gott, ja, das weiß ich! Ich liebe dich!«, schreie ich, als ich nach einem weiteren schnellen Stoß schon komme. Rhys beißt die Lippen zu einem schmalen Strich zusammen, und daran, wie sich sein Körper erst anspannt und dann wieder entspannt, erkenne ich, dass auch er gekommen ist. Schnell, hart, zügellos. Ich spüre, wie sehr Rhys die Gewissheit braucht, dass ich bei ihm bin, ganz ihm gehöre, ihm allein.

»Wirst du mich heiraten?«, fragt er und atmet heftig.

»Nein, auch jetzt noch nicht«, lache ich, weil ich mittlerweile diese Frage nicht mehr ernst nehmen kann. Sie gehört zu unserem Spiel wie der allumfassende Orgasmus, wenn wir uns lieben.

Ich küsse ihn gierig, mache mich dann aber los, um zu duschen.

~

Im Bad lehne ich mich schwer atmend an die geschlossene Tür. Dieser Mann kommt einem Tornado gleich. Er fegt über mich hinweg und lässt mich zerstört zurück. Ich stelle das warme Wasser an, und in wenigen Minuten ist der Raum mit Schwaden erfüllt. Ich shampooniere mein Haar ein, und gerade als ich es wieder ausspüle, umschließen zwei Hände meine Brüste.

»Ah!«, mein Aufschrei wird durch Rhys' Lippen erstickt. Wie aus dem Nichts steht er vor mir, schaut lächelnd auf mich hinunter.

»War ich zu grob?«, fragt er und zieht mich zärtlich in seine Arme. »Bist du wund?«

»Nein«, meine ich und schüttle den Kopf. Seine Fürsorge macht mich verlegen.

Er hebt mein Kinn mit seinem Finger an. »Sag mir die Wahrheit, es ist mir wichtig. Ich will dir nicht weh tun, Darling.«

»Das tust du nicht, ich hätte etwas gesagt, wenn es mir nicht gefallen hätte.«

»Also, war es so gut, dass du mich heiraten …«

Ich unterbreche diesen Satz, bevor er ein Ende finden kann, indem ich Rhys meine Lippen auf seine drücke. »Wasch mir den Rücken!«, befehle ich und drücke ihm das Duschgel in die Hand.

~

»Hast du den Brief geschrieben?« Die Männerstimme hat etwas Dominantes, das Christina wohlige Schauer über den Körper schickt.

»Ja, habe ich. Er ist schon auf dem Weg zu dir, damit du ihn passend plazieren kannst. Wann werden wir uns sehen?«

»Gar nicht, wir sollten uns in der nächsten Zeit nicht treffen. Dein Auftritt bei Rhys hat nicht den gewünschten Erfolg gebracht.«

»Ich will dich aber sehen.«

»Denk an unseren Deal. Wenn ich Jaz bekomme, bekommst du den Millionär. Aber bis wir an unserem Ziel sind, sollte man uns durch nichts in Verbindung bringen können. Jedes Treffen ist ein Risiko, das wir minimieren müssen.«

Christina schnauft als Bestätigung.

»Ich melde mich!« Damit ist das Gespräch beendet.

~

»Rhys, brauchst du mich heute noch?« Matt klopft an die Tür des Arbeitszimmers, doch es ist leer. Er will nur noch Feierabend machen und Abby treffen. Auf der Suche nach seinem Boss betritt er vorsichtig das Wohnzimmer, doch auch das ist verwaist.

Als er eine Bewegung an der hohen Decke des Lofts wahrnimmt, schaut er hinauf und sieht, dass Rhys ein paar Züge im Pool schwimmt. Gerade als er nach oben laufen will, sieht er ein zweites Paar Beine. Sie schlingen sich um Rhys' Hüften. Gebannt starrt er nach oben, gefangen von der Szene, die sich vor ihm abspielt.

»Verflucht, du bist so ein Glückspilz, Rhys Cunningham!«, kommt es ihm leise über die Lippen.

~

Auf der Suche nach Rhys finde ich ihn in seiner Werkstatt. Dort sitzt er, arbeitet an einem Stein. Mit nackten Füßen, einer Jeans und dem grünkarierten Hemd, das ihm so gut steht, sitzt er auf dem Hocker und arbeitet emsig, hat die Welt vollkommen ausgeblendet, selbst mich.

Als er mich an der Tür wahrnimmt, deckt er den Stein mit einem Tuch ab, steht auf und kommt auf mich zu. *Etwas stimmt nicht*, denke ich sofort.

»Woran arbeitest du gerade?«

»Ach, ich habe nur so herumprobiert.«

»Darf ich schauen?«

»*Nein!*«

Rhys stellt sich mir in den Weg und baut sich groß vor mir auf. Als wenn ich an seinen breiten Schultern vorbeischauen könnte. Keine Chance.

»Was machst du denn so Wichtiges, dass ich es nicht sehen darf?«

Sofort ist der Name *Christina!* in meinem Kopf. Ich weiß nicht warum, aber ich habe plötzlich ein ganz mieses Gefühl.

»Ich möchte es gerne sehen!« Ich täusche links an und gehe dann rechts an ihm vorbei. Er fällt auf diesen Trick rein, und ich habe freie Bahn. Bevor er mich erreichen kann, schaffe ich es, das Tuch von dem Steinblock zu heben und erstarre.

»Das ist ... das bin ja ich!« Ich schaue zu Rhys, der sich gegen die offene Tür lehnt.

Er hebt die Schultern. »Es ist noch nicht fertig. Ich muss es aus dem Gedächtnis meißeln.«

Vorsichtig fahre ich die Konturen meines Gesichts nach, die in dem Marmor verewigt sind. Ein grauer Stein, der durch unterschiedliche Farben Struktur bekommt. Eins – zwei – drei – vier verschiedene Grautöne – *4 Farben Platin*, denke ich und bin von der Arbeit hingerissen.

»Es ist atemberaubend! So schön bin ich doch gar nicht. – Du bist so ein wunderbarer Künstler! Ich wünschte, ich könnte eine Ausstellung mit deinen Arbeiten organisieren, das würde mir sosehr gefallen.«

»Nein, auf keinen Fall, dazu bin ich nicht gut genug.«

»Du bist so viel mehr!«, flüstere ich und lege wieder das Tuch über seine Arbeit.

Er vergräbt die Hände tief in den Vordertaschen seiner Jeans und lehnt sich lässig mit dem Rücken an die Tür. »Wenn ich so ein toller Künstler bin, willst du mich dann heiraten?«

Ich muss grinsen. »Vielleicht, Rhys.«

»Ich werde Elijah adoptieren und ihn zu uns holen. Wirst du mich jetzt heiraten?«

Ich halte in meiner Bewegung inne, verarbeite, was ich da gerade gehört habe.

»Das ist eine astreine Erpressung.«

Mit einem hinterhältigen Lächeln kommt er ganz langsam auf mich zu.

»Wieso? Du hast doch eine Wahl!«

Band III

3 Farben Purpur

Wer das Leben nicht schätzt,
der verdient es nicht.

1

Dies ist die Stadt der tausend Lichter. Überall flackern und flimmern die Leuchtreklamen, erhellen die Nacht, als wäre es Tag. *Sin City* breitet sich vor meinem Fenster aus, und auch ich bin ihrem Charme erlegen. Las Vegas ist schon etwas ganz Besonderes.

Die Penthouse-Suite, an deren Fenster ich stehe, ist es ebenso. Ich schaue hinunter auf den Springbrunnen, dessen Choreographie einzigartig ist, ein kunstvolles Zusammenspiel aus Wasser, Musik und Licht. Zwar höre ich die Musik nicht, aber allein die Aussicht von hier oben ist einfach atemberaubend.

Mit meiner linken Hand stütze ich mich an der Fensterscheibe ab, und mein Blick fällt auf den Ring, den ich am Finger trage. Er ist unglaublich. Ein 31-Karat-Diamant in rechteckiger Form. Von Chopard, für sieben Millionen Dollar. Ich weiß es deshalb so genau, weil ich ihn gegoogelt habe. Seit sieben Stunden trage ich nun dieses Vermögen an meinem Finger, und mein Herz schlägt mir bis zum Hals, weil ich Angst habe, das kostbare Stück zu verlieren. Dabei passt er wie angegossen. Wie Rhys das mal wieder hinbekommen hat, weiß ich nicht, aber ich hätte mich wesentlich wohler gefühlt, wenn ich meinen Verlobungsring hätte behalten dürfen. Das geht nun aber nicht mehr, denn ich bin nicht mehr verlobt. Nein, nun bin ich verheiratet.

Wer heiratet schon in Las Vegas? Rhys und ich haben es getan. Spontan, schnell, nur mit Matt und der Frau des Predigers als Trauzeugen. In einer Kapelle. Der Pfarrer trug allerdings nicht wie sooft ein Elviskostüm, zum Glück, denn sonst hätte ich es mir wohl doch noch einmal überlegt.

»Meine Zukunft liegt nicht nur in deiner Hand, sie steckt an deinem Finger, und sie sieht wundervoll aus«, flüstert Rhys mir ins Ohr und schlingt seine Arme von hinten um mich. »Kannst du nicht schlafen?«

Ich schüttle den Kopf. »Wenn du ein Vermögen am Finger tragen würdest, könntest du es auch nicht.«

»Es ist nur ein Ring.«

»Nein, Rhys, es ist nicht nur ein Ring. Es ist die Aussicht auf ein ganzes Leben mit dir.«

»Ich halte mein Leben gerade im Arm«, sagt er und dreht mich zu sich herum, weg von der fulminanten Aussicht.

Er ist nackt, so wie ich, und unsere Körper schmiegen sich aneinander, als wären sie füreinander geschaffen.

»Bereust du es?«, fragt Rhys, und aus seiner Stimme höre ich eine Unsicherheit, die er sich selbst mir gegenüber nur selten erlaubt.

»Nein … nein, wie kommst du darauf?«

»Es wirkt so.«

»Wenn überhaupt, dann bereue ich es, diesen Ring angenommen zu haben, denn ich sterbe vor Angst, ihn im Abfluss zu verlieren«, jammere ich und lache dann hysterisch.

Ich sehe mich noch in seinem Atelier stehen, als er mir sagt, dass er Elijah adoptieren will. Ich sehe sein Gesicht, als er mich fragt, ob ich ihn heiraten will. Das *Ja!*, dem ich so lange ausgewichen bin, ist mir schließlich so einfach über die Lippen gerutscht, als hätte ich die Frage beantwortet, ob die Sonne scheint. Seinen Gesichtsausdruck hätte ich gerne auf Film gebannt, denn Rhys hatte offensichtlich wieder mit einem *Nein* gerechnet, und so blieb ihm bei meiner Antwort einfach der

Mund offen stehen. Danach riss er mich in seine Arme und küsste mich fast besinnungslos. Ich bekomme immer noch Atemnot, wenn ich daran denke.

»Komm wieder ins Bett«, meint Rhys und zieht mich an der Hand durch die exklusive Suite zurück in das riesige Bett.

~

»Wir müssen einen Empfang geben, sobald wir wieder in New York sind.« Rhys rekelt sich neben mir, dann starrt er an die Decke, und es scheint, als stelle er in Gedanken bereits die Gästeliste zusammen.

»Müssen wir?«, frage ich ein wenig nervös. »Du weißt, ich hasse es, im Mittelpunkt zu stehen.«

»Du wirst nicht im Fokus des Interesses stehen, sondern ich. Weil ich es geschafft habe, dich zu meiner Frau zu machen. Mrs. Rhys Cunningham. Ich danke dir, dass du nicht darauf bestanden hast, weiter deinen Nachnamen zu führen. Obwohl du immer mein *Darling* sein wirst.«

»Warum hätte ich das tun sollen?«, frage ich freiheraus und schmiege mich an seine Brust. »Du teilst alles mit mir, also teile ich deinen Nachnamen, mehr habe ich dir nicht zu geben.«

»Du gibst mir so viel mehr, mein Schatz. Du weißt es nur noch nicht.«

»Wie immer sprichst du in Rätseln.«

»Lass uns schlafen, Mrs. Cunningham«, murmelt er, dann fallen ihm bereits die Augen zu.

~

Der Blick, dem Rhys im Spiegel begegnet, ist triumphierend. Er grinst und kann es einfach nicht abstellen. *Sie hat Ja gesagt!*, möchte er am liebsten laut herausrufen. Mit präzisen Zügen führt er die Klinge über sein Gesicht, um es von dem Bartschatten der Nacht zu befreien. Immer wieder schaut er durch die offene Tür hinüber zu dem Bett, in dem Jaz liegt. Jazman Cunningham, seine Frau. Sie hat ihm ihr Ja-Wort gegeben, und wenn es nicht so albern wäre, würde er sich am liebsten auf die Brust trommeln. Nun gehört sie ihm, und er wird alles in seiner Macht Stehende tun, dass dies auch so bleibt. Nie wird er sie gehen lassen, da ist er sich sicher.

Eine Hochzeitsreise muss er ihr allerdings vorerst schuldig bleiben, denn im Moment gibt es einige Termine, die er nicht aufschieben kann. Aber er wird sie so bald wie möglich mit ihr nachholen.

Warum Jaz mit dem Ehering nicht ganz glücklich ist, kann er nicht wirklich nachvollziehen, denn es war der teuerste, den er in der kurzen Zeit auftreiben konnte. Doch Jaz war schon immer eine Frau, die so ganz anders reagierte als alle anderen Frauen, die er kennt. Nun, sie wird sich daran gewöhnen.

Er hat auf einen Ehevertrag verzichtet, obwohl Matt und sein Anwalt davon abgeraten haben. Er will Jaz damit beweisen, wie sehr er ihr vertraut, ihr zeigen, wie kompromisslos er sie liebt. In seinem Privatleben will er einfach ohne Verträge auskommen.

Rhys beendet die Rasur und spült sein Gesicht ab. Als er wieder in den Spiegel blickt, sieht er immer noch dieses Lächeln, und er kann es nicht fassen, wie sehr Jaz sein Leben verändert hat. Sie treibt ihn an, ist seine Lebensenergie, sein Leben. Sollte ihr je etwas passieren, könnte er für nichts garantieren. Daher wird er dafür sorgen, dass Jaz nichts geschieht, auch wenn sie sich noch sosehr dagegen wehrt.

~

»Mrs. Cunningham!« Matt hält mir die Tür des Wagens auf, mit dem er Rhys und mich vom J.F.K.-Airport nach Manhattan bringen wird. Ich weiß, dass er mich mit dieser Anrede aufziehen will, denn er lächelt mich an, und ich kann nicht anders, als sein Lächeln zu erwidern.

»Obwohl ich den reichsten Mann New Yorks geheiratet habe, darfst du mich gerne weiterhin Jaz nennen«, sage ich und grinse.

Es ist früher Vormittag, und wir sind aus Las Vegas nach New York zurückgekehrt. Im Minutentakt schaue ich auf meine Hand, ob mein Ehering noch an meinem Finger steckt. Sollte ich je diesen Ring verlieren, würde ich auf der Stelle verrückt werden. Doch die Frage ist, ob ich es nicht schon längst bin. Welche Frau heiratet einen Mann, den sie kaum mehr als drei Monate kennt und der ihr immer noch Rätsel aufgibt?

Ich habe es getan, weil mir klar ist, dass ich Rhys liebe, so sehr, dass es keinen anderen Mann in meinem Leben geben wird, den ich je mehr begehren, je mehr bewundern könnte. Also warum länger warten? Auch wenn ich damit eine ganze Menge Menschen gegen mich aufbringen werde, allen voran meinen Bruder Alexander, der unsere Beziehung von Anfang an torpediert hat. Oder Christina, die anscheinend immer noch in Rhys verliebt ist, obwohl ihre Beziehung bereits vor zwei Jahren von ihm beendet wurde.

Rhys' Hand auf meinem Arm bringt mich in die Gegenwart zurück. Er lächelt mich an. »Lass Matt seinen Spaß. Er liebt es, dich zu necken.«

»Ich werde Abby bitten, mich zu rächen«, erwidere ich gespielt pikiert. Die Macht der Frauen. Es wäre doch gelacht, wenn ich mich nicht revanchieren könnte.

»Dich möchte ich nicht zum Feind haben«, flüstert Rhys mir ins Ohr und küsst mich zärtlich. Seine Hand liegt auf meinem Oberschenkel und findet schnell den Weg unter den kurzen Rock, den ich heute trage. Ich rutsche ein wenig vor, damit seine Hand mehr Raum gewinnt und er meine Mitte streicheln kann, die bereits feucht ist. Wir haben uns in den letzten beiden Tagen so oft geliebt, und doch bringt mich jede Berührung von Rhys um den Verstand, macht mich willenlos und steigert meine Gier nach diesem Mann ins Unermessliche.

Bevor diese Sache hier jedoch außer Kontrolle geraten kann, denn Matt hat gerade auf dem Fahrersitz Platz genommen, halte ich Rhys' Arm fest und ziehe seine Hand unter meinem Rock hervor.

»Später«, flüstere ich, und ein kleines Lächeln huscht über Rhys' Lippen.

»Worauf du dich verlassen kannst.«

Statt zum CuDa-Gebäude zu fahren, hält Matt das Auto an einer mir bekannten Adresse. In diesem Haus wohnt Trish, Rhys' Großmutter.

»Oh, wie wunderbar!«, ruft sie aus, als sie Rhys und mich in der Halle ihres außergewöhnlichen Appartements in Empfang nimmt. »Ich freue mich, dass ihr mich endlich einmal besuchen kommt! Jaz, ich habe dich schon so lange nicht zu Gesicht bekommen, dass ich schon Angst hatte, Rhys hätte dich in die Flucht geschlagen.«

Sie nimmt mich in die Arme und drückt mich so fest, dass ich kaum Luft bekomme. Das Gleiche wird Rhys zuteil.

»Nein, Trish, ganz im Gegenteil«, meint Rhys und zeigt ihr meine Hand.

»Ihr habt es wirklich getan?«, fragt sie und lächelt.

»Ja, darf ich dir Mrs. Rhys Cunningham vorstellen?«, sagt er und strahlt voller Stolz.

Ohne ein weiteres Wort zieht Trish mich erneut in ihre Arme und drückt mich. Immer wieder schüttelt sie den Kopf und wischt sich dann mit einem Taschentuch, das sie aus dem Ärmel ihrer leichten Tweedjacke zaubert, ein paar Tränen aus den Augen.

»Du machst mich wirklich sehr glücklich, Jaz«, murmelt sie.

»Hey, und was ist mit mir? Mache ich dich etwa nicht glücklich?«, beschwert sich Rhys.

»Du, mein lieber Junge, kannst dich glücklich schätzen, so eine wunderbare Frau gefunden zu haben.«

»Da hast du recht, Trish. Ich werde sie auch sicherlich nicht mehr gehen lassen.« Er zwinkert ihr zu, und wir setzen uns im Salon auf das Sofa. Trish lässt Tee servieren, und wir müssen ihr alles genau berichten.

Obwohl ich ihr nur einige wenige Male begegnet bin, habe ich diese Frau sofort in mein Herz geschlossen und sehe in ihr die Großmutter, die ich nie hatte. Mein Blick wandert zu Rhys, und ich erkenne die Liebe in seinen Augen, wenn er sie anblickt. Sie ist die Frau, die Beständigkeit und Liebe in sein Leben gebracht hat, und ich liebe sie dafür.

Nachdem wir unseren Tee getrunken haben, müssen wir wieder los, weil Rhys um fünfzehn Uhr einen Termin mit dem Bankvorstand hat, den er nicht verschieben konnte. Zum Abschied küsst und umarmt uns Trish und sieht selig aus. Sie bietet mir ihre Hilfe für den Hochzeitsempfang an, und ich werde in den nächsten Tagen gerne darauf zurückkommen.

~

In meinem Büro angekommen, bestürmt mich Abby direkt mit einem Stapel Papier.

»Früher einmal waren diese Notizen alle für mich«, murrt Rhys und betritt sein eigenes Büro.

»Ach, übrigens, Abby! Bitte veranlasse, dass der Name an Jaz' Tür geändert wird!«, ruft er und schließt seine demonstrativ.

Natürlich hat Abby nichts Eiligeres zu tun, als mir neugierig in mein Büro zu folgen. Sie lehnt sich an die geschlossene Tür, die Hände auf ihrem Rücken verschränkt.

»Was stimmt denn mit deinem Namensschild nicht?«, fragt sie überrascht.

»Ähm, es ist nicht mehr aktuell.«

»Aha, und was genau hat sich geändert?«

Ich stehe ihr gegenüber und schlucke. »Der Name. Es muss heißen: Cunningham, Jazman Cunningham.«

»Nein!«, bricht es aus ihr heraus. »Sag nicht, dass …« Abby beendet ihren Satz nicht, sondern springt auf mich zu und schließt mich stürmisch in ihre Arme. »Du hast es wirklich getan?«

Ich mache mich vorsichtig von ihr frei und zeige auf den Ring. »Ja«, nicke ich, »ich habe Rhys geheiratet.«

Jetzt, wo ich es zum ersten Mal laut ausspreche, werde ich mir der Konsequenzen meiner Entscheidung noch intensiver bewusst. Ich habe eine Tatsache geschaffen, die sich so schnell nicht ändern lässt. Verheiratet zu sein mit Rhys Cunningham ist nun etwas, was zu meinem Leben gehört.

»Wow!« Mehr bringt Abby nicht heraus, als sie den Ring an meinem Finger bewundert. Sie schaut ihn sich von allen Seiten an und schüttelt immer wieder den Kopf. »Der muss ein Vermögen wert sein.«

»Und ich habe eine Scheißangst, ihn zu verlieren«, stöhne ich und lache dann.

»Mein Gott, Jaz. Ich gratuliere dir herzlich. Rhys muss dich wirklich sehr lieben.«

»Wir müssen einen Hochzeitsempfang organisieren, wirst du mir und Trish helfen?« Ich schaue sie hilflos an.

»Natürlich, dafür bin ich doch da.«

~

Als ich mich am späten Nachmittag von Matt zum Kinderheim fahren lasse, beobachte ich einen Haufen Fotografen, die vor dem CuDa-Gebäude stehen und auf irgendetwas warten.

»Was ist da los?«, frage ich Matt.

»Ich denke, die Haie warten darauf, ein Foto von der Ehefrau des begehrtesten Ex-Junggesellen New Yorks zu schießen.«

»Du sprichst jetzt nicht von mir, oder?«

»Doch, natürlich!« Matt lacht und schaut mir durch den Rückspiegel in die Augen. »Ich glaube nicht, dass es noch eine zweite Mrs. Cunningham gibt.«

Ich stöhne innerlich auf. Wie oft muss ich mir das in der nächsten Zeit noch anhören?

»Ich denke, die werden nicht aufgeben, bevor sie dieses Bild bekommen haben. Liege ich da richtig?«

Matt verzieht seinen hübschen Mund. »Ich denke, du hast da vollkommen recht.«

Na toll, vielleicht sollte ich einfach meinen Pass kopieren und verteilen, obwohl das Bild darin nicht sehr schmeichelhaft ist. Also doch keine so gute Idee.

Das Klingeln meines Handys lenkt mich ab, und ich krame es aus meiner Handtasche. Rhys!

»Ja«, melde ich mich, weil es mir komisch vorkommt, mich mit Cunningham zu melden.

»Darling, wo bist du? Die Herren von der Bank sind da.«

»Ich? Ich bin auf dem Weg zum St. Francis, zu einem Termin mit dem Architekten.«

»Wir brauchen dich hier.«

»Warum?«

»Weil wir deine Unterschrift auf einigen Schriftstücken benötigen.«

»Kann das nicht warten?«

»Nein.« Rhys' Stimme ist unerbittlich. »Komm bitte zurück.«

Ich beende das Gespräch, ohne zu antworten.

»Na toll, Matt, wir müssen zurück.«

Im gleichen Moment drücke ich die Kurzwahltaste und rufe im Kinderheim an, um den Termin mit Schwester Gabrielle und dem Architekten zu verschieben. Das stinkt mir ganz gewaltig, denn ich versetze andere Leute nur ungern.

»Ärger?«, fragt Matt, als er den Wagen gekonnt im fließenden Verkehr wendet. Er ist ein ausgezeichneter Fahrer und weiß, was er tut.

»Nein, keine Sorge. Rhys hat nur vergessen, mich zu informieren.«

~

Nach einer Viertelstunde stehen wir im Aufzug, der uns in die Chefetage des CuDa-Gebäudes bringt.

»Sie warten schon auf dich!«, ruft Abby und klingt ziemlich aufgeregt. »Oh, hallo, Matt«, grüßt sie ihn und nimmt dann ein Gespräch am Telefon an.

Ohne anzuklopfen, betrete ich Rhys' Büro, in dem er mit zwei weiteren Anzugträgern auf mich wartet.

»Ah, da bist du ja.« Rhys kommt auf mich zu, küsst mich. »Darf ich dir Steven Bricks und Colin Fairbanks vorstellen? Sie vertreten meine Bank.«

»Mrs. Cunningham.« Die beiden Männer erheben sich und schütteln mir nacheinander die Hand.

Rhys legt mir liebevoll eine Hand auf den Rücken und führt mich zu einem Platz an dem großen Besprechungstisch. Vor mir liegt eine Unterschriftenmappe, die er nun aufschlägt.

»Sie müssen hier unterschreiben«, meint Bricks und zeigt auf die gestrichelte Linie, unter der mein neuer Name steht. Oder ist es Fairbanks? Ich weiß es gar nicht.

»Was unterschreibe ich hier?«, frage ich in die Runde und sehe, dass Bricks' oder Fairbanks' Blick, wessen auch immer, an Rhys hängen bleibt. Fragend schaue ich meinen Mann an. Was für ein Gedanke – mein Mann.

Lächelnd schüttelt Rhys den Kopf. »Ich wusste, dass dies hier nicht einfach werden würde. Dass du nicht so einfach die Papiere unterschreiben wirst.«

»Nicht ohne zu wissen, was darin steht.« Ich schaue fragend in die Runde.

Rhys sieht die beiden Banker an und nickt.

»Mrs. Cunningham, dies sind die Papiere, die Ihnen vollen Zugang zu den Konten und Schließfächern Ihres Mannes gewähren. Sie erhalten damit volle Verfügungsgewalt. Die Kreditkarten mit Ihrem neuen Namen erhalten Sie in Kürze.«

Ich starre auf die Papiere und schüttle den Kopf. Was soll das alles? Was ist hier los? Ich schaue Rhys an und sage bestimmt: »Nein, das unterschreibe ich nicht.«

Rhys' Mundwinkel zucken unkontrolliert. »Wieso bin ich nicht überrascht?«

2

Verdammt, warum schafft es die Security nicht, endlich die verfluchte Pressemeute vor dem Gebäude zu vertreiben?

Entnervt legt Matt nach einem letzten barschen »Dann lassen Sie sich was einfallen!« auf. Er atmet tief durch und wendet sich schließlich Abby zu, die konzentriert einige Papiere sortiert.

»Hi, Abby, wie geht es dir?«, fragt er und beugt sich weit über den Tresen, hinter dem sie sitzt.

Ohne von ihrer Arbeit aufzublicken, nickt sie und flüstert ihm ein leises »Danke, gut« zu.

»Abby, schau mich an. Was ist los?«

Ihr Blick weicht seinem aus. »Matt, ich habe zu tun.«

Er wandert um den Tresen herum, nimmt ihr die Papiere aus der Hand und zieht sie hoch und an sich. »Ich hatte noch gar keine Gelegenheit, dich zu begrüßen. Es ist einige Zeit her, dass wir uns gesehen haben.« Er beugt sich vor und will sie küssen, aber Abby wendet den Kopf ab.

Eigentlich hat er eine andere Reaktion von ihr erwartet, es ist ja nicht so, als seien sie sich fremd.

Sie sieht ihn jedoch nur ausdruckslos an.

Frustriert lässt Matt die Arme sinken. »Also gut, was ist los, Abby?«

»Wie du sagtest, es ist einige Zeit her, dass wir uns gesehen haben. Damit hast du das Problem doch schon ganz gut eingekreist, oder? Findest du nicht, dass du dich mal bei mir hättest melden können? Nur um Hallo zu sagen? Da du das nicht für nötig hieltest, gehe ich natürlich davon aus, dass es dir nicht so wichtig war. Und jetzt ist mir eben meine Arbeit hier wichtiger, also geh bitte aus dem Weg und lass mich arbeiten.«

Scheiße! Er fährt sich mit der Hand durch sein Haar. »Entschuldige, du hast natürlich recht. Aber ich habe noch nicht einmal deine Handynummer. Was sollte ich denn machen? Rhys nach deiner Nummer fragen?«

»Matt«, Abby lächelt mitleidig, »du hättest mich einfach hier im Büro anrufen können. Bitte, ich brauche keine Erklärung. Es ist in Ordnung, so wie es ist. Mach dir keine Gedanken, aber frage mich nicht mehr, wie es mir geht.«

Ihr Blick ist eisig, und sie verbirgt nicht, wie verletzt sie ist.

»Es tut mir leid, ich habe dir weh getan. Das wollte ich nicht. Bitte lass uns darüber sprechen. Ich hole dich ab, wenn du Feierabend hast, und wir essen etwas zusammen. Sag bitte nicht nein.«

»Matt, lass es einfach.«

»Nein, gib mir diese eine Chance.«

Als sich die Tür von Rhys' Arbeitszimmer öffnet, tritt Matt einen Schritt zurück. »Ich hole dich ab.« Er blickt sie ein letztes Mal eindringlich an und kann nur hoffen, dass Abby ihm diese Chance nicht verwehrt.

~

»Jaz, warst du heute schon im Internet?«, ruft Abby mir zu, als ich in meinem Büro verschwinden will. Bevor ich die Tür schließen kann, ist sie schon hinter mir und stürmt zu meinem Arbeitsplatz.

»Das musst du dir ansehen. Ich habe es gerade erst entdeckt«, ruft sie aufgeregt, und ich blicke neugierig auf den Bildschirm meines Apple.

Sie tippt Rhys' Namen ein, und sofort erscheinen Bilder von ihm und mir auf dem Screen.

»Verflucht! Das ging aber schnell«, seufze ich genervt. Es gibt bereits haufenweise Artikel, die über unsere Heirat spekulieren, inklusive Bilder, die uns beim Betreten der Hochzeitskapelle und des Bellagios zeigen. Selbst ein Foto meines Eherings ist dabei. Das ist wirklich gruselig.

»Ich wollte nur, dass du vorbereitet bist«, meint Abby und streicht mir vorsichtig über den Rücken. »Das wird einige Wochen anhalten, bis sie ein neues Opfer finden. Ich halte dir alle Anrufe vom Hals, das Telefon steht heute gar nicht mehr still.«

»Danke, Abby, du bist ein Schatz.« Ich sehe sie an, und mir fällt auf, dass sie nicht so strahlt wie sonst, dabei müsste sie bester Laune sein, wo doch Matt wieder im Lande ist. Sie will gerade das Büro verlassen, doch ich halte sie auf. »Abby, ist irgendwas?«

Sie bleibt an der Tür stehen und hält einen Moment inne. Dann schüttelt sie den Kopf. »Nein, Jaz! Alles bestens! Herzlichen Glückwunsch noch mal. Ich freue mich sehr für dich.«

Mir bleibt gar keine Zeit, über Abby nachzudenken, denn im gleichen Moment klingelt mein Handy. Die Nummer ist mir unbekannt, hoffentlich ist es keiner dieser Pressehaie.

»Jazman Cunningham«, melde ich mich kurz angebunden.

Im ersten Moment sagt der Teilnehmer am anderen Ende nichts, aber ich höre ihn atmen.

»Dann stimmt es also?«

O nein, es ist Alexander, mein Adoptivbruder.

»Weißt du, Jaz, ich hätte wirklich erwartet, dass ich als dein Trauzeuge fungiere, so hätte ich mich ein wenig auf diese Situation einstellen können. Doch das hier ist wie ein Schlag in die Magengrube.«

Okay, er ist verletzt, und zwar zu Recht. Ich hätte ihm Bescheid geben müssen und habe es doch nicht getan. Aber wundert er sich wirklich? Es war für mich doch ein gewaltiger Schock, zu erfahren, dass er mich auf eine Art begehrt, die sich für Geschwister einfach nicht gehört, auch wenn er nicht mein leiblicher Bruder ist. Aber ich habe ihm unmissverständlich klargemacht, wie ich dazu stehe, und ich bin sicher, dass er das akzeptiert hat. Zumindest hat er das behauptet. Er hat sich ja auch mit Rhys versöhnt, jedenfalls tun beide so, als wäre zwischen ihnen alles in Ordnung. Sie sind immer noch Partner. Vermutlich tun sie es mir zuliebe, aber mehr kann ich wohl einfach nicht verlangen.

»Es war eine spontane Entscheidung. Rhys hat mich gefragt, und ich habe Ja gesagt. Bitte entschuldige, Alex. Du weißt, dass ich dich nicht verletzen wollte. Doch wir wollten es so schnell wie möglich hinter uns bringen. Du kennst meine Abneigung, im Mittelpunkt des Geschehens zu stehen. Eine stille schnelle Vermählung war das, was ich mir gewünscht habe.«

»Du oder Rhys?«, fragt er zweifelnd.

»Ich!«, bestätige ich mit fester Stimme. »Alex, was immer du aus meinen Worten heraushören willst, Rhys arbeitet nicht gegen dich. Es geht hier also nicht um dich, sondern um mich, und ich liebe Rhys. Darum habe ich ihn so schnell wie möglich geheiratet. Mehr habe ich nicht dazu zu sagen.«

»Du kennst ihn nicht wirklich.«

»Das sehe ich anders. Wir planen übrigens einen Empfang, wirst du kommen?«

»Schick mir eine Einladung, dann überlege ich es mir.«

»Was ist das überhaupt für eine Nummer?«, frage ich, um ein wenig vom Thema abzulenken.

»Ich habe mein Handy verloren, daher musste ich mir ein neues zulegen.«

»Gut, dann speichere ich deine Nummer ab.«

»Tu das, wir sehen uns, Jazman.«

»Ich habe dich lieb, Alex.«

Doch die Verbindung ist bereits unterbrochen.

~

Es ist schon nach sechs, als Abby ihre Tasche packt, um endlich Feierabend zu machen. Alle anderen sind schon weg, selbst Jaz und Rhys. Ein müdes Lächeln huscht über ihr Gesicht. War ja klar, dass Matt sie versetzen würde.

Sie weiß nicht, was ihr besser gefällt: dass sie recht behalten hat oder dass sie sich mit Matt nicht auseinandersetzen muss, weil er – wie erwartet – nicht erschienen ist. Obwohl: Sich auf ihren Instinkt verlassen zu können, ist schon ein gutes Gefühl. Dieser tröstliche Gedanke gewinnt schließlich die Oberhand über ihre tiefe Enttäuschung.

Der Aufzug muss aus dem Erdgeschoss hochfahren, und Abby wartet geduldig darauf, dass sie endlich aus diesem Laden herauskommt. Die Türen öffnen sich, und ihr Lächeln erlischt, als sie Matt darin entdeckt. Mist. Hätte es nicht wie an jedem anderen Tag die Putzkolonne sein können?

»Dachtest du, du kannst dich einfach so davonstehlen?«, fragt er mit einem Lächeln, das unwiderstehlich ist.

»Ich habe Feierabend.«

»Und ich habe gesagt, dass ich dich abhole.«

Er tritt aus dem Fahrstuhl, nimmt ihren Arm und führt sie um die Ecke, wo sich die Aufzüge für die obere Etage befinden.

»Wo wollen wir hin?«, fragt Abby und versucht, sich aus seiner Umarmung zu winden, weil sie natürlich ganz genau weiß, wo der Aufzug hinführt, vor dem Matt stehen bleibt.

»Was meinst du wohl?« Matts Ton hat sich verändert, seine gute Laune scheint verflogen. Seinen Griff um ihre Schultern lockert er nicht.

Bis sie seine Wohnung betreten, schweigt er, und ihr ist mulmig zumute, so kennt sie ihn überhaupt nicht. Unentschlossen bleibt sie im Eingang stehen, weiß nicht, was sie hier soll. Sie hält den Blick gesenkt, dieses Apartment weckt einfach zu viele Erinnerungen. Erinnerungen an eine Nacht, in der Matt unglaublich zärtlich und sehr leidenschaftlich war. Unwillkürlich schießt ihr die Röte ins Gesicht.

»Bitte setz dich, ich zieh mich nur kurz um. Ich muss aus diesem Anzug raus.«

Abby nickt und wandert langsam durch den Raum. Seit sie das letzte Mal hier war, hat sich nichts verändert. Die moderne, aber spartanische Einrichtung trägt nach wie vor die Handschrift eines Junggesellen, und Abby spürt, wie sie das ein wenig besänftigt. So, wie sie Matt einschätzt, hätte es inzwischen auch gut eine Frau in seinem Leben geben können – wenn nicht für immer, dann aber doch so nachhaltig, dass Kleidungsstücke von ihr hier hätten herumliegen können.

Nach wenigen Minuten steht Matt wieder vor ihr. Er hat den Anzug gegen eine abgewetzte Jeans und ein verwaschenes T-Shirt getauscht. Den Blick von ihm zu wenden, fällt ihr plötzlich schwer. Er sieht so verdammt sexy aus.

Aus seiner hinteren Hosentasche zieht er sein Handy und drückt auf den Tasten herum. »Wie lautet deine Handynummer?«

Abby rattert sie herunter, während Matt die Zahlen eingibt. »Jetzt werde ich mich jederzeit bei dir melden können.«

Er schaut auf. »Wo ist dein Handy?«

Als sie nicht sofort antwortet, drückt er kurzerhand eine Taste, und Musik erfüllt den Raum. Abby kramt das Gerät aus ihrer Tasche, und Matt legt auf. Die Melodie verstummt. »Jetzt hast du auch meine Nummer, damit du mich immer erreichen kannst, wenn dir danach ist«, sagt er und schenkt ihr dieses jungenhafte Lächeln, das sie eigentlich so an ihm mag.

Nickend steckt Abby ihr Handy wieder in die Tasche. Ihr Herz schlägt absurderweise wie wild, und sie weiß nicht, warum sie plötzlich so nervös ist. Matt greift nach ihrer Hand und zieht sie in die Küche. »Du hast doch sicher Hunger, also, lass uns kochen.«

»Du willst jetzt wirklich kochen?« Damit hat sie nicht gerechnet, eher damit, dass er versuchen würde, dort anzuknüpfen, wo sie vor ein paar Wochen aufgehört haben. Im Schlafzimmer.

Sie muss lächeln. Kochen will er? Nun, das klingt nicht besonders riskant, und wenn sie ehrlich ist, dann hat sie auch Hunger. Seine Küche ist immer noch gut mit allem Möglichen bestückt, das sieht sie mit einem Blick, als er sie in den offenen Bereich zieht. Jede Menge frische und gut gepflegte Küchenkräuter weisen darauf hin, dass Matt nicht nur kocht, um sich irgendwie zu ernähren. Sondern das scheint wirklich etwas zu sein, was ihm am Herzen liegt. Was oder wer ihm sonst noch alles am Herzen liegt, darüber will sie jetzt lieber nicht nachdenken.

»Also, wonach ist dir?«, fragt er herausfordernd.

Nach dir, liegt ihr auf der Zunge, doch sie bleibt stumm.

»Hey, ich weiß, dass du sauer auf mich bist. Willst du das jetzt bis ans Ende meines Lebens durchziehen? Ich habe einen Fehler gemacht, okay, ich gebe es zu, und ich entschuldige mich dafür. Was muss ich noch tun, damit du mir vergibst?«

Er zieht sie zu sich und schaut ihr tief in die Augen. Sein Blick lässt ihre Knie weich werden, wie immer.

»Spaghetti Carbonara, danach wäre mir jetzt.«

»Okay, dann los.«

Er füllt einen Topf mit Wasser und stellt ihn auf den Herd.

»Du darfst die Zwiebeln schneiden«, entscheidet er, doch Abby winkt ab. »Keine Chance, ich schneide den Speck.«

Einen Augenblick schaut Matt sie prüfend an, dann schenkt er ihr wieder ein Lächeln, das sich in ihr Herz schleicht, ohne dass sie es verhindern kann. »Alles, was du sagst.«

Er reckt sich in die Höhe, um die Zwiebeln vom Schrank herunterzuholen, dabei fällt Abbys Blick auf seinen nackten Bauch. Die feine Spur schwarzer Härchen, die sie bereits einmal ausgiebig liebkost hat, verschwindet zu ihrer Enttäuschung unter dem Bund seiner tiefsitzenden Jeans. Sie muss ihre Lippen zusammenpressen, um nicht einen leisen Seufzer auszustoßen. Verdammt, er ist noch immer so begehrenswert wie eh und je.

»Ich hoffe, dir gefällt noch, was du siehst«, meint Matt belustigt und kommt langsam auf sie zu. »Ich meine, wir können auch später essen.«

Doch Abby hält ihn mit der Hand auf. »Nein, ich habe Hunger! Also, wo finde ich den Speck?«

3

Das Wasser aus der Massagedusche prasselt leicht auf meinen Körper, und es fühlt sich wunderbar an. Ich habe das Gefühl, der ganze Ärger des Tages würde von mir abperlen, meine Seele reinigen. Ich weiß, dass ich Alex mit dieser überstürzten Heirat verletzt habe, mal wieder. Aber ich bereue es nicht, ich bereue nichts, was mit Rhys zusammenhängt. Ich habe ihm in einem Anfall von wunderbarem Wahnsinn mein Herz geschenkt und werde es nicht zurückverlangen.

Nachdem ich mich abgetrocknet und mir ein weites Shirt übergezogen habe, ziehe ich noch eine kurze Sporthose an und mache mich auf die Suche nach Rhys. Als ich aus dem Bad komme, höre ich die unregelmäßigen Schläge. Er ist im Atelier, vermutlich muss er seinen Frust abbauen, weil ich nicht bereit war, die Papiere der Banker zu unterschreiben.

Ich überlege einen kurzen Moment, doch dann betrete ich seine Werkstatt. Er sitzt mit dem Rücken zur Tür. Zwar lässt Rhys sich nichts anmerken, doch er hat mich sicherlich gehört. Zögernd trete ich näher, lege meine Arme um seinen Hals.

»Bist du mir böse?«, frage ich versöhnlich. Ich will den Abend nicht mit einem Streit ausklingen lassen.

»Wie könnte ich Ihnen böse sein, Mrs. Cunningham?«, fragt Rhys, und ich schaue ihn an. Er lächelt, doch es erreicht seine Augen nicht.

»Können wir darüber sprechen?«

»Was gibt es da zu besprechen? Du willst mein Geld nicht, auch wenn es bei meinem Tod dir gehören wird. Du hättest mich nicht heiraten müssen, wenn du mein Geld nicht willst.«

Er klingt eingeschnappt. Na toll, wenn er in dieser Stimmung ist, komme ich nur schwer an ihn ran. Er kommt mir vor wie ein Kleinkind, dem man den Nachtisch verwehrt.

Also muss ich meine Taktik ändern, so viel habe ich bereits im Umgang mit meinem Ehemann gelernt.

»Ich habe dich nicht wegen deines Geldes geheiratet, ich will es nicht.«

»Warum hast du mich dann geheiratet?«

»Warum wohl? Wegen des ausgezeichneten Sex natürlich, du stellst wirklich Fragen«, flüstere ich ihm ins Ohr und lache leise.

»Na, dann bin ich beruhigt. Wenigstens etwas, womit ich dich offenbar beeindrucken kann«, erwidert er, hält aber nicht in seiner Tätigkeit inne.

»Warum hast du mich eigentlich geheiratet, wenn wir gerade beim Thema sind?«

Rhys legt sorgfältig sein Werkzeug aus der Hand und dreht sich mit seinem Künstlerstuhl um. Er schaut mich von unten herauf an, weil er sitzend etwas kleiner ist als ich.

»Weil du die einzige Frau bist, die ich je wirklich wollte. Weil die Anziehungskraft zwischen uns etwas ist, was mir gleichzeitig Angst und Mut macht, und weil ich weiß, dass ich ohne dich verloren wäre.«

Wow! Ich schlucke und kann seinem Blick nicht ausweichen. Ich beuge mich vor, küsse zärtlich seine Lippen und fahre mit meinen Händen durch sein seidiges Haar. Rhys hält einfach nur still, bewegt sich nicht, küsst mich auch nicht wieder. Doch gerade das weckt meine Gier. Ich trete näher, setze mich auf seine Beine und reibe mich leicht an ihm.

»Ich denke, wir sollten diese Diskussion an einen anderen Ort verlegen«, raunt er mir zu, als ich sein Gesicht küsse.

»Welcher Ort schwebt dir da so vor?«

»Hm, lass mich mal überlegen. Da wären die Küche oder mein Arbeitszimmer, eventuell könnte ich mir auch das Wohnzimmer vorstellen.«

Er lächelt wieder.

»Ich schlage das Schlafzimmer vor. Du solltest diesen Vorschlag akzeptieren.«

»Findest du?«

»Ja, da bin ich mir ganz sicher.«

»Dann wollen wir deine Überzeugung mal nicht in Frage stellen.«

»Obwohl – hier in deinem Atelier fände ich es auch sehr reizvoll …«, meine ich ernst und ziehe mein Oberteil über den Kopf. Ich sehe, wie Rhys förmlich nach Luft schnappt, damit hat er nun nicht gerechnet.

»Ich bin voller Staub«, warnt er mich, wenn auch nur halbherzig.

»Das bisschen Staub macht mir nichts aus. Immerhin haben wir eine Dusche, oder?« Jetzt muss ich grinsen.

Seine Hände berühren meine Hüften, wandern meinen Oberkörper hinauf, bleiben unter meinem Busenansatz liegen. Seine Finger sind rauh, und der feine Staub hinterlässt Spuren auf meiner Haut. Als er mir kleine Küsse auf den Bauch drückt, schnurre ich wie eine Katze.

»Aus dieser Nummer kommst du nicht mehr raus, Darling«, brummt er, und die Vibration seiner Stimme stimuliert mich zusätzlich. Ich ziehe mit wenigen Handgriffen meine Hose aus, und Rhys greift nach dem String, der in Windeseile auf den Boden fliegt. Schon bin ich vollkommen nackt, und sein Blick verrät mir, wie sehr ihm das gefällt.

Er erhebt sich, nimmt mich auf seine Arme und dreht sich mit mir zum Tisch. Er legt mich darauf ab, sorgsam, als wäre ich eine seiner kostbaren Skulpturen. Er ergreift meine Hände, die er über meinen Kopf legt. »So würde ich dich gerne in Stein meißeln.«

Ich schaue zu ihm auf, wage nicht, mich zu bewegen. Aus dem Augenwinkel sehe ich, wie er seine Hose öffnet, aber nicht ganz auszieht, sondern nur ein wenig nach unten drückt.

Seine Männlichkeit springt regelrecht heraus, ist voll erigiert. Er fährt mit seiner Hand den Schaft entlang, reibt ihn und schaut träge auf mich herunter.

Langsam öffne ich meine Beine, fahre mit meinen Händen über meine Brüste.

»Gott, du bist so schön!«, knurrt er und umfasst meine Kniekehlen, zieht mich näher an den Tischrand. Eine Hand streichelt die Innenseite meines linken Oberschenkels, mit der anderen führt er seinen Penis in mich ein. »Ich liebe es, wie nass du bist!« Er stößt fest zu, findet seinen Rhythmus. Ich schlinge meine Beine um ihn, ziehe ihn so dichter zu mir.

»Ja, nimm mich fester!«, stöhne ich laut.

»Komm zu mir.« Rhys zieht meinen Oberkörper hoch, hebt mich auf, trägt mich zur gegenüberliegenden Wand. Ich halte mich an seinen breiten Schultern fest, spüre die harte Wand an meinem Rücken. Ich bäume mich auf, recke mich ihm entgegen. Fest stößt er zu, und ich halte dagegen. Wie eine Ertrinkende klammere ich mich an ihn, keuche laut auf. Meine Laute mischen sich mit Rhys' lautem Atem.

»Fester, bitte!«, rufe ich laut, als ich den Orgasmus auf mich zurasen sehe. Verdammt, es fühlt sich so wundervoll an, seine festen und tiefen Stöße. Ich komme, und das Blut rauscht laut in meinen Ohren, doch trotzdem höre ich, wie er meinen Namen schreit, als er sich in mir ergießt.

~

Nachdenklich räumt Abby das gespülte Geschirr in den Schrank zurück. Auch wenn das Essen wunderbar geschmeckt hat, richtig genießen konnte sie es nicht. Zu sehr ist sie in Gedanken mit der Frage beschäftigt, wie sie sich Matt gegenüber zukünftig verhalten soll. Er war so aufmerksam während des Kochens und auch, als er ihr ein Glas Wein einschenkte. Warum nur wird sie das Gefühl nicht los, als müsse sie bei ihm so auf der Hut sein? Als sie sich damals auf ihn einließ, hatte er sie verzaubert, mit jeder Bewegung und jedem Wort mehr. Nun, nachdem sie solange vergeblich darauf wartete, dass er sich meldet, ist sie irgendwie ... gehemmt.

Mit jedem Bissen, den sie während des Essens eben in ihren Mund schob, musste sie sich gegen Erinnerungen wehren: an seine Zärtlichkeiten, an den Tanz mit ihm im Club, daran, wie er ihr in ihrer ersten gemeinsamen Nacht das Gefühl gab, die begehrenswerteste Frau zu sein, der er je begegnet ist.

»Du kannst das Geschirr stehen lassen, ich räume es später weg. Bist du bereit, mit mir zu reden?«, fragt Matt und nimmt ihre Hand in seine.

»Matt, was willst du wirklich von mir? Wenn du das Interesse verloren hast, ist das in Ordnung für mich, aber dann lass mich bitte in Ruhe und mach mir keine Hoffnung, wo keine ist. Das wäre nicht fair.«

Matt hört ihr ruhig zu, schaut ihr die ganze Zeit in die Augen. »Bist du fertig?«

Irritiert nickt Abby, dabei möchte sie am liebsten heftig den Kopf schütteln. Nein, sie ist noch lange nicht fertig. Dass sie Matt so nah an sich herangelassen hat, ihm ihr Herz schenkte und er damit nun zu spielen scheint, das ist etwas, was sie nervös macht.

»Gut, denn damit das ein für alle Mal klar ist – ich habe zu keiner Zeit das Interesse an dir verloren.« Er nimmt ihr Gesicht in seine Hände und gibt ihr einen zärtlichen Kuss auf die Lippen. »Mein Leben mit Rhys ist nicht immer ganz einfach, ich verfüge nicht über so viel Freizeit, wie du vielleicht glaubst. Ich habe auch nicht immer den Kopf so frei, wie ich es mir wünschen würde. Doch ich möchte nicht, dass du auch nur eine Sekunde denkst, dass du mir nicht wichtig wärst. Wenn ich ehrlich bin, bist du im Moment sogar das Wichtigste in meinem Leben, auch wenn mich dieser Gedanke in Panik versetzt.«

Verwirrt schaut Abby zu ihm auf. »Warum versetzt dich dieser Gedanke in Panik?«

»Weil es bisher noch nie eine Frau gab, die mir wirklich wichtig war, und ich habe keine Ahnung, was das mit mir macht. Ich bin allerdings gerade dabei, es herauszufinden.«

Damit zieht er sie in seine Arme, und sie wehrt sich nicht. Möchte sich nicht wehren und kann es auch nicht.

»Bitte bleib heute Nacht bei mir. Morgen ist Samstag, wir haben beide frei, und ich habe so eine Ahnung, wie wir diese Nacht verbringen könnten. Was meinst du?«

O nein, alles, bloß das nicht. Wenn sie jetzt bleibt, dann wird sie all ihre Vorbehalte über Bord werfen und sich ihm geradezu ausliefern. Sie weiß, dass er dann mit ihrem Herzen machen kann, was er will, und genau das muss sie verhindern, um jeden Preis. Wenn er sie wirklich begehrt, dann muss er sich ein wenig mehr ins Zeug legen. Suchend dreht Abby sich nach ihrer Tasche um. »Ich denke, ich sollte lieber gehen.«

Fassungslos sieht er ihr dabei zu, wie sie ihre Sachen zusammensucht.

»Du willst also wirklich gehen?«

»Ja, ich denke, das sollte ich. Wir sind Kollegen, Matt, das dürfen wir nicht vergessen. Wenn ich bleibe, dann besteht die Gefahr, dass ich es nachher bereue. Und wie sollte ich dann noch den Mut aufbringen, dir Tag für Tag zu begegnen?«

Als die Tür hinter ihr ins Schloss fällt, kommt ihr allerdings der Gedanke, dass sie gerade einen großen Fehler begangen hat.

4

Dass Jaz den Morgen mit Trish verbringt, um den Hochzeitsempfang vorzubereiten, beruhigt Rhys ungemein, als er das Restaurant betritt. An dem üblichen Tisch wartet bereits Walter, der wieder mal früh dran ist.

»Mr. Cunningham«, grüßt er Rhys und tippt sich an die Stirn. »Schön, Sie zu sehen.«

Rhys nickt und gibt der Kellnerin ein Zeichen, dass er ebenfalls einen Kaffee möchte, wie ihn Walter bereits vor sich auf dem Tisch stehen hat.

Nachdem die Kellnerin ihm die Tasse hingestellt und sich wieder entfernt hat, beugt Rhys sich vor und spricht mit leiser Stimme auf Walter ein. »Diese Sache mit Hunter Burke ist nicht gut gelaufen. Meine Frau hätte mir nicht auf die Schliche kommen dürfen. Solche Fehler müssen wir in Zukunft vermeiden!«

Walter schaut ihn mit großen Augen an. Eine Regung, die man nicht oft an ihm beobachten kann. »Ihre Frau?«, fragt er skeptisch nach.

»Ja, ich habe Jaz geheiratet. Vor ein paar Tagen in Vegas. Wir wollten bei der Hochzeit keinen Rummel, doch inzwischen pfeifen es die Spatzen von den Dächern, Sie wissen ja, wie die Presse ist. Es wird aber ohnehin einen Hochzeitsempfang geben, wir kommen nicht drum herum. Dafür brauchen wir einige Sicherheitskräfte, bitte organisieren Sie das. Der Empfang wird in drei Wochen im Waldorf Astoria stattfinden.«

Walter nickt. »Meinen Glückwunsch. Ich war für einige Tage im Ausland und habe es daher nicht mitbekommen.« Dann gibt er etwas in sein Smartphone ein und steckt es zurück in seine Jackentasche.

Der Kaffee ist so heiß, dass Rhys ihn nur langsam schlürfen kann, während er auf die Straße hinausschaut.

»Es liegt Ihnen etwas auf der Seele, Mr. Cunningham, ich kann es förmlich riechen.«

»Sie haben eine gute Nase, Walter. Ich habe meiner Frau versprochen, dass ich sie nicht mehr überwachen lasse. Aber ich möchte, dass Sie jemand anderen für mich beobachten und herausfinden, ob und wann er sich mit meiner Frau trifft.«

Walter nickt. »Wie ist der Name der Zielperson?«

»Paul Vig.«

»Der Musiker?«

»Ja. Paul und ich sind alte Schulfreunde, ich vertraue ihm eigentlich, doch wenn es um Jaz geht, brauche ich Gewissheit.«

Rhys nennt die Adresse. »Machen Sie sich keine Notizen?«

Walter tippt an seine Stirn. »Alles hier drin. Wir wollen doch keine Beweise mehr hinterlassen.«

Rhys nickt und schiebt Walter einen Umschlag über den Tisch. »Der übliche Betrag. Und … danke, Walter.«

Sein Gegenüber steckt den Umschlag einfach so in seine Jackentasche.

»Zählen Sie nicht nach?«

»Ich vertraue Ihnen, Mr. Cunningham.«

~

Rhys hat darauf bestanden, dass Matt mich zu Trish fährt und dort auch wieder abholt, obwohl er heute eigentlich seinen freien Tag hat. Ich konnte weder Rhys noch Matt davon überzeugen, mich allein fahren zu lassen, also wartet Matt auf mich, als ich nach über drei Stunden Trishs Wohnung wieder verlasse. Sie ist noch immer vollkommen aus dem Häuschen, dass ich Rhys geheiratet habe. Wir haben Einladungen in Auftrag gegeben und die Räume im Waldorf Astoria organisiert. Obwohl diese auf Monate ausgebucht sind, benötigte Trish nur einen Anruf, und wir bekamen unseren Wunschtermin, auch wenn er sehr kurzfristig ist.

Kaum sitze ich im Auto, erhalte ich eine SMS und vermute, dass Rhys sich meldet, doch dann sehe ich, dass sie von Susan ist. Neugierig öffne ich die Nachricht. Ich hoffe, dass es Rhys' ehemaliger Sekretärin endlich bessergeht, denn sie leidet schon seit einiger Zeit an einer starken Grippe. Die Nachricht, die ich lese, schockiert mich zutiefst.

»Matt, wir müssen sofort ins Roosevelt-Hospital«, rufe ich ihm zu, als er sich gerade in den Straßenverkehr einfädelt.

»Ist etwas passiert?«, fragt er alarmiert und schaut mir über den Rückspiegel in die Augen.

»Susan hat eine Lungenentzündung und wurde ins Krankenhaus eingeliefert.«

~

Das Hospital ist nicht weit entfernt, und nach endlosen Diskussionen darf ich zu ihr, obwohl ich nicht zu ihren Angehörigen gehöre.

Sie liegt im Bett, und ihre Augen leuchten, als ich zur Tür hereinkomme.

»Susan! Wie geht es Ihnen?«

Ich setze mich zu ihr ans Bett und muss schlucken. Ihre Wangen sind ganz eingefallen. Nichts erinnert mehr an die starke und robuste Frau, die mich damals, als ich Rhys zum ersten Mal begegnete, so eingeschüchtert hat. Auch wenn ich anfangs ein wenig Angst vor ihr hatte, merkte ich schnell, dass sie mich sehr mochte. Sie wusste, dass Rhys und ich zusammengehören – jedenfalls eher als ich. Und die liebevolle Art, wie sie mit ihm und dann auch mit mir umging, berührt mich bis heute.

»Ich hätte mich nicht zur Ruhe setzen sollen. Sie sehen ja, was aus mir in nur ein paar Wochen geworden ist.« Sie röchelt und bekommt schlecht Luft.

Als ich meine Hand über ihre lege, fällt ihr Blick auf meinen Ring. »Sie haben sich ihn also geschnappt?«, fragt sie, und ein kleines Lächeln huscht über ihre Lippen.

»Ja, Susan. Rhys hat mich tatsächlich dazu gebracht, dass ich ihn doch heirate. Wer hätte das je gedacht?«

»Ich, Jaz. Ich habe es sofort in seinem Blick erkannt, dass Sie etwas Besonderes für ihn sind. Ich freue mich für euch.«

Dann wird sie plötzlich sehr ernst. »Jazman«, sagt sie, »bitte versprechen Sie mir etwas!«

»Was denn, Susan?«

»Hören Sie immer auf ihr Herz, wenn es um Rhys geht!«

»Das tue ich bereits«, sage ich und lege meine Hand auf ihre. Susans Finger sind heiß, sie scheint hohes Fieber zu haben. Ich sollte sie nun wirklich schlafen lassen.

»Wir geben einen Hochzeitsempfang«, sage ich und erhebe mich. »Ich hoffe, dass Sie bis dahin wieder gesund sind. Was sagen die Ärzte?«

Sie winkt schwach mit der Hand. »Sie sagen, ich muss mich schonen. Dabei mache ich seit Wochen nichts anderes.«

»Ich werde Rhys Bescheid sagen, dass er Sie besuchen soll.«

»Nein, bitte nicht. Er mag keine Krankenhäuser. Er kann mich besuchen, wenn ich wieder zu Hause bin. Jaz, versprechen Sie es mir, sagen Sie ihm nichts.«

Nur ungern willige ich ein. Das wird Rhys ganz bestimmt nicht gefallen.

Eine Krankenschwester betritt den Raum und sagt, dass ich nun wieder gehen muss.

»Danke, Jaz, dass Sie gekommen sind. Ich wollte nur, dass Sie Bescheid wissen, falls irgendetwas passiert.«

Ich schließe kurz meine Augen. Sie ist wirklich sehr schwach, und es erschüttert mich, sie so zu sehen. »Susan, was soll denn geschehen? Sie werden jetzt schnell gesund, und dann besuchen Rhys und ich Sie.«

Sie drückt meine Hand und versucht ein Lächeln. »Ich freue mich schon darauf.«

Matt wartet am Auto auf mich. »Wie geht es ihr?«

»Nicht so gut. Sie hat eine schwere Lungenentzündung. Sie möchte aber nicht, dass wir Rhys etwas sagen. Sie will nicht, dass er sie besucht, angeblich hasst er Krankenhäuser. Susan besteht darauf«, teile ich ihm mit und verziehe das Gesicht. Mir passt das ganz und gar nicht, doch Susans Wunsch ist mir Befehl und, ehrlich gesagt, traue ich mich nicht, mich ihm zu widersetzen. »Du kennst ja Susan«, sage ich resigniert. Mit einem tiefen Seufzer lasse ich mich auf meinen Sitz gleiten, und Matt schließt hinter mir die Autotür.

»Brauchst du mich heute noch?«, fragt er und fährt uns nach Hause.

»Nein, ich bleibe den Rest des Tages daheim.«

~

Ich bin früher als Rhys zurück, er hatte am Morgen eine Besprechung, die wohl etwas länger gedauert hat. Als mein Handy wieder ein Signal von sich gibt, rechne ich mit einer Nachricht von ihm, doch er ist es auch dieses Mal nicht. Müde streife ich meine Schuhe von den Füßen und laufe ins Wohnzimmer, lasse mich aufs Sofa fallen.

Ich öffne die SMS.

Du hast ihn also wirklich geheiratet! Herzlichen Glückwunsch!

Mehr steht dort nicht, doch mehr brauche ich auch nicht. Die Nachricht ist von Paul. Aber ich weiß nicht genau, was sie bedeuten soll. Warum schreibt er mir das? Er weiß, dass ich zu Rhys gehöre, dass ich nur ihn liebe. Und er weiß, wie eifersüchtig sein alter Freund ist. Verdammt, warum muss Paul immer so sticheln, als wolle er ausloten, ob er nicht doch bei mir landen kann? Er hat mir doch wie ein guter Freund zur Seite gestanden, als ich so verzweifelt war. Als ich glaubte, dass Rhys mich betrügt. Paul erinnert sich doch genauso gut wie ich daran, wie wenig Verständnis Rhys dafür aufbrachte, dass ich mich ausgerechnet von ihm trösten ließ – dabei war es völlig platonisch.

Ich kann seine Nachricht einfach nicht als das annehmen, was sie vielleicht sein soll: ein schlichter Glückwunsch. Nein, ich lese zwischen den Zeilen, und dort entdecke ich das, was ich nicht lesen möchte: die Vermutung, ich könnte voreilig gehandelt haben, als ich Rhys mein Ja-Wort gab.

Ich markiere die eingegangene SMS und lösche sie, ohne eine Antwort zu senden. Das dürfte ihm Antwort genug sein.

~

Es ist gar nicht so einfach, die Adresse zu finden, die Jaz ihm genannt hat. Der Eingang zu den Wohnungen liegt in einem Hinterhof. In der ersten Etage findet Matt das Apartment 1c. Eine Klingel sucht er vergebens, daher klopft er einfach an. Zunächst rührt sich nichts, doch nach dem zweiten Klopfen öffnet sich die Tür, und Abbys Kopf kommt zum Vorschein.

»Matt? Was tust du hier? Ist etwas passiert?« Abby ist offensichtlich ziemlich überrascht, ihn zu sehen. Innerhalb von Sekunden huschen die unterschiedlichsten Gefühlsregungen über ihr hübsches Gesicht, aber damit hat er gerechnet. Ehe sie Zeit hat, sich für eine Reaktion zu entscheiden, die ihm nicht gefällt, macht er einen Schritt auf sie zu und zieht sie an sich.

Augenblicklich spürt er, wie sie unter seinem Griff jede Abwehr aufgibt. Genau darauf hat er gehofft. Es wäre doch gelacht, wenn die sinnliche Frau, die ihm so den Kopf verdreht hat, sich nicht gegen die albernen Skrupel der anderen Abby, der verletzten Abby, durchsetzen könnte.

Matt spürt, wie sie sich an ihn schmiegt, während er sie stürmisch küsst. Sie erwidert seinen Kuss mit einer solchen Leidenschaft, dass er ihn unterbrechen muss, weil ihm die Luft wegbleibt.

»Verflucht, ich habe die ganze Nacht nicht geschlafen, weil ich immer nur daran denken musste, wie es sich wohl anfühlt, dich so zu küssen«, murmelt Matt und kickt die Tür hinter sich mit einem Fuß ins Schloss. Dann schiebt er Abby langsam in ihre Wohnung.

»Was willst du hier?«, flüstert sie an seinen Lippen.

»Dich und nur dich.«

Er will sie wieder küssen, doch Abby dreht den Kopf zur Seite.

»Warum ich? Was ist denn so besonders an mir, dass du zu mir kommst? Du könntest jede andere Frau haben.«

»Die interessieren mich aber nicht. Du bist diejenige, die mich interessiert, weil ich weiß, was hinter der sanften, ruhigen Fassade steckt.« Seine Hand streichelt ihre Wange. Ihre Haut ist so weich, ohne Make-up sieht sie so jung und unschuldig aus. Doch er weiß, dass eine Sinnlichkeit und Leidenschaft in ihr schlummern, die sie nur selten zeigt. Er will die wirkliche Abby hervorlocken, er will, dass sie ihre Maske fallen lässt und ihr wahres Gesicht zeigt.

»Du bist also Experte darin, Menschen richtig einzuschätzen?« Abbys Stimme ist ganz dünn, sie atmet schwer.

»So könnte man es nennen. Daher weiß ich auch, dass du das hier willst. Genau jetzt.«

Er nimmt ihren Mund in Besitz und küsst sie gierig, bis seine Lippen schmerzen. Abbys Hände machen sich an seinem Hemd zu schaffen und knöpfen es rasch auf.

»Ja, du hast recht. Es ist genau das, was ich will. Auch wenn ich weiß, dass ich es nachher bereuen werde.«

»O nein, Baby! Du wirst es auf keinen Fall bereuen.« Matt hebt sie hoch, und Abby schlingt die Beine um seine Hüften.

»Wo ist das Schlafzimmer?«

»Die zweite Tür links.«

»Der Raum, den du bis Montag nicht verlassen wirst.«

~

Abby weiß nicht, was sie erwartet, als Matt sie auf dem Bett ablegt. Doch als er sie langsam und zärtlich von ihrer Kleidung befreit, beruhigt sich ihr rasendes Herz ein wenig. Während der ganzen Zeit lässt Matt sie nicht aus den Augen. Seine Hände gleiten immer wieder leicht über ihre Haut, streicheln, erkunden jeden Winkel ihres Körpers. Sein Hemd hat er zwischendurch irgendwo verloren. Abby brennt es unter den Nägeln, seine Brust zu berühren, ihn ebenfalls zu streicheln. Doch Matt hält ihre Hände fest.

»Ich will dich verwöhnen, genieße es«, murmelt er an ihren Lippen und küsst sie zärtlich. Seine Zunge umspielt ihre Lippen, beißt spielerisch in ihre Unterlippe. »Ich könnte dich fressen!«, meint er lachend.

Seine Lippen wandern tiefer, ihr Schlüsselbein entlang, zwischen den Brüsten hinab zu ihrem Bauchnabel. Er leckt kurz darüber und pustet dann warme Luft darüber.

»O Gott!«, stöhnt Abby und windet sich.

»Was willst du? Was soll ich tun?«, fragt er leise, und es gelingt ihm nur mit Mühe, seine Stimme zu kontrollieren.

»Liebe mich!«, flüstert Abby.

Ohne große Hast zieht Matt sie vollkommen aus, und als er Abbys flehenden Blick sieht, entledigt er sich auch seiner restlichen Kleidung.

Sie liegen beide nackt nebeneinander auf dem Bett, und Matt streichelt Abby, bis ein Schauder in Wellen über ihren Körper rollt. Abby kann nicht an sich halten, sie stöhnt laut auf. Das nimmt Matt zum Anlass und rollt sich auf ihren Körper, vergräbt sie unter sich, hüllt sie mit seinem Körper ein.

»Du fühlst dich wunderbar an, so lebendig, so erregend.« Matts Stimme ist dunkel vor Verlangen, als Abby spürt, wie er langsam in sie eindringt und sich träge in ihr bewegt. Sie sieht seinem Gesicht an, dass er Mühe hat, sich zurückzuhalten.

»Du brauchst dich nicht zurückzunehmen, Matt. Ich will dich – alles von dir.«

Ein weiches Lächeln huscht über sein Gesicht. »Du wirst noch alles von mir bekommen. Wir haben Zeit. Es gibt keinen Grund zur Eile.«

»Doch!«, wispert Abby ungeduldig. »Ich halte es nicht mehr aus! Ich muss dich fühlen, dich spüren.« Fast verzweifelt windet sich Abby und spürt Matts Lächeln an ihrem Mund, als er sie wieder küsst.

»Du wirst alles von mir bekommen, mein Schatz! Und deine Ungeduld ist etwas, das mich an den Rand meiner Selbstbeherrschung bringt.«

»Dann lass es raus!«, wimmert Abby.

»Worauf du dich verlassen kannst.«

5

Das Wochenende über hat Rhys die Unterlagen der Bank mit keiner Silbe erwähnt. Doch mir ist bewusst, dass dieser Kelch nicht an mir vorbeigehen wird. Als ich den Stapel Post auf meinem Tisch liegen sehe, wird mir klar, dass ich dringend einen Assistenten brauche. Rhys damit an einem Montagmorgen zu belästigen, wäre nicht gut, also nehme ich das selbst in die Hand und bitte Abby, mir eine Aushilfe aus der Buchhaltung heraufzuschicken.

Der oberste Umschlag auf dem Poststapel weckt meine Aufmerksamkeit, weil er mit *persönlich* gekennzeichnet ist.

Ich reiße ihn auf und falte das Blatt darin auseinander. Ganze fünf Wörter stehen dort schwarz auf weiß, doch genau diese fünf Wörter haben es in sich: *Du hast einen Mörder geheiratet!*

Ich starre auf das Blatt Papier, doch mein Verstand will nicht begreifen, was dort steht. Ich nehme den Umschlag zur Hand und sehe nach, ob er auch wirklich an mich adressiert ist, doch daran besteht kein Zweifel.

Meine Hände beginnen unkontrolliert zu zittern. Wenn das ein Scherz ist, dann einer von der ganz üblen Sorte. Ich bin überzeugt davon, dass mir jemand einen geschmacklosen Streich spielen will, und ich frage mich, wer dieser Jemand sein kann. Alex, mein Adoptivbruder? Er war von Anfang an gegen meine Beziehung zu Rhys, aber würde er mir so übel mitspielen? Wohl kaum. Paul Vig? Er steht auf mich, zweifellos, aber er weiß, dass ich Rhys geheiratet habe, und er weiß auch, dass er bei mir einfach keine Chance hat. Hunter Burke? Nein, mein Ex-Freund weiß, was auch immer passiert, ich werde nie zu ihm zurückkommen. Dann gibt es da noch Christina Blanks, das Callgirl. Sie liebt Rhys, doch würde sie so weit gehen, solch eine Lüge in die Welt zu setzen? Ich weiß es einfach nicht. Doch eines ist auf jeden Fall klar – auch wenn ich nicht sehr viel über Rhys' Vergangenheit weiß, ein Mörder ist er ganz bestimmt nicht. Was für eine absurde Behauptung!

Ich falte den Brief wieder zusammen und schließe ihn in meinem Schreibtisch ein.

Es klopft an der Tür, und Abby steckt den Kopf in den Raum. »Jazman, die Aushilfe ist da.«

»Oh, danke, schick sie bitte herein.«

Ein junger Mann betritt den Raum und lächelt mich an. »Mrs. Cunningham, ich bin Marcello Carvelli, Ihr neuer Assistent.« Freundlich reicht er mir die Hand. Er ist jung und gut aussehend. Dunkle Locken kringeln sich auf seinem Kopf, er hat braune Knopfaugen und eine gebräunte Haut, schmale Schultern und Hüften, aber er ist groß und bewegt sich galant. Marcello ist wirklich eine sehr ansehnliche Erscheinung.

»Ist es Ihnen recht, dass ich den Schreibtisch vor Ihrem Zimmer benutze?«

»Ja«, nicke ich, »das ist der Schreibtisch für meinen Assistenten. Wären Sie so freundlich, schon mal meine Post zu öffnen und sie nach Wichtigkeit zu sortieren? Abby wird Ihnen erklären, was wichtig ist und was eher zweitrangig.«

Plötzlich steht Rhys im Türrahmen und schaut von einem zum anderen.

»Hallo, Darling!«, grüßt er mich, und sein Blick bleibt an Marcello hängen. »Und Sie sind?«

Oh, oh, diesen Ton kenne ich. Er verheißt üblicherweise nichts Gutes.

»Guten Morgen, Mr. Cunningham. Marcello Carvelli, ich bin der neue Assistent Ihrer Frau, Sir«, stellt er sich vor.

Rhys nickt ihm kurz zu und winkt mich mit zwei Fingern zu sich. »Kann ich dich kurz unter vier Augen sprechen?«

Oh, oh, die zwei Finger verheißen nichts Gutes!

Ohne meine Antwort abzuwarten, dreht er sich auf dem Absatz um und verschwindet von der Bildfläche.

Ich drücke Marcello meine Post in die Hand und folge Rhys.

Kaum habe ich seine Bürotür hinter mir geschlossen, geht das Verhör auch schon los. »Wo hast du diesen Typ denn her?« Rhys sitzt auf der Ecke seines Schreibtisches und beobachtet mich genau.

»Dieser Typ, wie du ihn nennst, kommt aus deiner Buchhaltung.«

»Seit wann beschäftigen wir männliche Models als Aushilfen?«

»Du klingst jetzt ein wenig eifersüchtig.« Ich kann es kaum glauben.

»Vielleicht liegt es daran, dass ich eifersüchtig bin?«

Ich gehe auf Rhys zu, bleibe ganz nah vor ihm stehen und bekomme das Lächeln nicht aus meinem Gesicht. »Das ist wirklich nicht zu glauben. Der mächtige Rhys Cunningham ist eifersüchtig auf einen kleinen Angestellten. Wem willst du das weismachen?« Ich lege meine Arme um seinen Nacken und dränge mich an ihn.

»Ich bin eifersüchtig auf jedes männliche Wesen, das in deine Nähe kommt. Ich würde dich am liebsten wegsperren und nur am Abend hervorholen, um unanständige Dinge mit dir zu tun.« Er scherzt, doch sein Blick ist ernst.

»Weißt du was? Das glaube ich dir sogar. Aber du weißt auch, dass man das mit mir nicht machen kann, und deshalb wird das auch nicht geschehen.«

»Warum ernennst du nicht Abby zu deiner Assistentin? Du verstehst dich doch sehr gut mit ihr, das wäre die beste Lösung.«

»Die beste Lösung für wen? Für dich?«

Rhys legt endlich seine Hände auf meine Taille. »Wenn du meinen Seelenfrieden meinst, ja, dann wäre es das Beste. Bitte tu mir den Gefallen. Der Schönling kann von mir aus am Empfang sitzen, aber ich möchte, dass Abby deine Assistentin wird. Mir zuliebe, Darling.«

Besitzergreifend drückt er mich an sich und küsst mich stürmisch. Verdammt, er hat immer so überzeugende Argumente.

Wir kommen nicht weit, denn im nächsten Moment klopft es an der Tür, und ehe Rhys etwas sagen kann, wird sie aufgerissen, und Matt stürmt herein. Mit viel Schwung fällt die Tür hinter ihm wieder ins Schloss.

»Wer ist denn dieser Adonis da draußen bei Abby?«, fragt er empört.

»O nein!«, stöhne ich auf, »nicht du auch noch.«

Ich fasse es einfach nicht, dass zwei so attraktive Männer sich von einem jungen Kerl, der gerade das College hinter sich hat, so nervös machen lassen.

»Da dies deine Firma ist, Rhys, bin ich der Auffassung, dass du meine neue Assistentin selbst ernennen solltest. Matt, hast du einen Augenblick für mich? Ich würde dich gerne in meinem Büro sprechen.« Ohne weiter auf diesen Zirkus um Marcello einzugehen, verlasse ich Rhys' Büro.

~

Kurz nach mir betritt Matt den Raum und schließt hinter sich die Tür. Ich gebe am Empfang Bescheid, dass ich in der nächsten halben Stunde nicht gestört werden will.

»Wie kann ich dir helfen?« Matt lässt sich auf dem Sessel nieder, der vor meinem Schreibtisch steht.

Ich schließe meinen Schreibtisch auf, hole den Umschlag hervor, den ich ebendort deponiert habe, und reiche ihn Matt.

»Was kannst du mir dazu sagen?«

Matt benötigt buchstäblich nur einen Augenblick, um die Zeile zu überfliegen. »Woher hast du das?«

»Der Brief lag bei meiner Post. Allerdings, wie du siehst, ohne Absender. Was hältst du davon? Ist das ein Scherz? Oder steckt mehr dahinter?«

Ohne mich anzusehen, faltet Matt den Brief wieder zusammen und steckt ihn ein. »Ich darf ihn behalten?«

»Nein. Bitte gib ihn mir zurück. Also, was sagst du dazu?«

Nur widerwillig reicht Matt mir den Umschlag zurück.

»Ich kann dir dazu nichts sagen.«

»Kannst du nicht, oder willst du nicht?«

Matt schaut mir in die Augen und stützt seine Unterarme auf den Knien ab. Er lässt seinen Kopf nach vorn fallen und murmelt: »Ich habe mein Wort gegeben. Du musst das verstehen, er ist mein Freund. Bitte sprich mit Rhys darüber. Wenn er es für richtig hält, wird er dich darüber aufklären. Ich bin wirklich der Falsche, um deine Fragen zu beantworten.«

»Also ist es wahr? Wenn es nicht der Wahrheit entsprechen würde, hättest du es doch sofort als Lüge entlarvt. Es stimmt tatsächlich? Rhys Cunningham ist ein Mörder?«

Matt windet sich. Er kann es offenbar weder bestätigen, noch will er es leugnen. Vor mir sitzt ein Mann, der seinem Versprechen verpflichtet ist, und auch wenn ich zu gerne die Wahrheit erfahren würde, kann ich ihn nicht zwingen, mir reinen Wein einzuschenken. Eine Leere breitet sich in mir aus, die mein schlechtes Gefühl nur noch bestärkt. Hier geht etwas vor, dessen Umfang und Auswirkungen ich keinesfalls einschätzen kann. Das macht mich außerordentlich nervös.

»Du weißt, dass du keine Rücksicht auf mich nehmen musst, Matt«, versuche ich es erneut, ihm seine Befangenheit zu nehmen.

»Ich kann nicht, Jazman. Ich darf es dir nicht sagen. Bitte, sprich mit Rhys.«

»Genau das habe ich vor!«

6

Ich habe sehnsüchtig auf den Abend gewartet, um mit Rhys sprechen zu können, und nun ist es endlich so weit. Er ist in seinem Atelier und arbeitet an seinen Skulpturen, für mich ein Zeichen, dass er in Ruhe nachdenken muss. Die Frage ist nur, worüber?

Ich trete in das Atelier, schaue mir an, woran er gerade arbeitet. Der Kopf, der sich in dem harten Stein abzeichnet, hat mein Gesicht. Auch wenn ich mich nicht für besonders hübsch halte – diese Arbeit ist es. Er hat ganz feine Züge herausgearbeitet, man sieht die Leidenschaft, die Sorgfalt und Hingabe, mit der er diese Büste geschaffen hat.

»Ist etwas, Darling?«, fragt mich Rhys, ohne seine Arbeit zu unterbrechen.

Ich wandere an der Wand entlang, wo er einige Entwürfe stehen hat, die noch unvollendet sind.

»Ich muss mit dir sprechen.«

»Geht es etwa um Marcello? Ich habe mit Abby und ihm gesprochen. Sie war sehr erfreut darüber, deine Assistentin zu werden. Ich glaube, unsere Entscheidung war genau richtig.«

»Es war deine Entscheidung, du hast dir das ausgedacht, damit ich aus Marcellos direkter Reichweite verschwinde. Aber nein, ich will nicht mit dir über ihn sprechen, sondern ...«

Nun habe ich doch Rhys' Aufmerksamkeit. »Sondern?«

»Sondern über dich.«

»Über mich?«

Ich lehne mich mit verschränkten Armen an der Kommode an, die neben der Tür steht.

»Gibt es etwas, was ich über dich wissen sollte, etwas, was du mir noch nicht erzählt hast?«

Rhys legt sein Werkzeug aus der Hand und scheint einen Moment zu überlegen, dann schüttelt er den Kopf. »Nein, im Wesentlichen weißt du alles über mich. Natürlich gibt es Dinge, die ich dir noch nicht von mir erzählt habe, niemand kann alles über eine andere Person wissen, aber ich denke, das Wichtigste habe ich erwähnt.«

Zustimmend nicke ich. »Man kann wirklich nicht alles über den anderen wissen, wie zum Beispiel, dass er ein Mörder ist.«

Bei dem Wort *Mörder* zuckt Rhys merklich zusammen.

»Wie kommst du da drauf?«, fragt er gereizt.

Ich zerre den Brief aus meiner vorderen Hosentasche hervor und reiche ihn Rhys. Er faltet ihn auseinander und liest die wenigen Wörter. Nachdem er sie gelesen hat, versucht er, meinen Blick festzuhalten, doch der wandert über sein Gesicht, um irgendwie herauszufinden, ob der Brief die Wahrheit sagt.

»Wo hast du das her?«, ist das Erste, was Rhys von sich gibt, und da wird mir auf einen Schlag klar, dass der anonyme Informant die Wahrheit spricht.

»Ich habe ihn auf meinem Schreibtisch bei der täglichen Post gefunden. Er war an mich adressiert. Beantworte bitte meine Frage! Habe ich wirklich einen Mörder geheiratet?«

Ohne auf meine Frage einzugehen, erhebt sich Rhys und verlässt den Raum.

»Rhys, wo willst du hin? Warum gibst du mir keine Antwort?«

»Später! Ich kann dir jetzt keine Antwort darauf geben«, ruft er mir zu, und schon fällt die Tür hinter ihm ins Schloss.

In Jeans und seinem karierten grünen Hemd verlässt er die Wohnung und lässt mich mit meinen unbeantworteten Fragen allein zurück.

~

In der Hoffnung, dass Matt allein ist, klopft Rhys an dessen Tür, die keine Minute später geöffnet wird.

»Bist du allein? Können wir reden?«

Ohne ein Wort, nur mit einer einladenden Geste, bittet Matt ihn herein.

»Ich habe Paul angeschrieben, er wird in zehn Minuten hier sein.«

»Ich denke, wir werden wohl etwas zu trinken brauchen können.« Matt stellt drei Gläser bereit und eine Flasche Jack Daniels.

Wenige Minuten später meldet der Sicherheitsdienst Pauls Besuch an, und Matt lässt ihn nach oben schicken.

»Ihr wisst überhaupt nicht, was ihr für ein Glück habt, dass ich in der Stadt bin.« Mit großen Schritten betritt Paul Vig Matts Wohnung und lässt sich direkt auf dem Sofa nieder. »Wir haben ein Problem? Mich würde interessieren, welches.«

Matt stellt ein Glas mit brauner Flüssigkeit vor ihm ab. »Hier, das wirst du brauchen.«

»Es geht um Jazman.« Rhys hebt das Glas an die Lippen und trinkt einen Schluck.

»Sag jetzt nicht, dass sie schon wieder verschwunden ist. Ich habe im Internet gelesen, dass du sie geheiratet hast. Ich hätte nicht gedacht, dass du sie so weit bringst.«

»Ja, wir haben geheiratet, und nein, sie ist noch da, doch wenn wir die Situation nicht in den Griff bekommen, könnte es sein, dass ich sie für immer verliere.«

»Was ist denn passiert?«, fragt Paul neugierig.

Umständlich kramt Rhys den Brief, den Jaz erhalten hat, aus seiner Hosentasche und reicht ihn Paul. Er liest ihn und reicht ihn an Matt weiter, der nur einen kurzen Blick darauf wirft und das Schriftstück an Rhys zurückgibt.

»Du kennst ihn?«, fragt dieser überrascht.

Eine Sekunde zögert Matt, dann nickt er.

»Warum hast du mir nichts gesagt?«, fragt Rhys aufgebracht.

»Weil ich Jaz geraten habe, dich danach zu fragen. Was sollte ich denn tun? Ihr etwa die Wahrheit sagen? Ohne vorher mit euch gesprochen zu haben?« Matt nimmt sein Whiskeyglas und kippt den Inhalt in einem Zug die Kehle hinunter.

Rhys flucht.

»Mensch, Rhys, Matt hat doch alles richtig gemacht. Willst du ihn dafür verurteilen, dass Jaz ihm mehr vertraut als dir?«, fragt Paul und grinst Rhys an.

Rhys starrt ihn wütend an. »Du bist doch immer noch angefressen, dass Jazman nicht auf deine Tricks hereingefallen ist. Oder liege ich da falsch?«

Paul zuckt mit den Schultern. »Dazu kann ich nur sagen, wenn ich Jaz geheiratet hätte, würde ich nicht hier diskutieren, sondern bei ihr liegen.«

Rhys hechtet auf ihn zu, doch Matt springt sofort dazwischen. »Hey, darum geht es hier doch gar nicht. Wir sollten viel eher überlegen, ob wir Jaz einweihen können oder es lieber lassen.«

Mit einem entschuldigenden Gesichtsausdruck meint Paul: »Das ist Rhys' Entscheidung. Er muss wissen, wie weit er Jaz trauen kann.«

»Es ist zwar meine Entscheidung, doch ihr seid involviert. Was würdet ihr an meiner Stelle tun?« Rhys blickt in die Runde und schenkt sich ein weiteres Glas Jack ein.

»Jazman ist eine intelligente junge Frau, sie liebt dich und wird verstehen, was damals passiert ist«, meint Matt und klingt, als würde er das wirklich glauben.

Selbst Paul nickt zustimmend. »Sehe ich auch so.«

»Aber eigentlich ist das ja nicht das Problem, sondern die Frage, wer diesen verdammten Brief geschrieben hat. Wer hat Christina in meine Suite geschickt? Wer um alles in der Welt will einen Keil zwischen Jaz und mich treiben? Wer weiß von dieser Sache? Im Grunde gibt es nur zwei Personen, die mich so gut kennen, wie ich mich selbst, und die befinden sich mit mir in diesem Raum.«

»Du glaubst also, dass Matt oder ich dahinterstecken?« Aus Pauls Tonfall ist nicht herauszuhören, was er davon hält.

Rhys schaut von einem zum anderen, jedem intensiv in die Augen, dann schüttelt er den Kopf. »Nein, wenn es jemanden auf der Welt gibt, dem ich vertraue, dann seid ihr das. Ihr seid meine ältesten Freunde, ich würde mein Leben für euch geben, so wie ihr eures für mich. Ich werde allerdings eure Hilfe benötigen, um herauszufinden, wer hinter dieser perfiden Geschichte steckt.«

7

Der Schlaf hat mich übermannt, doch als Rhys leise das Schlafzimmer betritt, sich auszieht und unter die Bettdecke schlüpft, bin ich wieder hellwach. Zwar versuche ich, gleichmäßig zu atmen und mich nicht zu bewegen, doch er spürt, dass ich nicht schlafe.

»Ich habe keine Worte dafür, wie wichtig es mir ist, dass du hier bei mir bist. Keine Worte, um dir zu sagen, wie sehr ich dich liebe«, raunt er mir ins Ohr und schlingt seine Arme um mich, zieht mich mit dem Rücken an seine Brust. Ich rieche Alkohol in seinem Atem, was sehr untypisch ist, denn Rhys trinkt nur sehr verhalten. Es zeigt mir, dass ihn diese ganze Sache mehr mitnimmt, als er vorgibt.

»Rhys, was ist los? Kann ich dir irgendwie helfen? Du musst für mich nicht immer den starken Mann spielen. Wir sind jetzt zu zweit, ich möchte dich so gerne unterstützen, doch das kann ich nur, wenn ich weiß, was hier vor sich geht.«

»Ich werde es dir sagen, aber jetzt brauche ich dich erst einmal. Die Angst, dich zu verlieren, sitzt mir wie eine Faust im Nacken.«

Seine Stimme ist ganz leise, direkt an meinem Ohr, und ich höre seine Angst heraus. Ich drehe mich zu ihm um, schaue in seine wunderschönen blauen Augen. »Du kannst mich gar nicht verlieren. Niemals werde ich dich wieder verlassen.«

»Ist das ein Versprechen?«

»Ja, du wirst mich nicht mehr los, ich liebe dich und nichts und niemand wird uns trennen können.«

»Außer, du verlierst deinen Ehering.«

Ich schaue auf meine Hand, an der dieser immens große Diamant steckt. Dann blicke ich Rhys an und sehe das Zucken seiner Mundwinkel.

»Lach nicht über mich«, beschwere ich mich, doch Rhys lässt mir keine Zeit, mich weiter darüber auszulassen, sondern bringt mich mit einem Kuss zum Schweigen. Aus diesem Kuss wird schnell mehr. Mit geschickten Fingern zieht er mir mein Nachthemd aus, und ich befürchte, dass der zarte Stoff das nicht überleben wird. Es wäre nicht das erste Wäschestück, das Rhys zum Opfer fällt. Doch er gibt acht und zieht mich sanft an sich, liebkost die Haut an meinem Hals, verliert sich in den Küssen, die er auf meinem Schlüsselbein verteilt. Seine Zärtlichkeiten wecken in mir die Sehnsucht nach mehr. Ich spüre seine wachsende Männlichkeit an meinem Bauch, und als ich mich auf den Rücken drehe, gleitet Rhys über meinen Körper.

»Ich brauche dich!«, knurrt er und stößt ohne große Vorwarnung in mich hinein.

Hitze durchströmt mich, als er weiter wächst und mich ausfüllt.

»Du bist so unsagbar eng, und das liebe ich sosehr an dir, Darling«, bricht es aus ihm heraus, und er stöhnt hemmungslos auf.

Zwar hatte ich vor, ihn langsam und zärtlich zu lieben, doch Rhys hat die Führung übernommen, hart und fordernd.

»Es tut mir leid, aber ich komme gleich schon«, stöhnt er plötzlich auf, und ich erkenne den Frust in seiner Stimme. Zwar bin ich noch lange nicht so weit, aber ich verzichte für Rhys gerne auf meinen Höhepunkt. Seine Bewegungen werden schneller, und dann stöhnt er unkontrolliert auf. Ich spüre den heißen Samen, der sich in meinen Körper ergießt, und glaube, nie etwas Schöneres gespürt zu haben.

Fest klammere ich mich an ihn und küsse seine Schläfe.

»Entschuldige, ich habe nur an mich gedacht, du bist gar nicht gekommen. Das wollte ich nicht. Nicht so.« Rhys hebt seinen Kopf und schaut mich unter halbgeschlossenen Lidern an. Es tut ihm wirklich leid, doch es gibt nichts, was er bereuen muss.

»Alles ist gut, es hat mir gefallen, ich muss nicht unbedingt kommen. Dich in mir zu spüren, ist Wonne genug«, erkläre ich ihm und küsse seine Lippen. Ich liebe seinen Mund, der sooft herrisch und unnachgiebig wirkt, doch wenn er mich liebt und mich küsst, ist er sanft und zärtlich, seine Lippen sind einfach zu schön für einen Mann.

Stöhnend rollt er sich von mir herunter und verschwindet ins Bad. Am liebsten würde ich ihm hinterherjagen, doch ich lasse ihm seinen Freiraum. Wenige Minuten später liegt Rhys wieder neben mir und atmet schwer. Es liegt ihm etwas auf der Seele, ich kann es buchstäblich fühlen, doch ich werde nicht danach fragen. Wenn Rhys es mir erzählen will, wird er es tun.

Ruckartig dreht er sich zu mir und zieht mich in seine Arme. »Es tut mir leid, das sollte nicht so laufen.«

»Es ist alles in Ordnung, mach dir darüber keine Sorgen. Ich werde dich morgen früh immer noch lieben.« Ich spüre, wie ein Lächeln über meine Lippen gleitet.

»Da bin ich mir nicht so sicher«, antwortet Rhys und rückt ein kleines Stück von mir ab, um mir in die Augen zu sehen, hält aber den Körperkontakt.

»Ich muss dir etwas über mich erzählen, das nur zwei Menschen wissen.«

»Wer sind diese Menschen?«, frage ich ein wenig atemlos.

»Matt und Paul.«

Stumm nicke ich, denn das hatte ich gehofft. Ich bin erleichtert und sehr zufrieden, dass Chris nicht zu den Menschen zählt, denen er so bedingungslos vertraut. Zärtlich streichle ich seine nackte Brust, fahre gedankenverloren über sein Brusthaar, um ihn zum Weiterreden zu ermutigen.

»Matt besuchte mit mir das gleiche College, und ich ermunterte ihn dazu, mit mir zu studieren, ich übernahm sogar die Kosten dafür. Wir sind, wie du ja weißt, zusammen in dem Heim von Schwester Gabrielle aufgewachsen, dort, wo auch Elijah lebt. Wir waren wie Brüder, sind es im Grunde immer noch. An der Uni lernten wir Paul kennen. Seine Familie war gerade erst in die USA gezogen, und wir wurden Freunde, verbrachten unsere freie Zeit zusammen. Wir waren jung und reich. Okay, Matt nicht, aber das machte uns nichts aus, denn ich bezahlte alles für ihn, eben wie für einen kleinen Bruder. Eines Abends, es war ein Freitag, besuchten wir einen Club, und eine junge Frau machte mich ununterbrochen an. Ich erinnere mich, als wäre es gestern gewesen, dabei ist es mehr als fünfzehn Jahre her. Sie war mit einem anderen Kerl da, der das gar nicht lustig fand. Irgendwann war sie mit ihm verschwunden. Als wir kurz darauf den Club verließen und zu dem Parkplatz gingen, auf dem Matts Wagen stand, hörten wir Schreie und sahen nach, was da los war. Als wir um die Ecke bogen, sah ich, wie dieser Kerl die junge Frau schlug, die bereits am Boden lag. Ich ging dazwischen und schlug den Kerl zu Brei. Ich verlor vollkommen die Kontrolle und weiß noch nicht einmal, warum. Natürlich hatte ich einiges getrunken, war nicht mehr ganz klar im Kopf. Bevor Paul oder Matt mich abhalten konnten, schlug ich ihn so fest, dass er zu Boden ging. Er fiel so unglücklich auf die Bordsteinkante, dass sein Genick brach.«

Ich atme laut aus und merke erst in dem Moment, dass ich den Atem angehalten habe.

»Die Geschichte ist noch nicht zu Ende. Schon damals wurde ich von der Presse regelrecht verfolgt, weil ich der Erbe meines Vaters war. Damit diese ganze Sache nicht an die Öffentlichkeit drang, erklärte Matt der Polizei, dass er auf den Mann eingeschlagen habe. Immerhin hatten wir die Aussage der Frau, und Matt konnte auf Notwehr plädieren. Matt wurde zu einer Gefängnisstrafe von fünf Jahren verurteilt, nach dreieinhalb Jahren wurde er wegen guter Führung entlassen, weil ich einen sehr guten Anwalt engagierte und einen Privatdetektiv, der herausfand, dass dieser Kerl des Öfteren Frauen krankenhausreif schlug.«

Ich setze mich auf, um Rhys genau zu betrachten und die Worte sacken zu lassen, die er da gerade von sich gegeben hat.

»Das heißt also, dass Matt für dich ins Gefängnis gegangen ist?«

Zögerlich nickt Rhys. »Ja, und ich bin weiß Gott nicht stolz darauf, dass ein anderer für meine Schuld gebüßt hat. Doch so konnte ich mein Studium beenden, das Unternehmen aufbauen. Als Matt entlassen wurde, habe ich ihn eingestellt und hoffte, dass ich an ihm ein wenig wiedergutmachen könnte, was er für mich getan hat. Wie denkst du jetzt über mich?«

»Nicht anders als heute Morgen«, antworte ich ehrlich. »In meinen Augen war das Ganze ein Unfall, und du hast diese junge Frau beschützt, sie ist dir bestimmt sehr dankbar dafür.«

»Wirst du auch noch so über mich denken, wenn ich dir sage, dass diese junge Frau Christina Blanks war?«

Ich bin wie vor den Kopf gestoßen. Christina! Müde schließe ich die Augen. Warum musste es sie sein? Warum konnte es nicht jede andere Frau auf der Welt sein?

Doch ich muss vernünftig sein. Langsam schüttele ich den Kopf. »Nein, Rhys. Auch mit diesem Wissen denke ich nicht anders über dich.«

8

Reinen Tisch zu machen fällt Rhys weiß Gott nicht leicht. Nichts hasst er mehr, als Jaz weh zu tun, und er weiß genau, wie sie reagiert, wenn er allein Christinas Namen in den Mund nimmt. Von niemandem scheint sie eher zu glauben, sie könnte ihr sein Herz rauben, als von Christina. Aber Christina gehört nun mal zu seiner Vergangenheit, ob es Jaz gefällt oder nicht.

Jaz atmet tief durch, legt dann ihre Hand auf seinen Arm und blickt ihn ernst an. »Danke, dass du es mir erzählt hast. Ich verurteile dich nicht und bewundere Matt für das, was er für dich getan hat. Was hat Paul mit dieser ganzen Sache zu tun?«

Dankbar zieht Rhys Jaz in seine Arme und schließt für einen Moment die Augen. Er hatte so eine Angst, sie zu verlieren, wenn sie je von dieser Geschichte erfuhr, doch wie immer hat sie ganz anders reagiert, als er erwartet hat. Dafür liebt er sie umso mehr.

»Paul war dabei. Er hat mir sein Ehrenwort gegeben dichtzuhalten. Ich vertraue ihm. Er ist mein Freund. Nur schade, dass wir beide den gleichen Geschmack bei Frauen haben. Bei einer ganz speziellen Frau.« Er grinst und küsst Jaz zärtlich auf die Nase.

»Kannst du ihm wirklich vertrauen?«

»Er hat bei dem Prozess unter Eid ausgesagt, dass Matt zugeschlagen hat, also einen Meineid geleistet, er hängt mit drin, ich vertraue ihm. Seit dieser Zeit habe ich übrigens den Glauben an Gott verloren. Ich bin damals in ein tiefes Loch gefallen und habe nur vor mich hin vegetiert. Das Ganze endete übrigens damit, dass Christina meine Freundin wurde.«

»Warum? Was gab sie dir, was du bei anderen Frauen nicht finden konntest?«

Ohne lange zu überlegen, antwortet er: »Unverbindlichen Sex. Sie stellte keine Fragen, ließ alles mit sich machen, ich musste keine Gefühle investieren. Der Sex war so hohl wie mein Leben. Erst als ich dich traf, bekam mein Leben wieder einen Sinn.«

»Ich wünschte, ich hätte dich damals schon gekannt. Wieso hast du nach dieser Sache Alex zu deinem Partner gemacht und nicht Matt?«

»Matt hat eine Partnerschaft ausgeschlagen. Er ist der Meinung, dass ein Bürojob nichts für ihn ist. Er liebt seine Arbeit als Personenschützer und Fahrer. Dein Bruder dagegen ist ein gewissenhafter Mitarbeiter, und ich habe durch ihn Fuß in Europa gefasst. Es hat mir einige Vorteile verschafft, ihn als Partner in die Firma zu holen. Und das Wichtigste: Durch ihn habe ich dich gefunden. Die Frau, die ich mehr als alles andere auf der Welt liebe.«

~

Mitten in der Nacht klingelt Rhys' Handy, und ich spüre im Halbschlaf, wie er sich erhebt und den Raum verlässt. Wenige Sekunden später kommt er zurück und schaltet die Deckenbeleuchtung an.

»Jazman, bist du wach? Bitte steh auf, wir müssen ins Krankenhaus.«

Rhys' Stimme hat etwas Fassungsloses.

»Was ist passiert?«, frage ich verschlafen und reibe meine Augen, um eine klare Sicht zu bekommen.

»Es geht um Susan.« Er zieht sich in aller Eile an.

»Ja, ich weiß. Sie ist im Krankenhaus. Ich habe sie bereits besucht, sie hat eine Lungenentzündung.« Ich beeile mich ebenfalls und ziehe eine Jogginghose und ein Sweatshirt über.

»Sie ist vor einer halben Stunde daran gestorben.«

~

Vier Tage später findet Susans Beerdigung statt. Zusammen mit Abby habe ich sie organisiert. Susan hat keine Familie, niemanden mehr, der sich um sie und ihren Nachlass kümmert. Rhys fühlt sich verpflichtet, das nun in die Hand zu nehmen, doch er ist gar nicht in der Lage dazu. Susans Tod trifft ihn mitten ins Herz, was ich gut verstehen kann, denn immerhin war sie schon die Assistentin seines verstorbenen Vaters.

Der Sarg ist mit wunderschönen purpurnen Rosen geschmückt. Das war Rhys' Wunsch. Ich hatte bereits weiße Rosen geordert, doch Rhys bestand auf purpurnen Rosen mit dem Namen *Dark Angel*. Natürlich erfüllte ich ihm diesen Wunsch nur zu gern.

Fast die gesamte Belegschaft findet sich am Grab ein, wo ein Prediger lobende und tröstende Worte findet. Rhys lässt es sich nicht nehmen, auch etwas zu sagen. Er sieht gar nicht gut aus, tiefe Falten haben sich um Augen und Mund gebildet. Alle tragen Schwarz, nur Rhys trägt einen dunkelblauen Anzug, mit einem weißen Hemd und einer glänzenden dunkelblauen Krawatte.

Als Rhys nach vorne geht und sich an die Trauergemeinschaft wendet, holt er tief Luft und strafft – für andere vielleicht gar nicht sichtbar – ein wenig seine Schultern. So, als müsse er alle Kraft zusammennehmen, um Susan diesen letzten Liebesdienst zu erweisen. Seine Stimme klingt rauh, als er schließlich den Blick von seinen Notizen hebt, sie beiseitelegt und frei zu uns spricht.

»Susan war für mich mehr, als nur eine Angestellte. Sie war meine Beraterin, Lehrerin und Freundin. Ich habe das Gefühl, als würde ich heute ein Familienmitglied zu Grabe tragen. Vor allem habe ich ihr mein neues Leben zu verdanken, denn Susan war die Frau, die mir sagte, dass Jazman mein Leben verändern würde. Susan hatte so recht, und ich werde sie unendlich vermissen und ihr Andenken immer in meinem Herzen bewahren. Ich bin sicher, sie schaut auf uns herunter und kontrolliert, ob wir auch alle unsere Arbeit richtig machen.«

Mühsam reißt er sich zusammen, ich erkenne es an seinem Blick, als er eine einzelne Rose aus dem Grabgesteck zieht und diese behutsam auf den Sarg legt.

~

Matt fährt uns zur Firma, doch als er aussteigt, setzt sich Rhys an das Steuer des Audis und bittet mich, auf dem Beifahrersitz Platz zu nehmen. Matt verabschiedet sich, und Rhys fädelt sich in den fließenden Verkehr ein.

»Wo fahren wir hin?«, frage ich vollkommen überrascht, denn ich habe keine Ahnung, was er vorhat.

»Wir fahren ins Wochenendhaus. Ich habe Abby alle Termine auf nächste Woche verlegen lassen, ich will mit dir allein sein.«

»O nein, ich habe morgen ein Treffen mit dem Architekten. Den habe ich bereits einmal verschoben, er wird den Auftrag ablehnen, wenn ich ihn wieder versetze!«

»Carl Trent arbeitet schon seit vielen Jahren für mich, er kennt das. Mach dir keine Sorgen.«

Kurz berührt er mein Knie, dann legt er wieder beide Hände an das Lenkrad. »Wir haben vier Tage, ganz für uns allein. Und ich habe vor, jede Sekunde davon zu genießen.«

~

Er löst das Seil, das sie ans Bett gefesselt hat. Christina reibt sich über die Handgelenke, auf denen rote Striemen zu sehen sind. »Du warst ganz schön grob, was ist nur los mit dir?«

Sie macht sich lang wie eine Katze, es fehlt nur noch ein tiefes Schnurren, das ihr allerdings nicht über die Lippen kommt, dafür schmerzt ihr Körper zu sehr.

»Warum fragst du?«

»Weil ich mir wie ein Sandsack vorkomme, den du bearbeitet hast. Ich spüre Wut, Frust und Hilflosigkeit und möchte dir helfen, dass sich das ändert.« Sie zieht die Bettdecke über ihren Körper, nicht aus einem plötzlichen Anflug von Scham, sondern weil der Blick ihres Gegenübers sie frösteln lässt.

»Wir kommen einfach nicht weiter. Unsere Aktionen erreichen nicht das gewünschte Ziel. Dass Jaz Rhys geheiratet hat, macht die ganze Sache komplizierter.« Er erhebt sich und zieht seine Kleidung an.

»Irrtum, das macht die Sache wesentlich leichter.«

»Ich verstehe dich nicht.«

»Es liegt doch auf der Hand. Die liebe Jazman ist total ausgerastet, als sie mich in der Nähe von Rhys' Hosenschlitz angetroffen hat. Was meinst du, wie sie ausrasten wird, wenn sie mich in ihrem Ehebett vorfindet, während Rhys aus der Dusche steigt? Nackt! Sie wird ihm niemals glauben, was auch immer er ihr erklären will. Das wird die kürzeste Ehe seit der von Britney Spears.«

Kritisch schaut er auf sie herab, während er seine auf Hochglanz polierten Schuhe zubindet. »Und du meinst, du kommst damit durch? Dein Hinweis, dass Rhys ein Mörder ist, scheint Jaz ja wohl kaum zu interessieren. Du solltest nicht ein weiteres Mal versagen.«

»Hey, ich habe nicht versagt!«, ruft Christina aufgebracht, doch sie verstummt augenblicklich, als er nach ihrem Hals greift und sie auf das Bett hinunterdrückt.

»Ich will Jazman, und du wirst dafür sorgen, dass ich sie bekomme!«

~

Fest hält Rhys mich im Arm, als wir am Strand entlangwandern. Es ist stürmisch und hat geregnet, das Meer wirft hohe Wellen ans Festland. Zwar ist es nicht kalt, doch die kühle Brise, die noch immer vom Meer herüberweht, lässt mich frösteln.

»Ich hatte unzählige Male vor, Susan zu besuchen, doch immer wieder habe ich es verschoben. Nun ist es zu spät, und ich bereue es.« Rhys' Stimme klingt gequält, und das geht mir sehr nahe.

»Ich war bei ihr. Sie hat mich angerufen und gebeten, sie zu besuchen.«

»Warum hast du mir das nicht erzählt?« Er klingt sauer. »Ich hätte dich sicher begleitet. Das war nicht klug von dir.«

»Sie hat mich darum gebeten. Susan wusste, dass du Krankenhäuser verabscheust«, versuche ich, mein Handeln zu verteidigen.

Besänftigend drückt er mich an sich.

»Lass uns nicht streiten«, sage ich leise.

Er nickt. »Sie kannte mich wie keine andere. Als wäre sie meine Mutter gewesen.«

»Ich glaube, sie hat dich auch wie einen Sohn geliebt. Ich weiß noch, wie sie mir an meinem ersten Arbeitstag klargemacht hat, dass ich nicht dein Typ bin.«

Sein Lachen klingt gegen die Brandung an. »Ja, dabei war ihr von Anfang an klar, dass du die Richtige für mich bist.«

»Das hätte ihr gefallen, dass du mit einem Lächeln an sie denkst.«

Rhys schaut mich an und legt beide Arme um mich. »Du bist wundervoll. In jeder Lage findest du die richtigen Worte. Ich danke Gott, dass ich dich getroffen habe.«

»Du glaubst wieder an Gott?«, frage ich überrascht, denn seine Worte verblüffen mich.

»Ich fange langsam an, wieder an ihn zu glauben.«

9

Das leise Klopfen an der Tür ist kaum zu hören, und Abby glaubt schon, dass Matt gar nicht zu Hause ist, doch dann öffnet sich seine Wohnungstür doch.

»Sorry, wenn ich störe. Ich war unten im Büro, weil ich noch etwas erledigen musste, und ich dachte, ich schaue mal nach, wie es dir so geht. Jazman und Rhys sind übers Wochenende verreist, und da wollte ich …«

Mit einem Arm stützt er sich lässig an der Tür ab und grinst charmant. »Was wolltest du?«

Etwas unsicher schaut sie zu der Wohnungstür, die zu Rhys' Appartement führt. »Nun, ich dachte, wir könnten etwas zusammen trinken. Ich bin nämlich befördert worden, weißt du. Ich bin Jaz' neue Assistentin …«

»Ich dachte, dieser Marcello wäre der neue Assistent?«

Verschmitzt grinst Abby. »Ich glaube, das hat Rhys überhaupt nicht gefallen, also habe ich den Job bekommen.« Dann wird sie plötzlich ernst. »Wenn du keine Zeit hast, dann gehe ich lieber wieder.« Auch wenn es ihr schwerfällt, dreht sie sich wieder in Richtung Aufzüge.

»Hey, jetzt warte doch mal.« Matt wirft einen Blick über seine Schulter, dann ist er auch schon bei ihr und hält sie auf. »Wer sagt denn, dass ich keine Zeit habe? Ich bin nur etwas überrascht, denn ich hatte heute nicht mit dir gerechnet. Aber wie ich sehe, muss ich wohl ab sofort immer mit dir rechnen.« Er grinst schief.

Abby kann nicht anders, als sich ihm entgegenzustrecken und ihn zu küssen. Es ist ein kleiner, unschuldiger Kuss, doch Matt macht schnell mehr daraus. Ein einziger Zungenschlag, und schon spürt Abby, wie sie feucht wird. Als er seine rechte Hand in ihrem Haar vergräbt, stöhnt sie leise auf.

»Was hältst du davon, wenn wir eine Runde schwimmen gehen?«, flüstert Matt an ihrem Mund.

»Schwimmen? Ich habe keinen Badeanzug dabei.«

»Dort, wo wir schwimmen werden, brauchst du den auch nicht.«

~

Als Matt sie in das Penthouse von Rhys und Jaz führt, entdeckt sie sofort den Swimmingpool über ihrem Kopf.

»Wow, das ist wirklich abgefahren!«, ruft sie aus.

»Warst du noch nie da oben?«, fragt Matt, nimmt ihre Hand und zieht sie die Treppe in die erste Etage hoch.

»Natürlich nicht!«, antwortet sie irritiert. »Seit wann lädt jemand wie Rhys Cunningham die Empfangstussi in sein Schwimmbad ein?«

»Na ja, Jaz und du, ihr seid doch dicke Freundinnen. Ich dachte ...«

»Du denkst falsch.« Abby spürt, wie ihr eine Gänsehaut über den Körper kriecht. So gerne sie mit Matt nackt schwimmen würde, ganz wohl ist ihr bei dem Gedanken nicht. »Ich glaube, wir sollten nicht hier sein.«

»Rhys hat mir erlaubt, den Pool zu benutzen, wenn er nicht da ist. Wir tun nichts Verbotenes«, beruhigt Matt sie, führt sie die Treppe hinauf und öffnet die Tür, die zum Pool führt.

Der Raum schimmert blau, und das Wasser wirft weißschillernde Reflexionen an die Decke. Matt schaltet den CD-Player ein, und leise Musik ertönt.

»Wow, das ist ... atemberaubend!« Abby kann sich von dem Anblick des Pools gar nicht losreißen.

Zärtlich legt er die Arme um ihre Hüften und zieht sie nah an seinen Körper. »Du bist hier diejenige, die mir den Atem raubt!«, raunt er und küsst eine empfindliche Stelle unterhalb ihres Ohres. Gerne würde sie sich weiter so liebkosen lassen, aber er zerrt bereits an ihrem Oberteil, streift ihr mit einer fließenden Bewegung die Bluse über den Kopf und löst fast gleichzeitig den Verschluss ihres BHs. Dann dreht er sie mit dem Rücken zu sich, nimmt sie von hinten in den Arm und umschließt ihre Brüste mit seinen warmen Händen, knetet sie sanft.

Abby kann nicht anders, sie gibt sich seinem Drängen hin, lehnt sich an seinen Brustkorb und legt ihre Hände auf seine, spürt, wie ihre Brustwarzen steif werden.

Matt lässt von ihrem Busen ab, öffnet geschickt ihren Rock und streift Abby auch die letzte Kleidung vom Körper.

»Hm, ich liebe es, dich nackt zu sehen!«, stöhnt er und dreht sie wieder zu sich um, lässt seinen Blick über sie gleiten.

Abby läuft ein Zittern über den Körper.

»Komm, lass uns ins Wasser gehen, dort ist es warm.« Ohne viel Aufhebens entledigt sich Matt seiner Kleidung und springt kopfüber in den Pool.

Ein wenig ist sie irritiert, als er sie einfach so am Rand des Beckens stehen lässt, aber dann steigt sie langsam über die kühle Leiter in das Wasser. Es ist herrlich warm und umspielt ihren Körper, als würden zarte Hände ihn streicheln. Sie schwimmt ein paar Züge, bis Matt sie einholt und nach ihr greift. Er zieht sie in seine Arme, muss aber Wasser treten, damit sie nicht untergehen. Wortlos zieht er sie zum Beckenrand. Mit einer Hand umfängt er sie, mit der anderen findet er Halt für sie beide.

»Ich bin sehr froh, dass du an meine Tür geklopft hast!«, grinst er und schüttelt sich das Wasser aus dem Haar.

Abby lacht und legt ihre Arme um seinen Hals, als er sie plötzlich gegen die Beckenwand drückt. Automatisch schlingt sie die Beine um seine Hüften.

»Hmmm, an diese Position könnte ich mich gewöhnen!«, stöhnt Matt auf und drückt sich gegen ihren Körper. Sie spürt seine Erektion, die sich bereits hart und fordernd gegen ihre Mitte presst, als würde sie nicht lange um Erlaubnis betteln wollen.

»Du brauchst nur zu fragen!«, entgegnet Abby und lässt ihre Hüften ein wenig kreisen.

»Ich frage nie!« Matt hebt sie ein Stück an, und sie rutscht auf seinen steifen Schwanz, spürt, wie er in sie eindringt. Es fühlt sich wundervoll an, ihn so prall und stark in sich zu spüren. Sie schließt die Augen und krallt sich mit ihren Händen an Matts Bizeps. Sie spürt, wie dieser hervortritt, als er seinen Arm anspannt, um sich am Rand besseren Halt zu verschaffen.

»Matt! O Gott, ich kann nicht mehr aufhören!«, stöhnt Abby und bewegt sich rhythmisch auf und ab.

»Wer will denn aufhören? Davon war nie die Rede!«, stöhnt Matt und verzieht lachend den Mund. Dann beugt er sich vor und küsst sie. Geschickt fängt er die kleinen Stöße ab, die Abby verursacht, während sie ihn reitet.

»Ja, genau so, Baby!«, stöhnt er und erhöht das Tempo. »Genauso nehme ich dich gleich in meinem Bett. Aber erst werde ich dich hier ficken!«

Abby wirft atemlos den Kopf in den Nacken und holt stöhnend Luft. »Ich komme gleich schon!«, ruft sie völlig hemmungslos, spürt, wie sie die Kontrolle verliert.

»Ja, reite mich härter, Baby! Ich komme auch gleich, o Gott, du fühlst dich so heiß an! Komm mit mir, jetzt, Jaz!«, knurrt er, und Abby spürt, wie sie erstarrt und Matt sich gleichzeitig in ihr ergießt.

Nur langsam normalisiert sich ihre Atmung, und sie sucht nun selbst Halt am Rand. »Sag mal, Matt: Du hast nicht gerade zufällig Jaz' Namen gerufen, als du in mir gekommen bist?«

Verlegen schaut Matt auf sie herunter und streicht sich die nassen Haare aus den Augen. »Sorry, weißt du, ich habe letztens Jaz und Rhys unbeabsichtigt hier beobachtet, und sofort weckte es den Wunsch in mir, das Gleiche mit dir zu tun.« Er küsste sie, und dieser lange, intensive, zugleich fordernde und zärtliche Kuss lässt Abby seinen Fauxpas in diesem Moment vergessen, doch später grübelt sie darüber nach, was das wohl zu bedeuten hat.

~

Der Tag des Hochzeitsempfangs rückt immer näher, und plötzlich ist der Abend da. Wie Weihnachten, das mich jedes Jahr von Neuem überrascht, als hätte irgendjemand diesen Termin klammheimlich in den Kalender eingefügt. Zusammen mit Abby und Trish habe ich alles organisiert, und ich kann nur hoffen, dass die Überraschung, die ich für Rhys geplant habe, auch funktionieren wird. Ich habe darauf bestanden, dass Rhys bei Trish schläft, da es Unglück bringt, die Braut vor der Hochzeit zu sehen. Ich gebe zu, die Erklärung hinkt sehr, doch mir fiel nichts anderes ein, um ihn für eine Nacht aus der Wohnung zu bekommen. Trish wird dafür sorgen, das Rhys mit ihr zu dem Empfang fährt, so dass er erst gar nicht in der Wohnung auftaucht.

Wir treffen uns in der Lobby des Waldorf Astoria, Rhys weiß nicht, dass ich für uns ein Hotelzimmer gemietet habe. Ich kann nur hoffen, dass wir beide dort am Ende des Abends auch landen werden.

Ich trage ein elfenbeinfarbenes Kleid aus Satin, lang, eng anliegend, mit einem tiefen Rückenausschnitt. Dazu eine lange

Perlenkette, die mir Trish geliehen hat, genauso wie die dazu passenden Perlenohrringe. Der Schmuck passt wirklich fantastisch zu meinen schwarzen Haaren, muss ich mir selbst eingestehen, auch wenn ich so etwas nicht gerne tue. Ich bin mit meinem Aussehen zufrieden, halte mich aber nicht für außergewöhnlich, auch wenn Rhys mich manchmal ansieht, als wäre ich die schönste Frau des Planeten. So wie jetzt gerade, als er mit Trish das Hotel betritt und mich entdeckt. Er zupft an seinen Manschetten, zögert eine Sekunde und kommt dann mit langsamen Schritten auf mich zu, ein verwegenes Lächeln auf den Lippen.

»Du weißt, dass du dieses Kleid nicht lange tragen wirst, sobald wir beide allein sind?«, fragt er und zieht mich in seine Arme. »Du siehst umwerfend aus, Darling! Habe ich dir heute schon gesagt, wie sehr ich dich liebe, Mrs. Cunningham?« Zärtlich küsst er meine Lippen und wendet sich dann Trish zu. »Sieht sie nicht wundervoll aus?«, fragt er seine Großmutter, die mir schelmisch zuzwinkert.

»Ich hätte dir keine bessere Frau aussuchen können.«

Wir fahren hinauf in den Saal, wo unsere Gäste bereits auf uns warten. Als wir den Raum betreten, stürmen die ersten Gratulanten auf uns zu, doch Rhys beachtet sie gar nicht, er schaut sich in dem Saal um und erstarrt.

10

Plötzlich erscheint ihm der große Raum wie menschenleer. Eben noch erfüllte das Lachen der Gäste, die an ihrem Champagner nippen und sich gegenseitig begrüßen, den Saal. Mit einem Mal ist es ihm, als wären sie allesamt verschwunden. Die Musik scheint verstummt zu sein, und alles, was er noch wahrnehmen kann, sind die Skulpturen, die auf Sockeln im Raum verteilt stehen, geschickt beleuchtet von einzelnen Spots.

Er kennt diese Kunstwerke zur Genüge – es sind seine eigenen Werke. Der gesamte Saal ist einem Ausstellungsraum nachempfunden. An den Wänden hängen überdimensionale Fotografien seiner Arbeiten.

Die erste Empfindung, die Rhys durch den Kopf schießt, ist der Wunsch zu fliehen. Er will hier weg, weg von seinen Skulpturen, weg von diesen Menschen, weg aus diesem Saal. Er wünschte, er könnte seine Arbeiten abdecken, sie vor den Augen der Gäste schützen, sie verstecken. Dann sieht er in Jazmans Gesicht und entdeckt ihre strahlenden Augen. Sofort wird ihm klar, dass sie ihn mit dieser Aktion überraschen wollte. Ihr Ausdruck hat etwas Kindliches an sich, so, als würden zu Weihnachten die Lichter am Tannenbaum angezündet. In diesem Moment sieht er plötzlich klar. Es ist, als würde sich sein Herz öffnen. Jaz wollte ihn damit überraschen, ihm seine eigene Ausstellung widmen. Da sie weiß, dass er dem niemals zugestimmt hätte, hat sie diesen Rahmen genutzt, um sein Talent den Menschen, die ihm nahestehen, zu zeigen.

»Wie hast du das geschafft?«, fragt er und greift nach ihrer

Hand. »Gestern befanden sich die Exponate doch noch alle in unserer Wohnung.«

»Ich hatte Hilfe.« Sie schielt hinüber zu Abby und Matt, die etwas abseits stehen.

»Das hast du allein für mich getan?«

»Ja. Was schenkt man einem Mann, der sich alles kaufen kann?«

Rhys schaut ihr kopfschüttelnd in die Augen. »Nein, ich kann mir nicht alles kaufen – deine Liebe zum Beispiel nicht, das ist etwas, was ich nur geschenkt bekommen kann. Ich danke dir, und ich ... ich liebe dich.«

Er zieht sie in seine Arme und küsst sie innig.

»Darf ich euch Turteltauben stören und auch endlich die Braut küssen?«

Rhys bemüht sich, sich nichts anmerken zu lassen. Mit ihm hat er nicht gerechnet, ihn hat er auch nicht gesehen, als er den Saal betrat. Wie auch, nachdem erst Jazman und dann ihre Überraschung ihn so überwältigt haben?

Widerwillig löst er sich von seiner wunderbaren Frau.

~

»Hallo, Schwager!«

»Alexander!«

Ich fahre herum, als ich merke, wen Rhys begrüßt.

»Oh, mein Gott, du bist gekommen!« Ich kann meiner Freude gar nicht genug Ausdruck verleihen und werfe mich meinem Bruder in die Arme.

»Natürlich bin ich hier! Du glaubst doch nicht, dass ich den Hochzeitsempfang meiner Schwester verpasse, wenn ich sie schon nicht zum Traualtar führen durfte.« Er spielt den Beleidigten, doch sein Blick ist zärtlich, und er beugt sich herunter, um mich auf beide Wangen zu küssen.

»Dafür bekommst du den ersten Tanz mit mir!«

»Na, das will ich auch hoffen!«, lacht er und reicht Rhys die Hand. »Pass gut auf sie auf, sie ist das Kostbarste, was ich besitze.«

»Irrtum, mein Lieber! Sie ist das Kostbarste, das *ich* besitze.«

»Ihr hört euch an, als wäre ich eine Perle in einer Auster.«

»Darf ich euch meine Begleitung für heute Abend vorstellen?«

Alex zieht an der Hand eine Frau zu sich, die sich in seine Arme schmiegt. Erst als sie den Kopf in meine Richtung dreht, erstarre ich.

»Ich weiß nicht, ob du Melissa persönlich kennst, aber du hast sie sicherlich schon auf einigen Titelcovern gesehen«, erklärt Alex und fixiert mich, als würde er erwarten, dass ich ihm – oder besser noch Melissa – eine schallende Ohrfeige versetze. Wie kann er mir das antun? Mit Rhys' Ex-Freundin auf meiner Hochzeitsfeier erscheinen?

Ohne lange zu fackeln, nicke ich dem atemberaubenden millionenschweren Top-Model kurz zu und ziehe Alexander am Arm in den nächstbesten Raum. Donnernd schließe ich die Tür.

»Wie kannst du es wagen, diese Frau hierherzubringen? Und frage jetzt nicht so scheinheilig, warum! Du weißt genauso gut wie ich, dass sie Rhys' Ex-Freundin ist. Ich verstehe nicht, was das soll!«, herrsche ich meinen Bruder an, der mich von oben herab ansieht.

»Wie du gerade sagtest, Melissa ist Rhys' Ex-Freundin, und die Betonung liegt auf Ex … – denn jetzt ist sie mit mir zusammen.«

»Mit dir?«

Wir werden durch das Klopfen an der Tür unterbrochen. Rhys steckt den Kopf herein. »Darling, wo bleibst du? Die Gäste wollen uns gratulieren.«

Ich nicke und hole Luft, will Alex sagen, dass wir beide noch nicht fertig sind, aber da werden wir plötzlich von den Klängen des Hochzeitsmarsches unterbrochen. Wieso bin ich nicht überrascht, dass es Geigenklänge sind? Paul Vig steht mitten im Saal und gibt Rhys, mir und allen Anwesenden mit geschlossenen Augen ein Ständchen. Die Gäste sind verzaubert von seinem Umgang mit der Stradivari.

Als er das Lied beendet und die Gäste begeistert applaudieren, kommt er auf uns zu, nimmt mich in die Arme und küsst mich auf beide Wangen. Rhys drückt er an sich und schlägt ihm kameradschaftlich auf den Rücken. Dann wendet er sich an die Gäste und hält eine kleine Ansprache.

»Rhys und ich sind seit dem College gute Freunde. Vieles in unserem Leben war wie ein Spiel, ein Wettstreit sogar. Und nun stelle ich mit großer Freude fest, dass Rhys, dieser Glückspilz, den Hauptgewinn bekommen hat!«, ruft Paul laut und erntet damit wieder tosenden Beifall.

Mir ist das peinlich, aber da muss ich durch. Ich halte Ausschau nach Alex mit seiner neuen Freundin und sehe sie im Gespräch mit Trish. Das versetzt mir einen Stich. Immerhin hat Melissa sicher eine Weile lang geglaubt, sie könnte irgendwann einmal Teil von Rhys' Familie werden. Dann aber fällt mir ein, dass es zwischen ihr und meinem Mann gewisse Regeln gab, die für mich nie wirklich galten. In seiner Beziehung zu Melissa spielte nur Sex eine Rolle, Gefühle schloss Rhys aus. Ganz sicher auch die Nähe zu seiner geliebten Großmutter.

Ich bin auch ein wenig verwundert, seit wann mein Bruder so ein Interesse an Trish hat, aber ehe ich mir darüber Gedanken machen kann, werden wir wieder abgelenkt.

Rhys und ich schütteln unzählige Hände und nehmen endlos gute Wünsche entgegen. Mir schwirrt der Kopf, weil ich versuche, mir die ganzen Namen zu merken. Ein unmögliches Unterfangen. Als Abby uns ein Zeichen gibt, ist es Zeit, das Büffett zu eröffnen. Vorher müssen wir aber die obligatorische fünfstöckige Hochzeitstorte anschneiden.

Ich starre auf das Messer und würde es gerne meinem Bruder in den Rücken rammen, mal wieder. Er bringt mich immer wieder auf die Palme. Als Kinder haben Alex und ich uns so wunderbar verstanden, aber seitdem ich mit Rhys zusammen bin, gibt es eigentlich nur noch Streit. Um auf andere Gedanken zu kommen, atme ich tief durch und schneide die Torte an, dann beginne ich, Stücke auf die Teller zu legen, die mir die Gäste anreichen. Nachdem ich mit Rhys zusammen den oberen Ring an unsere engsten Freunde verteilt habe, nimmt mir ein Kellner das Messer ab und macht für mich weiter.

Eine kleine Band spielt während des Essens dezent und leise im Hintergrund, aber nachdem das Büffett geräubert ist und die Gäste gesättigt scheinen, spielen die Musiker nach einer letzten kleinen Pause plötzlich mit einem Tusch wieder auf. Rhys ergreift meine Hand und führt mich für unseren Hochzeitstanz auf die Tanzfläche. Danach werde ich mit Alex tanzen, was mir die Möglichkeit geben wird, noch einmal mit ihm zu sprechen.

»Warum ist es für dich so unvorstellbar, dass Melissa meine Freundin ist?«, fragt mich Alex, während er mich sicher über das Parkett führt.

»Das ist es gar nicht. Ich bin nur überrascht, dass ihr euch kennt. Wo habt ihr euch getroffen?«

»Was wird das jetzt, ein Verhör? Bin ich wegen irgendetwas angeklagt?«

»Beantworte meine Frage, Alexander.«

»In einem Restaurant. Melissa kam in mein Lieblingsrestaurant, und es war alles besetzt. Da habe ich sie an meinen Tisch gebeten, und wir haben zusammen gegessen. Dann haben wir ein paarmal telefoniert, wenn sie in Frankfurt war, und ich bin einige Male zu ihr nach New York und Mailand geflogen. Und jetzt sind wir ein Paar. Wir hängen es aber nicht an die große Glocke, damit die Presse nicht früher Wind davon bekommt als nötig. So, ist jetzt dein Wissensdurst gestillt?«

Ich sehe hinüber zu Rhys, der mit Trish tanzt und keinen Blick für Melissa übrig hat, so scheint es mir zumindest, und ich nicke meinem Bruder zu. Vielleicht wird es wirklich Zeit, dass ich in Melissa nicht mehr die Rivalin sehe, obwohl ihre Schönheit und Anmut die aller anderen Frauen hier in den Schatten stellt.

»Liebst du sie?«, frage ich Alex und schaue ihm prüfend in die Augen, denn nichts auf der Welt würde mich mehr freuen, als wenn er endlich die Frau seines Lebens gefunden hätte.

Ein Lächeln gleitet über sein Gesicht. »Sie ist toll, sieht gut aus, ist witzig und reich, wer würde so eine Frau nicht lieben?«

Ja, wer würde das nicht? Vielleicht ein Mann mit den gleichen Attributen?

Immer wieder erreichen mich Anfragen, wer der Künstler ist, dessen Skulpturen ausgestellt sind, und ob man sie kaufen kann, doch ich schweige und erkläre, dass die Werke unverkäuflich sind.

»Ich habe noch einen Tanz mit der Braut frei.«

Die Stimme ist rauh und dunkel, und sie schafft es, mir einen Schauer zu verursachen. »Paul! Natürlich, der nächste Tanz gehört dir.« Ich lächle, als Paul mich in seine Arme zieht. Alex werfe ich einen entschuldigenden Blick zu, als ich seine Hand loslasse, und schon führt mich Paul zu den Klängen eines neuen Liedes.

»Du hast es also wirklich getan?«

»Was?«, frage ich scheinheilig, und Paul lacht laut auf. »Du weißt genau, wovon ich spreche.«

»Was auch immer du mir unterstellen willst, ich kann nur sagen, dass ich den Mann geheiratet habe, den ich über alles liebe.«

Er starrt auf die Hand, an der mein Ehering sitzt, der atemberaubend funkelt.

»Wow, das nenne ich mal einen Ring! Er ist fast so schön, wie du es bist!«

»Paul, bitte! Ich möchte nicht, dass du mir solche Dinge sagst. Ich bin verheiratet, wie du weißt, und mein Herz wird nie einem anderen gehören als Rhys.«

Paul blickt mir ernst in die Augen. »Ich weiß, dass er dich verletzen wird. Auch wenn du keine Liebe für mich empfindest … ich bin ein Freund, der immer für dich da sein wird. Vergiss das nie.«

Geschickt und überraschend schnell tanzt er mit mir an den Rand der Tanzfläche, dann lässt er mich plötzlich los und macht auf dem Absatz kehrt. Ich sehe, wie er sich seinen Geigenkasten schnappt, den Matt für ihn in Verwahrung hatte, und mit langen Schritten den Saal verlässt.

11

Ziemlich müde stehe ich mit Rhys vor dem Fahrstuhl, während mein Mann mir einen verschmitzten Blick zuwirft.

»Ich dachte, wir wollten nach Hause fahren?«, fragt er und zieht eine Augenbraue hoch.

»Ich habe gesagt, dass ich endlich ins Bett will, ich habe nicht gesagt, wo dieses Bett steht.«

Rhys grinst mich frech an. »Ich glaube, da hatten wir beide die gleiche Idee, Darling.« Er zückt eine Codekarte und hält sie in die Höhe.

»Jetzt bin ich gespannt!«, sage ich neugierig.

»Ich habe mir erlaubt, die Hochzeitssuite zu reservieren. Matt hat ein paar deiner Sachen bereits dort für dich deponiert.«

»Dann warst du derjenige, der sie mir vor der Nase weggeschnappt hat?«, frage ich überrascht und muss lachen. »Ich habe versucht, sie zu bekommen, aber der Concierge ließ sich nicht erweichen und sagte mir, dass diese Suite bereits vorbestellt wäre und daran nichts zu ändern sei.«

Rhys aktiviert mit der Schlüsselkarte den Fahrstuhl und zieht mich hinein. Mit seinem ganzen Körper drückt er mich gegen die Kabinenwand und küsst mich gierig. »Ich habe die Suite an dem Tag gebucht, als feststand, dass wir hier feiern. Es hat mich eine Menge Überredungskunst gekostet, damit wir sie bekommen, denn eigentlich war sie bereits gebucht. Doch für dich ist mir nichts zu teuer. Ich freue mich, dass ich nun auch eine Überraschung für dich habe.«

Statt einer Antwort küsse ich ihn heiß und innig, während seine Hände an meinen Hüften entlangfahren.

»Ich kann es gar nicht abwarten, bis ich dir endlich dieses Kleid ausziehen kann.«

»Aber bitte sei vorsichtig, es war sehr teuer.«

»Das ist mir scheißegal, und das weißt du.« Seine Stimme klingt heiser und das nicht nur von den endlosen Gesprächen und Dankesbekundungen an diesem Abend. Ich spüre die Gier nach mir, nicht nur in seiner Stimme. Seine Gesten und seine Körpersprache signalisieren, wie sehr er mich begehrt. Er will mich nehmen, am liebsten sofort, doch der Fahrstuhl rettet mich, als sich die Türen unerwartet vor uns öffnen. Wir haben unsere Etage erreicht.

Schon auf dem Gang entledigt sich Rhys seiner Krawatte und öffnet die obersten Knöpfe seines Hemdes. Er entsperrt die Zimmertür mit der Codekarte, zieht mich in den Raum und schließt die Tür hinter uns mit einem Fußtritt. Sobald er die Welt da draußen aus unserem Leben ausgeschlossen hat, drückt er mich gegen die Tür, presst besitzergreifend seinen erregten Körper an meinen und küsst mich, als würde die Welt jeden Augenblick untergehen. Er schickt mir heiße Wellen durch meinen Körper, und ich kann nicht anders, als vor Erregung zu zittern, so kraftvoll bedrängt er mich. Es ist, als wäre ich die einzige Frau, die er je begehrt hat, und das wiederum setzt in mir ein unglaubliches Glücksgefühl frei. Ich stöhne leise, als er die empfindliche Haut meines Halses küsst. Das Gefühl, als würde ich schweben, macht sich in meinem Kopf breit, und daran ist nicht der Champagner schuld, den ich heute Abend getrunken habe. Es ist Rhys' Nähe, es sind die Berührungen seiner Hände, die Empfindungen, die er in mir auslöst, weil er mich so offensichtlich begehrt.

Ungeduldig zerrt Rhys mir das Kleid von den Schultern. Damit es nicht zerreißt, helfe ich ihm und lasse es zu Boden gleiten. Eine Sekunde blickt er mich an, dann nimmt er meine Hand und zerrt mich in das Schlafzimmer der Suite. Ich lande auf dem Bett, und Rhys entkleidet sich genauso schnell, wie er es mit mir getan hat. Er ist erregt und seine steife Männlichkeit ragt vielversprechend vor mir auf. Rhys hat die Figur eines römischen Kriegers, und ich frage mich mal wieder, warum dieser Mann gerade mich erwählt hat.

Zielsicher greift er nach meinem String und reißt ihn entzwei. Wieder einer weniger.

»Ich werde ihn mir einrahmen!«, grinst er frech und wirft ihn zur Seite, nicht ohne vorher daran zu riechen. »Hmmm, er duftet nach einem großen Versprechen. Zieh deinen BH aus, ich möchte dich ganz sehen.«

Bereitwillig folge ich seinen Anweisungen. Als ich vollkommen nackt vor ihm liege, leckt er sich über die Lippen, und ich komme mir vor, als wäre ich heute Abend das appetitliche Dessert.

»Ich kann nicht länger warten, ich denke den ganzen Abend an nichts anderes als daran, wie ich tief in dich eindringe, du mich umschließt und zum Äußersten treibst.«

Rhys stützt seine Hände rechts und links neben meinem Kopf ab und beugt sich zu mir herunter. Während er langsam in mich eindringt, schaut er mir tief in die Augen, blinzelt nicht einmal.

O Gott, er fühlt sich wunderbar an. Heute ist er irgendwie anders, nicht so dominant, sondern vorsichtig und zärtlich. Seine Stöße sind langsam, aber nicht weniger intensiv. Er stöhnt, und es kommt einem Knurren gleich, hat etwas von Besitzanspruch.

Plötzlich spüre ich, wie Rhys sich versteift und in seiner Bewegung innehält.

»Oh, ihr habt schon ohne mich angefangen? Macht nichts, ich stoße gerne dazu.«

Im ersten Moment sehe ich nur rotlackierte Nägel, die nach Rhys' Schulter greifen, dann erst nehme ich die Stimme wahr und was sie sagt.

Mit einem Schrei mache ich mich von Rhys frei und rutsche bis zum Kopfende des Bettes, ziehe hastig ein Laken über meinen Körper.

Ich sehe, wie eine Hand sich um Rhys' Schwanz schließt und ihn sanft massiert. Erst eine Sekunde später reagiert er, als würde er aus einer Trance erwachen. Er macht sich aber nicht etwa von ihr frei, sondern stammelt irritiert: »Christina? Was machst du denn hier?«

Die Situation, wie beide auf unserem Bett vor mir knien, sie mit seinem besten Stück in der Hand, das weiter aufrecht steht, hat etwas vollkommen Absurdes. Ich habe das Gefühl, als würde ich völlig neben mir stehen und die Szene von außen beobachten, als würde ich gar nicht dazugehören.

»Was ich hier mache?« Christina lacht verführerisch. »Aber du hast mir doch die Zimmerkarte gegeben, damit ich zu dir komme. Natürlich habe ich nicht damit gerechnet, deine Frau hier vorzufinden.«

Deine Frau hört sich aus ihrem Mund irgendwie dreckig an, und mir wird übel.

»Rhys?«, stöhne ich leise, weil ich es einfach nicht fassen kann. Er kniet vor mir und lässt sich von dieser Frau betatschen, als wäre es das Normalste der Welt. Doch er scheint mich gar nicht zu hören. Immer weiter massiert sie ihn, und es scheint ihm zu gefallen.

»Ist das wahr?«, frage ich in einem barschen Ton, um die Zweisamkeit der beiden endlich zu unterbrechen. »Du hast ihr wirklich einen Schlüssel zu dieser Suite gegeben?«

Ich kann es nicht fassen, doch gleichzeitig ist es auch das Erste, was ich bereit bin zu glauben. Zorn breitet sich in mir aus, ich würde gerne etwas an die Wand schmeißen, etwas, das in tausend Teile zerspringt, so wie ich gerade.

»Nein … nein, natürlich habe ich ihr keinen Schlüssel gegeben! Wie kannst du so etwas nur glauben?« Endlich scheint auch Rhys aufzuwachen. Er windet sich aus ihrer Hand. »Lass mich verdammt noch mal los! Was willst du hier?« Viel zu spät springt er endlich aus dem Bett und zieht seine Pants über, die seinen Ständer nur mäßig bedecken.

Christina gleitet mit einer geschmeidigen Bewegung aus unserem Bett. »Rhys, du solltest diese Spielchen lassen! Glaubst du wirklich, dass diese Charade deiner Frau ein Leben lang verborgen bleiben konnte? Frauen sind nicht so dumm, wie ihr Männer immer denkt. Vielleicht kann sie von mir etwas lernen, zum Beispiel dir einen zu blasen, damit du so kommst, wie du es am liebsten hast.« Sie lacht ein kehliges Lachen, was mir den Rest gibt.

Ich schaue auf den Boden, wo ihr rotes Kleid liegt. Wer weiß, wie lange sie uns schon beobachtet hat? Vermutlich war sie schon vor uns in der Suite! Die Situation überfordert mich restlos.

»Das ist nicht dein Ernst!«, schreie ich Rhys meine Wut ins Gesicht, sie bricht aus mir hervor und verschafft mir endlich Luft.

»Du glaubst das doch nicht etwa?!« Rhys steht vollkommen entrüstet mitten im Raum, schaut von mir zu Christina und zurück.

»Nun, dir und deinem Schwanz scheint ihre Berührung ja höchst angenehm und sehr vertraut gewesen zu sein. Du lässt sie an dir herumspielen, als hätte sie dir einen Teil deines Gehirns amputiert, statt ihr sofort einen Tritt in ihren verhurten Hintern zu geben und sie endlich aus unserer HOCHZEITSSUITE zu werfen!«, schreie ich vollkommen außer mir vor Zorn. Doch dann reiße ich mich zusammen.

Woher ich die Kraft nehme, meine Stimme so schnell wieder unter Kontrolle zu bringen, weiß ich nicht. »Weißt du was? Es ist egal, was ich glaube. Allein die Konfrontation mit dieser Hure hier ist einfach zu viel für mich. Ich will, dass sie aus meinem Leben verschwindet, und das scheint nur zu funktionieren, wenn auch du aus meinem Leben verschwindest. Hier, gib ihn ihr, sie hat ihn sich hart erarbeitet!« Mit diesen Worten schleudere ich Rhys meinen Ehering entgegen und treffe ihn damit an der Brust, von der er abprallt und auf dem Bett zu liegen kommt.

Meine Worte scheinen einige Sekunden zu benötigen, um bis zu ihm vorzudringen, denn erst dann versucht er mich zurückzuhalten und ruft: »Nein, tu das nicht!«

Doch ich bin bereits aus dem Bett gekrochen, schnappe meine Tasche und verlasse, nur in ein Bettlaken gehüllt, unsere Hochzeitssuite.

~

Mein Körper ist so erhitzt von dem unterbrochenen Liebesspiel und dem Aufruhr, den Christina angezettelt hat, dass ich erst mal zu Atem kommen muss. Ich kann nur hoffen, dass um vier Uhr morgens im Hotel niemand meinen Weg kreuzt. Im ersten Moment habe ich keine Ahnung, wohin ich mich wenden kann. Dann krame ich mein Handy heraus und wähle eine Nummer.

Noch bevor er sich melden kann, sage ich: »Wie ist deine Zimmernummer?«

»Was?« Er klingt verschlafen.

»In welchem Zimmer bist du?«, frage ich ungehalten und muss meine Stimme zügeln. Ich entferne mich von der Suite, die Rhys gemietet hat, und jeder Schritt führt mich auch innerlich weiter von ihm weg, entfernt ihn mehr aus meinem Herzen.

»5015. Warum?«

Ich lege einfach auf und fahre mit einem der Fahrstühle in den fünften Stock. Als ich aussteige, betritt jemand den Fahrstuhl, doch ich schaue gar nicht hin. Soll man mich doch für verrückt halten.

Hektisch suche ich das Zimmer 5015 und klopfe an die Tür.

12

Bist du verrückt geworden?« Er ist so wütend, dass er brüllt, am liebsten würde er ihr ins Gesicht schlagen, doch dann bückt sich Rhys und hebt das Kleid auf, wirft es Christina zu.

»Zieh dich verdammt noch mal an!«

Mit stiller Gelassenheit kommt sie der Aufforderung nach und schlüpft in das Kleid. Unterwäsche trägt sie nie.

»Warum tust du das?« Er starrt sie an, kann einfach nicht fassen, was sie da gerade abgezogen hat.

»Ich dachte, es würde dir gefallen!«

Wütend macht er einen Schritt auf Christina zu. »Hast du eine Ahnung, was du damit angestellt hast? Du hast meine Ehe ruiniert, noch bevor sie richtig begonnen hat!« Er will sich die Möglichkeit, dass er Jaz wirklich verloren hat, gar nicht vorstellen. Dieses Szenario liegt außerhalb seiner Vorstellungskraft.

»Du sagst mir jetzt, was du dir dabei gedacht hast, und zwar sofort!« Plötzlich durchzuckt ihn ein Gedanke. »Das ist gar nicht auf deinem Mist gewachsen, habe ich recht? Wer hat dich dafür bezahlt, dass du hier auftauchst? Wer, Christina?« Er greift Christina brutal ins Haar und zieht ihren Kopf nach hinten.

»Oh, du willst wieder Spielchen spielen? Das hättest du doch sofort sagen können. Darauf steht die kleine Jazman wohl nicht, was?«

Ihr loses Mundwerk macht ihn so wütend, dass er sie auf das Bett wirft.

»Wie willst du mich?«, fragt sie herausfordernd und spreizt ihre Beine, zieht ihr dünnes Kleid bis über ihre Brüste hoch.

»Das kann alles wieder dir gehören.« Sie streichelt mit den Fingerspitzen lasziv über ihren Körper, hält auf dem rasierten Venushügel inne.

»Was immer du willst, wann immer du willst.«

»Halt verdammt noch mal deine Klappe! Ich will dich nicht! Wann wirst du das endlich kapieren? Und ich will wissen, wer hinter dieser ganzen Sache steckt. Woher hast du den Schlüssel für diese Suite?«

Statt einer Antwort fährt sie mit einem ihrer Finger ihre Spalte entlang. »Wenn du so herrisch bist, macht mich das total wild, und ich werde ganz nass!«

Rhys wird klar, dass er so nicht weiterkommt. Christina wird nichts verraten.

»Das ist also der Dank dafür, dass ich dich damals gerettet habe? So dankst du es mir?« Er fährt sich hilflos mit einer Hand durch seine Haare.

Aber diese Worte scheinen nun doch etwas bei Christina zu bewirken. Sie zieht abrupt ihr Kleid herunter, stützt sich auf die Ellbogen und sagt gefährlich leise: »Du glaubst also, ich müsste dir dankbar sein? Nach all den Jahren? Ich habe meinen Dank bei dir schon längst abgearbeitet! Und wenn ich jemandem dankbar sein sollte, dann wäre es Matt! Erzähl du mir also nichts von Dankbarkeit. Sieh dir doch an, was du aus mir gemacht hast. Eine Hure! Du bist *mir* etwas schuldig, und zwar ein normales Leben! So sieht es aus.«

»Du bist selbst dafür verantwortlich, was du aus deinem Leben gemacht hast. Darauf hatte ich keinen Einfluss.«

»Und ob, du bist sehr wohl dafür verantwortlich, dass ich keine normale Bindung mit einem Mann eingehen konnte. Du und deine *Keine-Gefühle-Prinzipien!* Du hast aus mir eine Hure gemacht. Deine Hure! Hast mich ausgenutzt, weil du jemanden gebraucht hast, mit dem du deine dreckigen Fantasien ausleben konntest. Und dann kommt dein *Darling* um die Ecke, und mir gibst du einen Tritt!«

»Christina, was aus dir geworden ist, das hast du ganz allein dir selbst zuzuschreiben. Als wir uns trennten, da kannte ich Jaz noch nicht einmal, schon vergessen? Ich schulde dir etwas? Höchstens eine Tracht Prügel. Seit ich mit Jaz zusammen bin, machst du nur Schwierigkeiten!«

»Das nennst du Schwierigkeiten? Du kannst noch ganz andere bekommen, mein Lieber. Vielleicht wird es Zeit, dass ich mein Schweigen breche. Wozu dich noch schützen? Für eine andere? Warum sollte ich!«

»Wovon redest du eigentlich?«

»Wovon wohl, Rhys? Wer ist damals für dich ins Gefängnis gegangen? Hm? Wenn das die Presse erfährt, dann …«

Rhys hebt blitzschnell die Hand und umschließt Christinas Kehle. »Wage es ja nicht, weiterzusprechen. Ich warne dich! Sollte auch nur ein Sterbenswörtchen an die Öffentlichkeit dringen, wirst du die Erste sein, die meine Wut zu spüren bekommt. Dann wirst du dir wünschen, du wärst niemals geboren worden, das kann ich dir versprechen. Und jetzt mach, dass du hier rauskommst, bevor ich mich vergesse! Untersteh dich, mir noch einmal unter die Augen zu treten!«

~

Er schaut mich an, als wäre ich eine Fata Morgana, dann blickt er auf seine Armbanduhr und hebt fragend eine Augenbraue. »Ist etwas mit Rhys?«

»Nein!«, schüttle ich den Kopf und dränge ihn in sein Zimmer. »Nein, aber es ist etwas mit mir. Ich habe nichts zum Anziehen.«

Ich schließe die Tür hinter mir und ziehe das Laken fester um meinen Körper.

»Es tut mir leid, Matt, dass ich dich geweckt habe, aber ich brauche deine Hilfe.«

»Was ist passiert?« Matt ist sofort im Beschützermodus.

»Hast du etwas zum Anziehen für mich? Bitte, irgendetwas.« Ich weiß, dass ich etwas harsch klinge, aber er kann froh sein, dass ich mich noch so in der Gewalt habe und nicht schreie.

Nickend wendet Matt sich um, wühlt in einer Reisetasche und zieht ein T-Shirt und Shorts heraus. Mit dem Kopf nickt er in Richtung Bad. »Dort kannst du dich anziehen.«

Das kühle Wasser tut meinem Körper gut, verdrängt die Taubheit, die mich befallen hat. Draußen wird es langsam hell, und ich habe das Gefühl, als hätte ich seit Tagen nicht geschlafen.

~

»Sie ist hier bei mir.«

»Gib sie mir.«

»Sie duscht gerade.«

»Ich komme sofort zu dir, wie ist deine Zimmernummer?«

»Rhys, das ist im Moment keine gute Idee. Lass ihr einen Augenblick. Ich passe auf und halte dich auf dem Laufenden.«

»Ich muss sie sehen!«

»Beruhigt euch doch erst einmal. Was ist denn überhaupt geschehen?«

»Christina ist geschehen, und ich stehe kurz davor, einen Mord zu begehen.«

»Noch einen?«

»Ich hätte diese Hure niemals retten sollen. Jaz ist es allemal wert, für sie ins Gefängnis zu gehen. Ich muss mit ihr sprechen, ihr erklären, dass ich sie liebe und nur sie.«

»Das weiß sie.«

»Nein, ich habe den Zweifel in ihren Augen gesehen.«

»Komm erst mal runter.«

»Ich komme erst runter, wenn sie wieder bei mir ist, verdammt, ich will sie nicht verlieren!«

Mit einem Fluch beendet Rhys das Gespräch und wirft sein Handy wütend gegen die Wand. Verdammt, wie konnte alles nur so aus dem Ruder laufen?

~

Es klopft an der Badezimmertür, und ich kann nur hoffen, dass Rhys mich nicht schon aufgespürt hat, denn ich bin im Moment viel zu wütend, als dass ich ihm gegenübertreten könnte.

Ich ziehe mich schnell an und öffne.

»Alles okay bei dir?«, fragt Matt, der mit verschränkten Armen am Türrahmen lehnt. Seine Miene ist unergründlich, er trägt mittlerweile eine Jeans und ein Hemd, das er nicht zugeknöpft hat. Seine Haut ist olivfarben, was gut zu seinem braunen Haar passt. Er ist wirklich sehr gut aussehend, auch wenn er nicht mein Typ ist. Nein, mein Typ ist eher jemand, der gerne Prostituierte vögelt!

Angewidert verziehe ich den Mund. »Ja, alles vollkommen in Ordnung!«

»Was machst du dann hier? Wo ist Rhys?«

»Er ist in der Hochzeitssuite und vögelt wahrscheinlich Christina Blanks.«

Matt blinzelt, als hätte er mich nicht richtig verstanden.

»Schau nicht so, du kennst ihn doch. Und du scheinst ja auch diese Frau gut zu kennen. Rhys hat mir die Geschichte erzählt. Ich bewundere, was du für ihn getan hast, aber in meinen Augen hat er so viel Loyalität nicht verdient.«

»Aus dir spricht Wut, jetzt beruhige dich erst mal und erzähl mir, was überhaupt passiert ist.«

Er nimmt meinen Arm und führt mich zu seinem Bett, stopft mir ein Kissen in den Rücken. »Mach es dir ein wenig bequem, ich denke, das wird ein harter Tag.«

~

Nachdem ich meinen Bericht abgeschlossen habe, wobei ich gewisse Dinge aus lauter Scham ausgelassen habe, blickt Matt mich einen Augenblick stumm an. Hilflos sage ich schließlich: »Ich habe keine Chance. Diese Frau wird uns nie in Ruhe lassen, und Rhys ist nicht in der Lage, sie uns vom Hals zu halten. Also werde ich gehen.«

»Du willst ihr so einfach das Feld überlassen?«

»Nein, nicht so einfach. Ich überlasse ihr nicht das Feld, sondern ich schütze mich, mich und mein Herz. Matt, ich kann das nicht. Ich gehe daran kaputt. Ich liebe Rhys, doch er hat diese Liebe offenbar nicht verdient. Er spielt nicht fair. Ich weiß nicht, ob er noch etwas für diese Frau empfindet, er spricht nicht darüber. Aber er ist nicht in der Lage, mich vor ihr zu schützen!«

Traurig schaut Matt mich an, dann legt er den Arm um mich. »Komm her, es war ein langer Tag. Schlaf erst mal ein bisschen, und dann klärst du das mit Rhys.«

»Es gibt nichts zu klären. Auch wenn dies das Letzte ist, was ich will, ich muss mich in Sicherheit bringen, auf Abstand gehen. Was mich am meisten wurmt, ist, dass mein Bruder von Anfang an recht hatte. Rhys tut mir nicht gut, und ich wollte es nicht wahrhaben. Alex hat es schon immer gewusst. Verflucht, ich hasse es, wenn er recht hat!«

Nun kommen mir doch die Tränen, und dafür verachte ich mich. Für meine Schwäche, für meine Liebe zu Rhys, an der ich leiden werde. Ich weine an Matts Schulter, und sein Hemd ist schon ganz nass, doch es scheint ihm egal. Er hält mich, und die Wärme seines Körpers tut mir gut, gibt mir Kraft.

»Kannst du mich nach Hause fahren?«, frage ich und wische meine Tränen mit dem Handrücken weg.

»In Rhys' Apartment?«, fragt Matt überrascht.

»Nein, ich ziehe in das Apartment der Assistentin. Wenn Rhys denkt, ich würde einfach so zur Tagesordnung übergehen, kennt er mich nicht wirklich!«

13

Ich muss mich beschäftigen, sonst drehe ich durch. Ich sehe scheiße aus, doch das ist mir total egal. In Windeseile packe ich meine Sachen und schaffe alles in das kleine Apartment, das Rhys immer schon für seine Assistentin vorgesehen hat. Ich habe bereits einmal darin gewohnt, damals, als ich begann, für Rhys zu arbeiten.

Ich arbeite schnell, denn ich will ihm nicht über den Weg laufen. Ein wenig sollte ich schlafen, doch dafür bin ich viel zu aufgewühlt. Ich ziehe mir Jeans und eine Bluse an, dann nerve ich Matt so lange, bis er mir einen Autoschlüssel überlässt. Er will mich nicht allein fahren lassen, doch ich will auf keinen Fall, dass er Rhys erzählen kann, wohin er mich gefahren hat. Ich muss hier raus, weit genug weg, um atmen zu können.

~

Es ist Samstagmorgen, noch sehr früh, der Verkehr hält sich in Grenzen. Ich bin eine gute Autofahrerin, und der Audi liegt mir. Die Fahrt dauert nicht lange, dank des Navis erreiche ich das Kinderheim ohne Probleme.

Schwester Gabrielle empfängt mich in ihrem Büro.

»Jaz, ich freue mich, Sie zu sehen!« Sie schüttelt meine Hand. Endlich einmal aufrichtige Worte, die Balsam für meine Seele sind.

»Schwester Gabrielle, ich muss mich entschuldigen, dass ich unseren Termin so oft verschoben habe. Elijah wird sicherlich schon ganz ungeduldig sein, weil ich mich so lange nicht gemeldet habe. Aber es ist eine Menge passiert.«

Schwester Gabrielle nickt eifrig. »Ja, ich habe in der Presse von Ihrer Heirat gelesen. Ich möchte Ihnen nachträglich alles Gute wünschen und freue mich, dass Rhys endlich die Liebe gefunden hat.«

»Ja«, ich lächele und versuche, nicht gequält auszusehen, »wir haben uns bemüht, es geheim zu halten, aber das hat nicht ganz geklappt, wie man sehen kann. Ich werde nächste Woche einen neuen Termin mit Carl Trent, dem Architekten, machen, wenn es Ihnen recht ist. Heute würde ich gerne Elijah abholen und mit ihm in den Park gehen.«

»Er wird sich freuen, er wartet bereits seit einigen Tagen ungeduldig auf eine Nachricht von Ihnen.«

~

Wir wandern durch den Park. Es ist frisch, der Herbst hält langsam Einzug, und Elijah trägt einen Schal, weil er leicht erkältet ist. Er ist verstimmt, das sehe ich ihm an, auch wenn er nichts sagt – oder gerade, weil er nicht viel sagt.

»Du bist böse auf mich, habe ich recht?«, frage ich ihn und nehme seine Hand in meine.

»Ich habe gedacht, dass du mich vergessen hast. Du hast mich nie angerufen, mich nicht besucht.« Er hebt resigniert die Schultern.

Ja, er hat recht. Wie soll er auch verstehen, was alles geschehen ist, seit wir uns das letzte Mal sahen?

»Du hast jedes Recht der Welt, sauer zu sein. Es tut mir leid, dass ich mich nicht so oft gemeldet habe, wie ich gerne wollte. Aber ich hatte so wenig Zeit. Elijah, ich möchte nicht, dass du denkst, ich könnte dich je vergessen!«

Er schaut mich aus seinen klaren Augen an, und ich schmelze wie Butter in der Sonne. Er hat den gleichen Blick wie sein Vater.

»Dir geht es aber auch nicht gut. Du lachst nicht so wie sonst.«

Was für ein aufmerksamer Beobachter!

»Doch, mir geht es sogar sehr gut. Weißt du, Rhys und ich haben vor einigen Wochen geheiratet. Das ist auch der Grund, warum ich so wenig Zeit hatte.«

Ich hätte jetzt mit einem Lächeln gerechnet, doch das bleibt aus.

»Was ist, findest du diese Neuigkeit nicht so gut?«

Erst sagt er eine ganze Weile nichts, und wir laufen schweigend nebeneinanderher. Doch dann drückt er meine Hand und lässt sie plötzlich los. »Dann wirst du ja bald ein eigenes Kind haben!«, meint er bedrückt.

»Nein, wie kommst du nur darauf?«

»Aber das ist doch immer so! Erst heiraten Menschen, und dann bekommen sie Kinder. Dann wirst du keine Zeit mehr haben, mich besuchen zu kommen!«, ruft er laut und verzweifelt, nimmt seine Beine in die Hand und läuft los.

Ich komme gar nicht hinterher, der Junge ist unheimlich flink. Für sein Alter hat er lange Beine, die er verflucht schnell bewegen kann.

»Hey, Elijah, warte doch! So ist es doch gar nicht! Bleib endlich stehen!« Ich bekomme ihn schließlich an einem Arm zu fassen.

»Warte doch!«

Er hält an und blickt zu mir auf. Dicke Tränen haben sich in seinen Augen gebildet.

»O Gott, nicht weinen, mein Schatz! Es wird alles gut, glaube mir. Bevor ich ein eigenes Kind bekomme, werde ich zusehen, dass ich eines zu mir nehme, das mir sehr ans Herz gewachsen ist.«

Schniefend holt er Luft. »Ja, und wer soll das sein?«

Ich blicke ihn an und muss lächeln. Sein Gesicht ist verweint, aber er sieht zum Knutschen aus. »Ich meine dich, mein Schatz.

Es wird nicht mehr lange dauern, dann wirst du bei mir wohnen.«

»Du meinst, bei dir und Rhys?«

Ich stocke. Wohl eher nur bei mir, aber das muss ich ihm jetzt nicht auf die Nase binden.

»Ja, natürlich.«

»Wie eine richtige Familie?«

»Wie eine richtige Familie!«

Hüte dich vor deinen Versprechungen!, schießt es mir durch den Kopf, doch ich kann ihn nicht enttäuschen. Jetzt nicht mehr.

»O Jaz, ich habe dich so lieb!« Er wirft seine Arme um mich, drückt sich ganz fest an meinen Körper. »Aber du hättest anrufen können!,« schluchzt er, dennoch höre ich die Freude in seiner Stimme.

»Ja, das hätte ich. Weißt du was? Ab sofort rufe ich dich jeden Tag an, und du erzählst mir, was du so gemacht hast. Wäre das okay für dich?«

»Ich glaube, ich darf nicht so oft das Telefon von Schwester Gabrielle benutzen.«

»Dann kaufen wir dir ein Handy. Dann kann ich dich jederzeit erreichen und du mich. Was meinst du?«

Elijah sieht mich mit großen Augen an. »Ein richtiges eigenes Handy?« Er reißt die Augen weit auf, und auch sein Mund bleibt offen stehen.

»Ja, los, lass uns ein Handy kaufen gehen!« Mit großen Schritten machen wir uns auf den Weg.

~

»Was heißt das, sie ist mit dem Auto weg? Wohin? Wieso hast du sie allein fahren lassen? Mensch, Matt, du hast deine Anweisungen!«

Rhys steht in seiner Wohnung und kann nicht glauben, was er von Matt zu hören bekommt.

»Sie hat nach einem Auto verlangt, und ich habe ihr den Audi gegeben. Es ist ein sicheres Auto. Was hätte ich denn sagen sollen? Dass ich ihr keins geben darf?«

»Hat sie gesagt, wohin sie wollte?«

»Ich weiß es nicht und denke, sie hat es mir mit Absicht nicht mitgeteilt. Sie weiß, dass ich dir Bericht erstatte.«

»Ihre Sachen sind weg. Ich kann nur hoffen, dass sie nicht wieder abgehauen ist, denn sonst werde ich ihr wirklich den Hals umdrehen! Und dann dir!«

Er ist außer sich, und Matt kann ihn nur mit Mühe beruhigen.

»Jetzt warte doch erst einmal ab. Sie sagte mir, dass sie in das kleine Apartment ziehen will. Lass uns nachschauen, ob ihre Sachen dort sind.«

Matt geht durch die Tür des Fitnessraums, der die Verbindung zu dem kleinen Apartment herstellt.

Rhys folgt ihm fluchend. »Verdammt, tu ich eigentlich noch irgendetwas anderes, als dieser Frau hinterherzulaufen?«

»Kannst du es ihr verdenken?«, fragt Matt mit einem Blick über seine Schulter.

»Auf wessen Seite stehst du eigentlich?«

»Hier sind ihre Sachen.« Matt öffnet die Schränke im Schlafzimmer, die mit Jazmans Kleidung gefüllt sind.

»Okay, sie hat mich also nicht verlassen, sondern will nur nicht in einem Raum mit mir schlafen.«

»So sehe ich das auch. Gib ihr ein wenig Zeit, Rhys. Sie liebt dich, aber es ist schwer für sie, mit Christina klarzukommen. Bewahre die Ruhe, Mann.«

»Das ist nicht so leicht. Du kannst das nicht nachvollziehen, du hast noch nie so geliebt!«, flüstert Rhys leise und setzt sich auf das Bett, die Arme auf die Knie gestützt.

»Doch, Rhys. Das habe ich.« Matts Stimme ist tonlos, als er den Raum verlässt.

Verwirrt schaut Rhys ihm nach und spürt, dass er zu weit gegangen ist. Wenn er genau darüber nachdenkt, gibt es nicht viel, was er wirklich über Matt weiß. Er ist seit Kindertagen sein Freund, hat ihm in vielen Situationen zur Seite gestanden, doch was Matt in den letzten Jahren in seinem Privatleben getrieben hat, kann Rhys nicht sagen. Er war wirklich ein mieser Freund!

Wie soll es ihm nur gelingen, Jazman Zeit zu lassen? Sie ist seine Frau, sie gehört zu ihm! Er muss ihr erklären, dass er nichts damit zu tun hat, dass Christina in der Suite aufgetaucht ist! Dieses Problem muss er lösen, und er hat das Gefühl, dass er einfach nicht allein damit fertig werden wird. Er braucht Hilfe, und zwar sofort.

Mit zusammengepressten Lippen tippt er eine SMS in sein Handy und drückt auf Senden.

14

Nachdem ich Elijah abgesetzt habe, führe ich noch ein langes Gespräch mit Schwester Gabrielle. Ich erzähle ihr, dass ich mich mit dem Gedanken trage, Elijah zu mir zu nehmen. Auch sie geht davon aus, dass Rhys mit von der Partie ist, jetzt, wo wir verheiratet sind. Das sehe ich im Augenblick ganz anders, doch ich lasse sie in diesem Glauben. Für mich ist nur eins wichtig, nämlich dass Elijah endlich die Familie erhält, die ihm so lange verwehrt blieb. Ich will ihm diese Familie geben, mit oder ohne Rhys.

Das kleine Apartment ist unverändert, als ich wieder heimkomme. Nun, es wird etwas eng, wenn Elijah hier einziehen sollte, aber es gibt noch den großen Fitnessraum, aus dem man locker zwei weitere Zimmer machen könnte.

Ich öffne die Verbindungstür, um mir den Raum genauer anzusehen, und erstarre. Rhys läuft auf dem Laufband mit Sicht auf den Park. Vermutlich hat er eine Bewegung wahrgenommen oder die Tür gehört, jedenfalls wendet er den Blick über seine Schulter und schaut mich an.

Ich bleibe wie erstarrt stehen. Er ist unrasiert, sieht müde aus, als hätte auch er letzte Nacht nicht geschlafen. Dann weiß er zumindest, wie es mir geht.

Ich schlucke und bringe ein müdes »Hi!« heraus.

Rhys räuspert sich. »Hi!« Er stellt das Laufband ab und wischt sich mit einem Handtuch den Schweiß von der Stirn.

»Wie geht es dir?«, fragt er sanft, bleibt aber an der Hantelbank stehen, als wolle er mir einen gewissen Freiraum geben, wofür ich ihm sehr dankbar bin.

»Ich bin wütend. Immer noch. Hast du geschlafen?«, frage ich ihn, um von mir abzulenken.

Nachdenklich schüttelt er den Kopf. »Du weißt, dass ich ohne dich nicht schlafen kann.«

Ich schlendere hinüber zum anderen Ende der Hantelbank und lasse mich darauf nieder. Plötzlich fühle ich mich alt und müde.

Langsam kommt Rhys zu mir herüber und lehnt sich an den Crosstrainer. Er ist mir nah, aber nicht zu nah.

»Das war wirklich eine denkwürdige Hochzeitsnacht, oder?«, frage ich und verziehe den Mund zu einer Grimasse.

»Das war nicht unsere Hochzeitsnacht. Die hatten wir in Vegas, und die war wunderschön.«

Ja, da hat er verdammt recht.

»Was auch immer du von mir denken magst, Jaz. Es ist nicht so, wie Christina dir weismachen wollte. Ich verspreche dir, dass es zwischen uns keine Geheimnisse mehr geben wird. Ich werde mich dir vollkommen ausliefern. Wir haben heute Abend eine Verabredung mit jemandem, der uns helfen wird.«

»Wir?«

»Ja, ich möchte, dass du dabei bist. Tu mir bitte diesen Gefallen.«

Kurz überlege ich, dann nicke ich zustimmend. »Wenn du mir im Gegenzug auch einen Gefallen tust.«

»Jeden, den du von mir verlangst.«

»Ich möchte, dass du dieses Zimmer räumst, weil ich es brauche.«

Vermutlich hat Rhys mit vielem gerechnet, damit aber nicht. Er hebt überrascht eine Augenbraue.

»Wofür?«

»Für Elijah. Ich möchte, dass er bei mir einzieht.«

Rhys' Ausdruck könnte nicht überraschter sein. »Bei dir einzieht? Er ist mein Sohn!«

»Ja, aber ich bin es, die sich um ihn kümmert, ich will ihn zu mir holen.«

»Du meinst zu uns. Wir können diesen Raum zu seinem Zimmer herrichten. Er ist groß genug, hier hätte er Platz zum Spielen, für sein Bett und einen Schreibtisch. Aber ich möchte, dass wir zusammenleben, alle in meinem Apartment. Was hältst du davon, wenn wir das Gästezimmer für Elijah herrichten? Dann wäre er in unserer Nähe. Ich habe kein gutes Gefühl, wenn er hier unten alleine schläft.«

Ich überlege kurz und muss zugeben, dass an Rhys' Überlegungen etwas dran ist. Sein Vorschlag beinhaltet aber, dass ich mit ihm zusammenbleibe. Ist das ein Trick, damit er mich wieder in sein Bett bekommt?

»Du hast also nichts dagegen, dass Elijah bei uns leben wird?«

»Es war meine Idee, ihn zu uns zu holen, wenn du mich heiratest. Du hast deinen Teil erfüllt, nun bin ich an der Reihe, mein Versprechen zu halten.«

Einen kurzen Augenblick lang herrscht Schweigen, dann frage ich: »Wo sind die Papiere der Banker?«

»Drüben in meinem Arbeitszimmer. Warum?«

»Ich werde sie unterschreiben, so, wie du es wolltest.«

»Warum? Woher kommt dieser Sinneswandel?«

»Ich habe vor, Elijah zu adoptieren, und so ist sichergestellt, dass er nicht mittellos ist, falls mir etwas passieren sollte.«

»Warum gehst du davon aus, dass dir etwas passieren könnte? Ich sorge doch für deine Sicherheit.«

»Bei deinem Umgang bezweifele ich, ob du der Aufgabe gewachsen bist.«

Er lächelt müde und nickt stumm mit dem Kopf.

~

Das Restaurant liegt in einer stillen Seitengasse, etwas versteckt, aber es scheint ausgebucht. Man muss an der Tür läuten, um Einlass zu bekommen. Im ersten Moment halte ich es für einen

Privatclub, doch es stellt sich als ein sehr nobles Restaurant heraus.

»Wie gefällt es dir hier?«, fragt Rhys, nachdem wir Platz genommen haben und ein freundlicher Kellner uns die Speisekarte reicht. Natürlich stehen in meiner keine Preise, wie es in wirklich guten Restaurants üblich ist.

Ich schaue mich prüfend um und finde die Atmosphäre ansprechend und behaglich. »Sehr gut, warum fragst du?«

Rhys schlägt die Speisekarte zu und meint leise: »Ich habe das Restaurant gekauft.«

»Was? Wann?«

»Vor zwei Tagen. Es wurde mir angeboten, und ich habe zugegriffen.«

»Warum?«

»Es hat hervorragende Bilanzen, und ich finde, es ist etwas, womit wir uns beschäftigen sollten. Wir sollten unseren Horizont erweitern, warum nicht auch im geschäftlichen Bereich?«

Der Kellner tritt an unseren Tisch, im Schlepptau einen Mann, den ich schon einmal gesehen habe.

»Jazman, erinnerst du dich an Walter? Ich glaube, ihr kennt euch bereits.«

»Walter, meine Frau Jazman.«

O ja, und ob ich Walter kenne. Er hat geholfen, Hunter wie einen Schoßhund vorzuführen, etwas, was ich Rhys bis heute nicht ganz verzeihen kann.

»Schön, Sie wiederzusehen, Mr. ...?«, frage ich und schüttle seine Hand.

»Nur Walter, Mrs. Cunningham.«

Ich nicke ihm zu, und wir setzen uns und geben die Bestellung auf.

»Walter, Jaz und ich benötigen Ihre Hilfe. Die Situation ist wirklich bedrohlich«, er schaut mich an, »bedrohlich für unsere Ehe.«

»Können wir Ihnen vertrauen, Walter?«, frage ich. Immerhin hat dieser Mann auch schon einmal *gegen* mich gearbeitet, als er ohne mein Wissen meine Vergangenheit durchleuchtete.

Walter nickt, ohne ein Wort zu sagen. Es ist offensichtlich, dass auch er sich genau an mich erinnert. Die pikanten Details meiner Affäre, die er damals in einem Dossier für Rhys zusammenfasste, hat er sicher nicht vergessen. Walter scheint so gut wie keine Verlegenheit zu spüren. Das ist zwar etwas verwirrend für mich, aber es gibt mir gleichzeitig das Gefühl, als hätte ich es hier mit einem eiskalten Profi zu tun. Auf eine verwirrende Art beruhigt mich das plötzlich. Vielleicht ist er genau derjenige, den wir brauchen.

»Erzähl es ihm!«, sage ich und nicke Rhys zu.

Nach der Vorspeise ist Walter informiert, beim Hauptgang stellt er einige Fragen, die ihm helfen sollen, die Sachlage zu verstehen.

»Also, was vermuten Sie, Mr. Cunningham, warum veranstaltet diese Frau solch ein Theater?«, fragt Walter freiheraus.

»Sie gibt vor, mich zu lieben, doch ich glaube das nicht. Es muss jemand anderer dahinterstecken, und wir müssen herausbekommen, wer dieser Jemand ist.«

»Haben Sie irgendwelche Vermutungen? Was ist mit diesem Musiker, den ich beschatten soll?«

Abrupt lasse ich mein Besteck sinken. »Du lässt Paul beschatten?« Ich kann es nicht fassen.

»Ich muss sichergehen, dass er auf meiner Seite steht. Das hat nicht wirklich etwas mit dir zu tun. Jaz, wenn es keine Geheimnisse mehr zwischen uns geben soll, dann musst du auch mit ihnen umgehen können, wenn du sie erfährst.«

»Was für Geheimnisse hast du noch?«, frage ich nüchtern. Mittlerweile wird der Nachtisch serviert.

»Keine, Darling, jedenfalls nicht, dass ich wüsste. Walter hat zumindest keine weiteren Aufträge von mir.«

Ich schaue Walter an, der mit einem Nicken Rhys' Behauptung bestätigt.

Am Eingang wird es mit einem Mal hektisch, und mehrere Männer in schlecht sitzenden Anzügen betreten den Raum.

»Polizei!«, flüstert Walter.

Ohne lange zu überlegen, steuern die Männer auf unseren Tisch zu.

»Rhys Cunningham?«

Als Rhys nickt, zückt einer der Beamten seinen Ausweis, »Max Clemente vom NYPD. Ich muss Sie bitten, mich zu begleiten. Gegen Sie liegt eine Anzeige wegen Vergewaltigung vor.«

»Was? Das muss ein Irrtum sein!«, rufe ich, doch die Beamten beachten mich überhaupt nicht.

»Bitte erheben Sie sich und legen Sie die Hände auf den Rücken.« Ohne zu zögern, reißen sie Rhys von seinem Stuhl und legen ihm Handschellen an, mitten im Restaurant.

Alle Augenpaare sind auf uns gerichtet, als Rhys wie ein Verbrecher abgeführt wird.

»Walter, rufen Sie James Dixon, meinen Anwalt, an, er soll mich auf dem Revier treffen!«, ist das Letzte, was ich von ihm höre, als er durch die Eingangstür abgeführt wird.

Das Klicken einiger Smartphones, die auf uns gerichtet sind, nehme ich nur am Rande wahr. Voller Panik blicke ich Walter an.

»Walter, Sie müssen uns helfen!« Meine Stimme droht zu kippen.

»Keine Angst, Mrs. Cunningham, es kann sich nur um einen Irrtum handeln.« Er zückt sein Handy und wählt eine Nummer, spricht leise, bezahlt gleichzeitig die Rechnung und führt mich aus dem Lokal.

»Ja, wir treffen uns in zwanzig Minuten auf dem Revier.«

Er beendet das Gespräch und führt mich zu seinem Auto. »Ich werde Sie zuerst nach Hause fahren.«

»Auf keinen Fall!«, widerspreche ich. »Ich werde meinen Mann nicht allein lassen!«

»Mrs. Cunningham, ich glaube nicht, dass Ihr Mann ...«

»Lassen Sie um Himmels willen diese förmliche Anrede! Ich heiße Jaz, okay? Und jetzt bringen Sie mich verdammt noch mal zu Rhys!«

15

Wir warten auf dem Flur des schlecht beleuchteten Polizeireviers, als ein großer, gutgekleideter Mann zu uns tritt.

»Walter, ist er noch drin?«

Walter schüttelt die Hand des Fremden und stellt mich vor. »Jaz, darf ich Ihnen James Dixon vorstellen? Er ist seit mehr als fünfzehn Jahren der Anwalt Ihres Mannes. James, das ist Jazman Cunningham, Rhys' Frau.«

Dixon schenkt mir ein beruhigendes Lächeln. »Herzlichen Glückwunsch, Mrs. Cunningham, ich habe in den Medien von Ihrer Heirat gehört. Ich habe meine Kontakte angezapft und herausbekommen, dass Rhys von einer Frau namens Christina Blanks angezeigt wurde.«

»Ich wusste, dass sie dahintersteckt!«, murmele ich leise.

»Sie kennen diese Frau?«

»Ja«, nicke ich, »wann soll das passiert sein?«

»Heute Morgen, gegen halb fünf.«

»Heute Nacht war mein Mann die ganze Zeit mit mir zusammen.«

Überrascht schauen Walter und Dixon mich an.

»Sie meinen, zu dieser Zeit haben Sie nebeneinander geschlafen?«

»Nein, wir hatten gestern Abend unseren Hochzeitsempfang, der bis circa vier Uhr morgens ging, danach haben wir uns gestritten und sind nach Hause gefahren. Wir haben uns bis neun Uhr morgens ausgesprochen.«

»Und Sie sind sich mit den Zeitangaben sicher?«

»Vollkommen. Ich hatte um zehn Uhr einen Termin mit Schwester Gabrielle, der Leiterin des Kinderheims St. Francis.

Zu diesem Zeitpunkt habe ich meinen Mann erst verlassen. Das können Sie gerne überprüfen. Diese Anzeige ist nichts weiter als die Rache dafür, dass Rhys mich geheiratet hat. Diese Frau hat schon öfter versucht, meinen Mann und mich auseinanderzubringen. Sie ist gestern in unsere Suite im Waldorf Astoria eingedrungen, und mein Mann hat sie aus dem Zimmer geworfen. Danach hat er mich in unser Apartment gefahren. Ich war die ganze Zeit mit ihm zusammen.«

»Das würden Sie auch unter Eid aussagen?«

»Natürlich!« Ich zucke mit keiner Wimper.

»Jaz, Sie wissen, welche Konsequenzen eine Falschaussage hat?« Walter greift nach meiner Schulter.

»Ich sage die Wahrheit. Mein Mann war die ganze Nacht und den nächsten Morgen mit mir zusammen.«

~

Nach mehr als vier Stunden verlässt Rhys zusammen mit mir und seinem Anwalt das Polizeigebäude.

»Ich danke Ihnen, James, dass Sie mich da so schnell herausgeholt haben.«

»Danken Sie nicht mir, sondern Ihrer Frau. Sie hat mit Ihrem Alibi dafür gesorgt, dass die Anklage gegen Sie vermutlich fallengelassen wird. Ich werde mich weiter um die Sache kümmern und mich melden, sobald es etwas Neues gibt.«

Er schüttelt uns beiden die Hände und macht sich auf den Weg.

Walter hat sich bereits vor zwei Stunden verabschiedet, um einige Dinge zu überprüfen. Er wollte mich nach Hause fahren, doch ich wollte unbedingt auf Rhys warten. Keine Macht der Welt hätte mich von hier weggebracht.

»Danke, dass du auf mich gewartet hast.« Rhys steht auf der Straße, die nass von einem Regenschauer ist, und atmet die

Luft tief ein. Er hat die Hände tief in den Taschen seiner Hose vergraben, schaut sich suchend nach einem Taxi um.

»Warum sollte ich nicht mehr hier sein? Na gut, anfangs war ich so verzweifelt, dass ich dich verlassen wollte, das gebe ich zu. Aber dann erschien mir das einfach zu ... radikal. Ich kann einfach nicht glauben, dass du wirklich wusstest, Christina würde in unserer Suite auftauchen. Ich gebe zu, dich da stehen zu sehen, während sie an dir herumfingerte, das war mehr, als ich verkraften konnte, aber dann ...« Ich schüttle den Kopf. »Nein, ich möchte wissen, was sie zu dem treibt, was sie tut. Ich möchte wissen, warum sie dich vernichten will und mich gleich mit. Denn etwas anderes kann einfach nicht dahinterstecken. Die Schlampe lügt, und ich will wissen wieso.«

»Ich auch«, meint er angespannt und pfeift ein Taxi herbei.

Plötzlich bricht ein Blitzlichtgewitter los, und in Sekunden sind wir von Reportern umgeben, die aufdringlich ihre Fragen durcheinanderschreien. Wortlos stößt Rhys mich in das Taxi, das uns nach Hause bringen soll.

Seine einzige Antwort auf die Fragen der Reporter ist: »Kein Kommentar!«

~

Als sich die Fahrstuhltür zu unserem Apartment öffnet, steht Matt vor uns.

»Verdammt, Rhys, was ist los? Es kam bereits in den Nachrichten, dass du verhaftet wurdest. Das Internet ist voll davon. Du hättest nicht ohne mich das Haus verlassen sollen. Was wird dir vorgeworfen?«

Fast wütend blickt er Matt an. »Christina! Sie hat mich wegen Vergewaltigung angezeigt.«

»Und wann soll das angeblich stattgefunden haben?«

»Gestern Morgen.«

»Aber da ...«

»Ja, genau!«, unterbreche ich Matt. »Du kannst doch sicherlich bezeugen, dass ich die ganze Nacht und den Morgen mit Rhys zusammen war. Nach unserem Streit sind wir gemeinsam in unsere Wohnung gefahren. Habe ich recht?« Ich blicke ihn eindringlich an und sehe, wie es hinter seiner Stirn arbeitet.

»Du weißt es deshalb so genau, weil du uns hierherbegleitet hast, nicht wahr, Matt?« Meine Stimme ist schneidend, und ich lasse ihn nicht eine Sekunde aus den Augen.

Matt blinzelt, dann nickt er. »Natürlich, so ist es gewesen. Ich habe euch gegen halb fünf morgens hierhergefahren und habe eure Stimmen bis in mein Apartment gehört.«

Ich nicke und schenke ihm ein düsteres Lächeln. »Das ist es, was ich hören wollte.«

Auch Rhys nickt Matt zu und schiebt mich ohne ein weiteres Wort in unsere Wohnung.

Die Tür fällt donnernd ins Schloss.

~

Auf direktem Weg läuft Rhys ins Wohnzimmer zur Bar, wo er sich ein Glas mit goldbrauner Flüssigkeit einschenkt und es in einem Zug leert. Er gießt nach und fragt, ohne mich anzublicken: »Möchtest du auch einen?«

Fragend blicke ich auf sein Glas.

»Bourbon, dein Freund und Helfer. Du hast keine Ahnung, wie viele Flaschen mich durch die ersten Jahre gebracht haben, nachdem Matt ins Gefängnis gegangen ist.«

»Trinkst du deshalb kaum noch?«, frage ich vorsichtig. Ich nehme ihm das Glas aus der Hand und trinke den Inhalt, der mir brennend die Kehle hinunterläuft. Während sich ein warmes Gefühl in meinem Bauch ausbreitet, nehme ich Rhys die Flasche aus der Hand und stelle sie zurück an ihren Platz. Das Glas bringe ich hinüber in die Küche.

»Warum?« Rhys steht plötzlich ganz nah hinter mir, ich kann ihn förmlich spüren, auch wenn er mich nicht berührt.

»Warum was?«

»Warum hast du das für mich getan? Für mich gelogen? Andere dazu angestiftet, für mich zu lügen?«

Weil ich dich liebe, geht es mir durch den Kopf, doch ich kann es nicht laut aussprechen. Die Worte wollen mir einfach nicht über die Lippen.

»Weil ich weiß, dass du nicht getan hast, was man dir zur Last legt.«

Nun drängt er mich mit seinem Körper gegen die Spüle. »Bist du dir da ganz sicher?«, fragt er heiser an meinem Ohr, und ich rieche leicht den Alkohol.

Abrupt drehe ich mich um und starre ihm in die Augen. »Ganz sicher!«, sage ich mit fester Stimme.

»Verdammt, Jaz! Weißt du, was mit dir geschieht, wenn diese Lüge auffliegt? Deine Geschichte, die du dir da zusammengelogen hast, ist hauchdünn. Sie ist so gut wie nichts wert. Löchrig wie ein Schweizer Käse. Überall gibt es Überwachungskameras, die bezeugen können, dass du allein mit Matt hier angekommen bist. Dass ich das Hotel erst gegen acht Uhr verlassen habe, als ich ausgecheckt habe. Dein Lügengebilde wird in sich zusammenbrechen wie ein Kartenhaus. Warum lügst du also für mich?« Er brüllt inzwischen so laut, dass die Wände wackeln, und das wiederum bringt mich in Rage.

»Weil ich dich liebe, du verdammter Idiot! Weil ich nicht will, dass du wegen dieser Hure ins Gefängnis musst! Ich will dich nicht verlieren! Geht das endlich in deinen Schädel rein?«

Ich brülle ebenfalls und will an ihm vorbei, ich brauche Raum, um meinem Ärger Luft zu verschaffen, doch Rhys zieht mich an der Hand zu sich heran. »Sag das noch mal!«

»Was?«

»Das, was du gerade gesagt hast!«

Seine Augen funkeln mich dunkel an, und ich sehe nicht nur Wut darin. Es ist etwas anderes, was die Oberhand gewinnt – Stolz, Liebe und Begehren.

»Ich liebe dich, und ich will dich nicht verlieren!«, wiederhole ich flüsternd.

»Ist das die Wahrheit?«

»Die reine Wahrheit, so wahr mir Gott helfe!«

Mit scheinbar letzter Kraft reißt er mich in seine Arme und küsst mich, als würde sein Leben davon abhängen. Der Kuss wird nur durch ein Knurren aus seiner Brust unterbrochen, das sich mit meinem Stöhnen mischt. Eine Hand fährt durch mein Haar, die andere macht sich an meiner Bluse zu schaffen. Ich spüre, wie mich die Lust durchfährt. Genau das ist es, was ich jetzt brauche, um die aufgestaute Spannung zu entladen.

Ich zerre das Jackett von seinen Schultern, löse die Krawatte, während ich diesen großen Mann Richtung Treppe dränge. Bevor ich wirklich begreife, was geschieht, hebt er mich über seine Schulter und trägt mich in das Schlafzimmer hinauf. Vor dem Bett lässt er mich langsam an seinem Körper hinabgleiten. Während er meine Hose öffnet, gibt er ein Raunen von sich. Ich ziehe meine Bluse aus und öffne rasch den BH.

Als Rhys meine nackten Brüste sieht, gleitet seine Hüfte nach vorn, und ich spüre, wie steif er ist. Er blickt mich an und erkennt, dass ich weiß, was in ihm vorgeht. Mit zitternden Händen löse ich seinen Gürtel, öffne die Hose und ziehe sie ihm samt Pants aus. In Sekunden sind wir beide nackt.

»Du weißt, dass das hier kein zärtlicher Versöhnungssex wird?«, fragt er mich, und seine Stimme scheint ihm nicht gehorchen zu wollen.

»Das will ich hoffen!«, erwidere ich, und auch meine Stimme ist nun tiefer als gewöhnlich.

Ich kann einfach nicht aufhören, ihn zu berühren, meine Finger gleiten seine Brust entlang, fahren hinunter zu seinem Sixpack, während mein Mund sein Kinn küsst, eine Bahn über seinen Oberkörper fährt, bis ich mich auf die Knie hinunterlasse.

»Leg dich auf das Bett!«, befehle ich und bin selbst erstaunt über meinen harschen Ton. Doch zu meiner Verwunderung überlässt Rhys mir die Führung und folgt meinen Anweisungen.

Er legt sich rücklings aufs Bett, so, dass seine Beine noch den Boden berühren. Er weiß, was ich vorhabe.

Als ich eine Hand um seine Erektion schließe, zieht er zischend die Luft ein.

»O Gott, das fühlt sich genial an.«

»Es wird gleich noch besser!«, murmele ich und schließe meine Lippen um seine Spitze. Er zuckt in meiner Hand, als würde er um mehr betteln. Das kann er gerne haben. Ich schließe meine Lippen fester um ihn, lass ihn tiefer in meinen Mund ein und sauge verführerisch. Ich stöhne dabei, denn diese Art von Nähe hat etwas, was mir keine andere Berührung geben kann. Rhys' lautes Keuchen lässt mich mutiger und kühner werden. Fest sauge ich, bewege meinen Kopf rhythmisch.

»Ja, Darling! Gib mir mehr!«, ruft er, und es erfüllt mich mit Freude, ihn so hemmungslos zu erleben. Er bewegt seine Hüften im selben Rhythmus, in dem ich mich bewege. Plötzlich stützt er sich auf den Ellbogen auf, hält in seiner Bewegung inne. »Nicht mehr bewegen, sonst komme ich!«, mahnt er mich, und ich lasse von ihm ab, denn ich will noch nicht, dass es vorbei ist, nicht so schnell.

Er packt mich und zieht mich auf das Bett, spreizt meine Beine und küsst sich eine Spur meinen Oberschenkel entlang, bis zu meiner Mitte. Mein Herz rast so wild, als wolle es aus meiner Brust springen.

»Du bist so feucht! Ich habe nie etwas Schöneres gesehen! Ich wollte, ich könnte dieses Bild in einer Skulptur festhalten.«

Mit einem Finger fährt er meine Spalte entlang und dringt dann in mich ein. Verdammt, es fühlt sich toll an, und Rhys dabei in die Augen zu schauen, erhöht meinen Puls. Sanft bewegt er seinen Finger, nimmt kurz darauf einen weiteren hinzu.

»Oh, ja!«, stöhne ich laut.

»Das gefällt dir?«

»Ja!«, keuche ich.

»Willst du mehr?«

»Ja, bitte! Gib mir alles!«

»Dann bekommst du auch alles!«, presst er hervor und dreht mich auf den Bauch.

Er gleitet von hinten über mich und bedeckt mich mit seinem ganzen Körper. Es gibt kaum eine Stelle, an der wir uns nicht berühren. Er gleitet in mich hinein, grob, fest, aber ohne mir weh zu tun. Es ist genau die Dosis, die ich brauche, die richtige Dosis Rhys.

Meine Finger krallen sich in das Laken, und Rhys legt seine Hände darauf. Selbst dieser Kontakt erregt mich.

Pulsierend spüre ich ihn in mir, seine Lippen an meinem Ohr flüstern: »Du bist mein, und nichts auf der Welt kann dieses Band zerstören, hörst du?«

»Ja!«, stöhne ich, während ich seine Stöße aufnehme. Immer fester schiebt er sein Becken vor, so dass unsere Haut nur so aufeinanderklatscht. Als würde der Rhythmus unserer Liebe, unseres Lebens, von Applaus begleitet.

Als Rhys sich aus mir zurückzieht und vor mich kniet, zieht er mich an den Hüften mit, damit ich mich auf den Unterarmen abstützen kann. Er greift nach seinem Schaft und reibt ihn meine Spalte entlang. Langsam, bis ins Unerträgliche, stimuliert er mich. Ich stöhne, habe keine Kontrolle mehr über meine Stimme, meine Gefühle, mein Sein. Mein Körper wird einzig und allein von Rhys und seinem Schwanz beherrscht, sie setzen meinen Verstand außer Kraft. In diesem Moment wird mir klar, dass ich ihm gehöre, nur ihm allein, was auch immer kommen mag. Hiernach habe ich ein Leben lang gesucht – nach einem Menschen, zu dem ich gehöre, dem ich ganz gehöre!

Rhys' Hände wandern von meinen Hüften meinen Rücken hinauf und massieren ihn. Sein Schwanz presst sich gegen meinen Po. Ich würde ihn am liebsten anflehen, ihn endlich in mir zu versenken!

»Gefällt dir das, mein Schatz?«

»Ja!«, keuche ich.

»Möchtest du mehr?«

»Ja, viel mehr!« Meine Stimme gleicht einem wimmernden Flehen. Ich will, dass er weitermacht, dass er mich nimmt, mir zeigt, wer das Sagen hat.

Er lacht hart auf, und ich spüre einen Schlag auf meiner rechten Pobacke. Es ist nicht fest, zwiebelt nur kurz, danach geht das kribbelnde Gefühl in ein anregendes über. Ich halte die Luft an, oder stöhne ich doch laut auf? Ich weiß es nicht. Ich weiß nur, dass ich ihm mein Becken und meinen Hintern noch mehr entgegenstrecke, ich will mehr davon, ich brauche jetzt einfach alles, was Rhys mir geben kann, so hart und so lange, wie nur eben möglich.

Rhys scheint genau zu verstehen, was ich brauche. Ich höre ihn tief aufstöhnen. Als er ein weiteres Mal zuschlägt, höre ich mich nach mehr wimmern, was ihn noch weiter anfeuert.

Er beugt sich zu mir hinunter. »Ich weiß, dass dir das gefällt, und dass du mehr davon willst. Habe ich recht?« Die Frage ist leise, und ich höre sie kaum, denn das Blut rauscht in meinen Ohren wie verrückt. Ich kann mich ihm nicht noch mehr entgegenstrecken, als ich es ohnehin schon tue, und er kann nicht noch fester in mich stoßen, als er es jetzt endlich tut.

»Fester!«, bettele ich und erkenne mich nun wirklich nicht mehr wieder. Aber auch ihn kaum noch, als er knurrt: »Du bekommst alles, was du von mir willst!«

»Ja!«, keuche ich, während er immer härter in mich hineinstößt. »Mehr!«

Ein weiterer Schlag folgt, der mich aufschreien lässt.

Unerwartet zieht Rhys mich plötzlich hoch an seine Brust und nimmt etwas Tempo heraus.

»Du hast wirklich keine Vorstellung davon, wie sehr du mich anmachst, Jazman Cunningham! Ich liebe dich! Das ist etwas, das sich nie mehr ändern wird, das schwöre ich dir!«

Dann greift er zärtlich zu meinen Brüsten, knetet sie, im stetig ansteigenden Tempo, während seine Stöße wieder schneller werden.

»Ich kann mich nicht mehr zurückhalten, Jaz! Ich komme jetzt!« Er presst die Worte zwischen zusammengebissenen Zähnen hervor.

Ich spüre, dass er es noch nicht möchte, doch er ist nicht mehr Herr über seinen Körper, ebenso wenig, wie ich meinen kontrollieren kann. Etwas hat die Führung über uns übernommen, das ich nicht greifen kann, was für mich nicht in Worte zu fassen ist. Etwas, das ich nur mit Lust und leidenschaftlicher Gier nach dem anderen beschreiben kann.

Als unser Orgasmus über uns hinwegbrandet, erscheint mir der Gedanke, Rhys für immer verlassen zu wollen, so kindisch und unüberlegt, dass ich den Kopf zurückwerfe und befreit lache.

~

Die Person, die sich unerlaubt Zugang zu Rhys' Wohnung verschafft hat, steht an der Treppe, die nach oben führt. Sie lauscht auf die Geräusche, die aus dem Schlafzimmer durch die ganze Wohnung dringen.

Die Wände sind dünn, er kann alles genau verfolgen, und er hört genau hin. Sein Schwanz ist hart wie Beton. Er steht dort mit geschlossenen Augen, in seinem Geist liegt er bei Jaz und vögelt sie, bringt sie zum Schreien, berührt ihre zarte Haut, atmet ihre Lust ein, während sie nach mehr bettelt.

Seine Hand wandert zu seiner Hose, massiert sich. Erst durch den Stoff, doch das ist ihm nicht genug. Rasch öffnet er den Hosenschlitz, greift hinein, massiert seine heiße Haut.

Das alles verschafft ihm keine Erleichterung, erst als er ihn ganz befreit und der Länge nach massiert, fühlt es sich richtig an. Halb besinnungslos vor Lust blickt er an sich herab, sieht, wie seine Hand seinen pochenden Schwanz umfasst. Er schließt die Augen, stellt sich vor, Jaz würde sich unter ihm winden. Oben hört er sie keuchen, es klingt wie eine Antwort auf das, was er sie in Gedanken fragt. *Willst du mehr von mir, Jaz? Willst du es härter? Soll ich es dir endlich mal richtig besorgen?* Er hört ihre Stimme, sie schreit, seine Hand bewegt sich rasch vor und zurück. Aber dann muss er innehalten, er will nicht zu früh kommen, nicht vor ihr.

Schwer atmend öffnet er die Augen, sieht sich um, aber niemand ist hier außer ihm und ... Jaz' Stimme. Jetzt kann er sich weiter massieren, ja, das tut gut. Fester, fester! *Nicht wahr, Jaz?*

Wie eine Antwort klingt ihr nächster Schrei zu ihm herunter. Ah, sie genießt es ebenso wie er! So gut, sie tut ihm so gut! Seine Hand ist feucht, erste Tropfen treten aus, oh, mein Gott, er kann sich nicht mehr lange zurückhalten! Aber da wimmert sie bereits, dass sie kommen wird. Ja, das soll sie, aber erst will er sie noch einmal … ja, genau so!

Seine Hand arbeitet schnell, und in dem Moment, als Jaz ihren Orgasmus in die Welt hinausschreit, kommt er mit einem Stöhnen, das er gerade eben noch zu unterdrücken weiß, damit niemand etwas davon merkt. Er hält seinen Schwanz so, dass er sich pumpend in seiner Hand ergießt, bis er endlich erschlafft. Dann holt er schnell ein Papiertaschentuch aus der Hosentasche, wischt sich sauber. Schließlich verlässt er die Wohnung ebenso leise und unerkannt, wie er sie betreten hat.

16

Der Faustschlag trifft sie mitten ins Gesicht und führt dazu, dass sie Sterne sieht.

»Verdammt, wer hat dir erlaubt, eine Anzeige gegen Rhys zu stellen?! Du dumme Kuh, du wirst sie sofort zurückziehen, ist das klar?«

Als Christina keine Antwort gibt, reißt er ihren Kopf an den Haaren nach hinten, wobei er ihr ein paar Strähnen ausreißt.

»Aua!«, schreit sie, doch hier in diesem Haus kann sie niemand hören.

»Ich will wissen, ob du mich verstanden hast?!« Seine Stimme ist schrill und überschlägt sich fast.

»Aber warum denn? Wenn er verurteilt wird, bist du ihn los, und sobald er ins Gefängnis kommt, wird die liebe Jaz nichts mehr mit ihm zu tun haben wollen. Ich weiß nicht, was an dieser Idee nicht genial ist!« Es fällt ihr schwer zu sprechen, denn ihre Wange ist geschwollen, die Lippe aufgeplatzt.

»Weil wir es nicht auf einen Prozess ankommen lassen wollen, du Miststück! Niemand hat dir erlaubt, so eigenmächtig zu handeln! Du gehst morgen zur Polizei und machst das rückgängig! Ist das klar?«

»So, wie ich aussehe? Daran hättest du eher denken sollen, bevor du mich schlägst.«

»Du kannst ja sagen, du hättest einen Autounfall gehabt. Und solltest du noch einmal so einen Scheiß verzapfen, wird niemand mehr dein Gesicht erkennen, wenn ich mit dir fertig bin! Vergiss nie, was du wirklich bist – eine kleine unbedeutende Hure!«

~

Vollkommen erschöpft liege ich neben Rhys, der noch zu schlafen scheint. Zum Glück ist es Sonntag, und wir können ausschlafen. Auch wenn ich vorhatte, im Park einige Runden zu laufen, bin ich nicht in der Lage, auch nur meinen Zeh zu bewegen. Völlig wund liege ich da und kann mich auf eine angenehme Weise nicht rühren.

Ich blicke aus dem Fenster, die Sonne steht schon hoch am Himmel, es muss gegen Mittag sein. *Er hat es wieder geschafft!*, geht es mir durch den Kopf! Er hat mich wieder dazu gebracht, dass ich eher sterben würde, als ihn zu verlassen. Ich liebe Rhys und das Leben, das ich mit ihm habe! Und niemand auf der Welt wird es schaffen, mir das zu nehmen!

Dieser Gedanke lässt mich in Sekunden einen Plan entwickeln, der immer konkreter wird, je länger ich darüber nachdenke. Nach einigen Minuten habe ich ein komplettes Konzept.

Ich schaue zu Rhys und sehe, dass er wach ist. Er hat mich still beobachtet, und das gefällt mir gar nicht. Auch wenn er keine Gedanken lesen kann, wäre er keinesfalls einverstanden mit dem, was mir gerade im Kopf herumschwirrt.

Er richtet sich auf und stützt seinen Kopf auf einem Arm ab.

»Wie geht es dir?«, frage ich ihn und versuche, in seinem besorgten Blick zu lesen.

»Du hast heute Nacht aus einem *Niemals!* ein *Irgendwann* gemacht, das hätte ich nicht erwartet. Es ist etwas, das mir Hoffnung gibt.«

»Das war kein *Irgendwann*.«

»Sondern?«

»Das ist ein *Auf jeden Fall, jetzt sofort, für immer*«, sage ich leise und erwidere seinen Blick unbeirrt.

»Das ist auch etwas, womit ich nicht mehr gerechnet habe. Nicht, nachdem du so wütend das Hotelzimmer verlassen hast.«

»Nun, ich kann dir nicht versprechen, dass ich niemals mehr wütend auf dich sein werde, aber ich verspreche dir, dass ich dich niemals mehr verlassen werde. Egal, was die Zukunft bringt.«

Ohne seinen Blick von mir zu nehmen, zieht er mich in seine Arme und küsst mich. Nicht heiß und begehrend, sondern zart und liebend. Er hebt den Kopf und schaut mich an, als würde er sich jedes Detail meines Gesichts für immer einprägen wollen.

»Du hast mich mal gefragt, warum gerade du! Das hier ist die Antwort darauf: Weil du so bist, wie du bist!«

~

Der Anruf, den er gegen Abend von James Dixon erhält, ist mehr als verwunderlich. Die Anzeige gegen ihn wurde zurückgezogen. Im ersten Moment kann er es gar nicht glauben. Er hatte sich doch schon verschiedene Varianten zurechtgelegt, um Jazman vor einem Meineid zu bewahren. Und nun löst sich alles in Wohlgefallen auf? Als er das Telefonat beendet, blickt er zu Jaz, die auf dem Sofa im Wohnzimmer sitzt und die Verträge der Bank durchgeht.

»Wer war das?«, fragt sie, ohne von den Unterlagen aufzublicken.

»Dixon, die Anzeige wurde zurückgezogen.« Der Satz klingt selbst in seinen Ohren wie ein Paukenschlag.

Abrupt blickt Jazman auf.

»Was? Du meinst, Christina hat die Anschuldigung widerrufen? Ich fasse es nicht!«

Nervös fährt Rhys sich mit der Hand durch die Haare. »Ich kann es auch kaum glauben. Aber ich werde sie mir vorknöpfen. Ich will wissen, was dahintersteckt. So einfach kommt sie mir nicht davon!«

»Nein, Rhys, bitte! Ich möchte, dass du dich von ihr fernhältst. Ich verlange das sogar von dir.«

Ihr Blick nimmt an Härte zu, und er muss mit sich ringen, damit das hier nicht wieder in einem Streit endet.

»Okay, aber sind wir uns einig, dass wir Walter darauf ansetzen können?«

Sie muss einfach zu diesem Kompromiss bereit sein.

»Na gut, Walter soll sich darum kümmern, nicht du!«

~

Am Montagmorgen habe ich Glück. Rhys ist in einer Besprechung, die ihn laut Aussage von Marcello den ganzen Vormittag festhalten wird, es geht wohl um das neue Restaurant, und ich schnappe mir Matt, der glaubt, mich zu einer Boutique fahren zu sollen. Kaum sitze ich im Wagen, gebe ich ihm eine andere Anweisung.

»Matt, bitte fahre mich in die Hamptons.«

»Wohin?«, fragt er mich über seine Schulter hinweg, als hätte er mich nicht richtig verstanden.

»Du hast schon richtig gehört, ich will in die Hamptons.« Mein Ton ist barsch, duldet keinen Widerspruch.

»Wir sollten Rhys darüber informieren.«

»Nein, sollten wir nicht.« Und damit hat sich unser Gespräch für die nächsten zwei Stunden erledigt.

Ab und an blickt Matt mich über den Rückspiegel an, doch ich hänge meinen Gedanken nach, bereite mich auf das Kommende vor.

Als wir in den Weg zu Rhys' Haus einbiegen wollen, ändere ich meine Anweisung an Matt: »Bitte, fahre mich zum Haus von Christina Blanks.«

Matt ist so verdutzt, dass er am Straßenrand anhält und den Motor abstellt.

»Was? Ich glaube nicht, dass das eine gute Idee ist. Hast du das mit Rhys besprochen?«

»Matt!«, herrsche ich ihn an, doch dann versuche ich, meine Nerven zu beruhigen. »Bitte, Matt. Stell mir keine Fragen. Bring mich nur zu dem Haus dieser Frau.«

»Jaz, du solltest diese Sache auf sich beruhen lassen.«

»Nein, das kann ich nicht. Sie bedroht mich, Rhys und unser Leben. Ich muss etwas unternehmen, und ich denke, ich bin wesentlich effektiver, als Rhys es je sein wird.«

»Wie meinst du das?« Matt zieht fragend eine Augenbraue in die Höhe.

»Wir Frauen haben da so unsere Mittel. Also bitte, fahr mich zu ihrem Haus.«

Er scheint einen Augenblick lang zu überlegen, das Für und Wider abzuwägen, dann startet er den Motor des Audi und fährt weiter.

Wir halten vor einem dieser tollen Strandhäuser, und sofort frage ich mich, wie Christina sich so etwas leisten kann. Mir kommt nur Rhys in den Sinn, der es ihr wahrscheinlich zur Verfügung stellt.

»Matt, woher hat Christina dieses Haus?«

»Es ist nicht ihres, sie darf nur darin wohnen.«

»Aha, und wem gehört es?«

»Die Antwort dürfte dir nicht besonders gefallen.«

Mehr will ich gar nicht wissen.

Ich nicke ihm zu und steige aus. Matt ebenfalls. Er will mich begleiten, doch ich halte ihn zurück.

»Danke, Matt! Aber das erledige ich allein.« Dann kehre ich ihm den Rücken zu und gehe mit festen Schritten auf die Eingangstür zu. Es ist eines dieser weißen Häuser mit grauem Dach und einer breiten Veranda. Ohne zu zögern, betätige ich den Türklopfer und warte. Kaum habe ich davon abgelassen, öffnet sich die Tür.

Ich sehe ihrem Blick an, dass sie auf keinen Fall mit mir gerechnet hat. Fast scheint es so, als wolle sie mir die Tür vor der Nase zuknallen, doch dann setzt sie ein nichtssagendes Lächeln auf, als wäre ich einer ihrer Kunden.

»Ich hoffe, du bist nicht allein gekommen und hast wenigstens Rhys mitgebracht.« Sie versucht über meine Schulter zu schauen, doch ich versperre ihr die Sicht.

»Tut mir leid! Du musst mit mir allein vorliebnehmen.«

»Und warum? Was willst du hier?«, herrscht sie mich an.

Statt einer Antwort dränge ich mich an ihr vorbei und betrete das Haus.

»Hey, ich glaube nicht, dass ich dich reingebeten habe!«, ruft sie hinter mir her, schließt aber die Tür und folgt mir.

»Das Haus gehört meinem Ehemann, somit auch mir! Ich habe jedes Recht, hier zu sein!«, behaupte ich dreist und lasse mich auf das Sofa im Wohnzimmer nieder.

»Was willst du von mir?«

Ich schaue auf die nicht mehr ganz so souveräne Christina, die sich auf einem Sessel mir gegenüber niederlässt. Erst jetzt bemerke ich den blauen Fleck auf ihrer Wange und die aufgeplatzte Lippe. Sie sieht aus, als hätte jemand sie geschlagen, und ich kann nur hoffen, dass es nicht Rhys war. Auch der Rest ihrer Erscheinung ist alles andere als sehenswert. Der Lack blättert langsam von ihren künstlichen Nägeln, was entsetzlich billig aussieht. Ihr Shirt ist alt und verwaschen, und ihr Haar ist unordentlich, wenn überhaupt frisiert. Sie sieht jämmerlich aus, und das weckt nicht mal mein Mitleid.

»Warum kannst du uns nicht in Ruhe lassen?«, frage ich geradeheraus.

Sie lässt ein Bein über der Sessellehne baumeln. Es soll lässig aussehen, tut es aber nicht.

»Ich denke nicht, dass es zwischen dir und Rhys ein *uns* gibt.«

»Du meinst, wie es das zwischen dir und ihm nie gegeben hat?« Sie will sich auf ein Wortgefecht einlassen? Da kann sie nur verlieren. Ich habe während meines Studiums zu viele Gefechte ausgefochten, diesem hier ist sie bestimmt nicht gewachsen.

»Er liebt dich nicht. Nicht so, wie er mich liebt. Du kannst ihm einfach nicht geben, was ich ihm gebe!« Hochmütig schaut sie auf mich herab.

»Wenn du damit das meinst, was schon so viele andere Männer von dir bekommen haben, könntest du recht haben. Aber ich glaube nicht, dass du je verstehen wirst, was Rhys und mich verbindet. Du warst immerhin beliebig austauschbar, mich jedoch hat er geheiratet. Und das ist etwas, was ich mit keiner anderen Frau teilen muss. Du kannst nur davon träumen, Mrs. Cunningham zu werden, etwas, was für mich jeden Tag aufs Neue Realität ist.«

Sie schnaubt wie ein Pferd, fehlt nur noch, dass sie anfängt zu wiehern. »Ach ja, Mrs. Cunningham? Du hast überhaupt keine Ahnung, worum es hier geht. Ich denke nicht, dass Rhys dich bisher so gefickt hat, wie er es mit mir getan hat.«

Sie will es also dreckig, doch auf dieses Level lasse ich mich nicht herab. »Genau das ist der Unterschied zwischen uns, Christina. Dich hat er gefickt, mich liebt er, und das jede Nacht. Ich bin nur hier, um dir zu sagen, dass nichts, aber auch gar nichts, was du anstellst, Rhys und mich auseinanderbringen wird. Ich bin nicht nur seine Frau, ich bin auch für seinen Sohn wie eine Mutter.«

Bingo! Sie wechselt die Farbe und wird unter ihrer Bräune blass.

»Du wirst nie das für ihn sein, was ich für ihn bin«, fahre ich ungerührt fort. »Du bist nur etwas, was man billig bekommen kann. Solltest du uns noch einmal in die Quere kommen, wirst du dein blaues Wunder erleben. Und ich spreche hier von einem sehr dunklen Wunder, nur damit keine Missverständnisse aufkommen. Weitaus dunkler als das, was bereits dein Gesicht ziert.«

Damit stehe ich auf und steuere auf die Tür zu. »Etwas zu bekommen, für das man bezahlt, ist nicht schwer, und vor allem ist es nicht von großem Wert. Das solltest du mal überdenken. Ach, du solltest dir übrigens auch lieber jetzt schon einmal eine neue Wohnung suchen, der Mietvertrag für diese hier läuft in einem Monat aus.«

17

Mir war klar, dass Rhys Amok laufen würde, wenn ich einfach für vier Stunden verschwinde. Ich bin noch nicht ganz aus dem Fahrstuhl getreten, da zieht er mich schon in sein Büro.

»Wo warst du? Niemand wusste, wohin du verschwunden bist!«

Ich hatte vorsorglich mein Handy ausgeschaltet, denn mir war klar, sobald Rhys mitbekam, dass ich nicht in meinem Büro war, würde der Telefonterror losgehen.

»Ich möchte dich nicht anlügen, daher solltest du mich nicht fragen.«

»Warum? Was hast du gemacht?«

»Nichts Ungesetzliches, falls du davor Angst haben solltest. Lass es gut sein, auch ich habe meine kleinen Geheimnisse. Ich werde es dir nicht sagen, also frag nicht weiter.«

»Dann werde ich Matt fragen.« Er ist sauer und wirkt wie ein Zehnjähriger, der seinen Willen nicht bekommt. *Hallo, Elijah!*, würde ich am liebsten rufen.

»Ich habe Matt zur Verschwiegenheit verpflichtet. Du willst ihn doch wohl nicht zwingen, sich zwischen dir und mir zu entscheiden?«

Rhys fährt sich widerwillig mit der Hand über die Haare. »Dann werde ich ihm kündigen.«

»Und ich stelle ihn wieder ein.«

»Wie willst du ihn bezahlen?«

Eine Frage jagt die Nächste, wie das Knallen einer Peitsche.

Ich blicke zu seinem Schreibtisch. »Falls du die Papiere der Bank suchst, dort liegen sie. Unterschrieben. Ich denke, meine Kreditkarten kommen in wenigen Tagen.«

Rhys blickt auf mich herunter, eine Augenbraue in die Höhe gezogen. Ich weiß nicht, was er jetzt denkt, vermutlich bereut er gerade, mich geheiratet zu haben, doch dann zucken seine Mundwinkel, und er lacht laut auf.

»Du bist wirklich gerissen!«, grinst er mich an.

»Ich lerne von dem Besten.«

»Komm her, ich habe hier etwas für dich.«

Er führt mich zu seinem Schreibtisch und zieht eine Schachtel aus einer Schublade. Ich kenne den Inhalt, er verursacht mir Magenschmerzen.

»Ich habe hier deinen Ehering, von dem ich denke, dass du ihn wieder tragen möchtest.« Er grinst mich frech an, weil er weiß, welche Angst ich habe, ihn zu verlieren.

»Natürlich, es soll ja jeder sehen, zu wem ich gehöre. Und es gibt wohl nur einen Mann in meinem Leben, der sich diesen Klunker leisten kann.«

Rhys steckt mir den Ring an den Finger und küsst mich innig.

»Für immer!«, flüstert er, und ich nicke ihm zu.

»Ja, für immer!«

~

Abby sitzt auf ihrem neuen Platz vor Jaz' Büro und sortiert die Tagespost. Im Wartebereich hat sich Matt niedergelassen, der wohl auf Rhys wartet. Hin und wieder fängt sie Matts Blick auf und lächelt.

»Abby, kannst du mir hier bitte etwas erklären?«

Die dunkle Stimme von Marcello Carvelli reißt Abby aus ihren Gedanken.

»Natürlich.« Sie geht zum Anmeldetresen hinüber und schaut über die Schulter von Marcello auf dessen Bildschirm.

»Du musst den Text erst markieren, damit du ihn verschieben kannst. Du scheinst noch nicht oft mit diesem Programm gearbeitet zu haben.«

»Nein, ich könnte etwas Nachhilfe gebrauchen«, sagt er und grinst sie an.

»Du flirtest doch nicht etwa mit mir?« Abby schlägt ihm spielerisch auf den Hinterkopf.

»Aua, wofür war das denn?«

»Du sollst mich nicht immer so verführerisch anlächeln.«

»Ah, du findest mein Lächeln also verführerisch?«

»Entschuldigung!« Matt ist an den Tresen getreten und räuspert sich hörbar. »Hat vielleicht jemand einen Stift und einen Notizzettel für mich?«

»Klar doch!«, meint Marcello und reicht ihm die Sachen herüber.

Matt notiert etwas auf dem Blatt und faltet es zusammen. Dann geht er hinüber zum Wartebereich und setzt sich.

Marcello wirft Abby einen Blick zu, den sie nicht ganz deuten kann.

»Also, merk es dir, erst markieren und dann kopieren.« Damit geht Abby wieder zu ihrem Schreibtisch und arbeitet weiter.

Als Rhys mit Jaz aus seinem Büro kommt, springt Matt schnell auf und geht mit ihnen zum Fahrstuhl, dabei kommt er an Abbys Schreibtisch vorbei und lässt unauffällig den Notizzettel fallen.

Abby greift danach und steckt ihn ein.

»Wir sind zum Mittagessen!«, ruft Jaz, und schon sind alle drei fort.

Abby beobachtet Marcello, doch der scheint mit dem Computer beschäftigt. Sie öffnet den Zettel und liest: *Wenn er dich noch einmal anspricht, töte ich ihn!*

~

Ich kann mich nicht daran erinnern, wann es in der letzten Zeit einen Abend gegeben hat, den Rhys und ich ruhig zu Hause verbrachten. Aber heute Abend scheint es endlich einmal möglich zu sein. Wir liegen auf der Couch im Wohnzimmer und hören Musik. Rhys liest in einer Autozeitschrift, während Elijah und ich uns eine SMS nach der anderen schreiben. Seitdem er entdeckt hat, wie man mit dem Handy Nachrichten verschickt, klingelt ständig mein Smartphone. Er ist mächtig stolz, ein eigenes zu besitzen, und schreibt mir jeden Abend. Als es erneut piept, stöhnt Rhys genervt auf. »Wer schreibt dir denn da ständig?«, fragt er und wirft mir einen Blick über seine Zeitung hinweg zu.

Ich lächle verschmitzt und antworte auf die Nachricht. Nachdem ich auf Senden gedrückt habe, sage ich: »Vielleicht habe ich ja einen neuen Verehrer, den du noch nicht kennst.«

Rhys wirft die Zeitung zur Seite und rollt sich auf mich, versucht nach meinem Handy zu angeln, doch ich sitze am längeren Hebel. »Wage es nicht, meine Nachrichten zu lesen!«, drohe ich ihm lachend, da wird er plötzlich ganz ernst. »Ist es Paul?«

»Nein, natürlich nicht! Wie kommst du nur darauf?«

»Es war nur so ein Gefühl«, meint er ausweichend und hebt die Schultern.

»Es ist Elijah. Ich habe ihm ein Handy gekauft, so können wir immer in Kontakt bleiben. Er hatte Angst, dass wir ein eigenes Kind bekommen und ihn dann vergessen könnten, wo wir doch jetzt verheiratet sind.«

Rhys schaut überrascht. »Wann hast du mit ihm gesprochen?«

»Ich habe ihn am Samstag besucht und war mit ihm im Park. Er fühlte sich vernachlässigt, und es tat mir leid, dass ich mich so lange nicht bei ihm gemeldet habe. Also sind wir losgezogen und haben ein Handy für ihn besorgt.«

Abrupt zieht Rhys mich an sich und küsst mich auf die Stirn. »Du bist eine wunderbare Frau, und ich bin mir sicher, du wirst eine wundervolle Mutter sein.«

»So? Glaubst du das wirklich? Willst du überhaupt noch ein Kind?« Die Frage ist mir einfach so über die Lippen gerutscht, ohne dass ich vorher darüber wirklich nachgedacht habe. Jetzt habe ich plötzlich Angst vor seiner Antwort, denn eine Familie zu gründen, darüber haben wir nie gesprochen.

Rhys legt seinen Arm um mich und zieht mich an seine Brust. Sein Herz schlägt stark und ruhig. »Ja, ich könnte mir sehr gut ein oder sogar zwei weitere Kinder vorstellen. Mit dir kann ich mir alles vorstellen.«

Eine Familie? Rhys möchte wirklich eine Familie mit mir gründen? Bisher habe ich immer angenommen, dass ich ihm als Ehefrau reiche. Ich lasse das Gefühl auf mich wirken. Wie es wäre, eine größere Familie zu haben. Ein weiteres Kind, ein Baby, ist schon eine ganz andere Hausnummer als Elijah. Aber plötzlich beschleicht mich eine Ruhe, und ein Gefühl, das man nur als Glück beschreiben kann, legt sich um mein Herz.

~

Mitte der Woche habe ich endlich einen Termin mit Carl Trent, dem Architekten, und es sieht ganz danach aus, dass ich diesen Termin endlich wahrnehmen kann. Zu meiner Überraschung begleitet Rhys mich ins Kinderheim.

Mittlerweile wurde die Heizung erneuert und das Dach repariert. Die beauftragten Unternehmen haben gute Arbeit geleistet. Schwester Gabrielle führt uns in den Besprechungsraum, wo ein junger Mann mit blonden Haaren, in Jeans und Holzfällerhemd, auf uns wartet.

»Carl, wir freuen uns, dass es endlich mit dem Termin klappt.

Ich muss gestehen, dass ich nicht ganz unschuldig daran bin, dass meine Frau dich schon mehrmals versetzt hat.«

»Rhys, ich würde dich nicht kennen, wenn ich etwas anderes denken würde. Schön, dich zu sehen.« Die beiden Männer schütteln einander herzlich die Hände, und Rhys stellt mich vor.

»Ich habe in der Presse schon Bilder von euch gesehen. Ist bestimmt nicht so einfach, wenn man den begehrtesten Junggesellen New Yorks heiratet«, meint er an mich gewandt und küsst mich auf beide Wangen. »Ich freue mich, dich kennenzulernen. Hat Rhys erwähnt, dass wir uns schon lange kennen?«

Ich nicke. »Ja, er hat erwähnt, dass du sein Apartment umgebaut hast. Wie kann ich dir nur für diesen Pool danken?«

»Hey, der Pool war meine Idee!«, beschwert sich Rhys und zieht mich an sich. Ich lächele ihn vielsagend an. »Wie hätte es auch anders sein können?«

»Was war das denn für eine Polizeiaktion am Wochenende?«, fragt Carl plötzlich.

Ich halte den Atem an, doch Rhys lächelt souverän und meint: »Das hat sich zum Glück als eine Verwechslung herausgestellt. Die Presse hat da mal wieder voreilig berichtet. Das kennen wir ja schon.«

~

Carl und ich machen eine Begehung des Grundstücks, auf dem der neue Anbau des Kinderheims entstehen soll, während Rhys in der Zwischenzeit mit Schwester Gabrielle spricht.

Carl hat ein paar tolle Ideen, um das neue Gebäude optisch in die bestehende Architektur zu integrieren. Ich bin so begeistert von seiner Ideenvielfalt, dass ich mich kaum losreißen kann. Wir sind immer noch im Gebäude, als die Kinder von der Schule kommen und Elijah mich entdeckt.

»Jaz, cool, du bist hier!«, kommt er laut rufend auf mich zu und umarmt mich.

»Ja, mein Junge. Ich hatte hier heute einen Termin, um das neue Gebäude für die Musik- und Kunstschule zu planen. Wie war dein Tag in der Schule?«

»Ging so. Ich habe eine Menge Hausaufgaben auf.«

»Na, dann schnell hinüber in die Bibliothek mit dir.«

»Sehen wir uns am Wochenende?«

Ich muss einen Augenblick nachdenken, doch da kommt mir von hinten eine tiefe Stimme zu Hilfe. »Was hältst du davon, wenn du am Wochenende bei Jaz und mir übernachtest?«

Rhys!

Elijahs Augen werden groß. »Ja, Sir! Das wäre eine tolle Sache.« Wie immer, wenn Elijah auf Rhys trifft, ist er wie verwandelt und wirkt eingeschüchtert.

»Gut, dann wird Matt dich am Samstagmittag abholen. Ich habe das gerade mit Schwester Gabrielle besprochen, aber nur, wenn du jetzt deine Hausaufgaben machst.«

»Geht klar!«, ruft Elijah und rennt so schnell er kann in die Bibliothek.

18

Am Donnerstag bin ich abends mit den Mädels im Chester verabredet. Rhys verkneift sich jeden Kommentar dazu, dass ich alleine gehen will, vielleicht auch deshalb, weil ich ihn bitte, mich später abzuholen.

Ich treffe Abby vor dem Eingang, sie hat zu meiner Überraschung Marcello im Schlepptau.

»Ich denke, Lou und Yvonne freuen sich, wenn wir Marcello mitbringen!«, meint sie mit einem vielsagenden Augenaufschlag, während Marcello irritiert lächelt.

William, Lous Ex-Freund, hat heute keinen Dienst, sondern wartet bereits als Gast mit den beiden Frauen auf uns. Er hat lässig einen Arm um Lou gelegt und unterhält sich angeregt mit ihr. Für mich sieht es ganz so aus, als bahne sich da eine alte Liebe neu an.

Wir haben viel Spaß, auch wenn zu Anfang alle wissen wollen, was es mit der Verhaftung von Rhys auf sich hatte. Aber ich gebe die gleiche Erklärung, die Rhys Carl gegeben hat, nämlich dass es sich um eine Verwechslung handelte.

Natürlich sorgt mein Ehering besonders bei den Frauen unserer Gruppe für Aufsehen, aber selbst William pfeift anerkennend. Ich gebe eine Runde Champagner aus, halte mich aber an meinem ersten Glas fest. Ich möchte keinesfalls betrunken Rhys gegenüberstehen.

Die Luft ist stickig, und mir ist warm. Ich lehne an der Wand, und als sich ein Arm um meine Schultern legt, rechne ich mit Rhys, doch es ist Paul.

»Hallo, schöne Frau. Hat dich dein Mann heute mal von der Leine gelassen?« Er lacht, doch ich sehe, dass er es ernst meint.

»Hi, Paul. Bist du schon länger hier? Ich habe dich gar nicht gesehen.«

»Ja, ich beobachte dich schon eine ganze Weile, von dort drüben aus. Wo hast du Rhys gelassen? Oder habt ihr euch schon wieder getrennt?«

»Hoffst du darauf, oder warum fragst du?«

Er lächelt schräg und berührt eine meiner Haarsträhnen. »Du scheinst mich gut zu kennen.«

»Es liegt eher daran, dass du so leicht zu durchschauen bist.«

»Nur für dich. Aber im Ernst. Wie geht es dir, Jazman? Bist du glücklich? Ich habe das mit Rhys' Verhaftung gehört.«

»Ja, ich bin glücklich, ob du es glaubst oder nicht. Und dieser Wirbel mit der Polizei war einfach nur ein Missverständnis. Du weißt, wie es ist, wenn man im Mittelpunkt des öffentlichen Interesses steht.«

»Es ist schön, wenn es dir gutgeht. Das ist das, was ich mir für dich wünsche.« Seine Worte klingen ehrlich, und wenn es Rhys nicht geben würde, würde ich vielleicht darüber nachdenken, wie es wäre, in Paul verliebt zu sein. Doch ich liebe Rhys mehr als mein Leben, und so huscht der flüchtige Gedanke einfach vorbei.

»Ich wünschte, du würdest auch eine Frau finden, mit der dich das verbindet, was Rhys und ich haben.«

»Die gibt es schon, nur leider ist sie zurzeit verheiratet.«

Ich gehe auf seine Anspielung gar nicht ein, sondern nippe an meinem Glas, als ich zu meiner Erleichterung Rhys durch die Menge auf mich zukommen sehe.

Ich mache ein paar Schritte auf ihn zu und falle ihm um den Hals. »Ich bin froh, dass du da bist!«, flüstere ich an seinen Lippen, als er mich küsst. Mit einem Blick in Pauls Richtung meint Rhys: »Ich auch!«

~

Matt bemerkt Abby erst, als er seinen dritten Wodka trinkt. Er war vorher mit Rhys in einer anderen Bar und hat dort auch schon einiges getrunken. Eigentlich ist es nicht seine Art, Alkohol zu trinken, wenn er mit Rhys unterwegs ist, doch heute ist er nicht im Dienst, sie sind einfach nur als Freunde ausgegangen.

Abby wirft ihm von der Tanzfläche aus ein Lächeln zu, und er erwidert es, bis zu dem Moment, wo sich jemand hinunterbeugt und ihr etwas ins Ohr flüstert. Es ist dieser neue Mitarbeiter, Marcello irgendwas. Sofort kocht sein Blut hoch, dieser Typ macht ihn einfach nur wütend.

Matt rutscht vom Barhocker und kommt leicht ins Schwanken, er hat wohl schon mehr getrunken, als ihm bewusst war. Mit langsamen Schritten bahnt er sich durch die volle Bar seinen Weg zur Tanzfläche. Neben Abby bleibt er stehen und schaut auf sie hinunter.

»Ich habe dir gesagt, was passiert, wenn er dich noch einmal anspricht!«, ruft er laut und schaut wütend auf Abbys Tanzpartner.

»Matt, er ist ein Arbeitskollege, mehr nicht!« Abby versucht, Matt langsam in Richtung Bar zu drängen, doch er bleibt wie ein Fels in der Brandung an Ort und Stelle stehen.

»Ich werde dem Typ jetzt eine reinhauen, ich habe dir das versprochen!« Matt spürt, dass die Worte nicht so wollen wie er. Er sieht, wie Abby einen hilflosen Blick in Richtung Jaz wirft, aber die unterhält sich mit Rhys. Na klar. Als Matt sich umdrehen will, schwankt er wieder leicht, aber Abby hat ihn fest im Griff. Will sie ihn etwa bemuttern? Sie soll ihn loslassen! Er hat ein Hühnchen mit diesem Makkaroni oder wie der heißt zu rupfen!

»Lass mich los, ich werde ihm zei...zeigen, was pa...passiert, wenn man mei...meine Freundin angrapscht!«

»Kann ich dir irgendwie helfen, Abby?«

Da ist sie ja, die kleine Kakerlake!

Als Matts Faust auf Marcellos Gesicht trifft, streckt der Schlag diesen sofort zu Boden.

»Oh, verdammt, Matt! Was machst du denn für einen Scheiß!«, schreit Abby und versucht, Marcello wieder auf die Füße zu helfen.

»Hey, was soll denn das?« Sofort ist Rhys zur Stelle, und auch Paul mischt sich plötzlich ein. Der soll ihn bloß nicht anpacken! Der nicht!

»Er hat Abby begrapscht!«, ruft Matt aufgeregt, doch die beiden Männer lassen ihn nicht los. Was soll das denn auf einmal?

»Hey! Mir geht's gut, Finger weg!«

»Er hat doch gar nichts gemacht!«, schreit Abby gegen die Musik an und stützt Marcello, der endlich wieder steht.

»Ich glaube, wir bringen dich mal lieber nach Hause!«, meint Rhys und legt einen Arm um Matts Schulter, während Paul ihn an der anderen Seite stützt.

»Ihr fallt mir also beide in den Rücken? Das kann doch wohl nicht wahr sein! Ausgerechnet Rhys und Paul? Spinnen die jetzt total?«

Ehe man ihn zur Tür rausführt, wirft Matt noch einen Blick zurück. Er kann Abby nicht sofort finden, aber dann sieht er sie doch. Sie schaut ihm hinterher, dann wendet sie kopfschüttelnd den Blick ab.

~

Abby hat keine Möglichkeit, Matt die Situation zu erklären, denn die Männer verfrachten ihn bereits nach draußen.

»Was war das denn?«, fragt Marcello verwirrt und betastet vorsichtig sein Gesicht.

»Matt hat einfach zu viel getrunken. Es tut mir leid.«

»Hast du was mit dem Affen?«, fragt er unsicher.

Abby schüttelt den Kopf. »Nun nicht mehr.«

Jaz kommt zurück und schaut Abby fragend an.

»Ich habe keine Ahnung, was heute mit ihm los war. Er war letztens im Büro schon so merkwürdig.«

»Ist alles okay mit dir, Abby?«

»Mich hat Matt ja nicht geschlagen.«

Jaz wendet sich an Marcello, der zustimmend nickt. »Ja, alles okay. Ich glaube, ich gehe jetzt lieber.«

»Warte!«, ruft Abby. »Ich bringe dich nach Hause. Es tut mir wirklich leid!«

Als sie mit Marcello und Jaz vor die Tür des Chester tritt, steht nur noch Paul allein dort und wartet. »Ich habe Matt in ein Taxi verfrachtet.«

»Wo ist Rhys?«, fragt Jaz, und auch Abby schaut sich suchend um, aber zwischen den Wartenden kann sie ihn nicht entdecken.

»Er hat einen Anruf bekommen und musste sofort weg.«

»Wohin?«

»Wir müssen auch sofort los, Jaz. Ich soll dich fahren. Rhys' Großmutter wurde ins Krankenhaus eingeliefert. Sie hatte einen Herzinfarkt.«

Oh Himmel! Bitte nicht Trish! Hoffentlich ist es nichts Ernstes! Sie weiß, was Rhys Großmutter ihm bedeutet. Wenn ihr etwas passieren sollte, ist es nicht auszudenken, wie Rhys darauf reagieren wird.

~

Das Deckenlicht des Krankenhauses strahlt grell auf mich nieder, kalt und unbarmherzig. Ich sitze auf einem dieser Plastikstühle im Wartebereich, und meine Hände zittern. Das Adrenalin rauscht wie ein wilder Bach durch meine Adern, und ich kann einfach nicht still sitzen. Paul habe ich zu Matt geschickt, um nachzusehen, ob er auch wirklich zu Hause angekommen ist. Ein Unglück reicht für heute.

Ich springe auf und laufe unruhig in dem Raum umher, kann dieses Warten nicht ertragen. *Hoffentlich war es nur ein kleiner Herzinfarkt, und Trish geht es bald wieder besser! Warum dauert das alles so lange? Warum sagt mir niemand etwas?* Zwar bin ich nun eine Verwandte, aber es darf nur eine Person zu Trish, und im Moment ist Rhys bei ihr.

Eine Tür öffnet sich, und endlich kommt Rhys aus der Intensivstation raus. Ein Blick in seine Augen sagt mir, dass gar nichts in Ordnung ist. O Gott, *es geht ihr schlechter, als ich vermutet habe!* Schnell laufe ich auf ihn zu.

Ohne etwas zu sagen, nimmt Rhys mich in seine Arme und beginnt leise zu weinen. Da ist mir schlagartig klar: Trish lebt nicht mehr!

~

Wir liegen im Bett, Rhys in meinen Armen. Er hat sich immer noch nicht beruhigt. Seine Schultern beginnen immer wieder von Neuem zu beben, und ich kann nichts dagegen tun. Ich habe keine Worte, die ihn trösten könnten. Nichts, was ich sagen kann, würde ihm seinen Schmerz nehmen, den ich so gerne für ihn tragen würde. Diese Trauer muss er allein überwinden, nicht heute, nicht morgen oder nächste Woche, aber vielleicht irgendwann. Die Zeit arbeitet für uns.

Ich habe uns nach Hause gefahren, da Rhys dazu nicht in der Lage war. Ich gab ihm einen Bourbon, den er aber nicht anrührte, und verfrachtete ihn danach wie ein kleines Kind ins Bett.

Meine Tränen für Trish halte ich zurück, denn ich möchte stark sein, stark für Rhys, im Moment kann ich mir keine Schwäche leisten. Sie war seine Großmutter, sie hat ihn aufgezogen, zu dem Mann geformt, der er jetzt ist.

»Es tut mir leid, dass du mich so sehen musst!«, murmelt Rhys unverhofft.

»Es ist okay. Sie hat jede einzelne Träne verdient. Menschen sterben erst wirklich, wenn wir nicht mehr an sie denken, und Trish hat es verdient, dass wir an sie denken, ob mit oder ohne Tränen.«

»Ich habe dich nicht verdient!«

»Doch, hast du, genauso, wie ich dich verdient habe. Trish hat sofort erkannt, dass wir füreinander bestimmt sind. Sie war eine einzigartige Frau, und ich bin stolz, dass ich sie kennenlernen durfte!« Sanft streiche ich ihm über das Haar.

»Sie hat dich geliebt!«, murmelt er, »Ich habe es in ihren Augen gesehen. Sie hatte ein großes Herz. Für mich war sie wie eine Mutter, eine andere habe ich nie kennengelernt. All das, was mein Vater mir angetan hat, hat sie wiedergutgemacht. Verdammt, ich werde sie so sehr vermissen!«

»Ja, das werde ich auch. Aber wir müssen nach vorne sehen, auch wenn wir sie nie vergessen werden. Du kannst Elijah ein besserer Vater sein, als es deiner je für dich gewesen ist!«

»Ich weiß aber nicht, ob ich das hinbekomme. Vielleicht bin ich nicht dazu bestimmt, ein Vater zu sein!«, gibt Rhys leise zu bedenken.

Doch ich schüttle den Kopf. »Du bist jetzt schon ein guter Vater! Elijah muss sich nur an die neue Situation gewöhnen. Er sehnt sich so nach einer Familie. Du solltest ihm erzählen, dass du sein leiblicher Vater bist.«

Rhys hebt den Kopf, sieht mich fragend an. »Ich fühle so viel Trauer in mir, dass ich nicht mehr weiß, was richtig und was falsch ist.«

»Trauer ist Liebe, die umherirrt und eine neue Heimat sucht – gib ihr eine neue Heimat in Elijahs Herz.«

»Du hast keine Ahnung, was du mir bedeutest, Jazman. Ich würde es nie, niemals ertragen, dich zu verlieren.«

»Das wirst du auch nicht.« Mein Herz läuft über vor Liebe für Rhys. Ich will ihm all das geben, was er als Kind vermisst hat. Ich glaube, dass er im Grunde sein Leben lang nach einer richtigen Familie gesucht hat, und ich will ihm diese Familie geben. Ich liebe ihn, und er hat meine Liebe verdient, genau wie Elijah.

19

Trishs Beerdigung findet am Samstagmorgen statt, dem Tag, an dem der Herbst beginnt und der Winter Einzug in unsere Herzen hält. Es regnet in Strömen, was gut hundert Leute nicht davon abhält, zu ihrer Beerdigung zu kommen. Sie war bekannt und sehr beliebt, so dass die Kirche, in der die Trauerfeier stattfindet, bis auf den letzten Platz belegt ist.

Der Sarg ist umgeben von einem Meer aus purpurnen Rosen, so, wie Trish es bestimmt geliebt hätte, und Rhys hat wieder darauf bestanden, die Dark Angels auszusuchen. Es gibt nur eine kurze Trauerrede des Pfarrers, denn Rhys ist nicht in der Lage, etwas zu sagen. Er ist viel zu sehr mit seiner Trauer beschäftigt, zu groß ist sein Schmerz, und ich glaube, niemand nimmt ihm das übel. Danach setzt sich der Zug zum Friedhof in Bewegung. Rhys trägt zu meiner Verwunderung einen schwarzen Anzug. Er muss ihn neu gekauft haben, denn diese Farbe habe ich noch nie an ihm gesehen. Trotz des Regens verdeckt eine schwarze Sonnenbrille seine Augen. Rhys schirmt sich von allem ab, selbst von mir. Aber ich lasse ihm diese Privatsphäre, diese Stunden des Abschieds von Trish.

Als der Sarg in der Erde versinkt, kann auch ich die Tränen nicht zurückhalten. Sie mischen sich mit dem Regen, doch mir ist es egal. Matt hält sich in unserer Nähe auf, beobachtet die Massen, die Rhys und mir kondolieren. Ich kann nur hoffen, dass Christina nicht unerwartet hier auftaucht, doch als sich die Menge endlich zerstreut, ist sie nirgends zu sehen.

Ich will schließlich, nachdem der letzte Trauergast das Grab verlassen hat, mit Rhys zum Auto gehen, doch er macht sich von mir los, nimmt drei Rosen aus dem Grabgesteck und atmet ihren Duft ein. Einige Minuten bleibt er still an Trishs Grab stehen. Wenn ich es nicht besser wüsste, würde ich denken, dass er betet, doch dann wirft er die Rosen in das Grab und kommt auf mich zu.

»Rhys, es tut mir wirklich leid um deine Großmutter.« Es ist Melissa, die an Alexanders Arm hängt.

Rhys nickt ihr tonlos zu.

»Rhys, mein Beileid.« Auch Alex nickt ihm zu, drückt ihm sogar die Schulter.

Verlegenheit breitet sich zwischen uns aus, als Alex sich zu mir herunterbeugt und mich auf beide Wangen küsst. »Wir sehen uns, Schwesterherz!«

~

Matt fährt uns langsam durch den New Yorker Verkehr Richtung Appartement, als Rhys ihn anweist, zum St.-Francis-Kinderheim zu fahren.

»Wir müssen doch Elijah abholen!«, antwortet er mir auf meinen fragenden Blick.

»Hältst du das für eine gute Idee, ihn heute abzuholen?«

»Wir wollen ihn doch nicht enttäuschen, oder?« Rhys greift nach meiner Hand und küsst meinen Handrücken.

~

Schwester Gabrielle öffnet uns persönlich die Tür, spricht uns ihr Beileid aus.

»Ich werde für deine Großmutter beten, mein Junge.«

»Sie glauben, dass es ihr hilft?«, fragt Rhys mit ernstem Blick.

»Auch du wirst eines Tages zurück zu Gott finden, du darfst nur die Hoffnung nicht aufgeben.«

Er blickt mich an und lächelt. »Vielleicht haben Sie recht, Schwester Gabrielle.«

Sein erstes Lächeln seit Tagen.

»Ich habe Elijah darüber informiert, dass ihr heute einen Menschen beerdigt habt, der euch nahestand, daher freut er sich umso mehr, dass ihr ihn abholt. Eigentlich hatte ich ihn darauf vorbereitet, dass wir diese Verabredung auf nächste Woche verschieben müssen.«

»Leider müssen wir nächste Woche nach Deutschland, daher können wir diesen Termin nicht verschieben.«

»Elijah wird sich freuen.«

~

Das Kinderzimmer ist noch nicht eingerichtet, aber Elijah ist begeistert über die Größe des Raumes, und dass er ein Zimmer ganz für sich allein bekommt. Wir verbringen den Nachmittag damit, im Internet nach passenden Jugendzimmermöbeln zu suchen. Dabei stellt sich heraus, dass Elijahs bevorzugte Farbe Blau ist. Wer hätte je etwas anderes erwartet?

Wir bestellen zum Abendessen Pizza, und Rhys und Elijah teilen sich eine mit Anchovis, die so gar nicht nach meinem Geschmack sind, obwohl ich Fisch ansonsten liebe. Aber auf Pizza?

Natürlich gerät der Junge völlig aus dem Häuschen, als er den Pool in der oberen Etage entdeckt. Rhys bietet ihm an, ein paar Runden mit ihm zu schwimmen, denn allein darf er den Pool auf keinen Fall benutzen. Also springen sie zu zweit in den Pool und balgen herum, als würden zwei Kinder dort ihr Unwesen treiben. Um neun Uhr liegt er dann müde und selig in seinem Bett.

»Wir sollten überlegen, ob der Pool wirklich eine gute Idee ist, wenn ein Kind im Haus ist«, meint Rhys, als wir zusammen auf der Couch sitzen und ein Glas Wein trinken.

»Elijah kann sehr gut schwimmen«, gebe ich zu bedenken, doch Rhys schüttelt den Kopf. »Auch wenn er gut schwimmen kann, bleibt es immer ein Risiko. Was ist, wenn er sich überschätzt, die Gefahr nicht richtig erkennen kann?«

»Würdest du dich davon trennen wollen?«

»Warum nicht? Es ist nur ein Pool. Eigentlich ist diese ganze Wohnung nicht besonders familienfreundlich, eher doch eine Junggesellenwohnung. Vielleicht sollten wir ein Haus etwas außerhalb kaufen. Und wir brauchen ein Kindermädchen oder besser noch eine Haushälterin, die Elijah betreut, wenn wir auf Geschäftsreise sind oder arbeiten und er aus der Schule kommt.«

Tausend Gedanken scheinen Rhys durch den Kopf zu fliegen.

»Ich werde mich um eine Haushälterin kümmern, wenn es dir recht ist.«

»Natürlich ist es mir recht. Ich habe mit Schwester Gabrielle über die Adoption gesprochen und dass wir Elijah schon bald zu uns holen werden. Sie freut sich darüber, auch wenn ich glaube, dass sie ihn sehr in ihr Herz geschlossen hat.«

»Wir sollten ein anderes Kind unterstützen, sobald Elijah bei uns lebt. Was meinst du?«

»Ja, wenn das dein Wunsch ist.«

»Ist es. Ich habe dort ein kleines Mädchen gesehen. Mit blonden Haaren, die die Schwestern ihr immer zu Zöpfen flechten. Sie ist sehr niedlich.« Ich muss grinsen und weiß nicht einmal warum.

»Heißt das, dass du gerne ein eigenes kleines Mädchen möchtest, dem du schöne Kleider anziehen kannst?«, neckt er mich und nippt an seinem Wein.

»Hey, wenn wir ein Kind bekommen, ist das etwas anderes als eine Puppe, die man schön anziehen kann! Mir wäre es egal, ob es ein Junge oder Mädchen wird.«

»Mir auch, Hauptsache, es wird so schön wie du. Vielleicht sollten wir uns schon mal mit der Planung beschäftigen.« Rhys zieht mich in seine Arme und küsst mich.

»Nicht, wenn Elijah hier schläft!«

»Ich sage doch, wir brauchen ein großes Haus.«

Lachend kuschel ich mich in seine Arme, die mich fest und sicher umfangen.

~

Das Klopfen an der Tür ist leise, aber beharrlich. Abby schaut durch den Spion, denn es ist nach neun Uhr abends. Als sie Matts Gesicht erkennt, atmet sie schwer aus und öffnet die Tür.

»Hi!«, meint Matt und versucht ein kleines Lächeln.

»Hi, möchtest du reinkommen?«

»Ja, danke, das wäre nett.«

Dieser distanzierte höfliche Ton zwischen ihnen beiden verheißt nichts Gutes.

»Kann ich dir etwas anbieten?«

»Nein danke. Ich bin nur kurz vorbeigekommen, um mich zu entschuldigen wegen Donnerstagabend.«

Matt steht unschlüssig im Raum, versenkt seine Hände tief in den Hosentaschen.

»Du musst dich nicht bei mir entschuldigen. Ich denke, die Entschuldigung hätte Marcello verdient.«

Er fährt sich mit der Hand durch seine dunklen Haare. »Ja, vermutlich. Aber wir hatten eine harte Woche, mir sind irgendwie die Sicherungen durchgebrannt.«

»Marcello hat nichts getan. Deine Wut auf ihn war vollkommen unbegründet. Ich würde dich ja gerne verstehen, Matt. Aber ich kann es nicht. Mal schreist du, wenn du mit mir zusammen bist, Jaz' Namen heraus, und dann tickst du vor Eifersucht völlig aus, wenn ich mit einem *Arbeitskollegen* ein paar nette Worte wechsel. Das ist verrückt, und ich komm einfach nicht mehr mit. Ich weiß nicht, wer du bist.«

»Abby, bitte. Ich weiß, dass ich einen Fehler gemacht habe. Es tut mir wirklich leid.«

»Matt, wir arbeiten zusammen. Ich finde es keine gute Idee, dass wir uns weiter treffen.«

»Was?« Matt scheint nicht ganz zu verstehen, was Abby ihm sagen will.

»Bitte, Matt, ich war wirklich gerne mit dir zusammen. Aber ich kann mit deinen unkontrollierten Ausbrüchen nicht umgehen. Es tut mir leid.«

»Er ist der Grund! Stimmt es? Du hast dich in diesen Marcello verliebt!« Matts Stimme ist auf einmal abweisend und hart.

»Marcello ist nur ein Kollege, mehr nicht. Er hat überhaupt nichts damit zu tun, was zwischen uns ist oder war.« Abby versucht ihn zu beruhigen, was ihr allerdings nicht besonders gut gelingt, das spürt sie.

»Dann war es das also zwischen uns, einfach so? Dir hat das alles nichts bedeutet, habe ich recht? Verdammt!« Ohne ein weiteres Wort reißt Matt die Tür auf und verschwindet.

Abby bleibt noch einige Minuten bewegungslos im Raum stehen, bevor sie sich aufraffen kann, die Tür zu schließen.

20

Die Bauplanung im St. Francis schreitet schnell voran, und Carl Trent schickt mir anderthalb Wochen nach unserem Treffen bereits die ersten Entwürfe zur Ansicht. Ich bin total begeistert, was er sich für den Musikraum ausgedacht hat. Als Architekt trifft er ganz meinen Geschmack, und ich kann es gar nicht abwarten, Rhys endlich die Entwürfe zu zeigen. Als ich zu seinem Büro hinüberwill, sehe ich Abby, die mit verweinten Augen an ihrem Tisch vor meinem Büro sitzt. Mist, es ist etwas vorgefallen, das mir entgangen sein muss.

Ich gehe zum Empfang und erkundige mich bei Marcello, ob Rhys schon wieder von seinem Termin zurück ist, doch er muss verneinen. Als ich Abby in Richtung Toilette laufen sehe, folge ich ihr.

~

Im Damenwaschraum steht sie an einem Becken und kühlt ihre Augen mit einem feuchten Tuch.

Ich lehne mich von innen gegen die Tür und warte, bis sie fertig ist. Erst als sie mich anblickt, frage ich: »Was ist passiert, Abby?«

Sie schüttelt den Kopf. »Nichts, wirklich. Mir geht es gut. Alles in Ordnung, Jaz.«

»Bullshit! Ich sehe es dir doch an, dass es dir nicht gutgeht. Ich dachte, ich wäre deine Freundin und wir könnten über alles reden.«

»Ja, das bist du auch. Aber es gibt Dinge, über die kann ich eben nicht so gut reden.«

»Dann versuch es doch wenigstens. Manche Dinge sieht man aus einer anderen Perspektive, wenn man sie laut ausspricht.«

Abby putzt ihre Nase und versucht ein Lächeln, das ihr misslingt.

»Matt!«, sagt sie nur, und ich ahne Böses.

»Matt war bei mir, und ich habe Schluss mit ihm gemacht.«

»Okay. Und was genau bringt dich jetzt zum Weinen?«

»Es tut mir leid. Also nicht, dass ich Schluss gemacht habe, aber er, Matt, tut mir leid. Er sieht so verloren aus. Ich glaube, ich habe überreagiert, doch das kann ich ihm natürlich nicht sagen. Er versucht, sich ganz neutral mir gegenüber zu verhalten, doch ich sehe die Blicke, die er Marcello zuwirft, und die bedeuten nichts Gutes.«

»Was für eine Rolle spielt denn Marcello in dieser Sache?«, frage ich neugierig, um alles zu verstehen.

»Keine. Er ist nur mein Kollege, doch Matt hat sich in den Kopf gesetzt, dass Marcello Schuld an unserer Trennung ist. Dabei hat er gar nichts getan.«

»Nun, verdenken kann ich es ihm nicht. Marcello ist ein gutaussehender junger Mann, und es wäre auch nicht abwegig, zu denken, dass du etwas für ihn empfindest. Matt scheint im Moment alles andere als zugänglich für sinnvolle Argumente. – Wir fliegen in zwei Tagen nach Frankfurt, und er begleitet uns. Vielleicht tut ihm der Abstand gut, und er beruhigt sich etwas, bis wir wieder zurückkommen.«

»Ich kann es nur hoffen. Denn so, wie es im Moment ist, kann ich damit nicht umgehen.«

Ich mache einen Schritt auf Abby zu und nehme sie in die Arme. »Es tut mir leid, aber manchmal kommt es ganz dicke.«

»Ich glaube, du hast im Moment selbst genug Probleme. Das mit Trish tut mir so leid. Sie war eine tolle Frau.«

Ich nicke. »Ja, das war sie. Und deshalb werden wir sie auch nicht vergessen.«

~

Als wir aus der Toilette kommen, wartet Rhys bereits auf mich.

»Da bist du ja, komm, ich muss dir unbedingt etwas zeigen!«

Ich habe gerade noch Zeit, meine Tasche zu schnappen, schon zerrt mich Rhys in den Fahrstuhl, und wir fahren in die Tiefgarage. Wir nehmen den Audi, Rhys fährt selbst. Er schlägt den Weg Richtung Midtown ein, weiter südlich, bis wir in Greenwich Village ankommen. Die kleinen engen Straßen geben einem dem Eindruck, als wäre man in einer völlig anderen Stadt. Vor einer Stadtvilla aus dem vorigen Jahrhundert parkt Rhys den Wagen und steigt aus. Er öffnet meine Tür und nimmt meine Hand.

»Komm, ich muss wissen, ob es dir gefällt.«

Rhys zückt einen Schlüssel und öffnet die Tür des Hauses. Die Villa ist leer, unbewohnt, aber alles sieht neu renoviert aus. Eine breite Treppe führt von der Eingangshalle in die beiden oberen Stockwerke. Die Böden bestehen aus schwarzem Marmor, während die Wände weiß gestrichen sind. Die Eingangshalle ist imposant, als würde man sich in einem Film der fünfziger Jahre wiederfinden. Ein riesiger Lüster hängt von der Decke des zweiten Stockwerks herunter.

»Was sagst du?«, fragt Rhys und dreht sich im Kreis.

»Wow!«, ist das Einzige, was mir über die Lippen kommt.

Ich laufe rechts in einen Raum – die Küche. Alles ist in schwarz-weiß gehalten, neu und unbenutzt. Von hier aus geht es in ein großes Esszimmer, das Wohnzimmer schließt daran an und gibt einen himmlischen Blick auf einen großen Garten frei.

»Oh, mein Gott! Woher hast du dieses Haus?«, frage ich vollkommen überwältigt.

»Carl hat es gerade umgebaut, es soll verkauft werden. Was meinst du? Würde es Elijah hier gefallen? Es liegt im gleichen Bezirk wie das Heim, er müsste nicht mal die Schule wechseln.«

»Wie viele Schlafzimmer hat es?«, frage ich neugierig und laufe in die erste Etage hoch.

»Sechs. Ich weiß, es ist mehr, als wir im Moment brauchen. Aber sollten wir mal eine Menge Kinder bekommen, müssten wir nicht gleich wieder umziehen.« Er grinst, und ich weiß genau, was in seinem Kopf vorgeht.

»In der zweiten Etage ist Platz für ein kleines Büro und einen Fitnessraum oder was auch immer. Also, was sagst du?«

Ich betrete eines der Schlafzimmer, die mit Holzböden ausgestattet sind und herrlich gemütlich wirken.

»Schau dir das Bad an. Jedes Zimmer hat ein eigenes, dieses hier hat sogar einen Whirlpool! Ich denke, das könnte unser Schlafzimmer werden, du musst nur Ja sagen.«

»Es ist so riesig!« Ich drehe mich im Kreis, weiß gar nicht, wo ich zuerst hinsehen soll. Das Bad ist wirklich imposant, es ist in Tonfarben gehalten. Man könnte meinen, man befände sich in der Toskana. »Es ist himmlisch! Aber das Haus muss ein Vermögen kosten!«, gebe ich zu bedenken.

Rhys kommt auf mich zu und nimmt mich in seine Arme. »Du weißt, dass mir für dich nichts zu teuer ist. Du musst mir nur sagen, dass du hier einziehen willst, dann kaufen wir es. Also, wie lautet deine Antwort?«

»Ich muss mir erst noch den Garten ansehen.«

Schnell mache ich mich aus seinen Armen frei, laufe die Treppe hinunter, durchquere das Wohnzimmer und öffne eine der drei großen Terrassentüren.

Die hintere Veranda besteht ganz aus Holz und ist neu angebaut worden, fügt sich aber sehr schön ins Gesamtbild des Hauses ein. Es gibt einen alten Baumbestand und einen Teich, in dem sogar Fische schwimmen. Der Garten hat Südlage, und im Sommer muss es herrlich sein, hier zu sitzen und kühle Getränke zu genießen.

»O Gott, ich glaube, ich habe mich verliebt!«, murmele ich.

»Ich habe es geahnt, nun bekomme ich Konkurrenz!«, grinst Rhys, der mir gefolgt ist.

Lachend drehe ich mich um. »Ja, von einem Haus, das wie für uns geschaffen ist!«

21

Ich habe ein paar Fotos mit dem Handy gemacht, und während wir im Auto sitzen, sende ich sie Elijah.

»Ich bin so aufgeregt, was der Junge dazu sagen wird! Ich hoffe, es gefällt ihm genauso gut wie uns. Er war von dem Appartement schon so begeistert. Wenn er erst das Haus sieht, wird er bestimmt total aus dem Häuschen sein!« Ich bin so aufgekratzt, dass ich mehrmals eine falsche Taste drücke.

»Denkst du daran, dich um die Haushälterin zu kümmern?«, erinnert Rhys mich, und ich nicke abwesend.

Während wir zur Tiefgarage einbiegen, sehen wir eine Menge von Reportern vor dem CuDa-Gebäude warten.

»Was ist denn da schon wieder los?«, frage ich Rhys, der nur die Schultern zuckt und zusieht, dass wir schnell und ungesehen in der Tiefgarage verschwinden. Doch die Reporter kennen das Auto und schießen einige Bilder von uns.

Im Fahrstuhl checkt Rhys sein Handy, das er auf lautlos gestellt hatte, und sieht, dass Matt mehrfach versucht hat, ihn zu erreichen. Auch Abby hat versucht, mich auf meinem zu erreichen, doch ich habe es in der Handtasche nicht gehört.

»Was mag da los sein?«, frage ich schon fast ein wenig ängstlich.

Meine Kapazität, schlechte Nachrichten zu verarbeiten, ist für diesen Monat eigentlich erschöpft, noch eine weitere kann ich wirklich nicht ertragen.

Als wir aus dem Fahrstuhl treten, warten im Besucherbereich zwei Herren in dunklen Anzügen auf uns, die eindeutig nach Polizei oder FBI aussehen.

Abby kommt aufgeregt auf uns zugelaufen. »Mr. Cunningham, dort warten zwei Herren von der Polizei, die Sie unbedingt sprechen wollen!«

Er nickt ihr zu. »Danke, Abby, bitte führen Sie sie in mein Büro. Kommst du?«, fragt er mich und lässt mir den Vortritt. Ich schaue ihn nervös an.

Was können die nur wollen? Hat Christina womöglich ihre Anzeige doch nicht zurückgezogen? Ermittelt die Polizei vielleicht auf eigene Faust weiter? Woher hatte Christina diesen blauen Fleck auf ihrer Wange? Oder hat sie mich eventuell angezeigt, weil ich ihr gedroht habe? Diese Fragen rattern durch mein Hirn wie ein Hamster in seinem Laufrad.

»Ganz ruhig, Darling!« Rhys legt beruhigend die Hand auf meinen Arm.

»Mr. Cunningham, hier sind die Männer von der Polizei.« Marcello führt sie ins Zimmer und schließt die Tür.

»Mr. Rhys Cunningham?«

Rhys nickt wortlos.

»Und wer sind Sie?«, fragt mich einer der Männer.

»Darf ich erst einmal fragen, wer Sie sind?«, fährt Rhys dazwischen, ganz im Chef-Modus.

»Entschuldigung, Detective Mayr und Detective Wilson vom NYPD.« Die Männer zeigen ihre Marken.

Rhys nickt ihnen zu. »Darf ich Ihnen meine Frau, Jazman Cunningham, vorstellen?«

Auch ich nicke den Männern zu. »Vielleicht sollten wir uns setzen?«

Ich nehme neben Rhys, der mir beruhigend die Hand auf das Knie legt, an dem großen Besprechungstisch Platz, die Polizisten setzen sich uns beiden gegenüber.

»Mr. Cunningham, sind Sie der Besitzer eines Hauses auf Long Island, das Sie an eine gewisse Christina Blanks vermietet haben?«

Schon der Name allein schafft es, mir Angst einzujagen.

»Ja, das ist richtig«, bestätigt Rhys und nickt. Seine Finger fahren beruhigend über meinen Oberschenkel. Er will mir sagen, dass alles in Ordnung ist, doch ich weiß, dass es nicht so ist.

»In welcher Beziehung stehen Sie zu Mrs. Blanks?«

Ohne lange zu überlegen, antwortet er: »Sie ist eine langjährige Freundin. Deshalb habe ich ihr das Haus überlassen. Wir waren früher einmal ein Paar, doch das ist bereits einige Jahre her, und seit ich mit meiner Frau zusammen bin, haben wir uns nur zufällig getroffen, wenn wir in den Hamptons waren.«

Er schaut mich an, und ich bestätige seine Aussage durch mein Nicken.

»Warum hat Mrs. Blanks Sie angezeigt, sie vergewaltigt zu haben? Und warum hat sie diese Anzeige kurz darauf wieder zurückgezogen?«

»Das kann ich Ihnen nicht sagen, darüber kann ich nur Vermutungen anstellen. Doch ich denke, sie hat mir nie verziehen, dass ich mich von ihr getrennt und meine jetzige Frau geheiratet habe. Warum stellen Sie all diese Fragen nicht Mrs. Blanks selbst? Sie wird Ihnen bestimmt konkretere Angaben machen können.«

Detektiv Mayr räuspert sich, bevor er sagt: »Das wird leider nicht mehr möglich sein. Mrs. Blanks wurde gestern tot in Ihrem Haus aufgefunden.«

Ein kleiner Laut kommt mir über die Lippen. »Sie ist tot?«, frage ich schockiert.

»Kannten Sie Mrs. Blanks?«, fragt mich Detektiv Wilson, und ich nicke. »Ja, wir sind uns einige wenige Male begegnet. Auch wenn ich sie nicht sehr gut kannte, kann ich kaum fassen, dass sie tot ist.«

»Gibt es irgendwelche Hinweise, wie sie gestorben ist?«, fragt Rhys und legt seine Fingerspitzen aneinander.

»Noch haben wir keine weiteren Erkenntnisse. Aber es sieht aus, als wurde sie ermordet.«

»Woraus schließen Sie das?«, frage ich nervös.

»Sie wurde schlimm zugerichtet. Ihr Körper ist übersät von Blutergüssen.«

»Gibt es schon einen Hinweis auf den Täter?«

»Nein, aber auf ihrem Körper wurden drei Rosen drapiert, purpurfarben.« 3 Farben Purpur!

Mir stockt der Atem, und ich werfe Rhys einen Blick zu, den er nur zögerlich erwidert. Die Kälte, die ich in seinen Augen erkenne, lässt es mir plötzlich eiskalt den Rücken herunterlaufen. Es ist ein Blick, den ich so noch nie an ihm gesehen habe.

Dies ist das erste Mal, dass ich mich vor Rhys Cunningham fürchte.

Danke

Ich danke allen Lesern, die mit viel Geduld die Rhys-by-night-Serie verfolgen. Danke für die vielen Mails und Mitteilungen, Rezensionen und Anmerkungen. Sie sind so hilfreich und bringen mir Anregungen für die weiteren Teile. Ich bin immer wieder sprachlos, wie viel Mühe sich die Leser machen! Danke, danke, danke, für die vielen lobenden Worte, die mich erreichen!

Danke auch meiner Lektorin und Korrektorin, die immer unter Hochdruck arbeiten, damit es schnell weitergeht! Eure Hilfe ist unbezahlbar!

Ganz besonderen Dank an Frau Mercedes Rehm, für die vielen neuen Inspirationen während der Überarbeitung. Ich freue mich, dass das Schicksal sie zu mir geführt hat.

Danke an meine Familie, die mir voller Eifer und mit vielen guten Vorschlägen zur Seite steht! Ich liebe Euch!

Danke Dir, Du bist mein täglicher Antrieb, ohne Dich wäre das alles überhaupt nicht möglich!

Eure
Kajsa Arnold